茅盾文学奖
获奖作品全集
典藏版
The Mao Dun Literature Prize

上 应物兄

李洱 著

人民文学出版社

图书在版编目(CIP)数据

应物兄：上下／李洱著．—北京：人民文学出版社，2023
(茅盾文学奖获奖作品全集：典藏版)
ISBN 978-7-02-017698-4

Ⅰ.①应…　Ⅱ.①李…　Ⅲ.①长篇小说—中国—当代　Ⅳ.①I247.5

中国版本图书馆CIP数据核字(2022)第246709号

责任编辑　刘　稚
责任印制　宋佳月

出版发行　人民文学出版社
社　　址　北京市朝内大街166号
邮政编码　100705

印　　刷　北京新华印刷有限公司
经　　销　全国新华书店等

字　　数　857千字
开　　本　890毫米×1290毫米　1/32
印　　张　33.125
印　　数　1—5000
版　　次　2018年12月北京第1版
印　　次　2023年4月第1次印刷

书　　号　978-7-02-017698-4
定　　价　138.00元(全二册)

如有印装质量问题，请与本社图书销售中心调换。电话：010-65233595

出版说明

一九八一年三月十四日,病中的中国作家协会主席茅盾致信作协书记处:"亲爱的同志们,为了繁荣长篇小说的创作,我将我的稿费二十五万元捐献给作协,作为设立一个长篇小说文艺奖金的基金,以奖励每年最优秀的长篇小说。我自知病将不起,我衷心地祝愿我国社会主义文学事业繁荣昌盛!"

茅盾文学奖遂成为中国当代文学的最高奖项。自一九八二年起,基本为四年一届。获奖作品反映了一九七七年以后长篇小说创作发展的轨迹和取得的成就,是卷帙浩繁的当代长篇小说文库中的翘楚之作,在读者中产生了广泛的、持续的影响。

人民文学出版社曾于一九九八年起出版"茅盾文学奖获奖书系",先后收入本社出版的获奖作品。二〇〇四年,在读者、作者、作者亲属和有关出版社的建议、推动与大力支持下,我们编辑出版了"茅盾文学奖获奖作品全集"。此后,伴随着茅盾文学奖评选的进程,我们陆续增补新获奖作品,力求完整呈现中国当代文学最高奖项的成果,使其持续成为读者心目中"茅奖"获奖作品的权威版本。现在,我们又推出"茅盾文学奖获奖作品全集(典藏版)",以满足广大读者和图书爱好者阅读、收藏的需求。

在"茅盾文学奖获奖作品全集(典藏版)"的编辑过程中,我社对所有作品进行了版式统一以及文字校勘;一些以部分卷册获奖的多卷本作品,则将整部作品收入。

感谢获奖作者、作者亲属和有关出版社,让我们共同努力,为当代长篇小说创作和出版做出自己的贡献,为广大读者提供更多的优秀作品。

人民文学出版社编辑部

目 录

上 卷

1. 应物兄 / 1
2. 许多年来 / 5
3. 木瓜 / 8
4. 动物医院 / 12
5. 赔偿协议 / 17
6. 等着瞧 / 24
7. 滑稽 / 43
8. 那两个月 / 49
9. 姚鼐先生 / 57
10. 扁桃体 / 69
11. 卡尔文 / 72
12. 早在1743年 / 83
13. 套五宝 / 91
14. 钢化玻璃 / 98
15. 巴别 / 104
16. 双林院士 / 120
17. 奇怪得很 / 128
18. 人才引进 / 136
19. 赴美 / 144
20. 程先生 / 153
21. 雪桃 / 161
22. 之所以 / 165
23. 第二天 / 176
24. 喷嚏 / 184
25. 孔子传 / 195
26. 春天 / 201
27. 但是 / 213
28. 瞧，谁来了 / 217
29. 照片 / 225
30. 象愚 / 229
31. 济哥 / 242
32. 哦 / 247

33. 虽然 / 256

34. 三人行 / 279

35. 栾庭玉 / 297

36. 勺园 / 310

37. 谁是小颜 / 318

38. 程先生 / 323

39. 七十二 / 327

40. 博雅 / 335

41. 仁德路 / 347

42. 双林 / 353

43. 儒驴 / 358

44. 子贡 / 375

45. 麦老 / 383

46. 黄兴 / 397

47. 接下来 / 405

48. 她 / 412

49. 白马 / 420

50. 艾伦 / 424

51. Reading Room / 438

52. 谁能想到 / 454

53. 不 / 463

54. 千里始足下 / 468

55. 学勤兄 / 477

56. 第一次会见 / 484

57. 温而厉 / 494

58. 蝈蝈 / 501

59. 敬头香 / 504

60. 长庆洞 / 520

61. 其鸣自诙 / 525

62. 本来 / 533

下 卷

63. 硅谷 / 541

64. 他 / 553

65. 小工 / 562

66. 双沟村 / 571

67. 招尘 / 581

68. 铜舌 / 593

69. 仁德路 / 600

70. 墙 / 615

71. 你 / 632

72. 董松龄 / 647

73. 但是 / 661

74. 杂碎汤 / 670

75. 寒鸦 / 688

76. 回家 / 698

77．第二天 / 711
78．窑洞 / 730
79．Illeism / 744
80．子贡 / 755
81．螽斯 / 764
82．套五宝 / 779
83．太和春媛 / 789
84．声与意 / 808
85．九曲 / 824
86．芸娘 / 846
87．1983年 / 860
88．它 / 881
89．The thirdxelf / 885
90．返回 / 898
91．譬如 / 916
92．默哀 / 942
93．敦伦 / 959
94．共济山 / 971
95．晶体 / 982
96．鱼咬羊 / 985
97．它们 / 997
98．兰大师 / 1007
99．灯儿 / 1025
100．子房先生 / 1036
101．仁德丸子 / 1042

后记 / 1048

1. 应物兄

应物兄问:"想好了吗?来还是不来?"

没有人回答他,传入他耳朵的只是一阵淅淅沥沥的水声。他现在赤条条地站在逸夫楼顶层的浴室,旁边别说没有人了,连个活物都没有。窗外原来倒是有只野鸡,但它现在已经成了博古架上的标本,看上去还在引吭高歌,其实已经死透了。也就是说,无论从哪方面看,应物兄的话都是说给他自己听的。还有一句话,在他的舌面上蹦跶了半天,他犹豫着要不要放它出来。他觉得这句话有点太狠了,有可能伤及费鸣。正这么想着,他已经听见自己说道:"费鸣啊,你得感谢我才是。我要不收留你,你就真成了丧家之犬了。"

此处原是葛道宏校长的一个办公室,如今暂时作为儒学研究院筹备处。室内装修其实相当简单,几乎看不出装修过的样子。浴室和卧室倒装修得非常考究:浴室和洗手间是分开的,墙壁用的都是原木。具体是什么木头他认不出来,但他能闻到木头的清香,清香中略带苦味,像某种中药味道。挨墙放着一个三角形的木质浴缸,浴缸里可以冲浪,三人进去都绰绰有余。葛道宏把钥匙交给他的时候,指着浴缸说:"那玩意我也没用过,都不知道怎么用。"这话当然不能当真。他第一次使用就发现下水口堵得死死的。他掏啊掏的,从里面掏出来一绺绺毛发,黏糊糊的,散发着腐烂的味道。

涓涓细流挟带着泡沫向下流淌,汇集到他脚下的一堆衣服上面。他这里搓搓,那里挠挠,同时在思考问题,同时还兼顾着脚下的衣服,不让它们从脚下溜走。没错,他总是边冲澡边洗衣服。他认为,这样不仅省时,省水,也省洗衣粉。他双脚交替着抬起、落下,就像棒槌捣衣。因为这跟赤脚行走没什么两样,所以他认为这也应该纳入体育锻炼的范畴。现在,我们的应物兄就这样边冲澡、边洗衣、边锻炼、边思考,忙得不亦乐乎。

劝说费鸣加入儒学研究院,其实是葛道宏的旨意。前天下午,葛道宏来到逸夫楼,和他商量赴京谒见儒学大师程济世先生一事。葛道宏平时总是穿西装,但这一次,为了与谈话内容相适应,他竟然穿上了唐装。程济世先生,哈佛大学东亚系教授,应物兄在哈佛大学访学时的导师,应清华大学的邀请,几天之后将回国讲学。程济世先生是济州人,在济州度过了童年和少年时代,曾多次表示过要叶落归根。葛道宏求贤若渴,很想借这个机会与程济世先生签订一个协议,把程先生回济大任教一事敲定下来。"应物兄,你是知道的。对程先生,葛某是敬佩之至,有如七十子之服孔子也。"改穿唐装的葛道宏,说起话来文言不像文言,白话不像白话,但放在这里,倒也恰如其分。他们的谈话持续了一个钟头,主要是葛道宏打着手势在讲,应物兄竖着耳朵在听。谈到最后,葛道宏用心疼人的口气说道:"应物兄,儒学研究院的工作千头万绪,就你一个光杆司令可不行,万万不行的。累坏了身子,道宏该当何罪?给你举荐个人吧,让他替你跑跑腿。"接下来,葛道宏就说道,"费鸣怎么样?用人之道,用熟不用生也。"

应物兄心里顿时咯噔了一下。

那个臭小子,我简直太熟悉了。正因为熟悉,我才知道再没有比费鸣更糟糕的人选了。但这话他是不能直接说的。他听见自己说道:"他有幸得到您的言传身教,进步太明显了。我都替他高兴。只是到这来,他会不会觉得大材小用?"葛道宏站起来,用眼镜腿拨拉了一下野鸡的尾巴,说道:"什么大材小用?这是重用。就这么定了。你先找他谈谈。我相信,他会来的。"

葛道宏既然这么说了,那就必须谈谈。

应物兄关掉水龙头,湿淋淋地从浴缸里爬出来。给衣服拧水的时候,他感到牛仔裤又冷又硬,浸透水的毛衣也格外沉重。上面还冒着泡沫呢,显然还没有漂洗干净。于是,他把它们又丢进了浴缸,并再次打开了水龙头。在稀里哗啦的流水声中,他继续思考着如何与费鸣谈话。不是我要你来的,是葛校长要你来的。他是担心我累着,让你过来帮忙。其实,筹办个研究院,又能累到哪去呢?

"就这么说,行吗?"他问自己。

"怎么不行?你就这么说。"他听见自己说道。

他和费鸣约定的时间是下午三点。快到两点半了。眼下是仲春,虽然街角背阴处的积雪尚未融化,但暖气已经停了。披着浴巾,他感到了阵阵寒意。他的一颗假牙泡在水杯里,因为水的折射,它被放大了。当他对着镜子把它安上去的时候,他发现镜子里的那个人却是热气腾腾的。随后他接了一个电话。他本来不愿意接的,因为担心有人找他,影响他与费鸣的谈话。但它一直在响,令人心神不宁。他把它拿了起来,将它调成了振动。几乎同时,他的另一部手机响了。那部手机放在客厅,放在他的风衣口袋里。

他有三部手机,分别是华为、三星和苹果,应对着不同的人。调成振动的这部手机是华为,主要联系的是他在济大的同事以及全国各地的同行。那部正在风衣口袋里响个不停的三星,联系的则主要是家人,也包括几位来往密切的朋友。还有一部手机,也就是装在电脑包里的苹果,联系人则分布于世界各地。有一次,三部手机同时响了起来,铃声大作,他一时不知道先接哪个。他的朋友华学明教授拿他开涮,说他把家里搞得就像前敌指挥部。

他趿拉着鞋子来到客厅。手机从口袋里掏出来的时候,电话已经断了。来电显示是"先生",也就是乔木先生。乔木先生既是他的导师,又是他的岳父。和乔木先生的独生女儿乔姗姗结婚之后,按理说他应该改叫爸爸的,但他却一直没有改口。搞到后来,乔姗姗也跟着他改叫先生了。乔木先生的电话当然是不能不接的。他赶紧把电话回拨了过去。

"怎么样？两个电话都不接！睡觉呢？"乔木先生说。

"在沙发上眯了一会。先生有事吗？"

乔木先生突然提到了费鸣。费鸣是乔木先生的关门弟子，乔木先生向来叫他鸣儿。乔木先生说："你是不是要找鸣儿谈话？"

莫非费鸣此时就在先生身边待坐？他就说："是啊。要和他谈点事。他在吗？"

"木瓜病了。"乔木先生说，"鸣儿抱着木瓜看医生去了。"

"前几天还好好的，怎么——"

木瓜是乔木先生养的京巴，四岁多了，是乔木先生的心肝宝贝。"鸣儿刚才来了，发现木瓜屙出了几条小虫子。怪不得木瓜整天没精打采的，原来肚子里有虫了。"乔木先生说。

怎么就这么巧？碰巧我找他谈话的时候，他从狗屎当中发现了虫子？虫子不会是他带过去的吧？他是不是早就发现虫子，却一直隐瞒不报，特意选择今天才说出来？他这是故意要躲着我吧？他可真会找借口，都找到狗屎上去了。

"鸣儿刚才打电话来，问家里有没有狗证。狗证在你那吧？"

他迟疑了片刻，还是给予了一个肯定的回答："对，在我这呢，别担心。"

"那就给他送去。"

"他们在哪家诊所？"

"就是那一家嘛，你去过的嘛。"

打电话的同时，我们的应物兄就已经在整理行头了。他两只脚交替跳着，提上了裤子，然后他把手机夹在肩膀和耳朵之间，腾出手来系皮带，穿袜子。他的标准行头是西装上衣加牛仔裤。有事，弟子服其劳①。木瓜的事就是先生的事，他当然也得服其劳。电话挂断之后，他对自己说："没有狗证，就不给看病？这怎么可能

---

① 见《论语·为政》。

呢？木瓜本是流浪狗，哪来的狗证？"

虽然旁边没有人，但他还是没有把这句话说出来。也就是说，他的自言自语只有他自己能听到。你就是把耳朵贴到他的嘴巴上，也别想听见一个字。谁都别想听到，包括他肚子里的蛔虫，有时甚至包括他自己。

2. 许多年来

许多年来，每当回首往事，应物兄觉得对他影响最大的就是乔木先生。这种影响表现在各个方面，其中最重要的方面就是让他改掉了多嘴多舌的毛病。当初，他因为发表了几场不合时宜的演讲，还替别人修改润色了几篇更加不合时宜的演讲稿，差点被学校开除。是乔木先生保护了他，后来又招他做了博士。博士毕业的时候，他本来想到中国社科院工作的，那边也看上了他，觉得他是个不可多得的人才。他自己知道，人家之所以对他感兴趣，全是因为他的一篇文章起了作用。社科院有一位即将退休的老先生，曾是研究《诗经》的专家，三十年前出版过一本小册子。应物兄在论述《诗经》研究史的时候，给那本小册子以很高的评价。他没有想到，老先生竟然看到了那篇论文，托编辑部给他转来了一封信："前日偶遇大文，高见新义迭出，想必师出名门。知足下已是博士，真乃可喜可贺。不喜足下之得博士，而喜博士中乃有足下也。若蒙足下不弃，不妨来我院工作。"接到这封信的第二天，他就赴京拜访了那位老先生。事情好像就这么定了。有一天，乔木先生找他谈话。乔木先生称那个老先生为"老伙计"，说："老伙计来电话了，夸我呢，夸我带出了一个好学生。还说，这么好的学生，既然你舍得放走，我就笑纳了。"

"先生，他对您很尊重的。"

"知道社科院是干什么的吗？"

"知道一点。那里集中了很多青年才俊。他们编的很多书，我都买了。"

"接话不要太快。"乔木先生说的是嘴，烟斗却指向了脑袋，"社科院是智库，是给领导出主意的，你觉得你脑子够使吗？脑子够使，就不会犯错误了。"

"先生，我知道我是个笨人，干了不少笨事。"

"接话太快了！笨人哪能办笨事？笨事都是精明人干的。"

"我承认，我的性格也有点冲动。"

"一个人的性格决定了他的命运，你的性格去北京不合适。"

有句话他差点说出口："先生，您说得对。一个人的性格决定了他的命运，我的命运是由别人的性格决定的。"这句话咽下去比较困难，咽下去之后，它在肚子里滚了两圈，他听见自己的肚子咕噜咕噜的。

乔木先生叼着烟斗，继续说道："别胡思乱想，东跑西颠了。就留在我身边吧。你这张嘴，用到别处，亏了，当老师倒是一块好料。传道授业桃李芬芳，悬壶济世杏林春满，都是积德的事。就这么定了，你走吧。"

起身告别的时候，乔木先生又对他说了一番话："记住，除了上课，要少说话。能讲不算什么本事。善讲也不算什么功夫。孔夫子最讨厌哪些人？讨厌的就是那些话多的人。孔子最喜欢哪些人？半天放不出一个屁来的闷葫芦。颜回就是个闷葫芦。那个年代要是有胶卷，对着颜回连拍一千张，他的表情也不会有什么变化。君子讷于言而敏于行。要管住自己的嘴巴。日发千言，不损自伤。"学过俄语的乔木先生又以俄语举例，说，"俄语的'语言'和'舌头'是同一个词。管住了舌头，就管住了语言。舌头都管不住，割了喂狗算了。"

"我记住了。"

"就你现在的水平,又能说出什么至理名言?你要说的话,十有八九别人都已说过。人云亦云吧,表情还很丰富。"

"我记住了。"

"表情不要太丰富。你这个人,够机灵,却不够精明。"

后来,他就留校任教了。不管在谁看来,乔木先生都待他不薄。最重要的一个证据是,乔木先生把独生女儿乔姗姗嫁给了他。把女儿嫁给弟子,这是孔子开创的传统。孔子就把女儿和侄女许配给了自己的弟子,由此把师生关系变成了父子关系。或许是这个传统太悠久了,太伟大了,他置身其中,有时候难免有些晕晕乎乎的。以至每当想起此事,他会不由自主地用第三人称发问:"是他吗?这是真的吗?"然后是第二人称:"你何德何能,竟得先生如此器重?"然后才是第一人称:"这说明我还是很优秀的嘛。"

谨遵乔木先生之教诲,留校任教的应物兄,在公开场合就尽量少说话,甚至不说话。但是随后,一件奇怪的事在他身上发生了:不说话的时候,他脑子好像就停止转动了;少说一半,脑子好像也就少转了半圈。"再这样下去,我就要变成傻子了。"那段时间,他真的变成一个傻子了。他自己也怀疑,是不是提前患上了老年痴呆症,甚至有了查一查家族病史的念头。他又烦恼,又焦虑,却想不出一个辙来。但是有一天,在镜湖边散步的时候,他感到脑子又突然好使了。他发现,自己虽然并没有开口说话,脑子却在飞快地转动。那是初春,镜湖里的冰块正在融化,一小块一小块的,浮光跃金,就像一面面镜子。他看着那些正在融化的冰块,问自己:"这到底是怎么回事?"他清晰地听见自己在发问。他慢慢弄明白了,自己好像无师自通地找到了一个妥协的办法:我可以把一句话说出来,但又不让别人听到;舌头痛快了,脑子也飞快地转起来了;说话思考两不误。有话就说,边想边说,不亦乐乎?

伴随着只有他自己才能够听见的滔滔不绝,在以后的几天时间里,他又对这个现象进行了长驱直入的思考:只有说出来,只有感受到语言在舌面上跳动,在唇齿间出入,他才能够知道它的意思,他才能够在这句话和那句话之间建立起语义和逻辑上的关系。他还进一步发现,周围的人,那些原来把他当成刺头的人,慢慢地认为他不仅慎言,而且慎思。但只有他自己知道,他一句也没有少说。睡觉的时候,如果他在梦中思考了什么问题,那么到了第二天早上,他肯定是口干舌燥,嗓子眼冒火。为此,他的床头柜上时刻放着两只水杯。而且,不管走到哪里,他随身携带的包里总会塞着一只水杯,一瓶矿泉水。现在,他手里就抓着一瓶农夫山泉。

乔木先生曾引用陆游的诗,对木瓜说道:"勿为无年忧寇窃,猖猖小犬护篱门。①你不会看家,还经常找不到家,我为什么要喜欢你?"木瓜听了,甩着尾巴叫个不停。那个时候,它在想什么呢?它的吠叫是和乔木先生抬杠吗?

他又给木瓜拿了一瓶矿泉水。

3. 木瓜

木瓜上次去医院,确实是他抱着去的。那是四年前的事了,当时他和费鸣还没有搞僵。费鸣开着车,他抱着狗,坐在副驾驶的位置上。那次去诊所,为的是把木瓜给阉了。这狗东西,不阉不行了。进入了青春期,受力比多的支配,它常常把客人的鞋子当成攻击的对象,尤其是女人的高跟鞋。不是撕咬,而是弓腰缩背,屈膝夹腿,对着鞋子发力。换句话说,它是把鞋子当成母狗的屁股了。仔细看去,它其实还不是朝着鞋子发力。由于它把尾巴竖在身体和鞋子之间,所以它把功夫都下到自己的尾巴上去了。这虽然没有什么意义,对鞋子更是构不成实际伤害,但毕竟有碍观瞻。

对于木瓜,应物兄总觉得负有不可推卸的责任。它是他的女

---

① 见〔宋〕陆游《旅舍》。

儿应波领回来的。那时候它还是一条刚满月的狗崽子。它的母亲是小区里的一条流浪狗,腿有点瘸,屁股上有一大片地方没有毛了,应该是被别的狗撕掉了一块皮。它整天在小区的垃圾堆里翻来翻去的,好像从来没有吃饱过。看到有人过来,它就连退几步,勾着头,不敢看人。它好像从来没有大声叫过,只会哼哼唧唧地叫。就是这样的一条狗,爱情生活却很丰富,你总是能看到它那爱情的结晶:它身后总是跟着一群嗷嗷待哺的野种。每次看见那条狗,他都能听见自己的歌声,那是八十年代的一首老歌:《野百合也有春天》。

那条狗崽子跟着应波上了电梯,又跟着应波来到了家门口。应波以为它是饿坏了,就喂它吃了一根火腿肠,给它喝了一袋牛奶。吃饱喝足之后,它舔着嘴唇,哼唧了一阵,就枕着自己的大腿睡着了,而且醒来之后,再也不愿离开了。它脏得要命,身上沾着枯枝败叶,浑身的毛都支棱着,活像地沟里爬出来的刺猬。应波指挥着钟点工给它洗了澡,再用吹风机吹干,又洒上点香水。转眼之间,它变得憨态可掬,惹人怜爱。那时候,他与乔姗姗已经分居,而应波刚考上初中,不可能有时间带它。他对应波说:"送人吧,你没时间养,我也没时间遛。"

"扔了都行。"

"怎么能扔呢?好歹得给它找个人家。"

它似乎听懂了他们的对话,跑到门后,叼住他的鞋子藏到了一个纸盒子里面。它的小脑袋一定在想,这样一来他就没办法出门了。它蹲在纸盒子上面,睁着水汪汪的大眼睛看着他们。他心软了。依据《山海经》上所说的各种动物自呼其名的原则,他给它起了个名字:汪汪。

不久之后,他应邀去香港讲学,要在香港待四个月。因为没有人照看它,他只好把它抱到了乔木先生那里。他没敢向乔木先生透露它是流浪狗的后代。乔木先生接纳了它,但没有接纳它的名字,另外给它起名叫木瓜。这名字是从《诗经》里来的:"投我以木瓜,报之以琼琚。"应物兄也觉得这个名字起得很好:瞧它圆滚滚的样子,确实很像一只木瓜。乔木先生很喜欢木瓜,经常给它掏耳朵,梳毛,挠痒痒。乔木先生本来不想阉它的。虽然它对着鞋子发力的姿势很不雅观,但你不看就是了,人家又不是表演给你看的。再说了,你怎么能跟狗一般见识呢?直到有一天,它竟然夹着乔木先生的烟斗开始发力,乔木先生才觉得这狗东西不阉不行了。阉它的那天,乔木先生特意给它买了创可贴,还买了一件犀牛牌的皮背心。皮背心可以兜住伤口,不让它乱抓乱咬。更重要的是,可以让它看不见伤口,使它不至于因为身上少了点东西而感到自卑。

乔木先生说:"谁家的孩子谁心疼。"

他们驱车前往动物医院的时候,木瓜还没意识到,它从此就要断子绝孙了。它还以为是要带它出去玩呢,兴奋得不得了,又是在他的胳膊上蹭,又是往他的脸上舔。当然,事后想起来,他觉得木瓜或许也有预感:它不时地勾着头,去舔自己的鸡鸡,好像是要和它吻别。它搞错了,要拿掉的其实不是它的鸡鸡,而是它的睾丸。在医院里,医生给它打了一针麻药之后,它眼睛一翻,好像是说,哼,不理你们了,我要睡了。然后就抱着一只哑铃式的玩具躺下了。医生用一个比耳勺还小的刀子,在它的阴囊上剜了一下,又剜了一下,手指轻轻一捻,两只睾丸就像玻璃弹球一样跳了出来。那时候它还没有睡着呢,一下子坐了起来,抬着沉重的眼皮,盯着他和费鸣。

手术后的木瓜性情大变,变得温情脉脉,行为优雅。别说鞋子了,当它陪着乔木先生在镜湖边散步的时候,就是遇到母狗也从不失态。它目不斜视,步履端庄,顶多把后爪伸到耳边,挠一下项圈,弄出点声响来,算是和对方打过招呼了。乔木先生说:"什么叫君子之交淡如水?这就是了。"除了性情有变,木瓜的皮毛也发生了一些变化。本来还有几撮黑毛散布于它的耳轮、肚腹、尾巴梢,可这些后来竟然都消失了。应物兄曾为此请教过老朋友、生物学教授华学明。华学明的解释是,所有生物都有自己的基因序列,这是它的生物学基础,是它的"质的规定性"。但在特殊情况下,个别基因又会发生突变,就像公鸡下蛋、牝鸡司晨。

"公鸡束口是有的,下蛋好像不可能吧?"

"可能性是客观论证,而非主观验证。你说不可能就不可能了?"

按照华学明的解释,随着刀光一闪,睾丸迸出,那个神秘的基因序列很可能发生了某些位移,进而影响到了狗皮的毛囊。不管你信不信,反正木瓜从此变得洁白无瑕,没有一根杂毛。它就像个白化动物,更加惹人怜爱。乔木先生的夫人巫桃,几乎要把木瓜当儿子养了。只让它吃狗粮,而且必须是进口的狗粮。考虑到它的狗性,巫桃有时候也会给它一根棒骨啃啃,但一定是有机黑山猪的棒骨,而且必定经过高温消毒的。

饮食如此考究,肚子里怎么会有虫呢?

乘电梯下楼的时候,应物兄考虑的就是这个问题。他越想越觉得不可思议。他不能不怀疑,这是费鸣为了躲避与他谈话,而故意玩弄的一个花招。他想,等见了面,我就清楚费鸣是不是在搞鬼了。但就在这时候,他突然意识到,自己能够想起来那家医院的内部结构、内部摆设,却想不起具体地址了。上次去,是费鸣开的车。而坐车的人,是不需要操心行车路线的。

他没有给费鸣打电话,而是打给了华学明。那家动物医院是华学明的学生开的,当初也是华学明介绍的。他先把木瓜生病的事简单说了一下,华学明问:"只是有虫吗?拉不拉稀?"

"这我倒没有注意。"

"现在就看看,有没有虫子在肛门周围爬来爬去。想起来了,它最初是一条流浪狗是吧?"

"它妈是,它不是。它养尊处优。"

"它妈是,那就对了。很可能是经由胎盘或者乳汁传染的,虫子一直潜伏在它体内,只是你们没有发现而已。"

"你就告诉我那医院在哪吧。我正往那里赶呢。"

"我可以找到,但说不上来。你上网查一下。名字很好记:它爱你。怎么样?我给起的。'它'既指宠物,又指医院。想起来了吧?不在纬二路和经三路交叉口,就在经二路和纬三路交叉口。那条街后来改了名字,叫什么春,是个步行街。旁边有个成人用品商店,门口挂的充气娃娃很像苍井空。"

想起来了,那条街名叫春熙街。那是一条老街,本来破旧不堪,污水横流。它之所以能够逃脱拆除的命运,是因为街北的那道土岗。几年前,那里发生了一起强奸碎尸案。公安人员在土堆中挑拣尸骨的时候,意外地发现了几块龟甲,从中拼出了一个"濟"字。经过考证,那道土岗很可能是古代济城的城墙,或者济水古老的堤坝。后来,这条街就保留了下来,改名叫春熙街,成了一条步行街。街名是当时的省委书记起的,取自《道德经》:众人熙熙,如春登台。

他当然也想起来,街角那株高大的梧桐树上悬挂的充气娃娃。不是一个,而是一群,它们掩映在树杈之间,惟妙惟肖,如同女吊。清风徐来,女吊们勾肩搭背,交头接耳,仿佛在密谋是否结伴重游人间。

4. 动物医院

动物医院里,费鸣被两个壮汉夹在当中,端坐在一张长条凳子上。两个壮汉看上去就像双胞胎,相同的制服,相同的胡子——他们都只留了上唇的胡须,并且修剪成了鞋刷的形状。他们的制服有点像摄影师的行头,上面有众多的口袋和复杂的褶皱。两个壮汉的长相其实还是有所不同:一个略显清秀,一个稍显鲁莽。奇怪的是,鲁莽的那位脸上反倒是光滑的,而清秀的那位却长了一脸痘痘。

看他进来,费鸣试图站起来,但两个壮汉迅速地按住了费鸣的膝盖。费鸣叫了一声"应物兄先生"。他第一次听费鸣这么叫,很不习惯。费鸣以前都叫他"应老师"。费鸣话音没落,清秀的壮汉就冲到了他面前,抓住了他的手腕。他感到手腕就像被门缝挤了一下。他还没有反应过来,手机已经从他的手里脱落了,落到了那个人的手心。那人说:"鄙人代管了。"

应物兄知道,自己误会费鸣了。

他对壮汉说:"怎么回事?有话跟我说。"

壮汉说:"老子为什么要听你的?"

手术室的门帘掀动了,出来了一个姑娘。姑娘嘴里含着一个发卡,两只手同时去撩自己的头发。他注意到,姑娘没有怎么化妆,只是嘴唇涂了点口红而已。姑娘侧着脸,把他打量了一番,同时用发卡别住了自己的头发。姑娘问费鸣说:"这就是你说的应物兄吗?你没骗我吧?"

费鸣梗着脖子喊道:"怎么,不像吗?"

姑娘说:"反正走在街上,我是认不出来。"

然后姑娘问他:"这是你的狗?"

他对姑娘说:"怎么回事?你们先把他放了。我会配合你们的。"

费鸣又喊道:"当然是他的狗。还能有假不成?他就是应物兄,你看仔细喽。"

姑娘说:"名人的狗就一定没有狂犬病?哪个名人说的,哪本书上写的?"

难道木瓜咬了这位姑娘?但这是不可能的啊。木瓜性情温顺,别说咬人了,遇到一只猫都要躲着走呢。他就关切地问姑娘:

"是不是木瓜吓到你了？它那是喜欢你。"凡是来动物医院的人，当然都是养宠物的，所以他接下来说道，"它很聪明，看到养宠物的人就想亲近一下。它没咬你吧？"

姑娘说："咬的是我，那倒好了。"

如前所述，这里的医生是华学明教授的学生，也毕业于济州大学。医生年龄不大，可以肯定不到四十岁，几年不见，已经头发花白。当然也可能是故意染成这样的，以示自己从医多年，医道高深。应物兄上次来阉狗的时候，华学明特意交代，不用交钱，捎本书就行了。现在这间房子里，靠墙的一排书架上就放着他的书：《儒学在东亚》。旁边是一本社会学著作，研究的是费孝通的《江村经济》，书名叫《江村的前世今生》。还有一本书是关于音乐剧的，叫《百老汇与伦敦西区》。这两本书的作者，他都是认识的。毫无疑问，他们都曾抱着宠物来这里就诊。此时，医生从另一个房间走出来，摘下手套，对着水龙头洗了手，用纸杯给他接了一杯水，然后示意他出去说话。出门的时候，医生回头对那姑娘说："放心，他跑不了的。"

因为雾霾，天很快就暗了下来。街灯还没有开。街上的行人显得影影绰绰。没有汽车，偶尔能听到自行车铃声。对面梧桐树上那些充气娃娃，不知道什么时候已被摘了下来。早该摘了，确实少儿不宜，他听见自己说。医生简单地向他讲了事情的来龙去脉。原来，费鸣抱着木瓜进来的时候，也不知道怎么搞的，本来挺安静的木瓜突然狂吠不止，从费鸣的怀里挣脱了，跳到了地上。幸亏护士挡住了它的去路，不然它肯定要蹿到旁边的大街上去，不被汽车轧死，也会跑得无影无踪。"所以，应物兄老师，您首先应该感到庆幸，因为木瓜还在。"医生说。

"木瓜呢？我们的木瓜在哪呢？"

"那姑娘派人抱着它去验血了。"

"你这里不能验血吗？"

"但她更相信大医院。当然,她怀疑我为你们说话。其实我已经告诉她,这是应物兄先生的狗,但她不相信。这倒可以理解,因为木瓜其实是个串儿。"

"串儿?什么意思?"

"它大致上算是京巴,但身上有一点比熊犬血统。比熊犬原产于地中海,法国人入侵意大利的时候,把比熊犬带回了法国。它浑身洁白,但嘴唇是黑的。性格很好,彬彬有礼,但又比较敏感,喜欢生闷气。如果我没有猜错,它还应该有一点泰迪血统,但不算太多,大约八分之一。"

"既然不同种族的人都可以结婚——"他没有把话说下去。他知道,养狗的人对狗的血统确实比较在意。如果有人抱来两只狗让他选择,一只是纯种京巴,一只是串儿,那么他肯定会选择那条纯种的。

"我的意思是,他们不相信,您作为一个名人,会养这样的一条串儿。坦率地说,这确实比较少见。我看过您的书,您对孔子的'有教无类'思想非常赞同。我想,您之所以养了这么一条串儿,应该算'有养无类'吧?我没说错吧?但是,问题就在这,那姑娘担心它是一条流浪狗,担心费鸣是故意抱来一条流浪狗来报复他们的。"

"报复她?这又从何说起呢?"

随着医生的讲述,应物兄大致捋清了事情的经过。那个姑娘和她的上司带了两只狗来看病:一只蒙古细犬,一只金毛。蒙古细犬拒绝下车,姑娘劝了半天也没有做通思想工作,姑娘的上司就把车开走了,留下姑娘陪着金毛继续看病。金毛的一只爪子受伤了,趾甲开裂。金毛已经来过几次了,每次来都很享受,对这里有着美好的记忆。修趾甲嘛。一边接受护士按摩,一边嚼着磨牙棒,一边修趾甲,心里美着呢。可谁也没想到,从街上抓回来的木瓜,也不知道是怎么想的,对着金毛的肚子就来了一口。金毛当时并没有发火，只是嘴一撇，哼了一声，意思是，小兄弟，我不跟你一般见识。姑娘当时并没有发现金毛受伤了，还夸金毛家教好，知道大让小。"其实这跟家教无关，大狗从来都是让着小狗的。"医生说。木瓜咬过金毛之后，就钻到了柜子下面，怎么也不出来了。费鸣用扫帚捅它的时候，姑娘突然叫了起来，她发现金毛在舔自己的肚子，而那个地方正在渗血。

"她是怀疑木瓜有狂犬病？这不可能——"

"别急，您听我说。然后呢，就是那两个人，他们应该是金毛主子的保镖，刚好开车回来了，他们希望把我接过去，给蒙古细犬看病。蒙古细犬是生活在草原上的狗，敢跟狼打架的，最早是契丹人养的。你是没见，它长得就像一头小毛驴。它有点不开心，不愿奔跑了，每天只是低头散步。主人疑心它是不是抑郁了。好，先不说这个了。那两个保镖回来看到金毛受伤了，一定要把木瓜摔死。木瓜不是还钻在柜子底下吗？他们就去挪柜子。可是，他们挪一下，木瓜也跟着挪一下。一个保镖一发狠，就把柜子举了起来。真是有力气，应该去演鲁智深。费鸣护狗心切，一下子扑到了狗身上。说到这，您就得感谢我了。我告诉他们，看在我的面子上，饶木瓜一命。再后来，金毛的主子就又派人来到这里，把木瓜抱去医院了。我求他们，看在我的面子上，千万不要伤害木瓜。我相信他们会这么做的。为保险起见，我让助手也跟着去了。"

"下一步怎么办？"

"只能等验血结果出来。验血结果一出来，他们就相信，木瓜没事，金毛也不会有事。最多赔几个钱。不过，嘘——我刚才发现，木瓜拉在柜子下面的粪便，好像有点不对头。健康的狗屎，不干不湿，成条状，有光泽。木瓜的屎有点松散，光泽也不够，上面有白点。我怀疑它肚子里有虫。"

"这个也会传染吗？"

"声音低一点。如果只是有虫，问题不大。它几岁了？"

"快五岁了吧。它平时不这样的。今天是怎么了,哪根筋搭错了?"

"不是我恭维您,这只能说明,它是条好狗。瞧它的记忆力多好。它就是在这里被阉的嘛。它可能以为又要阉它了。别的狗,都是好了伤疤忘了疼。你不叫它吃屎,它非要吃,挨了一顿打,只能保证几天不吃。再见到小孩子拉屎,还是要流哈喇子。不长记性嘛。但人家木瓜不是这样。这说明木瓜脑袋瓜子特别好使。干我们这一行的,什么狗没见过?虽然它只是条串儿,但从文化意义上讲,它不是一般的狗。"

他现在关心的是金毛主人的身份。那应该不是一个好惹的家伙。幸亏是在济州,这种事情我应该可以摆平的。我可以赔对方一笔医疗费,但如果对方蛮横无理,趁机敲诈,那可不行。他就问:"金毛的主人是做什么的?叫什么名字?"

"请理解,我不能透露,这是我们的职业道德。我也不敢透露。我只能提醒您一点,女老板也是女人啊,心肠硬起来,有时候比男人都硬。"

5. 赔偿协议

赔偿协议早就准备好了,在他到来之前,在木瓜发飙之前,就已经准备好了。应物兄现在捏着那张 A4 纸,感觉到了上面的钢印,感觉到了它的凹凸感。没错,他怀疑对方就是专吃这一路的。他甚至由此怀疑,金毛很可能喷上了某种神秘致幻剂,别的狗一旦闻到就神经错乱,张牙舞爪,乱咬一气。然后呢,然后他们就可以趁机敲上一笔。他还想到,对方之所以盖的是钢印,就是让你无法拍照。这样的事情一旦上网,狗主人会名誉扫地,变成人人喊打的过街老鼠。

与一般的公章不同,这个钢印上面没有五角星。这说明对方是个中外合资企业。他勉强认出了其中一个字:桃。对方是从事水果生意的?他连猜带蒙,认出后面那个字:都。桃都?接下来的那个字,很容易就辨认出来了:山。桃都山?桃都山位于济州西北部,属于太行山脉,桃都山区是济州有名的贫困地区,那里有中外合资企业吗?好像没有。对了,名字中带有"桃都山"三字的企业、公司、商店,在济州多如牛毛,甚至二环上的一座立交桥就叫桃都山桥。也就是说,冠桃都山之名,并不表明它就在桃都山。

因为他已经知道金毛的主人是个女老板,所以他自然地想到了桃都山连锁酒店的老板铁梳子。后来他也是这么对铁梳子说的。但在当时,这个念头刚一出现,就被他打消了:这是不可能的,作为济州名流,铁梳子怎么可能如此下作呢?

在赔偿协议上,金毛就像个外宾似的,用的是英文名字:James Harden,简称 Harden。狗主人的名字并没有出现,出现的是经办人的名字,也就是眼前这个姑娘,她名叫金彧。

他对金彧说:"彧者,聪明也。这个名字好。"

金彧说:"我是照章办事。你很忙,我也很忙,先把这个协议签了吧。"

他说:"你也姓金?"他的意思是,狗是金毛,你也姓金。

金彧听出了他的嘲讽之意,顺着他的话说:"如果你说我是它的姐姐,我也没意见。我们老板就是这么说的:金彧,你就把它当成你的妹妹吧。"金毛原来是条母狗。好多天之后,应物兄还记得其中关键的三条:

1)若金毛 James Harden(詹姆斯·哈登,狗证:0037157311811)因为木瓜(品种不明;英文名,缺;狗证,缺)而传染上了 Hydrophobia(狂犬病),木瓜的主人须赔偿金毛 James Harden 主人人民币¥110000(大写:拾壹万圆整),并负责支付所有医疗费用。若金毛 James Harden 不幸离世,其丧葬费(不含购买墓地费),由木瓜主人按实际花费支付。

2)若James Harden传染给蒙古细犬Qidan(契丹),则木瓜主人需赔偿James Harden主人人民币¥880000(大写:捌拾捌万圆整),或在指定地点按同样标准给Qidan另盖犬舍三间。

3)鉴于Hydrophobia(狂犬病)有较长潜伏期,在确认金毛Harden及同伴Qidan未染上Hydrophobia(狂犬病)之前,木瓜主人应先期将人民币¥990000(大写:玖拾玖万圆整)打入金毛James Harden主人为此专门设置的账号,账号密码可由木瓜主人掌握。

他对金彧说:"哈登的名字需要改一下,比如可以改叫哈登娜。一个男性的名字,有可能使它产生性错乱。"说过这话,他就后悔了。哈登是条母狗,如果把哈登不能再生儿育女的损失计算进去,那可就更糟了。还好,金彧听了这话,似乎并没有想到这一点。

协议还涉及哈登以及契丹的疫苗费、治疗费、营养费、特别护理费、精神损失费等一系列费用。按金彧的说法,本来还应该加上主人的精神损失费的,但主人的助理来电话了,决定网开一面,不再另行列入。

金彧说:"看清楚了吧?"

应物兄说:"看得出来,你的老板对金毛感情很深。我对此充分理解。狗是人类忠实的朋友。朋友受了伤,我们当然会很着急。"

墙角的一张桌子上,放着一只白色的搪瓷盘子,里面放着一些血丝忽拉的东西,它们大致呈椭圆形,应该是睾丸,有大有小,大的应该是从大狗身上摘下来的,小的有如眼珠,可能属于狗也可能属于猫。还有一对睾丸,非常之大,黑乎乎的,就像手雷。莫非是从牲口身上摘下来的?哦,大珠小珠落玉盘,只是它们不是珠子,而是睾丸。它们放在一起,隐隐散发着腥臊之气。他后来知道,那是给餐馆留着的。

金彧说:"你先把木瓜的英文名、狗证号填上。"

木瓜的英文名字,他倒是想起来了:Moon,意思是明月。据乔木先生的夫人巫桃说,有一次先生正在阳台上赏月,它跑了过来,跳上了先生的膝盖,肚皮朝上,希望先生给它挠痒痒。先生看它洁白无瑕,圆滚滚的,有如一轮明月,就顺口给它起了个名字:明月。英文名字嘛,自然就叫"Moon"。这个名字好,刚好跟"木瓜"的发音相近。巫桃曾对他说:"不信你叫它一声 Moon,它肯定知道你在叫它。"他叫了它一声 Moon。它果然仰起了脸,眨巴着一对眼睛,将尾巴甩出一个一个圆圈。

他对金彧说:"英文名字倒是有,狗证号码我忘了。"

金彧说:"别逗了。宠物的身份证号码,你怎么可能忘呢?"

他说:"实话告诉你,我没给它办过狗证。"

金彧说:"没有狗证,它就是野狗,要给抓起来。"

他说:"怎么会是野狗呢,有给野狗看病的吗?它虽然是个串儿,但我没让它受过委屈。它的英文名字叫 Moon,不过狗证确实没办。它是小型狗,似乎不需要办。放心,我跑不了的。你把我的身份证号码填上去就行了。我可以肯定,木瓜不会有病的,更不可能有传染病。它吃得比我都讲究。"

"没有病,带它来医院干什么?"

"例行检查嘛。"

"我知道您就是应物兄先生,虽然你看上去不像他。我也愿意相信它不是野狗,虽然它没有身份证。你先把协议签了,签了之后,我们再谈别的。"

"赔偿是应该的。但九十九万元实在是太离谱了,创历史纪录了。世上没有这样的事。传出去,对你的老板不好。"

"您怎么知道没有这样的事?言有易,言无难。"

就是这句"言有易,言无难",让应物兄不由得对金彧刮目相看。这是他推崇的一句治学名言。他甚至认为,这句话应该是所有学者的座右铭。这句话出自语言学家、音乐家赵元任先生。赵元任先生在清华研究院任教时,有一个学生在论文里写到,有一种文法在西文中从未有过。赵元任先生用铅笔写了个眉批:"未熟通某文,断不可定其无某文法。言有易,言无难!"这个学生就是后来的语言学大家王力先生。应物兄曾多次给学生们讲过这个典故,提醒他们治学要严谨。现在,这句话竟从一个抱狗丫头嘴里吐了出来!

"金彧,你原来学的是什么专业?"

"中医,"金彧说,"怎么了?"

"自古医儒不分家。我们本是一家人。你在老板手下具体做什么?不可能只是养狗吧?"

"负责她的日常保健,还有,就是伺候哈登。"

"你的老板是位女士吧?你这么尽心尽力为她做事,工资一定很高吧?"

"老板嘛,都是一样的。有钱做公益,没钱发工资。不过,我们老板对员工还是不错的。我的工资虽然不多,但够用了。"

"你们老板都做什么公益啊?"

"扶贫啊,给山区的孩子送去桌椅板凳啊。所以,我们的老板不会在乎你这点小钱的。你不要担心我们会讹诈你。只要木瓜没有狂犬病,我们不会收你的钱的。我们老板任何时候都强调要照章办事。"

"这协议别签了,免得老板批评你不会办事。我认识你们老板。"

"如果您是应物兄先生,那你们肯定认识。实不相瞒,我看过您的电视讲座,也买过您的书。但您跟电视上不一样。谁能想到在这碰上您呢?谁能想到您养的是一条串儿呢?换个场合,我可能会让您签名呢。请您理解,如果哈登是我的,什么都好说。但它是我们老板的。我是奉旨行事。相信我,如果她知道那是您的狗,她会放弃追责的。她以前也不是没有这么做过。她经常说,就当给山区孩子捐款了。"

"你不要打个电话问一下体检结果?"

"他们会及时通知我的。"

"你看过我的书?欢迎批评。"

"批评倒谈不上。要是我来写,我会把孔子写成养生大师,吃喝玩乐的高手。驾车、游泳、射箭、打猎、登山、钓鱼、弹琴,样样都玩得很溜。"

"你说得对。与其说那是养生,不如说是养性。孔子养生之道的精髓就是养性。他强调修身、克己、仁者寿,又说大德必得其寿。告诉你们老板,得饶人处且饶人,孔子说——"

"您是不是要讲什么忠恕之道,以德报怨?是不是请求我们老板宽恕您?"

怎么是宽恕我呢?又不是我咬了哈登。但这话他没有说出口。不知不觉中,他已经把金彧带入了自己的专业范畴。这是他的强项。他正好借此机会给金彧上一课。万一金彧被打动了呢?他说:"孔子所说的'恕',并非'宽恕',而是'将心比心',是'己所不欲,勿施于人'。我们不妨做个换位思考。如果是金毛咬了木瓜,你会不会赔我们九十九万元?"

金彧咬着嘴唇不吭声了。他趁热打铁:"你们就是愿意赔,我也不会要的。为什么?因为不合情理。你刚才说,木瓜如果咬的是你,那倒好了。话可不能这么说。如果木瓜咬了你,别说九十九万了,就是一百九十九万,该赔也得赔。为什么?因为合乎情理。"

他拿着那张 A4 纸,说:"如果我在上面签了字,那就是陷你于不义。这事要是张扬出去,老板会把责任推得一干二净的。她会说她不知道,都是你干的。这种事我见得太多了。所以,我不能害你。"

金彧终于松口了:"那我们就等一会,等体检结果出来再说。"

"你把老板的电话给我,我先表示一下慰问。"

"她不接陌生人的电话。"

"那就用你的手机打过去。"

"我不能让老板为难。"

按说,他应该感到失望的,但他却没有。他反而有点高兴。因为他看到了忠诚,看到了她对老板的忠诚,而忠诚是一种美德。他甚至觉得金彧顿时好看了许多:小巧的鼻子,小巧的嘴唇,都有一种难得的美。美,而且不张扬。好多天之后,当栾庭玉副省长问到他对金彧的看法的时候,他脑子里出现的就是这副形象。他用了一个词来形容她:古典。他跟栾庭玉说:"金彧不仅忠诚,而且身上有一种古典美人的气质。"

骑着电动车、戴着小红帽的人给医院送来了快餐。医生过来问他要不要也来一份,他谢了医生,然后对金彧说:"你不是懂养生吗?附近有个餐馆,是我的朋友开的,就叫养生餐厅。我请你们去吃饭。我们可以边吃边等。"

"我在电视上看过它的广告。一群影视明星常去那里。我们老板也去过。不过,我认为那是虚假广告。广告上说,那里的茶可以治疗高血压,所以一杯茶要五十块钱。不就是玉米穗上的须煮出来的水吗?"

那个餐厅是他的朋友、著名出版人季宗慈开的,因为季宗慈的女友艾伦是电视台的主持人,所以常有明星在那里聚会。

"用玉米须煎汤代茶,倒是可以利尿。对前列腺肿大的人,有点好处。"

真是处处留心皆学问。今天他学到了一个英文单词"Hydrophobia",还知道了玉米须煎汤代茶可以利尿。他本人有前列腺肿大的毛病。每次使用智能小便池,上面的冲水感应器都会对他构成嘲弄:往往已经冲了两次水了,他还没有尿出来,或者尿了一半,另一半怎么也尿不出来。他注意到,姑娘说这话的时候,面色沉静,目光专注,就像在望诊。莫非她看出我有这个毛病?这样的人才,不去服务社会,却去当了抱狗的丫头,真是暴殄天物。

这么想着,他突然有些尿急了。尿急只是一种感觉,从感到尿急到尿出来还要经过一段漫长的道路。几分钟之后,就在他断断续续撒尿的时候,他掏出他的另一部手机,给巫桃发了一条短信,让她转告乔木先生,事情已经办完了,他正带着木瓜遛弯呢。随后,他又给栾庭玉秘书邓林打了个电话,他要求邓林过来一趟,马上就来。他的声音压得很低,但还是被壮汉听见了。那个清秀的壮汉踹开了门,扑了进来,抢走了他的手机,顺手往他的嘴里塞了一团卫生纸。它带着劣质香水的味道,也带着生石灰的味道。

咔嗒一声,洗手间的门从外面锁上了。

隔着门,应物兄听见金彧在责问壮汉。壮汉没有说话。他听见他的手机在响。如果不出意料,那应该是邓林打来的。姑娘让壮汉把他放出来,马上放,不然就告诉老板,说他损害了公司的形象。壮汉则吼道:"告我?我要告你,告你背叛了铁总。"

哦,果然是铁梳子?真的是铁梳子。那我就不出去了。我得等铁梳子亲自把我揿出去。他突然听到了一记响亮的耳光,伴随着那耳光的是金彧的尖叫。接着,他就听见费鸣在训斥壮汉:"打女人,算什么本事?"费鸣要壮汉向金彧道歉。接下来是哐当一声。费鸣从板凳上栽下来的时候,将那个放着睾丸的搪瓷盘子碰倒了,哗啦哗啦一阵乱响。

费鸣的声音从当中浮现了出来:"你!等着瞧!"

6. 等着瞧

"等着瞧!"事实上,葛道宏向应物兄推荐费鸣的时候,应物兄脑子里也曾出现这几个字。费鸣当初就是这么威胁他的。说起来,费鸣倒是言行一致,说到做到。当然,也正因为如此,应物兄至今想起,胸口还隐隐作痛。

他从美国访学回来之后,整理出版了一部关于《论语》的书,原名叫《〈论语〉与当代人的精神处境》,但在他拿到样书的时候,书名却变成了《孔子是条"丧家狗"》。他的名字也改了,从"应物"改成了"应物兄"。为此,他和出版人季宗慈大吵了一架。但是木已成舟,他也只能认命。这本书是根据他在高年级开设的选修课《〈论语〉精读》的讲稿整理的,增加了一些不宜在课堂上讲述的内容。为了阐发孔子和弟子们的语录,他讲了很多发生在历史和现实生活中的事例。它们或者是他听来的,或者从媒体上看到的,有些则来自于朋友间的闲聊。惹得费鸣大为恼火的那段话,出现在八十九页到九十二页。

子曰:《关雎》,乐而不淫,哀而不伤。

他解释说,《关雎》是《诗经·国风》之首篇,写的是一个男子爱上了在河边采荇菜的女子。荇菜又名水荷叶,为多年生水生植物,在地球上分布极为广泛,从欧洲到亚洲都有它的踪迹,其茎可供食用,也可入药,其药效主要是利尿——与金或提到的玉米须的功效相同。河面上相和而鸣的水鸟,随波荡漾的荇菜,都使男子想起了姑娘美妙的身材。什么叫"淫"呢?"淫"就是流于放荡。什么叫"伤"呢?伤就是过于悲伤。

"淫"和"伤"都失去了分寸,都缺乏必要的节制。在孔子看来,这都是要不得的。孔子对这首诗的评价,实际上表明了儒家的艺术哲学:又热烈又恬静,又微妙又率直,又深刻又朴素,既贯通喜怒哀乐,又提升七情六欲,最后达到"思无邪"的境界。但是,当代很多人已经把"乐而不淫,哀而不伤"忘到脑后了,走向它的反面,也就是"淫乐"。

比如,很多人对硬度的追求,对做爱次数的追求,已经类似于体育比赛了。有些男人走到哪里,都要带上几粒伟哥。以前他们带的还只是六味地黄丸,现在咸与维新,鸟枪换炮了。就是出国,也不忘带上几粒伟哥,以备不时之需,所谓"工欲善其事,必先利其器"。配偶不在身边,带那么多伟哥做什么?

他写到,那与其说是纵欲,不如说是禁欲。这种纵欲主义其实是另一种禁欲主义。与古代的禁欲主义相比,现代的禁欲主义具有极大的欺骗性。处于禁欲状态的人,其实并不知道自己是在禁欲,而且是被迫禁欲。相反,他好像一直有欲望,并且好像一直在获得满足。但是实际上,他已经在不知不觉中被阉割了。

应物兄接下来分析说,你之所以带着伟哥,是因为你的朋友带着伟哥。你之所以去嫖娼,是因为你的朋友要去嫖娼。你本人并没有一种属己的、内在的、强烈的欲望和冲动。你不仅没有欲望满足后的解放和轻松,反而还常常陷入这样的境地:你不得不认可由他人和市场强加给你的欲望和消费方式。即使你在消费中明显感到不适,你也要努力让他人,也使你自己相信,你正获得一种高级的享受。

与古代儒学家不同,从二十世纪八十年代走出来的应物兄,对西方哲学家的著作也多有涉猎。这段话的主要观点,就来自他阅读德国著名现象学家舍勒①的著作时随手写下的笔记。九十年代初,他非常着迷于现象学,囫囵吞枣地读了很多现象学著作。如果什么地方读不懂,他就去问芸娘。芸娘是考古学家姚鼐先生的弟子,后来从考古学走向知识考古学又走向了现象学研究。芸娘的讲解总是深入浅出。每次从芸娘家里出来,他都有拨云见日般的感受。不过,关于舍勒的这段话,他并没有请教过芸娘。他说不出口啊。

按照书的体例,接下来他还要举出一些具体例子。他想到了他听过的一个故事。那是一对夫妇,丈夫是一个先锋派剧作家,成名之后沉迷酒色;妻子是一个翻译家,曾翻译过生态学著作,她本

---

① 马克斯·舍勒(Max Scheler,1874—1928),德国著名现象学哲学家。

人也钟情于绿色食品,亲自在自己家的花园里种菜,西红柿、辣椒、茄子、丝瓜、四季豆。肥料都是从农科所里拉来的经过发酵的鸡粪,看上去就像黑豆。古老的农业文明与现代科技在那个小小的花园喜结连理,硕果累累。但很有讽刺意味的是,她本人的乳房、鼻子已经不属于绿色产品了,因为它们都是动过手术的,里面填充了硅胶。接下来他写道:

> 我这对朋友一直想要个孩子,但就是生不出来。遗传学上相近的物种,譬如生活在非洲的黑猩猩和倭黑猩猩,尽管它们在一百万年前开始分别进化,但仍然可以通过交配产生后代。DNA研究也表明,狼和狗早在十三万年前就分道扬镳了,但狼和狗也仍然可以产生后代。但我的这对朋友,这对时代的精英,却生不出来一个孩子。医学检查证明,他们在生理上并没有问题,只是缺少精子和卵子罢了。人是精英,睾丸里却没有精子,卵巢里却没有卵子,徒唤奈何!后来,这个女士就精心计算排卵日期,并想出来一个办法。遇到排卵期,他们就抓紧时间颠鸾倒凤,然后她还要来个竖蜻蜓。她倒立在床上,头朝下,脚朝上,身体弯成一张弓,两只经过改装的乳房,就像伊甸园之门上的一对门钉。她这样做,是为了让精液最大限度地进入她的子宫。问题是,精液里又没有精子,进去那么多又有什么用呢?到时候还不是要乖乖地全都尿出来。

费鸣竟然主动对号入座,认为这段话写的就是他,而那个女翻译家就是他当时的女友。费鸣以前确曾写过话剧,并由学校话剧团搬上舞台,那些话剧非常抽象,有一部话剧从头到尾所有的句子都有毛病,比如:我后天吃过饭了,前天将看电影;脸贴向大地,脚踩向天空,等等。当然还有英语,有一句英语是这样的:Who pa who①?谁如果说看不懂,费鸣就说,这是先锋派戏剧。其实,应物

---

① 谁怕谁。

兄写到的"先锋派剧作家"另有其人，那个人远在广州。至于那个"女翻译家"，他以性命担保，原型并不是费鸣的女友，而是一个研究湿地生态的人。

从出版人季宗慈那里，他听到了费鸣的反应。费鸣曾勒令季宗慈把书收回，化为纸浆。不收回也可以，但必须马上再版，将那段话中的"先锋剧作家"换成"儒学家"，将"女翻译家"换成"新闻系副教授"。"新闻系副教授"当然就是指乔姗姗了。费鸣是不是昏了头了？忘了乔姗姗首先是乔木先生的女儿？

"为了表达我的歉意，我向费鸣表示，可以将他的几部剧作结集出版，如果字数不够，就多放一些剧照。"季宗慈说，"但费鸣说，书可以出版，放入剧照也是个好主意，图文并茂嘛。但那本书，必须收回。"

他对季宗慈说："你不该妥协。我写的本来就不是他。"

季宗慈说："费鸣说了，他的女友也喜欢在院子里种菜，也做过美容手术，做爱之后也喜欢竖蜻蜓。她的网名就叫蜻蜓。费鸣还说，是蜻蜓首先看到那段话的。她认为是费鸣把那些闺房秘事讲给您的，痛斥他有露阴癖。蜻蜓还把他的电脑从窗户扔了出去，西红柿秧子都砸断了。他们已经分手了。"

世上还有这样的女人？不仅往自己头上扣屎盆子，还要往男友头上扣屎盆子！这样的女人，不要也罢。我们的应物兄甚至觉得，自己无意中做了一件好事，将费鸣从一个疑神疑鬼、有暴力倾向的女人那里解放了出来。费鸣，你不仅不应该恨我，还应该感谢我呢。

"小心一点，我看费鸣不会善罢甘休的，因为他还丢下了一句话，'等着瞧！'"

"年轻人容易冲动，过一阵就好了。"

季宗慈显然认为事情没这么简单，表示可以安排一个饭局，请他们一起吃个饭，消除一下误解。没这个必要吧。本来没什么事，这么一搞,好像真的有什么事。他谢绝了季宗慈的好意。事实上,他并没有太把季宗慈的提醒放在心上。他想起了孔子的教导:"人不知而不愠,不亦君子乎?"

一周后,他和费鸣在乔木先生家里见面了。在乔木先生面前,他们照样有说有笑。乔木先生家里有一间房子,是给他和乔姗姗保留的,他本想把费鸣拉进那个房间解释一番呢,但又觉得纯属多此一举。瞧,费鸣还主动给我沏茶了呢,好像已经想开了。应物兄记得很清楚,他走的时候,费鸣还把他送到门口,把外套从玄关里拿出来给他披上。"外面起风了。"费鸣还关切地来了这么一句。

他认为,事情已经过去了。

不久之后,季宗慈拉他参加了一个直播节目,是交通电台的《午夜访谈》。他对此毫无兴趣,但季宗慈板着脸提醒他,出版合同上白纸黑字写着呢,他有义务参加必要的促销活动。为了提起他的兴致,季宗慈介绍说,主持人是他的粉丝。当着他的面,季宗慈拨通了主持人的电话。她的声音非常甜美,同时又带着一点孩子的稚气。她自我介绍说,她叫清风在侧。"你可以叫我清风。"她说。依他的经验,女人的声音总是和她们的容貌保持着奇怪的一致性。就像女人的腿肚子,总是和她们的脸型保持着一致性:大多数情况下,一个小腿匀称的女人,其身材和脸型也总是令人赏心悦目,少有的例外只不过是为了证明常例的存在。他想,"音容"这个词,似乎就是为了说明声音和容貌的合一。清风说:"我买过你的书,还做了很多笔记。我还把你的书推荐给同事们看。她们也都想见到你。"

这么一说,他就无法拒绝了。

放下电话,季宗慈说:"清风是个美女。"

他纠正道:"应该说是美人。"

他想到了程济世先生的一个说法。程先生是在谈到子夏与孔子的一段对话的时候,提到美女和美人的区别的。子夏问:"巧笑倩兮,美目盼兮,素以为绚兮,何谓也?"孔子说:"绘事后素。"子夏又问:"礼后乎?"孔子回答说:"起予者商也! 始可与言诗已矣。"程先生提醒他,这段话里面提到了"美目"一词,也提到了《诗经》。随后,程先生吟诵了一句诗:"匪女之为美,美人之贻。"①然后,程先生就对"美女"和"美人"做了区分。首先是声调上的区分。程先生说:"美女的声调是仄仄,多难听啊。美人呢,仄平,多么稳当。'残月出门时,美人和泪辞'②,意境、声调多么优美。换成美女,则是境界全无,俗不可耐。厩有肥马,宫有美女。美女者,以色事人者也。以色事人者,能有几日好?"

季宗慈说:"好吧,那我们就给这个美人一个面子?"

但他后来见到的却不是清风在侧,而是另一个主持人朗月当空,简称朗月。清风在侧临时出差了,被台长带到外地参加一个读书推广活动去了。季宗慈事先知道了这个消息,神秘地介绍说,朗月比清风还漂亮。

见到朗月的那一刻,他略感失望。如果乔姗姗的容貌可以打九十分,那么她最多打八十五分。朗月脸上最值得欣赏的是她的眼睛。她的眼睛非常活泼,充满着热情,倒用得上《论语》中所说的"美目"一词。但她的颧骨却有点高。在老外眼里,她或许算得上美人。她有点像默多克的中国妻子。他很快就想到,一个拥有如此甜美声音的人,要是长得也很漂亮,那么肯定会被电视台挖走,而不可能在广播电台屈就。"音""容"分离,真是可惜。这样也好,如果真是个大美人,我可能还会有点胆怯,有点心猿意马,影响到节目的质量。既不漂亮,又不难看,从工作角度上说,正好! 他倒是很喜欢她的马尾辫。连大学生都不留马尾辫了,她却大大方方地留着,多少给人一种古典的印象。

他把那本书送给了她。"应物兄,得给我签上名啊。"她说。她

---

① 见《诗经·邶风·静女》。
② 见〔唐〕韦庄《菩萨蛮》。

的声音之甜美再次超出了他的预料,而且这声音还是当面听到的,不是从电视和电台里听到的。当"应物兄"三个字从她的嘴里吐出来的时候,他第一次感到了这个名字的妙处:它使得我们之间的距离一下子拉近了,有如兄妹。

她的开场白以诗句开头,那是经过她本人篡改的诗句:"朗月当空照,天涯共此时。朗月当空很高兴又与听众朋友们见面了。"尽管他从美国回来已经有一段时间了,但朗月还是在节目中介绍说,著名儒学家应物兄刚从美国访问归来——她用的是"访问",而不是"访学"。她让他先谈谈美国的主要城市是否也像北京一样拥堵。和众多知识分子一样,他也有一个习惯,那就是一到国外,就会变成一只狗,狗不嫌家贫,儿不嫌母丑,中国什么都是好的,容不得外人批评半句;但一回到国内,他就变成了一只刺猬,看到不顺眼的事情,就免不了说话带刺。但这一天,面对着无数陌生的看不见的听众,他发现自己又从刺猬变成了狗。他上来就拿纽约开刀,说纽约的交通状况比北京还糟。还有一句话,他都不敢相信是自己说出来的:"不管从哪方面看,纽约都像上个世纪九十年代的北京和上海。地球毁灭之前,纽约再也赶不上北京和上海了。"

怎么扯到地球毁灭上去了？最近因为要宣传这本书,他和媒体的接触明显增加了,不由自主地染上了媒体所需要的夸张主义倾向。这当然与他的学者身份不符,他也为此提醒过自己。他只是没有想到,一出口,它就又来了。看得出来,她对他的回答暗自兴奋。她需要他的夸张。但她随即问道:"那雾霾呢？纽约总不会有北京和上海那么多的雾霾吧？济州的雾霾也快赶上北京了。"

还真是个问题。

此时,他就感到嗓子发疼,鼻腔发痒。来到演播室之前,他还在洗手间里对着镜子从鼻孔里挖出了一串鼻牛,牛头是硬痂,牛身是半干半湿的泥,牛尾是正在变成泥的鼻涕。那些由鼻腔黏液、灰尘和PM2.5组成的混合物,使他觉得鼻腔的功能被改变了,不再是出气管道、发音器官,而是一个垃圾通道。

但他却听见自己说:"霾这个字,在甲骨文里就有了。造这个字的人,已经告诉我们,遇到雾霾应该怎么办。你看,上面是个雨字,下面是个狸猫。它说明一个事实,当时的人已经开始躲避雾霾了,就像狸猫避雨一样。《诗经》里有一句话,叫'终风且霾',说的就是又刮风又有雾霾。所以,雾霾古已有之,不可大惊小怪。"

听众不会骂我吧?

于是他又打手势又眨眼睛,提醒她赶紧换个话题。她心领神会,抿嘴一笑,说道:"好在今天晚上空气不错。天气预报今晚有雪,还是大雪。以前,刮风下雨下雪,都是坏天气,现在都成了好天气。不过,这里还是要提醒听众朋友,尤其是司机朋友,雪天路滑,一定要注意安全。"然后,她调整了一下耳机,说有听众朋友要向应物兄提问,这个朋友声称读过应物兄的所有著作,是应物兄的忠实粉丝了。电话接进来之后,那个听众来不及寒暄,立即说,他填了一首关于雾霾的词,叫《沁园春·霾》,请应物兄斧正。没等主持人回应,这个听众就声情并茂地朗诵起来。

本来这个人说话他们是听得清的,一朗诵都蒙了,声调完全盖住了字词,只有一个不雅的字他们听清楚了。

他看着朗月,朗月迅速调整过来了,不慌不忙地说,看来听众朋友一谈起雾霾,气就不打一处出啊。随后她就说到在日常生活中,人们习惯于用性器官来表达否定,这是不是说明,在中国人的头脑里,"性"本身是脏的。她抚着话筒,侧过脸来,问道:"应物兄是儒学家,儒学家也认为性是脏的吗?"

想起来了,这是午夜节目,它的真正意义是给司机朋友提神,是陪夜猫子们聊天。那些听众喜欢听到一些与身体有关的话题。他当然不认同她转述的观点。于是,他又提到了《诗经》中的《关雎》,提到了《孟子》中的"食色,性也",提到了道教与房中术的关系。房中术作为一种文化,虽然主要是受道教的影响,但它的发展过程,也与儒学有着千丝万缕的联系。许多著名文化人都深谙房中术,比如李白。据考证,李白除了诗写得好,还有两项功夫,一个是剑术,一个就是房中术。她插了一句,说:"这些诗啊、文章啊,都是男人写的,女人好像不谈这些话题。就是想谈,她们也说不出口啊。"

"谬也!你知道班昭吗?就是班彪之女,班固、班超之妹,她曾著有《女诫》一书,其中专门说道:'夫妇之道,参配阴阳,通达神明,信天地之弘义,人伦之大节也……夫不贤则无以御妇,妇不贤则无以事夫。'而所谓的'参配阴阳,通达神明',其实就是房中术。"

朗月做了一个篮球裁判的暂停手势,说要插播一条新闻。

原来,就在他们谈性论道的时候,在二环路的彩虹桥下发生一起交通事故:一辆拉炭的毛驴车与一辆林肯牌轿车在桥下相撞了,司机没事,但车夫当场昏迷过去了,已经送到了附近医院。她说:"但愿车夫朋友平安无事,但这里还是要提醒农民朋友,不要将毛驴赶到城内。如果已经进城了,最好尽快把车赶到城外。"说到这里,她模仿一声赶车人的口令:嘚唷,驾!然后她又说道:"好了,让我们来看看事发时的具体情况。"

如果是刚打开收音机,你会认为她正在转播一场赛事。她非常详细地讲到当时林肯的车速是一百迈,毛驴车的车速是二十五迈。她甚至还饶有兴趣地把林肯、宝马、奥迪、凯迪拉克的安全系数做了一番对比。一连串的数据报完之后,她又提到了毛驴。应物兄还以为她会说到毛驴奔跑的速度呢。照她这种真真假假、胡连八扯的主持风格,她就是提到非洲野驴也不会让人吃惊的。还好,她没有提到野驴,说的还是那头闯祸的毛驴。"毛驴哭了。"她说。这确实是她的原话。好像她的听众都变成了儿童,需要她做出这种拟人化的表述。随后,她又突然变成了一个抒情诗人:"毛驴的悲鸣像咏叹调一般响彻夜空,却又轰然倒地,四脚朝天,和这个世界拜拜了。"她夸张地叹息了几声,似乎在和毛驴告别。随后,

她又给观众出了一道选择题:

　　毛驴的蹄子分为几瓣?两瓣,三瓣,四瓣,还是不分瓣?
　　请打电话或发短信,把你选中的答案告诉我们。
　　您将有机会领取应物兄先生签名的《孔子是条"丧家狗"》。

　　这就是所谓的软广告了。对于那些无所不在、无孔不入的广告,我们的应物兄向来很反感,几乎是本能地拒斥。他没有想到,自己现在也变成了广告,而且是和驴蹄子捆绑在一起。毫无疑问,这是季宗慈的主意。哦不,应该是季宗慈与交通电台合谋的结果。很快就有电话打了进来。第一个电话说分两瓣,第二个电话说分五瓣。他们言之凿凿,都声称亲自观察过的。第三个电话终于答对了。打电话的人自称是开出租的。那个人很有礼貌,先感谢了一番主持人和导播,然后说:"毛驴是奇蹄目动物,单蹄,不分瓣。"

　　"恭喜您,答对了。工作人员随后会将应物兄先生签名的《孔子是条'丧家狗'》寄给您。"

　　"不需要寄了,我已经有了。主持人,我能和应物兄先生说句话吗?"

　　"这位朋友,你不要替我们省钱啊。作为幸运听众,你可以有两分钟时间和我们的嘉宾交流。"

　　"我就想问一下,应物兄为什么给这个书起名叫《孔子是条'丧家狗'》?"

　　哦,这算是戳到他的痛处了。关于这个话题,应物兄虽然在不同场合已经解释过多次,但他还是愿意利用这个机会再说一遍。他说,这是出版人给改的书名,自己也很不习惯,为此还和出版人有过争论。因为季宗慈就在玻璃隔板后面坐着,他不便说得太多,只是强调,出版人已经向他道歉了。他说:"虽然出版人告诉我,孔子都自称是丧家狗,我不应该太介意,但我还是要求他把书名改过来。"当他这么说的时候,他扭头看了看玻璃隔板后面的季宗慈。

季宗慈朝他做了个双手合十的动作。

"孔子什么时候自称'丧家狗'了？孔子说的是'丧家犬'。"

那一瞬间，他觉得他和季宗慈的争吵又回来了。当初，他就是这么对季宗慈说的。季宗慈的回答是："犬不就是狗吗？"他记得很清楚，当时他忍不住给季宗慈上了一课：虽然"狗"和"犬"在生物学意义上是一样的，指的都是由狼变来的、长着具有散热功能的长舌头的动物，但在哲学、文学和心理学的意义上，它们却是不一样的。犬子是自谦，狗崽子却是骂人。狗特务也不能叫犬特务。犬儒学派，不能称为狗儒学派。"丧家犬"是对一种状态的描述，但"丧家狗"在伦理意义上却是骂人的。用这个做书名，真是莫名其妙！他还对季宗慈说，严格说来，即便在生物学意义上，"犬"和"狗"也是不一样的。《说文解字》说得很清楚，"犬，狗之有悬蹄者也。"犬有五趾，与人一样，而狗只有四趾。犬的第五趾平时悬着，不着地。只有在奔跑或者搏击的时候，第五趾才会派上用场。他对季宗慈说，如果你真的喜欢这个书名，就把"丧家狗"改成"丧家犬"。

这会，他听到这名听众说："犬非狗。狗屁，总不能说犬屁吧？"

因为对方号称是开出租车的，所以朗月说道："这位司机朋友，犬非狗，那么犬是什么呢？"

对方说："狗是犬的一种。假如政府有令，杀天下之狗，那并不是要把天下的犬都杀光。军犬就不能杀。"

应物兄说："你说得对。犬，狗之有悬蹄者也——"

但对方很快就说："这是许慎的话。许慎认为，先为'狗'字，后有'犬'字，所以犬只是狗的一种，所谓'狗之有悬蹄者也'。但他弄错了。甲骨文中只有'犬'字，没有'狗'字。退一步讲，即便犬是狗，它指的也是大狗。《尔雅》里说，'未成毫，狗'。还没有长毛的小崽子才叫狗，就像'驹'说的是小毛驴、小马驹。应物兄先生，你认为，孔子是一条还在吃奶的小狗吗？"

可以肯定，这个人不是出租车司机。他问了一句："这位朋友，您是做什么的？您说得太好了。我们下来可以交流一下。我看您不像是开出租的。"他试图从对方的声音中听出对方的年龄。这个人似乎感冒了，鼻子发齉。如果对方是个年轻人，他倒想招进来做自己的学生。

"你说对了，我不是开出租的，我是给别人抬轿子的。"对方说。

朗月提醒了一句："对不起，这位朋友，两分钟时间已经超了。"

应物兄是爱才的，他对朗月说："请再给他两分钟时间。"

那人说他现在就在毛驴车和林肯车相撞现场，正在等着交警疏通道路。"我想问一句，"那个人说道，"孟子什么时候说过'食色，性也'？这话怎么会是孟子说的呢？分明是与孟子同时代的告子说的。犯下如此低级错误的人，也算著名儒学家？"

应物兄这才感到对方不怀好意。他赶紧解释说："刚才确实说得不够严谨，孟子二字应该带上书名号。因为做的是对话节目，为了简洁起见，才这么说的。不过，我还是要感谢您的提醒。听得出来，您是个专家。"

那个人根本不领他的情，继续说道："你的书里也提到这句话，也没带书名号。这又如何解释？"

他只好认错了，说："这是我的错。我应该再看一遍校样。谢谢您的指正。"

那个人接着又说："还有，你的书里多次提到伟哥。孔子跟伟哥有关系吗？你到底是谈孔子，还是谈伟哥？洒狗血嘛。你是不是担心，不洒狗血人们就闻不到味？闻不到味，就不会围过来看你卖的是什么膏药？当然了，洒不洒狗血，那是你的自由。但你把狗血喷到别人脸上，又算怎么一回事呢？曾子说，吾日三省吾身。应物兄先生，你是不是也该——"

没等那人把话说完，朗月就把电话掐了，然后她把责任推给了对方："电话怎么断了？这位幸运听众的信号好像出了点问题。好了，刚好有别的听众打进来电话——"此时，我们的应物兄已经被那个人问得满头大汗。她斜过身来,递给他一包湿纸巾,同时拍了拍他的手背以示安慰。当她恢复坐姿的时候,她的马尾辫就像钟摆一样晃了过来,扫到了他的脸上,有一缕头发扫到了他的嘴角。那个时候,他正在舔嘴唇呢,所以也刚好舔到了她的头发。

其实她并没有像她所说的那样立即去接听电话,而是先放了一段音乐。在演播厅里,反倒是听不见音乐的,除非你戴上耳机。那是后台的工作人员通过另外的渠道插播进来的。她一直戴着耳机,为的是与工作人员保持联系。她凑到他的耳边,低声说道:"什么样的听众都有。上次的嘉宾,被听众训得心脏病都要犯了。从此我们都不得不准备速效救心丸。但我相信您能够挺住。"

"人家说得也有道理。"

"一会,我请你出去撮一顿,为你压惊。"

"撮一顿"是本草地区方言,意思是聚餐。莫非她也是本草人?如果不是,那就说明她已经提前做了功课,知道他的老家在本草。他想,她大概确实如季宗慈所说,已经看完了他的书。他对她顿时产生了信赖感。正是由于这个信赖感,接下来他不由自主地就被她牵着鼻子走了。她突然说,她看到了一则报道,报道中说他在书中逐条反驳了《解读〈论语〉》。又说,她已经听说了,作者心得女士通过他们共同的朋友捎话,要跟他面谈一次,好当面向他请教。哦,他还不知道,那个报道的始作俑者此时就坐在玻璃隔板后面。没错,这就是季宗慈干的。

"啊?这本书我从未看过,又怎么反驳呢?"

"是吗?"她吃惊地问,"那你知道作者心得吗?"

"听说过。我也上网嘛,也看报嘛。出于对同行的尊重,我不便评论。"

"那你总看过心得的节目吧?"

他承认,他曾经在电视上看到过心得,也看到过别人对心得的批评,说她的知识性错误过于扎眼。不过,此人并不是专门研究

《论语》的专家,你不能用专家的标准去要求她。她把《论语》当成了心灵鸡汤,这也没什么不好。她对孔子思想的普及还是有贡献的。他说:"我只是不喜欢心得夸夸其谈的风格。"

她食指托腮,用眼神鼓励他说下去。

他回想着电视上心得的形象就有话说了。他的脑子里有个开关,有个频道,一旦打开,各种想法就会纷至沓来,嘴巴也就滔滔不绝。他本来不该这样的,因为乔木先生早就提醒过他,要管住自己的舌头,但在这个演播室里,他暂时把这个提醒忘到脑后了。他听见自己说:"众所周知,所有的拳击手都把对方看成敌人,都是在用拳头教育对方,比的是谁的胳膊粗,谁的拳头硬。而所有的辩手,都是通过抽签来确定自己的文化立场的。如果一场辩论赛的直播时间是四十分钟,那么,辩手保持那个立场的时间就是四十分钟。你认为同性恋者可以结婚吗?正方是可以,反方是不可以,请抽签。如果你抽中的是正方,即便你在生活中一看见同性恋者就起鸡皮疙瘩,你也必须引经据典,认为他们或者她们应该结婚,《圣经》和《论语》中并没有反对同性恋婚姻嘛。古今中外很多伟大的诗人、伟大的艺术家当中,都不乏同性恋者。我们之所以能够享受那些伟大的艺术成果,就是因为他们和她们是同性恋者。他们和她们用语言和身体表达了人性的丰富性。"

"如果抽的是反方呢?"她问。

"那就是另外一回事喽。即便你本人就是同性恋者,即便你走进辩论赛直播厅的时候,刚给同性恋人打过电话,试图通过那些绵绵情话来缓解自己的紧张,此时你也必须一口咬定那是一种变态行为。《圣经》或者《论语》从来都没有说过同性恋是可以容忍的。古今中外的艺术家当中,确实不乏同性恋者,但他们创造出来的艺术总是带着病态。什么人类情感的丰富性?完全是一派胡言。当杀人犯举起刀子的时候,刀锋上同样闪烁着人性的丰富性,但只要我们在场,我们就有必要扑上前去,夺走刀子。"

他说得激动起来,右手不由自主地舞动着,既像挥刀,又像夺刀。

"应物兄太谦虚了。那么,你怎么看待中天扬呢?"

"中先生?我们曾在武汉见过面。他口才很好,给人的感觉就像是正站在历史和现实、正剧和喜剧、传说和新闻、宗教与世俗的交会点上发言。他好像同时踏入了几条河流。"他也补充了一句,"这当然也是本事,可惜我学不来。"

她又让导播接进了一个电话。不过,那个人只说了一句感谢的话,她就朝着身后打了一个响指。那其实是一个暗号,意思是提醒导播再换一个听众。她耳朵很尖,因为她立即听出对方就是刚才那个把他搞得满头大汗的听众。她做得很巧妙,对着话筒说:"怎么回事?这位朋友怎么不说话了?看来是信号问题。应物兄的时间很宝贵,还有很多听众希望和应物兄讨论问题。我们这就接通下一位观众。"说完这话,她又凑到他耳边,说:"这个听众,入戏太深了。"

谁能想到呢?反正应物兄无论如何也想不到,那名听众就是费鸣。

做完节目已经是凌晨一点半了。他真的有点饿了,肚子在咕咕叫。她说:"说好了,我要请你吃饭的。今天我学了很多知识。你大概不知道,心得也曾是我的嘉宾,就坐在你刚才的位置。她还劝我把头发剪短呢。"

季宗慈说:"朗月,再把心得请来一次,让她谈谈这本书。"

"你以为心得是好请的吗?我们的预算很紧张的。"

季宗慈说:"经费问题,你别考虑。我可以赞助一下。"

"那也得看看人家有没有档期。"

他知道季宗慈是想挑起他和心得的战争。他当然不想这么做。于是他换了个话题,"朗月,你的马尾辫千万别剪。又简洁又典雅,打理起来也方便。"

"方便？这是韩式的。做一次,麻烦得很。"

马尾辫还分韩式与中式？以前,满大街都是马尾辫。不会是韩国抢先把它当成专利注册了吧？不过,再看的时候,他果然觉得那是升级版的马尾辫:头发显然是烫过的,很蓬松,头发遮住了耳朵,只露出了白净的耳垂。她的耳垂上戴着钻石耳环。他突然想起,自己也曾给乔姗姗买过一对钻石耳环。

他们一起下楼。在电梯里,季宗慈问朗月:"你真的曾拜心得为师吗?"

"是啊,不过,我也可以拜应先生为师啊。"

"朗月说笑了。"

"应先生,这里没有外人,您可以说真话了。您真的没看过心得老师的书?"

"在书店翻过,只看了半页。因为第一句话她就错得离谱。她说,宋代开国宰相赵普曾经标榜过,自己是以半部《论语》治天下。宋代开国宰相是谁？范质、王溥和魏仁浦。赵普是开国四年后才当上宰相的。"

"你们这些学者是站在研究角度看问题,她是站在普及角度看问题。"

"世界上有哪个问题,从研究角度看是错的,从普及角度看是对的？"

"看来,我真得拜您为师了。"

他当然不会把这话放在心上。这时候他们已经来到了门外。果然下雪了,而且下得正紧。院子里的车辆已被大雪弄得圆鼓轮墩。他们一共六个人,包括导播和一个现场工作人员。她让他上了她的车,说还有些问题需要请教。季宗慈开车带着她的同事跟在后面。

"方向盘太冷了,手都要冻上去了。"她说。

她把右手伸向他。按他的理解,她那是撒娇。如果他不抓住她的手,那就显得太不解风情了。他握住了她的手。她的手并不冷,反而热乎乎的。她并没有把手抽回去,他也没有把手拿开。她单手开车,车开得很快。她还叼上了一支烟,等着他给她点上。"你也可以抽。"

后来他们坐到了一个粥店里。她说喝粥养胃。他们点了海鲜粥、百合粥、红薯粥、红豆粥、薏米粥、杏仁粥等等。后来,当事情弄得不可收拾的时候,他会经常想起那一桌粥。他的生活之所以乱成一锅粥,好像就是从那个粥店开始的。喝粥的时候,他的脚脖子突然变得冰凉,就像被烫了一下。原来,是她靴筒上的雪融化了,滴到了他的脚脖子上。那冰凉的感觉正从脚脖子向脚面、向脚弓漫延。她是故意的吗?好像不是。他把脚挪开了。但他随即感到,她的靴子又贴了过来。他顿时心慌意乱,只顾埋头喝粥。

她却开起了玩笑:"慢点喝,别把嘴烫坏了,我们可都是靠嘴吃饭的。"

"不好意思,确实有点饿了。"

她说:"老师饿了,学生管饱。"

他感到她把靴子挪开了。我可能误解了她。对自己的胡思乱想,他有点不好意思。又一碗粥端上来了,是鲍鱼粥,她从侍者手里接过来,放到了他的面前。

"喝不完了。"他说。

"那我替你分一点。"她拿起勺子,用左手从那只碗里舀粥,同时有意地把切成豌豆大小的鲍鱼留下了。她翘起的无名指上戴着钻石婚戒。他想起一个古老的说法:左手无名指上有一根血管是跟心脏联系在一起的,离心最近,婚戒戴在那里,意味着心心相连。他一时管不住自己的嘴了,问:"朗月,你先生是做什么的?"问过之后,他就后悔了,觉得不该打听别人的私生活。

"他?开飞机的。今天去了日本。"

"开飞机的?好啊,小伙子一定很帅。"他说。

"不是去土耳其了吗？我还要他给我捎一只海泡石烟斗呢。"同事诧异。

"不是去了日本就是去了土耳其。"她说。

这个姓窦的同事是个好赌之人，吃饭的时候也通过手机与朋友在赌球。现在他要求有人和他赌一下，朗月的丈夫到底是去了日本，还是去了土耳其。朗月没有参与。另外几个人，包括季宗慈都说去了土耳其。那家伙不高兴了，说："不行，必须有人赌去了日本。不然，我们怎么赌啊？"

应物兄说："好吧，我赌他去了日本。"

"好，就赌那个海泡石烟斗。你赢了，我送给你。你输了，再给我买一个。"

"别跟他赌！"朗月说，"他们是朋友。我先生去了哪里，他比我还清楚。"

"我觉得他应该去了日本。"

"为什么？"

"因为这样才能凑成一个对子：本日飞机飞日本，朗月当空当月朗。要是去土耳其，就凑不成对子了。"他之所以这么说，其实是表示对她的婉转拒绝。

姓窦的当场给朗月的丈夫打了个电话。果然是在土耳其。朗月接过手机，说："我们刚录完节目。小窦想提醒你，别忘了他的海泡石烟斗。"

这时候，另一个工作人员在和季宗慈谈论合同的事。季宗慈已经和电台签约，将要整理出版这档节目的对话稿，书名暂定为《午夜情谭》。她也就顺便告诉应物兄，速记员已经把本期的访谈整理成了文字，包括观众的提问。她说："我用微信发给你，你补充整理完之后发给我。"他们互相加了微信。

她的微信名叫"朗月当空照"。他说："这个名字有意思。"

"我的同伴清风，微信名叫'清风在侧畔'，都是陈台起的。"他们的台长叫陈习武,曾发来聘书,让他和乔姗姗共同出任一个名叫"家和万事兴"的夫妻朗诵比赛的评委,但被他们不约而同地拒绝了。

"你们台长很有情调啊。"他说。

"谁说不是呢。"她说。

"合同上写明了,凡是和嘉宾说过话的幸运听众,也都有稿费。"姓窦的同事对季宗慈说,"咱们赌一下,今天哪个听众,会买十本以上的书。"

她把对话稿发过来了。每个幸运听众,都是以来电显示的电话号码注明的。他觉得其中一个号码非常熟悉,就是朗月说的那个"入戏太深"的听众的电话——那个人的话整理出来足有两千字。他把那个号码输入了手机。最后两个数字还没有输进去,他已经觉得,那好像是费鸣的号码。

手机屏幕上果然跳出了两个字:鸣儿。

7. 滑稽

滑稽!太滑稽了!看到稿子里关于驴蹄子分几瓣的对话,应物兄觉得这种貌似有趣的知识,出现在自己的访谈录中,实在是太滑稽了。而费鸣的那段话,则让他感受到了屈辱:我当时出于对他的欣赏,让他多说了几分钟,他却言非若是,说是若非,指桑骂槐。一想到书出版之后,将会有更多的人看到这一幕,他就后悔听季宗慈的话参加了那个节目,肠子都悔青了。

季宗慈碰巧打来了电话。我正生气呢,生气自己听了你的话,他听见自己说。他很想发火,但拿起了电话,他却说道:"正替你校对稿子呢,季总。"

"我要说的就是这个事。我还担心您生气呢。"

"生什么气？我只是感到,这稿子质量不高,不应该出版。"

"普及性文字嘛。您不是说过,看问题有学理的角度,有普及的角度——"

"但是,无论从学理的角度看,还是从普及的角度看,它都很差。这期的对话,我建议你不要收进去。"

"就因为费鸣那个电话？"季宗慈说,"或许是别人拿着费鸣的手机打的。"

"费鸣？他也听这个节目？不可能吧？"

这么说的时候,他感受到了自己的虚伪。但这是必要的,这是为了维护我的自尊。他想,知识分子的虚伪并不都是为了获得什么利益。

"这样吧,这本书就由您来担任主编。这样您就有权力对稿子进行删改了。"

"你应该找个名气更大的人来当主编。"

"我觉得您就挺合适。"季宗慈说,"这也是朗月的意思。她认为这期节目是最好的。清风人在外地,但也收听了。不瞒您说,清风都后悔自己出差了,漏掉了这期节目。"

"让她们两个当主编不就得了？"

"她们？您又不是不知道,谁排名在前,谁排名在后,她们都会计较的。本来,台长陈习武可以与您联名当主编,但陈习武说了,如果他当了这套书的主编,别的几套书的主编他也得当,不然手下人就会说他厚此薄彼。至于真实的原因嘛,书中万一哪句话犯忌了,他担心受到连累。"

"季总,你就不怕我受到连累？"

"您是大学教授,又是儒学家,谁又能拿您怎么样。"

"大学教授也没有法外之权啊,儒学家更不能犯忌。"

"我请心得当主编,您没有意见吧？"

"你务必把我的名字去掉。"

"合同！一定要按合同办事。进演播室之前,您签了合同的,合同说得很清楚,允许电台使用您的录音,使用您——"

"好吧,我同意当主编,然后把那段文字拿掉。"

当中隔了两天,朗月打来电话,说已经把他那本书看完了,受益匪浅。又说,工作人员已经跟那个"入戏太深"的家伙联系上了,奇怪的是,那家伙否认自己打过电话,后来终于承认了,态度却极不友好。"他不同意删改,删掉一个字,他说他就写文章揭露我们断章取义。他倒愿意增补,说他还没说过瘾呢。我们得商量一下怎么办。"朗月说。

"不能把他去掉吗?"

"去掉?他说,要买三千本书。"

"那就由他去。"

"真是有点对不起。为了表示歉意,我要送你一个礼物,一只海泡石烟斗。我送给你,还是你来取?"

"海泡石是什么东西?"

"只有土耳其才有。海泡石是从地壳深处挖出来的,遇水则变软,风干则硬。海泡石烟斗,是烟斗中的极品。你要不用,可以送给你的岳父乔木先生啊。"

她的先生肯定已经回国了。哦,她还知道乔木先生是我的岳父。对于她在粥店的举动,我是不是想得太多了?

大约一个小时以后,他来到了她的小区门口。他坐在车里等着她,推开车门,请她上车。"我也是刚好从机场送人回来,"她说,"我本来要请你吃饭的,可忘记跟阿姨说了。她提前把饭做好了。要不上去随便吃一口?"

那是一幢灰色的公寓楼,她住在九楼。上到三楼的时候,电梯里进来了一对年轻男女,还有一个老人。老人是被女孩搀进来的。他从她们脸上看出了某种遗传特征,但他不知道她们是母女还是祖孙。小伙子看着手机,突然说:"出事了,一哥们出事了。"姑娘问:"出什么事了?"小伙子说:"他住在酒店,被客人投诉了,因为羞羞声音太大。"老人问:"羞羞?"姑娘抿嘴笑了,小伙子说:"羞羞是一种体育术语,说的是台球一杆进洞、足球射门、篮球双手投篮。"老人说:"酒店房间那么大?可以打球?"小伙子说:"可不是嘛。"老人说:"住店就好好住店,打什么球?"那三个人在八楼下去了。朗月说:"那女孩,就是陈习武的妹妹,叫陈习文,刚上大三,这是她第三个男朋友了。"

"老人是陈台的母亲?"

"可能是吧,听说陈台前后有三个母亲。"

进了房间,他看到一张小餐桌上摆了四个冷盘,红酒已经醒上。冷盘是两荤两素:一盘耳丝,一盘香肠;一盘西芹,一盘百合。酒是波尔多干红。吃猪耳朵,喝法国干红?再来一盘红烧大肠就更好了。哦,锅里还真的卤着一份猪大肠。

"先生呢?"

"这次真的是去日本了。我去机场就是送他的。"

她喝起法国干红,就像喝啤酒。碰过杯之后,她拿出了她修改补充后的稿子,说请主编看看有没有什么知识性错误。他又看到了费鸣那段话。

"这段话,作者本人修改过了吗?"

"没有。他的话还真的不需要改动。这个人,有意思。"

他想看海泡石烟斗,但是她不说,他不好意思主动提起。

"你在想什么呢?"她问。

他认为她说的是费鸣,所以他就说:"你在想什么,我就在想什么。"

奇怪得很,她突然一本正经地说:"罚站!站起来。"

他糊里糊涂地就站了起来。

她也站了起来,放下杯子,捅了他一拳:"你怎么这么流氓?"

捶向他的拳头并没有收回来,它展开了,搂住了他的腰。隔着毛衣,她小小的乳房贴在他的胸口。如果说他没有想过拒绝,那显然不符合事实,但事实是他又确实没有把她推开。她的手从背后伸进了他的毛衣,似乎只是想暖暖手。接下来,他的动作如同镜子的反射,当她把他的毛衣掀起的时候,他也把她的毛衣掀了起来。她转过身去,解开了乳罩。当她再次转过身来,她还悄悄地用手托了一下,似乎并不那么自信。她的乳头很大,如饱满的桑葚。乳晕很深。

他想起看过的一些色情画:画家总是将女人的乳晕涂成红色,就像张大的嘴巴,而乳头就像伸出的舌尖。她呻吟了一声,说:"咬它。"

她熟练地用牙齿撕开套子的包装,给他戴上了。套子的包装纸就放在那沓稿子上,稿纸的上面,就是费鸣的电话号码。他耳边又响起了费鸣打电话的声音。一种幻觉油然而至:费鸣好像就在这个房间里。

他很快就软了下来:"对不起,我还从来没有这样过。"

"这么说,朗月遇到好人了?"

"我肯定不是坏人。"

"那你妻子有福了。"

我或许应该告诉她,我和妻子分居了。但话到嘴边,他却没有说出来。在她唇舌的刺激下,他终于恢复了生机。他已经很久没有碰过女人了。这一次他没有戴套。她说,她正处于安全期。那滚烫的肉鞘,让他陷入了迷狂。

后来,当他悄悄地把发麻的手臂从她身下抽出来的时候,他好像看到外面的雪光映入了窗帘。这当然是不可能的,因为这是九楼。他顺便进行了一番自我分析:为什么会有这种幻觉?这就像我书中写到的,做爱之后,我不但没有获得满足,反而有一种置身于冰天雪地的感觉。她上了趟洗手间。在绝对的安静中,他听见了她嘶嘶撒尿的声音。哦不,置身于冰天雪地,你会感到清冽、洁净,而我现在感受到的只是龌龊。

他尽量离洗手间远一点,离那种声音远一点,离那种龌龊远一点。客厅里摆着两只书架,书架上摆着一些影视明星的传记和画册。两个书架之间,挂着一幅字。他想等她出来,找个借口尽早离开。在等待中,他看着那幅字:

春日在天涯,天涯日又斜。
莺啼如有泪,为湿最高花。

落款很有意思:隹二枚。多么奇怪的名字。这个人写得相当随意,又遒劲,又稚嫩。这个人不是书法家。书法家有自己的套路,无论是字体还是布局。它甚至不是写在宣纸上,而是写在一张方格纸的背面。隹二枚?这个名字有讲究。《说文》中说:雙,隹二枚也。也就是两只鸟的意思。

这是李商隐的《天涯》。在李商隐的诗中,最朴素易懂,又最悲伤。这首诗挂在这里,似乎不大妥当。她终于从洗手间走了出来,已经补上了口红和眼影,并且穿上了外套,好像正要出门。她双手插兜,歪着头问道:"喜欢这幅字?喜欢可以拿走。"

"我怎么能夺人所爱呢?"

"不是什么名人写的。听说是个科学家。清风去采访他,他正在写字。她说了声喜欢,他就随手甩给她了。她其实并不喜欢,不然她也不会送给我。她不知道,我也不喜欢。那个'泪'字有点扎眼。正好请教一下,什么叫'最高花'?"

"树顶上的花,最高处的花。"

他该告辞了。她也没有挽留他。海泡石烟斗的事,他们都已经忘了。他发誓再也不见她了。当他出来的时候,他感到情绪糟透了,真的糟透了。脏乎乎的雪水又进入了他的鞋子。糟透了,感觉真的糟透了。这事是怎么发生的?她要不提起费鸣,不说是要商量费鸣的事,我会跑来吗?

8. 那两个月

那两个月,在季宗慈的安排下,应物兄接受了无数次采访。除了乌鲁木齐和拉萨,他跑遍了所有省会城市。北京和上海,他更是去了多次。香港也去了两次,一次是参加繁体字版的签约活动,一次是参加香港书展。季宗慈说,自己这样不惜血本,是因为珍惜友情,也是出于对他的感激。

"感激我什么呢?"

"感谢您对我和艾伦的关照。"

"别您啊您的。"

"好啊,我听您的。"

艾伦也用"您"来称呼他了。艾伦曾是济大一位哲学教授的情人,而那个哲学教授刚好是季宗慈攻读在职博士时的导师。季宗慈明知艾伦是导师的情人,但还是横刀夺爱了。亚里士多德说,吾爱吾师,吾更爱真理。这句名言到了季宗慈这里,有了新的发展:我爱导师,也爱真理,更爱导师的情人。作为季宗慈和那位教授共同的朋友,应物兄曾参与了调解工作。此事难度系数之大,何亚于饲养员说服猴王放弃一只母猴?饲养员手里有的是苹果、花生、瓜子、香蕉、桃子,必要时还可以从别的猴群里临时抓只母猴充数。应物兄呢,他只有一张嘴。

和哲学教授谈话的时候,应物兄有意把艾伦与季宗慈相识的时间提前了。他想通过这种方式,唤起那个哲学教授的负罪感。"是你把艾伦从季宗慈手上抢过来的,还是物归原主吧。"他对哲学教授说,"他们准备结婚了。你或许应该感谢季宗慈既往不咎。"

"不对呀,我爱上艾伦的时候,艾伦正在空窗期。"

"他们只是在赌气,看谁最先沉不住气。你知道的,师生恋,学校不允许的。"

哲学教授引经据典,强调没有师生恋哲学史和文学史都得改写。"我死了,他们想怎么搞都行。我可以把所有版权都留给他们。"哲学教授说。

"不知道吧?夫人已经有所察觉了。"

"吓唬我的吧?"

"不信,你现在就打电话问她。"

"我手头有个重大课题,课题完成之后,再跟她断掉,行吗?"

"还是关于斯宾诺莎那个课题?研究斯宾诺莎,你就应该向斯宾诺莎学习。斯宾诺莎经常囤积几筐土豆,三个月不出门。上次出门,姑娘们还穿着靴子呢,下次出门她们就露大腿了。你呢,一个月就带着艾伦出去了三次。"

"我再带着她上一次武当山,回来就断掉,行吗?"

"季宗慈说,他和艾伦可以陪着你和夫人一起去武当山。"

"我早就发现季宗慈不够朋友。他们毕业的时候,我照例要发表一个演讲。我刚说了一句'亲爱的朋友们',他就打断了我。他说,亚里士多德演讲的时候是这么说的,'亲爱的朋友们,朋友是没有的'。亚里士多德说过那么多话,他就只记得这一句。算了算了,不说他了。"

事成之后,他曾多次劝季宗慈与艾伦赶紧结婚。好像只有他们结婚了,他才对得起哲学教授。但季宗慈和艾伦却不给他面子。对于他们没有结婚的原因,双方出示的版本有明显差异。季宗慈的版本是,他压根就不愿结婚,想结婚的是艾伦,女人嘛,天生就是家庭动物;艾伦提供的版本则是,既然婚姻是爱情的坟墓,那她为什么还要找死呢?季宗慈想早点结婚,不过是想用婚姻把她给套牢。根据他对季宗慈的了解,根据他对离过婚的男人的了解,他倾向于认为,季宗慈版本的真实性更大。为什么?因为季宗慈的版本是个哲学版本。季宗慈曾经引用康德的话说:"婚姻的意义就在于合法占有和利用对方的性官能。"这句话的具体出处,应物兄没有考证过,但他相信这应该是康德的原话,因为康德本人应该就是在这个理论指导下终身未娶的。就像发展了亚里士多德的理论那样,对于康德的理论季宗慈也有发展。季宗慈说:"但是,当你在合法利用对方性官能的时候,你所获得的只能是体制性阳痿。"

季宗慈不想阳痿,所以不愿结婚。

在出版界浸淫多年的季宗慈,与港、澳、台众多文化名人有着深入的交往。在季宗慈的安排下,应物兄和许多名人进行了对话。名人的出场费,当然都是季宗慈支付的。"几个碎银子罢了。"季宗慈劝他不要有心理负担。

如前所述,繁体字版出版之后,季宗慈带着应物兄参加过香港书展。那次他们在香港待了半个月。香港太潮了,应物兄全身都发霉了,大腿根都起了湿疹。那真是奇痒难耐,好像养了一窝跳蚤。搔破之后,问题更复杂了,好像除了养跳蚤,还顺带养了一窝蝎子。一天,在香港中环的陆羽茶室,季宗慈的书商朋友请他们喝茶。在座的有诗人北岛。肥硕的季宗慈和清癯的北岛待在一起很有喜剧效果。北岛翻着他的书,说自己就是"丧家犬",有很多年都是对着镜子说中文,比孔子还惨。那里的茶叶都是存放十年以上的上等货,其中的普洱皇一斤需要六万港币。"喝的就是它。"季宗慈说。应物兄没喝出它有什么好,反而觉得它有一股子灰尘的味道。孔子当年厄于陈蔡,灰尘落到碗里,无法用来祭祀了,颜回就把它吃了。喝普洱皇,大概就是"拾尘"的现代版吧?应物兄喝了两杯,当天开始拉肚子。好人经不住三天拉,到了第三天,他已经没有力气爬上飞机舷梯了。好不容易上了飞机,他盖着两条毯子,浑身发抖,问季宗慈:"季胖子,你说我这是何苦来哉?"

"你很快就知道,我们没有白跑。"

果然,一大圈跑下来,再回到济州的时候,应物兄已经成了名人了,差不多成了一个公众人物,上街已经离不开墨镜了。一天,他去附近的华联商场另配变色墨镜,刚走出电梯,突然听到有个熟悉的声音在说话,却想不起来那人是谁。更奇怪的是,那个人好像同时在不同的地方说话,有的配着音乐,有的配着掌声。这是怎么回事?他循声向前,来到了旁边的电器商场。接下来,他看到不同品牌的电视机同时开着,一个人正在里面讲话。

那个人竟是他自己!

他同时出现在不同的频道里。

在生活频道,他谈的是如何待人接物。孔子说,己所不欲,勿施于人;孔子的门徒有子说,恭近于礼,远耻辱也。说这些话的时候,他穿着高领毛衣,地点是在电视台的演播厅。而在新闻频道里,他谈的则是凤凰岭上的慈恩寺申请世界非物质文化遗产的意义,那时他穿着唐装;而在购物频道里,他谈的则是建设精品购物一条街的必要性,那时候他穿着雨披,身边簇拥着舞狮队,一群相声演员和小品演员将他围在中心。他虽然不是考古学家,但他还是出现在一个考古现场,谈的是文物的发掘和保护在文化传承方面的意义。因为那次出土的是一艘宋代木船,里面的骨骸不像中国人,像是西亚人,所以他建议给那艘船起名叫"诺亚方舟"。他站在木船旁边,神情肃穆,活像个牧师。

那是他第一次看见电视里的自己。电视上的他显得年轻了许多。他身高一米七三——这是中国成年男人的平均身高,体重一百三十斤左右,显得瘦削。他额前总是横着几道深深的皱纹,可是聚光灯一打,皱纹好像就被抹平了,还胖了一圈,看上去富态多了,举手投足也显得更有风度。他想起了自己曾经在电台讽刺过心得和中天扬,说他们好像无所不知,就像是站在历史和现实、正剧和喜剧、传说和新闻、宗教与世俗的交会点上发言,就像同时踏入了几条河流。会不会也有人这么讽刺我呢?

他下意识地看了看周围。

回到家,他上网搜索了别人对自己的评价。不搜不知道,一搜吓一跳。他二十多年前的文章都被人贴到了网上,那是关于李泽厚先生的著作《美的历程》的"读后感",题目叫《人的觉醒》。那个时候,他刚读乔木先生的硕士,对儒家文化一点不感兴趣。他感兴趣的是楚文化中原始的氏族图腾和神话,认为那是华夏艺术想象力的源泉。他感兴趣的还有魏晋风度,它看起来很颓废,其实那是对生命的感喟,蕴藏着对生命的留恋。把文章贴到网上的这个人认为,他如今从事儒学研究,高度赞美儒家文化,岂不是对上个世纪八十年代的背叛,对自我的背叛?背叛?哪有的事。我并没有背叛自己。再说了,在八十年代又有谁拥有一个真正的自我呢?那并不是真正的自我,那只是一种不管不顾的情绪,就像裸奔。

他的论文和著作中偶尔出现的病句、标点符号错误、注释不严谨,当然也逃脱不了人们的眼睛。他还看到了一张照片,是他开会时挖鼻孔掏耳屎的照片。还有一张照片上他牛仔裤的裤门没有拉上,露出了衬衣的衣角。

莫非这就是做名人的代价?他打电话向老朋友华学明诉苦。他们原来是筒子楼里的邻居,也是牌友和酒友。华学明的儿子还是他的干儿子。虽然华学明的妻子与乔姗姗闹翻了,有如天敌,甚至不能听到对方的名字,但这并没有影响他和华学明的友谊。他们每次见面,都习惯骂自己的老婆,好像在替对方老婆出气,这使得他们的关系更加稳固。华学明当时在电话里安慰他:"没有被媒体伤害过的人,是不能算作名人的,你应该感到高兴。哥们也替你高兴。"

"学明兄,你不知道——"后半句话,他没有说出来:高处不胜寒啊。

微信朋友圈里看到一篇文章,题目叫《看,应物兄那张脸!》。文章后面显示了这篇文章的阅读次数。他已经是第九千零九个读者了。那是他第一次在别人笔下看到自己的形象。很快,他就猜出作者是谁了。是费鸣,只能是费鸣。费鸣首先也拿他的皱纹开玩笑。说他脸上最突出的特征,就是他前额的皱纹。皱纹很深,苍蝇落上去根本不需要撑,只需一抬眉,皱纹就可以把苍蝇挤成肉泥。

他曲肱而枕,摸了摸前额的皱纹。有那么深吗?没有嘛。他的祖父,他的父亲,前额都有这么深的皱纹。这是他们家族的徽记。在他的小学毕业照上,全班同学只有他的前额已有了抬头纹。后来,那浅浅的抬头纹就变成了真正的皱纹。费鸣,当你拿我的皱纹开玩笑的时候,你也在拿我的祖父和父亲开玩笑。

费鸣还说,他的脸大致可以分为两部分:眼睛往上,也就是大脑外面的那层皮,好像是七十来岁;眼睛往下,主要是指腮帮子和嘴巴,却是三十来岁。平均下来,刚好是五十来岁。

费鸣还说,即便在他演讲突然停顿下来的一刹那,你也能够从那张脸上看到一些过于复杂的情绪,那是由焦虑、疲惫、疯狂和渴望相互交织、相互渗透的情绪,那些情绪有如千足之虫的节足,密密地伸向了四面八方。

另起一行:"凡此种种,都加剧了我们应物兄面部表情的丰富性。"

面部表情的丰富性?什么意思?是说我有好几副面孔吗?还是暗示我见人说人话,见鬼说鬼话?费鸣,你这是骂人不带脏字啊。

接下来费鸣又写道,千万不要误认为这是拿应物兄的容貌开玩笑。实际上,他认为应先生的容貌要是再奇特一点的话,效果可能就更好了。综观人类思想史上那些大师,你会发现,他们没有几个是好看的。能够达到人类相貌平均值的,就已经是屈指可数了。而称得上漂亮的,更是凤毛麟角。美男子潘安不可能成为学者,最多只能成为二流的抒情诗人。孔子长得简直是奇形怪状。《史记》中说,孔子"生而首上圩顶"。头顶是中间低而四周高,像个盆地,像地震后形成的堰塞湖。至于老子,生下来就两耳垂肩。你又不是兔子,又不是毛驴,长那么长的耳朵干什么?法国的萨特,则天生斜眼。长相低于平均值,使得孔子、老子、萨特这些人,在青春期不至于太过招摇,性格当中容易发展出孤僻的一面,孤僻则会使他们趋于内向、内敛、内省,而内向、内敛、内省正是一个学者必不可少的品质。试想一下,如果孔子貌比潘安,那后果简直不堪设想:历史上或许就不会有儒家了,没有了儒家,中国还叫中国吗?跟那些大师相比,应物兄的容貌已经称得上英俊了。如果应物兄最后没能成为大师,那怨不得别人,只能怨他的父母没把他生成大师的样子。

一句话,都怨他妈没把他生得更丑。

应物兄想起,关于美男子潘安不可能成为一流学者的话,其实是他对费鸣说的,为的是嘲讽哲学系一个副教授,那个副教授长得有点像演员陈道明,说话阴阳怪气的。除了夏天,任何时候都穿着风衣,被称为"风衣男"。此人评职称时拿出来的著作竟然是自己的写真集,只是在每张照片旁边都写上一段话而已。那些话大都摘自经典作家的著作,但他却声称那就是他的"哲思"。此人自称一流学者。每当他要对什么社会现象发言的时候,通常都会这么说:"作为一流学者,我们有必要对这个问题发表真知灼见。"他当时对费鸣说,此人自认为是个美男子,但美男子潘安是不可能成为一流学者的。

我扔出去的砖头,现在被费鸣搬了起来,砸向了我的脚。

他顿感脚趾生疼,好像真的挨了一砖头,不由得向后跳了起来。

费鸣到底要说什么呢?他是不是想说,我的书是不能当真的,因为我的书中没有自我反省?他是不是想说,我在攻击别人之前,首先应该撒泡尿照照自己?哦,我不生气,我一点也不生气。你拿我的容貌跟孔子相比,跟老子相比,是我的无上荣耀。有一点,我以后会慢慢和你谈的,那就是孔子并不孤僻。喜欢和学生打成一片的人,怎么能叫孤僻呢?

对于费鸣的攻击,季宗慈反而认为是好事。"有赞的,有骂的,才能形成交锋。只有赞的,没有骂的,反而不好。让暴风雨来得更猛烈一些吧。"季宗慈满脸红光,就像打了鸡血,鼻头更是红得有如朝天椒。季宗慈甚至鼓动他到法院去告费鸣。他从来没有这种想法,但关于他要告费鸣的说法却传了出去。

有一天,他的老朋友郑树森,一个研究鲁迅的专家,过来找他,劝他不要告。郑树森说:"他的文章我都看了,有点不像话。他说,一个人有没有才学,不是由他的著作说了算,而是由他的知名度说了算。而一个人的知名度,至少有一多半来自他的丑闻。这话有点过了。打人不打脸,揭人不揭短嘛。"

费鸣,你倒是给我说清楚,我到底有什么丑闻?

郑树森说:"别生气。当年鲁迅骂梁实秋是丧家的资本家的乏走狗,够难听了吧?梁实秋告鲁迅了吗?没有。梁实秋后来也没有变成狗,后来过得比鲁迅还好。所以,你要消消气。"对于季宗慈所说的写文章反击,郑树森呷着茶,说:"倒也不妨试试。另取个笔名?"

这次谈话不久,他从巫桃那里得知,费鸣的母亲去世了。

他去参加了费鸣母亲的葬礼。费鸣的兄长费边是他老同学,如今是北京一个门户网站的副总,他理应前去表示慰问。在葬礼上,他流着泪和费边拥抱,也和费边身旁的费鸣拥抱。他本想拍拍费鸣的脸,但费鸣躲开了。

他对费鸣说:"保重,鸣儿。"

费鸣回答说:"谢了,应物兄。"

这天,乔木先生和姚鼐先生也去了。他要送两位先生回家的时候,两位先生都不让他送,要他留在这里,帮助费鸣把后事办好。

9. 姚鼐先生

姚鼐先生毕业于西南联大，是闻一多先生的弟子，幼时曾住在二里头的姥姥家，那里是著名的二里头古文化遗址，夏代中晚期的都城所在地。中国出土最早的青铜爵，就出自二里头。你要研究华夏文明的源头吗？那你离不开二里头。你要研究国家的兴起、城市的起源吗？你还是离不开二里头。提到二里头，姚鼐先生有句话是这么说的："My God！千流万派归于一源，枝繁叶茂不离根本。'一源'何指？'根本'何谓？OK，还不都是我的二里头！"

姚鼐先生多次重返二里头，在夏商周断代工程启动之前就去过多次，后来又带着学生一次又一次往那里跑。为了更好地还原和体验夏代人民的生活，姚鼐先生还在那里盖了一个土坯房，房顶铺着干草，姚鼐先生给它起名叫"何妨一下楼"。众所周知，闻一多先生当年的书房，就叫"何妨一下楼"。因为"楼"顶铺的是草，大风一吹，就掀掉了大半，所以外面下大雨的时候，"何妨一下楼"常常下中雨。外面已是骤雨初歇，"何妨一下楼"里仍是潇潇似银烛，平地成沧海，搞得姚鼐先生不得不到外面避雨。

作为闻一多先生的弟子，姚鼐先生虽然不写诗，但一开口就诗意盎然。姚鼐先生说，在暴雨中，在骄阳下，他的心绪就会飞得很远，仿佛可以看到成群的鳄鱼、孤独的大象。大象，那古老的巨兽，在沿着河床闲逛，用鼻子饮水，用象牙刨食，遇到母象也不急于交欢，显得很羞怯，静静地等待着对方的反应。哎呀呀，都什么时候了，还羞怯呢？完全不知道饥肠辘辘的夏民们手持棍棒正在逼近。在大象们的羞怯和潮汐般涌动的情欲之间，笼罩着末世的阴影，但人类的文明却正在拉开新的序幕。姚鼐先生说，每当这个时候，他的脑子就会转得很快，考古学上的种种线索，如同四散的线头，一时间难以收拢,他只能猜测,也许——大概——然而——曾经——可不嘛——后来却——管他娘的——对对对——哦不——突然地,你就会觉得豁然开朗。姚鼐先生甚至为此吟了个对子:

> 兴许似乎大概是
> 然而未必不见得

乔木先生说:"七宝楼台,炫人眼目,碎拆下来不成片段。但还是让姚先生如此这般地连缀起来了。"

姚鼐先生说:"完全连缀起来,还得几代人努力。"

姚鼐先生有睡午觉的习惯,但在二里头,却常常睡不踏实,断断续续地做梦。在梦中,他又会否定刚才的决定。午后多么寂静,好像能听到夏人的喃喃自语。这时候他甚至会有点害怕,总觉得外面有人,还有鬼。一个人搂着一个人,一个鬼搂着一个鬼。他就不敢再睡了,起来给院子里的花浇水。他在院子里种了指甲花,给死去的老伴种的。早上起来,指甲花好像被人采过了。看着地上的脚印,嘿,你别说,还真像老伴留下的。

很难想象,姚鼐先生还曾亲自在那里养野鸡,养土蜂。当地的养蜂人养的都是意大利蜂,只有姚鼐先生养的是土蜂。姚鼐先生认为,那些野鸡和土蜂是从夏朝传下来的。夏历最原始的典籍《夏小正》记载:"玄雉入于淮,为蜃"。雉就是野鸡,"蜃者,蒲卢也"。郑玄为《尚书大传》作注:"蒲卢,螺蠃,谓土蜂也。"按此化生说,这句话的意思是,夏历十月,野鸡在水边的草地上啄食土蜂。

听上去,姚鼐先生的谈话,好像是信马由缰,漫无目的,其实还是有个大致的主题的。这是一个上学期就该结项的项目,一个庞大的学术工程,全称是"从春秋到晚清:中国艺术生产史"。它不光要写到歌与诗、唱与曲,写到各种杂耍,还要写到宗教、法律、道德和科学。应物兄是这个项目、这个工程、这项事业的秘书长。项目的申请报告是他起草的,各种烦不胜烦的申请表格也是他填写的。参与这个项目的,主要是乔木先生和姚鼐先生的弟子,或者私淑弟子,或者弟子的弟子。项目的总负责人,则是乔木先生和姚鼐先生。

姚鼐先生认为,艺术生产史就是人类知识的生产史,就像蜜蜂酿蜜。蜜蜂酿蜜并且把它们贮存在蜂巢里,然后自己消费。它们消费自己采的蜜,也消费别的蜜蜂采的蜜,而且供应不采蜜的雄蜂消费。姚鼐先生说,艺术家就是工蜂,它负责生产,读者和观众则是雄蜂。当然了,雄蜂还有一个任务,就是与蜂王交配,好生育出更多的工蜂。听着姚鼐先生的话,应物兄会想,这是不是借蜜蜂来讲述生活、创作与市场的关系?蜂王代表着生活,代表着创作,还是代表着市场?

"交配也是消费。"乔木先生说。

"乔先生也养过蜜蜂?"

"很多人没有养过猪,却吃过猪肉。我呢,没养过蜜蜂,却聆听过蜂吟蝶唱。"

根据姚鼐先生建议,这套书的序言中不仅应该提到二里头文化,还应该放上土蜂的照片,以示我们的文化源远流长。姚鼐先生随后提到,小时候他跟着大人到地里干活的时候,牛啊驴啊在前面犁地,他经常在犁沟里发现各种青铜器的碎片,是绿色的,长着苔藓。有一次犁出了一个陶罐,本来是双耳的,被牛蹄子踩掉了一只耳朵。那只陶罐现在看来价值连城,当时却是他和姥爷的夜壶。

"一泡尿,就跟夏文化沟通了。"姚鼐先生说。

"这句话要写到序言里去。"乔木先生开了个玩笑。

"这句话写不写我不管,但马克思的话要写进去。马克思说,宗教、法律、道德、科学等等,艺术也一样,都不过是生产的一种特殊方式,并且受生产的普遍规律的支配。什么意思呢?生产和消费就像鸟之双翼,既然是写艺术的生产史,当然还要写到消费形式的变化。"

"姚先生是说,与艺术活动有关的吃喝拉撒,全都一锅端了。"

乔木先生说。

"工程好坏,匹夫有责。我也使把力。"姚鼐先生捣了一下手杖。

话是这么说,姚鼐先生却只参加过两次碰头会。第三次代表姚鼐先生出席活动的,是他的大弟子芸娘。后来芸娘因为身体欠安,也很少来了。

这天,因为这个研究项目的事,乔木先生把相关人员都约到了家里,代表芸娘来听会的,是她的弟子文德斯。文德斯现在是老太太何为教授的博士,原是芸娘的硕士。文德斯是由费鸣陪着来的。原来这一天,费鸣刚好代表葛道宏去看望姚鼐先生,在那里遇到了芸娘和文德斯。这个项目费鸣也参加了,承担的是其中的一个子项目:春秋战国时代的民间作坊。费鸣喜欢战国时代。他说乱世出英豪,带劲!

费鸣和文德斯比他还早到了一会。

乔木先生的公寓在学校的镜湖岸边,在公寓楼的顶层,复式的,八楼和九楼都归乔木先生。他到了之后,乔木先生的夫人巫桃抱着木瓜从楼下上来了。他想跟木瓜握手,木瓜却把前爪收了回去。

"怎么了,木瓜?不理人了。"他问。

"它喜欢你叫它英文名字。"巫桃说。

"Moon——"

它果然伸出了爪子。巫桃把它递给了保姆阿兰,阿兰不知道那是木瓜的外语名字,揪着木瓜的耳朵,说:"哞——这是牛叫唤,也是叫牛的。你是不是想告诉我,你很牛?"

巫桃也参加了这个项目。不过巫桃只是署名,并不承担具体任务。当然,如果换个角度看,她的任务其实是最重的,因为每次在乔木先生家里聚会,她都要负责烧水沏茶。

乔木先生抽着烟斗,说:"任务早就分下去了。谁要是完不成,那是要打屁股的。我老了,打不动了,应物,替我打。"

我们的应物兄就挨个询问了他们的完成情况。问到费鸣的时候,费鸣有些不耐烦了,说:"别问了,我不会拖大家后腿的。"

他手中有一张表格,上面每个人的选题、字数、进度、预计完成的时间都填得清清楚楚。他继续问费鸣:"你的任务是五万字。上次你说已经完成了三万字。过了这么久,应该快完成了吧?"

费鸣看着乔木先生说:"您看,他就是不相信我。"

当着乔木先生的面,他对费鸣说:"要保质保量。拖了,我可是要打屁股的。别人的屁股我不敢打,你的屁股我还是敢打的。"

费鸣说:"放心,把'食色,性也'安到孟子头上的错误,我是不可能犯的。"

参加完费鸣母亲的追悼会后,他本来对费鸣已经没有怨气,更谈不上火气了。但现在,那火气却扑腾腾地往上升,往上升。但他忍住了。这时候,他听见费鸣对巫桃说:"木瓜呢?我给它带了个玩具,怕走的时候忘了。"费鸣掏出来的那个玩具,是一个陀螺,里面有个神秘的装置,一段轻脆的铃声过后,还会发出几声狗叫:汪汪汪。平时,他或许会觉得它非常有趣,但眼下,他却觉得那声音格外刺耳。

每个人汇报完之后,应物兄提到了芸娘对大家的感谢,说芸娘说了,项目结项之后,她会请大家吃饭。文德斯加了一句:"芸娘告诉我,她会亲自掌勺。"

"她亲口跟你说的?"乔木先生追问道。

"是的。先生。"文德斯满脸通红,好像自己说了谎,"芸娘说,上次没请您吃好,这次补上。"

"上次她请我和姚先生吃饭,用德国全自动厨具,做了个糖醋排骨,难吃得从此不愿再提'排骨'二字。"乔木先生说。

通常情况下,开完碰头会之后,他都会留下来陪乔木先生吃饭。以前,费鸣也经常留下来一起吃。这天,看着费鸣,他说:"你留下来吧,我们一起吃饭。"费鸣说:"今天不行了,我得赶回去写一篇讲话。"这时候,木瓜又跑了过来。费鸣蹲下来,伸出手指让狗舔,狗的舌头如同一片树叶,三角形,红色的。费鸣拉着狗的前爪,说:"Moon,跟叔叔再见。"

乔木先生有句名言,学问都是茶泡出来的,都是烟熏出来的,所谓"水深火热"是也。等到头发白了,牙齿黑了,学问自然也就有了,所谓"颠倒黑白"是也。很多年了,只要应物兄一来,这对师徒,这对翁婿,就会坐到阳台上,边抽烟喝茶,边谈诗论道。乔木先生只抽烟斗,不抽纸烟。在济州大学人文学院,只有两个人抽烟斗:一个是乔木先生,另一个就是姚鼐先生。有人议论说,抽烟斗是两位先生的专利。虽说都是抽烟斗,但他们对烟丝的要求却不一样。姚先生的烟丝是光明牌的。那是老牌子了,三十年代就有了。姚先生说,他的恩师闻一多先生,当年在西南联大就只抽这个牌子。而乔木先生抽的则是桃花峪牌烟丝,这是个新牌子,上个世纪九十年代中期才投放市场。桃花峪是黄河中下游的分界点,相当于黄河的肚脐,黄河自此汤汤东去,渐成地上悬河。它的南边就是嵩岳,据说是地球上最早从海水中露出的陆地,后来成了儒道释三教荟萃之处,香客麇集之所。而桃花峪上,野桃含笑,溪柳自摇,烟田相接。所以乔木先生说了,那里的烟丝凝天地之灵,聚浩然之气。烟斗之内,方寸之间,乾坤俱在呢。乔先生的烟斗上镌刻着王维的两句诗:桃红复含宿雨,柳绿更带朝烟。其中的那个"烟"字,既是朝雾之称,也是烟丝之喻。这首诗同时还是爱情的象征:因为乔先生的现任夫人巫桃,不仅芳名为桃,而且娘家就在桃花峪。

他当然还会陪先生喝上几杯。乔木先生的酒都是他送的,而他的酒则大多来自栾庭玉副省长。那当然都是货真价实的茅台。因为巫桃又用药材泡了,所以那酒的颜色已经黄中带乌。在厨房的冰箱旁边,放着一只酒坛子,里面昂首挺立着一只巨蜥,模样就像传说中的龙。它的爪子一直举到瓶口,胖乎乎的,就像胎儿的手。师徒酬酢,生旦净末丑,神仙老虎狗,什么都谈。此种情形有如诗中的某个韵脚,仿佛可以永远地周而复始,以至无穷。

这天他们谈论的话题,他大都想不起来了。吃完饭,他正要告辞,乔木先生让他再坐一会。乔木先生剔着牙,将牙缝里的肉丝吐出去,方向明确,是桌子底下,但方位不明确,因为每次吐的力度不同,肉丝的大小也不同。乔木先生突然问道:"听说济世先生要回来了?"

当时程济世先生还只是表示,退休之后愿意回到济大,事情还没有说定呢。他就对乔木先生说:"葛校长对此事很热心。但事情还没有最后确定。意向书都还没签呢。"

"济世先生是富家子弟啊。"乔木先生突然感慨道,"富家子弟做出的学问,好啊,好就好在有富贵气。钱钟书先生的学问,就有富贵气。至于与老百姓有多大关系,那就是另外一回事了。"

他大气不敢出,双膝夹着双手,双手握着钢笔,恭敬地往下听。

先生却突然沉默了,良久,摆了一下手说:"算了。我只是想提醒你,给富贵人做事,够累的。"

"先生,我记住了。"

"其实我对他没有恶感。我只是想,江山易改,本性难移。我是担心你受累。对了,还记得我写的那个对子吗?"

"记得,记得。"他回答道,脑子里回荡着"江山易改,本性难移"这组成语。

他从美国访学归来时,程济世先生题写了两句诗,让他转送给乔木先生。程济世先生当时写的是:

花落花开无间断
春来春去不相关

是宋人吟诵月季花的诗句。有人说是苏东坡写的,也有人说是一个叫徐积的人写的。月季花从春天开到秋天,花开花落,从不间断。程济世先生认为,这两句诗送给乔木先生是最合适不过的了。乔木先生虽然自称懒散成性,述而不作,实际上还是写了几篇文章的,而且不同的时代,乔木先生都有名篇。乔木先生算是横跨了几个时代。又因为乔木先生无意于功名,有隐者之风,所以可以说是"春来春去不相关"。乔木先生当时衔着烟斗,说:"我也凑个对子,送给他吧。"乔木先生说出的那副对子是:

花开花落春秋事
雁去雁来南北朝

这对子用到程济世先生身上还真是贴切。花开为春,花落为秋,花开花落自然属于春秋之事,而"春秋事"又指程济世先生的儒学研究;雁去朝南,雁来朝北,雁去雁来确为南北之向,又指程济世先生生于大陆,长于台湾。当时在场的几个弟子,无不拍手叫好。巫桃说:"应该把这个对子写下来。"乔木先生说:"写下来?写下来给谁?"

"给那位姓程的先生啊。"

"他用一张狗皮,就想换我一张貂皮?"

即便现在回忆起来,他仍然觉得这话没有说错。乔木先生不仅是古典文学研究泰斗,还是著名书法家。就书法而言,程济世先生显然不能跟乔木先生相提并论。现在,乔木先生重提此事,不知有什么深意。

此时,乔木先生叫来正在收拾茶杯的巫桃:"将那个裱轴拿来。"巫桃就到乔木先生的书房取出了一个裱轴,打开一看,写的就是那个对子。乔木先生可以写多种字体,这幅是楷书,与文徵明有几分相近,颇有晋唐书法的风致。乔木先生解释说,裱轴有个好处,想挂就拿出来挂上,不想挂就卷起来,不占地方。

"来而不往非礼也。你可以给他寄去,表示我欢迎他回来。"乔木先生说,"我早就知道,他想回来了。雁来雁去,说的就是这个意思。不仅我知道他想回来,姚鼐先生也知道他要回来。"

"姚先生也知道?"

"姚先生是谁?!姚先生是姚先生。"乔木先生说,"姚先生说,他是两耳不闻窗外事,一心只管夏商周。可窗外有什么事,没有他不知道的。有个叫倪德卫的人你知道吗?不知道吧?美国佬,本来是研究甲骨文和金文的,后来也迷上了夏商周的断代,算是姚先生的同行。"

不就是 David S. Nivison 吗?我还真知道。不仅知道,还读过他的书呢,还批评过他呢。此人是斯坦福大学教授,除了甲骨文和金文,也研究孔孟。他现在想,看来我的那本书乔木先生并没有看过,至少没有认真看。在那本书中,他在解释孔子所说的"德之不修,学之不讲,闻义不能徙,不善不能改,是吾忧也"这句话时,引用过倪德卫的观点。倪德卫在《中国古代哲学的意志无力》一文中提到,自己看到过公元前一千二百年前后的一块甲骨文,上面有一句话:

甲午卜,王贞:我有德于大乙酒翌乙未

因为倪德卫,他记住了这句甲骨文。倪德卫将它译为:"在甲午这天占卜,王占曰:'我们已蒙皇先祖太乙的德。让我们在下一个乙未那天举行一次酒祭。'"其中的一个关键词是"德"字。倪德卫认为,"'德'在这里指的是'感谢'或'感恩'。在中国社会规则中,当一个人给另一个人东西,对另一个人显示特别的优待或者给另一个人某些服务的时候,后者身上就会有一种以同样方式回报于前者的心理压力。这就是感恩。"对这个说法,他是半肯定半否定。肯定的是倪德卫将"德"看成是一种活跃的心理活动,否定的是所谓的"心理压力"的说法。他认为,"心理压力"是一种精神负担,带着强烈的负面意义:

照他这么说,"以德报德"就是"以压力报压力"?就是"以眼还眼,以牙还牙,以脚还脚"?这是《圣经》中的名句。倪德卫先生不愧是读着《圣经》长大的。

这些话他也在课堂上讲过。第一次讲到这段话的时候,他还感到奇怪:作为一个甲骨文和金文专家,倪德卫先生应该知道"德"字的原始语义指的是"行动端正,目不斜视"。他去美国访学的时候,曾在程先生的书架上看到了程先生与倪德卫教授的合影。美国的汉学家,圈子本来就很小,比越南的汉学家圈子还要小,所以他们总是低头不见抬头见。照片是倪德卫教授过八十大寿时汉学家们的合影。至少从照片上看,倪德卫先生好像有点斜视。当时,他脑子里立即冒出了一句话:只有斜视的人才会觉得目不斜视就是斜视,才会将"以德报德"看成是"以压力报压力"。当然,这话他没对程先生讲。关于那张合影,程先生只说过一句话:"这个老倪,这个David,自称比中国人还中国人,竟然不知道中国人做寿做的是虚岁,而且做九不做十。"

现在听乔木先生一会姚鼐先生,一会倪德卫先生,一会又提到程济世先生,他实在猜不透乔木先生到底要说什么。如果加上眼前的乔木先生,那么他就相当于同时在面对四位先生,四位大师。对于还健在的这些大师,他是不能随便发言的,只能静静地等待乔木先生说话。乔木先生拿着银色的通条通起了烟斗。通了一会之后,终于又开口了。他不能不对乔木先生的记忆力表示钦佩,因为乔木先生随口就提到了一大串数字。他有点吃惊,乔木先生记不住老伴的忌日,却对那些数字记得一清二楚,而且那还是别人文章里的数字。

乔木先生说:"那个夏商周工程,国内一半人喝彩,一半人沉默。国外则是一片喝倒彩。嗓门最尖的就是这个倪德卫。倪德卫在《纽约时报》上写了篇文章,说他想把工程报告撕成碎片。哎哟喂,多大年纪了,火气还这么大?这不好。但他提到的数字,你却不能不服。倪德卫举例说,夏商周工程提到,周厉王在位三十七年,这个数字不对。《齐世家》记载,周厉王是在齐武公九年被流放的,而早于齐武公的献公是在公元前八六〇年杀掉胡公而即位的。

根据'胡公徙都蒲姑,而当周夷王之时'的记载,可以断定公元前八六〇年的时候,周夷王还在位呢。这样推算下来,周厉王在位时间最多不会超过十八年。懿王元年是前八九九年,在位二十五年,然后经历了孝王、夷王,才轮到厉王坐庄。无论如何,厉王不可能坐庄三十七年。"

"先生记得这么清楚?"

"我又不是搞这个的,记这些有什么用?我是担心姓倪的错怪了我们姚先生,才把他的文章看了又看。看了之后,倒觉得他说得也有道理。不过,他还有一段话,我是无论如何不能同意的。这些美国人竟然认为,夏商周工程是一个庞大的学术委员会弄出来的,所以不可信,因为委员会弄出来的东西,都是互相谈判的结果,往往包含着很多的矛盾,没有学术信誉。这就是胡扯了。你们总是批评别人不讲民主,别人讲民主了,你又说当中有矛盾。倪德卫啊倪德卫,让我说你什么好呢?你这个讲话就是在华盛顿的一个,叫什么什么,亚洲学会上发布的嘛。你就敢拍着胸脯保证,你说的都对?我对姚先生说了,不要生气,跟这些人生气犯不上。姚先生说,我才不生这个闲气呢,天又塌不下来。就是塌下来,也有高个子顶着。姚先生还告诉我,不用他出面反驳,美国人自己就看不下去了,已经有人跳出来了。姚先生问我,有个程济世您知道吗?我说知道啊,搞儒学的。姚先生就让人给我送来了一个复印件。"

"您是说——那个复印件在哪?"

"跳出来的就是这个程济世。文章也发在《纽约时报》上。复印件嘛,我看过就垫到狗窝里了。文章的内容我记不清了,题目叫《错简》。没这个词嘛。看了注释我才知道,它的原文是'Slip'。在英文中,'竹简'和'失误'是同一个词,都是 Slip。我又专门叫巫桃给我查了查这个 Slip,原来还可以译为'滑翻在地''三角裤衩',也指'后裔'。济世兄嘴皮子厉害,一语双关、三关、四关,骂人不带脏字。程济世在文章中说,倪德卫手头有一本书,叫《竹书纪年》,里面有所谓的完整的西周纪年,被他当成宝贝一样供着,但这本书其实是伪书,原书早在汉代就已散佚,如今我们看到的《竹书纪年》伪造于明代。济世兄说,倪德卫宁信伪书《竹书纪年》,而不信《史记》,怪事也。"

说到这里,乔木先生眉毛一挑,突然加上一句:"我们那套书的明代部分是谁写的?再加一章!就谈明代的伪书,就围绕着这个《竹书纪年》来谈。"

他说:"好的,我记下了。"

乔木先生又说:"这篇文章是怎么跑到姚先生手上的,你知道吗?参加夏商周工程的人多了,姚先生又只是参与者之一,还不是主要负责人,他为什么不寄给别人,而要寄给姚先生呢?姚先生当然知道程济世就是济州人。出于礼貌,就回了一封信。没过多久,程济世的回信就又来了,说回国时一定前来拜访姚先生和我。他跟我套近乎,也跟姚先生套近乎,说明了什么?"

哦,乔木先生就是这样猜到程先生要回国的?

乔木先生说:"我倒不怕见他。不过,姚先生好像有点怕见他。为什么?嗨,不知道吧,那个真不真、假不假的《竹书纪年》,其实也是姚先生他们的参考书。要是谈起此事,姚先生岂不尴尬?"

说到这里,乔木先生叫了一声木瓜,一声明月,一声 Moon,乍听上去好像养了三只狗。叫木瓜过来,就是为了让木瓜与客人告别。所以,可以把这看成是乔木先生送客的标志。木瓜果然跑来了,嗅着乔木先生的裤腿。乔木先生摸了摸狗头,说:"懂点礼貌,等一下。"奇怪得很,这次当他站起来的时候,乔木先生却用烟斗指着沙发,让他再次坐下。

乔木先生突然跟他提起了费鸣。乔木先生说:"我听到一些议论,说你们有些唇舌之争。要不得。打虎亲兄弟,上阵父子兵。得饶人处且饶人吧。不要让别人看笑话。再说,他现在是个没爹没娘的孩子。"

"我知道,我会照顾他的。您放心。"

"你忙,他也忙。我看他每天忙得脚不沾地。你告诉他,不要太忙。又没有什么立功立德立言之事等着他,有什么可忙的?什么叫忙,心亡为忙。你也要记住。你们啊,最好找个清闲的地方待着。"乔木先生刚才还在挖苦富贵子弟,这会却说,"政治家薛宝钗说得好,天下难得的是富贵,最难得的是闲散。"

"我记住了。"

"你啊,别人指个兔子,你就去撵,还不把你累死。找个人替你撵。"

乔木先生的话常常自相矛盾,歧义丛生,这就看你怎么理解了。他现在揣摩,虽然程济世先生出任儒学研究院院长的事情,还只有少数几个人知道,但乔木先生应该已经知道了。足不出户,却知天下事者,先生也。乔木先生肯定也知道,儒学研究院已经交给他来筹办了。也就是说,乔木先生虽然没有明说,但已经是在向他暗示,应该把费鸣调入儒学研究院做他的助手。这既是对他的关心,也是对费鸣的关心。同样是关心,相比起来,乔木先生对我的关心好像更多一点。到底是岳父,他不想让我太累。

他是不是想说,何不让费鸣替我去撵兔子?

这天分手的时候,乔木先生还说了另外一句话。他认为乔木先生那是在表达对自己最大程度的支持:"需要我的时候,跟我说一声。"不过,乔木先生接下来的一句话,他就得费心琢磨了。乔木先生是这么说的:"只要用得着,你就是把我当成点心匣子送出去,也没有什么不行的。"

10. 扁桃体

扁桃体都要飞出来了。

费鸣那一声吼,可真是声嘶力竭:"卡、卡、卡尔文,我操你妈!"

不用说,卡尔文是铁梳子派来的。卡尔文的思维果然与中国人不同,听了这话不但不生气,反而很高兴。应物兄听见了卡尔文的笑声,笑得爽朗极了,而且伴以他自己的掌声。卡尔文说:"来啊老费!上啊老费!赶明送你一张几飘①。你要是嫌远,我就替你跑一趟,将母亲大人接来。"卡尔文的嗓音与中国人不同。应物兄曾听一个声乐老师说过,黑人的声带与我们不同,又粗又长,声道空间很大,泛音较广,天生就像铜管乐器。

对方如此大方,反倒让费鸣有点受不住了:"别,别他妈胡说。"

卡尔文操着他那铜管乐器,把费鸣批评了一通:"老费,你得说话算数。子曰,君子一言,驷马难追。"听上去,不把他妈送到费鸣床上,他是不会善罢甘休的。然后卡尔文才问:"老费,应夫子呢?"

"死了。"费鸣说,这话听上去实在别扭,"让那两个杂种弄死了。"

卡尔文显然听出这是气话,不然他不会和费鸣开玩笑:"老师死了,你怎么还净想着操啊操的?要披麻戴孝,赶紧的。"

一个保镖说:"没死,没死,真的没死,我这就把他放出来。"

随后他听到了卡尔文在怒斥保镖:"我操你媳妇。你们活腻了!滚——"你看,这是什么思维?他一开口就是操人家媳妇。卡尔文或许觉得,没经过人家媳妇同意就操来操去的,有点不好,还改了口。卡尔文是这么说的:"别急着走!日狗的,我告诉你们,赶快让你们媳妇来操我。你们瞎了眼了,不识大山!跪下!"

卡尔文其实说的是"狗日的""有眼不识泰山"。卡尔文常常会改变汉语的一些习惯用法,将"狗日的"说成"日狗的"就是一例。如果你好心地纠正他,他还不领情:"一回事嘛,'日狗的'不就是'狗日的'?"

当卡尔文打开门的时候,他首先看到的就是跪在面前的两个

---

① 机票。

壮汉。那个清秀一点的壮汉,好像比较爱面子,只跪下了一条腿。卡尔文立即补上了一脚,那个人就也双膝着地了。

"丈脸①!"卡尔文喊。

"互相丈脸!"卡尔文又喊。

"滚——滚——"卡尔文朝着那两个人的屁股,连踢了两脚。不过,那两个人并没有滚。他们只是后退几步,跪到了墙角。卡尔文的胡子与他们相同,只有上唇有胡须,像鞋刷。看来这是桃都山集团的统一制式。

然后,卡尔文才对他说:"应夫子,我也给你磕个头?"

他点上一支烟,想,我要不要也让卡尔文滚开?当他这么想的时候,"滚"这个字眼其实已经连滚带爬到达了他的舌面,但又被他咽了回去。他听见自己说:"谁让你来的?"

"报告应夫子!上帝让我来的。"

"哦?铁梳子已经是你的上帝了?"

"应夫子,我说的上帝就是你啊。你是我和铁梳子的上帝。"

费鸣过来扯住了卡尔文的领带,"金毛是你的?等着瞧,老子非宰了它不可。"

卡尔文回头对两个保镖说:"现在就回去,让哈登安乐死。"

金彧刚才不在旁边,这会又出现了。金彧对两个保镖说:"蠢货,听见了吗?还不快滚。"

那两个人后退着出去,但还是没有走掉。

卡尔文呢,此时又是鞠躬,又是作揖,又是做出单腿下跪状,又是在胸前画十字。卡尔文声称:"只要你们能消气,把我宰了也行啊。"说完这个,卡尔文又嬉皮笑脸地对他和费鸣说:"有朋自远方来,不亦乐乎?看到我,你们应该高兴啊。"站在一边的金彧被卡尔文逗乐了。卡尔文又对金彧说:"小姑奶奶,快把两个日狗的领走。"

金彧顿时羞红了脸,耳朵尖都红了。

----

① 掌脸。

他看到，金彧手中还拿着那份待签的协议。它已经被撕成两半。金彧继续撕着，撕成了碎片。在这个过程中，金彧还关切地问费鸣，刚才摔得要不要紧。

费鸣说："这不关你的事。我跟铁梳子没完，跟这个鸟人没完。"

他说的鸟人，自然指的是卡尔文。卡尔文竟然纠正了费鸣的说法："别以为我不知道。不是 niǎo 人，是 diǎo 人。"这次，他发音准确。

11. 卡尔文

卡尔文，曾是济大的留学生，来自坦桑尼亚，是坦桑尼亚国民议会议员的儿子。说起来卡尔文还是费鸣介绍给他的。在校长办公室工作的费鸣，有时候需要与这些留学生打交道。

"说他是非洲人，其实是美国人。"费鸣说。

卡尔文的青春期是在美国度过的。他身高一米八〇左右，细碎的卷发很像井栏边的苔藓，长得很像高尔夫球手伍兹，就是那个闻名世界的性瘾症患者。他的肤色比伍兹还要再浅一点，与奥巴马总统的肤色接近。这是因为卡尔文和奥巴马总统一样，都是混血。不过，要是细说起来，卡尔文其实比奥巴马总统还要"混"，混得更早，也混得更广。卡尔文的祖父就是个混血，是英国人和黑人的混血，曾参与修建著名的坦赞铁路，并跟着中国铁路工人学会了汉语。当时远赴非洲的中国铁路工人，除了修路，就是手举语录本，在工地上开展"批林批孔运动"。从祖父那里，他最早知道的三个中国人分别是毛泽东、林彪和孔子。

如前所述，应物兄在济大开设了一门选修课叫《〈论语〉精读》。就是费鸣带卡尔文来听课的。看在费鸣的面子上，他没有拒绝。

他首次开设《〈论语〉精读》选修课的时候,整个人文学院只有十二个人选修。倒数第三次上课,课堂上就只剩下五名学生了。他问这五名学生对考试都有哪些要求。下面的人面面相觑,谁也不说话。后来他才知道,那五名学生当中,有两名是来这里谈恋爱的,有一名是来这里做作业的,还有一名学生是来这里补觉的——这名学生有严重的失眠症,只有在课堂上才能睡着,老师讲课的声音对他来说就是最好的催眠曲。只有一名学生是来听课的,是这门课的课代表。他站在讲台上,一时间被一种失败感所笼罩。当然,考试的时候那十二个人悉数到齐了。他没有为难他们,让他们都及格了。后来,随着"儒学热"的兴起,以及他在儒学研究界知名度的提高,选修和旁听他的课的人也越来越多,其中就有不少留学生。他们中有黑人,有白人,也有连他们自己也说不清楚人种的人。站在台上往下看,他就像是在主持联合国安理会会议,只不过讨论的不是安全问题,而是两千五百年前孔子的语录。因为听课的人太多,事先没有报名的学生他已经不允许他们进场了,但因为卡尔文是费鸣领来的,他也就破例了。

卡尔文送给他一个小礼物:一个头顶瓦罐的黑人少女,黑檀木雕成的。卡尔文很内行地说,它就相当于弟子送给孔子的腊肉。他回赠了一个紫砂茶壶。

在课堂上,他经常列出一些词语,先讲解一番,再让学生们讨论。这些词语在日常生活中是一个意思,在《论语》中又是一种意思,但是它们之间又有联系。比如"学习""君子""成人""闻达""爱人"等等。通常情况下,他要引用很多注疏,类似于"汉儒释经"。一个词甚至可以讲解几个课时,整理出来就是一本书。他这样做,有时候是为了显示自己的水平。大部分学生都有智力主义的倾向,必须让他们感到那玩意很复杂、很难,他们才会服你,你才能把他们镇住。因为有留学生听课,所以他在备课的时候,又必须把所有的关键词都用英文翻译过来。英语本来就是卡尔文的母语之一,再加上卡尔文曾在美国留学,所以卡尔文的英语水平那是没说的。卡尔文曾经纠正过他的一些误译。不过,卡尔文从不当场纠正,而是在课后以小纸条的形式提出来。对卡尔文的做法,他心中是有感激的。只送一个紫砂壶好像说不过去,再配一套茶杯?后来,他不仅送了茶杯,还送了一斤上好的大红袍。

他们很快就超越了一般的师生关系,成了朋友。卡尔文喜欢吃火锅,口味很重,越辣越好。熟悉之后,他曾请卡尔文吃过一次火锅,因为他不喜欢吃辣,所以他点的是鸳鸯火锅。卡尔文说:"我们就是一对鸳鸯。"

"这话不对。鸳鸯说的是男女——"

"你蒙不了我。中国古代好像是把鸳鸯比作兄弟的。是不是?"

"这你也知道啊?南朝萧统主编的《文选》里面,就有'昔为鸳和鸯,今为参与辰'之句。晋人郑丰有一首诗叫《鸳鸯》,写的是陆机、陆云兄弟。"

卡尔文还问过他一个问题:"《论语》怎么没有'此'字呢?该用'此'字的地方,用的都是'斯'。要说那时候还没这个字吧,可《诗经》里却是有的,'知我者谓我心忧,不知我者,谓我何求。悠悠苍天,此何人哉'?"

卡尔文的问题总是非常刁钻,还有一次他问道:"《论语》开篇就说,'有朋自远方来,不亦乐乎',可是随后孔子又提到,'父母在,不远游'。'自远方来'的那个'朋'是不是已经父母双亡了?不然,他是不能到远方去的,去了就是不孝。一个如此不孝之人,孔子怎么能把他当成志同道合的朋友呢?"他只好对他说,孔子的意思其实是说,父母还在世的话,出远门之前一定要跟父母说一声,告诉父母自己要去哪里,什么时候回来,免得父母操心。所以,"自远方来"的那个"朋",事先也一定告诉父母自己要去见孔子了。当然了,现在通讯这么发达,事先来不及说,出发之后也可以打电话、发微信或者发电子邮件。能做到这一点,就是"仁",就是"孝",这样的人都可以当朋友。

卡尔文当场就给一个女孩打电话。他对那个女孩说,他的父母很喜欢中国文化的,见到她肯定非常喜欢,很可能还会用中国话跟她打招呼,"有朋自远方来,不亦乐乎。"他还对女孩说:"别用'父母在,不远游'拒绝我。到了非洲,再打电话告诉父母,也是仁,也是孝。"他最后一句话是这么说的:"操,就这么办,给他们来个先斩后奏。"

"你又勾引了一个女孩子?"

卡尔文倒不否认。他说,有一天他请那个女孩看电影,两个人过得很愉快,他看了一下手表,对那个女孩说,时针走得太快了,真想把这表给扔了。女孩说,我送你一块表吧。女孩说着,就抬起他的手腕,用她的牙在他的胳膊上咬了一块"手表"。他觉得这个细节太迷人了。他对那个女孩说,我也送你一块表吧。女孩就把细嫩的胳膊伸了过来。他说,我要送你一只怀表。然后呢,事就成了。

卡尔文向他描述了那个女孩之美,说她的皮肤就像奶冻。卡尔文尤其对她的私处赞不绝口。他用了一个词:要害。他说:"她的要害,紧啊! 需要助跑才能插进去。"他不得不提醒卡尔文,"要害"用到这里并不合适,因为它带有"致命"的意思,人们通常说,击中要害。卡尔文笑了,露出一口白牙,说:"是啊,她的要害,就是对我的致命诱惑。"

"当心人家的父母过来揍你。"

还真让他给说着了。没过多久,女孩的父亲就找上了门。女孩的班主任告诉那个做父亲的,这是自由恋爱,别人不能干涉。那个女孩的父亲问:"你有女儿吗?"班主任说没有,只有一个儿子。又问:"你有妹妹吗?"班主任猜到对方来者不善,就说了谎,说自己是独生子女,哪来的妹妹? 女孩的父亲说:"那你愿意你的孙女被黑鬼干吗？"班主任感觉到这个人已经疯了，正想着要不要叫保安，一只暖水瓶已经扑面而来。

这事过去之后，卡尔文有一天对他说："我算是知道什么叫棒打鸳鸯了。我本来可以诉诸法律的，因为他叫我黑鬼。歧视！种族歧视！国际法不允许的！说我黑，倒没什么事。用你们中国话讲，这是实事求是。"卡尔文对着紫砂壶嘴吸了一口茶，然后替中国人操心起来，"你们的法律什么时候才能健全？你们做皇帝的不急，我们做太监的不能不急啊。"他懒得纠正他的用词错误，但还是又请他吃了一次火锅，算是对他"失恋"的安慰。

不过，卡尔文还是做了些好事的，并为此上了校报。他曾把全校各处指示牌、广告牌上的英译错误登记造册，交给费鸣，最后弄到葛道宏校长批示，将那些错误全都改过来了。这使得葛道宏可以自豪地宣称，济大校内广告牌上的英译错误，在全国高校中是最少的。卡尔文也做过一些让他本人非常感动的事，虽然它带有让人啼笑皆非的性质。一次他开车送朋友去机场，在高速路上发生了碰撞，差点死掉。当他醒过来的时候，他看到了卡尔文在博客里写的那段文字。当时是暑假，卡尔文事先告诉过他，自己要出去游玩几天，因为济州太热了。卡尔文的汉语虽然说得很溜，甚至都有点过于溜了，但写出来的文字却让人不敢恭维：

闻知应夫子车祸，患了半死不死之病，我心有戚戚焉！

他叫我卡夫子，我叫他应夫子。孔子是孔夫子。他是应夫子。

首次上课，他在黑班上写了几个词，让朋友说意思。别的我忘到后脑勺了，我记得有个词：爱人。我举手，应夫子言道：你说。我说，与男人有性关系之女人，即是爱人也。应夫子说，同意者谁举手。我举手，别人不举手。跟我有性关系之女孩亦不举手也。应夫子言道："爱人"不是 sweet heart，不是 lover，是 love others！仁者爱人；爱人者，仁者也。

我进日返济州,看望应夫子。

上帝啊,老天爷啊,娘啊!应夫子醒来吧,别半死不死了。

阿门。

我叫过他卡夫子吗?没有啊。他叫过我应夫子吗?也没有啊。再次见面的时候,他向卡尔文指出了这一点:"卡夫子,我这样叫过你吗?"卡尔文回答说:"你刚才不是叫了吗?应夫子。"

"你这是去哪里旅游了?"

"其实,我们没去外地,就在济州。济州也有很凉快的地方啊。"

不用问,卡尔文肯定是和一个女人在某个地方逍遥了几天。和那个女孩分手之后,卡尔文很快又挂上了一个女的,他们是在歌厅认识的。用卡尔文的话说,她一看到他,就扭过来了,约他一起喝酒,喝的还是地道的法国干红。他第一次听说此事的时候,既有点吃惊,又不由得有点担心:不会是个歌厅小姐吧?泡歌厅小姐,你就不怕染上花柳病?"花柳病"这个古老的词,是卡尔文非常喜欢的词。卡尔文曾说,在所有关于性病的词语当中,他最喜欢的就是这个词,太文雅了。卡尔文不仅喜欢花柳病,还喜欢治疗花柳病的食方:梅花粥,蒲公英粥。"雅,其他妈雅!"卡尔文说。

"什么?真是个小姐啊?你也太——"

"当然是小姐。我又不是 Gay!"

"此小姐非彼小姐。我说的是婊子。赶紧断掉。"

"那怎么行呢?我们是鸳鸯啊。鸳鸯不独宿,晚上我们还要见呢。"

"你就告诉她,你没钱了,借笔钱花花。你这么一说,她就跑了。"

"哈——"卡尔文又露出一口白牙,"是她给我钱。给了两次钱了。一次比一次多,有 Dollar,有 Euro,不过我更喜欢 RMB。"卡尔文捻动着手指,"她带我去开会。她给我一段话,我译成英语,在会上念一念。念完就给钱。"

原来对方并不是女孩,而是个中年妇女,还真不是婊子。她是桃都山连锁酒店的老板,一个富婆。应物兄与这个富婆还接触过几次。他虽然搞不清她的年龄,但可以肯定,富婆应该在四十五岁以上,当然他后来知道她早已年过五旬。卡尔文说,他现在喜欢的就是 Mature Women,就是 Milf,也就是所谓的熟妇。他们首次见面的地方,就在那个女人开设的酒店,在酒店顶层的歌厅。那个酒店经常承接各种会议。她就是陪同一个会议的组织者来这里唱歌的,那些人正在筹办一个关于"生物多样性"的研讨会。会议马上就要召开了,答应参加会议的一个英国专家和一个加拿大专家却突然来不了了。这可不是个小事,因为这意味着会议的规格降低了,不能再称作国际会议了。就在这个时候,她和会议的筹办者突然看到了卡尔文。

他们需要卡尔文,需要他那张脸,需要他那副腔调,需要他的某种功能。卡尔文就以英国专家的身份参加了那个会议。会议期间,她给与会专家安排了一个舞会。那时候,卡尔文已经发完言了,他的功能已经完成了,所以他感觉到她已经开始冷淡他了。他多少有些失落。专家们跳舞的时候,他没有跳,只是斜靠着吧台看着别人跳。她被某个会议的组织者搂在怀里,就在这时候,他发现她的目光瞥向他。他们的视线越过别人的肩膀相遇了。后来,她就来到了他面前。他壮着胆子邀请她到外面走走。她接下来的一句话,让他觉得自己碰到了高手。她看着他的裤门,说:"等一会,等它下去。"他没有听懂。于是她稍微蹲了一下,像是弯腰捡东西似的,用高脚杯在他的裤门上碰了一下。她观察得真细啊,他的裤门确实有点鼓胀。她说:"难看死了!等它下去。"

在她的安排下,卡尔文又以外国专家的身份参加了一个关于食品安全的国际会议。她本来还想安排他参加一个关于水稻优选优种的会议的,但他拒绝了。他说,他必须等自己的络腮胡子长起来,不然很容易被识破。"有个词叫什么来着?对,露馅!"卡尔文说。

不久,卡尔文就结束了他在中国的留学。他没有回坦桑尼亚,而是去了美国。我们的应物兄参加了那个送别晚会。在众多留学生当中,卡尔文仍然是个活跃分子。那个女人也来了。卡尔文介绍说,这是他参加社会实践认识的人。那个女人敬了他一杯酒。卡尔文丢下他们,上台高歌了一曲《临行喝妈一碗酒》。唱完,卡尔文跑到那女人面前鞠了一躬:"这歌是献给你的。对不起,把你唱老了。其实,我是把你当姐姐看的。"

她叫他卡卡:"卡卡,姐姐也是把你当弟弟看的。"

卡尔文又跑上去了,这次他唱的是电视剧《还珠格格》的主题歌。他很喜欢《还珠格格》,他说,他关于中国最后一个王朝的很多知识,都是从《还珠格格》里学到的。当然,他最喜欢的是小燕子。这会,他就在台上说:"小燕子的眼睛真大呀,像牛蛋,我喜欢。"卡尔文一边唱,一边向台下抛着飞吻:

> 你是风儿我是沙,缠缠绵绵绕天涯
> 珍重再见,今宵有酒今宵醉
> 对酒当歌,长忆蝴蝶款款飞

台下的铁梳子竟然满眼含泪,说:"这歌这么好听,以前都没有听出来。"

当卡尔文去了美国之后,曾来过一个电话,说他进了一家公司做矿石生意,公司总部在美国,采矿地点却在坦桑尼亚。半年前,卡尔文曾跟他联系过一次,说非常想念他,很想把他的书译成斯瓦西里语,但苦于工作太忙,抽不出时间。卡尔文说,孔子说了,四海之内皆兄弟也,但他认为真正的兄弟都在中国,在济州。"指不定某年某月某日,我就回去了,扑到你的怀里。"卡尔文写道。落款是卡夫子。

我们的应物兄没有想到,这么快就见面了,而且是这种情形下。

"铁梳子呢?"他问卡尔文。

"她让我来接你,晚上一起吃饭。"

"算了吧。我得把木瓜送回去。木瓜虽然是个串儿,但它总比铁梳子重要。"

"串?串儿?把它和它的儿子串起来?"

串儿就是杂种,和你一样,它也是个杂种。但出于礼貌,话一出口,就变了,变成了:"那是说它的血统比较复杂,来源甚广。"他绝对没有想到,卡尔文自己却引火烧身,说:"这么说,我跟它一样,也是个串,串儿?"说着,卡尔文竟然扭动着屁股唱了起来。同样是屁股,卡尔文扭起来,有一种天然的韵律。卡尔文还顺便改了歌词:

你是金毛我是串儿
缠缠绵绵绕天边儿

他和费鸣都被他搞笑了。遇到这样的鸟人,你能怎么办?铁梳子把这个人派来瞎搅和一通,还真搞得我们没脾气。

把卡尔文送来的那辆车,就停在春熙街,一辆大切诺基。金彧上了车,抱着木瓜走了下来。当金彧把木瓜还给费鸣的时候,木瓜似乎还有点舍不得离开金彧的怀抱:头贴向金彧的胸脯,同时眼巴巴地望着金彧。为了你,我都被关禁闭了,你却看都不看我一眼?不像话啊。据说,现在连狗都不忠诚了,看来是真的。

金彧同时交给费鸣一个身份证:木瓜的身份证,也就是协议中说的狗证。

费鸣接过狗证,同时把木瓜夹到了腋下。

木瓜却突然从费鸣腋下挣脱了。它迅速地钻进了医院。它并没有意识到,它刚在那里闯了祸,闯了大祸。此时,所有人的目光都搜寻着它。只见它找到那个曾经藏身的木柜子,闻了一圈,然后撩起后腿,滋了一泡尿。医生一直没有说话,这时候突然公布了他的重大发现。

"我们的木瓜先生,是个左撇子啊。"

经他解释,他们才知道,公狗撒尿通常撩起右后腿,木瓜却撩起了左后腿。医生说:"左撇子的公狗,我是第二次看到。上次那条狗,是副省长栾庭玉家的。"这本来没什么,但接下来的那句话,就有些不靠谱了,"对国家有责任感的人,喜欢故意用左手写字来锻炼脑子,以便更好地为国家服务。宠物耳濡目染,可能受到了影响。"医生随后表示,要好好地研究一下这个现象。

"你不用研究了,我们家没人用左手写字。"

但是他突然想到,乔木先生有时候确实是用左手写字,并且在落款处写上"乔木左笔"。当然,这话他没说。

他们离开的时候,医生还在和护士研究这个问题。一个护士对医生说,阉过的公狗,抬左腿与抬右腿的概率各占百分之五十。这位护士是心理学硕士,她的说法或许是能够成立的:狗会事先观察人类的视域;当它抬起右腿的时候,如果它认为你的目光能够接触到它的睾丸位置,也就是看到那个空缺,那么它就会及时地把右腿放下,临时改抬左腿,从而使你不可望更不可即。

"它要是对着镜子撒尿呢?"一个也来给狗看病的人说。

"那它就要蹲着撒了,就像母狗。"医生的男助手说。

护士不高兴了,抬高声音说:"你这是侮辱女人,是把女人看成被阉割的人。"

费鸣显然也听到了他们的对话,一时都有些愣神了。费鸣接下来的一个动作,让我们的应物兄颇为感动,费鸣吻了一下木瓜的脑袋,说:"对不起了木瓜,上次都怨我。"他知道费鸣说的是他们抱着木瓜来做阉割手术的事。就在那一刻,应物兄觉得,费鸣其实心地柔软,性情良善,虽然不一定能做到"吾日三省吾身",但总的来说还是有自省精神的。总之,有可能是一个很好的工作伙伴。

但是,费鸣接下来的话却具有挑衅意味。当他提出和他一起吃饭,吃完再回去的时候,费鸣立即说:"你不是说,要赶紧把木瓜送回家吗?怎么,说话不算话?"费鸣的最后一句话是对卡尔文说的,挑衅意味更浓:"我跟你没完。"一辆出租车停在春熙街和经二路的交叉口。费鸣打开车门,先把木瓜扔了进去。嗖的一声,就像扔进去一个沙袋。木瓜没有叫唤。它一定是被这急剧变化的形势给弄傻了。关车门的时候,费鸣又指了指卡尔文,说:"你他妈的真不是东西。"

卡尔文耸耸肩,嘴一撇:"我本来就不是东西。我是中国人民的老朋友。"

随后,他接到了一个电话。他以为是费鸣打来的,原来是铁梳子。他还没开口,铁梳子就来了一大篇:"太好玩了,是不是?快来快来,让我给我们的大教授压压惊。知道吗,我正满世界找您呢。您可真难找啊。我就差张贴寻人启事了。你来不来?你要不来,我和小卡今天就住在你家里,让你什么事也干不成。"

"改天吧。"他说。

"敢,你敢!把费鸣也给我揪来。"哦,一个"敢"字,一个"揪"字,境界全出矣,蛮横,嚣张,飞扬跋扈。他感到自己的手在空中抓了一把。他抓的是空气,是雾霾,是春熙街的夜色,但意念中却是费鸣的衣领。他听见铁梳子又说:"他早就说过,要来吃套五宝的。"

套五宝?他确实曾听费鸣和乔木先生谈起过套五宝,谈得津津有味。但他不知道那是什么东西,也没有问过。听铁梳子的口气,费鸣跟她好像很熟悉。他说:"铁总,你听我说,他已经走了,我们改日吧。"

"亏你还是个大教授呢。跟女性说话,只能说改天,不能说改日,懂吗?"铁梳子大笑起来,"走了更好。他是葛道宏的人,有他在,有些事反而不好说。"

放下电话,他对卡尔文说:"你跟铁梳子说一下,我今天真的有事。再说了,我已经气饱了。"

卡尔文开始装傻了:"What's mean？你又不是乌龟,怎么能只吃空气呢？"

他终于恼了:"卡尔文,我忙得很,没工夫跟你瞎扯。"

但最终,他还是决定前去赴宴了。这是因为铁梳子提到了一个人:铁梳子并没有直接跟他提那个人,而是把她和黄兴的合影发到了卡尔文的手机上,然后提醒卡尔文给他看一下。那个人名叫黄兴,与程济世先生情同父子。铁梳子随后又打来了一个电话。她说:"到哪了？我一会下去接您。"

12. 早在1743年

早在1743年,《纽约周报》就在头版位置刊登了一篇关于孔子的文章,题为《孔子的道德》。那时候美国还是英国的殖民地呢。美国后来的独立与孔子有什么关系呢？美国的《独立宣言》中说:"我们认为这些真理是不言而喻的:人人生而平等,造物者赋予他们若干不可剥夺的权利,其中包括生命权、自由权和追求幸福的权利。"

按照程济世先生的观点,这段话就是受到了孔子的影响。孔子说:"不患寡而患不均,不患贫而患不安。"

有些读者可能不知道,在美国联邦最高法院的外墙上,镌刻着人类历史上最伟大的三个立法者的头像:颁布《十诫》的摩西、雅典的立法者梭伦,以及穿长袍留长须的孔子。一个最新的事例是,2009年10月,美国国会众议院以三百六十一票赞成四十七票反对,通过一项决议案,纪念孔子诞辰2560周年,以颂赞儒家思想对人类社会的杰出贡献。

著名儒学家程济世先生为促成此项议案的通过付出了不

少心血。程济世先生提到此事说:"国内不少友人议论,我为这项议案的通过付出了努力云云。不,与其说是我的功劳,不如说这是孔夫子的影响太大了。如今,任何政党、任何国家,只要它是文明世界的一分子,它都须聆听孔夫子的告诫。"

这段话,是应物兄在解释"不患寡而患不均,不患贫而患不安"时写下的,印在《孔子是条"丧家狗"》一书的第五百二十三页。现在,这段话被复印了下来,放在他面前的茶几上。这是铁梳子的办公室,办公室里盛开着杜鹃花。他想起来,栾庭玉的夫人是专做花木生意的,卖得最好的就是杜鹃花。它不合时令,却开得热闹至极。铁梳子进门之后,吩咐工作人员给他们倒上茶,然后就去接电话了。临走的时候,铁梳子把这段话递给他,说:"今天上午,我给积极分子们开会的时候,还引用了你这段话。你讲得太好了。你的书,桃都山集团所有员工人手一册。养猪的、杀猪的,都有份。卡卡,先陪应物兄聊着。上烟啊。别人不能抽,应物兄想抽就抽。"

卡尔文说:"我不抽烟。"

铁梳子说:"应物兄,卡卡是不是很逗?都听不懂人话了。"

不是我要抽的,是铁梳子要我抽的,我是客随主便。于是,他掏出了烟,同时关心地问到了卡尔文在美国的生活。卡尔文说,他已经从那个做矿石生意的公司辞职了(卡尔文的原话是"我炒了美国人的鱿鱼"),原来想集中时间写一本书的,关于美国与坦桑尼亚的贸易史,其中贩卖黑奴是贸易史的主干。当初,黑奴都是先被集中到桑给巴尔(卡尔文补充说,桑给巴尔就是他的故乡,相当于英国的伦敦、美国的纽约和阿联酋的迪拜),然后再运往美国当牛做马。"但我发现,我的兴趣还是做些跟孔子有关的事。"卡尔文说。

"跟孔子有关的事?"他本来想问,你不是要搞翻译吗,不搞了?

"还不是因为受到了您的影响?您说吧,我能干什么?"卡尔文说。

"你还是老老实实听铁总的吧。"

如前所述,铁梳子是桃都山连锁酒店的老总,在酒店管理行业享有大名。如今酒店里流行的开放式卫生间就来自她的创意。躺在床上,通过钢化玻璃或软隔断看到沐浴的异性,你怎能不心跳加速,腹股沟发烫。它还很有意境呢。想想看,玻璃或者软隔断所造成影影绰绰的效果,难道没有雾失楼台般的诗意吗?那就别废话了,赶紧行动吧,将爱的战场转移到花洒之下,转移到洗手台前,转移到浴缸之中,转移到马桶盖之上,来一场逸出常规的新体验吧。

但她本人看上去却是优雅的。如果你感觉不到她的优雅,别担心,她有的是办法提醒你。比如,当她和你说话的时候,她的手部语言会变得极为丰富:托腮,把桌面当成键盘轻轻地弹击,手指交叉,双手叠放,右手扬起的同时左手却缓缓地落了下去。有时她又会用食指轻杵下巴颏,做沉思状。她还喜欢当指挥家,手指在空中舞来舞去。想起来了,我们的应物兄想起来了,他和铁梳子第一次见面的时候,她曾拿起他的手,说:"手指这么长,韧带这么开,不弹琴,可惜了。"

有趣的是,当你已经充分领略到她的优雅的时候,你还必须注意到她还有另外一面,那就是朴素。其实,铁梳子原来在肉联厂工作,是个屠夫。

她本人也不姓铁。人们之所以都叫她铁梳子,是因为她至今保留着一个习惯,这个习惯慢慢地成了她的标签、她的符号、她的象征。什么习惯呢?用铁梳子烫头发。现代女性,尤其是腰缠万贯,哦不,应该说腰缠亿贯的女性,还有用铁梳子烫头发的吗?放眼全球,也找不出第二个了。她还喜欢用红纸涂指甲,用废火柴描眉毛。这些朴素的品格很容易让你联想到村姑。她为什么这么朴素呢?为了省钱?视朴素为美德?可能吧。不过,仅仅是用铁梳子烫头发,她就专门请了两个人,一个负责给铁梳子加热,一个负责烫头。用废火柴给她描眉毛的那个人,也是她专门请来的。

关于她的这些习惯,他是听谁讲的?

芸娘,他又敬又爱的芸娘。他现在还能想起,芸娘提到这些事时,嘴角不经意间浮现出来的嘲讽。芸娘可不是一个喜欢说闲话的人,她的每句话都会给人以启迪。也就是说,"说闲话"三个字,跟芸娘压根都挨不上边。她只是对这种现象很感兴趣。不过,芸娘并没有接着讲下去,似乎仅仅谈论一下就会让她感到不舒服。但芸娘又是宽容的。芸娘说:"她也不容易,不说也罢。"

铁梳子曾给姚鼐先生捐过一百万元。

桃都山酒店本是铁梳子从别人手里买来的烂尾楼。建成装修的时候,铁梳子又想借机挖几个地下室。一锹下去,扑通一声,露出一个洞,下面空空如也。竟是个古墓。这事本来可以悄悄处理的,不巧的是一个民工掉了下去,摔伤了,涉及赔偿和护理问题,家属就把这事捅到了网上。后来经姚鼐先生和弟子们鉴定,那是北宋时期的墓葬:墓门两道,墓道一条,墓室两间,分别存放着棺木;出土的文物有开元通宝、青釉瓷钵、铜镜、灯盏。其中最有价值的是一对陶罐,叫谷仓罐,用来盛放谷物的,但谷物已经炭化。孔子说:"事死如事生,事亡如事存,孝之至也。"[①]根据这种观念,人们生前拥有的物品,死后要继续享用,所以墓葬能够反映出墓主生前的经济状况和社会地位。姚鼐先生和弟子们对这个古墓做鉴定的时候,铁梳子急了,担心这幢楼保不住了。她要让姚鼐先生出具报告,证明它没有什么太大的文物价值。后来,她就提出捐给姚鼐先生一百万元,作为科研经费。姚鼐先生拒绝了,说他的科研基金还花不完呢,要这个钱做什么,擦屁股啊?

铁梳子说:"可以给你出书用啊。"

姚鼐先生抽着烟斗,不说话。

后来铁梳子又提出:"可以给你的学生们出书啊。"

姚鼐先生说:"那就出一套书吧,给博士生们各出一本书。"

---

① 见《中庸》第十九章。

北宋时期,济州就是商贾云集之地,发掘出的类似古墓已有几十座,所以这座古墓并没有特殊价值。只须经过一番抢救性发掘,将文物移居到济州博物馆的地下仓库,事情也就过去了。事后姚鼐先生问铁梳子,那一百万还算数吗?铁梳子表示,当然算数。姚鼐先生是个懒得管事的人,这事照例扔给了芸娘。芸娘说,姚鼐先生的博士本来就很少,而且大都出过书了,要不就把这钱捐给人文学院?但问题又来了,人文学院的博士生太多,这一百万元又不够用。他和芸娘商量,是否只出版优秀博士论文?人文学院每年的优秀博士论文的名额是五个,每本书按十万块计算,也花不完啊。因为芸娘身体欠安,他就把此事接了过来。这期间,他当然也跟铁梳子有过联系,并对赞助合同进行了调整。他曾开玩笑地问过铁梳子:"你要后悔还来得及。"铁梳子说:"世上哪有后悔药?不就是一百万元吗,不够另算。"

"一百万用不完。"他对铁梳子说,"要不,你每年捐五十万,连捐几年?"

"你一个书生,很会做生意啊。每年五十万,我就先捐两年。"

"两年之后呢?"

"到时候再续呗。看你急的。"

"说不定,这套书会给你带来好运呢。"

"好啊好啊。要是那些博士当中真冒出来个人才,我也算是有功之人。要是一个人才都冒不出来,那就当喂狗了。说得不好听,别在意啊。"

跟往常一样,这套书的主编依然是乔木先生和姚鼐先生。按照惯例,应物兄和芸娘应该做副主编,但他们都没有做。那么是谁做的副主编?是人文学院的院长张光斗。最后的协议也是张光斗代表人文学院签的。不过,说是副主编,但最后印出来的书上,写的却是执行主编。张光斗说,铁梳子有个小小的要求,就是通过一种方式,哪怕只是一句话,能够让人感觉到桃都山与学术界的联

系。他就随口说了一句话,这句话后来印在每本书的扉页上:

> 桃都春风一杯茶,学界夜雨十年灯

一些未能入选的博士生,还有他们的导师,硬是鸡蛋里面挑骨头,说这两句诗是对黄庭坚的"桃李春风一杯酒,江湖夜雨十年灯"的抄袭。当然,他们更多的还是指责有些论文缺乏原创性,只是资料的堆积。张光斗是新闻系出身,听到这些议论,就充当一个新闻记者,跑到他这里来进行新闻调查了。我们的应物兄承认这两句话确实是对黄庭坚诗句的化用。他告诉张光斗:"但是黄庭坚的诗句也化用了别人的诗。杜甫的《春日忆李白》你知道吧?你肯定知道的。里面有'何时一樽酒,重与细论文'一语。杜甫还有一首《梦李白》,里面有'江湖多风波,舟楫恐失坠'一语。你看,黄庭坚不用则已,一用就用了杜甫两首诗。"

"厉害了,我的黄庭坚。"张光斗说。

哦,张光斗教授这是要说什么?他不明白。但他顺着张光斗的话头,说:"厉害的是,他还化用了李商隐的《夜雨寄北》。你肯定知道的,里面有'君问归期未有期,巴山夜雨涨秋池'。"

"明白了,我就知道他们是瞎胡闹。"

"我将黄庭坚诗中的'桃李'换成'桃都',是为了——"

"明白,明白。你是要暗示这套书与桃都山连锁酒店的关系。这个我是支持的。顺便替桃都山酒店做个软广告嘛,也算还了那娘们一个人情。以后不是还想从她那里再搞点钱吗?老鼠拉木锨,大头在后边。"

那套书只出了两辑就停了。原因嘛,还是因为有人闹,越闹越凶。郑树森就闹得挺欢。作为鲁迅研究专家,郑树森把第二辑中一部关于《野草》的论著,批驳得体无完肤。那个博士生在戴上博士帽的当天就跳楼了。幸亏落在了楼下的自行车棚上。张光斗说:"这次好不容易捂住了,下次还能捂住吗?那人文学院可就要出大名了,要上头条的。"

"你应该找郑树森他们谈谈。"

"谈什么？还没开口，人家就说，但我坦然，欣然。还说，我将大笑，我将歌唱。"

事实上，这也是他看到金彧打印的那份协议，猜到金毛的主人可能就是铁梳子的时候，既发愣又浮想联翩的原因：她是不是想通过这种方式，把那一百万赚回去？

现在看来，好像不是这么回事。

两支烟抽完，铁梳子回来了。铁梳子手里拿着刚打印出来的照片，一共两张：一张是她和黄兴在加州硅谷的合影；一张照片竟然是她在骑驴，牵驴的是谁？还是黄兴。两张照片都被她放大了。奇怪得很，这两张照片上的她都比他在卡尔文的微信里看到的要年轻，当然更比她现在的样子年轻。刚才，她其实是去修图了。她要把修过的照片送给他作为纪念。

"不饿吧？那咱们聊会儿再吃？"铁梳子说。

她先解释了下午发生的事。她的解释从骂人开始。先骂的是那个死丫头，也就是金彧。死丫头，把她的意思完全、彻底弄反了。木瓜确实咬了哈登一口。这不值得大惊小怪，因为咬来咬去本来是狗的天性。咬是正常的。狗嘛，再名贵的狗也是狗。不咬反而是不正常的。真要追究责任，那么错在哈登。这个哈登！护士给你修趾甲、按摩的时候，你只管闭目养神就行了，可是一看到别的狗进来，你就开始哼哼叽叽的。这是什么？这是炫富啊。你是想在木瓜面前炫耀你有多舒服。别说木瓜是条狗了，就是人，心里也会有情绪的。后来都被木瓜咬了一口，还像个没事人一样，也不报告。它还以为自己是工伤呢。其实，你有什么好牛的？你已经是条老狗了，每天不是这里疼，就是那里痒，总之离死不远了。人家木瓜呢，正在盛年，好日子还长着呢。人家虽然是个串儿，但血统越杂，身体越好。人家很可能成为开宗之狗呢，成为某种狗的始祖。哦，对了，木瓜已经阉了，阉过之后活得更长，清心寡欲，延年益寿嘛。还有,你很少能够跟同伴在一起玩,你的同伴是蒙古细犬,跟你不是一家人。木瓜在路上走,却会常常碰到自己家人。总之,你有什么好牛的?

接下来,她又说,她之所以带哈登和木瓜去检查身体,是因为她的担心是双向的。既担心木瓜传染了哈登,又担心哈登传染了木瓜。哈登已经几年没有打防疫针了。不管什么狗,年龄大了,都容易疯掉。就跟枣树一样,树龄一大,就容易得枣疯病。好在两条爱犬都很健康,她心中的一块石头才落地。

她讲的时候,卡尔文频频点头。

必不可少的,铁梳子还是提到了那份协议。当然还得从那个死丫头骂起。完全是死丫头生搬硬套。说到这里,铁梳子简单提了一下,说济州有个动物救助协会,主要是对那些流浪狗、流浪猫采取一些必要的行动,把它们圈起来,管起来,免得它们传播瘟疫。城区不能养大狗,但有些市民就是不听话,非要养大狗。有本事你住到郊区别墅啊,那里可以养。对于这种情况怎么办?有必要制定一个条例,对违规者进行高额罚款。因为争议太大,这个条例到目前为止还没有出笼。怎么办呢,有必要通过高额罚款的方式,让他们主动放弃。以前,曾经出现过大狗咬伤金毛的事,唉,这个詹姆斯啊,这个哈登啊,这个詹姆斯·哈登啊,吃一堑,长一智,你说你怎么就不长记性呢?上次就是因为炫富被咬的。就是不处死它,它早晚也会从詹姆斯·哈登变成本·拉登。好,先不说它了。总之,当时就是罚款了十二万。那是条昆明犬,狼青。主人当然舍不得。舍得的话,你就不是人了,自己养的狗怎么能放弃呢?但是你要舍不得,你就得交十二万。最后,那个人被迫放弃了。我看他一个大男人,哭哭啼啼的,也有些于心不忍,允许他去看了两次。知道了吧,那个死丫头竟把这个事情套到了木瓜身上。条例是指导性的,要灵活应用。我已经严肃批评了她。她自己认错态度比较好,说这相当于医生拿错了药方,又忘掉了辨证施治。能认识到这一步,需要表扬。但是严格说来,这还是形而上学的问题。她终于想通了,说了一句话:"形而上学害死人,我该死。"

他终于插了一句:"她其实是个好员工,很负责。"

铁梳子说:"谢谢你。但是,闭门思过还是少不了的。我准备把她下放到基层锻炼几天。"

卡尔文说:"不怪她,主要怪那两个日狗的。"

"嘴巴干净点!"铁梳子说,"怎么,我们卡卡也要替金彧说情?"

卡尔文急了,说:"No！No！No！"

铁梳子淡然一笑,说:"应物兄先生,怎么跟你说呢,金彧其实是个好姑娘,只是心神不定,一会想读书,一会想创业。说话很直,品位还是有些问题。有些话我没办法跟她说。找个大领导,找个小日本也行,或者找个爱国华侨,几年混下来,品位就上去了,腔调就完全不一样了,相当于硕博连读了。你有没有合适的人选,结没结婚都无所谓,给我们金彧介绍一个?"

他尽量显得诚恳:"她跟着你就行了。"

她说:"她也是这么对我说的。"她优雅地弹着裤子上的褶皱,就像弹着灰尘,"至于那两个蠢蛋嘛,已经滚了,滚蛋了。"

13. 套五宝

"套五宝来不及做了。再说了,我在减肥,怕油腻。"铁梳子说。

他们现在已经来到了餐厅的包间。包间里的摆设初看上去没有特色,但是当铁梳子告诉他,桌椅都是野生黄花梨做的,他还是暗暗吃了一惊。包子有没有肉不在褶子上啊。他不由得把套五宝和黄花梨联系了起来:套五宝在菜肴中的地位,或许就相当于木头中的黄花梨?

卡尔文对他说:"看着就不一样。"

但功能是一样的。是个椅子,它就是给人坐的。不会因为它是黄花梨,它就变成另外一种东西。它上面放的还是屁股,呼吸到的还是臭屁。他意识到自己这个想法带着恶作剧的性质,但无法遏制。

不过,靠墙案几上的一只觚,他倒有兴趣。菜品上来之前,他弯着腰,背着手,看着那只觚。他不是这方面的专家,觉得它很像青铜觚。喇叭形口,细腰,圈足很高。是商周时期的觚吗?我们的应物兄顿时想起,程先生曾说过,他家里曾有一只青铜觚。"我能拍照吗?"他问铁梳子。

"跟我客气什么?觉得好,改天我送你一个。"

"是从哪里挖出来的?"

"桃都山。一锹下去,就刨出来了。"

"不过,这好像是清代仿制的。上面的兽面纹有点奇怪,像蝙蝠,也像蝴蝶。尽管是仿制,也是很有意义的。清代之所以有康乾盛世,就是因为他们祖孙三代都尊崇儒学。孔子对青铜觚有很深的研究。"看来铁梳子并没有看过我那本书。那本书里,我用很长的篇幅谈到了觚,为的是解释孔子那句话:"觚不觚!觚哉!觚哉!"在我看来,那是孔子最沉重的喟叹。他对铁梳子说:"任何一个器物,你要把它弄明白,都必须回到先秦,回到春秋。"

"为了一个只能看不能用的东西,你居然往回找了那么远。"

你把它摆在这里,不就是一种"用"吗?不过,这话他没说。遇到什么事,我确实喜欢往回找,不然我为什么要研究儒学呢?这当然他也没说。他只是说:"这是个好东西。"

"好啊,那我们设立的那个奖,奖杯就可以照这个来做喽。"

"奖?什么奖?"

"敬爱的葛道宏校长没跟你说吗?也怨我,没有再提醒他。"

这天吃的是什么,应物兄事后差不多都忘了——他记得吃了一种菌,很像乌鸡的爪,铁梳子说是从日本广岛弄来的,是原子弹爆炸之后唯一幸存而且不受核污染的植物。他后来所能记得的，就是铁梳子所说她和黄兴先生的深切友谊，以及设立儒学研究奖的事。

对了，在谈那个儒学研究奖之前，还发生了一件事：一个戴着袖套的人走了进来，那个人应该不到三十岁，但穿着打扮却很老派，荷叶领、对襟襻扣，料子是丝绸的，上面绣着太极图案，好像随时都可以表演太极拳。对了，那人也留着鞋刷式的胡子。那人向铁梳子请示，要不要赦免哈登，给它一条活路。他的原话是："送它养老去？"

"怎么了？它人呢？"

那人卷了卷自己的袖子，说："把它按到水里，本来一下子就可以呛死的，它却没死。它命大，可能不该死。"

卡尔文一下子站了起来。铁梳子摆着手，让他坐好。然后铁梳子问："是你失手了吧？"

那人说："瘸子的屁股，邪（斜）门了。"

卡尔文问："瘸子的屁股，怎么就邪、邪门了？"

铁梳子显然知道，她的卡卡热衷于学习中国的歇后语。对他的这种好学精神，铁梳子是满意的。铁梳子笑了，说："别打岔，回头告诉你。"

那人接着说道："按说，狗头往水里一按，咕嘟一声，它就得见阎王的。"

铁梳子说："总结经验了吗？"

那人说："年轻的狗，一下子就呛死了。可能它上了岁数了，肺活量小了，也就呛得不够。"

铁梳子说："我还以为，哈登已经变成拉登了。好啊，既然它命大，那就把它带来，让它给应物兄认个错。"

那人说："没死是没死。但你跟它说什么，它连眼都不眨一下。"

铁梳子说:"怎么了,闹情绪了?它还有理了?还真以为自己是工伤呢。跟它说明白,有再一再二,没有再三再四。以后要是不听话,别怪我们无情。"铁梳子夹了一片鸡爪菌,嚼着,对应物兄说,"呛死,有个好处,就是留下一张完好的狗皮褥子。"

卡尔文终于霍的一下站了起来。他双手抓着他那苔藓似的头发,喊道:"No! No! No——!"

铁梳子用筷子敲着卡尔文面前的碟子,说:"有点出息!"

但卡尔文还在喊:"Why? Why? Why?"

铁梳子厉声说道:"坐下!一个大男人,吓成这样,也不怕别人耻笑。"

那人说:"那我退下了。"说着,就屁股朝后退了出去。

铁梳子说:"我当年下乡的时候,也亲自干过这事。偷鸡摸狗!听听,在乡下,偷狗不叫偷,叫摸。偷鸡比偷狗要严重得多,相当于抢银行了。鸡屁股就是农民的银行呀。"

什么?她还下过乡?可她看上去也就五十来岁。哎哟喂,这套整形美容手术做下来,锯骨头,去眼袋,垫下巴,花的可不止一百万。她的脸皮很紧,发亮,发明。但仔细看去,脖子上的肉却是松的,手背的皮也有些松。那是美容技术的死角,它说明美容技术还有很大的发展空间。他后来与费鸣谈起此事的时候,费鸣说曾开玩笑地问过卡尔文:"没想到你喜欢老女人。"卡尔文耸耸肩,嘴一撇,说,他在美国的汉语老师之一 Howard Goldblatt[①] 先生说过,自己最喜欢的女演员是刘晓庆,其次是陈冲,虽然刘晓庆已经六十多岁了。卡尔文接下来还说了一句半通不通的话:"老女人比小女人更裸体。"费鸣的疑问是,难道老女人的裸体具有历史意义?属于历史叙事?

这会,他们终于谈到了她和黄兴先生见面的事。

按铁梳子的说法,作为女性企业家代表,她是赴美访问与美国

---

① 葛浩文。

企业家交流时,在一个冷餐会上认识黄兴的。他们都有一张中国脸,都有一颗中国心,都有一副中国胃,也就能凑到了一起,说到了一起,吃到了一起,也就多接触了几次。她还去了黄兴的公司,在加州的硅谷。在黄兴公司总部,通往黄兴私人办公室的门口,有一面穿衣镜,镜子上竟有孔子像。黄兴说,那面镜子是他的恩师程济世先生送给他的。说到这里,铁梳子站了起来,面对墙壁,好像在思考墙边是否也摆上这么一面镜子。这包间的墙壁当然也是红木包着的,但故意弄得凹凸不平,就像她的命运。然后她又说:"黄总说了,他的生意做得好,就是信了孔子那一套。他一直资助儒学研究。资助的过程,就是学习的过程。黄总说得特别好。卡卡,你说呢?"看来,卡尔文曾在美国陪同过铁梳子。

卡尔文说:"Of course! 说的比唱的都好听。"

铁梳子笑了,似乎想纠正卡尔文用词不当,但一时又不知道从何说起。只见铁梳子用手腕支着下巴,想了一会,说:"倒也说得过去。"

那面镜子,其实是西汉海昏侯刘贺墓中发掘的穿衣镜的复制品。刘贺是汉武帝的孙子,西汉第九个皇帝,也是西汉在位时间最短的皇帝,只有二十七天。就在这二十七天之内,他抓紧时间把一个皇帝能够做的荒唐事,基本上都做完了。刘贺被废之后,洗心革面,时常阅读儒家典籍,瞻仰穿衣镜中的孔子像,告诫自己在逆境中要保持内心的平静。墓中的木牍上,即是他本人抄写的《论语》。而镜子上的孔子像,则是迄今所发现的最早的孔子像。

他去黄兴那里时,也曾看到那面镜子。黄兴说,那是程先生送给他的。

哦,想起来了,这个刘贺似乎有天眼,常能看到异象。比如,曾多次见到一只白犬,三尺高,没有头,自项以下有点像人,没有尾巴,却戴着一顶帽子;还曾经在宫中看到过熊,看到过大鸟;也曾梦见苍蝇堆积在宫阶之上,约五六石,用大瓦覆盖。派人看了,果然看到那里有大瓦，瓦片下面果然蝇屎累累。

"黄总就是我的榜样，而榜样的力量是无穷的，所以我也想资助儒学研究。你不是研究孔子的吗？这笔钱花到你身上，可不就是花到了正地方？"

"谢铁总了。但我本人不需要啊。"

"怎么，还有人跟钱过不去？我说的是设立一个儒学研究论文奖。不是捐给你的，是给儒学研究院的。葛道宏都跟我说了，你们要成立研究院，专门研究孔子。当年我也参加过'批林批孔'，就算我向孔老二道歉吧。不知道吧？我每年都要赞助这个，赞助那个。济州动物保护协会就是我赞助的。他们要一千万。不能惯着他们。别以为我不知道，那钱大都花到他们自己身上了。我给了他们五十万。够用了。我让他们先把流浪狗、流浪猫保护起来，比如可以先把它们结扎了。现在，我把钱花到你身上，花到孔子身上，岂不更有意义？我跟葛道宏校长说了，他说了三个字：好，好，好！但你是知道的，那些大领导，每天忙得四脚不沾地，说过就忘了，需要你跟在屁股后面落实。"

现在谈论这样的问题未免太早了。葛道宏也可能是随口那么一说。三杯酒下肚，随口答应一些事情，但过后又不认账，这是常见的事。

他说："这是大事，我得想一下。我也得再向葛校长请示一下。"

铁梳子说："我等着你的答复。"

他赶紧转换了话题："你经常给狗结扎？"

铁梳子说："它们苦了一辈子了，不能再让它们的子孙后代跟着受苦了。那就干脆别生了，结扎了算了。这也是对它们好。当年下乡的时候，我吃过它们。算是对它们的一个补偿吧。有人说，铁总够大方的。说对了，事业做到一定份上，花自己的钱就要像花别人的钱一样大方。我就是这样的人。"

他端起酒杯,向铁梳子敬酒。

卡尔文说:"唱唱①这个红酒好不好?"

铁梳子说:"卡卡带来的智利红酒。礼轻情义重,咱们就给他一个面子?"

不就是有点酸嘛。对于红酒,他历来喝不出好坏,只会觉得它酸、比较酸或者很酸。果然是酸的。是比较酸还是很酸,他没有品出来。他说:"好酒。"

他顺便问了一句:"卡尔文这次回来,到底有何贵干?"他还顺便开了个玩笑,"是回来玩呢,还是回来工作? 不会又要充当某国的专家吧?"

铁梳子倒不避讳这个话题:"那个啊,嗨,那是救场。救场如救火。我夸他是个活雷锋呢。这次不让他救场。这次他是来谈合作的。卡卡,把你的使命给应物兄先生汇报一下?"

"报告应夫子,我这次回来,除了看望您,向您请教问题,还要与铁总合作,全方位合作。"卡尔文说。

全方位合作? 当然也包括肉体喽。一个场景闪现在他的脑子里:卡尔文和她躺在一起,黑白分明,就像扣在一起的两把勺子,只是一个已经锈迹斑斑,另一个又黑又亮。他还想起了卡尔文的一个绰号。据说卡尔文一低头就可以咬住自己的生殖器。真是没事干了。你咬那个干什么啊? 这个说法最早是在部分女生中传开的,她们由此给他起了个绰号:卡咬咬。

"我们要在国外做一个酒店项目。利用卡卡的人脉,在乞力马扎罗山下开设连锁酒店。您是知道的,有钱人把中国的名山都爬遍了,现在热衷于爬国外的名山。我瞄准的就是这些人。应该让那些有钱人在国外也能享受到中国特色的酒店服务:吃火锅,喝绿茶,打麻将,用中药泡脚,所谓宾至如归。"

"熊猫! 还要修建熊猫馆。"卡尔文说。

---

① 尝尝。

"养熊猫？把熊猫运到非洲？"

"用大猩猩来换你们的熊猫，"卡尔文模仿着大猩猩的捶胸动作，"不行吗？"

这时候，那个穿着太极服的人又进来了，问道："师傅说，套五宝火候还不到，但已经可以吃了，还上吗？"

铁梳子说："火候不到，怎么能端上来呢？那不是砸自己的牌子吗？"

14．钢化玻璃

钢化玻璃下面，有一个水池，鱼翔浅底。虽然有水泵送氧，但应物兄还是替那些鱼儿觉得憋闷。他是来这里存钱的。只有银行的VIP客户才能进到这个里间。上次来，验钞机在一沓子钱里验出了两张伪币。这虽然与他无关，但他还是感到无地自容，好像他就是那个伪币制造者。此时，听到验钞机那哗啦啦的声音，他又有些不安。

那是季宗慈给他的稿酬。

多年来，他虽然已是著作等腰，却很少领到稿酬。不仅如此，书号费和印刷费，用的还是他的课题研究经费，加在一起通常要在七万块钱左右。如果有哪个出版社愿意免费替你出版一本学术著作，那已经是给你天大的面子了。他没有想到，这本书不仅领到了稿酬，而且它还源源不断地到来。季宗慈本来可以直接把钱打入他的账户，但季宗慈显然有意选择了付现钞。这个季胖子，当他把钱甩给我的时候，一定有着施舍般的愉快。

"人民币和美元的汇率是多少？"他问柜台里的小伙子。

"每时每刻都不一样。我看一下。兑换多少？"

"先不兑换，我只是问一下。"

"要不要换成欧元?今天比昨天划算。"小伙子非常热情。

一个小女孩跑了进来,一只鞋子掉了,袜子也掉了,光脚踩在钢化玻璃上。紧跟着进来的是保安。保安揪住了小女孩的衣领,同时脸朝着大堂的方向喊:"谁的娃?"小女孩惊惧的眼神让我们的应物兄心头一颤。

手机响了一下,是费鸣的短信回过来了。几分钟前他给费鸣发了条短信,说有事相商。费鸣现在回复说:"应老师,开会呢,稍等。"哈登事件之后,他感到费鸣对他的态度有了点变化,不再叫他应物兄先生了,改叫应老师了。当他从银行出来的时候,费鸣的电话就打过来了。费鸣问:"应老师,有何吩咐?"

"什么时候方便?我要找你谈件事情。"

"又是稿子的事?我说了不会拖后腿的。"

"是别的事。我必须和你谈谈。"

"不会是哈登吧?听说哈登已经殉职,变成了一张狗皮?"

"这个,好像,好像还活着,我也说不准,谁知道呢?"

能听见费鸣旁边有人说话,谈的是汽车后备厢被撬的事。有个人说,车放在停车场,可是早上起来,后备厢里的小冰箱却不见了。费鸣对那人说:"开豪车,不偷你偷谁?"听上去,他们已经开完会了。那人说,倒不是心疼那个冰箱,而是心疼小冰箱里的那两瓶红酒,正宗的拉菲啊。费鸣说:"活该。"那人急了:"你吃了火药了吧?"费鸣没有再回答那个人,而是对他说:"应老师,有什么事就在电话里讲嘛。"

他说:"三言两语讲不清楚。"

费鸣竟然说:"那就请您想好了再讲。"

他说:"我是说,必须当面讲。"

费鸣想了一会,终于说道:"好吧。"

这次,他约费鸣在家里见面。万一吵将起来,也不至于让外人看见。费鸣说,晚上熬夜了,午后得睡一会。于是他就把时间又改到了下午两点半。

谁说当代生活已经与《论语》没有关系？不仅有关系，而且无处不在。他现在住的北辰小区，名字就取自《论语》："为政以德，譬如北辰，居其所而众星共之。"上个世纪九十年代末，省政府给知名人士盖了这个小区，乔木先生和姚鼐先生都在这里分到了三室一厅。乔木先生分到了原来的样板间，省去了装修的麻烦，这是因为"北辰"二字由乔木先生所题，润笔费抵了装修费。房子划在乔姗姗名下，但乔姗姗却不喜欢住在这里，理由是出来进去常遇到熟人，不说话不好，一说话就得啰嗦半天。乔姗姗现在住的是他们买的商品房，离这里有几站路。那里的绿化更好，容积率更低，房型更合理。

应物兄站在窗台前抽烟，越过庭院的目光，落在对面的墙上。一个女人牵着一条狗在庭院的河边散步。河里没水，有稀疏的干草。天气很冷，但那个女人却穿着裙子，露出光洁的小腿。这给了他一种视觉的愉悦。后来，那个女人被一道树篱挡住了，他就只能看见那条狗了。小狗在对着一棵树撒尿。它撒的时间太长了，姿势一动不动，似乎成了雕像。它抬的是左腿还是右腿？正这样想着，它已经放下了。

费鸣迟到了一会，见到他就说："不怨我。堵车了。"

"好像胖了一点。"

"没胖啊，还瘦了几斤呢。"

"瘦了？看不出来。脸胖了？"

费鸣摸着自己的脸，还闭眼想了一下，似乎要在想象中把现在的脸与过去的脸做个比较。不过，他好像想不起自己过去的脸了，所以再睁开眼的时候，就微微地摇了摇头。

"真的有点胖了。"他说。

费鸣皱起了眉头："哦？你是不是说，我脸皮厚了？"

"这话说的！你自己照照镜子。请进！"

这是多天之后他们第一次单独待在一起。那种令人不快的尴尬并没有持续太久。需要感谢窗台上那只鹦鹉,是它帮他们缓解了尴尬。它的主人是栾庭玉的母亲栾温氏。它病了,胃口不好,还拉稀,但精神头却很足,时常和笼子里的栖木搏斗。华学明将它的病治好了,托他转给栾庭玉。华学明说,其实这鹦鹉并不值钱,要是不欢实了,可以换个新的。华学明向他透露了一个数字:我们每年都要进口一吨鹦鹉。一吨鹦鹉,一吨废话,他突然想到。栾庭玉的秘书邓林上周就该将它取走的。晚取几天,它竟然派上大用场了:要不是它,说完了脸的胖瘦问题,一时间还真的找不到话。

大病初愈的鹦鹉突然说:"Come in!"

费鸣问:"是栾庭玉副省长那只鹦鹉吗?它竟然会英语?"

鹦鹉又说:"No problem!"

他说:"行了。这是老二,老大的英语更好。"

"是叫二虎吧?"

"对。大的叫大虎。"

大虎和二虎是鹦鹉中的英语专家。它们除了会说"Come in""Bye-bye"之外,还会说一些比较复杂的短句,比如"Good question",以及"No problem"。① 这几个单词,当然也是栾庭玉平时经常使用的。栾庭玉平时说得最多的英语短句,一个是"Good question",一个就是"No problem"。前者,表明栾庭玉对谈话对象的尊重,后者表明栾庭玉答应替对方解决问题。如果不出意外,大虎应该是世界上唯一能把"背水一战"翻译成英文的鸟。这两只鹦鹉还会使用连词呢。这当然是跟栾庭玉学的,叫"并且来说",那是他的口头禅。这两只鹦鹉对"并且来说"的运用和栾庭玉相近,都没什么实际意义,也就是说,都不具有词语的功能,只是一个发音。

鹦鹉笼子旁边放着塑料盒,里面装的是通体发红的小虫子。华学明送来的,既是鹦鹉的口粮又是药品。它们密密麻麻纠结在

---

① 这几句英语分别为:进来。再见。问题提得好。没问题。

一起,或者上下翻滚,或者摇晃着针头式的小脑袋。一看到它们,应物兄就感到头皮发麻,恶心,想吐。他有一种轻微的密集恐惧症,有时候看到蜂巢、莲蓬,也会感到不适。每次给鹦鹉喂食,对他都是一种痛苦的体验。他需要闭上眼睛,把一张硬纸板伸到小盒子里,等小虫子爬上了纸板再塞进笼子。这期间,他会感到头皮发麻,好像在放静电。

"它一直这么叫吗?"费鸣问。

"有外人,它就来神。有点人来疯。"

费鸣一点不怕那些虫子,直接下手去捏。应物兄这次没有闭眼,看着费鸣把那些虫子放进笼子里的铜缸。费鸣还微笑地捻着手指,似乎很享受和虫子的肉体接触。看来,请费鸣当助手是对的。一些事我不能干,不愿干,费鸣却可以干得很好。他给费鸣递上烟,费鸣用刚捏过虫子的手接过烟,用嘴叼上了。

"叫我来,不是让我替你喂鸟的吧?"费鸣说。

"瞧你说的。我是要问你,想不想换个地方?"

"原来是这个啊?我现在挺好的,懒得动了。"

"人挪活,树挪死——"

"我知道你的意思。葛校长知道了吧?"

"他要不同意,谁敢在太岁头上动土啊?"

"同不同意是他的事。我懒得动了。"

"以前我可没少听你抱怨,总是说在校长办公室太忙了。"

"其实还是忙了好。常言道,忙里偷闲,苦中作乐,无事生非。"

费鸣的反应并不出乎他的意料。费鸣,你只是想摆摆臭架子,在我这里挣回一点面子呢,还是真的不愿意来?如果你只是摆摆臭架子,那么我可以理解。不仅可以理解,还很赞赏,因为这说明你是个有尊严的人。那就摆吧,我一定给你机会让你摆个够。但如果你不愿意来,实在不愿意来——应物兄的脑子飞快地转着——如果这小子实在不愿意来,那也没什么。我这就告诉葛道宏,说人家不愿意来,人家舍不得离开你。

"是这样的,"费鸣说,"我在校长办公室已经习惯了,轻车熟路了,懒得动弹了。除非葛校长把我撵走。他会把我撵走吗?他好像也不便随便撵人吧?"

什么意思?威胁吗?威胁葛道宏吗?

这倒是有先例的。几年前,校长办公室的一个秘书,拿着一些家电票据找学校的一个董事报销,说校长让他来报的。此事败露之后,前任校长就将他开除了。那人很快就将校长的一些黑材料弄到了网上:在学校的镜湖宾馆大吃大喝,与女服务员勾肩搭背,报销的办公物品中竟然有乳罩、尿不湿和烟斗。材料图文并茂,搞得前任校长百口莫辩。当前任校长派人去与他沟通的时候,他又录了音,随后又将录音和文字寄给了校长本人。那人后来被安排到了济州大学附属医院,负责处理医用垃圾。在外人看来,这就是穿小鞋了,实际上那却是个美差。基本不用上班,工资奖金却很高,逢年过节还有人送上红包。那人的口头禅是:一切都是垃圾,但垃圾是个好东西。

"可以再想想。"他对费鸣说,"这个机会,不是随时都能碰上的。"

"还有别的事吗?我先走了。该给鹦鹉洗澡了,有味。"

费鸣一口茶没喝,茶杯都没有动。那是上好的洞庭碧螺春,叶片身披白毫,茶汤碧绿诱人。新茶还没有下来,去年的茶只剩下这一罐了,他是为招待费鸣才拆封的。当他把那杯茶倒掉的时候,手一颤,茶杯滑了出去,摔了个粉碎。一地的玻璃碴,晶莹,透亮,锋利。

鹦鹉又在笼子里扑腾起来,鸟嘴也没闲着:"Come in!"

原来费鸣又回来了,回来取他的打火机,那是个 Zippo 打火机。费鸣笑了一下,解释说,那是葛道宏校长送给他的。此时,血正从他的食指和中指之间冒出来,哦不,中指和无名指之间也有个血珠子。

15．巴别

巴别就是巴别塔，但巴别塔却不是塔，而是一个学术报告厅。

礼拜二下午，应物兄正在给研究生上课，接到了葛道宏的电话，要他到巴别见面。巴别位于济州大学图书馆逸夫楼的顶层，与他现在办公的儒学研究院筹备处在同一层，只是一个在东头，一个在西头。如今国内排得上号的大学，差不多都有个逸夫楼，都是香港娱乐大亨邵逸夫先生捐资修建的，它差不多已经成为图书馆的代名词了。济大逸夫楼位于波光粼粼的镜湖的左岸，当它的身姿和蓝天白云一起倒映于湖水，你会发现它简直就像个天上宫阙。报告厅并不大，只有三百个座位。为什么是三百而不是四百、五百？这是有讲究的。"诗三百"是三百，"唐诗三百首"也是三百。三百听上去是少，其实是多，多多益善；听上去是多，其实是精，去芜存菁。

几年前，尼赫鲁大学的校长曾经在此做过一次报告。当时，学校还特意把几个印度人请到了现场，虽然他们只是在饭店里制作抛饼的，跟学术不沾边。那时候葛道宏还是副校长，负责教学科研。事先葛道宏亲自打电话向姚鼐先生求教：唐玄奘赴西天取经之前，中印还有哪些文化交流？无奈姚鼐先生耳聋，一时找不到助听器，怎么也听不清。于是葛道宏又把电话打给了乔木先生："远一点的，再远一点，越远越好。"

"再远一点？那就远到神话了。"乔木先生说。

"神话里都有了？好啊。"

乔木先生就说，屈原《天问》里有"顾菟在腹"[①]，印度神话里也

[①] 屈原《楚辞·天问》："夜光何德，死则又育？厥利维何，而顾菟在腹？"菟者，兔也。朱熹在《楚辞集解》中说："此问月有何利而顾望之兔常居其腹乎？"但闻一多先生在《天问释天》中说，"顾菟"是"蟾蜍"的古音，"顾菟在腹"，就是月亮上有蟾蜍。姚鼐先生无疑支持闻一多先生的观点。

提到月亮里面有兔子。在汉译佛典里,这个故事也多次出现,这说明中印文化交流至少有两千三四百年的历史了。

乔木先生补充了一句:"要是问过姚先生了,那就以姚先生的话为准。"

葛道宏的演讲辞大都由费鸣撰写,这篇当然也不例外。演讲辞中引用的就是乔木先生的观点。乔木先生当时也出席了这场活动,并应邀在台上就座。当葛道宏提到那只兔子的时候,尼赫鲁大学的校长很快就听到了同声翻译,是夹杂了梵语、印地语的印式英语。因为印式英语大量使用现在进行时,所以葛道宏的话给人造成了这样一个印象:那个故事并不是神话,它就发生在二十一世纪的今天。葛道宏致辞的同时,作为友谊的使者,那只兔子正以光的速度,从南亚次大陆起飞,飞临华夏大地,又飞上了月亮,两只前爪麻利地抓起杵子捣药不止。

尼赫鲁大学校长听得很入迷,说这是他听到的最好的故事。尼赫鲁大学校长还说,虽然他的足迹遍及全球,但却很少能在国外听到如此纯正的印度英语,这种美妙的乡音。校长抚摸着络腮胡子,环视着穹顶灯光闪耀的报告厅,说:"巴别,伟大的巴别。"葛道宏低声问乔木先生:"巴别?跟兔子有关系吗?"

"巴别就是巴别塔。他是说,此乃文明汇集之地。"

"想起来了,经书里提到过。"

"巴别塔又叫通天塔。《圣经》里说,'塔顶通天,为要传扬我们的名'。"

"好啊,巴别!This 名字很 Good。"

晚宴上,葛道宏还专门为此敬了尼赫鲁大学校长一杯酒。葛道宏后来经常提起一个细节:尼赫鲁大学校长的夫人,虽然是在英国长大的,但上了餐桌却要先侍奉丈夫吃饭;丈夫每吃一个菜,都要在盘子里留下点食物给夫人,以示相濡以沫;夫人呢,不但不感到难为情,还吃得挺香。葛道宏为此感慨:按说印度比我们还要西化,但是人家的优良传统却一点没丢。

随着前来演讲的人越来越多,演讲者的名头越来越大,巴别的名声也就越来越响。慢慢地,在巴别演讲就成了一种身份的标志。在济州大学,第一个登上巴别讲台的是前任校长,第二个是葛道宏,第三个是姚鼐先生,第四个是外语学院院长陶仁哲先生。陶先生是陪着美国亚洲事务中心前主任来演讲的。前主任讲了一半,急性肠胃炎发作了,陶先生才捞到了上台的机会。不过,陶先生只承认那是"半个"机会,因为他只讲了半场。

演讲者大都年高德劭,难免会出点意外。最近就出了点事,好在那是自己人,而且还无子无女,不然还真是比较麻烦。她是哲学系的何为教授,哲学界的人都尊称她"老太太"。她是国内柏拉图研究的权威。两周前,她在巴别做了一个关于亚特兰蒂斯文明的演讲。根据柏拉图的描述,在直布罗陀海峡的对面,曾有过一个高度发达的史前文明,亚特兰蒂斯文明,但它后来却葬身于大海。由于这个描述仅存于柏拉图的著作,实属孤证,考古学家和历史学家大都并不认可。但老太太对此却深信不疑,最近三十年来,就致力于研究亚特兰蒂斯文明到底是如何消失的。这一天,老太太在巴别提到,亚特兰蒂斯人曾用水晶作为能源供应城市的需求,用水晶配合着美妙的音乐来治疗耳疾,用水晶配合着植物的芳香来治疗鼻炎。说着,老太太从口袋里掏出两只玻璃弹球代表水晶,演示水晶的作用。那两只玻璃弹球似乎很有自知之明,知道自己无法承担如此重要的使命,竟从她的手中逃跑了,落到了讲台上。她弯腰去捡,却踩住了其中一只弹球,不幸地滑倒了,摔倒在讲台上。直到现在,她还在医院躺着。

这个礼拜二,应物兄早早结束了课,赶到了逸夫楼。逸夫楼一层大厅的圆柱上贴着海报,告知今天的演讲者是著名科学家双林院士。他每天都经过这个地方,但因为来去匆匆,从来都没有留意。有人在海报前合影或者歪着头玩自拍。双林院士来了?那么,乔木先生肯定也在,他想。

乔木先生与双林院士是几十年的老朋友了。他们是"五七"干校的"同学","文革"期间曾一起下放在桃花峪劳动。前不久,应物兄还在《口述历史之知识分子卷》一书中,看到了乔木先生口述、费鸣整理的一篇文章。那篇文章中,乔木先生给双林先生起了个外号:导弹。应物兄当时边吃着方便面,边翻着书。看到有趣之处,他不由得笑了起来,笑得方便面都喷了出来,弯弯曲曲的,好半天都没有清理完。可以想象,乔木先生和费鸣谈话时,心态放松,表情俏皮,就像个孩子。这一点他可以理解。费鸣与乔木先生在一起,令人想起一个词:隔辈亲。

有人老是把下放说成蹲牛棚。我的老朋友"导弹"就常常这么说。我没这么说过。想得美,哪有那么多牛棚供你蹲啊。牛是劳动人民的命根子,交给你人家放心啊?我们住的可是猪圈。当然不是和猪睡一块。猪在下面,我们在上面。我们拉的屎,可以喂猪。你不要吃惊。用粪便养猪,早就有了。春秋战国时候就有了。所以古书上说,"豕牢,厕也。①"

在桃花峪,不是劳动,就是学习。劳动,就是种烟叶,养猪。近墨者黑,我就是那时候学会抽烟的。为了挨过那些时日,我把种烟叶看成是一种艺术活动。这倒不是我的发明。因为中国古代的"艺"字就包含有种植的意思。《书·酒诰》里讲:"嗣尔股肱,纯其艺黍稷。"《北史·铁勒传》里讲:"近西边者,颇为艺植,多牛羊而少马。"学习,主要是学《敦促杜聿明等投降书》《将革命进行到底》。这是中央的意思,意在敦促我们这些人接受"敦促",要"投降",不要反抗。

落到了这步田地,人的脑子里还常常会有三六九等之分。有一个京剧艺术家,我就叫他兰大师吧,就认为他比我与"导

---

① 见《国语·晋语》:"昔者大任娠文王不变,少溲于豕牢,而得文王不加疾焉。"韦昭注:"少,小也。豕牢,厕也。溲,便也。"

弹"的级别要高,他要是三等,我与"导弹"就是六等,可能还是九等呢。有一次他就对我说,老乔,你和"导弹"是小庙里的神,没见过大香火。我的嘴也是不饶人的,说他是秃子跑进菩萨庙,充数来了。此人向来积极。有一次我随口吟诗,"陶令不知何处去,桃花源里可耕田",兰大师赶紧去向队长报告,说我想逃避劳动。"导弹"拦也拦不住。好在队长也是文化人,知道这是毛主席的诗,把他数落了一通。我后来就笑他,说他是拿着猪尾巴敬神,猪不高兴,神也不高兴,还惹得一身臊。

有一次"导弹"对队长说,他一直在研究一个问题:草也吃了,屎也吃了,猪儿为何不长膘?他说,通过苦苦思索,他终于找到了症结:猪儿不长膘,一是吃得少,二是屙得多。在"吃得少"的问题没有办法解决的情况下,只能从"屙得多"方面入手解决问题。有些时日了,他常常盯着猪儿看,一看就是好半天。我还跟他开玩笑,说九方皋相马,看的是马的神气,而不是马的形体。你是看什么呢?他不屑跟我说。如今我知道了,他看的是猪儿的屁眼。他说,他想好了办法,希望得到队长的支持。他的办法就是让猪儿尽量少屙,吃进去的东西尽量在肚子里多停一会,多消化一会。这样一来,物质不灭理论,还有能量守恒理论,就会在猪儿的肚子里完成从理论到实践的过程。为此他专门在猪圈里隔出一个个小间,地方很小,猪进去之后不能掉头。又在地上铺了一个木板,木板连接着一个杠杆。把猪儿赶进去了,他就利用杠杆原理将木板翘起来,形成一个斜坡,坡度大概在六十度左右。如此一来,便是猪头朝下,猪腚朝上。他对外声称,是为了方便计算猪儿的体重变化。我跟他开玩笑,古有曹冲称象,今有"导弹"称猪。

起初,这套办法还真是管用。猪肚子眼看就鼓起来了,都是身怀六甲的样子,又像是随唐僧在西天取到了真经,一个个红光满面。当它不得不屙的时候,屁眼就变成了喷泉。但喷得再多,还是比原来屙得少。"五七"干校的革委会主任对"导弹"的养猪增肥术很感兴趣,迅速将此推广起来。这个事迹也被迅速报告给了上级领导。接下来,"导弹"又是被领导召见,又是到处推广经验。他偷偷告诉我,这就算立功了,要不了多久,上头就会叫他回去的。

可只过了一两个礼拜,猪儿就出事了,先是拒绝进食,而后个个七窍出血,呜呼哀哉。第一头猪死去的那天,他正躲在猪圈上头用一个算盘演算导弹的运行数据。那个算盘是他用野桃木做成的。他被吓坏了。兰大师则是又唱又跳,因为他可以吃到猪肉了,尽管是死猪肉。

我后来跟"导弹"开玩笑,如今的养鸡技术就与他当年发明的猪儿增肥术有某种关系。鸡场的鸡笼和猪场的猪圈,都只是比鸡大上一圈罢了,比猪大上一圈罢了。为了让它们增肥,它们不能转身,不能撒欢。它们连人犯都不如。犯人还可以放风呢。它就是一个可以呼吸的肉块。如今遍布世界各地的肯德基和麦当劳,用的就是这种鸡。我对"导弹"说,你对世界的最大贡献,除了参与导弹技术的研发,就是对肯德基和麦当劳的贡献。他当然免不了要和我斗嘴。他说我,老同学,你这是鸡冠猪戴嘛。

文中隐去名字的那个京剧艺术家,名叫兰梅菊。应物兄想起来,乔木先生对这个人历来抱有成见。几年前,兰梅菊在济州演出时,曾亲自送票给乔木先生。乔木先生说,耳聋了,就不去了。第二天,兰梅菊送来了助听器,但乔木先生还是没去。乔木先生后来的解释是,他请的都是达官贵人,我就不掺和了。这会,应物兄想,昨天,我还与乔木先生通过电话,商讨书中的一个细节,也聊了一会闲话,乔木先生怎么没有提到双林院士要来?

当他向巴别走去的时候,一些人正从巴别出来。他想,这些人实在无知,真是有眼无珠。他们难道不知道双林院士和他曾经代表的那个杰出的团队,对于中国意味着什么?这么好的学习机会,却让它悄悄溜走,岂不可惜?

"我为你们感到羞愧。"他听见自己说。

他从侧门悄悄进去。屏幕上正放着一部资料片:漠漠黄沙中,一些人在深一脚浅一脚地行进。他们或年轻,或年老,都穿着中山装,戴着各式各样的帽子。清一色的男人。终于出现了一些鹅卵石,出现了绿草,出现了一片水。这个时候,他才发现是影像本身旧了,有点发黄,而不是黄沙把它染黄的。随后,风又吹起黄沙,他们捂着鼻子继续前行。银幕上没有声音,这使得它好像一部默片。

当他适应了巴别的黑暗,他发现巴别的座位已经空了大半。

突然声音起来了:"在这里,你是看不到双先生的身影的,但你看到的那些身影,又都是双先生。双先生此时在哪呢?他已经奔向了新的征程,致力于实验中国原子弹小型化的研究。"

屏幕上出现了一份报纸,又一份报纸盖住了前面的那份,第三份又摞了上来。都是外文,都是发黄的报纸。播音员说:"因为当时苏联正在孤立中国,而且正值前苏联领导人赫鲁晓夫陷入下台风波,所以《真理报》以很小的篇幅报道了中国研制出原子弹,却用一个大版面来报道澳大利亚反对中国研制原子弹。《纽约时报》倒是发表了关于此事的文章,声称中国依然是贫弱国家,不足为惧,美国还是会保护亚洲国家云云。不过,不久之后,美国就选择了与中国建交。当时只有法国给出一定的好评。"随后,播音员朗诵了《费加罗报》的评价,它用中法两种字幕的形式出现了:

中国第一颗原子弹爆炸,一夜间改变了中国在世界上的地位。

屏幕渐渐发亮。借此机会,他用目光搜寻着葛道宏的身影。葛道宏既然不在台上,那就应该坐在前排。葛道宏的后脑勺没有头发,比较醒目,容易辨认。前排是空的。第二排有人,但葛道宏显然不在。台子两边也没有人。

他走了出来,一时间茫然四顾。

和逸夫楼的东头一样,西头也有一个大露台,它是下面一个阅览室的屋顶。有几个人腋下夹着本子在那里抽烟。他们正在议论双林先生。只要有人群的地方,哦不,猴群、狼群、鸭群都是如此,马上就会形成一个微型的权力结构。有人发号施令,有人则只能听着。如果只有一个人呢?那么在他的众多意识当中,必定也有一个意识占据上风,他想。他一眼就看到,坐在一只石凳上,屁股下面垫着黑色笔记本的那位,就是临时头领。那个人围巾很长,腿也很长,一条长腿跷在另一条长腿上,弓着腰。此人话语中包含着讥讽:"知道吗知道吗?物理学界现在通常把他看成是搞哲学的,哲学界的人又认为他是搞物理学的。由于他经常对经济问题发表看法,所以他现在又被认为是一个经济学家。经济学界的人却不认账,倾向于把他看成一个诗人,因为他曾经写过诗。你们怎么什么都不知道?"听众当中,一个人用手赶着另一个人吐出的烟雾,补充说道:"双林有一首诗被谱成歌曲在中学生当中推广了,所以诗歌界又认为他是个词人,专门为流行歌手写歌词的。"

另一个人说了:"我看到了乔秘书给葛道宏写的开场白:如果中国设立人文科学院士,那么他就不仅仅是自然科学的院士了,他还会是人文科学院士。既是格致翰林①,又是人文翰林。简称双林。他对人家评价这么高,人家却不给他面子,根本不上台。"

"你们在说双林院士?"他问。

人们都看向了他。那个跷着长腿的人犹豫了一下也站了起来,说:"应物兄,您说说,他已经老糊涂了,现在请他来,还有什么用?早干吗去了?"

"话不能这么说。"

长着一双长腿的人说:"我们并没有诋毁他,只是想说,他现在

---

① 中国第一位驻外大使郭嵩焘于光绪四年(1878)在巴黎会见法国科学院院长斐索等人,无以名之,遂在日记中称之为"格致翰林"。

有多种身份,但没有一个身份对我们有用。"那人问同伴:"是不是这样?"随后,他们异口同声:"可不是嘛。"这异口同声,造成的效果并不是庄重,而是轻佻,而是盲目,而是不假思考的随声附和。我们的应物兄此时分析着这种现象。当一个人置身于森林中,你就会迷路,就会变成其中的一株树,变成树下腐烂的枝叶。你会觉得,所有的一切,都是森林的一部分,包括天上的浮云。在黑暗中,必须有月亮的指引,你才能走出那个森林。因为月亮是变化的,所以你还需要知道月亮运行的规律,以计算出自己的路线,这样才不会再次迷路。

而双林院士,就是那个月亮。正因为他对双林院士有着一定的了解,他才没有加入他们。我觉得,你们都是在胡扯。

长腿接过别人递过来的一根烟,说:"他应该送去克隆。"

给长腿递烟的人说:"他的问题是,他不思考。他说的都是大白话。我说得对吗?"

长腿说:"所以,他就是上台讲了,也讲不出什么东西来。"

芸娘的弟子文德斯有一段话,说的就是这种现象。当时他们在讨论,古代科学家当中虽然也有从事艺术活动的,但他们却从未形成自己的思想。当中一些最杰出的人士,比如沈括,中国科学史上最杰出的人物,一个百科全书式的科学家,比西方文艺复兴时的任何一个人物都要伟大,但他仍然没有提出属于他自己的思想。这时候,很少发言的文德斯说话了。文德斯的话首先是对他们的委婉嘲讽:"在我们这个激发思的年代,最激发思的,是我们尚不会思。"

众人就静了下来,看着这个柔弱的孩子,看着他到底要说什么。应物兄知道,他们这其实是看在芸娘的分上,才对这个孩子保持了必要的尊重——他毕竟是代表芸娘出席的。众人的目光似乎使文德斯有点害羞,但他克服了害羞,说道:"确实有一种观点,认为'科学并不思'。科学不像人文那样'思',是因为科学的活动方式规定了它不能像人文那样'思'。这不是它的短处,而是它的长处。只有这样,才能保证科学以研究的方式进入对象的内部并深居简出。科学的'思'是因对象的召唤而舍身投入,而人文的'思'则是因物外的召唤而抽身离去。"

"你的意思是,这两者缺一不可?"这是谁问的？是我吗？反正我听到这么一声问。

文德斯的回答是:"它们相反相成。"

应物兄记得,文德斯当时还提到了一个神秘的笔记本,上面抄录了黑格尔的一段话,大意是说,在我们这个富于思考和论辩的时代,假如一个人不能对于任何事物,即使是最坏的最无理的事物说出一些好理由,那他还不是一个高明的人。文德斯这是要说什么？是说我们这些领取了高额经费来编撰《艺术生产史》的人并不高明吗？反正此话一出,众人就不说话了,抽烟的抽烟,喝茶的喝茶,逗狗的逗狗。

此时,在巴别外面的露台上,头顶正飘着一朵云,乍看像个人形,似乎压得越来越低。它镶着金边,好像装上了金质画框。天空因此低垂下来。他想起来,陪着乔木先生在桃花峪摘桃子时,只要轻轻地把树枝一拉,举手就可以采摘。他觉得,他好像一伸手,就可以接住那个画框。

另一个人说:"您什么时候上去讲讲啊？我们保证捧场。"

我不需要你们捧场。但这句话他没有说。他说的是:"我？我还配不上。"

刚才声称没有诋毁的人说:"一定要相信自己的能力啊。谦虚使人落后,骄傲使人进步。这是商业社会的原则。"

两千多年来,从来没有人敢说出这样的话。你们真是什么都敢说。

这时候,校长办公室的乔引娣过来了。她穿着套裙,类似于制服。制服就是制度的外衣,但相同的制服包裹着的则是不同的肉体曲线,不同的肉体曲线又包裹着不同的自我。有一点,他一直没向费鸣挑明:你原来的角色正被乔引娣一步步顶替,所以你需要给乔引娣挪出位置。也就是说,与费鸣的自我产生了冲突的,就是她的自我。他对乔引娣的身世了解不多,不过,给女儿起名叫引娣的,大都有重男轻女的倾向,父母通常都想再要个男孩。他曾在芸娘家里见过她,闲聊中曾问过她有没有弟弟,她笑了,说导师也曾问过她。她说:"我的弟弟多了去了。校长办公室的那些人,比我小的,都是我弟弟。"

乔引娣说:"您怎么在这儿,都等着您呢。"又对那几个人说,"小点声。不说话,能死啊?"

他们竟然都很听乔引娣的。他跟着乔引娣走了几步,问:"这些人是谁?"

乔引娣说:"他们是历史系的老师。他们都等着双林院士签名呢,但双林院士却不愿上台演讲。在巴别的历史上,这是第一次。应先生,这里走。"

她对他说:"应先生,请跟我来。"

他跟着她走了几步,说:"不敢叫先生。"

"瞧您吓的。我知道你们的规矩。人文学院,只有乔先生和姚先生能叫先生,别的只能叫老师。不过,这会不是没有别人嘛。每个来这里演讲的人,嗓门都很大。不瞒您说,我还准备了一个小耳塞。不然,耳朵里就像钻了个蜜蜂,嗡嗡嗡的。可没想到,双林来了个绝的,压根儿不讲。刚才有人捣蛋,对双林院士说,你应该克隆一下。双林院士倒是说了一句话,欢迎被克隆。"

小乔领着他,下了半个楼梯,绕过了一个屏风。屏风前面摆着吊兰。吊兰也垂挂在她的双肩:她的发型也有如吊兰,简洁清爽。应该是金边吊兰,因为她的几绺头发染成了银白色,在耳轮旁边飘拂着。她将他带到一个办公室门口。想起来了,葛校长到巴别主持演讲的时候,有时会在这里稍事休息,也在这里接待来宾。他突然意识到,葛道宏就是把顶层的办公室搬到这里来了。它比顶层的那间要小,视野也没有原来的好,有个露台,但是很小,只能坐下两三个人。

他以为可以见到葛道宏呢,"葛校长呢?"

她打开冰箱,给他取了一瓶冰红茶,说:"你先坐,我收拾一下。"她麻利地整理着房间,烧上水,洗着杯子,打开咖啡机的开关好让它先预热。

他又问:"老先生呢?老人家呢?我说的是双林院士。"

她说:"葛校长陪着他呢,他们就在七楼的阅览室。"

"到底怎么回事?"

"有一周了,双林院士每天都来阅览室。终于有人认出了他,报告给了葛校长。葛校长就过来看,果然是他。葛校长说可以把这间房提供给他。他谢绝了,说他喜欢在阅览室看书。这事是有点怪。他不是在北京吗?怎么出现在了济州?问他,他也不说。葛校长知道他在科学界是个人物,就想请他在巴别做个演讲。按葛校长的说法,双林院士虽然没有明确地说,好,就这么办,但他无疑是首肯了。起码是点头了吧。他就住在镜湖宾馆。葛校长就派费鸣去把他的房费给缴了,又预付了几天,还把他的饭钱给掏了。他吃得挺感动。他不喜欢有人陪他,所以都是他一个人吃。费鸣知道乔木先生是他的老朋友,就告诉了乔木先生。乔木先生请他到家里去,他也不去。总之有点怪。到了今天,请他上来演讲的时候,他却无论如何不愿上台。现在,他还在阅览室待着呢。这事闹的。真是个怪人。难道科学巨匠都是这么怪?"

"叫我来,是要——"

"本来是让费鸣去请乔木先生,好让乔木先生劝劝他。但乔木先生和巫桃出门了。费鸣应该是接他们去了。叫你来,是想让你替葛校长陪着他。只有你可以替乔木先生嘛。你是他的大弟子,又是他的女婿。怎么,费鸣没跟你联系吗?还有,双林院士对儒学似乎很有兴趣。万一他说起来,别人也不好接话。"小乔说,"不过,你也别担心,他不大说话,像一块石头。"

他的手机上确有两个未接电话,都是费鸣打来的。当时他在上课,没有接。他对小乔说:"老人家要是谈起科学什么的,我也不好接话啊。"

"瞧你说的。你是儒学家,你把话题往那里一引,不就把它给罩住了?"

"千万不能这么说!"

"应先生,你可真够小心谨慎的。尝尝这咖啡。猫屎咖啡,我托人弄来的。"

"你带我去见见他?"

"好啊。你先喝口咖啡。我只是想提醒你一下,如果他提到张子房先生,你不妨说,子房先生已经死了。"

子房先生?双林院士也认识子房先生?这个名字已经几乎被人遗忘了。张子房先生是个经济学家,但早在上个世纪九十年代初就疯掉了。他当然还活着,但很少有人能够见到他。乔木先生举办书法展的时候,子房先生悄悄地来了,但没有人认出他。乔木先生觉得像他,连忙赶过来,他却走了。乔木先生没有去追,只是感慨道:"此所谓'州亦难添,诗亦难改,然闲云孤鹤,何天而不可飞'①?"好像是赞颂子房先生如闲云野鹤般自由,但乔木先生说话时却面色愀然。

"这个,他会提起这个吗?他是不是问过葛校长了?你的意思是,我要跟葛校长保持口径一致?"

"聪明人一点就透。不过,我可不敢教您怎么说。借我个胆,我也不敢啊。您等着,我看能不能叫他们上来。"

"好啊,快去吧。"

"对了,我怎么听说您想把费鸣挖到您那里去?"小乔问。

---

① 见〔宋〕尤袤《全唐诗话》卷六。

"就像你说的,借我一个胆,我也不敢啊。谁敢在太岁头上动土呢!"

小乔吐了一下舌头,说:"算我没问。"

当小乔出去了,他才第一次认真观察这个房间。靠墙的一排书架上,摆着一些时政类图书。葛道宏本人的著作以及他主编的图书,当然也摆放在那里,足足摆了一层书架。他一眼就看到了葛道宏那本最重要的著作《走出"历史终结论"的阴影》,它有多种版本,其中还有英译本和法译本。这本书的主要观点是反驳美籍日裔学者福山在上个世纪八十年代提出的"历史终结论"。福山认为,人类社会的发展史,就是一部以自由民主制度为唯一发展方向的历史,自由民主制度是人类意识形态发展的终点,是人类最后的一种统治形式:从此以后,人类历史的马拉松长跑,就算跑到头了,撞着红线了。

真的撞线了吗?葛道宏反问。西方国家频繁出现的失业问题、环境污染问题、毒品问题、乱伦问题、恐怖主义问题,怎么办呢?就这么拉倒了?九十年代中期以后,你们的经济停滞不前,而中国的经济却是风景这边独好,这又该如何解释呢?因为分权与制衡,你们的低效率连地震和飓风都无法应对,而中国在特大自然灾害面前却展现出了人类历史上从未有过的高效,这又该如何解释?

福山曾积极利用自己的学识和影响力干预美国的国际政策,并促成了美国对伊拉克的入侵。葛道宏在书中问道:但是,一个萨达姆倒下去,却有更多的萨达姆站起来,而且是升级版的萨达姆,升级版的变形金刚,怎么也打不死。福山君,对你当时的所作所为,你后悔了吗?

墙上还挂着一些照片,装在木框里,是葛校长在这里接见客人的照片。名流云集。其中一张照片上,葛道宏与客人在吃烧烤。他看出来,地点就是他现在的办公室外面的露台。照片上还有乔木先生。看着照片上的烤架,他立即口舌生津。他最喜欢吃羊腰子。那臊烘烘的味道,总是把他的味觉神经撩拨得蠢蠢欲动。

他还看到了葛道宏的自传《我走来》,灰色硬皮,精装,很薄,薄得好像只剩下皮了。费鸣曾问他看过没有,并向他透露了一个秘密:葛校长不姓葛,而姓贺。"他是为了纪念外公,才改姓葛的。他的外公可是赫赫有名。"费鸣说,"瞿秋白的密友,与鲁迅有过交往,也写过诗。据说最有名的诗叫《谁曾经是我》,您听说过吗?"

葛任先生的外孙?我不仅知道葛任先生那首诗,而且知道那首诗的原题叫《蚕豆花》。蚕豆是葛任养女的乳名。难道葛道宏是蚕豆的儿子?

这会,他把书抽了出来,想翻到相关的章节。

奇怪得很,这竟然是一本空白的书:纸上一个字没有。

小乔刚好上来了:"哦,那本书啊,还只是先做了个样子,没出版呢。"

"可是费鸣早就告诉我,他已经看过了。"

"他看的是打印稿。我这个兄长啊,什么都好,就是嘴巴不严。不过,他对您,那是没说的。你们不是师徒吗?"

"他们人呢?"

"我看两个人聊得挺好,没好意思上前。好啊,终于聊开了。此前,双林可是不愿说话。"

小乔把书塞回了书架。她像只蝴蝶一样,在房间里飘着。她心情愉快,因为她不由自主地哼着小曲。有那么一会,小乔擦拭着玻璃杯,歪头看着他,闪动着眼睫毛。作为一个有充足教学经验的人,他知道她是想问个问题。但她终究没有问。她想问什么呢?是不是想问,你什么时候把费鸣搞走啊?她把杯子举在窗边,对着外面的阳光,观察是否擦净了。如果没有擦净,她就往杯子里哈气,然后再擦,然后再次把它举到窗边。都说小乔很有心机,可这个动作表明,她还是有几分可爱和天真的。这似乎不符合卫生规定,但谁又会和一个女孩计较呢?谁又会告诉葛道宏呢?或许葛道宏还喜欢这一套呢。

我们的应物兄第一次见到她,是在去年的元宵节。按惯例,学校为退休教师组织了一个茶话会,并请一些骨干教师参加。葛道宏本人是戏迷,所以特意吩咐工会从济州京剧团请来部分演员助兴。楚王好细腰,宫中多饿死。校长爱京剧,教授好弹唱。很多教授纷纷上台献艺。历史系汪居常教授是著名票友,这种热闹场合怎么少得了他?他是由一位女博士研究生搀扶进来的。这个女博士就是乔引娣。汪居常那天没唱,说,准备是准备了,可是偶感风寒,体力不支,憔悴病容不忍看,呕哑嘲哳难为听。汪教授推荐乔引娣代他献唱一段《空城计》。

乔引娣显然有备而来。大冷的天,手中却拿着一把扇子,而且是鹅毛扇。演唱之前,乔引娣拱手说道,最近重读葛校长的名著《走出"历史终结论"的阴影》,深为感佩。她说,她把诸葛亮的唱词给改了几处,求教于葛校长:

> 我坐在城楼观山景,耳听得城外乱纷纷。旌旗招展空翻影,却原来是福山闹出的声儿。我也曾差人去打听,打听得福山说过历史不再往前行。我谅你身在山中看不清,看不见泰山顶上一棵松。你只见西方落日圆,哪见到一轮旭日东方升。我在济州城内等,等福山君到此好谈、谈、谈谈心。这里是窗明又几净,等候你福山来争鸣。道宏我并没有别的敬,早预备下文房四宝要记下我们的交锋。你若愿意把城进,我们就说说,东方与西方、儒教与耶教,到底是何情。纸一张论天下秀才人情,你不要胡思乱想心不定。你就来、来、来,来济州与我争锋。

刚开始的时候,那些职业演员们还有些不以为然,但第一句没有唱完,只是唱到"观山景"的那个"山"字,他们就鼓起掌来了。京剧团唱青衣的樊冰冰,甚至站了起来,像个票友一样,拍着腿,喊了一声"好"。那个"山"字的拖腔,高低错落,起伏连绵,苍劲中又带着无尽的柔情。樊冰冰后来说,虽然一听就是刚学的,但嗓子的本钱很好。"戏不够,装来凑。要是再戴个假胡子,围上诸葛巾,就更好了。"樊冰冰说,"贼像贼像的。"

葛道宏听得很入迷,瓜子皮都忘记吐了。

应物兄与樊冰冰曾经共同参加过一个电视节目,算是熟人了。樊冰冰问:"贵校最大的角儿就是她了吧?叫什么名字啊?"他问了别人,才知道她叫乔引娣。

新学期开学以后,她就到校长办公室实习了。

她把杯子弄完,说她再去看一下。"别走啊,晚上葛校长请客。当然,如果费鸣把乔木先生接来了,你想走就可以走。女婿和丈人待在一起,常有些别扭,是不?也可能你们是例外。"

他突然想抽烟,于是来到了露台上。打开窗户,一股凉风呼啸而至,把吐出去的烟雾又灌进了他的鼻子,甚至眼睛。他侧身抽了几口,赶紧掐了。因为抽得太急,他有些头晕。因为空间不大,房间里还是有些烟味。于是他又把门打开了一些。小乔还没有走。小乔说:"这次咱们一起去。"又说,"这里不比楼上那间。那间很适合你,想抽烟了就到外面抽一支。你知道吗,那间办公室还是我劝葛校长腾给您的。够酷的吧?那么大的露台。"

"谢谢了。我很不安。君子不夺人所好啊。"

"君子也成人之美。"小乔说。

16. 双林院士

双林院士,仅是他的模样就很有说头,大秃瓢,像个葫芦。因为还零星地支棱着几根头发,所以又像越冬后的土豆发了芽。脸上的皱纹都纤毫毕现,乍看就像八爪鱼的触须在四处蔓延。脑袋上汗津津的,又像是一头刚浮出水面的海豹。

他和小乔正要下去,乔木先生和双林院士拉着手出现了。

他们没坐电梯,竟然是走消防通道,一步一步从阅览室走过来的。他们动作缓慢,每踏一步,两个人的脚都同时落在梯级上。

乔木先生和巫桃,这天下午去医院探望了何为先生。在回来的路上,他们又拐到了铁槛胡同的皂荚庙。现在,在医院负责照料何为先生的,是何为先生的侄女。她去皂荚庙烧香的时候,将一个包袱丢到了那里。她急得很,因为钥匙就装在包里。费鸣开车从那里绕了一下,在胡同里堵车了,所以来晚了。哦,对了,后来,费鸣又送乔木先生回了趟家,换了身衣服。巫桃本来应该来的,这会却没来。

此时,在逸夫楼,两位先生喘着气,就开始斗嘴。乔木先生指着双林院士对葛道宏说:"我,他,我们是,见一面,少一面。"

"错了!分明是,见一面,多一面。"

"导弹!你是乐、乐观主义者,我是悲、悲观主义者。"

"乔老爷,又错了!"

乔木先生指着自己的嘴:"它又说错了?"

双林院士说:"我不乐观,也不悲观。我不悲不喜。"

应物兄觉得,就在这一刻,双林院士的身影似乎与程济世先生重叠到了一起。应物兄想起了他与程济世先生的一次谈话。在美国访学时,有一次他们提到了晚清士林对清代"开国儒师"顾炎武的研究。程先生说,晚清士林,既有曾国藩、章太炎这样的大儒,孜孜为经国大业,又有汲汲为功名利禄的腐儒。话题很快就涉及晚清以后中国人所承受的无穷苦难。程先生突然说:"我真想大哭一场。"等程先生情绪稳定了,他就问程先生:"您是悲观的人,还是一个乐观的人?"程先生说:"我不乐观。凡是在二十世纪生活过的人,如果他还是一个乐观的人,那么他肯定是个白痴。但我也不悲观。一个研究儒学的人,尤其是在二十一世纪研究儒学的人,如果他是一个悲观的人,那么他肯定是个傻瓜。"

"我既悲观,又乐观。"程济世先生说。

程济世先生接下来又讲道:"如何将先贤的经义贯通于此时的经世,通而变之,变而化之,既是晚清的命题,也是二十世纪的命题,更是二十一世纪的命题。"

与程济世先生的"既悲观又乐观"相比,双林院士的"不悲不喜",似乎更为超然。当然,这可能与他们彼此的身份有关。冷静,客观,事情落到我们头上该是什么样子就是什么样子,别急!这确实是一名物理学家应有的品格。

眼下,斗嘴归斗嘴,双林院士的语调却是平实的,平实中有睿智。他们还在继续斗嘴。他们虽然手杖挨着手杖,膝盖碰着膝盖,显得亲密无间,但斗嘴还是少不了的。相比较而言,双林似乎反应更快。他觉得双林院士着实令人羡慕。考虑到双林院士的丰功伟绩,他觉得双林院士更像是一个范例,一个寓言,一个传说,就像经书中的一个章节。

双林院士说:"上次给你挑刺,说你的诗集里少了一首诗,补上了吗?"

看到乔木先生站了起来,双林院士立即说:"想作个七步诗?"

乔木先生有点耍赖了:"七步诗是曹植给自己写的悼亡诗,可他比曹丕还多活了六年呢。我可不想比你多活六年。那多没劲啊。"

应物兄当然知道他们在说什么。他知道,这也是巫桃没有陪同乔木先生过来的原因。巫桃这是闹情绪了。就在春节之前,双林院士也曾从北京来到济州。那一天,乔木先生送给了双林院士一本书:《闲情偶拾》。那是济州大学出版社为乔木先生出版的诗词集,它收录了乔木先生多年来的古体诗、近体诗和格律诗。最近的一首写于去年春天,如果没有意外,那应该是献给巫桃的。因为其中有这么两句:"淡梳妆,解罗裳,绰约冰姿暗生香。"第二天,双林院士又和乔木先生见面时,对乔木先生说:"就差一首诗。"

集子是巫桃编的。乔木先生指着双林院士,问巫桃:"赠他的诗,没收进去?"

巫桃以为自己漏掉了,赶紧去翻。乔姗姗当天也在,坐在父亲身后,正在翻看一份晚报,这时候抬起眼皮,幽幽说了一句话:"那首诗挺好的。"那是一首小令《浪淘沙·送友人》:

聚散竟匆匆,人去圈空。徒留断梦与残盅。从此江海余生寄,再无双影?

无处觅萍踪,恨透西风。桃花谢时雨却冷。抵足卧谈到蓬莱,梦中有梦。

这首词乔木先生修改过两次,两次改的都是同一个地方:先是将"人去圈空"改成"人去楼空",然后"楼"字又改回了"圈"。圈者,猪圈也。这当然是指他们在桃花峪喂猪的事。对乔木先生来说,那段日子越是不堪回首,越是要频频回首,就像牙疼的人总是要忍不住去舔那颗坏掉的牙。当然,回忆那段往事,乔木先生也会感到温暖:他与双林先生,一个来自济州,一个来自北京,却在桃花峪结下了深厚的友谊,有如桃园结义。但就像词中所写,双林先生在桃花凋谢之时提前离开了,去了哪里?去了茫茫西北荒漠,继续研究他的导弹去了。

巫桃终于翻到了那首《浪淘沙》,说:"有嘛,我记得有嘛。"念了一遍,又对双林院士说,"'再无双影'说的不就是您吗?"

但双林院士还是说:"差了一首。"

乔木先生说:"你的记性真好。我是写过一首给兰梅菊的诗,写得有些油滑了,就没收进去。"不过,兰梅菊当时并不是喂猪,而是管理韭菜。那是个轻省活。每个月,只累一天,就是将粪便泼向韭园。乔木先生的诗写的就是泼粪的情景。

双林院士摇了摇头,说:"不是那个。我说的是差了一首悼亡诗。"

烟斗在嘶嘶作响。乔木先生抽着烟,有一会没有说话。谁都明白,双林院士是说,乔木先生应该给去世的老伴写一首诗。过了一会,乔木先生终于开口了,说:"想过要写的,又觉得没必要写。苏轼的《江城子》,陆游的《沈园》,把那些悼亡诗都已经写绝了。你再怎么写,也写不出新意了。"

乔姗姗的脸挡在报纸后面,声音却传了过来:"哪怕你随便写两句呢。哪怕做做样子,像苏轼那样,就写个'小轩窗,正梳妆'呢。"

乔木先生把木瓜抱了起来,说:"小轩窗,正梳妆?我从来就没见过她梳妆,怎么写?我每天醒来,她都开始干活了,熬粥,煎药,扫地,洗尿布,这些东西能入诗吗?"

乔姗姗说:"猪圈可以入诗,熬粥、煎药不能入诗?"

乔木先生说:"艺术源于生活。见过的,可以写,没见过的,没法写嘛。"

双林院士说:"过日子,你是浪漫主义者。写诗,你却说自己是现实主义者。"

巫桃过来替乔木先生解围了,说:"双先生啊,他还是写了,步的就是苏轼的韵:不梳妆,轻罗裳,缠绵病榻一身疮。我告诉你,她临走的时候,还是我侍候的。"这倒是事实。乔姗姗的母亲,在最后的几天里,因为天气炎热,后背和臀部都生了褥疮。巫桃抱着木瓜对双林院士说:"不说这个了。木瓜喜欢你,想跟您老合个影。"

双林院士眼镜摘下又戴上,手杖指向木瓜:"这小肉团是什么?狗?不像啊。"

巫桃有点不高兴了。巫桃说:"老哥,您上次来,还抱着拍照了的。上次是狗,这次就不是了?老哥还不到糊涂的时候啊。"巫桃称双林院士为老哥,或许是为了强调,她虽然年轻,但因为她站在乔木先生的高枝上,与双林院士的辈分是一样的。然后,巫桃随手拿起一个空杯子,说是要续茶,但再也没有出来。

当时,双林院士对乔木先生说:"我死了,你可以再写一首诗,补上。"

乔木先生说:"老同学啊,导弹啊,这个任务太重了,我一定要死在你前头。"

应物兄没有想到,双林院士现在竟然又旧话重提。他想,双林院士是不是忘了春节前那次见面?对,有些事情,双林院士是不可能知道的:就因为他那番话,整个春节,巫桃都有些不愉快。

此时,乔木先生显然不愿意再在这个问题上斗嘴了,就把话题扯开,说:"老同学,我去看望何为姑娘了。她有点感冒,怕传染你,说这次就不见你了。"

双林院士用自己的手杖敲了敲乔木先生的手杖,说:"你大概不知道,我这次来,也是想看看她。我已经去过了。她睡得真香。就这样睡过去也挺好。"对了,这里得补充一句,当年何为教授也是下放在桃花峪。

双林院士突然问:"亚当呢?亚当怎么没有露面?"

乔木先生说:"知道你来,他更不敢露面了。"

谁都没有料到,双林院士手一抖,手杖掉了下来,在地面上咣当一声。一直没有说话的费鸣,连忙弯腰去捡那根手杖。双林院士挪动双腿,想站起来,但脚却踩住了手杖。接下来,只见双林院士佝偻着身子,脸却是仰了起来,发出一声长叹:"子房——"

一会亚当,一会子房,小乔与费鸣似乎都被搞糊涂了。应物兄当然知道,亚当和子房是同一个人:张子房先生。

双林院士缓缓坐下了。

直到他们从这里离开,双林先生再也没说一句话,又变成了小乔所说的石头,沉默的石头。直到这个时候,除了乔木先生,没有人知道双林为什么会来到济州,而且在济州期间总是待在逸夫楼的阅览室。

第二天,双林就悄悄离开了济州大学。至于他是不是还在济州,乔木先生就不知道了。乔木先生怀疑,双林院士很可能去了桃都山。巫桃出去了,乔木先生趁机向他透露了一件事:如果不出意外,双林院士的儿子就在桃都山,但他们已经几十年没有见面了。

"他儿子是做什么的?"

"据说是做植物学研究的。他倒也喜欢读诗,最喜欢的人是许浑。"

"晚唐的许浑?"

"跟他这个人倒也对脾气。许浑就擅作田园诗。'劳歌一曲解行舟,红叶青山水急流'。"①

"那他到阅览室做什么?"

"做父亲的,心总是很细。他找到了儿子的著作,儿子曾在书中提到,每周都要到济大逸夫楼查阅资料。植物学方面的书籍和杂志在逸夫楼的六楼。导弹的借阅证,是我给他的。"

至于做儿子的为何不愿与父亲见面,乔木先生不愿多谈一个字。应物兄无论如何也想不到,有一天自己会与双林院士的儿子相遇。

这天,乔木先生之所以把他叫来,是要告诉他,双林院士编了一本《适合中国儿童的古诗词》。双林院士虽然喜欢古诗词,但毕竟不是做这个研究的,所以特意把目录给了乔木先生。"他让我给他把把关。"乔木先生说。

"他怎么想起来做这个了。这样的书太多了。"

"你就别管了。我看了一下,有些句子以讹传讹,已经传了上千年了。你给他改过来。别的不要动。动了,他会不高兴的。"

乔木先生随口举了一个例子。双林院士最喜欢李商隐的《天涯》:"春日在天涯,天涯日又斜。莺啼如有泪,为湿最高花"。原来目录里就有这首。在李商隐的诗中,这是少有的明白晓畅又意蕴丰富的诗,美极了,但双林院士却去掉了,因为他觉得不适合孩子

---

① 见〔唐〕许浑《谢亭送别》:"劳歌一曲解行舟,红叶青山水急流。日暮酒醒人已远,满天风雨下西楼。"

们读。双林院士说,给孩子看的,应是那些有益于他们成长的诗。
"不能说没有道理,"乔木先生说,"义山诗中,语艳而意悲者,首选《天涯》。好吧,那我就告诉你,他儿子小时候就会背这首诗。他或许觉得,儿子之所以远在天涯,就跟小时候看过这首诗有关。"

"哦。原来是这样。"

"太较真了。不就一首诗嘛,又不是导弹。他立即跟我抬杠,说,诗教诗教,岂能不当回事?"

应物兄却走神了。他想到了朗月客厅里挂的那幅字。"佳二枚",就是"双"啊。原来是双林院士所题?他随后又想起来,那幅字是清风送给朗月的,清风觉得其意不祥。这个时候,应物兄其实已经预感到,双林院士的故事中,或许隐含着个人的悲剧。与他这个预感同时冒出来的,是他想到了那首著名的诗《孔雀东南飞》,其中有"中有双飞鸟,自名为鸳鸯。仰头相向鸣,夜夜达五更。行人驻足听,寡妇起彷徨"之句,描述的是一对恋人的墓地。双林院士也选了这首诗。

哦,莺啼如有泪,为湿最高花。这句诗涌出喉咙,跳上舌面。他感觉到它弹了起来,贴住了上腭。它还要上升,于是它暂时落了下去,把舌面作为一个跳板,纵身一跃,穿过上腭,穿过脑子里那些复杂而且混沌的物质,落到了他的最高处,也就是他的头顶。它还要上升,于是它浮了起来,在他的头顶盘旋。

"你怎么会有这种感觉?"他问自己。

"他一定是被'为湿最高花'这个意象感动了。"他用第三人称方式说。

很快,他就又回到了现实中。先是回到了朗月的书架前,然后回到了岳父面前。在岳父面前想着另一个女人?他羞愧得抬不起头。当时他是蹲在乔木先生面前。但为了表示自己正聆听教诲,他还必须抬着头。

17. 奇怪得很

奇怪得很,双林院士竟然知道,他们在运作程先生回济大任教一事。对于双林院士,葛道宏显然没有好感,称之为闷葫芦。葛道宏是这么说的:"也真是怪了,一个闷葫芦,竟然知道这事?他从哪知道的?"原来,葛道宏在与双林院士谈话的时候,顺便夸赞了一下济大的师资力量,说济大最近两年致力于引进人才。说了半天,双林院士回了一句话:"我知道,济世先生要来。"葛道宏吃了一惊,问他是从哪里听说的,双林院士却不吭声了。

"济世是谁啊?悬壶济世,是个医生?"小乔问。

如果是费鸣问出这样的话,葛道宏肯定会勃然大怒。费鸣说过,葛道宏对秘书的要求是,他知道的,你必须知道;他装作知道的,你也必须知道;他不知道的,问到你了,你也得知道一二。但眼下,葛道宏却表现出了少有的宽容。事实上,葛道宏好像还很愉快:不知道?OK,OK,我正好给你讲讲。于是,葛道宏说:"有句话是怎么说的,天地啊,生民啊,绝学啊,某种意义上,他就是管这个的。"然后,葛道宏问,"应物兄,情况就是这么个情况吧?"

"确实如此。作为儒学大师,程济世先生就像张载所说的,为天地立心,为生民立命,为往圣继绝学,为万世开太平。"

"牛人啊,"小乔说,"他也要来济大效力了?"

"为国效力!"葛道宏说,"小乔,费鸣就要去为他工作了。你是不是很羡慕?我是个念旧的人,所有在我身边工作过的人,我都会安排一个好去处的。你也好好干。"随后,葛道宏问他:"你是不是已经跟费鸣说过了?"

"他好像舍不得离开您。"

"你就告诉他,我这么做,完全是为他好。真是个小傻瓜。"

他想,葛道宏之所以没把小乔支走,就是要向他发出强烈的暗示:小乔正等着费鸣离开呢,你必须把费鸣给我搞走。他又听见葛道宏说:"你还可以告诉他,如果他真的喜欢这份工作,那么我可以成全他。我的一些讲话稿,还可以继续由他来写。我喜欢他的文笔。"

话题再次回到了双林院士。葛道宏问:"双林院士是不是从程济世先生那里听说的?他们认识吗?"

他们肯定互相知道,但是否认识,那就无法证实了。程济世先生与很多华裔科学家都是熟悉的,如果他们在一起讨论叶落归根的问题,那也不是不可能。而那些科学家与双林院士也应该是熟悉的。也就是说,双林院士知道这样的消息,并不令人吃惊。应物兄把这种可能告诉了葛道宏。当然,还有一种可能性,他没有说:乔木先生要是跟双林院士提起此事,那也没有什么好意外的。

葛道宏说:"所以,我们必须尽快与程先生见面。他到底什么时候回国讲学?如果他一时回不来,你应该去一趟美国。先办签证,随时可以走。"

"好的,我尽快办。"

"晚上一起吃饭?"

"不巧,前几天我与一个朋友约好了。"

"你呀!和丈人同桌共饮,是不是不自在?放不开?"

他没想到,葛道宏请的是乔木先生。他说:"我经常陪乔木先生吃饭的。"

"好吧,我就放你一马。其实呢,吃饭之事,最是费时劳神,尤其是陪贵宾吃饭。说是吃饭,其实是敬礼。"葛道宏说,"但又不能不去。今天做东的人是庭玉省长。庭玉省长要请的是双林院士。听说双林院士在济州,庭玉省长想代表省政府表达一下敬意。我同意把双林院士带过去。同时呢,栾庭玉又请乔木先生作陪。可谁能料到,双林院士竟然不辞而别了。情况汇报给庭玉省长,庭玉省长说,请双林院士本来就是个由头,本来就是想约母校的老师见个面,不要改期了。庭玉省长最近好像也在读儒学方面的书。你看,儒学热真是不得了。他问了我一个问题,有人称程济世先生为帝师,这是怎么回事?"

这就怪了。这个问题,栾庭玉已经问过我了,我也解释了,现在怎么又问到葛道宏头上了? 是我没有解释清楚吗?

哦? 葛道宏是不是想借栾庭玉之口,从我这儿听到答案? 看来,我送给葛道宏的书,他并没有看。那本书现在就放在葛道宏的书架上。那是程济世先生所著的《儒学新传统与中国现代性》。它本是用英文写成的,由应物兄译成了中文。感谢卡尔文,有些词句的翻译,他征求了卡尔文的意见。现在,他从书架上抽出那本书,直接翻到了《后记》,然后掏出手机拍照:

> 有人曾将先生誉为当代人类文明的先知,也有人把先生看成是帝师。对这两种称呼,先生都表示难以认同。先生开玩笑说,说他是先知,等于把他说成了鸭子,春江水暖鸭先知嘛。至于称他是帝师,则等于对中国社会已经发生的深刻变革视而不见。程先生说了,连孔子本人都没有当过帝师,只是一个"素王",他又如何敢做帝师?

葛道宏的目光从书上移开,问道:"为什么有人称他为帝师呢?"

他解释说,这是因为程先生从儒家的观点,分析了明清两朝皇帝的得与失,着重分析了皇帝的师傅在给皇帝上课的时候,什么地方讲对了,什么地方讲错了。比如,万历皇帝的师傅张居正,从教学方法到教学思想,全搞错了。张居正曾拟定过一个"明君养成计划",五点起床,先上两个小时的自习再吃饭,吃一个小时,八点钟接着学,一直学到中午十二点。下午两点接着学,一直学到掌灯时分。一年到头,只有三天假期:自己生日、父亲生日和大年初一。程先生说了,孔子要是看到张居正这套做法,肯定会气死的。看到这些文章,有人就说,程先生要是帝师就好了。也有人说,程先生不承认自己是帝师也是对的,因为他分明是帝师的帝师嘛。"

"有道理。"葛道宏示意小乔也用手机把那段话拍了下来。

他接着说道,程先生多年之前就撰文说明,二十一世纪中国最重要的目标就是建立和谐社会。这个说法在西方影响甚大。不过,程先生所说的"和谐",里面包含着张力,可控的张力。

"讲得好。"葛道宏说,又吩咐小乔把照片传给他,"我查了报纸,程先生每次回国,都有重要人物接见。"

"程先生说了,按孔子的说法,受接见的时候,应该表现得拘谨一点。他都忘了怎么才能表现得拘谨,为此而对自己有些不满。"

"程先生太可爱了,这说的可是心里话啊。"

葛道宏接下来的一句话,乍听上去有些不对劲,因为葛道宏提到了他连续批判了很多年的福山:"我敬佩他,他跟福山是一个级别的。只是,一个是替我们说话的,一个是替他们自己说话的。"

"他跟福山还不一样,因为他有两千多年的传统作为靠山。"

"这种感觉我也有。英雄所见略同。"葛道宏说。

"我已告诉程先生,儒学研究院开始筹备了,就等他来挂牌了。"

葛道宏整整衣领,摆摆领带,好像程先生已经到了门口,需要出去迎接。葛道宏说:"我很想早日当面向程先生请教。只是不要半路杀出个程咬金!让北京和上海的高校给截和了。北京和上海高校的一些人,经常批判什么殖民主义、后殖民主义,可他们最喜欢搞的就是殖民主义和后殖民主义。从内地挖走了多少人,又截走了多少人?越是喜欢批判殖民主义的人,越喜欢搞殖民主义。打自己的脸,打得啪啪啪的,我们看着都疼,他们就不知道疼?"

小乔突然问道:"他肯定会回来的吧?可不能让别人给我们抢走了。"

葛道宏说:"所以,动手要快,免得被动。"

他连忙安慰他们:"我回国的时候,程先生送了我一幅字。您看了就知道,如果他回来,他的首选就是济州大学。"他拿出手机,调出那幅字的照片:

哀郢怀沙 骚人之心

"是孔夫子说的吗?"葛道宏问。

小乔立即委婉地说道:"这话跟孔夫子有点关系。"就是这句话,使他觉得小乔肚子里还是有墨水的。他就顺着小乔的话说:"这里的'郢'指的是郢都,是楚国的首都。小乔说得对,这话跟孔夫子有关系,因为孔夫子到过这个地方。庄子也到过,墨子也到过,屈原在这里做过左徒,相当于现在的外交部长。《哀郢》和《怀沙》都是屈原的作品。这幅字的意思是说,屈原虽然多年流寓异地,但仍然不忘郢都。去国怀乡,程先生这是自比屈原。所以,只要他回国任教,他的首选肯定是济大。别人想抢也抢不走。"

小乔在跟栾庭玉的秘书邓林联系,看时间地点是否有变化。

葛道宏说:"等他回来了,我可以给国家教委打报告。只要政策允许,我愿意让贤。当然了,人家可能看不上这个位子。俗务嘛。"

他说:"我知道他,他只对做学问有兴趣。"

葛道宏说:"学术委员会主任的职务,我可以交出来。你是知道的,全国各高校学术委员会主任的职务都是校长兼任的,但是我愿意开这个先河!"

他说:"程先生说了,一个儒学研究院的院长,就够他当了。"

葛道宏说:"真正的大师啊。但我们也不能亏了人家。人家有任何要求,我们都要满足。只有人家没想到的,没有我们做不到的。"

邓林回过来电话,领导还在开会,吃饭地点没变,时间推迟半个钟头。

葛道宏对此显然也多有领教,说:"知道了。"

以应物兄对栾庭玉的了解,此时倒不一定在开会。栾庭玉有个好习惯,即便是朋友聚餐,事先也要做半个小时的功课,提前了解朋友们的动向:近来做了什么?发表过什么样的文章?到过哪些国家?老婆孩子都还好吧?这些材料都由邓林提供,并且打印成文,其作用类似于小抄。

但这突然多余出来的半个小时,却使我们的应物兄有点紧张。该说的话都说完了,接下来该说什么呢?我要不要告辞?

他没有想到,对葛道宏来说,这半个小时很快就塞满了。因为葛道宏提到了一个重大的主题:"咱们简单聊一下传统。"是程先生的书名撩起了葛道宏的谈兴,还是这个话题很适合用来打发时间?应物兄有点疑虑:半个钟头,谈传统?传统中的任何一个问题,任何一个细节,任何一个脚注,任何一个词,都不是一时半刻能说清楚的。就在他这么想的时候,葛道宏已经开讲了。葛道宏说:"这些年来,经过反复思索,我得出一个结论,那就是我们的传统是由三部分组成的:儒家传统,西方启蒙传统,还有我们的看家本领,也就是马列传统。一个良性的现代社会就取决于这三家传统的相互作用。如果取三家精华进行勾兑,想想看,那该是一个多么美好的社会形态。"

葛道宏以前就说过,而且不止一次。通常情况下,葛道宏接下来还会把这种社会形态比喻为美酒:"美酒都是勾兑出来的。真正的美酒,都是水的形状,火的内容,力量的源泉,团结的象征。"

要是勾兑不好呢?要是碰巧把不好的东西勾兑到一起呢?他想起师弟伯庸曾经这么说过。伯庸说这话时挤弄着他的小眼睛。那双眼睛本来就小,再那么一挤,"挤眉弄眼"这个词就不能成立了,因为只剩下了眉毛,没有了眼睛。

运气就那么坏?碰巧把不好的东西勾兑到了一起?

这是他的疑问,但这话他没说。他不愿意跟伯庸抬杠。

伯庸继续发表他的谬论:"退一步讲,精华和糟粕勾兑到一起也有问题。近朱者赤,近墨者黑。但朱和赤要是勾兑到一起,那就只能是全黑了。"

他承认伯庸脑袋瓜子好使。但是世上的事就是被这些聪明人搞坏的。人啊,要么太聪明,不够笨;要么小聪明,大笨蛋。他觉得,伯庸就是这样的人。这样的人在高校里触目可见,在历史上比比皆是。那是在乔木先生家里进行的讨论。问题是费鸣捎过来的。乔木先生愿意听他们讲,却不愿意掺和进来。伯庸说过之后,刚才逗狗的乔木先生才插了一段话:"汉代刘向说过,凶年饥岁,士糟粕不厌,而君之犬马有余谷粟。糟就糟吧。糟粕也有用处,可送给读书人充饥。"这当然是自嘲了。但接着,乔木先生脸一板,将伯庸训了一通,"听你的意思,马列主义也有糟粕?你好大的胆。"伯庸咕哝道:"我就是那么一说罢了。"乔木先生说:"该长大了,成熟了。长大的标志是憋得住尿,成熟的标志是憋得住话。"

乔木先生说话的时候,他有点走神了。一瞬间,他仿佛进入了人类历史的浩渺长夜。哦,天不生夫子,万古如长夜。夜呼旦,所以产生了孔夫子。这是历史的必然性所在。有了孔夫子,那就应该倍加珍惜。

这会,他听见葛道宏说:"搞马列主义的,搞启蒙思想的,我这里有的是人才,甚至有点人才过剩。我缺的是什么?缺的就是程先生这样的儒学大师。我盼程先生,如久旱盼甘霖。三足鼎立,缺一足,大鼎倾矣。"

"我非常激动。"小乔双手摸着胸口。

对于小乔的激动,葛道宏显然认为那是情理之中的事:"不激动才怪呢!你听听也好,可以了解一下我的思想。"

这种"思想"当然不是葛道宏原创,只是因为葛道宏多次提起,很多人也就常把它与葛道宏的名字联系起来。有人称之为"宏论",道宏之论;也有人称之为"道统",道宏之传统。而他,应物兄,当然不会这样恭维葛道宏。他说不出口。他觉得,它是不是属于葛道宏的原创,并不是问题的关键。

关键是它有没有道理。

当然有。

但儒家思想是很复杂的,千流万派。启蒙思想也不能一概而论。

小乔说:"我理解了,您的思想正是对葛任思想的继承和发展。"

葛道宏感慨道:"小乔,你能看出这一点,我很欣慰。当然了,年代不同了,与葛任相比,我肯定得有变化。葛氏一脉,前赴后继。"

小乔说:"我以前只知道葛校长出身名门。葛任先生的著作,能找到的我都读了。在中国现代史上,他是真正有原创思想的人。我以前只是朦胧地感觉到,您与葛任先生有联系,没想到您竟是他的后人。"

他再次发现,小乔非常聪明。你不是觉得那所谓的"宏论"并非葛道宏原创吗?瞧啊,小乔只是顺手搭了个桥,就把葛道宏的说法与葛任联系到了一起,使"宏论"具有了家族的背景,仿佛祖传秘方。

话题随后又落到费鸣身上。葛道宏是这么说的:"费鸣先去你那里干两年。两年后,如果他还想回来,那就跟小乔换个班。小乔,你愿意吗?"

小乔的回答很得体:"我愿意去,就怕费鸣不愿意回来。到时候,你们要替我做做工作啊。"

葛道宏说:"就这么定了。有句戏文唱得好,纵然你浑身是铁,又能捻几根钉?应物兄,我是怕你累着。如果你需要人手,到时候我把小乔也派去。"

小乔笑了,说:"司机已经接到乔先生了。我们这就送您下去?"

小乔替葛道宏围上围巾,然后他们三个人一起下楼。在电梯里,葛道宏告诉他一个消息:最近,学校将召开一个关于人才引进的会议,会上将宣布成立儒学研究院。别的研究院都挂在各个院系名下,但这个研究院,就不要挂在人文学院名下了,干脆与人文学院平级。这个问题,应物兄还从来没有想过。葛道宏说:"这样好,遇到难办的事,我可直接过问。"

"现在就宣布,是不是有点早?程先生毕竟还没有跟我们签约。"

"那我就从善如流了,晚几天再宣布。"

"会开完了,我再找费鸣谈谈。"

"你这个学生,还挺念旧的,好。"

18. 人才引进

"人才引进会议",全称是"人才引进及留学工作会议"。应物兄并没有参加,参加者是各院、系、所的负责人。中午在食堂吃饭,人文学院院长张光斗教授端着可乐,来到了他面前,告诉了明天开会的消息。张光斗用可乐漱口,可乐的泡沫使他的腮帮子都鼓起来了。随着咕噜一声响,腮帮子收了回去。张光斗说,本来是放在下学期召开的,现在提前召开,是因为有好事之徒在网上公布了中国高校排行榜。张光斗向他透露了一个数字:济大的排名由七十三掉到了八十四,堪称断崖式下降!

"怎么会下降呢?下降得还这么快?"

"主要是排行榜加入了新的参数:毕业生当中的留学人数,教师出国进修的人数,从国外引进的专家人数。重新调整政策,鼓励学生出国留学,重金引进国外的优秀师资,也就迫在眉睫了。"

张光斗教授当然知道他在筹备儒学研究院。起初,他曾与张光斗商量,能否在人文学院挤出一间办公室,作为儒学研究院的筹备处?张光斗答应得很爽快,说正好闲置了一间,还是个套间。一直是姚鼐先生用的,其实姚鼐先生已经多年没来了,只是堆放了一些资料和器皿。姚鼐先生说了,百年之后都要捐出去的。宝贝倒都是宝贝。那些资料大都涉及我们的历史分期。没有它们,华夏早期文明就是一笔糊涂账。器皿嘛,什么都有。有几把洛阳铲是从盗墓者手里买的,放在书架上,上面挂着葫芦。那葫芦是从墓里挖出来的,上面标有济河的各个渡口。现在,房间钥匙和防盗门钥匙都还在姚先生手上。里面的恒温机坏了,打开之后,院里可以联系厂家来修一下。只是不知道厂家还在不在了。张光斗说:"要不,你跟姚先生说一下?别的事,我来办。"这就是谢绝了。张光斗又问他:"你知道姚先生在何处云游吗?""不知道啊,多天没见了。""芸娘也不知道。芸娘还说,姚先生本人可能也不知道。这怎么可能呢?但你听听芸娘是怎么说的:姚先生总是被一群学者簇拥着,从这个会到那个会。究竟是什么会议,姚先生都搞不清楚,也懒得搞清楚。"

这一天,张光斗喝着可乐,低声说道:"要我看,会议提前召开还有一个原因,就是为你的研究院鸣锣开道。"

"张院长,你听谁说的?"

"虽然我的专业不是儒学研究,可我还是感到与有荣焉。"

"我们本是一家人嘛。"

"听说你们可能另立门户?"

"怎么可能呢?儒学难道不属于人文范畴?"

"听说葛校长有可能亲自兼任研究院院长?"

"我真的不知道。我只是被葛校长临时抓了壮丁。"

当天晚上,他就知道了会议的相关情况。虽然葛道宏并没有在会上宣布研究院成立的消息,只是说准备成立一个儒学研究院,但很多人就打来电话,向他表示祝贺。接到第一个电话时,他想,你们的消息够灵通的,虽然这个工作非我莫属,但这不是还没有最后定下来吗?还有,你们只知其一,不知其二,不知道更大的新闻还在后头呢,那个院长不是我,而是程济世先生!你们就等着惊呼吧。

稍晚一些时候,小乔也打来了电话。小乔给他提供了一个细节,说:"华学明教授在会上特意提到了你。他说,如果出国留学的人、出国访学的人,都能像应物兄那样,学成归国,报效济大,济州大学的排名就会噌噌噌地往上蹿。"

"他也是从国外回来的嘛。"他对小乔说。

"虽然他也是趁机表扬一下自己,但他说的确实是事实。"

"学明当时完全可以留在斯坦福大学,人家确实也想留下他,但他回来了。"

"我们也没有亏待他嘛。"小乔说。

"会上一定还有不少反对意见吧?"他问。

小乔没有直接回答这个问题,而是说:"葛校长涵养太好了,听了那么多怪话,一点不生气。"最后的三个字"不生气",小乔的语调已经接近京剧道白了,"你怎么知道的?"小乔或许认为,只有她才会向我通报情况。

"有人在微信里说了。"他说了谎。他不想让小乔失望。

"确实有人怪话连篇。不过,这不值得生气。会后,葛校长说了一句话,我认为这句话是对伏尔泰思想的发展。伏尔泰说,我不同意你的话,但我誓死捍卫你说话的权利。葛校长又加了一句,当然,你说你的,我做我的。"

"是啊,认定的事情,就要做好。"他说。

"是考古系的一位'先生'挑的头。"小乔说。

小乔当然知道,只有乔木先生和姚鼐先生这样级别的人才能成为"先生",所以小乔这么说就带有嘲讽意味了。小乔说,那位"先生"说了,这个会议他就不该来,因为跟考古系无关。要考古系的学生去美国留学吗？美国有"古"吗？二百年历史放在中国，不过屁大一会儿。奶奶穿过的鞋子就是文物，爷爷用过的烟嘴就是文物。跟他们能学什么呢？所以这位"先生"说，万般皆下品，唯有留学高，这句话放到别的系合适，放到考古系却不合适。科研处处长沉不住气，说你们如果不想到别人那留学，那就应该让别人到我们这留学，所以你们可以充分吸引外国留学生。这位"先生"怪话又来了，声称这得跟中文系商量，因为那些留学生得先到中文系学习文言文，学习甲骨文，学习金文、小篆、隶书，然后才能到考古系学习。

他对小乔说："这位'先生'说的也有道理。但却忽略了最重要的一点。"

小乔说："哪一点？哪一点？快告诉我。"

他说："忽略了方法论。美国考古学理论经过了一次又一次创新，对各国的考古学理论有很大冲击。美国的考古学设在人类学之下。他大概不知道，马克思主义之所以会在美国发展开来，就是因为马克思主义考古学在美国考古学界有根本性的影响。他可能也没有听说过性别考古学、土著考古学、认知考古学。"

小乔说："这么说来，他很无知嘛。"

他说："他的强项是田野考察。年轻的时候，他长年钻在墓穴里。"

小乔笑了，说："我认为，他现在就应该钻到墓穴里去。"

她虽然是笑着说的，但他却听得心头一颤。她是葛道宏身边的人，要是她向葛道宏这么进言，那位"先生"可就要倒大霉了。

应物兄当然认得那位"先生"。跟你说话的时候，他总是凑得很近，盯着你看，脸上带着讥诮。眼睫毛总是不干净，好像沾上了墓穴里的灰尘和蜘蛛网。不管你说什么，他都要抬杠，即便嘴巴不抬杠，也要用鼻孔发出奇怪的声音，好像在说，得了吧，谁信呢，别装蒜了，谁不知道你也是猴变的？他的脸上总是雾蒙蒙的，那是怀疑主义的迷雾,可是当你承认自己是猴变的时候,他的怪话又来了,你怎么知道你是猴变的?有证据表明,人的进化与猴子没有关系,而是分别进化的,所谓裤裆放屁,兵分两路。这话说的,怎么能说没有关系呢?马克思早就说过,一切事物都是相互联系的。

  但这位"先生"其实是个好人。比如,他虽然不同意姚鼐先生的观点,但有一次姚鼐先生发病了,他硬是把姚鼐先生从三楼背了下来。而他本人又矮又瘦,姚鼐先生的体重都快是他的两倍了。足足有两个星期,他只能弯腰走路。虽然他本人反对人是猴子变的,但他弯腰行走的方式,却对他的观点构成了讽刺:他不仅是猴子变的,而且又退化成了猴子。

  他对小乔说:"这位'先生'曾有过重要的考古发现。济河曾经是丝绸之路的重要河道,济州曾经是丝绸之路的重要集散地,就是他首先提出来的。"

  "您真是一个好人。"小乔说,"费鸣跟着您,有福了。"

  当天,更晚一些时候,季宗慈也给他打了一个电话。作为校外人士,季宗慈竟然也知道会议的内幕。季宗慈提到,哲学系一位老师在会上也是怪话连篇,而且采用的是自问自答的方式。这位教授问道:出国留学相当于什么?相当于一个人的成年礼?这也太夸张了吧。照这种说法,出国就相当于女孩子首次来例假,男孩子第一次遗精。那么回国呢?留学回国又该叫什么呢?受了孕回来生孩子了?又说,国外高校是把好学生留下,把不好的学生送走。我们倒好,把好学生送走,把人家不要的高价买进,这是不是贱卖了儿子,再高价买只猴子?季宗慈说,你听听,真是奇谈怪论。哲学系搞不好,以前我认为是他们互相告状,现在看来问题不是那么简单,因为他们拒绝和西方哲学界进行实质性接触。

  聊着聊着,季宗慈突然提出:能不能把程济世先生的著作交给他来出版?

  "程先生的事,我怎么做得了主呢?"

"应物兄,你就别给我装糊涂了。你瞒不了我的。我知道程先生快回来了,你是程先生最信任的人。程先生的事情,你不管谁管?"

"反正这事还早着呢。"

"书的出版周期很长的,所以必须未雨绸缪。我只要简体字版权,繁体字版和外语版的版权,你可以给别人。有饭大家吃嘛。我这个人,你是知道的,不吃独食。"

作为消息灵通人士,葛道宏在会上是怎么讲的,季宗慈全都知道得一清二楚。季宗慈说,他完全赞同葛道宏的说法。葛道宏在会上说了,鼓励学生出国留学的事情,可以先放一放,因为留学费用是很高的。为了鼓励学生出国,学校可以资助一下,但毕竟还得家长掏腰包。但是,有一点是不能再拖了,那就是不惜血本引进人才,尤其是引进国外的名师,尤其是享誉世界的大师。建一个与国外相媲美的自然科学的实验室,往往要花费巨资,所以,人文领域的研究院可以先建一两个。总而言之,有名师方为名校,名师为名校之本,堂堂济大岂可无本?无本则如无辔之骑,无舵之舟也。

复述完葛道宏的讲话,季宗慈说:"这篇讲话,是不是费鸣起草的?"

葛道宏以前的讲话,当然大都是费鸣起草的,但这篇讲话是不是,他就不敢打包票了。有点像,也不太像。费鸣起草的讲话稿,通常都带有口语色彩,而且里面通常会塞一两个笑话。这篇讲话稿,似乎有点太严肃了。多天之后,得知它还是出自费鸣之手,他又觉得,费鸣把握得很好。本来就是个严肃的事,怎么能随便开玩笑呢?

这一晚上,他没有睡好。

第二天中午,葛道宏突然让他马上过去一趟。

还没等他坐下,葛道宏就说,从清华大学校方获悉,程先生清华之行推迟了。

"是吗？为什么？"

"据说是程先生方面提出推迟的。程先生希望春暖花开的时候再来北京。清华方面猜测,可能是因为北京最近爆发的大规模流感引起了程先生的不安。西方媒体对此事报道甚多,大肆渲染,甚至攻击中国的公共卫生制度。真是乱弹琴！流感跟公共卫生制度有多大关系？主要是风干物燥嘛。那个朋友说,他其实理解程先生,因为他儿子本来要带着洋媳妇回国探亲的,看到报道都不敢回来了。"葛道宏说,"我虽然安慰了对方,但心里却想,不来更好！我还担心清华将程先生扣下不放呢。别怪我多心。防人之心不可无啊。"

"西方媒体总是这样,抓住一点,不及其余。程先生对此向来是反感的。程先生跟CNN总裁是朋友,曾当面指出过。不过,因为说的是流行性疾病,在搞清楚事实之前,程先生谨慎一点,是必要的。"

"我当然知道。他的身体又不是他自己的。"葛道宏说,"我的想法是,你能不能尽快去一趟美国？"

"我正在办理签证。"

"费鸣的外语不错,他可以陪你去。"

他明白,葛道宏现在就想让费鸣滚蛋。校长办公室编制已满,费鸣不走,小乔就进不来,而小乔马上就要毕业了。一个萝卜一个坑嘛。

"正好,你们去美国的时候,可以好好聊聊。"

"他来得及办签证吗？好像来不及了吧。"

"来不及了？"

"您知道,美国自称是个特殊的国家。它以为全世界的人,甚至包括外星人,要么想做它的臣民,要么想对它进行恐怖活动。这个国家没有安全感。对于签证材料的审查,已经到了变态的地步。留着络腮胡子都可能被拒签。"

"他们真该撒泡尿照照自己。"

这么说着,葛道宏就向洗手间走去了,到了门口,又回头说道:"每次在美国过安检,感觉能脱的都脱得差不多了,都光脚拎着裤子了,还是不行。"然后,葛道宏推门进去了。或许是因为在自己办公室,葛道宏竟然没有关门。不关门就罢了,还边撒尿边说话,"这倒无所谓,男人嘛。就是那些美国妇女,简直败人兴致,一身肥嘟嘟的肉!她们自己不在乎,倒让我们这些在好莱坞电影中看惯了美女的人,有些受不了。"

他也去了趟洗手间。葛道宏忘记冲水了。替葛道宏冲水的时候,他通过洗手间的镜子,看到有一束微妙的光射向了自己的脸。镜子中的他,颧骨略高,鼻梁笔直,而且意外地显得年轻。他听见自己说:"我不需要人陪。我自己去。"

这天送他出门的时候,葛道宏突然问了一个问题:"听说你也认识铁梳子?她请你去过桃都山别墅吗?"

他说:"认识倒认识,但没有交往。"

葛道宏说:"我想起来了,铁梳子好像说过,她那个别墅就是程济世的父亲当年住过的别墅,曾毁于战火。倒也没有完全毁掉,只是被刘邓大军的炮火轰掉了半个屋顶,后墙被炸开了一个口子,院内炸出了一个大坑。铁梳子说,它后来就变成了羊圈。铁梳子将桃都山承包以后,将那个别墅按原样建好了。程济世先生小时候肯定在那里住过。"

他想起铁梳子曾说愿意捐助儒学研究奖的事,就顺口说了:"要不,你跟她说一句,让她把别墅捐给我们?"

葛道宏立即表扬了他:"我要提出来,她当然不会拒绝。她跟我们学校有合作嘛。但这话我不适合说。"他以为葛道宏是在暗示,应该由他来说,但葛道宏随即又补充道:"她要是乖,就自己提出来。"

19. 赴美

　　赴美之前，费鸣倒是来找过他一次，给他送来一些材料，那是校方送给程济世先生的礼物。其中的一本精美图册，本是济州大学百年校庆时印的，因为又新加进去两幅图片，所以又突击印制了几本。那两幅图片都与程先生的父亲程会贤将军有关。

　　1948年以前，程会贤将军兼任过济大校长。不过，当时他更重要的身份是济州市市长。现在可以查明，程会贤将军离开济州的准确时间是1948年10月22日。此前，驻守济州的国军第十六兵团奉命调往徐州，而驻守新乡的国军第四十军部分主力则被派驻济州。第四十军立足未稳，解放军已经大兵压境，具体时间是10月20日。程会贤将军此前已转移到济州城外的凤凰岭。21日拂晓，他悄悄奔赴本草镇程楼村烧香祭祖。翌日早上，他最后一次来到了济州大学，将部分藏书寄存到济州大学图书馆，并在镜湖旁边留影。随后，他经漯河、驻马店南逃。1948年10月23日晨6时，解放军攻入济州，近万名守军在突围中被歼。济州城破之时，程会贤将军及少量随从正好进入信阳城门。他没有在那里久留，旋即再次南逃，一直逃到了台湾。然后，哦，然后就没有然后了，他病逝于台湾了。

　　图册中新增的两幅图片，一幅就是那些藏书的照片。它们被整整齐齐地摆放在逸夫楼图书馆的孤本珍藏室。书架上的一个铜牌特意标明：程会贤先生惠赠。另一幅图片则是程会贤将军在镜湖边的留影，左侧有一行字：程会贤将军于济大。照片上的他，神态自若，正手搭凉棚，眺望湖面。兵燹好像并不存在。他对自己的命运并无感知，不知道他将一去不返，客死异乡。哦，对了，与原来的图册相比，其实还有一点不同，那就是影印了程会贤先生一幅书法作品:匏有苦叶,卬须我友。字是欧体。乔木先生后来看到这幅字,说它比一般的欧体字要柔和一些,少了些险峻,多了些圆润;少了些紧凑,多了些疏朗。乔木先生认为,可能是作者晚年所题。其实,程会贤先生当时正值盛年。

程会贤老先生地下有知,能预感到他的儿子将要荣归故里吗?

费鸣解释说:"还有些别的材料,如果你感兴趣,我可以陪你去拍些照片。"

他问:"什么材料啊,那么宝贵,不能复印,只能拍照?"

费鸣说:"桃都山别墅,程老爷子当年在那里住过。没有毁于战火,是因为它由石头所砌,像个碉堡。只是屋顶被炮弹给轰了,后来放羊的人在上面篷些树枝遮风挡雨,把它变成了一个羊圈。现在当然又修好了,是铁梳子修的。程济世先生或许会感兴趣。"

他说:"感谢你关心程济世先生的事。你去过那个别墅?"

费鸣说:"小乔去过。我顺便查了一下,发现农业学大寨的时候,修梯田的人就住在那里。变成羊圈是改革开放之后的事。当然现在不允许放羊了。那里也闹出过一起强奸案,报纸上报道过的。当然现在安全了,铁梳子在那里养了一条大狗,就是上次他们说的蒙古细犬。"

他说:"拍照好像来不及了。"

确实来不及了,因为第二天他就得启程。

虽然是春天,但应物兄抵达波士顿洛根(Logan)机场的时候,却是大雪纷飞。铁梳子提到的那个黄兴先生,作为长期赞助程先生学术活动的人,专门赶到机场迎接。来了三辆车,一模一样,全是奥迪A8防弹轿车。他本来该上中间那辆车的,但黄兴却带着他上了第一辆车。他意识到,这是出于安全考虑,所谓出其不意。"其"者何人?当然是歹人。黄兴身穿灰色大袍,就像个布道者,和他坐在后座。他当然先打听程先生近况。黄兴说,先生早上还出门滑雪了,一边滑雪,一边大发感慨,说中国的松树都是压不弯的,所谓岁寒然后知松柏之后凋。可是波士顿的这些松树,个个都被积雪压得抬不起头来,都不配入诗。

"陆空谷本来要来接你的。她在爱荷华,因为大雪,没有赶回来。"黄兴说。

"她还好吗?"

"她挺关心你,一直问你什么时候到,什么时候走。"

"自从上次见过,我与陆女士再无联系。"

陆空谷也来听过程先生的课,他碰到过三次。前两次,她都是与一个叫珍妮的女孩一起来的。珍妮原来是研究冷战史的,后来成了程先生的学生。所以他认为陆空谷也是程先生的学生。从见到她的第一面起,他就觉得她似曾相识。她落落大方地对他说:"先生叫我小陆,有时也叫我六六。你也叫我六六好了。"还没等他叫,她就又说:"不准叫我三十六,也不准叫我六六六。别以为我不知道,六六六是毒药。"

对他来说,她就像个谜。他觉得,她几乎熟知他的一切,因为她竟然知道他每个月都要见一次芸娘。不过,你有所不知。我已经多天没见芸娘了。这次出国之前,我本来要去看芸娘的,但芸娘说,别来了,有什么话让文德斯告诉我就行了,你那么忙。芸娘这次在电话里还说了一句话:"你没事往美国跑什么呀?"当然,这些话他没有跟陆空谷说。

她曾说,她是从台湾来的。他信了。他有点奇怪,她为何没有一点港台腔。在美国期间,他曾入乡随俗地过了一次感恩节,地点是在黄兴的家里,是陪着程先生一起过的。他还记得,那天也下了大雪。室外大雪纷飞,室内温暖如春。厨师提前把火鸡从冰箱中拿出来了,已经去掉了脑袋、脖子和内脏,然后当着众人的面往上面涂橄榄油。

"Let me try①。"她说。

---

① 我来试试。

她的手非常温柔,涂油的时候,好像那不是火鸡,而是婴儿。厨师不让她干了。厨师的话,他至今还记得。厨师说:"So, you'll wake it up。①"

涂好了油,厨师又用注射器往火鸡身上注射调料,调料里拌着蒜汁。用的盐是地中海的海盐,柠檬和海鲜酱则购自牙买加。随后,一根葱塞进了火鸡的肚子。有人点起了南瓜灯,就是在挖空的南瓜肚子里燃起蜡烛。他后来知道,那个南瓜灯就是她做的。在南瓜灯照耀下,那根葱从火鸡脖子的切口处伸了出来,乍一看好像火鸡又长出了一只脑袋,吓人一跳。她悄悄地背过了脸。

火鸡在烤架上吱吱冒油的时候,程先生用中文对一个美国朋友说,你们美国人脸皮太厚了,你们过感恩节,是要怀念自己的殖民史,怀念当初如何把印第安人杀得鸡飞狗跳墙。你们的感恩节包含着洗不掉的血腥。杀了谁,就向谁感恩,这就是美国的感恩方式:"谢谢你让我杀了你!"

那人说:"你不是也过吗?"

程先生说:"我是想看看你们脸皮有多厚。"

那人是程先生的朋友。程先生介绍说,那人是研究东方学的。程先生对"东方学"这个概念有点不满,不时地拿他打趣。说东方学的概念,就像女权学一样,硬是把世界分开。东方学就是另一种意义上的女权学。你研究东方学,就相当于研究女权学,而女权学大都是女性来研究的。程先生开玩笑说:"所以,你是女性,或者说,你大部分属于女性。"程先生开玩笑的时候,东方学教授不时瞥向陆空谷。他的目光,纯真,羞怯,同时又大胆,因为有时候他的目光会在陆空谷身上停留很久,旁若无人。

除了那个东方学教授,那天还来了一个老朋友,是个犹太人,名叫莫里斯·沃伦②,毕业于美国麻省理工学院,1992 年至 1994 年

---

① 这样下去,你会唤醒它。
② Maurice Warren,美国汉学家。

曾在台湾大学访学，1997年9月至1998年6月又在北京大学访学。七年前，他们在北京的达园宾馆认识了。"你就叫我老莫。"他还记得莫里斯·沃伦说的第一句话。当时，老莫已将他一篇题为《论"仁者爱人"》的论文译成了英文。老莫首先向他致歉，说因为未能联系上他，所以在翻译之前没有得到他的授权。他当然表示，只要有利于传播孔子的思想，怎么都行。随后，老莫就滔滔不绝地讲起自己为什么会翻译那篇文章。"孔夫子的'仁者爱人'思想，是儒家文化的中心范畴。它也应该成为当代社会最基本的行为准则。我完全同意你的看法：'仁'字是一个字，但说的却是一个世界，两个人组成的一个世界。'仁'的原初意义，说的就是主体必然嵌于世界之中，与世界和他者亲密地联系在一起。"老莫说。老莫原来是研究萨特的，但他觉得，萨特已经过时了，现在他对东方哲学很感兴趣。他曾多次拜访季羡林先生，曾与季羡林先生合影，与季羡林先生的猫合影，也与季羡林先生养的荷花合影。

从老莫那里，他得知那个东方学教授暗恋着陆空谷。

程先生还会拿东方学教授的胡须打趣。那人的胡子杂乱浓密，间或有点灰白。他自我解嘲说，有人说他的胡须像当兵的或者船长的胡须。他倒很想把它剃了，可是，因为他的头顶差不多全秃了，他就不得不在嘴唇旁边留点什么，以保持体毛总量不出现太大波动。他本人也喜欢胡子带来的那点神秘感，因为它多多少少可以掩盖一点容易外露的表情。说这话时，他又把目光瞥向了陆空谷。

程先生笑了。他随即开始拿程先生开玩笑。他指着自己的嘴唇说，程先生既然是帝师，那么就应该留下Imperial①。

程先生说："我又不是拿破仑。"②

火鸡端上来了。火鸡看上去很焦嫩，但味道却不怎么样。陆空谷不喜欢吃火鸡，珍妮也不喜欢吃。于是，我们的应物兄就陪着

---

① 帝髯。指下唇上留的一小绺胡子。
② 帝髯据说来自拿破仑。

她们到外面散步。后来珍妮接到一个电话,返了回去,他和陆空谷就穿着雨靴肩并肩走着。靴子在雪中陷得很深,并且不时地打滑。陆空谷突然问起了乔姗姗:"夫人怎么不来陪读呢?"他只能说,她有自己的事业,走不开。他问她:"你呢,你的男友呢?"她说:"都说弱水三千,只取一瓢饮。可我还没有见到弱水呢。"

他委婉地问到那个东方学教授。

她停下脚步,然后又往前走,说:"他?他喜欢女人,也喜欢男人。"

他突然理解程先生为什么打趣,说他是女性,或者大部分属于女性。

他和陆空谷肩并肩走在雪地里,就像孤单地走在这世界上。他想起了他的婚姻:弱水三千,我只取一瓢饮,但它的滋味有如苦胆。

那是他最后一次见到陆空谷。他还记得,他们散步的时候,不远处是一片松林,松林在斜坡上,它并不是静静地在那里待着,而是在那里闪耀。斜坡的边缘有个木屋,木屋的另一边有个湖,岸边已经结冰,但湖心依然碧波荡漾。一些水鸟栖落在湖边。他想陪她到那边走走。她说,那边的雪更厚,都要深过自己的靴子了。"等雪融化了,我们可以在林子里走走。"她说。她走在前面,她的影子在雪地里移动。从影子里也能看出她腰身的曲线,看出腰带的飘动。他突然觉得,她就像一只鹤。她像鹤一般移动着轻盈的身体,如将飞而未翔。松林还在远处闪耀,他感觉他和她一起走进了那松林。他现在还能回想起当时的感觉:我突然获得一种宁静感,树叶的响动增加了树林里的静谧,一种深沉的宁静感注入了我的心。但随后,他心旌摇曳起来。他想象着他们进了那个木屋。天地如此狭小,他们膝盖碰着膝盖。他们拥抱着,他竟然忍不住哭泣了起来。他们哭泣着,接吻,做爱。一种沉甸甸的幸福,沉甸甸的果实般的幸福。他们心满意足地贴着对方汗湿的身体。而木屋之外,松涛阵阵,不绝如缕。

那时候,她是不是也走神了?她一下子滑倒了。手上沾满了雪粒。他去拉她的时候,雪在她的指尖融化了。那冰凉的雪水啊,带着她的温暖,从她的指尖流向了他的指尖,一滴,两滴,三滴。

"据说芸娘烧的饭很好吃?"她怎么冷不丁地问了这么一句。

"这你可说错了。她不会烧饭。"他说,"你见过她?"

"见过,她可能不记得了。"她说。

"又要下雪了,我们往回走吧。"她又说。

记忆中,这是陆空谷说的最后一句话。

"陆女士也在你那工作吗?"他问黄兴。

"她就在鄙人的集团里。用你们的话说,她负责的是文化开发项目。"

他不想与黄兴再谈这个话题了。他把话题转到了程先生身上。黄兴说:"回济州任教一事,先生真的动心了。"

"你也帮我敲敲边鼓?"

"边鼓?边鼓是什么鼓?"

"我是说,你在旁边帮我说说话,帮我鼓吹一下。"

"先生把我从加州召到波士顿,便是商议此事。"

在程先生所有弟子中,黄兴的脑袋瓜子最灵,考虑问题最为周全,生意做得最大。不过直到这个时候,我们的应物兄还没有想到,程先生会提出让黄兴捐资建儒学研究院。

"子贡,先生最听您的。"他对黄兴说。

子贡是他给黄兴起的绰号。黄兴对这个绰号很满意。他曾对黄兴说,人们以后会说,历史上有两个子贡:一个是孔夫子的门徒,姓端木,名赐,字子贡;另一个是儒学大师程先生的门徒,姓黄,名兴,绰号子贡。这个绰号传开以后,有人认为,他这样说其实是"一石二鸟",既恭维了黄兴,又恭维了程先生,而且主要是恭维程先生:世上能带出子贡这样的徒弟的,只有孔夫子和程先生。其实我还没有这么想过。我只是认为,黄兴跟当年的子贡一样,都是大富豪,也都是慈善家。如此而已。当然,如果你非要说我恭维了程先生,我也不会反对。不过,我认为这不是恭维,因为程先生配得上。

黄兴祖籍南阳。他的父亲黄公博当年是程会贤将军的部下,败退到台湾,十年之后,在那里生下了他。他属猪。黄老先生粗通英文,给他起的乳名就叫皮格,是英文 Pig 的音译。黄兴后来喜欢豢养各种奇怪的宠物,是否跟这个动物式的名字有某种联系他就不得而知了。黄兴讲过一件事,走在街上,只要有人喊一声 Pig,他就知道对方是来借钱的,而且那些人借了钱从来不还。

君子取财有道,两个相距两千五百年的子贡,在如何发家致富的问题上,各有各的门路。孔子的门徒子贡,是靠发战争财拿到第一桶金。当年吴越争霸,吴王夫差北伐之际,曾在民间强征丝绵以御寒,一时间丝绵紧缺,价格走高。子贡抓住这个商机,大肆收购丝绵贩卖到吴国。这个短平快的跨国贸易,让他一跃而成为富豪,为后来资助孔夫子,也为后来成为慈善家,奠定了强大的物质基础。与前面那个子贡相比,后面的这个子贡却是靠联姻弄到第一桶金。黄兴的首任妻子是香港一个海运大王的千金。黄兴为自己的集团取名为黄金海岸①就与此有关。

在美国访学期间,他与黄兴成了朋友。他曾听黄兴说过,其前岳父是天底下头号吝啬鬼。老家伙恨不得每个船员都变成鱼鹰,脖子上勒着绳子,自己捞小鱼吃,大鱼则乖乖地吐到船舱里。从婚姻的角度看,黄兴的命好像不够好,因为他的夫人,也就是海运大王的千金,很快就死掉了。不久,海运大王也死了——他对女儿的葬礼很满意,坐在床上,抠着脚上的鸡眼一直在笑,笑得都昏倒了,其实是死了。但从商业角度看,黄兴的命却足够好,因为他继承了一笔遗产。后来黄兴的财产就像雪球越滚越大,生意遍及北美、北欧以及东南亚,然后就变成了当代子贡。

---

① 英文名为 Gold Coast,简称 GC。

从波士顿洛根机场到哈佛,平时只需要三十分钟,这天他们却走了一个半小时。这当然是因为下雪。昔我往矣,杨柳依依;今我来思,雨雪霏霏。乐景写哀,哀景写乐,倍增其哀乐。他现在就格外快乐。因为拥堵,他见程先生的时间被迫推迟了,但他觉得,这种想见又见不着的感受,也有一种特殊的美。快乐归快乐,美归美,他还是不由得批评起美国的效率。如果是在中国,路上撒上盐,大雪就融化了。但他转念又想,考虑到环境问题,不撒盐是对的。

后来他才发现,车速缓慢虽然跟下雪有关,但关系不大。他们缓缓驶过了一个事故现场。死者从车里抬了出来,墨镜歪掉了,戴到了颧骨上面。交警在打电话,脸上还挂着微笑。一只警犬在舔一个黑人警察的手心。一个女警在弯腰察看死者的同时,把制服的下摆往下拽了又拽。一切都很正常,如果你没看到那个死者,你不会想到这里发生过一起死亡事件。透过后视镜,他看到又一个死者被抬了出来。是一对夫妻,还是一对父子?哦,又抬出来一个。女警弯下腰,再次去察看死者,再次拽着制服的下摆。这算不算特大交通事故?在中国、印度和俄罗斯,这可能不算,但这是在美国。美国虽然强调生而平等,同时却认为自己的命比别人值钱。尽管如此,一切都还是正常的。雪花的飘落,车辆的堵塞都是正常的。没有人鸣笛,没有人号叫。一切都是静悄悄的。下雪的声音更显出了它的安静,就像蜜蜂的鸣叫增加了树林的静谧。以前的人死在亲人的怀里,现在的人死于高速公路。一种非正常的死,无法预料的死。但因为死得多了,也就成了正常的死。一种正常的非正常,一种可以预料的无法预料。如果那个死者被救活了——这是个病句,但我确实就是这么想的——他会有什么感觉呢?如果我把我的这种感觉告诉他,他会有什么感觉呢?

他想不出来。

他突然想起一句话。那是芸娘的话。芸娘说:"我没有你感觉到的那种感觉。"芸娘是对一个求爱者这么说的。那已经是很多年前的事了。在想象中,他认为,如果他对那个复活的人说出他的感觉,那个人可能也会这么说。我怎么想到了这个?这有点不对劲。于是他摇了摇头,抱着双肘,看着夜色中的雪景。他要把这种不对劲的感觉,从他的身体和头脑中赶走。

20. 程先生

程先生看到他,上来就说:"应物,知道吧,子贡昨日还说,我应许你们做个兼职院长就行了,哈佛这边不要放下。什么兼不兼的?鱼与熊掌,不可得兼。济大我是要去的。济大就是熊掌。"

谈话的地点就在程先生的寓所,程济世先生称之为"桴楼"①。程先生说:"这把老骨头,若对济州还有用,我就辞了桴楼,回去。"

黄兴说:"弟子陪先生回去。弟子用专机送您回去。"

程先生感慨道:"真是我的子贡啊。你也回济州投资嘛。既能赚钱,又能助家乡父老发财,两全其美,何乐而不为?"

黄兴右手抚胸,弯腰,说:"弟子唯先生之命是从。"

程先生说:"子贡,上次回台湾,你的几位朋友去看我了。代我谢谢他们。"

黄兴说:"有缘拜见先生,是他们的造化。他们须重金谢我才是。"

程先生提到,有个朋友在台湾也建了个儒学院,盼望他能回去,以促动台湾的儒学研究。听程先生这么一说,我们的应物兄心里咯噔了一下。但他不便插话,只能竖着耳朵听讲。他把表情调整到略带忧惧的样子。

程先生说:"漂泊已久,叶落归根的想法是有的。剔骨还父,剔

---

① 典出《论语·公冶长》:"子曰:'道不行,乘桴浮于海。从我者其由与?'子路闻之喜。子曰:'由也好勇过我。无所取材。'"

肉还母,本是人伦之常。回台湾是归根,回大陆也是归根。父亲的墓在台湾,母亲的墓在济州。回台湾好是好,可以信口开河,无所顾忌。只要不杀人。可就是太闹了,太能闹了呀。闹哄哄的,Too noisy! 一刻不消停。一会儿蓝,一会儿绿,眼花缭乱。一些老朋友也搅进去了,横连纵合,党同伐异,比春秋战国还能闹。本来是四海之内皆兄弟,如今倒好,新友旧朋竟也反目成仇。攻乎异端,斯害也已。到了台湾,入世不好,不入世也不好。入世?入哪个世?只要入世,就难免要搅进去,难免要跟着闹腾,Make a noise! 一闹腾,骨头都要散架了。他们是让我出任儒学研究院院长。院长我也不愿干。我跟某些老朋友不一样。给了他们,他们定然跑得比兔子都欢。"先生所说的"那些老朋友"是谁呢?他不能问,只能听。"他们呢,顾盼自雄,还能折腾。我是不愿折腾了。不想闹着玩了。我还是愿意老调重弹,和谐为上,别瞎折腾。夫子是对的,只当素王。我是安于当一个学者,当一个思想家,当一个小老头。既无高官之厚禄,又无学者之华衮,赤条条一身素矣。闲来无事,找几个人聊聊天。清霜封殿瓦,空堂论往事;新春来旧雨,小坐话中兴。岂不快哉?"

讲到这里,程先生要去趟洗手间,说:"稍等,我得去嘘嘘了。"

在本草话和济州话中,"嘘嘘"指的都是儿童撒尿,也指大人给儿童把尿。他觉得,程先生俏皮地选择这个词,正好说明程先生对济州的感情太深了,有如赤子对母亲的眷恋。程先生的前列腺一定也有毛病,因为一去就是好长时间。在前列腺方面,我似乎有些青出于蓝,或许应该给先生介绍个方子,就是用玉米须煎汤代茶。但又似乎不可信也。他想起金彧说过,它的作用主要是利尿。

趁着程先生不在,黄兴凑近他,说:"应物兄,我会鼓动先生尽早回大陆的。我也回去瞧瞧。你说得对,那里商机无限。"

随后,黄兴提到了他们共同的朋友郏象愚,但用的是郏象愚另一个名字:敬修己。这是程先生给他起的名字。黄兴说:"修己兄不太支持先生回国。"

与黄兴一样,敬修己也是程先生的私淑弟子。程先生对他很看重,曾聘他做自己的学术助手,但因为他志不在学术,做事又容易冲动,程先生就将他安排在了黄兴的公司。黄兴公司门下,有一个"儒学与商业"网站。敬修己负责的就是那个网站的编辑,活不重,钱蛮多。

应物兄忍不住说道:"修己者,象愚也。说是象愚,我看是真愚,愚不可及。他跟随先生多年,算是白跟了。毋意、毋必、毋固、毋我,他一条也做不到。"

黄兴说:"他昨日还打电话,提醒先生不可急着决定,可以先答应回去看看。他也想跟着回去看看吧。他出来得太久了。"

他立即对黄兴说:"你告诉修己兄,此事办成后,他若想回去,我可以助他一臂之力。要是办不成,哈,元曲里有句唱词,我要送给他:忙赶上头里的丧车不远,眼见得客死他乡有谁祭奠。"这段时间,因为与葛道宏接触多了,他也习惯于引用一些戏文。此前不久,他和敬修己共同的一个朋友客死加州,他在敬修己发给他的邮件中看到了葬礼的图片。修己伫立于墓前的身影,最让他唏嘘不已。修己明显老了,一脸悲戚。修己兄,你修来修去,修得不像自己了。

"修己兄近况可好?"

"一日深夜,我路过海湾大桥,见他一个人在桥上走,心中一惊。修己是不是患上了梦游症?"

"千万别掉到河里。"他赶紧说道。

"应物兄有所不知。梦游人就是在屋顶上行走,都有精确的位置感,不会掉下来。他们可以在屋脊上奔跑。"

程先生从洗手间出来了。

这天,他照例录下了程先生的话。程先生接下来的话,真是既诚恳又深情,文华质朴相半是也,文质彬彬是也。程先生说:"嘘嘘一下,轻松多了。人老了,话多,尿多。这里有一本书,里面夹了一朵桃花。桃之夭夭。西人爱玫瑰,国人爱桃花。这里还有一本书,里面也有一朵桃花。你们看看这两朵桃花。能看出 difference[①] 吗?这一朵是在北京的中南海采的,这一朵是在台北介寿馆采的。看不出是不是?那是时间长了,发白了,发黄了,干了。同是桃树,也是南北有别啊。单说这花,在台湾,叶先花后,花朵疏落;北方呢,则是花先叶后。花先叶后,故有灼灼其华,故有人面桃花相映红。应物,你回去可以跟葛先生讲,我喜爱北方的桃花,济州的桃花。济州的桃花,以凤凰岭上慈恩寺的桃花为最好。我想慈恩寺的桃花了。"

啊,慈恩寺与有荣焉。

我真想马上把这个消息告诉慈恩寺的住持释延长。

程先生突然说道:"清华有朋友讲,济大校长曾向他探听我在北京的行程。这朋友很敏感,问我是不是要回济州。我没跟他讲实话:想远了,礼节而已,乡党嘛。"

"葛校长说,他盼您如久旱盼甘霖。"

"北京啊,上海啊,也都有学校欲请我回去。既然要回,还不叶落归根,还不一竿子插到底?要回,就回济州。兹事体大。回?怎么回?何时回?容我再考虑几日。这边的事情,也需交代清楚。怎么样,届时子贡陪老夫回去一趟?"

"回十趟也是应该的。"黄兴说。

"子贡啊,你可在济州建都。你的帝国在东亚,都城在济州。届时我们师生终日相处,岂不快哉?"

"弟子愿与应物兄一起,终生服侍先生。"

"此事,须说与犬子知道。若他愿意,我也想带他回去看看。带他去过韩国,回过台湾,到过新加坡,还没带他回过大陆。有次跟他谈济州,他以为我讲的是韩国的济州。数典忘祖啊。子不教,父之过也。再说了,我也很久没吃到仁德丸子了。济州的仁德丸

---

① 差异。

子,天下第一。北京的四喜丸子,别人都说好,我却吃不出个好来。名字我就不喜欢。何谓四喜?不过是沾沾自喜。儒家、儒学家,何时何地,都不得沾沾自喜。何为沾沾自喜?见贤不思齐,见不贤则讥之,是谓沾沾自喜。五十步笑百步,是谓沾沾自喜。还是仁德丸子好。名字好,味道也好。仁德丸子要放在荷叶上,清香可口。仁德丸子,天下第一。食不厌精,脍不厌细,精细莫过仁德丸子。应物,回去就跟葛先生讲,奔着仁德丸子,老夫也要回济州。"

这段话非常重要,道器并重!他后来将它整理成文,呈给了葛道宏。再后来,因为要寻找程济世先生的旧宅,他觉得这是个线索,就又把这段录音翻来覆去听了无数遍。他在程先生的语气中,悉心体会着程先生的真情实感。他甚至能听出来,程先生提到仁德丸子时,望梅生津,嘴滑了一下。只是那仁德丸子是什么丸子,虽然我也很想尝尝,无奈余生也晚,未曾耳闻啊。

因为高兴,程先生还拉了一段二胡,拉一会,讲一会。程先生的二胡拉得很好,拉的是《梅花三弄》,前后足足拉了半个钟头。程先生多次深情地看着那二胡的弦子,有时甚至忘记了手上的动作。程先生喜欢中国乐器,不喜欢西洋乐器。程先生曾说过,我们的弦子是用蚕吐的丝弄的,他们呢,他们的提琴、钢琴用的是钢丝、钢筋。我们的笛子是用竹子做的,他们吹的是铜管。我们是天人合一,他们是跟机器较劲。这会,程先生拉完之后,说:"赫拉克利特的那个比喻是对的:对立造成和谐,如弓与六弦琴。但还有比六弦琴更恰当的比喻,那就是二胡。"

程先生提到赫拉克利特的时候,他突然想到了赫拉克利特的一句名言:一个人的性格就是他的命运。他在内心里感慨了一声:我的性格很好,但命不好。因为觉得这有些怨天尤人的意思,所以他又悄悄地把这句话改了一下:我的性格不好,但命很好,因为我遇到了程先生。然后他问自己:性格好命不好,和性格不好命好,哪个好?他一时找不到答案。

这会儿,他想,莫非程先生要以音乐为例,阐述自己的和谐观念?

他猜对了。程先生调整着琴轴,说:"《广雅》中说,和,谐也。《尔雅》中说:谐,和也。"程先生抚摩着弓子上的毛,似乎要用手指来检验它是否整齐。那动作极尽温柔,但面部表情却没有变化,"常听人言,人人有口饭吃叫'和',人人可以讲话叫'谐'。谬也!左右左右,先左后右,左上右下,男左女右,中国人向来以左为尊,左御史高于右御史,左丞相高于右丞相。只有元代是右高于左。即便是望文生义,从字的构成上看,此二字也应解释为:地里先有庄稼,锅里先有饭,人人才有一口饭吃,是谓'和';先划定个话语空间,尔后再开口讲话,是谓'谐'。所谓先确定伦理纲常,人人都来遵守,就叫'和谐'。和谐是最要紧的。中国最怕乱。宁做太平犬,不做乱世人。一乱,就完蛋了。"

程先生提到一个名叫灯儿的人:"我喜欢二胡,是因为灯儿。灯儿的二胡拉得好,拉得最好的一支曲子叫《汉宫秋月》。小时候,逢正月十五,听《汉宫秋月》,品十五元宵,乃一大快事。"说着,程先生竟然吟唱起来:

听《汉宫秋月》,品十五元宵,快哉,快哉!哎呀呀,该浇水喽——

浇水?浇什么水?有何深意存焉?哦,原来看山是山,看水是水,浇水就是浇水。程先生在吟唱之时,因为微微转动了一下身体,变换了视角,突然看到书桌后面的兰花开了,觉得该浇水了。程先生把那盆兰花移到了书桌上。那个书桌其实不能叫书桌,得叫书案了,因为它比一般的书桌大了许多,上面铺着牙白色的毛毡,几乎像个小舞台。

黄兴将浇花水壶递给程先生。程先生浇着花,说:"有个美国议员来了,看到这盆兰花,就讲好啊好啊。好什么好?小庙里的菩萨没见过大香火。济州的兰花才叫好呢,凤凰岭上的兰花才叫兰花。这兰花算什么?野草而已。"

慈恩寺住持释延长的师弟释延安,喜欢画画,也画兰草。我回去一定跟他说,你们这里的兰草是天底下最好的。

"我记得,画舫里,也放着一盆兰花。"程先生说。

程先生所说的画舫,漂浮在历史深处,漂浮于波光潋滟的济河之上。程先生说:"灯儿便常在画舫里拉二胡。灯儿的二胡拉得如泣如诉。灯儿人很漂亮,用现在的说法就是 sex appeal①。灯儿是个忙人,素面常显粉污,洗妆不褪唇红,拉琴也是忙里偷闲。我梦见过她。"

这灯儿是谁?莫非是名歌伎?

程先生接下来的讲述,似乎印证了他的猜想。程先生说,他还清晰地记得灯儿的样子。岁月之尘无法掩饰她的美,反而使她更加熠熠生辉。他还记得她的后背挺得笔直,发髻高高绾起,下巴微微翘着,胸部的曲线映上了画舫的窗纸。哦,程先生的记忆力真是惊人,比如他竟然还记得有一只猫竖起尾巴从窗台上跑过,把灯儿映在窗纸上的曲线给搞乱了。程先生说,当她手指揉动琴弦的时候,她的小腹起伏有致,有如春风吹过水面,荡起阵阵涟漪。

"扯远了。"程先生说。

"灯儿一定是二胡大师吧?"黄兴问。

程先生眯上了眼睛,再睁开时,目光突然变虚了,好像焦距变了。程先生说,最后一次听灯儿演奏,是在他离开济州之前。家里来了不少人,吹拉弹唱,饮酒作乐。再后来,琴音变成了悲音,欢唱变成了抽泣。说着,程先生吟诵道:

> 对青山强整乌纱。归雁横秋,倦客思家。翠袖殷勤,金杯错落,玉手琵琶。人老去西风白发,蝶愁来明日黄花。回首天涯,一抹斜阳,数点寒鸦。②

---

① 性感。
② 〔元〕张可久《折桂令·九日》。

这些话,应物兄有的是第一次听到,有的已听过多次。上面这首小令,写的是游子在重阳节的一腔柔肠,他已不止一次听过。每次听,都不胜唏嘘。他记得,程先生上次吟诵完这首小令,又吟诵了辛弃疾的词:

　　晚日寒鸦一片愁,柳塘新绿却温柔。若教眼底无离恨,不信人间有白头。
　　肠已断,泪难收。相思重上小红楼。情知已被山遮断,频倚阑干不自由。①

可这一次,程先生只吟了首句,就站了起来,又去了趟洗手间。黄兴悄悄对他说:"先生有些伤感了。先生伤感的时候,就会说寒鸦。寒鸦到底是什么鸟?"他说:"就是乌鸦。"黄兴说:"不是吧?我问过先生,寒鸦是不是乌鸦,先生说,寒鸦又叫慈乌。"这时候程先生出来了。黄兴转换了话题,问他:"何时去看孩子呢?我让人送你去?"

这话让程先生听到了。程先生说:"夫人前段时间带着应波小姐来过,将你留在这里的书籍取走了。"

乔姗姗来美国探亲了?而且还带着应波来过先生家里?我怎么一点都不知道啊。乔姗姗不告诉我,是可以理解的,但应波怎么也不跟我说一声?他倒是想起来,他回国的时候,曾将一些书籍留在了这里,那是他留给应波的。应波是两年前来上美国米尔顿中学的。当时她去加拿大旅游了。修己曾答应他把那些书送给应波的。看来,修己失言了,竟惹程先生为此事劳神。

"尊夫人秀外慧中啊。"程先生说。

"慧是慧,秀就谈不上了。"

---

①　〔宋〕辛弃疾《鹧鸪天·代人赋》。

"夫人大家闺秀嘛。乔先生家教很严吧?食不语寝不言,席不正不坐?"

"见到先生,她可能有些拘谨。"

"所以是秀外慧中嘛。"

他们谈话的时候外面还在下雪。透过"桴楼"的窗户,可以看到一辆辆铲雪车正隆隆驶过,路边是卷起的雪堆,车后是漆黑的柏油路。程先生果然又提到了《论语》中关于松树的名句,"岁寒,然后知松柏之后凋",提到了"松表岁寒,霜雪莫能凋其采"。程先生又突然问道:"济州冬天有雪吗?雪大吗?幼时,大雪一下就是一冬天,大地白茫茫一片真干净。"

他回答道:"济州现在很少下雪。"

说这话的时候,他有点底气不足,好像老天爷不下雪是他的错。程先生倒非常想得开。凡是涉及中国,再不好的事情程先生都能原谅,都想得开。程先生说:"这没什么。孔子就不关心下雪不下雪。风花雪月,孔子谈风,谈花,谈月亮,就是不谈雪。子不语怪力乱神,子亦不语雪。一部《论语》,皇皇巨著,从头到尾竟然没有一个'雪'字。"

随后,程先生突然讲了一个"雪桃"的故事。

21. 雪桃

"雪桃"之雪,并非"风花雪月"之"雪",它指的是"擦拭"。冷不丁地,怎么突然讲起了这个?跟前面的话题有关吗?好像没有。不过应物兄并不吃惊。因为孔子当年开课授徒,话题也是很随意的。当然,想归这么想,应物兄还是时时揣摩,程先生讲这个故事,用意何在？

程先生说："雪桃的故事，应物定是知道的。子贡可能就不知道了。讲的是孔子陪鲁哀公①说话。鲁哀公赐给孔子桃子与黍子。孔子先吃黍子，后吃桃子。旁人都笑歪了嘴。鲁哀公就讲，黍者所以雪桃，非为食之也。那黍子不是叫你吃的，是拿它来擦拭桃子的，擦去桃毛。哀公即位时，孔子年近七十，早过了不惑之年，知天命之年，耳顺之年，已是随心所欲不逾矩了。可哀公却以为，孔子这是不懂规矩啊。孔子是如何回答呢？孔子就讲，丘知之矣。这黍子，是五谷中排在最前，祭祀之时它就是最好的供品。桃子呢，在六种瓜果菜蔬中排在最后，祭祀之时，别说做供品了，庙都进不去的。可以用下等的东西擦拭上等的东西，却不能用上等的东西擦拭下等的东西。我要用黍子去擦桃子上的毛，就是以上'雪'下，就是妨于教，害于义。孔子那天一定吃了不少桃子。哀公不讲话，他就一直吃下去，一直吃到引起哀公的注意，一直吃到肚儿圆。他是在等待时机，好规劝哀公，凡事都要讲究尊卑秩序，讲礼！"②

只要有个线头，程先生就能扯出一个线球。一个"雪"字，程先生就引出了这么多话，应物兄怎能不服？当然，他还是忍不住要想，谈笑之中，有何大义存焉？他正暗暗揣摩，程先生笑了，说："我是讲啊，葛校长的用意我是懂的。他是要拿我做黍子去擦拭那桃子，拿我做鸡毛去装饰他的顶戴。这不好。可只要对儒学传播有用，对儒家文明有利，我就愿意去做。"

---

① 鲁哀公，春秋末期战国初期鲁国国君，姬姓，名将，谥号哀。下文中，程济世说鲁哀公名蒋，是个草头王，有误。不过鲁哀公也确实是个草头王，在位期间，鲁公室衰微，季孙、叔孙、孟孙三家势力超过公室。鲁哀公想借外力消灭三家，却被三家赶跑了。所以程济世先生在下文又提到，他倒是愿意像孔子侍坐鲁哀公那样侍坐葛校长，但是他担心葛校长像鲁哀公那样被别人赶跑喽。

② 典出《韩非子》："孔子侍坐于鲁哀公，哀公赐之桃与黍。哀公曰：'请用。'仲尼先饭黍而后啖桃，左右皆掩口而笑。哀公曰：'黍者，非饭之也，以雪桃也。'仲尼对曰：'丘知之也。夫黍者，五谷之长也，祭先王为上盛。果蓏有六，而桃为下，祭先王不得入庙。丘之闻也，君子以贱雪贵，不闻以贵雪贱。今以五谷之长雪果蓏之下，是从上雪下也。丘以为妨义，故不敢以先于宗庙之盛也。'"

程先生又说:"葛道宏的心意我领了。近日我将去大陆讲学,葛校长届时若有闲暇,我愿与葛校长一晤,共商大计。"程先生接着还开了个玩笑,"孔夫子昔日可以侍坐鲁哀公,程某人又为何不能侍坐葛道宏?就当他是哀公吧。只是他别像那哀公,位子坐不稳,叫人赶跑了。鲁哀公名蒋①,是个草头王,葛校长姓葛,也是个草头啊。"

说完,程先生又是大笑,并指着他说:"这段话,要从录音中删掉。我是不愿背后议论人的。论人是非者,定为是非人。我只是替你担忧。"

他总算听明白了,程先生是担心葛道宏在校长位子上坐不稳,说好的事情,日后别因人事变动而不了了之。于是他立即向程先生表示,葛校长在全国高校校长当中,是有分量的人物,位子坐得很稳。在济州大学,当然更是一言九鼎。更重要的是,葛校长本人非常关心儒学。他想起来,费鸣曾把葛道宏称为"三分之一儒学家"。这是因为,葛道宏对他起草的讲话稿有个要求:引用的名言当中,儒家名言应占三分之一。

程先生又把话题扯到了松树上面:"松柏之下,其草难殖。②强人当权,下边人日子好过吗?"

他说:"他对学者是很尊重的。过年过节,都要约请几位教授到家中吃酒。"

程先生问:"也请乔木先生吃酒吗?"

他说:"那是自然的。他对乔木先生尊敬有加。"

程先生说:"好!我就随乔木先生吃酒去。我愿意跟乔木先生一起,去擦拭葛道宏那枚桃子。"程先生眼睛一亮,"对了,传闻乔木先生的新夫人姓巫名桃?乔姗姗是不是不喜欢这个庶母?这个庶

---

① 实为将。
② 典出《左传·襄公二十九年》:"松柏之下,其草不殖。"意思是,在松柏的下面,杂草难以生长。

母今年芳龄几何?"

这些事,程先生又是如何知道的?难道是乔姗姗自己说出来的?

对"庶母"这个说法,他多少有点别扭。

程先生说:"乔木先生今年八十二岁了吧?"

他说:"乔木先生八十三岁了。"

程先生说:"又长了一岁?返老还童了。"

一直没有说话的黄兴插了一句:"见到那个乔木先生,我可以劝他再装个肾。"

程先生立即说道:"子贡!不得放肆!见到乔木,须执弟子之礼。"

黄兴说:"弟子知错了。"

程先生说:"听说夫人研究的是女权主义。她是不是个女权主义者?她是西方女权主义者,还是儒家女权主义者?"

他第一次听到这个说法。

程先生说:"若是西方女权主义者,她就应该生巫桃女士的气,觉得她不应该嫁给一个糟老头子。若是儒家女权主义者,她就应该生父亲的气,觉得他娶这么个年轻的女人,让她这个做女儿的,脸上挂不住。"

说着,程先生第一次朗声笑了起来。

那天下午,他们还冒雪在校园里散步,并且在约翰·哈佛的塑像前合影留念。程先生说,他最不愿意在那个塑像前留影,因为它被称为"三谎塑像"①,而儒家最反对说谎。但是,算下来,他在那个塑像前拍的照片又是最多的。这不能怪他,因为学生毕业时,总是

---

① 约翰·哈佛(John Harvard)先生的塑像,被认为是哈佛大学的重要标志。在塑像的底座上,镌刻着一行字:"约翰·哈佛,创校人,1638 年。"被称为三谎塑像:一、它并非取像于哈佛本人,它的模特是雕塑家的儿子;二、哈佛先生并非哈佛大学的创校人,哈佛先生只是哈佛大学早期最著名的捐助人,捐助了 400 册图书和一半的积蓄;三、哈佛大学成立于 1636 年,底座标示的 1638 年是哈佛先生去世的时间。

拉着他在那里合影。据说,谁摸了约翰·哈佛先生左脚上的鞋子,谁的后人就可以考上哈佛大学。那些学生,上学的时候总是闹学潮,这也不好,那也不好,但又希望自己的孩子以后考上哈佛,所以总是要摸着鞋子照相。摸来摸去,鞋子就变得油光可鉴了。

程先生说:"你也摸一下?"

他遵旨摸了一下。它冷得烫手。摸过之后,继续散步。程先生突然又提到了灯儿:"下雪天拉二胡,听二胡,是一大乐事。灯儿要是还活着,该有多好。"

这么说来,灯儿已经死了?他壮着胆子问了一句:"灯儿是谁?"

"是侍候母亲的丫鬟,比我年长几岁。"

"她后来去哪了?"

"程家离开济州的时候,灯儿留下了。我派人打听过,都说她早死了。死了好。不死定受牵连,必会受辱。死了好,死了就清静了。"

22. 之所以

之所以爽快地答应来美国,除了尽早与程先生商谈儒学研究院的事,应物兄还有一个私心,就是想见见女儿应波。他已经有一年多没有见到应波了。她在米尔顿中学读书。打车过去虽然只需二十来分钟,他却觉得很漫长。

来美之前,他给乔姗姗打过电话,说他要去美国出差,问她有什么话要捎给应波。乔姗姗说:"我跟某些人不一样。我每周都和我的孩子联系的。"

任何时候,只要一想到乔姗姗,他眼前首先出现的就是她的嘴巴。那是她的炮台,从那里射出来的火炮能将他炸得血肉横飞。

乔姗姗的嘴形其实很好看,有着微妙的柔和的唇线。当她启唇微笑的时候,她的牙齿就像转基因玉米一样整洁有序。可惜啊,他现在很少能看到她的这个样子了。出现在他眼前的乔姗姗,经常是准备吵架、正在吵架或者刚吵完架的乔姗姗:唇线僵硬,同时嘴角朝两边拉开,向闪闪发亮的耳坠靠拢,与此同时那唇角的皱纹也就风起云涌。她说得最多的就是"我"字。提到应波,她也总是说"我的孩子"。

他忍不住纠正了她:"是我们的孩子。"

乔姗姗说:"是啊。我跟你生过一个孩子,不是吗?"

他感叹道:"这话听着怎么有点别扭。"

她立即戗了一句:"我说错了吗?我不认为我错了。我只是在陈述事实。"

是啊,她怎么能错呢?她是谁啊,她是乔姗姗,而乔姗姗永远是正确的,尤其是在她犯错的时候。而在她的眼里,他却永远是错误的。在漫长的婚姻生活中,她只有一次承认自己犯了错:"我真是瞎了眼了,嫁给了你。"但同时,她又认为,他只做过一件正确的事,那就是娶了她。乔姗姗曾对他说:"别惹我不高兴。你不高兴了,是你一个人不高兴。我要是不高兴了,全家人都得跟着不高兴。"他认为她做到了。虽然常常搞不清楚,她为什么突然就不高兴了。

波儿已经出落成一个大姑娘了。看到她那一瞬间,他甚至有些不适应。波涛汹涌!他首先想到这个词。她的胸部比她母亲还要大。都是西餐给喂的。她的头发也过于蓬松了。他得好好观察一番,才能分辨出那到底是黑色还是紫色。哦,是黑红色。女儿一天天长大,他就是想抱也不能抱了。谁说的?女孩过了十五岁,就成了妖精。这话虽然难听,但却接近事实。她的情绪总是变幻莫测。很难想象,襁褓中的那个粉红色肉团,竟很快长成了一个情绪复杂的女人。

他陪女儿吃了顿饭。女儿不时地玩着手机。他记得上次来看她的时候,天空中有大雁飞过,它们排成"人"字形,叫声粗嘎。大雁飞过之后,又有军用直升机飞过。而此时,天空澄静,连一只鸟都没有。她在收看最新的电影,同时不耽误发微信、发视频。她发了一个和他搂肩举杯的照片,然后让他看同学们的评论:新男友?中国人?日本人?韩国人?印第安人?蒙古人?

她调皮地回复:"是鲁国人。"

朋友问:"鲁国在哪?"

她又回复:"与日本、韩国隔海相望。"

朋友点赞:"原来在俄罗斯?你找了个俄罗斯情人?当心家暴,当心守寡。"

她的回复是:"守寡有什么不好?可以再多一次合法恋爱机会。"

她接着又安慰对方:"不是俄罗斯人,是出生在俄罗斯的犹太人。"

他对应波说:"我怎么成了犹太人?"

女儿说:"说着玩呗。不过,你还真有点像犹太人。"

我是个犹太人?一个没割包皮的犹太人?在《孔子是条"丧家狗"》一书中,他倒是写到过犹太人。他是在解释"己所不欲,勿施于人"的时候提到犹太人的。犹太教法典《塔木德》说,"有害于己的,勿施同胞"。中国人和犹太人都讲究适度,善于妥协和让步,都是中庸哲学的天然继承人。犹太教的伦理体系与儒家相近,不是康德式的孤独个人在宇宙中按照理性原则进行自我选择,而是先由立法者确立道德原则,确立"礼",然后众人来遵守。但这个"礼",并不是冷冰冰的,它带着人性的温度,人情的温馨,渗透于美食和歌舞之中,内化于个体的身心之中。他曾半开玩笑地说,在中国人之外,如果让我选择另一个身份,那么我愿意选择犹太人。但他从来没有想到,女儿会半真半假地把他称为犹太人。她是看了他的书才这么说的吗？不可能。她对他的书，向来没有兴趣。

"我怎么会是犹太人呢？犹太人重男轻女。犹太人认为，生男孩是有福的，生女孩则是悲哀的。犹太人没有女士优先的观念。我呢，因为有你，我成了世上最快乐的人。爱是快乐嘛。"

"没想过把我按在尿盆里溺死？"她嘴里发出"咕嘟咕嘟"的声音。

"为什么要溺死你？"

"那你见过溺死的孩子吗？"

"什么乱七八糟的。"他想把手放在她的额头上，看她是否发烧了。

她告诉他，她已报名参加一个艺术作品展。最好是行为艺术，因为它直接。"艺艺姐也鼓励我。"她说的艺艺指的是易艺艺，眼下在读他的硕士。几年前，易艺艺与他们同住在北辰小区，她是易艺艺的跟屁虫。"我把构思跟艺艺姐说了，她说挺好的。"她的构思就是将一个女孩丢在尿盆里溺死。可是去哪里找个可以溺死的女孩呢？也没有那么大的尿盆。找个布娃娃代替吗？但这里的布娃娃，要么是白人的脸，要么是黑人的脸，找不到中国人的脸。还有，美国人连什么叫尿盆都不知道。

"娘啊，急死人哩。不活了。"她说。

看来是真急，急不择言，所以冒出了济州口音。好啊，这表明了她与他、与他背后的那个城市和那片土地的隐秘联系。他觉得，她说话有些不着调。如果她平时就是这么不着调，他是会伤心的。可此时，他却乐意看到她的不着调，因为这给了他"惩罚"她的机会：他去按她的头，在她的头上揉搓着；好像是要让她认错，其实只是为了摸摸她的头发。因为临时产生的静电，应波的发丝随着他的手在起伏，并且还恋恋不舍地贴向他的手指。这虽然属于物理学现象，他却宁愿在伦理学的意义上理解它：女儿对我还是很依恋的。

"你假期回国玩吧。"

"为什么?"

"因为我和你妈妈,你姥爷,都盼你回去。"

"那好吧,我也盼你和姥爷过来玩。"她说,"姥爷好吗?中国话是怎么说的来着?愿姥爷老来更壮,雄心万丈。"

"老当益壮!再不回去,你连中国话都讲不成了。"他再次把手按到了应波头上。应波皱起的鼻翼表明,她并不喜欢这样。他想,下不为例吧,这次你就依了爸爸吧。

虽然他打定主意不在应波面前与乔姗姗争吵,但有些争吵还是没有能够躲开她。当话语的刀子戳向你的心脏,如果你来不及躲,你总得挡一下吧?他送应波回学校的时候,应波停了下来,眼望着别处,说:"你与妈妈,不吵了吧?"

"不吵。她脾气好多了。"他本来想说,谁愿意跟她吵呢?

"爱,很痛吗?爱很痛,和不爱很痛,哪个更痛?"

"这小脑瓜子,都胡思乱想些什么呀?"

"回答我。"

他拉着她的手,拍了拍:"总是盼你长大,可没想到你长得这么快。"

她说着把脸扭向了别处,扭向了雪地:"我是说你和我老妈。"

看来无法回避,他就说:"我们是和平共处,没有痛。有点痛也没什么。很多时候,痛就是爱的代名词。"

她说:"可刚才你是怎么说的?你说爱是快乐。"

他又想拉她的手,但她把手放到嘴边哈气去了。他说:"是快乐,也是痛苦。"

他很吃惊,因为他和女儿无意中重复了一部电影的经典对话。那部电影名叫《骗婚记》。他在美国访学期间,为了学英语,曾放过这张碟子。它本来是法国电影,翻译成英文的。他觉得,英译片中的英语,比美国人的英语更正规,更典雅,更适合他这种外国人学习。应该是贝尔蒙多和德诺芙演的。贝尔蒙多额头的皱纹和我一样多,或许比我还多,但人家帅气。如果乔姗姗平静下来,她的气质倒是与德诺芙有几分相近。他想起,当初女儿曾陪他一起看过。

现在,他的心就很痛。我来看女儿,本该给女儿带来快乐的,但没有。

他必须在上课铃声响起之前送女儿回到学校。女儿终于问到了她的担心:"你会离开老妈吗?"

他说:"怎么可能呢?放心,我和她就像一对连体婴儿。"

她很真诚地问:"你能告诉我,你为什么没有离开老妈吗?别把我当成三岁孩子,老爸。她经常气你,故意气你。我知道的。但你仍然没有离开她。"

他咬紧牙关,咽了口唾沫。耳膜响了一下。好像耳膜上有开关,关上又打开。他必须忍住,才能不让泪水流出。不是不让它流出,而是压根就杜绝它的分泌。他得让泪腺休克。他认为,他接下来的话是真实的:"你想听真话吗?如果你妈妈离开我,嫁给了别人,那另一个男人就会受苦。与其这样,还不如我受苦。这个道理,还真不好讲。如果那个男人受了苦,不一定能忍得住。那么,什么事情都可能发生。"他脑子里刀光一闪。他停顿了一下,接着说道,"问这个干吗?你别瞎操心。所有的担心都是多余的。你看,雪已经融化了。是雪都会化掉的。连冰块都会化成一摊水。"

他尽量说得既轻松又郑重而且不那么矫情。

说出这番话,你感到委屈吗?他在心里问自己。事实上,说出这番话让他觉得很自豪,有一种英雄般的感受;让他觉得很庆幸,因为他还活着,还没有被气死;让他感受到一种父爱的满足,瞧,女儿看我的眼神都变了,充满着爱意。他还相信了自己瞬间生发的一种希望:既然冰雪都会融化,那么我和乔姗姗或许也会重归于好。

女儿抱住了他。他结结实实地感受到了女儿的身心。他可以自在地抚摩女儿的头发,抚摩女儿的后背,并感受到女儿的乳房。她不是妖精,她还是他的天使。即便是妖精,也是可爱的妖精。她是谁?她是我的一切。哦不,她不是我的一切,因为我还有自己的事业。可是,我的事业不也是为了她吗?为了她,就是为了她将来的生活,她将来的丈夫,她的孩子,她的孩子的孩子,而他们最终构成了我的"一切"。他闻到了女儿脖后的领口散发出来的气息。他的鼻子先把香水味道从那种味道中剔除出去,然后再尽情地享受女儿的味道。他有些眩晕,觉得自己的身体很轻。

应波说:"你知道吗,老妈在与韦尔斯利学院联系,想来访学。"

他不知道。但他说:"老爸怎么能不知道呢?我支持她。她是想离你近一点。她是想多陪陪你。"

他恍惚记得,有一次通话的时候,乔姗姗提到过韦尔斯利学院。她说:"我想让我的孩子考韦尔斯利学院。"他问为什么?她说:"为什么?这还用问吗?那是最适合女人读书的地方。美国的两个女国务卿,奥尔布赖特和希拉里,都毕业于韦尔斯利学院。中国的宋庆龄和宋美龄,也都毕业于韦尔斯利学院。"她可没说,她自己要来韦尔斯利学院。

"我不想让她来!"应波说。

"为什么?她很爱你,想陪你。"

"她来了,就不会回去了。你怎么办?"

"孩子,"他拍着女儿的后背说,"你妈妈说了,韦尔斯利学院的那个湖,让她想起了济大的镜湖。来了美国,她会怀念镜湖的,会怀念生活在镜湖旁边的你的外公的。你看,她的心多细。所以我想,她肯定会回去的。"

"老爸!"女儿说。

"明天,我再来看你。"

"明天?恐怕不行。我和朋友约好,要去加拿大玩,去加拿大看雪。波士顿虽然也下雪,但那边的雪更大,大雪封门,住在旅馆里可以静心看书。我们今天晚上就要出发。"

丫头啊丫头,别以为我不知道。即便这边的雪更大,你也会到那边去的。你会说,你不喜欢大雪封门,而是喜欢在雪地里打滚。

他只能提醒她注意安全。

但让他感动的是,应波这天放学之后,又给他打来电话,说自己把活动推迟了,明天再去加拿大,晚上可以陪他吃饭。

女儿带来了她的几个朋友。有两个男孩。其中一个中国男孩,来自辽宁抚顺,穿金戴银,胳膊上文着一条青龙。如果文的是别的,他可能会更为反感。他偷偷地、反复而仔细地打量和分析着她和那两个男孩的关系,心中带着父亲的隐痛。他发现,她和他们的关系,与她和那些女孩的关系,几乎是一样的。他这才把心放平。在他面前,男孩女孩倒很乖,至少装作很乖,都不喝酒。他为他们的"装"而感到高兴,并为此多喝了两杯。

回到宾馆,他照例冲了个澡,并习惯性地把外套丢进了浴缸。就在他用脚去踩它们的时候,他又把它拎了出来。他反应很快,如果晚上半拍,水就来了,就会把它们全都打湿。这次来美国,因为没打算长住,所以他只带了两套衣服。要是洗了,又没有及时晾干,那就不能轮换着穿了。不过,虽然没洗衣服,但原地踏步走还是少不了的,因为这已经是他雷打不动的习惯了。他的脚高高抬起,又重重落下,那嗵嗵嗵的声音,有如战鼓。随后他突然意识到,这会影响到别的房间的客人,于是轻轻地躺了下来,用脚拨弄着水。

有个念头冒了出来:要不要跟珍妮联系一下呢?

他当然不是想见珍妮,而是想从她那里知道陆空谷的更多消息。

水漫上他的腹部,然后又退去。他往肩膀上撩着水,思考着如何委婉地向珍妮打听陆空谷。就在这个时候,门铃响了。是不是刚才的"鼓声"惊动了别人?他蹑手蹑脚地从浴缸里爬出来,想通过门上的猫眼往外看。但这门上没有猫眼。怎么能没有猫眼呢？

"是我,应物兄。"门外那人说的是汉语。

随后,那人又用济州口音重复了一遍。原来是郏象愚,也就是敬修己。

他身上还裹着浴巾呢。他打开门,闪到门后:"修己兄,快进来!"

"不了,见一面就走。车还在下面等着呢。"

"没别的人,我是在洗澡。"修己一定想多了。

敬修己是从加州赶来的,还要连夜赶回加州。跟葬礼照片上的那个郏象愚相比,眼前的这个敬修己又变得年轻了许多,黑发浓密,腰板直挺,双肩平端。但是髭到外面的鼻毛,泄露了他的秘密。那鼻毛是白的。

"程先生说你来了。我过来看看。看看就走。"

"他没说你要来。"

"那你就是不欢迎我喽。"

"哪里的话。进来呀,"他说,"不过,黄兴说了,说你想回去看看。真的想回去吗？真的想回去的话,我就安排一下。"

"你说话顶用吗？"

"找个合适的时机,我安排你回去。"

"这么说,你当官了？"

"你看我像个当官的人吗？"

"我来,还想问你一件事。老太太怎么样了？"

不用说,他问的就是在巴别演讲时摔倒的何为教授。他是何为教授的开山弟子,也是何门弟子中唯一没有拿到学位的人。老太太的近况,我们的应物兄并不太清楚。老太太刚住院的时候,他曾经想去医院探望的,但事情一忙就忘到脑后了。上本科的时候,他上过她的课。他决定回去之后,一定去看看。

"放心,听说恢复得很好。"

"哦,看来你并不知情。"

"本想去看看的,但你知道的,出国前总是要办很多手续——"

"我昨天跟她通过一个电话。她问我,如果你到一个孤岛上,只允许你带一本书,你带哪本书?当年研究生面试的时候,她就问过这个问题。我说,带柏拉图的《理想国》。我答对了。没想到,她又问到了这个。我不能骗她,但也不能全说实话。我就说,我带上《理想国》和《论语》的合订本。她似乎是生气了。第二天再打电话,她就不接了。"

"她怎么会生你的气呢?"

"要么就是病重了,无法接电话了。"

"可能是医生不让她接的。"

"听说她是讲授亚特兰蒂斯文明的时候犯病的。如果你见到她,你就告诉她,我也在研究亚特兰蒂斯文明的消失,是用儒家的观点去研究的。"

"你是不是想说,如果亚特兰蒂斯人接受了儒家文明,它就不会消失了?"

"好吧,既然你猜出来了,那么这就算是我给你出的一个题目。"

"它足以做一篇博士论文。"

"我看了很多博士论文,毫无意义。国内那些博士,都是被你们这些教授给教傻的吗?好了,我还有急事,先走了。"敬修己说着,就退出了门。

"急成这样?你这个急脾气啊。"

敬修己停下来,说:"前些日子,我看到一本闲书,说的是人的脾气。上等人有本事没脾气,中等人有本事有脾气,下等人没本事有脾气。我不幸是第三种人。江山易改,本性难移。改不了喽。"郏象愚转身就走。

他跟着走了出来。敬修己突然喊了起来:"别动!往前走半步,我就跟你急。"

因为再不说就来不及了,他就抓紧时间说道:"程先生回国任教的事,你听说了吧?这是好事。于国于民于济大,于程先生自己,都是好事。"

敬修己先是倒退着走,告诉他"别动",然后转过身向电梯口走去。他发现敬修己的背已经有点驼了。很多年前,敬修己还是郏象愚的时候,曾给乔木先生送过一个小礼物:叼着水烟筒的木偶。乔木先生拿起来,看了看,说:"驼背侏儒嘛。"就把它放入了纸篓。此时,看着敬修己的身影在走廊里越变越小,应物兄不由得想起了此事。电梯开了,从电梯里射出来的光,瞬间将敬修己照亮了,然后那里又恢复了昏暗。后来,他站在窗口,看见敬修己走出了宾馆的门。在雪地里,宾馆门口的两株银杏树被灯光照得透亮,但两株树之间的空地却是一片黑暗。敬修己先是走进那片黑暗,然后又从黑暗走出,在雪地里踽踽独行。一时间,他心中不忍,几乎有一种冲动,那就是裹着浴巾冲出去,把敬修己给拉回来。

有人从一辆车里走出,向前迎了敬修己几步,给他披上了一件外套,并替他拍打着裤腿上的雪。然后,他们勾肩搭背向卧在雪地里的车走去。来接敬修己的人,当然是个男的,这是他从身高和走路的姿态上判断的,但他看不清那是华人还是白人、黑人。那辆车开走之后,应物兄又在窗口站了一会。一些往事袭上心头。记忆中最深刻的一个画面,是他到济州汽车站为乔姗姗和郏象愚送行:车站人来人往,乱成了一锅粥,但乔姗姗和郏象愚却安静地互相凝望着,好像四周全没有人,四周的人全是空气。车开动的那一刻,郏象愚的下巴抵着乔姗姗的头,两个人隔着玻璃向他挥手致意。他也向他们挥手,但他们已经把手收回了。他们抱在了一起。他们情真意切的样子,当初曾让他深深感动。

那个时候,谁能知道郏象愚喜欢的其实是男人呢?

23. 第二天

第二天,他向程先生提到了郏象愚的夜访。程先生说:"下雪了,他不放心,一定要来看我。雪在外面下,我在屋里坐,有什么不放心的?是我告诉他,你来了。你们没有出去喝一杯?"

"他急着走。还是急脾气。"

"像子路啊。子路就是个急脾气,率性而为。"

"他染了发吧,头发好像白了。我看着心疼。"

"这没什么。颜回二十九岁就须发皆白了。他是个真诚的人。"

傻子和疯子都是真诚的。他听见自己说。他同时听见程先生说道:"是黄兴收留了修己。修己身上有着让人敬佩的品质,不对体制妥协。不管那是什么体制。美国的学院体制也被他骂得狗血喷头。多年过去了,他仍然愤世嫉俗。对报纸发火,对天气发火,对汽车耗油量发火,虽然他从不开车。对汽车发火还可以理解,对洋车①发火就不应该了。他对洋车发火,也对散步发火,乃至对发火本身发火。活像个炮捻子,一点就着。不点,太阳一晒,也着。"

"本性如此啊。"

"给他改了名,也是白改了。"程先生笑着说。

说到改名字,程先生问:"何时改叫应物兄了?"

他只好解释了一遍:他把书稿寄给出版商的时候,出版商对编辑交代,这是应物兄的稿子,要认真校对。因为原稿没有署名,编辑也就随手填上了"应物兄"三个字,书出版之后他就从"应物"变成了"应物兄"。当然,后来发生的事,他没向程先生解释,那就是他当时朝季宗慈发了火。季宗慈说,虽是阴差阳错,但是这个名字

---

① 自行车。

更好,以物为兄,说的是敬畏万物;康德说过,愈思考愈觉神奇,内心愈充满敬畏。这当然都是借口。他虽然不满,但也只能将错就错了。

他没有想到,程先生也认为这个名字不错。而且,程先生的看法,竟然与季宗慈非常接近。程先生说:"物,万物也。牛为大物,天地之数起于牵牛,故从牛。以物为兄,敬畏万物,好!孔子说,君子有三畏,畏天命,畏大人,畏圣人之言。心存敬畏,感知万物,方有内心之庄严。"

这么说,程先生对这个名字并不反感?

程先生又说:"应物这个名字呢,也挺好。令尊起的?"

哦不,那倒不是。家父是个农民,不可能给我起这么个名字。他的思绪立即飞到了一个破败的乡村校园,一个佝偻而行的老人在井边汲水。那是他的初中班主任。就是那个老师将他的名字"应小五"改成了"应物"——在家族的同辈人中,他排行老五。班主任姓朱,原名朱山,曾是个"右派",早年在高校教书,据说在"反右"运动中肋骨被打断过三根,所以同事们都叫他朱三根。朱老师的表情总是又喜又悲。虽然他知道朱老师学问很深,这名字一定有着美好的寓意,但他却不喜欢。一定要换,为什么不换成"应翔"呢?那个时候,他最大的愿望就是飞出本草镇。于是,他悄悄地把"应物"改成了"应翔"。

一天,朱三根老师把他带到了单身宿舍。旁边是臭气熏天的旱厕,宿舍后面是玉米地,隔着窗户就能够听到玉米拔节的声音——他觉得那声音难听得要命,像鼠叫。朱三根不说话,把开裂的近视镜换成开裂的花镜,戴上洗得发白的蓝色袖套,然后写了一段话,递给了他:

圣人茂于人者,神明也。同于人者,五情也。神明茂,故能体冲和以通无;五情同,故不能无哀乐以应物。然则圣人之情,应物而无累于物者也。今以其无累,便谓不复应物,失之多矣。①

幼小的他又如何看得懂？何况字迹潦草，难以辨认。朱老师脸上的表情依然是又悲又喜，说："这段话，你以后会懂的。"他隐隐觉得，老师对他寄予了无限希望，因为都提到"圣人"二字了。现在想来，这个名字显然给他带来了好运。多年之后，在研究生面试现场，乔木先生只问了他一个问题："你这个名字，有什么典故吗？"他立即想到了那伛偻而行的朱三根。当他一字不差将这段话背诵出来的时候，乔木先生把手中的扇子一收，说："你可以走了。"他后来知道，那个收扇子的动作是个暗语，要告诉别的老师："这个孩子，我收了。"

拿到通知书的第二天，他就返回了本草。他没有回家，他要直接去朱老师的坟前祭奠。山脚下，所有的坟都是个土馒头，一模一样。山脚下的杨树也都是一样的。因为干旱少雨，杨树的枝条缩成一团，叶子也变得细小了，泛着白光。

这会儿，他告诉程先生："是我的中学老师起的。"

程先生说："代我问他好。"

他正要再解释两句，程先生又把话题拉到了敬修己身上："我曾劝他拿个学位，以他的能力，拿个学位还不是手到擒来？他却懒得伸手。也不写文章，认为是在践行孔子的'述而不作'。就是'述而不作'，也得'述'啊！连个弟子都没有，孤家寡人一个，'述'给谁听？谁听你的？"

"他可以述给自己听。"

"不要笑话他。黄兴就做得很好，让他去做了网站，讲讲儒学与生意经的关系。修己独身一人，却开销很大，也只有黄兴能够帮他。"

"他还是花钱如流水？"

---

① 见〔晋〕何劭《王弼传》。

"我送了他一句话:挣钱有如针挑土,花钱却如浪淘沙。"

程先生拿着一把剪子,咔嚓咔嚓玩着,说:"他曾经想过结婚,但我是反对的。儒家自古对同性恋是宽容的,从未迫害过同性恋者。不像西方,有过疯狂地迫害同性恋者的历史。但我却反对同性婚姻合法化。美国最高法院派人来找过我,咨询儒家对同性婚姻的看法。他们准备就同性婚姻合法化问题投票裁决。准备了两套裁定书,投票通过的,没有通过的。两套裁定书,都引用了孔子的话。'Confucius taught that marriage lies at the foundation of government'①。我告诉他们,孔子没说过这话。孔子所说的'政'是政治,而不是政体。这话来自十九世纪汉学家理雅各的英译本《礼记》,原话是'This ceremony lies at the foundation of government'②。我让他们必须改过来。我告诉他们,孔子所说的婚姻,只能是异性婚姻,婚姻的神圣功能就是'继万世之嗣'。他们讲,总统认为,同性婚姻是迈向平等的一大步,问他们能不能通过。他们讲,若不出意外,将以五比四通过。总统高兴了,把脚跷到办公桌上,讲这将是美国的胜利。真是乱弹琴!就是五比四通过,支持的也只是百分之五十五点五五,如果这就是美国的胜利,那么对另外百分之四十四点四四的人来说,岂不是美国的失败?何况,以前已有二十多个国家通过了,人家的胜利算不算胜利?怎么能说是美国的胜利呢?只要是胜利,都是你美国的。只要是失败,都是别人的?"

他说:"美国向来如此,认为自己是特殊的国家,特殊的人。"

程先生说:"修己以前跟我说过,说他婚后可领养一个孩子,以延续家族亲情。倒是个法子,与儒家精神有契合。但还是说服不了我。孔子默认同性恋,这是没有问题的。先秦时同性恋就有很多:卫灵公与弥子瑕,楚王与安陵君。秦汉以后男风盛行,帝王与宠臣,菊花处处开:汉高祖与籍孺,文帝与邓通,武帝与李延年,哀

---

① 孔子教导我们说,婚姻是政体的根基。
② 这种礼是政体的根基。

帝与董贤。明代则有所谓的'翰林风'。当然最有名的是西门大官人,男女通吃。我跟修己讲,儒家不像基督教那样,两千年来都在痛骂同性恋,也不像你欣赏的古希腊文化,对同性恋持鼓励态度。儒家是宽容的,是以道德人品而不是以性取向来评判人的。《左传》中有个著名的同性恋故事,你知道吗?"

"您说的是鲁昭公的公子?"

"对,就是他。《左传》讲得很清楚,哀公十一年,鲁国抵抗齐国入侵。鲁昭公的儿子公为与他的嬖童,也就是他的同性情人汪锜,奋不顾身参加战斗,为国捐躯。孔子认为,汪锜能够在国家危难时挺身而出,就应该向他致敬。《礼记》中也记载了此事,只是隐去了汪锜的同性恋身份罢了。我对修己说,你们可以私下同居,但不要披婚纱走进教堂。当然,异性恋者应该理解同性恋者,要相互尊重,互不侵越,和谐相处,以体现'和同精神'。"

他小心地问道:"先生回国任职,修己也会跟着回去吗?"

程先生说:"他自己做主,我想他不会在济州长住的。任何地方,住久了,他都会横挑鼻子竖挑眼。你让他住到月亮上,他也会对嫦娥心生不满的,对吴刚也会不满的。"

这就好。他听见自己说,这样的人回去,对谁都是个麻烦。

程先生突然说:"说到了月亮,我要给你看一首诗。"

原来,程先生已经写好了一首诗,让他带给葛道宏校长。程先生幽默地说道:"我在诗中爬上了高楼,也就是你带来的图册中的巴别。楼真高啊,我到现在还有点头晕。听说你的那个筹备处就设在巴别的楼顶?好啊。弄斧要上班门,望远还须登高。"他本想给程先生说明,那幢楼不叫巴别,而叫逸夫楼,但他没说。程先生又说:"好在巴别没有白爬,因为看到了月亮。"

> 梦里依稀还旧城,雪中咿呀辞桴楼。
> 镜湖春雨晚来急,巴别秋月一纤钩。

程先生说:"无甚胜意,凑韵罢了。"

程先生另外还拿出了一份礼物,用盒子装着。那手礼要送给谁呢?他没有想到,竟是让他转交给费鸣的。

"昨天,我给你们的葛道宏打了个电话。"程先生说,"礼节嘛。你捎来的那封信里,有他的电话。他说,任何时候给他打电话都行。他告诉我,为了支持儒学研究院,他把最得力的助手,一个名叫费鸣的人,派到了儒学研究院,给你做帮手。他说,费鸣把我的书全都读了,还写了很多笔记。我教过的学生,何止百千,还没有几个人敢说把我的书全都读了。这个费鸣不简单。葛校长还说,你捎来的那些干梅花,就是费鸣准备的。费鸣怎么知道我喜欢梅花茶?还不是看了我的一篇小文章。那篇小文,多年前登在台湾的《联合早报》上,讲到当年老宅有一株梅树。宅子很大,家父晚年讲它像个大观园。没那么大,充其量也就怡红院那么大吧。芭蕉和西府海棠倒是栽过的。芭蕉总也长不好,铲掉了。有一年走水,西府海棠被烧死了。那株梅树倒是活了下来,很高,高到屋檐。梅树下面,养着济哥。"

济哥就是济州蝈蝈。程先生幼年养过蝈蝈,只要谈起往事,就常常讲到济哥。他有点愧疚,因为他答应过,下次见面时,一定给先生带两只济哥过来。唉,我把这事全忘到脑后了。这会,他又听程先生说:"梅花泡茶,止咳、止泻、生津。世上大概也只有我用梅花泡茶。来而不往非礼也。他以梅花相赠,我以剪子相送。梅花,要用剪子剪的,所谓'一剪梅'。"

"这剪子——"

"对,这剪子,既可以剪梅,也可以剪发。"程先生说。

程先生说话的时候,手里一直拿着那把剪子。

应物兄家里也有一把这样的剪子,也是程先生送给他的,是他结束访学时获赠的纪念品。程先生的所有弟子,手中都有这么一把剪子,而且都知道剪子背后的故事,都会从不同角度理解那把剪子和剪子背后的故事。

在美国的华裔人士当中,程先生与李政道先生认识最早。上世纪六十年代初,他们相识于普林斯顿大学。程先生年轻的时候喜欢演戏,参加过普林斯顿的学生歌舞团,那是个爵士歌舞团——程先生至今腰肢柔软,可能就跟当时的训练有关。李政道先生喜欢艺术,曾看过他的歌舞,两个人就此相识。很多年后,他们在欢迎中国领导人访美的午宴上再次相逢了。就是这一次,程先生知道了李政道先生的一个习惯,就是喜欢自己理发。原来,李政道先生几十年不变的发型,都是自己理出来的?李政道先生说:"这很简单,只要有两只手,一把剪子,就可以完成了。比较困难的是脑后的部分,需要用食指和中指夹住头发,再用另一只手握住剪子,缓缓推过去。"

午宴之后,他们难得轻闲地到波托马克河边散步。潮平岸阔,春风拂面,樱花正在盛开。跟所有上了年纪的人一样,他们谈话的主题是时间。李政道先生提到了一个概念:"Timeon"。

"Timeon?"

"用中文来说,就是'时间子'。'子'是孔子的'子',老子的'子'。'时间子'是一种特殊的、与时间的存在有密切关系的粒子。每个人都知道时间是不可逆的,是不会倒退的。可是为什么不能倒退呢?'时间子'的理论就是探讨这个问题的。"

"是啊,如果可以倒退,孔子也就不会感慨了:逝者如斯夫!"

"我的理论就是要证明孔夫子的这句话。"

"在自己头上动剪子,要考虑到对称和不对称。鬓角要对称,但不能完全对称。只有基本对称而又不完全对称,才构成了美。你的宇称不守恒定律,跟你常年自己理发有关系呢。"

"我也没想那么多。起初是因为穷,理不起,后来是因为养成了习惯。"

后来他们谈到了人文科学与自然科学的关系问题。他们都认为,它们可以互相影响,类乎艺术与科学的关系。用李政道的话说,越往前走,艺术越要科学化,同时科学也要艺术化;两者从山麓分手,回头又在山顶会合。

在后来的教学生涯中,程先生经常会向学生提到李政道给自己理发的故事。那可不是几根头发的问题。程先生认为,李政道先生给自己理发,体现的是君子固穷的美德,体现的是孔子的躬行践履精神,孔子终生都在实现其"有恒"的价值理念,哪怕是在"知其不可为而为之"的极端困境中。程先生幽默地说,脑后的头发,对于给自己理发的人来说就是极端困境的写照。程先生也提到,他后来也买了一把剪子,但是,别说脑后的部分了,额前的部分就处理不好:明明是冲着头发去的,刀尖却滑向了头皮,又滑向了耳尖,差点把耳尖剪出豁口。

"知易行难啊。"程先生说,"但如果从年轻时候做起呢?"

现在,看着那把剪子,应物兄想,将剪子送给从未见过的人,这对程先生来说,应该是第一次吧?

程先生说:"这个人,你用着合适吗?"

他回答说:"他是葛道宏的人。"

程先生说:"到了儒学研究院,他就是研究院的人了。"

他想岔开话题,就对程先生说:"先生对不起,这次来得急,没把济哥给您带来。"

程先生说:"天太冷,带过来也死了。螽斯也。螽斯羽,诜诜兮。宜尔子孙,振振兮。① 凤凰岭的济哥,天下第一。多年没听济哥叫了。好听得不得了,闻之如饮清泉,胸中有清韵流出。"

"先生,等您回国,我一定让您听见济哥叫。"

黄兴又把他送到了机场。分手的时候,黄兴送给他几盒录音带,那是程先生与黄兴交谈的一些录音。黄兴希望他能帮他把录音带整理出来。

---

① 见《诗经·国风·周南·螽斯》。螽斯是蝈蝈的古称,学名叫短翅鸣螽(Gampsocleis gratiosa)。

"为何不让修己整理呢?"

"修己说,程先生与我说的话,没有一点思想含量。吃我的饭,却敢这么小瞧我。你说,我没让他滚开,他是不是得感谢上帝?"

24. 喷嘴

喷嘴发出的声音有如哨子,尖啸,凌厉。水烧开了,但他没有立即把水壶从炉子上取下来。房间里的饮水机坏了,他只好临时买了水壶和电炉。此时,他在泡茶,同时等待着费鸣。地上就放着程先生送给费鸣的那个盒子。他想,费鸣一定猜不出来,里面装的竟然是一把剪子。

费鸣这几天没在校长办公室上班,而是去了学校纪委。纪委书记是军人出身,参加过对越自卫反击战,一条胳膊受过伤,可以摆动,但不能抬起来,此前在教育厅任副厅长。按巫桃的说法,葛道宏为了方便纪委书记尽快熟悉学校情况,就把费鸣派过去了。费鸣的主要工作,是帮助修订反腐、防腐的规章制度。纪委书记对费鸣说:"有腐败,就有反腐败。有了反腐败,就有了反反腐败,有必要用沙盘推演的方式,让人们知道这场战争的艰巨性。"于是纪委书记亲自上阵,由费鸣扮演腐败分子,二人进行实战演习:费鸣负隅顽抗,书记则负责攻克。这里面的分寸感很难把握:抵挡两下就缴械投降,书记会批评你只是应付差事;如果真的死扛到底,书记又会气得拍桌子打板凳。有一天,书记气坏了,骂他作为党员,良心都给狗吃了。费鸣嘀咕了一声,说自己还不是党员。书记随口就说:"这么说,你的良心狗都不吃?"费鸣喝了几杯茶,才把火气压住。过了一会,书记又问:"听说夫人不光在单位,在家里也是作威作福?知道人们怎么在背后议论的吗?母老虎!人们都叫她母老虎。"费鸣说,我现在是单身。书记说,是因为怕查离掉的吧?变相转移财产？费鸣有嘴说不出，都被训傻了，很担心自己绷不住，顺嘴一秃噜，说出不该说的话。毕竟，他在校长办公室知道很多事情。

巫桃正绘声绘色讲述，乔木先生开口了："我看新来的书记挺好。站如松，坐如钟，行如风。鸣儿平时站无站相，坐无坐相。说过多次，就是不改。这不，几天下来，他就像换了个人。"

巫桃说："要我看，他们彼此都入戏太深。"

乔木先生说："都是跟我学的，连戏都不会演。"

巫桃说："鸣儿肯定想早点回办公室。"

乔木先生说："我路过纪委办公室，看他们也不像他说的那样。他们还放唱片呢，《武松打虎》，好像是盖叫天唱的。"

巫桃说："书记是个戏迷，让费鸣配合着唱，演老虎。"

乔木先生说："他一句戏文不会唱，不演老虎演什么？"

他觉得，这是葛道宏故意安排的，为的是让费鸣来找他求职。而费鸣之所以把这些事情讲给乔木先生和巫桃，或许就是为了让他们转告他，他在纪委一天都待不下去了，想到研究院来。巫桃显然没有理解费鸣的意思。而对那位未曾谋面的纪委书记，我们的应物兄突然有了好感。好样的，要不是怕你栽跟头，我真想请你喝茅台。

这次，费鸣提前半个钟头到了。

敲门声很轻，很有礼貌。这就对了。你再等一会吧。那时候应物兄正在听程先生的一段录音，是关于人的头发的。他试图从那段话里找出程先生送费鸣剪子的意义。程先生说，中国古人极端重视人的毛发，对人的毛发进行了极为详尽的分类。《说文解字》收录了九千三百多个汉字，有五百四十个部首，关于人的毛发的部首就有五个。春秋时期，人们每日梳头，三天一洗头，但成人后不再剪发。头发的多少，被视为衡量一个人贤良的标准。孔子就是重发，长发飘逸，像 Bob Dylan①。但这段话与剪子有什么关系？

---

① 鲍勃·迪伦。

好像没什么关系。

这次没有鹦鹉替他们缓解尴尬。他们是从茶叶谈起的。他照例问费鸣,是喝茶呢还是喝咖啡?

"您这里总是有最好的茶。"

"当然,要喝就喝最好的茶。"

他确实喜欢喝茶。子曰:"中庸之为德也,其至矣乎!民鲜久矣。"按照孔子的意思,中庸作为最高的仁德,人们已经很少有了。不过,这不要紧。只要你养成了喝茶的习惯,你就有可能具备这种仁德。儒道释三家,都喜欢茶,都与茶相通:茶与儒通在中庸,茶与道通在自然,茶与佛通在神合。

"应老师,我知道你的意思。你想让我到研究院来。我也知道,程先生和葛校长也愿意让我过来。"

"程先生也想让你过来?听谁说的?"

"葛校长说的。葛校长与程先生通了电话。"

好心请你过来,你就是不过来。葛校长一说,你就过来了?但接下来,他听到了费鸣的牢骚:"我早就知道葛校长要用乔引娣,只是没有料到这么快就让我腾位子。靴子终于掉到了地板上。我对此没有怨言。我当然巴不得赶紧滚蛋。而且我打心眼里认为,小乔比我更合适。我观察过她的屁股,饱满,裤子绷得很紧,随时都可能绽开。葛校长喜欢从背后打量人。这样的屁股确实更容易让他感到愉快。当秘书的一个基本任务,不就是让领导保持身心愉快吗?"

"干吗捂着嘴巴?"

"有点牙疼。"

牙疼?那都是你刻峭寡合留下的毛病。此时费鸣还站着呢。他请费鸣坐下。费鸣把手夹在双膝之间,垂着头,茶杯也没动。他请费鸣喝茶,费鸣把茶杯端起来了,却仍然没有喝,而是问道:"还记得邓林那通话吗?邓林说得对。"

怎么能不记得呢？就因为那段话，他后来狠狠地批评过一次邓林。邓林读研时虽然不在他的门下，但曾选修过他的课，而且邓林后来能到栾庭玉身边工作，也多亏了他，所以他批评邓林，邓林是从来不敢回嘴的。

费鸣刚到校长办公室的时候，费鸣的哥哥费边曾请几个朋友到家里喝酒，以示庆祝。那天邓林刚好有事找他，他就把邓林带过去了。邓林那时候已经是栾庭玉副省长的秘书了。席间多喝了几口，邓林就借着酒劲用顺口溜的形式，用自嘲的方式，表达了秘书工作的要义：领导讲话，带头鼓掌；领导唱歌，调好音响；领导洗澡，搓背挠痒；领导泡妞，放哨站岗。多着呢，还有什么吹拉弹唱，打球照相，迎来送往，布置会场，等等。邓林说，这里面的任何一项都不能掉以轻心。

"我看你挺自由挺快乐的嘛。"他提醒邓林。

"快乐？当秘书，哀乐由人。欢喜是别人的，连悲哀都轮不到自己。费鸣，你应该感到高兴。因为你是男的。幸而为男，不然，床笫之辱也跑不掉的。"

"你说的那是些贪官。葛校长可是个学者。"费鸣说。

只见邓林摇晃着手指，又讲了一个故事，主角是哲学家萨特。萨特一只眼残疾，是个斜眼龙。萨特一生照相无数，绝大多数摄影师都愿意把他的两只眼睛尽收于镜头，他们觉得一只眼正视一只眼斜视，恰好能够体现萨特思想的精髓：有一种奇妙的洞见。但是有一次，一个摄影师在拍照的时候，巧妙地利用了萨特烟斗里飘出来的烟雾，让它挡住那只斜眼。萨特对这张照片很满意，向摄影师提出一个请求，能否多洗一张给他，他想寄给母亲。其实萨特并没有寄给母亲，因为他舍不得寄。那张照片一直挂在他的书桌正上方。

"看到了吧，连最有反省意识的哲学家都未能免俗，更不要说一个校长了。"邓林说这话的时候，人坐在沙发上，两只脚却跷在前面的椅背上。

应物兄把那只椅子抽走了。于是,邓林一下子从沙发上出溜了下来,摔了一跤。这一摔,邓林的酒就醒了大半,看着他,突然意识到了什么,使劲地点着头,还借着揉脸给了自己一个嘴巴。

这会,听费鸣提到那场谈话,他对费鸣说:"葛校长对你够好了。"

费鸣夹着双手,身子前倾,说:"应老师,我来告诉你,上次为什么会拒绝你。不是因为大著的事情。更何况你嘲讽的也不是我一个人。别人都没有跳出来,我为什么要跳出来?最不应该跳出来的是我。我之所以拒绝你,是因为我对儒学研究没兴趣。我感觉不到快乐。我不想把自己拴到这上面。其实,你的大著我早就看到了,比你看到的还早。你可能不相信,样书刚出来,我就在季宗慈那里看到了。后来我之所以跳出来,是要故意惹你生气。我知道你在筹备儒学院,也想到你会找我的。但我不想参加进来。至于我和那个女翻译家的关系,在此之前,我已经决定和她分手了。我是故意把那本书拿给她看的,然后正好借坡下驴。"

"这么说,你并没有真的生我的气?"

"没有,一点没有。你知道,我是个直肠子。"

"你是在安慰我吧?我虽不是故意的,但还是很不安。她是个好姑娘。"

"好个屁!瞧,她受不得一点委屈。受点委屈,就打击报复,不惜把自己给毁了,嫁给一个糟老头子。你那段文章,正好成了试金石。我得感谢你。"

"你们后来有联系吗?"

"其实她不愿结婚。她更认同季宗慈和艾伦的关系。"

"可她还是结了婚。"

"因为那个老头子已经快死了。她很快就会恢复自由身了。她后来与我联系过,想继续保持那种关系,但我拒绝了。因为我对她那个丈夫是尊重的。"

我对那个老人也是尊重的。我还陪着芸娘去拜访过他呢,因为他曾将芸娘的诗译成英文。当时他刚过完七十岁生日,拿着蛋糕请他们品尝,还把樱桃蘸了奶油分给他们。它像是去年剩下的,上面的奶油都变成酸奶了。在他的桌子上,有一本用镇纸压着的书稿。他正在修改自己早年翻译的莎士比亚的十四行诗,并将修改过的诗稿发在自己的博客上。也没有提醒他一句,本来是传诵已久的经典译本,却被他越改越差。后来,我又登录过他的博客。他的博客上发过几张照片:他坐在轮椅上,迎着朝阳,那个女人站在他的旁边,身后的阴影拖得很长。

"你说,研究儒学不快乐。我可不能同意。《论语》首章首篇谈的都是快乐。学习的快乐,朋友来访的快乐,不被人理解也不气恼,照样快乐。"

费鸣不吭声了。

他对费鸣说:"我相信,你会感到快乐的。只有做有意义的事,我们才会感到快乐。现在我们要做的就是一件有意义的事。我们的目标是,在不远的将来能够成立一个儒学系,一个正式纳入学科招生计划的儒学系。这将开创中国人文学科的历史。没有一个正儿八经的学科,我们的儒学研究便很难称为学术,非史学,非文学,亦非哲学,不伦不类。没有学科建制,我们就是孤魂野鬼,当然不快乐。如果成立一个儒学系,有自己的学科建制、自己的招生计划,那就会感到知行合一,事业有成,身心快乐。"

"您说,我听着呢。"

"第一步,就是成立一个儒学研究院。我们将制定出自己的学术规划,与海外相关机构建立合作机制。这里将成为儒学家的乐园,一个真正的学术中心。我们还将很快着手编写《〈论语〉通案》,对古今中外各家各派的《论语》研究,进行爬梳整理,纂要钩玄。它既面向过去,是一个百科全书式的总结;也面向未来,以期对儒学在全球化背景下的意义进行展望。对儒学史上那些里程碑式的人物,我们当然也不会放过,将调兵遣将,组织人马,为他们写传。儒学联合论坛也好,儒教中国也好,中国儒教也好,当代儒学也好,国际儒学联合会也好,国际耶儒对话组织也好,我们都可以联系,与他们进行深度合作。当然了,要成立这样一个儒学研究院,需要大把大把地投入。现在看来,钱不是问题。葛校长已经许诺,将投以重金。我们可能需要充分发挥想象力,才能把钱花出去。你不是写过剧本吗,我们可以组织人马重写《孔子传》,不比你写剧本赚得少。"

多天来,应物兄上不着天,下不着地,孤守在逸夫楼的顶楼,在纸上写啊、画啊,弄的就是这个。他这会想,这些计划,有的我同程先生和葛道宏谈过,但大多数的计划,还从未向任何人提起。费鸣,听到这些宏伟蓝图,你难道不激动吗?怎么样?入伙吧!你的行政工作经验,正好可以助我一臂之力。

"以后,我是不就该叫你应院长了。"

"这担子很重,我担不起来。"

"难道是乔木先生?"

"不不不。先生虽然精通儒学,但他却不喜欢被人称作儒学家。"

"莫非是姚鼐先生?"

"姚鼐先生?七十岁之后,他的任务就是玩。"

"难道是程济世先生?这么说,程先生真的要回国任职?他年事已高——"

"他的身体好着呢。而且烈士暮年,壮心不已。"

"除了我,还有谁?"

"怎么,你有合适的人选要推荐?"

"前几天,我到金融学院送一份文件——"

没等费鸣说出那个家伙的名字,应物兄就把脑袋摇得跟拨浪鼓似的。那个家伙如今在济州金融学院教公共课。他也是应物兄的弟子,天资聪颖。据说头大的人聪明,他的头就很大,外号就叫大头。他矮小的身材跟那颗硕大无朋的脑袋相比都有些不成比例了。幸亏脖子比较粗,不然还真顶不起来。他刚刚分期付款买了个小公寓,又弄了两尊佛像,还是从盗墓贼手里买的,经常盘腿坐在二手地毯上一动不动。干吗呢?参禅呢。一个参禅的人,怎么能指望得上呢?关键是懒。割一个痔疮,他就敢休养半年。

"还有一个人,你的老朋友——"

"你说的是伯庸吧?"

应物兄可以原谅费鸣,却无法原谅伯庸。伯庸也是乔木先生的弟子,如今最著名的身份是屈原研究专家,微信头像就是粽子。伯庸是其笔名,取自《离骚》的第一句话:"帝高阳之苗裔兮,朕皇考曰伯庸。"伯庸有一个观点,就是研究一个人,一定要像儿子揣摩父亲或者像父亲关怀儿子那样充满爱心,也就是所谓的"理解之同情"。伯庸承认,细说起来,这个笔名确实有些占屈原便宜的嫌疑,但这不能怨他,只能怨学术界。他本想拿屈原儿子的名字做笔名呢,问题是屈原公子叫什么名字,学术界硬是给不出一个准确的说法。费鸣对应物兄进行攻击的时候,最大的盟友就是伯庸。伯庸也犯神经了,主动对号入座,认为应物兄在书中骂了他。应物兄曾在书中写道,有一个朋友,因为头发枯黄,所以总喜欢染发。多年的染发生涯使他的头发越来越细,越来越稀,接近汗毛了。后来这位朋友就开始脱发了,头发把浴缸下水口都堵死了。他曾对这位朋友开玩笑,说他的脑袋被卷入了沙漠化进程,而且不可逆转,接下来就是童山濯濯了。但奇怪的是,这位朋友后来竟然长出了新发。朋友告诉他,自己用了一个偏方,就是用生姜来刺激毛囊,以促使头发生长。具体的办法是,买来一堆生姜,切成姜片,用榨汁机榨出姜汁,倒入脸盆,再倒入温开水搅和,然后把脑袋伸到水里浸泡,一直泡到头皮发热为止。有好长一段时间,这位朋友不管走到哪里,口袋里都装着一块生姜,一看四周没人,赶紧掏出生姜在头皮上蹭蹭。

后来我才知道,这位朋友说了谎,新长出的头发不是生姜蹭出来的,而是种上去的。原来植发已经成了世界潮流。意大利总理贝卢斯科尼的头发就是植上去的,很多政治家和演艺界明星都曾植发。贝克汉姆曾把辣妹维多利亚的头发移植到自己的头上以示恩爱。在贝克汉姆的带动下,男女互相植发渐成时髦。有些人甚至将自己的耻毛移植到脑袋上去。稍加观察就会发现,这位朋友新长出的头发出现了奇异的变化:原是直发,今是卷毛;原来灰白,现在乌黑;原本随风飘动,现在则呈葡匐之态。莫非他自给自足,也移植了自己的耻毛?人类学的研究表明,耻毛的作用,一是为了防尘,防止脏东西接近生殖器官,二是为了保暖,保护精子和卵子正常的生存温度。耻毛之所以叫耻毛,是因为耻毛和耻毛所覆盖的区域是羞于示人的。将羞于示人的东西,拿出来炫耀于人并当成一种美,这样的人心中还有"羞耻"二字吗?孟子说,"耻之于人大矣","人不可以无耻,无耻之耻,无耻矣"。《管子》将"礼、义、廉、耻"看成"国之四维","四维不张,国乃灭亡"……

对,就是这段文字,伯庸认为写的就是他。掉头发的人多了去了,你主动对号入座,又算怎么回事?

对于书中个别注释不严谨的地方,伯庸一律称之为抄袭。伯庸说,学者抄袭比偷儿偷东西还要可恶。偷儿偷了东西,还生怕别人知道,学者呢,却要公开发表。什么叫不知羞耻?这就是喽。费鸣当初用来攻击他的炮弹,有很多都是伯庸提供的。他尤其不能容忍伯庸把他和娱乐人物相提并论。因为他的书卖得很好,有一段时间甚至爬上了销售排行榜,这引得伯庸大为恼火。有一天,他在学校碰见伯庸,伯庸斜坐在自行车上,脚踩着垃圾桶,保持着身子的平衡,然后勾着食指,示意他走过来。他不想让伯庸难堪,就走了过去。伯庸说:"我看了排行榜,有意思。排在你前头的是一个笑星的自传,排在你后头的是一个专演二奶的影视明星的写真集,说是卖书,其实是卖肉,卖的是秀乳、玉腿和翘臀。"伯庸声称自己发现了一个秘密,那就是娱乐人物的知名度主要来自绯闻,而某些学者的知名度则主要来自丑闻。伯庸还称他应大师。

"他妈的,你才是大师呢。"

伯庸挤弄着他的小眼睛,说:"别急啊。那你说说该怎么称呼你呢?笑星?"

他正要发作,伯庸蹬了一脚垃圾桶,一溜烟地跑了。

费鸣怎么会向我推荐伯庸呢?这不是成心惹我生气吗?他压住那团火,对费鸣说:"你们虽然来往密切,但有些事情他也不可能告诉你。伯庸兄正办理调动手续呢,要调到济州师院去。他马上就要五子登科了。那边许诺给他一套房子,一个文化研究所所长的位子,当然还有票子,而且他又要结婚了,妻子是个寡妇,寡妇马上就要给他生儿子了。我们只能祝他好运。"

他认为,费鸣之所以提到伯庸,是在测试他是否记仇。如果我们要共事,这页必须翻过去。虽然我们当时都当了真,都动了情,都挂了彩。但接下来,他又听费鸣说道:"还有一个人,我觉得很合适。"

"只要你觉得合适,都可以说出来,我不怕浪费时间。"

费鸣竟然真的又提出一个人,是个女生,应物兄的第一个博士,现在已经分配到上海同济大学教书。此人对应物兄倒是崇拜至极,言听计从。如果他说公鸡会下蛋,她可能会说不仅会下蛋,运气好了还可以下个双黄蛋。如果他说砂锅能捣蒜,她肯定会说不仅捣得烂,而且还可以腌糖蒜。在她眼里,他是一个完美无缺的人。但她的夸奖总是夸不到地方。由于抽烟过多,他的喉咙里总是有痰,嗓子眼里常常咕噜咕噜的,这本来是个毛病,她却不这样看。她觉得他的声音不仅好听,还象征着深沉。她曾对他说过:

"知道您的声音为什么那么好听吗？您前世应该向寺庙里捐过一口钟。"他琢磨了一会，才知道她是夸他声如洪钟。这话说得他都不好意思了。由于长期伏案，他有些微微驼背，这本来是脊椎变形，在她眼里竟然也是美的。她认为那是一种道德之美，象征着谦恭，所谓谦谦君子，蔼蔼吉人。

这是研究院，这是儒学研究院，这是程济世先生挂帅的儒学研究院，我弄个吹鼓手放在身边，算是怎么回事？绝对不能。

"你就不要替别人考虑了。"他对费鸣说。

"应老师，您真的觉得，我比他们都合适？"

要我说实话吗？要不是葛道宏非要你来，要不是程先生也提到了你，要不是乔木先生也推荐了你，我怎么会用你呢？当然，这话他没有说。他心里是那么想的，嘴上却是这么讲的："我是用人不疑，疑人不用。非知人不能善其任，非善任不能谓知人。得人之道，在于识人。识人之道，在于观人。观人重在言与行，识人重在德与能。在很多方面，你都没有问题。有问题也是小问题。"

"请应老师批评指正。"

他扔给费鸣一支烟，又接着说："如果说有问题，那也只是因为你是个直脾气。跟直脾气的人打交道不累。直脾气的人不玩那么多心眼。就是玩了心眼，我也能看出来。所以我首先选中的就是你。我知道你在校长办公室的主要任务是起草文件，偶尔还给葛校长开开车。革命工作当然不分贵贱，可是让一个博士去当一名司机，未免有点太屈才了。你要开的是宇宙飞船，我就不拉你入伙了。"

他注意到了费鸣表情的变化：刚才，因为尴尬和矜持，费鸣的眸子显得很深，现在突然变浅了，好像有点激动。事实上，他也被自己讲激动了。给自己点烟的时候，火苗分明已经从打火机里蹿了出来，可他还要连续击打多次，啪啪啪。烟点上之后，他竟然忘记松手了，火苗仍然燃烧着。在火苗的照耀下，他看到自己的虎口在跳动。

还有句话,他没有说出来:鸣儿,我已经准备好了,将自己的后半生献给儒学,献给研究院。这不是豪言壮语,这是我的真实想法。我没有说出来,是怕吓着你。我是担心你会觉得配不上我应物兄啊。

"我只是个文人,做到洁身自好,就不错了。"

"这是什么话?做人只做到洁身,做文只做到自品,有什么意思?到头来,斗室七步星移,也枉为了一介文人。"

25. 孔子传

"《孔子传》?您刚才说,要组织人马重写——"费鸣终于开始发问了。

"很好,有什么不明白,都可以说出来。"

"您不是已经开始写了吗?"

"你是听季宗慈说的吧?那我就告诉你,他想跟我们合作,但我还没有答应。我虽然口头答应了,但还没有签协议。心急吃不了热豆腐,这事得往后放。我想,这本书不应该由我本人来写,应该集中所有儒学家的智慧来写。你可能会说,关于孔子的传记已经很多了,多一本少一本没有关系。没错,如果把世界上关于孔子的文章全都收集起来,整个逸夫楼都可能放不下。但我觉得,还是有必要再写一本。每隔三十年,就应该有一部新的《孔子传》。因为不同时代的人,对孔子会有不同的理解。你真应该好好研究一下孔子。为写演讲稿寻章摘句,和真正的研究是两回事。人类那些伟大的思想导师的著作,我差不多都看完了,最后我得出了一个结论:只有孔子把修行和道德完善的过程,看成是一个没有终点的旅程,也只有孔子把道德完善首先看成是对自我的要求,而不是对他人的要求。子不语怪力乱神。他不相信奇迹,不依赖神灵,他把人的尊严、人的价值,放到日常化的世界去考察。跟他的学说相比,世界上绝大多数宗教都带有强烈的虚构色彩、寓言色彩。耶稣死后复活,可能吗?达摩一苇渡江,可能吗?孔子还把知识和行动看成是一体的,所以《论语》开宗明义,上来就说,学而时习之,不亦乐乎?习者,鸟数飞也,也就是做,也就是实践。而在苏格拉底那里,知识的功能只是促成个人道德和智慧的成长。柏拉图作为苏格拉底的学生,也认为知识的目的只是为了让人知道要说什么,以及怎么说。这些玩意反而是孔子最讨厌的,孔子最反对的就是花言巧语。柏拉图应该像你一样去写剧本。柏拉图早年最大的梦想就是写戏,只是他这个念头被苏格拉底给掐掉了。哈,看来苏格拉底也不像孔子那样善于因材施教。所以,不管跟谁比,苏格拉底啊,柏拉图啊,耶稣啊,佛陀啊,老子啊,不管跟他们哪个人相比,孔子的价值都是最具有现实意义的。你说,根据最新的研究成果,写一本新的《孔子传》,是不是非常必要?"

在应物兄的印象中,与费鸣两个人在一起的时候,他还从来没这么激动地说过话。说着说着,他自己都有点被感动了。他同时也感觉到,费鸣的情绪也被调动起来了,连出气声都变粗了。而当费鸣目不转睛地盯着他看的时候,他突然又想到了那篇拿他的容貌取笑的文章,说他有一张焦虑、疲惫和渴望相交织的脸。

那么,你现在看到的又是怎样的一张脸?不是焦虑和疲惫吧?你说的渴望是对名利的渴望,你觉得我这是为了个人的名利吗?这话,他当然没问。事实上,他承认那篇文章写得不错。他由此想到,如果费鸣参加《孔子传》一书的撰写,应该可以写得相当有趣。但是,有一个问题必须解决:你不能为了有趣而有趣,为了抒情而抒情。先后为两任校长起草演讲稿的经历,很容易使费鸣的文字形成一个风格:那就是语言与存在的分离;真实的东西往往戴上了假象的面具,虚假的东西却常常披上真实的外衣。这不行。需要调整过来。我必须告诉他,他在演讲稿中体现出来的激情,其实是否定性的。当你写下那些文字的时候,与其说你体验着真理的狂喜,不如说你体验着瞬间的空虚。那个时候,你的灵魂其实睡着了。他还想提醒费鸣,应该好好比较一下苏格拉底与学生的对话,跟孔子与学生的对话有什么不同。苏格拉底总是在装疯卖傻,而孔子呢?哦,还是孟子说得好,"大人者,不失其赤子之心者也"①。

这些话,他虽然没有说出来,但他听到了自己在这么说。

他也听到自己的喉咙在嘶嘶作响。

突然,应物兄想起费鸣好像说过,他的支气管曾出过问题,就问道:"你的支气管怎么样了?"

费鸣愣了一下,说:"谢谢您挂念。您还记得这个?"

他说:"我应该是听你哥哥说过,小时候,你有过支气管扩张?"

费鸣说:"小时候的事了,多年没有感觉了。"

他递给费鸣一支烟。费鸣把过滤嘴在茶杯里蘸了一下,然后再把水从过滤嘴里吹出来。他自己也常这么干。要是追根溯源,这个源头可以追溯到乔木先生。乔木先生改抽烟斗之前,常常这么做。

他对费鸣说:"你或许不知道,我小时候也是支气管扩张,至今尚未痊愈,只是很少发作罢了。因为支气管扩张,所以感冒啊,咳嗽啊,咳痰吐血啊,都是司空见惯。所以我养成了一个习惯,每当我感到不舒服了,就往手心里吐一口唾沫,看看有没有血丝。我至今还有这个习惯。有时候我其实很庆幸自己有这个病。它没有真实的危险,但它却能给你一个真实的死亡的幻觉。就是这个幻觉,容易让你养成内省的习惯。"他又想到了网上费鸣那篇文章,说他的内省与他的容貌有关。知道了吧?内省的习惯是从这里养成的。

他接着说:"后来我看海德格尔,看到他提到什么向死而生,我

---

① 见《孟子·离娄下》。

就想,这说的不就是我吗?我早就知道,只是没有说出来罢了。我对此再熟悉不过了,就像熟悉自己的手纹。很多年来,这种死亡的幻觉一直缠绕着我。我很担心自己一事无成就他妈的死翘翘了。我相信,你可能也会有这种感觉。所以你才会说,你对什么都不感兴趣。不过,现在我是不担心了。有事干喽。一开始可能会累一点。累就累吧。求仁得仁,有何怨乎?"

"您要不提,我都不记得我有过什么支气管扩张了。"

"怎么样,我们卷起袖子,大干一场?"

"好吧,反正在哪里都是混饭吃。"

"你说的并没错。在八十年代学术是个梦想,在九十年代学术是个事业,到了二十一世纪学术就是个饭碗。但我们现在要搞的这个儒学研究院,既是梦想,又是事业,又是饭碗,金饭碗。"

说到"卷起袖子,大干一场",我们的应物兄反而把袖子放下了,而且还把袖口上的扣子系了起来,好像正要整装待发。他再次发现虎口在跳动,跳动,跳动,好像里面有虫子,好像那些虫子也受了他的感染而蠢蠢欲动。

他听见费鸣笑了起来。"你笑什么?"他问,同时把虎口挡了一下。虽然他可以保证,费鸣不会注意到他的虎口在跳。

费鸣说:"我没笑啊。"

他说:"你不是说你是个直肠子吗?怎么吞吞吐吐的?"

费鸣说:"您的想法真是宏大啊,我都听晕了。"

他说:"果然是个直肠子。直肠子好啊。直肠子里面,也就是个屎橛子。拉吧,拉出来就好了。不拉出来你难受。拉吧,拉出来,舒一口气,一拽绳也就冲走了。你还有什么疑问,不妨全都说出来。你不要笑,更不要冷笑。我们身上都住着另外一个人,在采取任何行动之前,他就觉得自己的努力没有意义,就像瞎子点灯一样没有意义。那个人就是魔鬼。我们应该把那个人从身上赶走。"

他感到虎口又跳了起来。

有人敲了敲门。进来一个姑娘。她就是易艺艺。易艺艺是来替他整理录音带的。当初,他访学归来的时候,曾带回了几十盒录音带,是程济世先生讲课和谈话的录音带。再加上黄兴给他的录音带,已经有上百盘之多了。他可忙不过来。本来可以让易艺艺带回家整理,但易艺艺心浮气躁,坐不下来。他就让她过来整理,遇到她听不懂的,他也可以随时指导。他提醒过易艺艺,这是很好的学习机会,好多人想整理,还没机会呢。

他示意费鸣到露台上接着说话。

出了房间,首先听到了一声声鸟叫。有喜鹊,有乌鸦,也有布谷鸟。叫得最多的就是布谷鸟,但你却看不见它,只能听见它的叫声,四声一度:布谷布谷,布谷布谷。看到露台上那些枯死的花,他才想起,只顾着说话了,程先生那把剪子还没有转交给费鸣呢。于是他又回到房间,将那个纸盒拿了出来,让费鸣当场打开看。费鸣说:"还真是一把剪子?"

"怎么,程先生说过要送你一把剪子?"

"葛道宏跟程先生通过话,又把我的照片发给了程先生。程先生回了邮件,说费鸣的头发太长了,比孔子的头发都长——"

"这就是他送你剪子的原因?"

"应该是吧。你看,我已经把头发剪了。昨天,程先生的助手,一个名叫敬修己的人又跟我联系,让我把济大的材料寄一份给他。"

"这么说来,你已经开始为研究院工作了。"

"我们还通了电话。"

"跟谁?程先生?"

"还是敬修己。敬修己问,怎么听见有很多鸟在叫。我告诉他,那是布谷鸟。敬修己先生就说,程先生小的时候,他济州的家里,院子里有一株梅树,很高,高过房顶,树上有一个鸟巢,就是布谷鸟的鸟巢。他问我知道不知道布谷鸟还有一个名字叫鸤鸠,我说知道的,《诗经》有一首诗就叫《鸤鸠》,诗中的布谷鸟是君子的象征。敬修己先生很高兴。我告诉他,我是从应老师的书上看的。"

他一时有些感动:那本书是我的博士论文,费鸣竟然也读了。

现在他们是在高处,那些鸟叫是从下面浮上来的,是从悬铃木的顶端浮上来的。空间的距离把布谷鸟的叫声拉长了,并给它赋予了某种颤音。虽然离天黑还早着呢,但天色看上去却已是接近黄昏。由二氧化硫之类可吸入颗粒物组成的雾霾,正在济州的低空游荡。你无法极目远眺,只能看见离自己不远的地方。就在济州大学的院墙之外,他看到了一片灰色的屋顶,看到了隐约突起的屋脊。它们形成了一片灰色的接近于黑色的浪。那是本市还残存的几片胡同区之一。只是那浪还没有延伸开来,就被一排高楼挡住了去路。当他把目光收近,他看到离济州大学院墙最近的地方,屋顶上散布着各种垃圾:汽车轮胎、破鞋、雨衣、笤帚疙瘩。就在那屋顶之上,云霾之下,雾霭之中,生长着一些树,大多是榆树。最高的一棵树,是从汽车轮胎里长出来的。它或许已经长了很多年,但仍然是树苗的形状。

目光收回,他看到露台的栏杆上落着鸟粪。

是很久以前的鸟粪了,白的,形同化石,好像来自远古。

因为大功告成,他有些放松了。他的思绪一下子飘得很远:比起地球上有机生物的历史,人类五万年的历史只是相当于一天二十四小时中的最后两秒钟。按这个比例,人类的文明史只占最后一小时最后一秒的最后五分之一。他很想对费鸣说,如果我们想对人类文明史做点有益的事情,一分钟都耽搁不起,一秒钟都不能耽搁。不过,他没有把这话说出来,因为他觉得这话有点大,他担心费鸣说他矫情。后来,他们又回到了房间。他问费鸣:"这间办公室,你一定很熟悉吧?"

"这不是葛校长的办公室吗?"

"现在归我们了。你尽早搬过来吧。"

"这么急啊?"

"因为程济世先生很快就回国了。"

"哪天来?"

"不知道,应该很快了。"

他的声调又变了,那是因为激动。一激动就要抽烟,可他却突然找不到打火机了。费鸣跑到露台上找打火机的时候,他从口袋里摸出了三个打火机。他有个可笑的毛病,就是喜欢往口袋里装打火机。机场的安检人员曾经从他的行李箱、书包和衣服口袋里摸出来十几只打火机,都怀疑他图谋不轨了。他们用探测器在他身上扫来扫去,连屁股都没有放过,好像怀疑肛门里也塞了一个。对这个略带精神强迫症的习惯,他多次试图克服,但总是难见成效。费鸣回来的时候,看到那三个打火机,不由得笑了。费鸣接下来的一句话,表明费鸣已经彻底归顺了。费鸣说:"即便是在原始社会,您也是氏族领袖,负责管理火种。"他当然知道这是恭维。但这句话,却奇怪地激励了他。当他通过镜子观察自己的时候,他发现自己颧骨发亮,鼻尖上沁出了汗珠,连面颊的阴影里也跳动着激情。

26. 春天

春天是从镜湖开始的。漫天风沙中,镜湖的冰先是变薄,然后变成了浮冰,一小块一小块的,浮光跃金,就像一面面镜子。沿岸的柳树被风吹醒了,吐出雀舌般的嫩芽,与一池春水相映成趣。不过,春天说是来了,但还是有点冷,柳树的嫩芽都被冻得卷了起来。哦,那雀舌想收回鸟嘴,却再也收不回去了。

这天,应物兄和费鸣从楼上下来,在镜湖边等候乔木先生。他们要一起到葛道宏家里去。葛道宏对他说,要在家里宴请他们师徒三人。但乔木先生得到的消息却是,戏迷葛道宏请了个名角,请他们去家里听戏。他想,乔木先生应该是记错了。葛道宏没住校内,住在叫枕流的小区,位于中山公园的隔壁。它原是中山公园的一部分,小区里树木参天,以银杏居多。进到小区之后,又路过两个岗亭。车窗摇下,费鸣一露脸,横杆就抬了起来。

葛道宏家的客厅很大,足有七八十平方米,用沙发、博古架和盆栽植物划分成了不同的区域。盆栽植物中以摇钱树居多。摇钱树一年只开一次花,但葛道宏家的摇钱树显然是花开四季。花苞是红褐色的,花瓣前端是紫色的,后梢却是绿色的。此外,还有两盆杜鹃花。客厅里已经坐了几个人。应物兄首先看到了经管学院的聂许院长。在电视台直播室后面的小休息室,他们曾经一起喝过咖啡,用的是纸杯。聂许穿着绿毛衣,衬衣的领子也是绿色的。这似乎是在提醒人们,他个人的研究方向是绿色经济:生态农业、循环工业和服务产业。聂许正与外语学院拓路院长聊天。拓路嘴里抿着镜腿,眉毛一挑一挑的,似乎凝神谛听,只是那活跃的眼神似乎说明他正眼观六路。

聂许谈的是马尔代夫:"最早到达马尔代夫的中国人是谁?就是郑和。郑和亲自爬树摘椰子。那个椰汁可以直接注入静脉。"

拓路问道:"那边的房价,据说已经连掉了三个月?"

聂许看见应物兄从身边走过,竖了一下大拇指,并使劲地点点头。然后对拓路说:"没办法,它都要沉入大海了,要成为二十一世纪的亚特兰蒂斯了。"

"蚂蚁?校长大人养了这么多蚂蚁?"有人喊道。

原来是历史系的胡珀教授,已经退休了,还兼任着近现代史研究所所长。胡珀教授喜欢种葫芦,画葫芦,自称是个玩葫芦的。他的名言是,逢人不说人间事,便是人间无事人,玩葫芦的就专说葫芦,不说别的。胡珀教授此时站在阳台上,手里把玩着一只核桃般大的葫芦,弯腰看着一只玻璃坛子。

那当然不是蚂蚁,而是蚁狮。那应该是世界上最小的宠物了。葛道宏的办公室,也养了几只蚁狮,也放在玻璃坛子里,坛子里装着沙子。葛道宏和他说话的时候,会停下来,拿着一根细细的竹扦子在坛子里挑逗它们。他想起来曾在河边的沙地上见过它们。虽然他认了出来,但他还有必要装作不认识,以便葛道宏给他讲解一番。"它不是蚂蚁,它是吃蚂蚁的。"葛道宏说,"是最小的肉食动物。我是用来休息眼睛的。看书看累了,就看看这小玩意。蚂蚁只要路过,没有不被它吃掉的。"

"这么厉害?"

"小家伙是天生的阴谋家,天生的杀手。你看它挖的这些小坑,其实是陷阱。蚂蚁掉进去,没有活着出来的。在显微镜下,每当蚂蚁路过,它立即从沙子里钻出来,挥动着头顶的两只钳子,不停地扬沙,扬啊扬,将蚂蚁打晕,然后再咬住,一点点拖进小坑,慢慢享用。坛子里的蚂蚁没有能够逃脱的。用不了几天,沙子里就会有细碎的黑色残片,那是蚂蚁尸体的碎片。小家伙的嘴很刁,只挑好吃的部分吃。"

应物兄还记得,葛道宏这么说的时候,有一只蚁狮就像得到了指令,及时地从土里钻出来做了个示范。它挥舞着两只钳子,就像李逵挥动着两把斧子。葛道宏用竹扦挑了一下它身边的土,它立即蜷曲着,一动不动,好像在装死。随后,只见它扑棱一下翻过身,非常敏捷地蠕动着身子,倒退着,很快就钻进了沙子。

民间有个偏方,把蚁狮研磨成粉,治疗口腔溃疡。葛道宏就有口腔溃疡,口气很重。或许是某个医生送给葛道宏的,以便随吃随杀,随杀随磨?葛道宏对此当然有另外的解释,说他是佩服蚁狮的精神。蚁狮用嘴巴把沙子磨细,在沙地上形成一个漏斗式的小窝。能把沙子磨细,可见它的工作多么细致,可见它多么有力量。人嚼一粒沙,还会把牙硌掉呢。什么叫有志者事竟成,什么叫人小力量大?这就是嘛。

除了胡珩教授,看来别人都知道那是蚁狮。

葛道宏这时候来到了客厅。

人们主动让开,让葛道宏先跟乔木先生握手。葛道宏说:"乔先生,我得向您告状啊。您的关门弟子费鸣,嫌贫爱富,从我这里跳槽走了。"

乔木先生已知此事,却像第一次听到,说:"跳槽?"

葛道宏说:"他投奔您的驸马爷去了。您的驸马爷竟敢挖我的墙脚。要不是看您的面子,我跟他们两个没完。"

乔木先生笑了:"还在济大嘛,没跳出校长大人的掌心嘛。"

没错,葛道宏就是用这种方式,来宣布费鸣加入儒学研究院的。

葛道宏这天拿出了一瓶红酒,说是巴黎高师的女校长送的。女校长对他说了,这酒只准他一个人喝,不准给别人喝。他说:"她又没长千里眼、顺风耳,怎么知道是不是我一个人喝的?"

葛道宏曾有一句名言,谈的是如何一分为二看待官架子:官架子大了,手下人嘴上买账,心里不买账,事情不好办;官架子一点没有,手下人嘴上不买账,心里更不买账。结论是,还是保留一点为好。那一天,家宴刚开始的时候,葛道宏还真是一点架子没有,只是叙旧,谈些近来的趣事。其中有一件事,确实有趣。它是考古系的一大成绩,即便放在世界考古史上也是值得一写的。在桃都山区的老秦村,考古系的实习生发现一个古墓,是战国时代的,在墓中发现一个青铜鼎,鼎内竟盛着透亮的鸡汤,就跟刚熬出来的一样,就差点热气。我们现在采用各种高科技手段,又是灭菌,又是加入防腐剂,又是真空包装,又是冷藏,也不可能如此保鲜啊?唯一可惜的是,鸡汤一接触空气臭掉了。这件事给人以深刻的教训,以后考古的时候,必须配备保鲜设备。

"姚先生知道吗?"乔木先生问。

"姚老说了,以前发掘出过狗肉汤,鸡汤还是第一次发现。姚老认为,就是发臭了,也能通过对有机物的分析得知东周时的烹饪信息。"

谈了趣事,葛道宏端起酒杯,给大家敬酒,一圈敬过,葛道宏校长让保姆拿出一幅字,说:"前段时间去国家教委开会,有人送了我一幅字,说是已故的启功先生写的。有人看了说,这是启功先生的绝笔。当然也有人说不是,还说如果是的话,那人断不肯送你。"葛道宏让乔木先生帮助鉴定一下是不是真迹。乔木先生开了句玩笑,说只要比启功先生写得好的,就是假的。启功先生晚年龙体欠安嘛。写字也要靠体力的,主要靠腕力。启功先生自己都说,他是名气越来越大,字越写越差。此话从乔木先生嘴里说出,当然没有问题。乔木先生与启功先生是老朋友,平时就常开玩笑的,虽然启功先生已经作古,但作古的朋友还是朋友。乔木先生又说:"我亲眼见过的所谓启功绝笔不下十幅。市面上出现的启功绝笔,应该有万幅之多。可谁都知道,启功先生本人也知道,他只死了一次。"这话把所有人都逗笑了。乔木先生又透露:"姚先生也有一幅启功的字,是毛主席的《念奴娇·昆仑》。姚先生曾远上昆仑山考古嘛。姚先生很喜欢那幅字,走哪带哪。这幅字跟姚先生手上那幅差不多。"

葛道宏说:"真的也好,假的也罢,我在乎的是那句话的意思。打开它。"然后又问乔木先生,"这字是好呢,还是不好?"

乔木先生说:"跟启功先生的字一样好,肉眼还真分不出真假。"

那上面是七个字:

　　学校　王政之本也

乔木先生说:"这是欧阳修的话。这个'王政',不仅是王权政治的意思,还可以理解为国家政治。所以,校长大人看到这几个字,不要感到别扭。"

葛道宏说:"本来还不好意思挂出来。听乔老这么一说,明天就送去装裱。"葛道宏示意保姆卷起来,说,"学校,王政之本也。大师,一校之本也。济大之本,便是在座的各位。"

接住葛道宏话头的就是胡玠教授。胡玠教授说:"他们是大师,我不是。我只是个玩葫芦的。"玩葫芦的胡玠教授随即问了葛道宏一个问题,"听说有人到处活动,要让济州成为直辖市?"

葛道宏说:"胡老还关心这个?"

胡玠说:"我就想知道,凭什么?"

葛道宏说:"凭什么?凭文化底蕴,凭增长数字,凭地理位置。当然,这事还轮不到我参与。有人让我联名签字,我也没签。"

聂许说:"我们的经济增速已经接近苏州、天津和深圳了。"

胡玠教授干脆把眼睛闭上了,但嘴巴没停:"数字出官,官出数字。有一位老哥,也喜欢玩葫芦,退休前是国企的老总,他亲口对我说,大师啊大师,数字都是假的啊。"

聂许说:"大师,看问题要全面——"

胡玠教授打断了他:"别!别叫大师,我只是个玩葫芦的。"

聂许说:"好吧,胡先生——"

胡玠说:"别叫先生!"

聂许说:"好吧,尊敬的胡老师,我跟您说啊,国企有虚报的,民企也有瞒报的。很正常。不虚报不瞒报,反而不正常。只有虚报的,没有瞒报的,一定会出问题,而且是大问题。反之亦然。现在,一个虚报,一个瞒报,得出的数字反而刚刚好。"

葛道宏说:"说得好,这就叫真的假不了,假的真不了。先生们,昨天我收到在国家教委工作的一个博士生的贺卡,祝我生日愉快。把我给搞糊涂了。我的生日早过了呀。原来他是祝贺我担任校长三周年。我这才想起来,我是三年前的今天走马上任的。"

众人鼓掌。胡玠教授也鼓掌了。乔木先生虽然没有鼓掌,但搞出来的声音却是最响的:用手杖捣地。应物兄发现,别人鼓掌的时候,费鸣只是用大拇指轻轻地碰了碰酒杯。葛道宏双手下压,示意大家静一静。接着,葛道宏又说道:"看到这贺卡,我不由得苦笑。有什么好祝贺的? 苦差事嘛。我随时准备让贤,回到安静的书斋。不过呢,在位一天,就得负责一天。做一天和尚撞一天钟嘛。贺卡上有几句话写得真好:船在海上,惊涛骇浪;马在山中,沟纵壑横。无本则如无舵之舟,无辔之骑。"

应物兄预感到,葛道宏要说正事了。

葛道宏接着说道:"这几句话,越看越有意思。如果联系到济大的实际情况,那就更有意思了。你们几个学院搞得好,好就好在有你们掌舵。可有的学院真是不像话。有的院系,有的科室,那是武大郎开店啊,生怕有本事的人进来,顶了自己的位置。有的人,还不如武大郎,武大郎还时刻欢迎打虎英雄回来合伙卖炊饼呢。你们是知道的,我在教授委员会上多次讲过,一定要改变机制,一定想方设法引进人才。像姚鼐先生、乔木先生这样的大师,如今当然是可遇不可求。像应物兄这样的中年俊杰,当然也是可遇不可求。但引进一些有想法的人,有科研实力的人,应该还是可以的。济大在人才引进、资金投入方面,都要加大力度。我就是要让有本事的人多拿钱,让他们成为财神,大财神。一句话,济大是养贤人的地方,不是养闲人的地方。"

原来这是那个"人才引进"会议的继续。

葛道宏率先喝完了杯中酒,然后说:"上螃蟹!"

保姆两只手端出四只盘子,硕大的盘子,里面盛着蒸得通红的螃蟹。它们不是来自江湖,而是来自大海。葛道宏用了一个充满历史感的名词,说它们的故乡远在鞑靼海峡。它们张牙舞爪,但又排列整齐。应物兄脑子里冷不丁冒出一句话:八佾舞于庭①。有一个姑娘也端着盘子出来了。葛道宏伸手去接,一只盘子歪了一下,上面的螃蟹纷纷掉了下来,落到了地板上。乍一看,那蒸熟的螃蟹好像又复活了,以各种姿势躺在地毯上,有如舞蹈队最后的定格动

---

① 见《论语·八佾》。

作。那姑娘用手背捂着嘴,似乎哭了。哦,不,她没哭,而是在笑。

竟然是朗月。

应物兄喝掉了杯中的残酒。经过时间的发酵,它终于醒透了,变得更加浓郁:更酸,更饱满。等保姆把那些螃蟹全都捡了起来,朗月拿起一只,对着它说:"看到这些大师,我有点激动,你也跟着激动吗?"这一句话,就化解了尴尬。葛道宏正要介绍她,她把食指竖在唇前,示意他别说话。她挥动着那只螃蟹,朝大家鞠了个躬,说:"大师们好,我是交通电台的朗月当空!"

看得出来,在座的人都知道她。

她停顿了一下,以第三人称的口吻说:"朗月与在座的一些大师有过合作,合作得很好。朗月代表广大听众朋友,感谢你们。"

她第一个提到拓路。拓路一手拿着螃蟹,一手捂在胸口,弯腰施礼。对于他们的合作,她用到的词是"最为难得"。她提到的第二个人是聂许,对于他们的合作,她用到的词叫"最为难忘"。我们的应物兄是第三个被提到的,她用了一个词,叫"最为难搞"。什么叫难搞?她的解释是:"我托了很多人,好不容易才请到应物兄先生。"

小乔给朗月递了一杯酒。她端着那杯酒,说道:"朗月从乔女士那里知道有这么个家宴,就自告奋勇来为先生们服务。以后,朗月还要挨个麻烦先生们。到时候,先生们可不要不给朗月面子哟。葛校长,他们要不来,朗月一定向你告状。"

葛道宏说:"他们可以不给我面子,但一定会给美女面子的。"

应物兄到洗手间里去了一趟。这一次,尿出来的时候有点长了。哎哟,真有它的,它一点不着急,还显得很无辜,满不在乎,吊儿郎当。他只好发出"嘘嘘"的声音,以调动它的积极性。出其不意地,一股尿以菱形状滋了出来。尿口有些疼,火辣辣的。不是被朗月的突然出现给吓的吧?不可能啊,我表现得还是挺镇定的嘛。即便当时吃一惊,但也不至于马上作用于生殖器啊。那么是前列腺炎又发展了？那炎症滚滚向前,继续发展,发展到了尿道口？他由此产生了一丝疑虑。没准只要把它塞进裤门,那种不适感就会消失的。他这么想着,却没有立即把它塞进去。因为他同时又想到,它要再尿出来一点呢？别说,还真是又滴答了几滴。

回到客厅,葛道宏招呼他在身边坐下,说:"诸位都知道,再过几年,就是济大一百一十周年诞辰。可是,眼看着老教授们退的退,走的走,新的又顶不上来,我忧心如焚啊。届时,兄弟院校的哥们前来捧场,海内外朋友前来贺寿,我领他们游镜湖,看藏书,登巴别,拉二胡,也都有话可说。站在麦克风前,说些面子上的话,也是不难。可是私下聊天,聊起家底,葛某人未免心中发虚。比如,说起某某人,我说他多么多么好,把他夸成一朵花,可他们突然说,能否一识韩荆州。我该怎么说呢？我能说人在医院？人已作古？人已出国？人已调走？看我吭吭哧哧出丑,我想你们面子上也不好看。当然了,你们几个已经做得很好了,已经给学校增光添彩了。道宏感谢你们。不过,搞得再好,也不能打盹啊。"

胡珅教授说:"老虎也有打盹的时候嘛。"

葛道宏笑了笑,说:"那你等着,武松来了。"

这应该是玩笑话了,但是转眼间玩笑就变成了事实:真来了个武松。武松是从楼梯翻上来的,好一个筋斗！但当时却把人们吓了一跳,以为来了个蒙面大盗。乔木先生已经把手杖横在了头顶。武松头裹青巾,手中舞棍,布条缠腰,脸上画着油彩。这是个复式楼,现在这复式楼的客厅顿时成了景阳冈。武松喊道:"呀,好大风！好大风！"随着这一声喊,武松在吊灯与吊灯之间落下,落地的过程中,手掌连击着脚尖,啪啪啪！看到葛道宏和小乔镇定自若,人们才知道这是专门请来演戏的。当然,胡珅教授则是惊魂未定,从头到尾都咬着他的葫芦。

武松就在桌椅之间,在沙发和绿植之间,在螃蟹和墙上的字画之间闪转腾挪。然后又喊:"呀,好大风！果有大虫来也！"武松因地制宜,顺手抓起沙发靠垫扔了起来,代表腾空而起的猛虎,然后以棍击之。手中棍子竟然断了。那人就哑着嗓子唱道:"啊,我觑着这泼毛团体势雄。狼牙棍,先摧进。"沙发靠垫以猛虎的形式向武松连扑几下,武松跳开,蹲着马步,对着那靠垫又打又唱:

> 俺这里趋前退后忙,这孽畜舞爪张牙横。呀!我闪——闪得它回身处扑着空。转眼间乱着踪。这的是虎有伤人意,因此上冤家对面逢。呀!虎啊,要显神通!怎挡俺力有千斤重,途穷。抵多少花无百日红。你这畜生,要来寻死,老天爷劝你也不听。待俺先将你踢瞎,两眼黑窟窿洞。虎呀,身一扑,山来般重。尾一剪,钢刀般硬。一声吼,千人惊恐,数步远吓死众生。可你吓不倒俺武松。吃我一拳,再吃我一拳,再吃我一拳,你疼还是不疼?呀!怎么不动了?装死吗?这孽畜真真聪明,知道俺武二郎,吃软不吃硬。呀!真死了吗?武松的拳头有这般硬?狼牙棍比它也稀松?呀!管它死不死,下冈趱路要紧,见过哥嫂回头再找宋公明。呀!又有两个大虫来了!呀!原来不是虎,只见他穿着虎皮,打着灯笼——

朗月站在客厅一角,在看手机,并不看戏。他疑心朗月是不是在给他发短信或发微信,悄悄拿出手机看了,倒是发现她发来了表示微笑的图片。他没有回复。乔木先生端坐着,手杖不偏不倚地拄着。胡玠教授却好像睡着了,闭着眼睛——他是不是预感到了自己的命运?因为就在第二天,近现代史研究所所长就被小乔的导师给兼任了。事情到此当然还没有结束:大约一周之后,胡玠教授的儿子,在学校基建办工作的胡小石,就被纪委带走了。纪委书记与胡小石的谈话,完整地重复了与费鸣的实战演习。纪委书记问:"胡小石同志,听说夫人不光在单位,在家里也是作威作福?知道人们怎么在背后议论的吗?母老虎!人们都叫她母老虎。"胡小石说:"我现在是单身。"书记说:"是因为怕查离掉的吧?变相转移财产?"平时在家里跪惯了的胡小石,扑通一声就跪下了。而那个时候,胡玢教授正在葫芦上烙画,烙的是儿孙绕膝的天伦之乐。

葛道宏招呼费鸣过来:"来来来,费鸣同志。"

费鸣从饮水机那边走了过来。葛道宏探向费鸣的手,被费鸣双手接住了。应物兄看到,费鸣身子前倾,耳朵贴了葛道宏的嘴巴。这个时候,武松拾起那几截狼牙棍,随手一接就又完整如初,威风凛凛了。武松退下楼梯的样子却有些猥琐,佝偻着背,很有些夹着尾巴逃跑的样子。

随后,葛道宏开始讲话了。葛道宏挠着自己的手背,瞥了一眼消失在楼梯上的"武松",说:"这个《武松打虎》,是给费鸣演的。这些天,费鸣抽调到纪委,时间短,任务重。费鸣配合新书记,以武松打虎的精神,做了很多事情。下面一出,则是献给大家的。"

应物兄一眼认出,上来的就是樊冰冰。小乔端着水杯跟在身后,杯子里泡着胖大海。与刚才的武松一样,樊冰冰人未出场,戏已到场,在楼梯上已唱出"乱云飞,松涛吼,群山奔踊",亮相之后唱道:

> 枪声急,军情紧,肩头压力重千斤,团团烈火烧(哇),烧我心!杜妈妈遇危难毒刑受尽,雷队长入虎口(他)九死一生。战士们急于救应,人心浮动,难以平静。温其久一反常态,推波助澜,是何居心?(那)毒蛇胆施诡计险恶阴狠,须提防内生隐患,腹背受敌,危及全军,危及全军!面临着胜败存亡,我的心、心沉重——

柯湘边唱边背身踱步。手别在腰上,似乎拿着驳壳枪。葛道宏则指挥着大家,充当幕后群众,一起唱道:"心沉重,望长空。望长空,想五井。"柯湘转身,接着唱道:"似看到,万山丛中战旗红。毛委员指航程,光辉照耀天(哪),天地明!"葛道宏再次指挥大家,一齐唱道:"光辉照耀天(哪),天地明!"接着又是柯湘的独唱:

> 想起您,想起您,力量倍增,从容镇定,从容镇定。依靠

党,依靠群众,坚无不摧,战无不胜,定能够力挽狂澜挫匪军,壮志凌云!

在应物兄的记忆中,这是他第一次在众人面前唱戏。童年时代,他曾多次在高音喇叭里听过这个唱段。不听也得听。他还记得,高音喇叭上方有个鹊巢,他怀疑里面的喜鹊也会唱。毫无疑问,与应物兄年龄相近的聂许和拓路也应该是那时候学会的。当时负责放录音带的是谁?是小乔。小乔是边放录音带边参与合唱。柯湘唱完之后,葛道宏还意犹未尽。所以接下来是葛道宏的独唱,那是《杜鹃山》中雷刚的唱段:

草木经霜盼春暖,却未料春风已临杜鹃山。待明晨劫法场天回地转——

原剧中的杜妈妈此时及时递给雷刚一把刀,现在这个角色由小乔担任了。小乔伸出手,手中虽然并没有刀,但还是说:"拿去!"葛道宏伸手接了,然后舞动着那把想象中的刀,唱道:"抢一个共产党领路向前!"

众人鼓掌。葛道宏回到座位上,对应物兄说道:"这个'抢'字用得好。"

还没等回话,葛道宏就拉住了他的手,说:"我们也要发扬这种精神。勇挫匪军,壮志凌云,无论如何都要把程先生抢到手。"

没有人注意到,胡珂教授已经提前离开了。

乔木先生也离开了。乔木先生让朗月转告葛道宏,有人来接,先走一步了。

这天晚上,他们最后喝的是海鲜粥。应物兄想起,自己和朗月第一次吃饭,喝的就是海鲜粥。朗月问应物兄:"刚才来接乔木先生的,是你夫人吗?"葛道宏笑了,说:"那是应夫人的母亲。"朗月还想再问,葛道宏说了一句话。就是这句话,使我们的应物兄听出来,朗月其实知道那是巫桃。

葛道宏说:"调皮鬼,你太调皮了。"

这个说法饶有意味,令应物兄不得不哑摸了一会。当然,他相信没有人看出他哑摸这句话,人们看到的只是他在哑摸粥里的一只已被嚼裂的蟹螯。

也就在这天晚上,当他们告别的时候,葛道宏向他透露,将在镜湖边的一块空地上起楼,当作儒学研究院的办公之地。应物兄简直不敢相信自己的耳朵。那里原来就有幢楼,三年前刚被扒掉,变成了一片草地,移栽了奇花异木,是全校师生最为留恋之处。葛道宏的最后一句话,是说给他和费鸣听的:"等我退休了,我哪也不去,就去研究院给你们打杂。你们要是不要我,我可是要哭鼻子的。"

在楼下,朗月和所有人拥抱告别,当然也包括应物兄。她拥抱他的时间是最短的。欲盖弥彰?那我还是多抱一会吧,以示我们的关系并无特殊之处。于是,在她的身体即将离开的时候,他又搂了一下。就在这个临时增加的瞬间,他听见她说:"周末我找你去。"

"哦不,周末我有事。"他听见自己说。

这句话我说出口了吗?她听到了吗?他不能确定。

27. 但是

但是,他们还是见了。

她很快就脱得一丝不挂,除了首饰:婚戒,项链,耳环。

应物兄还清楚地记得一个小小的细节,小得简直不能再小了,因为是关于尘埃的:当她脱袜子的时候,细微的尘埃在阳光下闪耀。她很狂热。她命令他半卧着,举着她,好像端着一只碗。他照着做了,就像亲着一只碗。

这是最后一次,绝对是最后一次。他听见自己说。

她竟然比他还先达到高潮。她很有经验,一直享受到那个临界点,才把他推了出去。就在那一刻,他开始憎恨自己。

"有纸吗?"她问。

"包里有。"他答道。

他的包就放在床边的椅子上。他们只得配合着移动,他的左手终于可以够到那只包了,但是用左手去拉那个拉链却非常困难。刚才激烈的交合没有流汗,现在拉个拉链反倒弄得他满头大汗。终于拉开了。他的左手在包里摸啊摸的,没有摸到纸巾。他索性抽出了一本书。那是葛道宏送给他的自传《我走来》,刚出版的。他用下巴和手指配合,翻开了那本书,然后撕下了其中一页,揉了揉。纸张很厚,很硬,吸水性能显然很差。于是他又撕了一页。

他立即起身,去了洗手间。把一卷手纸送出来之后,他把那两张又厚又硬的纸拿了回来。把它们扔进纸篓的时候,他突然产生了一点好奇心:这两页上面写的是什么呢?吸水性能差,刚才是缺点,此刻却变成了优点:冲洗之后,上面的字迹仍然清晰可见,甚至变得更清晰了。这两页分别讲的是葛道宏的大学时代和他就任济大校长前后的事情。葛道宏的大学时代是在北大度过的,这一页的正面和背面各有两张照片,一张是他在未名湖边的留影,背后是著名的博雅塔,一张是他在北大老图书馆读书的照片。另一页的正面是他就任校长时的讲话。他没有再看反面,直接把它扔进了纸篓。

这是北辰小区的家里。是她自己摸上门的。事先,她给他打了几个电话,他都没有接。后来听见敲门声,以为送快递的来了,他就打开了门。她歪头问他:"请问,是应先生家吗?我是清风的朋友。"她是用脚还是用屁股关上门的?反正,她上来就抱住了他。他稍微挣扎了一下,就顺从了。事后,当他回忆起这天的经历时,他还能想起的另一个细节是,当她的牛仔裤褪到脚踝处的时候,他弯腰帮她捡了一下。她顺着他的动作,把脚一绕,从裤圈中走了出来。然后,和上次一样,她让他吻她的乳头。他抬眼看了看她,发现她的头高高仰起,就像一只羔羊。再接下来呢?再接下来就是前面提到的场景了。

"我其实是来谈工作的。"她从床上跳下来,一手捂着自己的私处,一手去拎衣服,然后她背着他开始穿衣服。

"我知道。"

"知道?那你还故意使坏?"

这是哪里的话?她倒把责任推得一干二净。他预感到她有事求他。可我能帮你什么忙呢?请我再做一次节目?虽然我对此毫无兴趣,但我可以再去一次。不过,为了做一次节目,她就把自己献出去,这种献身精神未免太可怕了吧。

"你怎么知道我住在这儿?"

"这还不好打听?我说要寄个快件给你,一个朋友就给了我地址。"

"你知道吗?我爱人随时都可能回来。"

"别逗了,我就是从你爱人那里知道地址的。我说有东西要寄给你,她说,你还是直接寄给他吧。"

"你怎么会认识我爱人呢?"

"当然认识。她上过清风在侧的节目,我陪她们吃过饭。我们彼此留下了美好的印象。她应该有半年多没有回来了吧?北辰小区门口那条路半年前改了名字她都不知道。你们是不是吵架了?"

从何说起呢?见面就吵,不见面就在心里吵,这就是他们的正常状态。他们都认为对方需要去看精神病医生,同时又认为看医生也白看。半年前,她倒是回来过一次,拿走了几本书、几双鞋。他坐在书房里,听见她在翻东西。这次,他们倒是没有吵。他听见她向门口走去,就出去和她打招呼。他晚出来了一秒钟,最多两秒。他刚好听见锁舌弹进锁槽,咔嗒一声。

如果我告诉她，我们夫妻关系很好，那不仅是在说谎，而且是对眼前这个女人的不尊重：我好像在玩弄女性。哦不，这不是事实。是你自己向我张开了双腿。但如果我说我们夫妻关系不好，那么她会不会认为这是暗示，我随时欢迎她的到来？经过短暂的思考，他给出一个模糊的说法："吵架嘛，好像不算个事吧？我们跟大多数夫妇一样，就那么回事。你们不吵吧？那太好了。"

她说："我们？我们是在夜店认识的。在电台工作就有这点好处，没人看见你的脸，所以不用担心别人认出你。有段时间我天天在夜店。家里都知道。爸妈不管我，也管不了我。后来结了婚，也不觉得对我有什么束缚。做这个节目，我听得多了，也见得多了。我跟那些人不一样。我只是想把感情变得纯粹一点，喜欢谁就是谁。你应该能看出来，其实我是一个保守的人。我从来没有同一时间爱两个人。因为喜欢纯粹，我甚至都忘了自己结过婚了。"

他曾经感到过深深的不安，觉得自己无意中伤害了一个男人。现在听她这么一说，他多少有些释然了。同时，他又下定决心，以后不能再跟她见面了。

她说："我来找你，真的是谈工作的。但我突然决定不谈了。"

他觉得，这只是一种说辞而已。他觉得，她一定觉得，主动送货上门，有失尊严，所以必须挽回这个面子。

他说："那就等你方便的时候再谈。"

她说："如果我谈了，那就显得我们的交往并不纯粹，好像要从你这获得什么利益。朗月不是那种人。我差点扭头回去。但就在我这么想的时候，指关节已经放到门上了。它有点不听话。敲了第一下，就会敲第二下。敲第三下之前，我还在想，你最好不在家。在家也最好别开门。"

不消说，他有点怕了，怕她动了真感情，同时他又有些感动。他似乎想起敲门的第二声和第三声之间，确实有一个短暂的停歇。那时候他也正犹豫着要不要开门。她讲述的声音慢慢低了下去，竟然显得有点难为情,有点害羞——这与她在床上的大胆形成了相当的反差。他的心情有点复杂了。应该说,直到这个时候,他才第一次真正看清了她的模样:她的眼睛流露出了几分天真,眼皮下面有几粒若隐若现的雀斑,小虎牙使她的那张脸显得调皮。眼睫毛的颜色像眉毛一样淡。她没有化妆。这对一个靠脸吃饭,哦,她倒不是,她是靠声音吃饭的,但不管怎么说,一个有身份的年轻女人如此素面朝天,应该说是罕见的。一时间,他脑子里的那些开关,那些频道,那些杂货铺,全都打开了。不,这不是胡思乱想的时候,要冷静。于是,他强行地把那些开关,那些频道,那些杂货铺,全都关上了。

他需要用点脑筋去想的问题是:她所说的工作之事,到底是什么?

这个问题,就是让他想上三天三夜,他也找不到答案。是啊,谁又能想到呢?谁能想到这个姑娘,哦不,这个女人,竟然想通过他见到程先生呢?关于这个事情,应物兄还是从费鸣那里知道的。费鸣说:"朗月找你了吗?"他不由得警觉起来。他觉得,费鸣似乎感觉到了他的警觉,补充说道:"她从葛道宏那里听到程先生要来,就让葛道宏介绍她认识。葛道宏说,你去找应物兄吧。"他让费鸣把话说完,不要吞吞吐吐的。费鸣犹豫了一下,又说:"葛道宏说,我给程先生打招呼,不是不可以。但我要出面一说,就显得过于郑重其事了。还是应物兄去说比较好。"

她要见程先生干什么?做节目吗?午夜节目?不可能的。

那种下三烂的节目,我都懒得上,遑论程先生?

28. 瞧,谁来了

"瞧,谁来了。"汪居常教授说。

乍听上去,汪居常好像领着另外一个人进来了。尽管应物兄知道,汪居常说的就是他自己,但他还是向汪居常身后看了一眼。汪居常身后什么也没有。哦不,还是有的,因为汪居常背着一个双肩包。

那个时候,应物兄正在与黄兴联系,以确定程先生到北京的准确时间。跟黄兴联系向来是个复杂的工作,你得先与他的助手联系,那个助手再与他更亲密的助手联系,更亲密的助手再与他的私人医生兼助手联系,然后私人医生再把电话交到黄兴手上。汪居常进来之前,应物兄倒是和私人医生联系上了一次,但很快就断掉了。原因嘛,哦,跟这名私人医生说话,实在太费劲了。私人医生姓李,出生于河南商丘,但却在新加坡长大,应物兄平时叫他李新,他也答应。和中国人打交道的时候,李新还保留着中国人的习惯,刚才就问了一句:"Have you makan already?"应物兄一时没有听懂,正要在英语和汉语之间转换,那边电话断掉了,随后才想起来,李新说的是新加坡英语,其中的"makan"是马来语"吃饭"的意思。我们的应物兄正要从头联系,汪居常教授到了。

如前所述,汪居常是乔引娣的博士导师。汪居常吹拉弹唱,样样在行,却无法把双肩包从背上取下来。应物兄就走了过去,把汪居常的胳膊从背带里掏出来。然后,汪居常先从里面掏出一个鼓鼓囊囊的布袋,把它放到一边,然后又从包里取出了六本书,那是程济世先生的六本书,一式两本。汪居常每掏出一本,都要端详一下,似乎要检查它的品相。品相确实一般,给人以盗版的印象。它们分别是《〈论语〉今释》《朝闻道》和《儒学新传统与中国现代性》。汪居常说:"还有一本《通与变》,托香港朋友去买了。境外图书不好报销。那就不报了,我认了。"汪居常已经荣任近现代史研究所所长,所以那几本书已经盖了研究所的公章。那个公章全世界独一份:它的形状像个葫芦,盖在书上就像卡通画。它是胡玠教授自己刻的。刻章本身并不费事,但要把印石章料弄成葫芦的形状可就得费点工夫了。半个葫芦刻的是阳文,半个葫芦刻的是阴文。盖了阳文章的书可以外借,盖了阴文的则用来收藏。

"听说程先生来了,麻烦你让他给我们签个名。"汪居常说。

"没来啊。你听谁说的?"

"反正我知道。放心,我不会对外说的。居常的嘴巴很紧的。"

"最近在忙什么?"

"你肯定知道的。"

哦,我还真是听说了一些事情。说起来,都与那个用葫芦刻章的胡珵教授有关。儿子胡小石被双规后,胡珵教授失踪了两天,搞得孙子孙媳差点报案。第三天,凤凰岭公墓的管理人员发现了他。那两天,胡珵教授的行踪实在诡异:胡夫人年前刚去世,胡珵教授竟然跑到墓地,把墓穴给挖开了,将陪葬的珠宝首饰全都取走,看样子是要拿来变现以抵赃款;另一种说法则是,墓穴是被消息灵通的人挖开的,胡珵教授闻讯赶到的时候,珠宝首饰已经不见了,墓穴里只剩下几个葫芦,葫芦里装着茅台,胡珵教授将它们一饮而尽,在墓坑中沉睡了两天。胡夫人生前喜欢喝酒?应物兄由此怀疑事件的真实性。经管学院院长聂许提醒他,茅台酒虽然是给胡夫人陪葬的,却是给百年之后的胡珵教授准备的。聂许说,茅台酒涨价太快,提前预备,总是好的。应物兄正是从聂许那里知道,代表学校从公墓人员手中接收胡珵教授的就是汪居常。

"没想到,居常兄也关心儒学。"

"哪里的话。一部儒学史,就是中国文明史嘛。"汪居常教授拿起《儒学新传统与中国现代性》一书,翻到折页,说:"你看我,多认真。你看这段话,越读越觉得好。"那段话下面已画了红杠:

> 两千五百年前,孔子掷出了一只骰子,老子也掷出了一只骰子。每只骰子的六面,都写着两个字:和谐。中国社会的明天,早在两千五百年前就已经开始了。卡尔·马克思说,一切已死的先人的传统,像梦魇一样纠缠着人们的头脑。诚哉斯

言。明天来临,昨天仍然不会结束。

然后又翻到《朝闻道》的折页,有一段话下面也画了红杠:

德国古典哲学、英国古典政治学、法国空想社会主义,马克思主义的三个来源都与18世纪启蒙运动有着历史渊源。而启蒙运动则受到了16、17世纪"东学西渐"影响。直到18世纪,中国对欧洲的影响比欧洲对中国的影响要大得多。辩证唯物主义就源于中国,马克思将之进行科学化之后,它又重返故乡。

他对汪居常说:"居常兄看得认真啊。"

汪居常低声问道:"我准备通读三遍。等程先生来时,好向他请教。程先生这次要来济州吗?如果要来,就不麻烦你背去北京了。我跟小乔说了,儒学研究院那边,你要保证随叫随到。"

"小乔是葛校长身边的人,我可不敢随便使唤。"

"她?她是自己人,不要客气,该打打,该骂骂。"

这话汪居常也对葛道宏说过,葛道宏只好纠正他,都是同事,怎么能打骂呢?汪居常下巴一收,说:"自己孩子,客气什么?"

这会,汪居常再次打开双肩包,从里面取出一个军用挎包,两只手提着。那包一定很沉,挎包的带子都绷得很紧。汪居常没有立即解释里面装的是什么,反而用手盖着挎包的拉链,说了一通话:"你知道,我们的研究所一直在老图书馆的地下一楼办公。由于地下水位下降,地基下沉,墙都裂了。我向学校打了报告,葛校长很重视,当天就批了。我拿着批复去了基建处。胡小石不是在基建处吗?胡小石双规之后,那里群龙无首,让我等几天。这怎么能等呢?万一出点事情,责任算谁的?别等了,自己动手,丰衣足食。我就自己联系了一个包工队进行修补。铁皮书架移开,竟然发现墙面上跑出来几截木头。原来是道暗门。一锹下去,那暗门就轰然倒下了,向我们敞开了一个历史叙事空间。当时我不在现场。民工们以为里面有什么宝贝,没经过我的同意,就钻进去了。还好,里面并没有金银细软,只有一张沙发。沙发的扶手、靠背都是牛皮的,但已经不完整了,被老鼠啃了嘛。里面的棕丝、麻绳也未能幸免。沙发很大,无论如何搬不出来。我回来时,看到包工头正叉着腰训人——"

"居常兄——"

"别急,听我说完。包工头不相信搬不出来,喊:'操你妈,难道先有沙发,后盖房子?脑子进水了?'一个小包工头,说来也是民工,却装作跟民工不是一个阶级了。地下室那么暗,他都要戴着墨镜。我对包工头说,墨镜摘了,好好看看,还真是先有沙发,后砌的门。正和包工头说话,民工们已经抄起铁锤子砸将起来。民工素质也真是个问题,挨训也是活该。铁锤子落下去,老鼠屎蹦起来,而且一蹦三尺高。溅到嘴唇上,溅到眼皮上,疼得呀。我觉得蹊跷。为什么要装一个暗门呢。滚开。我就让他们滚开。上去用手机一照。这一照不要紧,我就跟历史撞了个满怀。知道是什么历史吗?"

"古董?沙发里藏有古董?"

"从文化传承意义上,算得上古董。我先是听到丁零零一声响,原来从沙发里跑出来一个铃铛。随后又跑出来一个拨浪鼓——"

"居常兄,我这会真的有点事情,正跟美国一个朋友联系——"

"听我说完,你不会失望的。花开两朵,各表一枝,先说拨浪鼓。不仔细看,你还真看不出那是拨浪鼓,鼓面已被老鼠咬了,我摇了一下,腰身上的小鼓槌打得我手指头生疼。不信你看,指甲盖都打黑了。我虽是研究现代史的,但我也知道,这拨浪鼓产生于战国时期。战国时期,它叫什么名字,你知道吗?"

我当然知道,叫鼗嘛,最早是一种乐器,多用于宫廷雅乐。当然,这话他没说。"你接着讲吧。"他说。

"叫鼗,táo,以前是乐器,后来是玩具。咱们再说铃铛,那铃铛是铜制的,生了绿锈,但摇起来还能响。我本来想给我孙子的,但一想,这是公家东西,不能拿回家去。这些还都不是我要说的。要说的是,我发现沙发横档上的铅笔记号。肯定是当年做沙发的师傅留下的。横档的缝隙里塞着一份杂志,叫《中原》。可惜啊,也让老鼠给咬了。幸亏老鼠嘴下留情,只是将四边咬得豁豁牙牙,里面的内容大致还能看个明白。研究现代史的都知道,《中原》主要是研究国际问题的,也宣讲孙中山的'三民主义',1945年停刊的。民工毛手毛脚,取下杂志的时候,把封皮和前后几页弄坏了。真是该打。我要是包工头,非扣掉他们工钱不可。当然,实事求是地说,也不能全怪他们。杂志和横档、挡板粘到一起了嘛。上面有一篇文章:《纪念'双十节'三十周年:国父论辛亥革命》。可见是1942年出版的。这些我就不说了,图书馆也可以查到的。主要是沙发里还藏有东西。"

"这么说,还是有古董?"

"没有没有。一些信件,也碎得差不多了,但纸片还比较大。老鼠嘴下留情,没有嚼碎。可是上面的字迹看不清了,让老鼠尿给洇了。也可能不是尿。老鼠娶亲嘛。洞房花烛夜,小夫妻指不定怎么闹腾呢。我捏着鼻子看了看,拿着纸片对了对,你猜怎么着?竟然对出了'程会贤将军'几个字,也对出了'共匪'二字。很遗憾,里面没有出现'毛'这个字。如果有,我就敢打赌,这封信跟毛泽东有关。"

他终于坐了起来:"居常兄,你的意思是——"

"没白耽误你的时间吧?听出门道了吧?这应该是人家老程家的东西啊,是程先生的东西啊。那个拨浪鼓、铃铛,肯定是程先生幼时的玩具。"

他不由得来了兴致:"拨浪鼓呢?铃铛呢?"

汪居常终于打开了那个军用挎包,从里面取出一个铃铛。铃铛用口罩大小的青花布袋兜着,在解开布兜的同时,它已经响了起来,声音并不清脆,而是有点喑哑。这当然是因为生锈。那是一个黄铜铃铛,形似一口小钟。这是程先生玩过的铃铛啊!应物兄听见自己说。他伸出手,想接过来,但汪居常却没有给他。汪居常拎着那铃铛,它缓缓上升。汪居常此时是坐在沙发上的。那铃铛越过汪居常的脸,继续上升,升过了汪居常那染过的黑得有些不正常的头顶。它还在上升。汪居常仰望着它,并且眯起一只眼,似乎在看里面那个铜舌,那个钟摆。同时汪居常的嘴巴也没闲着:"铃铛虽是玩具,但也是乐器。"

同时汪居常用左手招呼我们的应物兄近前观赏。汪居常做了个示范,让他模仿他歪头的样子,跟他一起仰望那个铜舌,那个钟摆。其实,因为钟罩,他们什么也看不见。你就是把它升到天上,你也看不见它黑乎乎的内部,除非把它颠倒过来。奇怪的是,在那一刻,他们两个都没有想到这一点。应物兄想到的办法,是打开手机上的电筒。他终于看见了里面的铜舌,它微微摇晃着,不着边际,因此并不发声。他眼中的铜舌,黝亮如黑豆。汪居常又让它缓缓降落,小心翼翼地放到了茶几上。

"拨浪鼓呢?"

"送到京剧团了,"汪居常说,"京剧团有人会修这个。"

"你该送到博物馆啊,我们的济州博物馆有专业的文物修复人员。"

"送给他们修?你就不怕他们给你唱上一出狸猫换太子?"

他以为汪居常就把那个铃铛放下了,不料汪居常又把它收了起来,放进了双肩包。汪居常说:"这个也得送去修,看怎么才能去掉上面的绿锈。我倒可以送你一个复制品,你先拿给程先生看看。"说着,果真又从里面取出一只铃铛,比刚才的那个还小。

我们的应物兄后来知道,那只铃铛其实是从汪居常他们家小狗的脖子上取下来的。当然,每年的圣诞节,汪居常还会扮演圣诞老人,手持那个铃铛,给孙子、孙女发糖。顺便补充一句:有人曾状告汪居常,说他的儿子违反计划生育政策,生了两个孩子。不过,孙子虽然比孙女大两岁,汪居常拿出的医学出生证明却让人无话可说。证明上写着,那是一对双胞胎。为坐实此事,汪居常甚至让孙子当弟弟,孙女当姐姐。

但是就在应物兄要接过那只铃铛的时候,汪居常一翻眼睛,好像想起了一件事,说:"后天再给你吧。后天,我们研究所要主办一个关于葛任先生的小型研讨会。你知道的,那些人一发言,就管不住自己的舌头了。你得提醒他们别超时。怎么提醒?就是摇一摇这个铃铛。"然后,汪居常就又把它收了起来。

汪居常既然有求于他,当然还是留下了一个东西。那是一只葫芦。鉴于胡珏教授喜欢玩葫芦,所以应物兄认为,接下来汪居常可能要谈到胡珏教授了。不料,汪居常却说,那只葫芦也是从沙发里取出来的,它其实是一只蝈蝈笼子。

"你看,这是针刻葫芦,上面竟然刻着一个园子,玳瑁高蒙心。"

"高蒙心?"

"你主编的艺术生产史,没有提到玳瑁高蒙心吗?要不要我替你补上一段?蒙心就是蒙芯,芯片的芯,就是葫芦盖子。这是玳瑁做成的,比一般的蒙心要高,所以叫高蒙心,你看这蒙心,做的是葡萄串的形状。"

"你的意思是,这也是程先生玩过的?"

"肯定是。就这个是完整的,所以我送给你。但你得告诉程先生,说这是我保存下来的。我这么说,倒不是有什么私心。我是想让程先生做我们所的特聘研究员。你觉得,看在这葫芦、拨浪鼓和铃铛的分上,他会给我这个面子吗?"

费鸣走了进来,附到他的耳边,说:"敬修己先生发来邮件,两天后,程先生将到北京大学讲课。"

"不是清华大学吗?"

"两所学校都邀请了,但先生选了北大。"

"为什么?"

"或许是因为杨先生在清华?我不知道。您知道的,先生与李政道先生是朋友,而李杨向来不和。先生可能有所避讳。"

这天下午五点钟,应物兄与敬修己联系上了。因为时差问题,美国加州应是凌晨一点左右。所以打通电话之后,他先向敬修己道歉,说不该吵醒他。

"明知故犯,罪加一等。"敬修己说。

"罪过罪过!"他说,"我想知道,谁陪着先生回来?"

"皎皎白驹,在彼空谷。①"修己说,"陆空谷本来要去,后来又不去了。"

他心里一阵震颤,但很快又平息了,问:"那谁来呢?"

"珍妮,Jenny Thompson。"敬修己说。

珍妮来了,那么程刚笃可能也会来。陆空谷是不是因为珍妮和程刚笃要来,才取消此行的?有两个人照顾程先生,陆空谷确实没有必要再来了。不过,珍妮和程刚笃能够照顾好程先生吗?他有点怀疑。程先生说过,回国任职一事,还需要与程刚笃商量一下。程先生带程刚笃回来,莫非想让程刚笃提前熟悉国情?

29. 照片

照片上的程刚笃,眼皮还没有睁开呢,应该是刚抱出产房。脸皱得就像核桃。而程先生的说法,则是"状如榖树皮"。应物兄还记得,说这句话的时候,程先生用的是济州方言,将"榖树"说成"gu chu"。程先生还顺便解释说,榖树并非树,说的是粗糙干瘪,皱皱巴巴。程先生手中的照片下面有一行字:

---

① 见《诗经·小雅·白驹》:"皎皎白驹,在彼空谷。生刍一束,其人如玉。"

体重 2.31kg,香港玛丽亚医院。

第二张照片上,那张脸就长开了,胳膊和腿都像藕节,比前一张照片更像婴儿,更像人。一句话,脱离了植物的形态。不过,那本影集里,没有程刚笃母亲的照片。这给人一种奇怪的印象,好像那婴儿不是某个具体的女人生出来的,而是某种植物结出来的果实。也就是说,他又回归了植物。

这是应物兄刚认识程济世先生时发生的事。那本影集就放在程先生的案头,程先生有时候会翻一翻。每当这个时候,程先生都皱着眉头。既然程先生没有提到程刚笃的母亲,应物兄当然也就不便多问。

等他见到程刚笃的时候,那个四斤六两重的肉球,已经长成了一百六十斤的庞然大物。有一次,他去看望程先生的时候,刚好看到珍妮和一个肉球在看录像,看的是一部老掉牙的情景喜剧《我爱我家》,中英文字幕。珍妮就是从这部喜剧片中了解中国的。她已看过很多遍了,有时候看着中文给英文字幕挑错,有时候看着英文给中文挑错——没错,按她的话说,因为看得太多了,她已经忘记那是中国情景喜剧。

珍妮脚踝的刺青是个动物图案,她说那是中国龙。怎么会是中国龙呢?它的肚子那么大。中国龙是可以把一根高耸的华表从下缠到顶的。它不是中国龙,而是斯皮尔伯格电影中的恐龙,一种剑刺龙。珍妮说她以前的男友也是中国人,来自台湾。她很想到大陆去。她最想看的是兵马俑,因为它们很性感。兵马俑竟然很性感?珍妮说那些兵马俑的面部表情,一个个都很沉醉,就像做爱时的沉醉。他觉得,那是他听到的最有趣的解释。

关于珍妮与程刚笃,应物兄想起了黄兴曾讲过一个故事。程先生给刚笃买了一辆 Porsche①,刚笃要带着陆空谷和珍妮去兜风,

---

① 保时捷。

但陆空谷没去。刚笃就和一个朋友把车开到珍妮的宿舍门口,停下,然后拦了一辆出租车。刚笃让朋友开 Porsche,他自己带着珍妮坐出租车,跟在 Porsche 后面。刚笃吐着烟圈,问珍妮:"前面那辆车怎么样?"珍妮说:"好车。"刚笃又问出租车司机,出租车司机当然也说那是好车。刚笃对珍妮说:"那是我的车,送给你了。"珍妮很感动。珍妮并没有告诉刚笃,她的母亲是福特汽车公司的股东之一,家里就是做车辆租赁和汽车保险的。后来,刚笃知道了,曾经想撤退。但珍妮说,家族生意跟她没有关系,她的理想是周游世界。

"就像你们的孔夫子。"珍妮说。

珍妮大学毕业后,并没有去福特,而是来到黄兴的 GC 集团。奇怪的是,珍妮竟然主动提出照看黄兴的宠物,一头驴子。她喜欢驴子,认为驴子很聪明,还很有勇气,想踢谁就踢谁,想尥蹶子就尥蹶子。她还说,她可能会因为喜欢驴子而加入驴党[①],虽然她本人的政治倾向更接近象党[②]。对人们把驴子称为蠢驴,她很生气。

应物兄记得,她曾跟他谈起了著名的"布里丹之驴":如果在驴子嘴边挂上两束一模一样的草,驴子就会饿死,因为它不知道该吃哪一束草。珍妮认为,这其实正好说明了驴子的聪明,它善于比较和分析。如果是一头牛,它就不会考虑那么多了。他记得她的一个动作:或者两臂交叉搂着自己的肩膀,或者两臂交叉放在胸前,显得矜持而害羞。但有一天,他陪着程先生一家出去郊游的时候,她和刚笃在一个坡地上就干了起来。她的声音很大:"Oh,yeah!Oh,yeah!"她甚至还模仿起了驴叫,有如花腔女高音。哦,她其实一点也不矜持不害羞。

她当然也经常提到一些让他觉得难以启齿的问题。比如有一天,她问他:"什么叫装×?"

---

① 民主党。
② 共和党。

"珍妮,中国话很雅的,你怎么专挑这些话?"

"你们的电影、电视里经常这么说啊。"

"你去问刚笃吧。"

这天晚上,应物兄接到了珍妮的电话。说过要陪着程先生来北京的事情之后,珍妮问:"从北京到西安,有飞机吗?"

"想看兵马俑?"

"有飞机我就去看看。去贵州有飞机吗?"

"去贵州看什么?"

"贵州不就是黔吗?我想去看看黔之驴。"

"珍妮,你到底想看兵马俑呢还是想看黔之驴?"

"那我就从兵马俑飞往黔之驴?有飞机吗?"

你到底是来陪程先生呢,还是来看驴子的?当然,这话应物兄没问。他问到了程刚笃:"刚笃也要去看兵马俑、看驴吗?"

"不,这次他不去。他说他下次再去。"

"就你一个人陪程先生来吗?"

"你是不是想让陆空谷去?可她在欧洲,这次去不了。"

"那你告诉她,我们随时欢迎她回来。你能不能说服程先生来一趟济州?你陪他来,我可以派人陪你去看兵马俑和黔之驴。"

"你自己跟他说啊。求他,又不会降了×格。"珍妮说。

"你们是坐黄兴的专机?"

"黄兴的专机可以在世界各地降落,但就是不能飞到你们那里。你们的航空管制太厉害了。"

这句话让他很不舒服。如果她不是珍妮,他肯定要反驳她一通,虽然他并不知道航空管制具体是怎么规定的。但我总得回应一句,免得她继续胡说八道。就在他这么想的时候,他又听见珍妮说:"敬修己先生本来也要陪着先生去北京的,可他着急得很,用你们中国话说,急得狗挠墙,今天已经提前去了。他要先去香港,再去北京。"

郏象愚回来了？他的心顿时乱了。珍妮接下来还问了一句话,他是如何回答的,自己都记不起来了。珍妮问:"老头子问你,这次去能听到济哥叫吗?"他想,如果不出意外,他的回答应该是:"可以,当然可以。"

其实不可以。我从哪里弄到济哥呢?

30. 象愚

象愚如果没有从台子上掉下来,后面的故事会是什么样子呢?

我们的应物兄常常这么想,但每次都没有结果。有一点是可以肯定的:如果没有发生那件事,那么郏象愚就还是郏象愚,不会成为后来的敬修己。历史不容假设,假设的历史只存在于虚构作品当中。人们之所以会去虚构,之所以喜欢阅读虚构作品,是因为人们总有一种冲动,或者说愿望:看到历史的另一种可能。这种冲动或者说愿望,对应物兄来说不仅存在,而且很强烈,因为他也是他自己的历史。那么,它会是一种怎样的可能呢?

1988年深秋,得知著名哲学家李泽厚先生将路过济州,济大研究生会向李泽厚先生发出了邀请,希望他老人家能顺便到济大指点江山。郏象愚当时是研究生会的宣传部长,参与了邀请信的撰写。得到李先生的回复,郏象愚最操心的是礼堂旁边那个旱厕该如何处置。它太臭了,里面的粪便都摞成了宝塔的形状。物理系一个研究生建议,从驻济部队那里借来帆布帐篷,将它整个兜起来。

"问题是,你管得住李先生的视觉,却管不住李先生的嗅觉。"说这话的人也是哲学系研究生,因为崇拜尼采而被人称为小尼采。小尼采与郏象愚是中学同学,两个人经常一起出没于各种场所。

郏象愚问:"你说怎么办?"

小尼采说:"这就不知道了。我不关心这个。"

郏象愚说:"问题就在这,你只研究上帝死了,但上帝死了怎么办,你却要撂挑子了。这是不行的。"

小尼采被刺激得嗷嗷直叫:"妈了个×的,老子现在就把它填了。"

填了它?倒是个办法。大家举手通过,并商量说,学校一旦追究下来,大家就一起承担责任。至于填了之后,方圆几百米没有厕所,人们的内急问题如何解决,他们觉得这过于形而下了,不在他们的考虑范畴。郏象愚当时还好心提醒大家,最好等学生宿舍关灯之后再动手。当时学生宿舍都是十点半统一关灯,只留几个通宵教室供好学生使用。事实上,他们有点多虑了。填了也就填了,学校并没有找他们算账。有件奇怪的事情不妨一说:那个臭烘烘的地方,后来竟长出了一片香椿树。春天一到,就有很多家庭主妇盯着它。香椿炒鸡蛋嘛。

李泽厚先生是八十年代中国思想界的领袖。他的到来让人们激动不已。李先生到来的前一天,应物兄去澡堂洗澡,人们谈起明天如何抢座位,有人竟激动地凭空做出跨栏动作,滑倒在地。来不及喊疼,就又连滚带爬去抢淋浴龙头。冷水浇向年轻的身体,激得人嗷嗷大叫。

应物兄现在还记得,李泽厚先生讲话时有一个习惯性动作,就是不停地捋着前额的几绺头发。但是刚捋上去,它又会滑下来。李先生这个动作,令他想到高尔基对俄国马克思主义先驱普列汉诺夫的描写:普列汉诺夫演讲的时候,总是不停地抚摸着镶在礼服上的金质扣子,好像不摸那么一下,他就讲不下去。如果他没有记错,李泽厚那天讲到了"积淀",讲到了"实践",讲到了"主体性"。当时他和伯庸并排坐着,坐在他们中间的是伯庸的女友。伯庸的女友突然说,李先生用的洗发水肯定是蜂花牌。有这种想法的人应该不止她一个,因为第二天学校小卖部的蜂花就脱销了。时光飞逝,物换星移,前年李先生又到上海某大学演讲,李先生刚一露面,女生们就高呼上当了。她们误把海报上的名字看成了李嘉诚先生的公子李泽楷。

李先生大概只讲了一刻钟就说累了,提出让陪坐在一侧的姚先生来讲。姚鼐先生愣了一下。李先生说:"你随便讲嘛。"姚鼐先生就转述了李先生私下聊天时的一个观点,这个观点让所有人目瞪口呆:李先生说过,他不会有墓志铭,但他准备将来把脑袋留下来,冷冻,过了三百年或者五百年,再拿出来。有些人这样做是为了复活,但李先生不是。李先生是要证明文化能否影响大脑的生理性特征,几百年之后人们是否能从他的大脑里发现中国文化的遗迹,以证明他的"积淀说"。如果能够证明,他觉得比他所有的书加起来贡献都要大。

姚鼐先生当时讲完冰冻脑袋,短暂的沉寂过后,礼堂里爆发出震耳欲聋的掌声。伯庸在他耳边说:"这是真正的道成肉身。"掌声中,现场突然有点乱了。很多人想拿到李先生的签名,这会他们以为李先生要提前离开了,也就炸窝了。坐在前排的则是一哄而上,朝讲台上爬去。作为研究生会宣传部长的郑象愚当时坐在第一排,他肩负着维持秩序的任务。他常常不由自主地站起来,用严厉的目光扫射会场,好让那些蠢蠢欲动者不要轻举妄动。此刻,看到有人往前冲,他就张着双臂拦截,很像儿童游戏"老鹰捉小鸡"的动作。眼看着小鸡们纷纷突破他的防线,他就一扭头,一扭腰,一撅屁股,也开始往讲台上爬了。他手中拿着一本书,是李先生的名著《美的历程》。他准备把李先生的签名本献给密涅瓦。

郑象愚喜欢德国哲学,通过死记硬背,借助国际音标,他学会了一句黑格尔的名言:Die Eule der Minerva beginnt erst mit der einbrechenden Dämmerung ihren Flug[①]。意思是说,哲学是一种反思活动,它不像鸟儿那样在朝霞中翱翔,而是像猫头鹰一样在黄昏时起

---

① 密涅瓦的猫头鹰只在黄昏时起飞。

飞。密涅瓦就是雅典娜,古罗马神话中的智慧女神。他把智慧女神的名字献给了女友,而他自己则号称猫头鹰。

他盼望李先生能把那句德语写到书上。他认为,深谙德国哲学的李先生,德语也一定讲得很溜。他很想在李先生面前炫耀这句德语。要是李先生问起他,你的密涅瓦是谁?那么,他就会当场宣布,她就是乔木先生的独生女儿乔姗姗。此前人们也曾多次问过他这个问题,但他总是笑而不答。他的笑声也就有点模仿猫头鹰,听来有点怪怪的,好像在说,你们也配知道?

更多的人在往前冲。他们有如被磁石吸附的铁钉。他们跳过排排座位,向前,向前,向前冲。被踩坏的椅子不计其数,它们被分解成了形状不一的板子。那些板子很快被人举在了手中。他们不是要打人,而是用它做垫脚板,以方便自己爬上台子。就在此时,李先生在攒动的人头中消失了,消失在幕后,然后从侧门悄然离去了。

郏象愚此时刚爬到台子上。他的腰尚未直起,就被别人挤了下来。他是四脚朝天摔下来的。虽然摔下来的不止他一个,但是按照伯庸的说法,谁都可以摔下来,就郏象愚不可以,因为他是猫头鹰啊。有谁见过猫头鹰从树上摔下来吗?更何况那并不是摇动的树枝,而是礼堂的讲台,它稳如磐石。就那么巧,郏象愚掉下来的时候,刚好落到了一块垫脚板上面。它原是椅子的扶手。在人们的拥挤和踩踏中,在来自不同方向的力的作用下,它突然竖了起来,就像一把木剑,刚好顶住了郏象愚的尾巴骨。郏象愚的叫声是凄惨的,是非人式的,就像猫头鹰被人拧断了翅膀。紧随着那一声惨叫的,则是一个女孩子的尖叫。

没错,她就是乔姗姗。

应物兄和伯庸拨开人群来到郏象愚身边。他们试图将郏象愚扶起来。但是郏象愚就像一块豆腐,一根煮熟的面条,怎么也扶不起来了。正无计可施,研究鲁迅的郑树森挤了进来。郑树森敢于直面淋漓的鲜血,甚至是乐于直面。郑树森过来之后说的第一句话就是:"他妈的,流血了吗?"看到郑象愚完好无损,郑树森甚至有点失望。失望归失望,郑树森还是做了点事情的。"走你!"郑树森突然一声喊,就将郑象愚揪了起来,又用膝盖顶着他的胸,快速蹲下去背对着他,再猛地一松手,把他放到了自己背上。郑树森其实也是第一次背负那么重的东西,往礼堂门口走的时候,整个身子都在打晃。应物兄记得,他和伯庸当时一前一后,扶着郑树森以防摔倒,扶着郑象愚以防滑落。他当然也记得,乔姗姗拽着郑象愚的手,问:"疼不疼?"

郑象愚说:"不——疼——"

乔姗姗流着泪,说:"还说不疼?你不疼,我疼。"

他和伯庸,当然也包括郑树森,由此知道乔姗姗就是郑象愚经常挂在嘴上的密涅瓦。伯庸后来对他说,乔姗姗可以是密涅瓦,但郑象愚却不配是猫头鹰。"有一种动物叫鸱龟,你还有印象吗?"伯庸说。

"什么龟?"

"鸱龟,像猫头鹰的龟。《天问》里写到的一种动物,'鸱龟曳衔,鲧何听焉'①。一看到郑象愚那副熊样,我就想到了鸱龟。他自称是猫头鹰,但却像乌龟一样仰面躺在地上,连翻个身都翻不成。"

郑树森虽然没有伯庸那么刻薄,但对于郑象愚的猫头鹰称号,也表示不敢认同。郑树森认为,能配得上猫头鹰这个称号的中国人只有一个,那就是先生。他所说的"先生"当然是指鲁迅先生。郑树森说,有人以画喻先生,画的就是猫头鹰:歪着头,一眼圆睁,一眼紧闭,两眼之间还有一撮尖锐耸立的羽毛,下面则是两只锋利的爪子。郑树森认为,郑象愚就是一只病猫。

他记得很清楚,出了礼堂,郑树森就把郑象愚放下了。郑树森

---

① 屈原《天问》:"鸱龟曳衔,鲧何听焉?"可译为:像猫头鹰一样的龟,嘴里叼着马口铁,鲧为什么就听了它呢?

说:"烟。"郑树森本来是不抽烟的。迷惑之中,他还是给郑树森递了一支烟。"火。"郑树森又说。他赶紧掏出火柴,擦着,给郑树森点上。"水。"郑树森又说。乔姗姗赶紧把自己的水杯递了过去。乔姗姗问大家:"要不要送象愚去医院?"他和伯庸当然都说,还是去检查一下为好。郑树森喝着水,看着郑象愚,说道:"象愚本来不要紧,不想去医院,说的人多了,也就想去医院了。"说完,郑树森就叼着烟扬长而去了。后来他才知道,其实郑树森也暗恋着乔姗姗。

最后把郑象愚背到校医院去的,就是我们的应物兄。郑象愚的头垂在他肩上,尖尖的下巴够着他的肩胛骨。他背着郑象愚走在前面,乔姗姗则提着郑象愚的鞋子跟在后面,边走边哭。伯庸的任务则是安慰乔姗姗。伯庸的安慰常常起到相反的效果,因为伯庸是这么说的:"不会瘫痪的,你放心。真瘫痪了,我们帮你照顾他。"这时候,他感到郑象愚在朝他的耳朵吹气,吹得很响,有如狂风呼啸。郑象愚的第一句话,他其实没有听清,他只听清三个字:"答应我。"

"你说什么?"他问郑象愚。

"不说了。"郑象愚说。

"对不起,我没听清。"他说。他其实是想借唠嗑转移郑象愚的注意力,使郑象愚不那么痛苦。

"我要是不行了,姗姗就托付给你了。"

"胡说什么呀。"他说。

"拜托了。我不行了,姗姗就托付给你了。"

"别胡思乱想,一会就好了。"

"你是好人,"郑象愚说,"姗姗托付给你,我也就放心了。"

这是第一次有人把他与乔姗姗的命运联系到一起。它出自一个对自己的命运、自己的真实处境毫无感知的人之口,但它是真诚的。当然,现在想起来,那简直就是个玩笑。校医院终于到了。急诊室的床上已经躺着一个人。医生简单地问了一下情况,拉过一把椅子,让他把郑象愚放到椅子上。他正要放,医生说:"翻过来,翻过来,趴下。"他非常恼火,但不敢发作。乔姗姗更是气得全身发抖。医生戴着手套,调整着每根手指在手套中的位置,说:"听见没有?"然后,医生让他把郑象愚的裤子褪到膝盖。就在这时候,郑象愚喊了一声:"姗姗出去!"

乔姗姗没有出去,只是背过了身。

郑象愚又喊:"密涅瓦,快出去!"

躺在床上那个人都忍不住笑了一下。医生拍了拍郑象愚的屁股,让他安静,然后在他的屁股上这里按一下,那里按一下,重点是肛门周围。正按着,郑象愚突然长吸一口气,有如垂死者的呻吟,有如捯气。

"起来吧。"医生说。

应物兄连忙去扶,但医生说:"让他自己起来。"

"没事吧?"他问。

"磕到尾巴骨了。没事,下来走走。"医生说。

"尾巴骨?我身上有吗?"乔姗姗立即问道。

医生笑了,说:"应该有。"

"他不会……?"乔姗姗又问。

"死不了。尾巴骨嘛,那是祖宗传下来的最没用的器官。"

"一点用处都没有?"乔姗姗问。

"有是有,那就是为肛门定位。"医生说。

医生这句话比灵丹妙药还管用,郑象愚一下子就恢复了大半,说出了一个长句子:"哎哟喂,我的上帝啊,我这一百多斤,差点就交给历史了。"

郑象愚第二天就基本正常了,只是走路姿势有点不对头,要么撅着屁股,要么勾着屁股。吃晚饭的时候,郑象愚端着饭盒来到他面前,递给他一瓶橘子汁。郑象愚还主动把一块咸肉夹到他碗里。郑象愚说:"我昨天说的话,现在可以收回了。"

"哪句话?"

"你忘了？就是那一句。"

"你这一百多斤不是还在嘛。"

"看来,那一句话你已经忘了。忘了好。既然忘了,就永远不要再想起。"

他当然知道郏象愚指的是哪一句。那句话,他压根就没有放在心上。他甚至认为,它连玩笑都不算。它没有意义,它只是呻吟的一部分。它虽然由一连串的字词构成,但那些字词只有语音,没有语义。当然,那个时候,谁也没有想到,后来还会发生那么多事情。而随着事情的发生,那些字词被恢复了,语义与语音凝结到一起,凝结得死死的,好像再也无法分开。

他记得很清楚,郏象愚当时还求了他一件事:不要把他和乔姗姗的事情告诉乔木先生。"我有嘴,我自己会说的,"郏象愚说,"我得来个正式的。"所谓的"正式",并不是指媒婆上门提亲,而是要来个西式的仪式。但拜见岳父的西式仪式到底是什么样子,郏象愚却并不知道。为此,从来看不起文学的郏象愚(他觉得文学作品的思想含量太少了),那段时间可没少看欧美的浪漫派小说。

他问郏象愚:"还疼吗?"

郏象愚说:"疼?疼怕什么。疼只是一种感觉,还没有上升到理性范畴,没有讨论的价值。"

他说:"那就好。"他看着碗里那块咸肉,发现上面有几根黑毛。

郏象愚说:"我就不请你吃饭了。我们是一家人,不需要客气。谁让你是乔木先生的弟子呢?"郏象愚已经以乔木先生女婿的身份说话了。

他提醒郏象愚,把他从礼堂背出来的是郑树森,就住在隔壁寝室,应该去表示一下谢意。郏象愚说:"我已经请他喝过橘子汁了,他还想怎么着?"

随后一段时间,郏象愚突然变得无精打采,垂头丧气,那是因为他在乔木先生那里碰了钉子。郏象愚给乔木先生送去了一个礼物：叼着水烟筒的木偶。乔木先生拿起来，看了看，说："驼背侏儒嘛。"接下来，乔木先生问到了一个与何为教授有关的问题。作为哲学界德高望重的人，何为教授将自己的一生都献给了哲学。她是"国际中国哲学学会"（International Society for Chinese Philosophy）的创始人之一。关于其终身未嫁的原因众说纷纭，有一个版本是这样的：因为研究古希腊哲学，所以她看到过不少古希腊雕像，雕像上的男人都是不长耻毛的，所以她也认定男人没有耻毛。新婚之夜，当她在花烛之下看到了男人的耻毛，顿时吓坏了，以为碰到了野人。野人怎么懂得哲学呢？就是懂，懂的也只是野人的哲学，而不是古希腊哲学。于是她连夜逃走了，终身再未婚配。乔木先生现在采用的就是这个版本。乔木先生问："据说何先生当年也是结过婚的，只是因为怀疑对方不懂她的哲学，就和对方分手了。这个问题，你是怎么看的？"

郏象愚发现这是一个陷阱。如果他赞成这样做，那么乔木先生就会认为，上梁不正下梁歪，他很可能也是这样的人。这样的人，怎么能够托付终身呢？但如果他说这样做不好，那么乔木先生就会认为他是在攻击导师，是对导师的背叛。一个连导师都敢背叛的人，当然也会背叛家庭。那么，郏象愚又是如何回答的呢？郏象愚说："启蒙嘛。对方不懂，可以教啊，启蒙嘛。"

乔木先生问："要是教不会呢？"

郏象愚支吾了半天，说："一遍教不会，那就教两遍。"

乔木先生就说："譬如我们家姗姗，有些道理我就讲不通。手把手教了二十年了，还没有教会。"

郏象愚以为乔木先生是要告诉他，以后相处要有耐心，就连连点头。不料，乔木先生接下来却说："中国人教不会，那就送到国外，让外国人教她。"然后，乔木先生就下了逐客令，"你走吧。姗姗是要出国读书的。"

这倒是真的。乔木先生虽然是古典文学研究的大师,但最关心的却是女儿的英语成绩。当然了,也就是从这一天起,乔姗姗就拒绝再学英语了,她甚至当着乔木先生的面将英语磁带点了。那火烧火燎的味道,将她的母亲呛得又流泪又咳嗽。本来就病得不轻的母亲,拍打着床,半天说不出话来。乔木先生很生气。气急了,拿起电话就给何为教授打了过去。别人都称何为教授老太太,乔木先生则直呼其名:"知道何为养猫,不知道何为还养猫头鹰。"

老太太已经听说了一些事呢,这会回答说:"猫头鹰好啊,益鸟。"

乔木先生说:"益鸟?报丧鸟!何为喜欢,我不喜欢。"

那段日子里,郏象愚常说的一句话是:"密涅瓦的猫头鹰飞不起来了。"

春节过后,郏象愚决定带着乔姗姗私奔,将生米煮成熟饭。乔姗姗却总是犹豫不决,因为她母亲的身体时好时坏,有时竟然喘不过气来。好不容易喘过来了,说出来的话却让人丧气:"三寸气在千般好,一日无常万事休。好什么好?还是休了好。"母亲的情绪确实很不稳定。除了生她的气之外,不断出现的死亡事件,也部分地影响到了母亲的情绪。也真是怪了,每到春暖花开时节,家属区里总会有几个老人去世,就跟扎堆似的。个别不懂事的年轻人也跟着凑热闹,跳楼、沉湖、卧轨,不一而足。一个远在北京的名叫海子的诗人,他的死甚至闹出了很大动静,济大镜湖诗社的人竟连续在镜湖边举行纪念仪式,点起蜡烛,又哭又闹,又唱又跳。老年人看了,心里很不是滋味。

那段时间,郏象愚经常无缘无故地流鼻血;一流鼻血,他就把报纸捻成卷儿塞到鼻孔里,就像长了一对象牙。郏象愚此前总是西装革履,去澡堂洗澡也要打着领带,但那段时间,却总是裹着一件破棉袄,见到人,要么爱理不理,要么和你死抬杠。抬杠的时候眼睛喷着怒火,好像要吃人。有一天,伯庸对他说,你知道吗,愤怒出诗人,因为愤怒,郏象愚现在已经变成一个末流诗人了。不可能吧?郏象愚向来看不起诗人的。这与他的"黑格尔粉丝"身份有关。黑格尔有一句名言:艺术发展到诗歌将被哲学代替而消亡。随后应物兄才知道,郏象愚只是短暂地爱上了诗歌而已,而且只爱一首诗。那首诗其实是他从镜湖诗社的室友那里抄来的,题目叫《三月与末日》。室友认为这首诗过于朦胧,但从来不懂诗的郏象愚却一下子就看懂了,认为那首诗就像是写给他的,又像是他自己写的。郏象愚声称,全世界大概只有他和作者两个人能够认识到,三月即末日。可是,阳历三月过去了,阴历三月也过去了,末日却并未来临。

就在阳历三月和阴历三月之间,有一天,郏象愚披着破棉袄来到了他的宿舍,埋怨他当初不该救他。"我当时要是摔死了,那该有多好。都怨你。"

他对郏象愚说:"讲台就那么高,你怎么可能摔死呢?"

郏象愚突然重复了多天以前讲过的话:"你背我去医院,我就知道你是个好人。如果我死了,乔姗姗就托付给你了。"

他对郏象愚说:"你不是每天嘀咕三月即末日吗?末日来临,谁也别想活下来。你不需要托付给我了。托也没用。"

但郏象愚还是要他答应:"你必须答应我。要不,我现在就死给你看?你当初既然救了我,就得对我负责到底。"

那年的五月初,苦闷中的郏象愚去了一趟北京。与他一起赴京的,还有伯庸和伯庸的女友,就是那个因为李泽厚而喜欢上了蜂花洗发水的女生。同去的还有郏象愚的跟班小尼采。小尼采崇拜尼采,但书包里装的却是弗洛伊德的《释梦》。在火车上,只要"蜂花"离开片刻,郏象愚就向伯庸请教如何让女人言听计从。他之所以这么问,是因为乔姗姗本来说好要跟他来的,最后却没有来。伯庸觉得这个问题没有含金量,都懒得回答了。郏象愚说:"如果你能教会我,我送你一条领带。"郏象愚的领带是嫂子给他的,那是当时的名牌。但伯庸是个不修边幅的人,对领带没有兴趣。郏象愚就先给伯庸上了一课:"你去打听一下,问一下那些有头有脸的人,拥有一条好领带是多么重要。那天我遇到一个人,我问他:你最满意的事情是什么?他说,最满意的就是拥有两条领带。改革开放了,怎么能没有一条名牌领带呢?"

伯庸被感动了,说了四个字:"让她堕胎。"

郑象愚啃得动黑格尔的大逻辑,却吃不透伯庸的这个小逻辑。伯庸只好把逻辑替他捋了一捋:"宝宝都替你生了,可不就是你的人了吗?"郑象愚问:"宝宝不是已经堕掉了吗?"伯庸急了:"打掉的宝宝就不是宝宝了?亏你还是学哲学的。宗教神学属于哲学的分支吧?宗教神学认为,生命始于受孕的那一刻。只要受孕了,就说明它已经存在过了,而存在决定意识。"为了鞭策郑象愚,伯庸还吹了个牛,"知道'蜂花'为什么那么乖吗?我已经让她打过两个了。"

"太残忍了吧?"

"你看着办,"伯庸说,"我正要让她打第三个。"

郑象愚觉得伯庸又残忍又庸俗。到了北大附近,他们就分手了。伯庸与"蜂花"住到了清华西门水磨西街的地下招待所,郑象愚和小尼采则是住到了北大的学生宿舍,他们的中学同学在北大读书。伯庸对那个值班大爷有着深刻的记忆,一大早,值班大爷就坐在门口,臭豆腐上滴着香油,喝着小酒,自言自语:"缺你们棒子面吃了吗?没有吧?"听他们说睡不着,守门大爷说:"穷忍着,富耐着,睡不着眯着。"伯庸也曾去北大找郑象愚和小尼采。郑象愚依然神不守舍的,因为他写给乔姗姗的信都被退了回来。出于友情和同情,伯庸后来说,他只好陪着郑象愚在校园里散步,或者陪他到圆明园划船。

有一天早上,他们三个人在圆明园游玩的时候,听见票友们正在林子里吊嗓子,在练习京剧《群英会》里蒋干的道白:

> 周郎不降,与我什么相干?哎,曹营事情,实实难办——

翻来覆去就是这一句。郑象愚听得发愣,一时不知今夕何夕。突然有人朝他们喊道:"我抽你!"这本来是当年骑马的游牧民族训斥北京人的话,现在却成了北京人的口头禅。说出这句口头禅的人现在骑的是辆三轮车,车上装着宰好的羊。羊皮已经剥了,只有羊头还是完整的,山羊胡子在朝霞中飘拂。郏象愚首先看到的就是羊头。它放在三轮车的最上面,头上盘着两只大角。它很悠闲,似乎正在闭目沉思。突然间,它好像想通了什么问题,竟然激动得从车上跳了下来,滚到了郏象愚的脚下。

其实是郏象愚撞到三轮车上,把车把都给撞歪了。那段时间,郏象愚正拼命补习英语,准备陪着乔姗姗一起出国。所以,郏象愚当时是用英语道歉的:"Sorry! Sorry!"对他的道歉,三轮车夫以京骂回应:"傻×!"郏象愚并没有发火。事实上,他还低声下气地解释了一通,说自己本名象愚,本来就是个傻×。三轮车夫显然误解了郏象愚,以为郏象愚骂人呢,立即大动肝火,腿一骗从车上跳了下来,伸着巴掌,做出抽人的架势。郏象愚突然发作了,弯腰捡起羊头朝车夫砸了过去。羊角划破了车夫的脸,羊头则被车夫的脸反弹了出去。

按说郏象愚这时候跑掉就没事了,但郏象愚却没跑。郏象愚心软了,上前察看车夫的伤势去了。谁也没想到,车夫突然死命地拽住了郏象愚,喊着:"杀人了,杀人了——"这一声喊惊动了很多人。票友们迈着优雅的台步从林子里走了出来,然后又走进了另一片林子。但与此同时,有人从林子里冲了出来。

这个时候,小尼采和伯庸已经跑得不见人影了。

情急之中,郏象愚再次拎起羊头,朝那个车夫砸了过去。砸了多少下,他都忘了。他觉得,那只羊角不粗不细正合手,抡起来非常方便。车夫终于把他松开了。他开始奔跑,没命地奔跑。奔跑,从此成为郏象愚的基本姿态。他就这样跑啊跑,直到现在都没有歇脚。

现在,象愚终于要回来了。

他只是回来看看,还是从此就不走了?

这天,应物兄本来要和华学明见面,谈谈济哥的事情的,因为珍妮这个电话,他有些心绪不定,就把见面取消了。有一点让他感到非常奇怪,华学明竟然知道郏象愚要回北京。华学明是这么说的:"我知道,你马上就要去北京了。你不是要去那里见敬修己吗?你先忙你的。"

"你也认识这个敬先生?"

"不认识,但我知道他。等你回来见吧。"

"我后天才走。咱们明天见个面吧。这事真的比较急。你上次说,济哥绝种了?这不会是真的吧?"

31. 济哥

"济哥"一词,竟然在程先生的谈话中出现过这么多次?这是应物兄事先没有想到的。应物兄的博士生张明亮,在帮他整理程先生的录音过程中,顺便把程先生关于济哥的一些谈话整理出来了。这天,在去见华学明之前,他把这些文字又看了一遍。他感到很惭愧:我自以为对程先生了解得很透了,现在看来,还差得远呢。

下面一段谈话,是程先生与黄兴的一段谈话。黄兴请程先生在加州住了几天,住的就是他们当初吃火鸡、过感恩节的那个院子。如果不出意料,对话应该是敬修己录下的:

这房子好是好,结实,也不怕火烛。独缺了情趣噢。院子里一定要有廊。廊是院子的魂。你们想啊,春天好光景,堂屋前若有两株太平花,桃花也开了,看那一庭花木,多好。济哥叫,夏天到。我最喜欢听济哥的叫声。放下廊檐下的苇帘遮阳,躲在廊檐下,听济哥叫,真是好听。我喜欢的一只济哥,是父亲的一个朋友送我的。我是小心侍候着,用蛋黄、肉糜、肝粉喂养。我后来又见到过别的济哥,可都没有那一只好。听着济哥叫,很快就睡了过去。在廊下昼寝,粗使丫鬟和老妈子要垂手站在庭中,蝇子飞不过来的。秋天有小阳春,在廊下站站,也是好的。最有情趣的还是冬天,隆冬! 鹅毛大雪,廊前的台阶叫雪给盖住了。扫了雪,雪是白的,地砖是黑的。到了夜间,你在屋里看书,能听见落雪。蜡烛有心还惜别,替人垂泪到天明。一年四季,春秋冬夏,风花雪月,有喜悦,有哀愁,想来都是好的。哪像你这院子,一览无余。要有月光花影,要有济哥鸣唱,要有闲笔,要有无用之用。

虽然没有见过济哥,但读到这段文字,应物兄仿佛听到了济哥的叫声。同时,他眼前也飘起了鹅毛大雪,闪过月光花影,顿感静谧祥和。同时他的脑子也在飞快地转动:程先生当时住在哪间屋?是东边还是西边?太平花到底是什么花?他曾在课堂上讲过陆游的诗《太平花》:"扶床踉蹡出京华,头白车书未一家。宵旰至今劳圣主,泪痕空对太平花。"不仅讲过,后来还拿它做过考题,让学生们解释"头白车书未一家"是什么意思。很多学生说,车书指的是"装了一车书"。胡扯嘛。"车书"一语来自《礼记·中庸》:"今天下车同轨,书同文。"所以"车书"指的是国家的制度,说的是国家统一的意思。他想,程先生在这里提到太平花,应是一语双关,既指某一种花,同时也饱含着对民族统一的期盼。至于程先生提到的粗使丫鬟和老妈子,现在已经没有这个说法了,只能称之为工作人员了。他突然想到,张明亮的夫人小荷,如果在济州找不到合适的工作,这个工作就让她来干怎么样?

还有一段文字,录的则是他自己和程先生的一段谈话。他现在想起来,那是他刚到哈佛不久,程济世先生说,看到他一篇关于《诗经》的文章,里面提到了很多首诗,但有一首最重要的诗却没有提到。程济世先生说:"《螽斯》①嘛,就没有提到嘛。"

──────

① 见《诗经·国风·周南》。

他说:"先生看得很细,我确实没有谈到这首诗。"

程济世先生说:"别的诗当然也很重要,但《螽斯》这首诗,对我们这些人来说是最重要的。"接下来,程先生说:

> 给学生讲课,讲到《诗经》,《螽斯》是必讲的。仅仅一个"螽"字,就可以讲半个学期。"冬"字在甲骨文中,讲的可不是"冬天"的"冬",是什么?是"终",是"慎终追远"的"终"。"冬"字下面是两个"虫"字。在甲骨文中,一切动物皆为"虫":禽为羽虫,兽为毛虫,昆为甲虫,鱼为鳞虫,人为倮虫。何为倮虫?无羽无毛,无甲无鳞,只是一个赤裸裸的大虫。所以"螽"字下面两只"虫",讲的就是作为倮虫的人,如何保持和谐。这首诗是借写螽斯这种虫子来写人的。你看人家螽斯,虽然妻妾成群,彼此之间却不嫉妒,不吃醋,不搞窝里斗,所以子孙也就"诜诜今"喽,其乐融融。知道孔子为何把这首诗选入《诗经》吧?原因无他,就因为写出了中国人的家庭观和伦理观,写出了儒家对于人类社会的祝愿。如此重要的诗篇怎能漏掉?

我当时真是无地自容啊。让我想想当时是怎么回答的?我好像说了,程先生,我该挨板子。那么程先生又是怎么说的呢?对了,程先生当时笑了,拍了一下手中的书,说,这记板子,先存着。程先生对我,还是很宽容的,仁德啊。

还有一段对话,则是对敬修己讲的。敬修己有一天孝敬了一只蟋蟀,敬修己人未开言,那只蟋蟀就叫了起来。

程先生:何物在叫?

敬修己:您不是喜欢这虫子吗,我抓到了。

程先生:修己,可瞒不了我。我虽已老朽,难免受些蒙蔽,可耳朵还没聋呢。这是蟋蟀叫。四壁蛩①声助人叹息,惟螽斯

---

① 蛩,古指蟋蟀。

之鸣,如孟秋之月,其音商①。

敬修己:我一定为先生抓到真正的螽斯。

程济世说:这里的螽斯,他们叫它 Katydid。这里的螽斯跟济哥倒有几分相似,只是个头大一点,食性偏荤,喜欢吃瓢虫和蚂蚁,故叫声浑浊。济哥食性偏素,故叫声清亮。天底下没有比济哥更好的螽斯了。世界各地的螽斯放到一起,我一眼就可看出,哪只是济哥,哪只不是。也不用看,听也听得出来。

这样的济哥,怎么可能绝种呢?程先生要是知道济哥绝种了,不知道要怎么伤心呢。不行,学明兄,你一定得替我想想办法。你是生命科学院的院长,是杰出的生物学家,你的学生遍布大江南北,你一定有办法弄到济哥的,起码要弄到几只与济哥相似的蝈蝈。

华学明的生命科学院实验基地,离凤凰岭不远。就在应物兄打车前往基地的途中,他接到了葛道宏的电话。葛道宏说,邓林来电,栾庭玉副省长召集他们谈话。原来,葛道宏已向栾庭玉透露了程先生要来济州任职之事。作为主管文教体卫的副省长,栾庭玉对此事非常关心。栾庭玉即将去中央党校培训,临行前想听听他们的汇报。

他当然赶紧给华学明打电话解释此事。华学明当然表示理解,并要他问一下栾庭玉,那两只鹦鹉是否需要定期体检一下。几分钟之后,他又收到了华学明的微信文档,那是华学明整理出来的关于济哥的资料。华学明同时也告诉他,找到了几个资深罐家,也就是玩蝈蝈的人,他们手中的蝈蝈与济哥非常相近,足以乱真。"如果你需要,我这就联系一下,让他们给你送过去?"

他想了想,还是谢绝了这份好意。他不想欺骗程先生。他也想起了程先生曾经说过,世界各地的蝈蝈放到一起,他也能听得出来,哪个是济哥。程先生要是发现我在弄虚作假,我在程先生面前

---

① 见《礼记·月令》。商即商音,古代五音之一。

还能抬起头吗？

看了华学明发来的资料，他有点绝望，也有些感动：绝望于济哥的消失，感动于学明兄言而有信，为寻找济哥下了功夫：

> 济哥，即济州蝈蝈，在中国的蝈蝈家谱中占据着极为重要的地位。蝈蝈，古称螽斯，与蛐蛐、油葫芦并称中国三大鸣虫。"蝈"字最早见于《周礼·秋官·蝈氏》，可见在周代人们已经开始饲养蝈蝈了。《诗经》中所说的"喓喓草虫"，指的就是蝈蝈。《尔雅》所说的"蚣蝑"，说的也是蝈蝈。而实际上，济州人养蝈蝈的历史可能更为悠久，因为济州出土的夏朝陶器上面已有蝈蝈的纹饰。
>
> 蝈蝈的生命力和适应能力极强，分布极广：平原、草地、丘陵、荒坡都可以生存。蝈蝈食性很杂，喜食昆虫，处于昆虫食物链的顶端。济哥与北京西山一带出产的燕哥、山东德州一带出产的鲁哥以及长江流域的江哥（又称南哥）齐名，尤以个大、膀好、足壮、色丰、音亮而著称。所以，济哥历来是罐家珍爱的蝈蝈品种。
>
> 有一种观点认为，济哥只是燕哥的变种，理由是济哥与燕哥在体重、体色、音色等方面都很接近，济哥所生活的凤凰岭地区与燕哥所生活的燕山地区同属太行山系。实际上，与其说济哥是燕哥的变种，不如说燕哥是济哥的变种。济哥或北上，或东进，或西游，或南下，慢慢适应了当地的环境，从而逐渐演变成了后来的燕哥、鲁哥、晋哥和江哥。
>
> 通常情况下，蝈蝈的发声频率在870赫兹—9000赫兹之间。根据笔者多年对济哥的研究，济哥的发声频率最多可达到10000赫兹，其摩擦前翅的次数，即其鸣叫的次数，可以达到7000万次。也就是说，7000万次的天籁之音，曾经响彻济州大地。
>
> 常见的昆虫当中，对自然环境要求最为严格的三种昆虫分别是蝈蝈、萤火虫和蜣螂（俗称屎壳郎）。生态环境的恶化

首先会作用于上述三种昆虫。它们是生态环境变化的晴雨表和试金石。二十世纪九十年代中期以后，随着经济的快速发展，自然环境的恶化也加剧了。在济州地区，人们再也无缘见到以上三种昆虫。其中，济哥的消失，是最为可惜的事情。

事实上，多年来济州罐家所养的济哥，并非真正的济哥，而是燕哥或鲁哥。现在有案可查的最后一只济哥，由济州蝈蝈协会前秘书长夏明翰先生所养。夏先生称它为"末代皇帝"。1994年5月19日，"末代皇帝"驾崩于夏家祖传的一只葫芦。

虽然济哥的灭绝已是事实，但济州罐家却不愿意承认这个事实，更不愿意正面回应这个问题。一名不愿透露姓名的罐家认为，此事非同小可：如果承认济哥已经灭绝，济州罐家将颜面尽失，在蝈蝈文化中占据重要地位的济哥文化也会遭到重创；而从当政者角度考虑，承认济哥已经灭绝，就意味着承认济州的生态环境已经空前恶化。

邓林接待他和葛道宏，还有费鸣。栾庭玉又临时召集了一个会，一时不能见他们。邓林说，栾庭玉晚上就要赴京，既然他们也要去北京，那么可以在北京见面。在北京，没有杂事干扰，谈得可以深入一点。邓林说完，就返回会议室了。这时候，费鸣告诉他一件事："我哥哥问，在北京期间，他想请您小坐。"

费鸣的哥哥，他的老朋友费边，如今是北京一个门户网站的副总。他上次见到费边，还是在费氏兄弟母亲的葬礼上，他们流着泪拥抱了一下。他对费鸣说："看时间吧。你告诉他，我很想他。"

"他要和你商量一下，如何纪念一下你们共同的朋友文德能。"

32. 哦

哦，文德能！每次看到文德斯，应物兄就会想起他同父异母的哥哥文德能。如果文德能不死,他相信文德能会成为这个时代最杰出的学者。有时候他甚至会想,如果文德能不死,文德能或许会成为另一种意义上的程济世先生:一个是因为信,而成为儒学大师;一个是因为疑,而成为另一种中国式的西学大师。他们一个信中有疑,一个疑中有信。

修己,哦不,他变成敬修己,那是后来的事,现在还应该叫他郏象愚。应物兄记得,他再次见到郏象愚,就是在文德能家中,那已经是那年的六月末了。有一天,他和费边,也就是费鸣的哥哥,到文德能家里去玩。八十年代末、九十年代初,文德能家的客厅是朋友们的聚会场所。文德能的父亲在北京任职,家里只有文德能和文德斯,当然还有一个保姆。文德能性格沉静,这样的人本来是喜欢独处的,但家里却常常是高朋满座。其中最重要的一个原因,是文德能在朋友当中最早拥有书房,最早买了录像机。在文德能的书房里,一排排书架塞得满满的,另有一个藤编的小书架,孤单地放在书桌旁边,上面零散地放了几十本书,大多是外文版的书。文德能英语读写能力很强,但却不怎么会说,因为他是自学的。有一次他指着小书架问文德能:"这都是你要看的书吗?"

文德能说:"是本周要看的。"

说这话时,文德能就抽出了一本书:Contigency, Irony and Solidarity①。文德能说,他很想翻译这本书,无奈英语水平不够。应物兄还记得,从书房的窗口望出去,可以看到济水河的粼粼波光。而到了深夜,总有那么几个人骑着嘉陵摩托呼啸而来,呼啸而去。那是最早的飙车族。据说,他们中的大部分人都已经撞死了。很多年后,他站在那个书房里,又看到了新的飙车族。他们已经鸟枪换炮了,开的是改装的高尔夫。

文德斯当时还是个五六岁的孩子,最喜欢看的一部动画片名叫《忍者神龟》:在纽约的地下管道里,住着一只超级大老鼠和他的

---

① 《偶然、反讽与团结》。

四个徒弟忍者神龟,神龟们挥舞着忍者刀、武士棒、双截棍、钢叉,与妖魔鬼怪展开殊死搏斗。文德斯既想看,又害怕,常常跑到客厅里,求着哥哥和哥哥的朋友陪他一起看。这个时候,文德能就会打开另一台电视,另一台录像机,给朋友放些片子,然后他就坐在弟弟身边,再看一遍《忍者神龟》。有一天,文德能给他们放映的是新浪潮电影《一切安好》①。事隔多年,他还记得随着画外音打出的字幕:

　　一个国家。有国家,就有农村。就有城市。有很多房子。很多很多人。有农民。有工人。有资产阶级,小的,大的。很多很多人。农民干农活。工人做工。资产阶级呢?当资产阶级。

文德能这时候说了一句让他终生难忘的话:"你们要先行到失败中去,你们以后不要去当什么资产阶级。"文德能接下来又说:"这是他们的电影,什么时候我们能拍出我们的电影?"文德能觉得中国第五代导演的电影,那些过于沉默的影像,掩盖了太多的情绪、太多的感情、太多的事实。费边说:"你的意思是,一个人本来是哑巴,评论家却把他当成了沉默的思想者?"文德能说:"我觉得,还不如陪着小家伙看《忍者神龟》呢。"

六月末的一天,他和费边进门就看到了郏象愚。哦,几天不见,郏象愚就像老了十岁。只见郏象愚披着衬衣,盘腿坐在地上,以瓶盖为杯,正啜饮着济水大曲。在他的印象中,郏象愚不但不喝酒,而且看不起那些喝了二两猫尿就撒酒疯的诗人。奇怪的是,郏象愚对他和费边的到来竟然视而不见。

后来他才知道,那个人不是郏象愚,而是郏象愚的哥哥郏象礼。郏象礼当过知青,回城后写过几篇凄凄惨惨的伤痕小说,获得过一点名声,养成了名人的一些习惯。此时,他正一边喝着小酒,

---

① 法国电影 *Tout va bien*。Jean-Pierre Gorin 导演。

一边讲述着自己的知青经历。郑象礼说,当年下乡的时候,一见到白杨树,他就忍不住要抱住它,靠着它,还要把脸贴上去,因为他把它们当成白桦树,俄罗斯大地上的白桦树。白桦树不是树,而是理想和信念的化身,是爱情的象征,它能让人联想到十二月党人、民粹派、西伯利亚大流放。他说,那时候他真的认为,在他的有生之年英特纳雄耐尔一定会实现。在他弥留之际,如果它尚未实现,那么他就遥望着晚霞中的白桦树,说:"因为相信你会在黎明时到来,我就再撑半天。"

怎么听,都有点不着调。

郑象礼身后还支着一张钢丝床,上面躺着一个人。天热得要命,那人却盖着床单,双腿在床单下支着,形成一个隆起的山脉。一只黑猫正向山巅发起冲锋,并且轻而易举地就征服了山巅。但就在这个时候,有人敲门了。那声音虽然很低,但床单下的人还是听见了。那人有如惊弓之鸟,一骨碌爬了起来,钻到了钢丝床下。这个时候,应物兄才看清楚那个人竟是郑象愚。他和费边对视了一眼,他们看到了对方的迷惑。

进来的人是乔姗姗。

一看见乔姗姗捂住胸口喘气的样子,他就知道她走得太快了。她一脸细汗,衣服都贴在身上。乔姗姗那时候真是漂亮,目光既热烈又沉静,既勇敢又羞怯。郑象愚从床底下爬了出来。床下大概有一截支棱的钢丝,将他的眉头划破了。但他却不在意。他在意的是沾在乔姗姗头发上的几丝果絮,那是悬铃木果球炸开后的飞絮。他把它们摘下来,说:"这些毛毛吸进去,嗓子要发炎的。"

郑象礼说:"乔女士,我必须向您敬礼!必须!"

乔姗姗倒是当仁不让:"我也被自己感动了。"

但乔姗姗接着又问:"慈恩寺去了吗?求签了吗?一定是大吉大利吧?"

原来,文德能和郑象礼已经陪着郑象愚到慈恩寺拜佛求签了。

郏象愚把抄出来的一片纸给了乔姗姗。乔姗姗飞快地看了一遍，咬着嘴唇不吭声了。应物兄那时候就站在旁边。乔姗姗把那片纸递给了他，说："你给我讲。"上面那四句话，岂是一般人能看懂的？不过，凭直觉，他知道那并非上签：

不成理论不成家，水性痴人似落花。若问君恩须得力，到头方见事如麻。

郏象愚认为它出自《周易》，其实不是。他问郏象愚，既然求了签，何不让老和尚解签呢？郏象愚说，自己是先按老和尚的吩咐，往功德箱里塞了钱，然后才求的签，然后再去求老和尚解签，但老和尚看了看，只说了一句话："此签难解，但有慧根者，自能参透玄机。"

乔姗姗说："和尚总得说点什么吧？"

郏象愚这才说出了真话："和尚只是说，此为下签。"

乔姗姗跺着脚喊道："到底怎么说的？你倒是说啊。"

郏象愚又挤出了一句："和尚说了，此为下下签，不利。"

乔姗姗捂着耳朵，又是跺脚，又是摇头，喊道："和尚就没给我们指条路吗？"

郏象愚流泪了，说："指了，两个字：移徙。"郏象礼及时递过来一条毛巾。郏象愚擦了眼泪之后，神色立即坚定起来，说："也就是浪迹天涯。"

乔姗姗把手从耳朵上拿开，挥舞着，"臭和尚的话，你也信？"

陪着郏象愚去了慈恩寺的文德能，此时过来安慰了一番乔姗姗。他说："我也不信。这怎么能信呢？我已经跟象愚说过了，就在我这里休养算了，哪也别去。"他后来知道，在从慈恩寺回来的路上，文德能一直在安慰郏象愚，没必要东躲西藏的，除非你喜欢流浪。为了劝说郏象愚不要相信和尚，文德能还引用了黑格尔的话："佛教的哲学都是低级的诡辩术。"文德能力劝郏象愚回校向校方说明，自己只是去北大查找资料去了。但是郏象愚却听不进去。

郏象愚相信自己的预感：如果不逃走，肯定会被丢进监狱的。文德能说，伯庸不就没事了吗？小尼采不是也没事了吗？郏象愚说，他的情况与他们不同，因为他打了一个车夫。至于那个车夫是死是活，他都不知道。他只记得自己拎着羊头，在车夫身上乱砸了一气。"羊头上要是没长角就好了。那玩意有如匕首。好好的，你长个角干什么？狗头上没长角，比你还厉害。"

乔姗姗又是一跺脚，说："既然大和尚说了，我们还是一起飞吧。"

郏象愚说："我自己飞吧，密涅瓦！"

乔姗姗转过身去，说道："你可曾想过，没有密涅瓦，猫头鹰又怎么起飞？"

郏象礼突然开始鼓掌了。掌声过后，郏象礼又开讲了，讲的是自己当年在乡下度过的幸福日子，语调平缓而深沉，说当年在乡下，最浪漫的是夏天，最难受的是冬天。不过，即便在冬天，你也能感受到城市里没有的诗意。北风吹，雪花飘。炉子上有一把水壶，水壶的热气把房子里弄得雾气腾腾的，新糊的窗纸仿佛都要湿透了。他对郏象愚和乔姗姗说："我和你们的嫂子，就在炉子上烤馒头片，烤红薯。红薯比土豆好吃，可她却宁愿说，这是烤土豆，因为凡·高有一幅画，叫《烤土豆的人》。她说，我跟她都是画中人物了。让人迷恋的土屋啊。多么值得怀念的蹉跎岁月！尤其是那红薯尾巴，都是我们亲手从地里刨出来的，又甜，又面，又耐嚼。白菜根放在灶台上都可以长出花来。红薯尾巴发了芽，比兰花都好看。到春天，她就采来野花，插在罐头瓶里。"郏象礼环视着众人，道出了最后的结论："一生中如果没有这么一段经历，你就不懂得什么叫生活，什么叫爱情。当你回首往事的时事，你只有一个感觉，那就是你虚度了一生。"

他妈的，谁都听得出来，他是鼓动乔姗姗跟着郏象愚一起流浪。

乔姗姗激动了:"我喜欢麦子,麦田。"
郏象礼说:"凡·高最喜欢画麦田。"
乔姗姗说:"我要用麦秸秆喝汽水,喝酸奶。"
郏象礼从口袋里拿出一个东西。乔姗姗以为那是个戒指呢,躲避着,说自己不能要,绝不能要。郏象礼说:"戒指算什么,这比戒指贵多了。"原来那是顶针,缝纫用的黄铜顶针,上面布满密密的凹坑。郏象礼说:"这是母亲留下的。"

接过那个顶针,乔姗姗直接戴到了食指上:"还等什么?现在就走。"

应物兄觉得,必须提醒乔姗姗不要冲动,就堵在乔姗姗面前,说:"就是走,也要先跟先生和师母说一下。"

乔姗姗说:"谁想去说谁去说。我又没拦你。闪开。"

郏象愚和乔姗姗当天就走了。应物兄考虑再三,还是去汽车站给他们送行了。在路上,他试图再次劝他们冷静,但他的劝说只能引起乔姗姗的鄙视。他只要一说话,乔姗姗就把耳朵捂了起来,下巴抬起,目光好像是从下巴那里扫射过来的。然后呢?然后就是他后来看到的那一幕了:郏象愚和乔姗姗在车上向他招手;郏象愚的下巴抵着乔姗姗的头;车尚未开动,他们就把他忘了,他们彼此凝望着,仿佛周围的一切全是空气。

乔木先生大病了一场,而师母更是不久就去世了。有一段时间,乔木先生走路、上厕所都需要有人搀扶。负责照顾乔木先生的,就是巫桃。当时巫桃刚考上大学。巫桃出身贫苦,是以勤工俭学的方式来到乔木先生家的。起初,乔木先生以为自己挺不过去了,但很快就挺了过来。有一天他去看望乔木先生,他恭维乔木先生恢复得不错,乔木先生说,幸亏药石有灵,不死出院了,只是食肉改成了食粥,饮酒改成了饮奶。除此之外,乔木先生确实看不出什么变化。哦,不,变化还是有的:乔木先生改抽烟斗了,一锅烟一抽就是半天,抽着抽着就灭了,灭了再点,点了又灭。

对于乔姗姗和郏象愚的私奔,乔木先生似乎并不太担心,他相信乔姗姗马上就会回来的。乔木先生说,就当她出国玩去了。面对一些不知内情的老朋友,乔木先生则干脆咬定,是他把女儿派到国外去了。对于乔姗姗未回来奔丧,乔木先生解释说是他不让通知乔姗姗回来的。人死不能复生,回来一趟又顶什么用?

知女莫若父。暑假尚未结束,乔姗姗就回来了。

巫桃讲述了一个细节:乔姗姗是在一个晚上回来的,天虽然很热,但乔姗姗却包着纱巾,原来她脸上都是红疱。乔姗姗进门就钻进了浴室。换上一身干净衣服之后,乔姗姗把脱下来的衣服一把火烧了,熊熊火焰映照着她那张痴呆的脸。原来那段时间,她和郏象愚就待在郏象礼下乡的地方。与当年相比,条件已经好多了,至少通了电,灯绳就扯在床头。但臭虫却多得吓人。到了晚上,臭虫就沿着灯绳爬过来了,灯绳都为之变粗了。突然,灯绳上出现了V字形缺口,那是臭虫掉下去了几只。红薯一点也不好吃。吃多了,胃酸、腹胀、打嗝,红薯屁一天到晚放个不停。

乔木先生问她:"猫头鹰呢?"

她的回答是:"他的良心让狗吃了。谁再提他,我就死给谁看。"

有一天,应物兄去看望乔木先生的时候,发现她跪在母亲遗像前,戴着耳机听着英语磁带。她正准备托福考试。她的手指上已经没有顶针了,但顶针戴过的痕迹还在。她脸上的红疱已经消退,但还有几个顽固地生长着,就像扎了根。他问她:"姗姗,脸过敏了?"

她说:"谁再提我的脸,我跟谁决斗。"

他能够理解乔姗姗的愤怒,但同时他也相信,郏象愚的良心并没有被狗吃掉。事实上,在这件事情上他宁愿相信郏象礼的说法:象愚是因为不忍心耽误乔姗姗的前程,才在一个月黑风高之夜丢下乔姗姗,一个人溜之大吉的;逃走之前,郏象愚把乔姗姗衣服上的臭虫和跳蚤全都逮光了,还用药水把乔姗姗的衣服泡了个遍;象愚之所以不辞而别,是因为担心乔姗姗受不了那种离别的场面。

郏象礼请求他和文德能把这些话捎给乔姗姗。

他后来知道,此时的郏象愚正一路南逃。

在南逃的火车上,郏象愚彻夜难眠,和一个同样不睡觉的旅客交上了朋友。那是个偷儿。偷儿面相不俗,衣冠楚楚,博闻强识。最让郏象愚惊讶的是,偷儿竟能背出《全国列车时刻表》,而且轻易就和列车服务员成为勾肩搭背的朋友。有一天,他们在车厢连接处抽烟的时候,偷儿突然对他说:"我们此前虽然没有见过,但前世应该有缘。我前世见过你。"

郏象愚后来告诉他,听了这话,自己吓得半死。

偷儿又说:"不要害怕,我和你是一样的人。"说着,偷儿张开手,手中躺着那枚顶针。

偷儿说:"不好意思。还以为是戒指呢。"

这个偷儿是因为盗窃自行车被清华大学开除的。偷儿举止优雅,既招女人喜欢,也招男人喜欢。但相比较而言,偷儿更喜欢少妇,因为她们穿金戴银,钱包鼓胀。偷儿将郏象愚带到了深圳火车站,然后和他一起藏身于发往香港的货车车厢,那是一辆运送活禽的货车。这当然是偷儿事先侦察的结果。偷儿说,如果运送的是别的食品,那么很可能几天都发不了车,而活禽则必须保证两天之内送到。他们运气很好,那列火车只在深圳停留了一天一夜就发车了。他们当然也没有饿着,想吃鸡蛋就吃鸡蛋,想吃鸭蛋就吃鸭蛋。偷儿用牙膏皮做了个小锅,把打火机点着,炒鸡蛋吃。吃完了,倒点水晃一晃,就是一道汤。

事情如此顺利,实在是出乎郏象愚的预料。但有一点是那个偷儿没有想到的,火车竟然直接开到了屠宰场。当他们一身鸡毛出现在屠宰场的时候,屠宰场的工人还以为他们是偷鸡贼呢。一顿暴揍之后,他们被香港警方接走了。随后,郏象愚就以非法偷渡和偷盗的名义被遣送回了深圳。

有一天,已经到济州公安局任职的栾庭玉走进了深圳罗湖湾看守所。他是奉命来提审济州籍人犯的。栾庭玉后来说,他其实也没有认出那是郏象愚。他们以前当然是认识的,因为他们都是济州大学的活跃分子。此时未能认出,倒不是栾庭玉贵人多忘事,而是郏象愚当时形貌怪异,不易辨认。不知道是因为过于焦虑,还是水土不服,郏象愚刚刚惨遭鬼剃头。鬼剃头在别人那里通常都发生在头顶,郏象愚却连眉毛都剃去了一半。栾庭玉刚让他报上姓名,郏象愚就说:"栾大人,你他妈的就别演戏了。"

就在郏象愚被带回济州不久,有一天应物兄在学校里遇见了何为教授。他们本来是迎面走的,老太太却转过身,和他并排走了一段。老太太知道他与郏象愚是朋友,突然问了一句:"听说愚儿逃去香港了?应该没事了吧?"

出于仁慈,他没有告诉老太太,郏象愚已被关押在济州桃都山的二道沟。

33. 虽然

虽然老太太拒绝别人前去探望,但在赴京的前一天,应物兄还是决定去看望一下。如果敬修己问起老太太的病呢,我要是一问三不知,岂不要受他的奚落?当然了,于情于理,我都得去一次。

老太太住院以来,一直是老太太的侄女在陪护,有时候文德斯来替换她一下。文德斯称她为梅姨。陪护病人不是件容易的事,文德斯说梅姨足足胖了一圈,这是因为梅姨非常焦虑,要靠吃东西来缓解焦虑。应物兄知道老太太和梅姨只愿意看到文德斯,就对梅姨说:"是文德斯约我一起去的。"梅姨在电话里说:"嗨,怎么不早说?"

他和文德斯约好,在逸夫楼前见面。

文德斯原来在上海读的本科。他的父亲二十多年前就去世了。他的哥哥文德能也因为白血病去世了。后来,他就选择回济州继续读书。如前所述,他是先做了芸娘的硕士,又做了老太太何为教授的博士。文德斯与文德能并不太像,个头比文德能低一点,也比文德能瘦。文德能眉眼之间有一种英气,文德斯却带着那么一点羞怯。相同的是,他们都很沉静。有一次,他在芸娘家遇到文德斯,看到文德斯安静地坐在窗前,捧读着一本书,他突然觉得,文德斯就像一株植物,像植物一样自足。他把这话对芸娘说了,芸娘说:"他?自足?他刚从桃都山回来,每周都去。干什么,你知道吗?倒是跟植物有关。他会为植物流泪。"

芸娘笑着讲了一个细节:在桃都山,有一种植物,人们认为已经消失了,但一个科研人员找到了它的种子,还很饱满。文德斯看到它,竟然流泪了。

是吗?那是一种什么植物呢?

应物兄以前看过文德斯的文章,有一篇刊登在《戏剧》杂志上,那是对一个喜剧作品《模仿秀》的发言。喜剧的作者是谁呢?就是小尼采,现在的笔名带有他个人的历史气息:倪说。不知道小尼采是否知道,历史上确实有过一个名叫倪说的人。此人是战国时期宋国人,以善辩著称,那个"白马非马"的问题,据说就是这个叫倪说的人首先提出来的。

小尼采不仅写了那部戏,而且出演了串场人的角色。它将最近三十年的著名小品组装到一起,放在一个家庭内部展开。芸娘出于对小尼采的关心,本来要去看的,但因为身体不适,让文德斯替她去看了。那篇文章就是他在芸娘的要求下写出的观后感。文德斯认为,如果说艺术是对现实世界的"摹仿",现实世界是对理式世界的"摹仿",那么艺术就是对"摹仿"的"摹仿";《模仿秀》则是对"摹仿"的"摹仿"的"摹仿"。这不是喜剧传统中的喜剧,而是闹剧：夸张、笑闹、东拉西扯、插科打诨、卡通化，乱哄哄你没唱完我登场；也犀利也伶俐，也招安也叛逆，也搞笑也哭泣，也无聊也有趣。

自古希腊以来，人们即重悲剧而轻喜剧。苏格拉底就认为喜剧有害，只适合奴隶与外邦人看个热闹，而悲剧则有"净化"作用。悲剧使人对命运的无常、不可避免的冲突、自我的限制有所感知，将生命表象下的重带入人的内在反思；喜剧却抽离了反思的基础，带有极大的不稳定性。而闹剧，既无关反思，也无关破坏，它取消意义。它是铅笔描在橡皮上的卡通画，橡皮还没有用完，它就已经消失。

亚里士多德在《诗学》中说，喜剧源于可见的丑陋和缺陷，它如同滑稽面具，它不能引起痛苦和伤害。看见丑陋的东西，我们会觉得伤心，但它不会引起同情，因为同情是笑的敌人。我们必须放弃同情，才会觉得开心。倪说先生所追求的剧场效果，就是开心，开心，开心。他提到了剧中一个情节：一个超生游击队队员被小脚侦缉队抓获了。这个队员给出的超生理由是，他的"老二"不听招呼，所以就让老婆怀孕了。小脚侦缉队立即将他的衣服扒光了，要对他的"老二"进行现场教育。文德斯说，当一个男人露出下体，这无疑是丑陋的，但他没有引起同情，倪说先生也没有要引起观众的同情的意思。有趣的是，现场观众此时也并没有表现出开心的意思。他们闭上了眼睛。这是亚里士多德喜剧观的倒置。观众的无视，使得演员只是在演他们的戏。我们身在剧场，其实并没有参与：你闹你的，我聊我的。当一个人或几个人，此时站在台上对观众说话，但观众并不理会的时候，喜剧消失了，闹剧出现了，但它与观众无关，与我们无关。

据说，小尼采给芸娘打了一个电话，说她弟子的文章，让他羞惭不已。

"这么说，你以后要一改戏路了？"芸娘说。

"那倒不一定，还是有人喜欢的。我还得演。我能和文德斯谈谈吗?"

"那你们要谈什么呢？你写你的,我演我的?"

有一天,应物兄与芸娘聊到了《红楼梦》,芸娘关心的问题是,《红楼梦》为什么写不完。她说,《红楼梦》写不完是曹雪芹不知道贾宝玉长大之后做什么。卡夫卡的《城堡》也没有写完,因为卡夫卡不知道土地测量员K进了城堡之后会怎么样。就在这时候,文德斯打来了一个电话,说他今天不来了。芸娘知道,他不来的理由是那天坐在客厅里的人当中,有一个人他不喜欢。放下电话,芸娘就悄声对应物兄说:"这个文儿！我们刚才说什么来着,说宝玉这个人有些不近人情。宝玉这个人,置诸千万人中,其聪俊灵秀之气,则在千万人之上;其乖僻邪谬不近人情之态,又在千万人之下。用大白话说,就是确实够聪明,但不近人情。文儿就有点这个劲。"

不过,仅就这件事而言,当芸娘把小尼采的话转告给文德斯,并且告诉他,她已经替他婉言谢绝了的时候,文德斯倒来了一句:"我倒是可以见见他。"

"见他聊什么呢?"

"就聊他为什么这么无聊。"

这天,应物兄下楼的时候,文德斯已经坐在逸夫楼前的石阶上等着他了。文德斯一手托着下巴,膝上放着一个已经破损的硬皮笔记本。"这本子有年头了。"他对文德斯说。文德斯说,这是哥哥的笔记本。文德斯接下来的一句话,使他有些伤感:"我们那幢楼要拆了,我在整理哥哥的遗物,发现了他的很多笔记。我想帮他整理一下,但他的笔记太乱了。不过,我发现他很早就读过理查德·罗蒂的书。他可能是最早阅读罗蒂的中国人。"

一道闪电划开了他的记忆,把他带入了深邃的时空。文德能当年从竹编的小书架上抽出的那本书,就是理查德·罗蒂的 *Contigency, Irony and Solidarity*,它后来被翻译为《偶然、反讽与团结》。文德斯说:"哥哥走得太早了,没看到罗蒂的另一本书《托洛茨基与野兰花》。看到了,可能会更喜欢的。"

没错,应物兄曾把文德斯比喻为植物,但那是什么植物,他却没有细想过。现在,他突然觉得,文德斯就像那个书名所示,是一株野兰花。他记得,罗蒂曾说过,野兰花是植物演化过程中晚近出现的最复杂的植物,高贵、纯洁、朴素。它性喜洁净,但难以亲近。文德斯本人其实也有难以亲近的一面。不过,文德斯与他还是比较亲近的,这可能是因为他曾是文德能的朋友,也是芸娘的朋友。

文德斯首先劝他不要去医院:"别去了。老太太时而清醒,时而糊涂。她记得所有事情,但却经常认错人。去了,她也不认识你。"

"你是说,她的病情加重了?"

"那倒没有。前天我还去了。她说了很多话,拦都拦不住。还要坐起来写字,写得像蚯蚓,纷纷爬出了格子,而且全都向右上角倾斜。我说,您今天精神很好啊。她说,你是不是担心这是回光返照?我是不会死的,因为理念是不会死的。你看她的脑子多么清楚。可她接下来又问我,见到文儿了吗?梅姨说,这不是文儿吗?她说,文儿不去写文章,来这里干什么?"

"可我还是想看看她。"

"她谁也不愿见。葛道宏派费鸣去,她都没见。她还记得,她以前的一只黑猫被葛道宏给毒死了。我说,那不是葛道宏毒死的。她说,灭鼠运动,难道不是葛道宏掀起的吗?说是灭鼠,为什么连猫一起毒死呢?你可以反对'二元论',但你不能把二元全都消灭吧?你看看。"

"所以,你得带我去,免得她把我轰出来。"

"总得有个理由。"

"就说是乔木先生要我来的。"

"她会说,这是借口,不是理由。而且,乔木先生已经来过了。她可不愿意让乔木先生看见她的病容。"

"我听过她的课,她还是长辈,不该来看她吗?这还不是理由?"

"她说的理由,是指意义、必要性。"

有句话他差点说出来:这当然是必要的,如果我不来,敬修己会小瞧我的,以后或许会给我使绊子。

"照你这么说,我看不成老太太了?"

"想起来了,你就代表应物兄。她可能不认得你了,但她知道应物兄。前段时候,她还和我谈到了应物兄。"

"她肯定是批评我喽。"

"那倒没有。她只是说,应物兄的书卖得这么好,可见价值不高。你知道的,她认为有价值的书,印数不会超过五百册。"

"柏拉图呢?柏拉图的书每年都能卖几万册呢。"

"她说,柏拉图还活着的时候,知道其人其事者,不会超过九十九个人。"

"老太太知道得这么准确?"

"那倒不是。她说,到了柏拉图的晚年,名气大了,很多人认为自己就是那第一百个人。"

"罗蒂的书,不是卖得很好吗?"

"所以她认为罗蒂是通俗哲学家。我也这么看。不过,我喜欢他的书。"

他以为文德斯接下来会说,"我也喜欢你的书",但文德斯没有这么说。他失望吗?不,他不失望。如果文德斯真的这么说了,他反而会不适应的。

在去医院的路上,他和文德斯谈的话题就是罗蒂。他告诉文德斯,自己见过罗蒂,听过罗蒂的讲座,曾和罗蒂一起吃过自助餐。"他天庭饱满,地阁方圆,就像个螳螂。喜欢吃带刺的嫩黄瓜,穿红衬衫。"他说。

"他是在暗示自己的左派身份。"文德斯说,"其实,他是左派还是右派,我才不关心呢。我只是对他的哲学感兴趣,对他的修辞感兴趣。不过,你一提到天庭饱满、地阁方圆,我就觉得你说的不是罗蒂,而是一个中国老头。他本人不会喜欢你的这个修辞。"

"那可不一定。他喜欢中国文化。他曾认为,五十年以后世界上只剩下一种语言了,那就是英语。但他随后就修正了自己的观点。他认为,还有一种语言可以留下来,那就是汉语。我想,如果他的生命足够漫长,他后来很可能成为孔子的信徒。"

"不,他从不谈论孔子。"

"听我说,德斯。你肯定知道,罗蒂死于胰腺癌。那种病发展迅速。男人患癌的死亡率之所以高于女性,就是因为女性不得胰腺癌,而乳腺癌是最温柔的癌症。患癌之后,有一天罗蒂与儿子、牧师一起喝咖啡。牧师问他,你对死亡是怎么看的?你的思想是否开始转向宗教性的主题?罗蒂说,不。他的儿子问他,哲学呢?罗蒂说,无论是他读过的哲学,还是自己写过的哲学,似乎都与他患病后的情况对不上号。他的感受是什么呢?他的感受与孔子相通:未知生,焉知死。你可以研究一下罗蒂晚年的谈话,看看他晚年的思想与孔子有什么异同。"

"他们过的是两种完全不同的生活。我看不出他们有什么关系。"

"罗蒂喜欢兰花,孔子也喜欢兰花。最早将兰花人格化的就是孔子。有一次,孔子自卫国返回鲁国,在山谷中看见兰花,喟然叹曰:'兰当为王者香。'从此'王者香'就成了兰花的代名词。孔子还用兰花的清香来比喻友情,所谓二人同心,其利断金,同心之言,其臭如兰。'金兰'一词,即出于此。他对兰花的认识,要远远超过罗蒂。"

他又提到了罗蒂的死。他说,当他得知罗蒂死去的消息,罗蒂已经死去两年多了。死前,儿子问他,你读过的那些哲学,难道一点都与自己眼下的境况无关?如果与哲学无关,那么与什么有关呢?罗蒂说了一个字:诗。为此,罗蒂专门写了一首诗。

文德斯说:"我知道这首诗。总觉得别人译的不是我想看到的,自己又译了一遍。"然后,文德斯就轻声背诵了那首诗:

> 我们以简洁的祷告,
> 向某一位神祇致谢。
> 他让死者不能复生,
> 他让生命不能重来。
> 他让最孱弱的细流,
> 历经曲折终归大海。

他对文德斯说:"我也看过别人译的这首诗,但没有你译的好。"他知道他说的是真诚的,所以他才敢这么说。在文德斯面前,你只能这样。事实上,当他听到最后两句时,他仿佛感受到了细流入海时的那种羞怯和惊喜。

文德斯说:"是芸娘帮我改过的。虽然芸娘只改了一个字,将'致敬'改成'致谢',但给它赋予了韵律。境界也变了。她认为,'致敬'的原始语义,说的是极尽诚敬之心,极其恭敬,似乎包含着期盼,要求某种补偿。而'致谢'说的是过程已经终结,生命不能重来。"

他对文德斯说:"罗蒂此时的心声,难道不是'子在川上曰,逝者如斯夫'的回声?我给你出个题目:《孔子、罗蒂与野兰花》。"

"老太太不喜欢孔子,她要知道我去研究孔子,还不活活气死?"

"是老太太让你研究罗蒂的吗?"

"那倒不是。我刚才说到了哥哥。其实我最早对罗蒂感兴趣,是因为芸娘。你知道的,芸娘喜欢看鸟。有一天芸娘说,因为有个叫罗蒂的人也喜欢看鸟,别人就以为她是在模仿罗蒂,认为她的写作也在模仿罗蒂。她说,罗蒂喜欢看的是鹰隼,为此曾跑到大峡谷看鹰隼,而她喜欢看的是乌鸦和喜鹊。她问我有没有看过罗蒂。

她说,她其实只是从罗蒂那里借用了一个词,Final vocabulary,终极语汇。她说这个词很有意思。听她这么一说,我就找来罗蒂的书看了。我没想到,老太太也知道这个人。老太太说,罗蒂十五岁就通读了柏拉图,他的愿望就是成为一个柏拉图主义者。"

"终极语汇?什么意思?"

"罗蒂认为,每个人都带着一套终极语汇。我们每个人都会用一些语词来赞美朋友,谴责敌人,陈述规划,表达最深层的自我怀疑,并说出最高的期望。我们也用这些语词瞻前顾后地讲述人生。罗蒂认为,这些语词就是一个人的 Final vocabulary。比如,按照我的理解,孔子的终极语汇就是仁义礼智信。"

"那么,在你看来,我的终极语汇是什么呢?"

"你嘛,你的名字就是你的终极语汇之一,应物而无累于物。"文德斯突然调皮起来。任何一个男孩子都有调皮的一面。

"我倒想'无累于物'。但是我做不到啊。很多事情,我确实放不下。"

"但你的老朋友就做得很好。"

"哪个老朋友?说出来,我好向他学习。"

他没有想到,文德斯所说的那个人竟然是敬修己。文德斯说:"敬修己先生啊。他对我说,他现在孤身一人,毫无牵挂。看上去什么都操心,其实是外儒内道,什么都放得下。"

他不由得问道:"你遇到敬修己了?你去美国了?"

"没有,没有。我接到过他的电话。这些天,他常打电话来。他说,他只有一件事放不下,就是老太太的病。"

"这倒是很难得。"

"敬修己先生昨天还告诉我,今天要下雨。他问,下雨会不会影响老太太的心情。我问,怎么会想到这个呢?他说,因为柏拉图说过,淋过雨的空气,看着就伤心。他记错了,也忘记后面还有一句。柏拉图说的是,当一阵雨落下时,有些人冷,有些人不冷,因此对于这场雨,我们不能说它本身是冷的或不冷的。不过,今天要下雨,倒是让敬先生给说着了。"车外果然在下雨。你听不到它的声音,但你能看见它,因为它将车窗弄得很脏。那无声的雨丝,正携带着尘埃洒向人间。

敬修己时常收看济州的天气预报?

也正是因为刚下过一场雨,所以每个人的脚底都不干净,住院部电梯门口的大理石地面很快被弄成了大花脸。电梯口的人越聚越多,有医生、护士、患者亲属,还有一位刚锯掉了半条腿的姑娘。那姑娘脸色惨白,如同一张 B5 打印纸。她平躺着,仅存的那只玉足伸在白色被单之外,趾甲上还涂着鲜艳的蔻丹。她好像正从麻醉中醒来,眉头紧蹙,鼻翼翕动。

他和文德斯也挤在人群中。

接下来,他听到了一段对话。这段对话要是放在别处,或许称得上平淡无奇,但在这个场合却显得格外突兀。一个人说:"您改变了人们的阅读习惯,功莫大焉。"这个人的声音显然经过了认真修饰,很低沉,低沉中又有一种柔美。一个哑嗓子的人回应道:"过誉了,愧不敢当啊。"柔美嗓音又说:"阅读习惯的改变,有可能改变我们时代的审美趣味,我们的语言,我们的思想倾向。"哑嗓子说:"我有这么厉害?不就是出了几本书嘛。还不是我自己的,是别人的书。"柔美嗓音说:"因为你扭转了当代的出版倾向。改变了语言,就是改变了世界。今天我无论如何要敬您两杯,以表敬意。"哑嗓子说:"真他妈不巧,中午我有一个饭局,一喝就不知道喝到什么时候了。"柔美嗓音立即接了一句:"这样行不行?午后两点钟,我去接您,接您到一个地方醒醒酒。"

这实在不是一个讨论语言、审美趣味和思想倾向的地方。他的目光躲向了别处。隔着一扇玻璃门,他看见一条坡度很陡的水泥路,通向一幢灰色大楼的地下室,那其实是医院的停尸房。他脑子里顿时闪过一个不祥的念头:老太太病势沉重,指不定哪天就被送到那个地方,放进冰柜,眉毛上挂着白霜。他咳嗽了一声,似乎要把这个念头咳出去。但紧接着,另一个念头赶了过来:到了那个时候,郏象愚还在济州吗?如果不在,他会回来奔丧吗?

此时,正有两只野猫弓着腰从水泥路上蹒跚而上,一只是黑猫,一只是白猫。走到雨中的时候,它们掉了个头,又拐了回去,再次向地下室走去。在冰冷的停尸房和蒙蒙春雨之间,它们选择了停尸房。哦不,它们很快又走进了雨中,并且开始了互相追逐。原来它们选择的是情欲。柔美嗓音的人还在谈醒酒问题。只要对济州人的语言切口稍有了解,你就会知道他们所说的醒酒其实跟酒没什么关系。醉翁之意不在酒,而在山水之间也。山水在哪?在洗浴中心。所谓的醒酒,其实是到洗浴中心鬼混:浴盐、精油、蜂蜜、桑拿、按摩、推油。这两个家伙是谁呢?他们就站在他和文德斯前面,当中隔着一位少妇,还有少妇的保姆。应物兄看不到他们的脸,但能看到他们的肩膀和脑袋。那个有着柔美嗓音的人是个瘦子,形销骨立,脖子很长;而那个声音沙哑的人却是个胖子,好像没有脖子,后颈肉浪滚滚。屠夫把那个地方的肉称作槽头肉,不法商贩拿它剁馅做包子。

应物兄当然认出了他们,却不愿立即和他们打招呼。他想等一等,看看他们如何出丑。最先对他们的谈话表示异议的——当然也可能是赞同,就看你怎么理解了——是少妇怀里的那只狗。少妇怀里有两样东西:一样是狗,吉娃娃狗;一样是玫瑰,白玫瑰。小保姆怀里也有一枝玫瑰,那枝玫瑰是别在一个剑鞘上面的。他发现,除了医生、护士,几乎所有人都捧着鲜花,鲜花中自然少不了玫瑰。玫瑰泛滥成灾了,就跟狗尾巴花差不多了。现在,与那些狗尾巴花相映成趣的,就是那只吉娃娃狗了。但它却不像狗,倒像是一只刚拱出蛋壳的小恐龙,一种在斯皮尔伯格电影中出现过的翼龙,只是没长翅膀而已。它是一条公狗,玫瑰花香也未能抵消它的臊气。瞧它的模样,穿着红色的皮背心,皮背心上镶着阿里巴巴的图案。它的项圈是犀牛皮做的。还是那句话,它简直不像一条狗,更像一位正要奔赴盛宴的公子哥。它的叫声,或者说,它的意见是这样的:

　　叽叽叽　啾啾啾　咻咻咻

　　像鸡,像鸟,像蛐蛐,像斯皮尔伯格电影中的小恐龙,唯独不像狗。和它相比,木瓜就太像狗了。但它也确实是条狗,也是从狼变来的。文德斯后来告诉他,这一家三口差不多每天都来。少妇的丈夫,是一位离休的将军,如今瘫痪在床,每天都要看到那两样东西:剑和吉娃娃狗。

　　吉娃娃狗叫了一通之后,好像觉得还没有把意见表达清楚,就伸出两只前爪,朝那两个人的脑袋拍了过去。它还要伸出舌尖舔他们呢。它的舌尖,形如鸟舌,形如初春的嫩芽,又带着丰富的汁液。那两个人赶快把头扭到了一边。当然,对那个胖子来说,扭头是比较困难的,必须同时把身子也扭了过来。

　　果然是季宗慈,而那个瘦子则是济州大学的美学史教授丁宁。

　　"你怎么来了?"丁宁把狗爪拨到一边,歪着脑袋问。

　　"这医院又不是你办的,我怎么就不能来?"他笑着回答。

　　"我可逮住你了。"季宗慈说。

　　"我们一会再说。你们先聊?"他对季宗慈说。

　　"德斯兄,我也正想找你呢。"季宗慈说。

　　"您是?"

　　"我?我是应物兄的出版人啊。我在芸娘家里见过你。"

　　季宗慈一直约他见面,想和他谈下一本书的合作:约他写一本自传。"最好写成心灵鸡汤式的。"季宗慈说,"我们要趁热打铁。"他不愿写。没有时间只是他的托词,最主要的是他觉得没有资格去写什么自传。

　　他没想到在这里遇上了季宗慈,更没有想到在这里遇见丁宁。他跟姓丁的闹过一点不愉快。那是在芸娘家里。芸娘的丈夫是做书画生意的,家里的每面墙上都挂着他购买的或者艺术家朋友送他的字画。其中有一幅画,画的是钟馗。画面上的钟馗豹头环眼、铁面虬髯,手中舞着一把剑,正要去捉鬼。丁宁是芸娘丈夫的朋友,说他正在写一本书叫《儒美学》,想用这幅画作为插图。他让芸娘丈夫转告画家,只要他用了那幅画,作者就算进入中国美学史了。那天,他们是为了祝贺芸娘的乔迁之喜而聚到一起的。当时,他们正品尝芸娘丈夫从国外带回来的红酒。芸娘丈夫说,那瓶红酒价值十万元,是 1982 年生产的。两百年来,酒庄所属的葡萄园永远是二十八亩,每年只生产两千瓶红酒。

因为气氛轻松,所以交谈起来也就没什么顾忌。当时听丁宁这么一说,他就开玩笑说,儒家是不谈鬼的,子不语怪力乱神嘛,而且钟馗与儒学一点关系都没有。他还开玩笑说,孔子地下有灵,听你这么说,说不定就会气得从墓堆里爬出来找你算账。他当然知道丁宁的意思,无非是想让作者送他一幅画。他看不惯这种爱占便宜的家伙。

"怎么没有关系?钟馗的妹夫就是儒生。作为儒学家,连这个都不知道?"

"钟馗是个虚构人物,一个虚构人物,却有真实的妹妹、妹夫?"

"钟馗,姓钟名馗字正南,终南山下周至县人。你怎么能说他是虚构人物?他也是爹妈生的。《全唐诗》里写到过,他给唐明皇治过病。你是不是想说,唐明皇也是虚构的?"

知识分子的一个臭毛病就是爱逞口舌之快,他对此虽然时时警醒,但还是未能免俗。他指着那幅画说道:"钟馗也真是的,放着身边的鬼不捉,每天忙着去别处捉鬼。"这句话惹恼了丁宁。丁宁把茶杯一放,问:"谁是鬼?你还是我?"

芸娘出声了:"应物!"

他就让了一步,说:"好好好,我是鬼。"

但丁宁还是不依不饶:"你?你连鬼都不是。鬼者,归也。等你归去的时候,你才能变成鬼。"

他不想扰乱芸娘的乔迁之喜,没有接话。但他心中的不屑油然而生。眼下,在医院里,丁宁再次让他不屑。丁宁为什么要恭维季宗慈,并且还要请季宗慈到洗浴中心醒酒呢?不用说,他肯定又在炮制新的美学史。我完全可以想象,他的写字台上同时摊着一本又一本的美学史,中国的、德国的、意大利的、日本的,老版本的、最老版本的,新版本的、最新版本的,还有一本是他自己的。他分别用镇纸压着,然后就开始拼凑、炮制最新的美学史了。他每年都要出本书,每本书都在四百页左右,厚如秦砖,卖废品的时候很压秤的。他还用英语把美学史的梗概登上自己的博客。他那拙劣的软件英语,将美学史讲得丑陋无比。

毫无疑问,丁宁是想让季宗慈替他出书。看得出来他跟季宗慈也是偶然相遇。他来医院干什么?他结婚多年,仍然没有孩子,想孩子都想疯了。正如他在书中写到的,人是精英,睾丸里却没有精子,如之奈何?

此时丁宁说:"我要看的是何为先生,你呢?"

他说:"我也是。"

丁宁说:"我的新著寄给了何为先生。据说,先生很喜欢。"

是吗?他看了看文德斯,文德斯没有说话。他又听见丁宁对季宗慈说:"我在注释中引用了老太太的观点。你只有成为别人的注释,才会不朽。"

文德斯终于开口说话了:"以后,我或许应该为你作个注释。"

丁宁问文德斯:"你是——你也是写文章的?我以为你还是个孩子呢。"

文德斯说:"谁不是孩子呢?我看,你也是孩子。"

他看到文德斯在朝他使眼色,要他先退出来。看到他们退出来,季宗慈也退到了一边。而丁宁却被人群裹进了电梯。后来,他们又来到住院部大楼外。他和季宗慈在指定的地方抽烟。季宗慈问:"听说,你近日要去北京见程先生?我派车送你去怎么样?我带个速记。"

"我都不知道能不能见到程先生。"

"程先生的简体字版权,我想一锅端了。你跟程先生说一下,我不会亏他的。"

"好啊,我们找机会好好谈谈。"他对季宗慈说。

"你的自传呢?要不,我把你、程先生、孔子的传记,一起出了?"

"这个玩笑,千万开不得。"

又过了一会,丁宁从楼里走了出来。"老太太在睡觉。医生不让进去。连花都没送出去。"丁宁说,"季总,你要探望谁?我陪你一起上去?"

季宗慈说:"我要见的人,就是应物兄。"

其实季宗慈要见的,是济大出版社社长的老婆。社长的老婆跳广场舞,竟然把腰给扭折了。看到季宗慈手里捧着玫瑰,他就跟季宗慈说:"你也不怕社长大人吃醋。"季宗慈说:"吃醋?你就是给他一瓶醋精,他也吃不出来酸。待会,我就在这等你,不见不散。"

后来,他们终于见到了老太太。老太太深深地陷在床铺里,看上去好像没有人的样子。开门进门所形成的风,将白色的被单吹到了她的脸上。这给人的感觉相当不妙:好像她已经进入了永恒的世界,被白布蒙了脸。梅姨不在房间。文德斯泪水突然夺眶而出。只见他立即趋步上前,把被单掀开了。被单被她脸上的皱纹稍微阻拦了一下。她的嘴张着,有黏液扯在那里,有如蚕丝。

文德斯轻声喊道:"奶奶。"

她一定听到文德斯的声音了,脸上的皱纹动了一下,那是一些紊乱的线条。文德斯像个孩子似的笑了,去摸她的手。她的手很小,在文德斯的手中显得更小。她还在睡觉,但脸上慢慢绽开了孩子般的微笑。一个古希腊哲学的女儿。老太太脾气不好,哲学系的老师差不多都被她训过。此时,她却像个婴儿,不哭不闹,乖得很。窗台上放着一排用完了的葡萄糖瓶子,每个里面都插着一枝干花,乍看上去,如同一排拆除了引信的微型炸弹。雨停了,此时刚好有阳光临到房间,尘埃在阳光中缓缓飞舞,舞姿静谧。

"文儿。"老太太睁开了眼睛。

她竟然也认出了他。这一点,连文德斯也感到惊讶。她竟然还能开玩笑:"文儿胆大,把孔圣人的徒弟拽来了?"她叫他应物兄,"应物兄,谢谢你来看我。你这个'兄'字,占了我老太太的便宜了。"

"您还是叫我小应。"

老太太示意他靠近一点:"出院了,我们合开个会。不搞耶儒对话。耶稣与孔子又不是同代人,差着辈分呢。要搞就搞孔孟与苏柏①的对话。好不好?"

"我听您的,先生。"他说。

"让他们掰掰手腕子。"老太太说。

文德斯抚摩着老太太的手。老太太说:"我做了个梦,梦见文儿的书出版了。"

泪水再次在文德斯的眼眶里打转。那晶莹的泪水啊。如果他爱,那是真爱。如果他流泪,那是泪水要情不自禁地涌出,就像春风化雨,种子发芽。老太太说:"是我反对你的书出版的。我对编辑说了,我死后,再给文儿出。我不同意出版。"

"奶奶,其实我也不同意。"文德斯说。

"你的'不同意',跟我的'不同意',不是一个'不同意'。"老太太说。

"都是'不同意'嘛。"文德斯像孩子耍赖。

"你不同意,是你觉得没写好。你要是写好了,我更不同意。"

"等您病好了,再让您批改。我全听您的。"文德斯说。

---

① 苏格拉底和柏拉图。

"你说,柏拉图反对恶。错了。柏拉图反对的不是恶,是反对把恶当成善。柏拉图说,人总是追求善,选择善。一个人,如果选择了恶,那是他把恶当成了善。他缺乏善的知识。缺乏善的知识,就会在善的名义下追求恶,选择恶。"

"奶奶,我懂了,我正在修改呢。"文德斯说。

老太太说:"应物兄,我翻了你的书,看你提到了王阳明的善恶观。王阳明是反对程朱理学的。他开坛授徒,讲的什么?要我看,他讲的就是柏拉图。"

王阳明不会知道柏拉图,就像耶稣不会知道孔子。这是两股道上跑的车。但是,人类的知识,在某一个关键的驿站总会相逢,就像一切诚念终将相遇。他揣摩着老太太的话,想着柏拉图与王阳明思想的相通之处。他的思考未能深入,因为梅姨回来了。梅姨拎着的两桶矿泉水还没有放下,老太太立即让梅姨替她找东西。梅姨从老太太枕头下面取出一张纸,方格稿纸,抬头印着"国际中国哲学学会"的字样。上面有四行字。果然如文德斯所说,每个字、每行字都向右上角倾斜,都爬出了格子,但字迹还勉强看得清:

　　无善无恶心之体
　　有善有恶意之动
　　知善知恶是良知
　　为善去恶是格物[①]

老太太让梅姨交给文德斯:"应物兄对王阳明有研究,让应物兄给你讲讲。"

文德斯说:"您多休息。放心,我会向他求教的。"

他说:"先生放心!我要是讲错了,您可以打我,骂我。"

老太太说:"如果你讲错了,你就是把恶当成了善。"

他赶紧说:"我一定好好想想什么是恶,什么是善。"

------

① 见王阳明《传习录》。

老太太说:"你在书里说,什么是伪善,伪善就是恶向善致敬。这不对,伪善就是恶。照你的说法,有伪善,就有伪恶。伪恶,就是善向恶致敬?"老太太浑浊的目光突然变得凌厉起来,有如排空的浊浪瞬间被冻结了,又碎了,变成了刀子。老太太说:"同时,还须有历史的眼光。过去的善,可以变成今天的恶。"说着,一口气憋在了胸口,没能喘过来。梅姨赶紧按响了床头的急救铃。

医生来了,比医生先到一步的是护士。不过,护士进来的时候,老太太已经恢复了正常。护士拍了拍半跪在床前的文德斯的肩膀。

文德斯对老太太说:"奶奶,我明天再来。"

老太太就像孩子似的,学了一声猫叫,说:"给我看好柏拉图。"

她说的并不是哲学家柏拉图,而是她的猫。那是一只黑猫。她喜欢养猫,但只养黑猫。她养过的所有的黑猫都叫柏拉图。

文德斯说:"我会的。"

老太太说:"下次抱它过来。不要让他们看见。"她说的是医生和护士。

医生和护士都笑了。老太太突然又说道:"应物兄,你过来。你说,孔子是最伟大的老师。我不同意。作为老师,苏格拉底更伟大,因为苏格拉底培养出了柏拉图,而柏拉图与苏格拉底一样伟大。孔子的门徒,没有一个可以与孔子相比。只有学生超过了老师,那个老师才是伟大的老师。"

他不能同意她的观点。孟子呢?孔子的传人孟子,不也是伟大的人物吗?当然,这句话他没有说。护士在暗示他们应该离开了。老太太又说:"应物兄,回去问乔木先生好。乔木先生总是笑我,一辈子抱着柏拉图的大腿不放。这没什么好笑的。弱水三千,我只取一瓢饮。"接下来,老太太突然说了一句莫名其妙的话,"见到亚当,也替我问个好。他知道,我有事拜托他。"

他当然明白,她说的亚当就是经济学家张子房先生,张先生曾经重译了亚当·斯密的《国富论》,其译后记《再论"看不见的手"》,曾经风靡经济学界。如前所述,老太太与张子房先生、乔木先生以及姚萧先生,是济大最早的四位博士生导师。他们三男一女,有人私下称他们为"四人帮"。这四个人当中,老太太与张子房先生关系最好。张子房先生没有疯掉之前,一直称老太太为小姐姐。

"好的,奶奶你放心吧。"

别说见不到张子房先生了,就是见到他,我们也不敢让他来看你。他曾看见子房先生在垃圾堆里翻捡东西,很认真,就像寻宝。也曾看见子房先生穿着西装,打着领结在街上散步。时而疯癫,时而正常,这就是子房先生留给人的印象。生病之后的子房先生,容貌也起了变化,那变化主要表现在嘴唇上,原来的薄嘴唇竟然变厚了,说话也不利索了,就像嘴唇上打了麻药。老太太看到张子房先生这个样子,能认出来吗?认不出来还好,要是认出来,那当不更为痛心?

他突然想起,多年前老太太在课堂上讲过一个真实故事,也是关于善的。那个故事的主人公,其实就是张子房先生的母亲。当年,上面传达一个"反革命"分子叛逃的消息,张母竟然说,他火急火燎地跑了,不知道带干粮了没有。心肠有多好啊,怕人家饿着,成为一个饿死鬼。话音没落,张母就被扭到了台上,又被一脚踢了下去。这个故事的结尾,老太太当时没有讲,因为它有点过于悲惨了:因为断掉的肋骨刺入了肝脏,张母当天就去世了。

现在,听老太太说有事拜托张子房,文德斯也不由得感到奇怪,问:"奶奶,你有什么话要我转告他?"

老太太说:"他知道的。"

文德斯问了一句:"万一他忘了呢?奶奶提醒我一句。"

老太太说:"柏拉图是他送我的。我死了,柏拉图还给他。"

文德斯说:"奶奶,您这话我可不爱听。"

老太太说:"还有一件事,他不会忘的。"

谁能想到呢,老太太所说的那件事,竟然是让张子房给她致悼词。后来,当他知道了老太太这个遗言,他觉得老太太的思维确实有点与众不同:让一个疯子给她致悼词?

应物兄记得,从病房出来,他们又陪着医生说了一会话。医生说:"你放心。上头发了话的,医生必须是最好的,药也必须是最好的。"医生的话虽然首先是夸自己,但听着让人放心。梅姨这时候从病房出来了。文德斯以为梅姨找的是自己,忙问:"奶奶还有什么话要交代?"

梅姨说:"不是说给你的,是说给应老师的。姑姑说,告诉愚儿,别回来看我,我死不了。"

他说:"我记住了。"

梅姨又说:"她还让你替她谢谢程先生,谢谢他收留了愚儿。程先生是谁?"

文德斯显然觉得,老太太的脑子过于清晰了。他一定联想到了"回光返照"这个词,就向梅姨提出今天陪她在这里值班。梅姨笑了:"她也不让你来了。她说,看到你再来浪费时间,她要打你屁股。"

下了楼,他们又看见季宗慈。季宗慈捧着一大捧花。原来,季宗慈还要去看刚入院的省新闻出版局局长。见到他们,季宗慈分出一束花,硬塞给了文德斯:"老太太怎么样了?暂时不要紧吧?"

文德斯说:"什么叫暂时不要紧?老太太好得很!"

季宗慈说:"小师弟,你别多想。我也想去看看老太太的,是老太太不让看。老太太到死都是个认真的人。她也太认真了,年轻时就是这样。跟你们说吧,我最佩服的人就是老太太。老太太终身未嫁,宁愿把贞操带进火化炉,也不留给咱们这些臭男人。就凭这一点,我就崇拜她。"

他以为文德斯会发火,但文德斯只是把那束花放到了地上。

他从文德斯的目光中看到的不是愤怒,而是怜悯。他没有想到,文德斯接下来的一句话,带着自言自语的性质:"看到老太太,我似乎看到了自己的老年。你说,到了老年,我会像老太太这样认真吗?"

说完这话,文德斯就走了。

他在后面叫他,他也不停。

他赶紧追了过去。那一刻,想到自己之所以浪得虚名,跟季宗慈脱不开关系,应物兄就觉得不好意思。文德斯会不会因此看轻了我?他想。所以在回去的路上,他和文德斯很长时间没有说话。文德斯坐在副驾驶位置上,一直看着后视镜:它确认着他们离医院越来越远,离老太太越来越远。而在应物兄心里,他知道这是自己最后一次见老太太了。伤感和惜别不断从他的心底溢出。后来,他看到文德斯掏出一本书,从后面翻起,在空白处写着什么。他以为文德斯是要记下老太太的话,就问:"你是在整理老太太的话吗?"

文德斯说:"这就是我刚出版的小册子。"

它确实很薄,书名叫《辩证》。刚才,文德斯原打算把书送给老太太的,但因为老太太说了一句"等我死后再出版",他就没有把它拿出来,因为他担心提前出版会惹老太太不高兴。"奶奶记错了。我书里提到的并不是什么善恶。我谈的是自由。当然,善恶与自由有关。雅典人对民主制度,有天然的爱好,认为自己拥有自由。但柏拉图认为,他们拥有的自由其实是假的自由。随心所欲并不是真的自由。那些人,高喊自由,但却不断地损害自由,不断地作恶。"

"正如孔子所言,随心所欲而不逾矩。"

"不,这说的不是一回事。"

"怎么不是一回事呢?有限制的自由,才是自由。"

"柏拉图所说的'随心所欲',说的是什么'心'什么'欲'呢?如果人的本性是向'善'的,那么'心'和'欲'就一定是向'善'的。

一个人如果不能跟随向'善'的'心',满足向'善'的'欲',他就不是自由的。所以,真正的有价值的'随心所欲',就是满足人自然向'善'的欲望。你看,老太太让你给我讲课呢,我反倒瞎说一气。你可别笑我。"他还在想着文德斯的话,文德斯突然说,"对不起了,我得下车,再回去一趟。"

原来,文德斯是想让老太太看看那只名叫柏拉图的黑猫的视频。它现在就养在他的家里。并不是他不愿意把它带来,而是医院不允许带,虽然这里野猫成群。他倒是成功地带进来两次:一次放在书包里,一次裹在风衣里。他觉得这样做,就像做贼一般,感觉相当不好。但老太太每次见到他,总要问到柏拉图。

"我送你回去。"

"那敢情好。我有不好的预感。但愿我的预感是错的。"

"别想多了。我明天要去北京,等我从北京回来,我还想让你再带我过来看看呢。到时候,我替你抱着猫。老太太那么喜欢猫?"

"对老太太来说,猫就是理念。"

"猫就是理念?"

"这其实是柏拉图的话。柏拉图说,我们所说的猫,与个体的猫不同。说一只动物是猫,是因为它有猫性。这种猫性既不随个体的猫而出生,也不随个体的猫而死去。作为一个理念,它是永恒的。老太太说,看到猫,她就像看到了柏拉图本人。我给猫拍的视频,她或许会喜欢的。她这会可能累了,得让她先休息一下,所以到了医院门口,你就可以走了。待会我再拿给她看。她的时间观念模糊了。我再上去,她就会以为已经是第二天了。"文德斯说着,就又调皮起来了,"这样也好,来一次,等于来两次。"

说是等会再去看老太太的,但是下车之后,文德斯立即朝门口跑去了。他走得有点急了,竟把那本《辩证》掉在了车上。

那天回到筹备处,应物兄就开始阅读那本书。别人送的书,他可以不看，但芸娘的书，或者芸娘弟子的书，他是一定要看的。那本书名为《辩证》，开篇谈的却是"启蒙"：

> 1784年11月，德国《柏林月刊》发表了康德的一篇短文：《何为启蒙》。康德本人并没有将它看得多么重要，后来也很少提及，但它却标志着对思想史上一个根本性问题的切入。两百多年来，这个问题仍然以各种形式反复出现。从黑格尔开始，经由尼采或马克斯·韦伯，到霍克海默或哈贝马斯，几乎没有哪一种哲学不曾碰到这个问题：所有人，既没有能力解决，也没有办法摆脱。那么，这个被称为启蒙的事件，这个决定了我们今天所是、所思、所行的事件，到底是什么事件？请设想一下，如果《柏林月刊》今天还在，并且问它的读者：什么是现代哲学？或许我也会如此回答：现代哲学是这样一种哲学，它企图回答两百年前康德突然提出的那个问题：何为启蒙？

看上去单纯而柔弱的文德斯，每天都纠缠于这些问题？不过，这并不奇怪。遥想当年，类似的问题也曾在他的脑子里徘徊，幽灵一般。文德斯提到的人，他都曾拜读过。他熟悉他们的容貌，他们的怪癖，他们的性取向。但他承认，当年读他们的书，确有赶时髦的成分，因为人们都在读。求知是那个时代的风尚，就像升官发财是这个时代的风尚。他在整理出版《孔子是条"丧家狗"》的时候，曾经将当年的读书笔记翻出，将当年摘抄的一些句子，融入到了那本书中。当年摘抄的时候，他没有记下页码和版本，事后也没有工夫再去核查、补充。这也是后来有人指责他抄袭的原因。他在一句话下面画了一条杠：既没有能力解决，也没有办法摆脱。这句话引起了他的共鸣。看着那句话，那条杠，他有点出神。

他想，从北京回来，一定与文德斯好好谈谈。

他把书放下了。他不知道，在后面的行文中，文德斯也提到了他。

34. 三人行

三人行,但下车之后,三个人才在站台上见到。

驻京办事处派车把他们接到了勺园宾馆。程先生还没有到呢。如前所述,应物兄和葛道宏、费鸣之所以提前来,是为了先见一下栾庭玉副省长。这里离栾庭玉培训的中央党校很近,见栾庭玉比较方便。当然,主要还是为了方便见到程先生。程先生在京期间,将住在北大的博雅国际酒店。他们本来也想住在博雅的,但博雅的前台说,已经客满了。

这天中午,栾庭玉请他们吃饭。那地方靠近颐和园,在青龙桥附近,院子里非常幽静。窗外是松林,室内是竹林。竹筅二三升野水,松窗七五片闲云。① 竹林内设置了粗大的竹管,将水抽到高处,再倾泻而下,形成一个小小的瀑布。他们先进了一个茶室。费鸣陪着葛道宏喝茶的时候,应物兄出来抽烟。院子里有个小湖,湖水深幽,但岸边背阴处还有薄冰。有一个女人在院子里走,在湖边走。那是个孕妇。她的手搭在自己微凸的小腹上。她很娴静,像映于湖面的云朵。

他看到院子里还有几条狗。有一条高大却精瘦的狗,它在湖边的鹅卵石地上跑来跑去,姿势优雅,有如踩着舞步。有时它会用纤长的后腿直立起来,而把前爪搭在一只藤椅上,扭回头,朝这边张望。它的脑门上全是皱纹。他觉得,它是年轻身体与衰老大脑的混合物。这印象当然是不对的,但很顽固,无法消除。还有几条小狗,胖嘟嘟的,颜色棕黄,就像毛皮手套翻了过来,它们哼唧起来就像鸟叫。有两只小狗站了起来,互相扔着一只毽子,就像在打排球。不过那只毽子很快就被它们扔到了湖里。还有一只体形较大

---

① 见《五灯会元》(卷十八)。

的狗,他认不出那是什么狗。它在近处散步。但它走着走着,就靠着一张木桌开始蹭痒痒,桌子上的笔筒、茶具、咖啡壶顿时摇晃起来。或许是经过了严格训练,它的分寸感掌握得很好:笔筒虽然摇摇欲坠,但终究没有倒下。于是那条狗得意地走开了,一时慢速,一时快速,惊飞了几只蝴蝶。哦,不是蝴蝶,而是蜻蜓,它们的翅膀有如碎银闪烁。

"应物兄先生。"有人叫他。

竟然是金彧?她端着一个盘子,盘子里叠成方块的白毛巾,正冒着热气。

"金彧姑娘,你在这?"

"我不是告诉过你,我还在北京进修嘛。"

没错,你是说过在北京进修。可我说的"这"可不是指北京,而是此时此地。这倒是有趣。上次见到她是因为狗,这次他们身边还是一群狗:高大却精瘦的狗、扔毽子的狗、像人那样蹭痒痒的狗。

"真巧啊。"

"谢谢您。谢谢命运!"她说。

"命运"这个词用到这里,有点重了吧?不就是再次相逢吗?他就说:"我们有缘啊。"当他说这句话的时候,他还意识不到,她的话其实一点也不重。从上次因为木瓜和哈登而相遇,到这次相逢,这期间其实已经发生了很多故事。她说的"谢谢您",其实没有说错:上次闹出那个事件之后,铁梳子表面上责怪了她,实际上却开始重用她了,因为铁梳子看出了她的忠诚以及灵活性。后来,当邓林找到铁梳子,说栾庭玉家的保姆出了事,能不能临时从这里借一个保姆的时候,铁梳子就把她推荐了过去,她由此走进了栾庭玉的生活。这些事情,应物兄当然并不知道,他要在今天的饭局开始之后,才能够看出一些端倪来。

他说:"你是说,我们有缘分吧?确实够巧的,确实是缘分。"

她拿起盘子里的一只金属夹子,夹着毛巾递给他。这么快,它就从热气腾腾变得冷飕飕的。"我们确实有缘。"她笑着说。她的笑依然迷人。"不过,待会吃饭的时候,我们可并不认识。吃饭的时候,我们才有缘见到。"

餐桌上,她坐在栾庭玉身边。栾庭玉介绍她说,是亲戚,在北京大学读书。她纠正了一下:"是北京医科大学。"栾庭玉说:"医科大并入北大了嘛。"栾庭玉向她介绍了葛道宏,称葛道宏是教育家、历史学家。她还没有吭声,葛道宏就说:"就叫我葛叔叔吧。"她就叫了一声叔叔。

他觉得,葛道宏其实也有单纯可爱之处。

接下来要介绍费鸣了。费鸣比他还先认识她。因为那天抱着木瓜去看病的就是费鸣嘛。但费鸣此时却像是第一次见到她。栾庭玉说:"这是费鸣博士,以前是葛校长的人,现在是跟着应物兄教授。"栾庭玉的口头禅是"并且来说",它经常没有实际意义,但这次好像用对了,"当然,并且来说,还是葛校长的人。"

她说:"费博士好。"

费鸣站起来,拱着手,说:"很高兴认识。"

栾庭玉最后介绍了他,说这就是大名鼎鼎的应物兄教授,国内数得着的儒学家。"知道我为什么没说他是最有名的儒学家吗?因为我们是同学,用不着跟他客气。"栾庭玉对金彧说,"你不是喜欢翻看古籍吗?不懂的,就问应物兄教授。"

他发现,费鸣在盯着他看。我要是装作第一次见到她,费鸣不免会对我有些看法。他就对栾庭玉说:"我们已经认识了,刚才还在院子里聊了一会。"

她说:"我早就拜读过应先生的书了,书上有照片的。我们是一家人。"

栾庭玉警觉地一挑眉毛。她立即补充了一句:"自古医儒一家。"

他问金彧:"最近在读什么书?"

金彧说:"你知道的,除了专业,我最喜欢的是李白。我在读李白的诗。"我怎么会知道你喜欢李白?当然这句话他没有说出来。他听见金彧接下来又说道:"你知道的,大学里有各种选修课。有一门选修课,就叫唐诗与中医药文化。我是这门课的课代表。李白的诗中就提到很多中药材,女萝啊,牡丹啊。李时珍说,根上生苗,以色丹者为上,故名牡丹。牡丹泡酒,有明目醒脑之效。像您这样用脑子的人,不妨试试。"

"哦,李白还懂养生?"

"那当然。你知道的,李白写过一首诗,叫《嵩山采菖蒲者》。我来采菖蒲,服食可延年。服食菖蒲,可以消食,坚持服用七年,白发可以变黑,可以长出新牙。文人雅士都喜欢菖蒲,改天我送您一盆菖蒲?"

"菖蒲好啊,我都开始养菖蒲了。"栾庭玉说。

这虽然是个私人宅子,但侍者却都穿着统一制服,都是带襻扣的藏青色服装,圆口布鞋。哦,他突然发现,他们的服装上都绣着菖蒲。侍者走到金彧身边,弯腰说了一句话。金彧把那句话说给了栾庭玉。栾庭玉扭头问那个侍者:"先生什么时候到?"侍者微笑地摇头。

栾庭玉说:"那我们就不等他了。"

迟迟没有上菜,原来是要等一位先生。栾庭玉介绍说,要等的这位先生就是这个宅子的主人。这位先生是济州中医院院长的朋友,今天就是这位先生请客。以前到北京开会,多次答应这位朋友过来吃饭,但总是身不由己,想来也过不来。并且来说,一个人过来吃饭,再好吃的东西,也吃不出个滋味。然后又介绍说,宅主不得了的,生意做得好,学问也做得好,而且还是个隐士。什么生意,栾庭玉没说。栾庭玉倒是提到了他的学问,是研究《周易》的。"会相面,会占卜,会看风水。是真名士自风流。这种人,走到哪都会被人拦着,走不开。待会,他回来了就回来了,不回来就不回来了。

我们吃我们的,不用管他。"

这天,一开始只是闲聊,当然主要是听栾庭玉聊。栾庭玉说:"宦情秋露,学境春风。在合适的时候,栾某人还是愿意退出官场。一二三四五六七,七六五四三二一,统统都放下,就到高校任教。并且来说,至少图个清净。跟官场相比,高校就是个桃花源啊。"

"庭玉省长这是抬举我们了。"葛道宏说。

"今天都是自己人,都放开,不提官职。"栾庭玉说。

"哎哟,那该怎么称呼呢?"葛道宏说。

"就叫庭玉。并且来说,你叫我省长,我也多不了一斤肉。叫我庭玉,我也少不了半两肉。"栾庭玉说,"合适的时候,我愿意调到济大,老老实实跟着道宏兄、应物兄做学问。道宏兄比较忙,可能不敢再收学生了。那么应物兄,看在老同学的面子上,愿不愿意收下我这个学生?"

"这玩笑就开大了,"应物兄说,"庭玉兄道千乘、万乘之国,仕途正好。'秋露'一说又从何谈起呢?再说了,高校早已非净土,岂有桃源可避秦?'春风'一说也就谈不上了。"

这天,栾庭玉难得地直抒胸臆,说他曾经想过去美国读个博士,至少也要像应物兄那样出去访学一年半载。去哪呢?当然是美国。了解了美国,差不多就等于了解了世界的另一半。他曾对一个美国议员说,你以前没来过中国,怎么能说了解世界呢?同样道理,不了解美国,我们也不能说了解了世界。道理是这么个道理,情况是这么个情况,可是他却不能走。不能走,是因为走不开,走不开是因为全省人民。全省人民对本届政府领导班子,寄予了厚望。现在让他撂挑子,独自跑到美国去读书,打死他也做不出来啊。曾经有人向他建议,说不需要他亲自去,可以派个人替他去。他把这人骂了一通。这不是公然造假吗?虽然不少人就是这么干的,可他不能这么干。这读书就像上厕所,就像做爱,得亲自来。后来那人就提出,可以弄个美国教授过来,这样就可以跟着读了。

想法倒是不错。但是,一个人独享其成,他心里也过意不去。还有,考试怎么办?去美国考,还是就在中国考?如果在中国考,考卷是不是从美国寄过来?监考老师是美国人亲自过来呢,还是美国人指派这边的人代劳?总之,有一系列问题。"

"这就涉及国际的校际合作了。虽然麻烦,但也不是不可行。"葛道宏皱了皱眉头,似乎已经开始考虑如何进行合作了。

"但已经被我拒绝了。"栾庭玉说,"我当时也认为,事情如能办成,将为中美两国高校之间的合作开辟一条新的道路。螃蟹总得有人先吃。可想想又觉得不妥。并且来说,你拿到的只是个文凭,你对美国还是没有直观感受。并且来说,由这边人监考,也确实容易出问题。比如说,是应物兄监考。我要说,有道题我不会,得翻翻书。应物兄能不让我翻吗?问题来了,这到底是真考还是假考?"

"庭玉省长,我也接触过不少省部级大员。像您这样严格要求自己的,有没有?有!但不多。"葛道宏说。

"后来又有人献计献策。说台湾有一个教授在大陆招收弟子,问我要不要跟那人联系一下。并且来说,这样处理起来也比较方便。至少卷子不需要翻译嘛。问题是,我,一个政府要员,一个共产党人,去台湾读书,合适吗?朋友说,这个台湾学者眼下就在清华大学做特聘教授。我问,这人是国民党还是民进党?先打听清楚。后来打听清楚了,是国民党。国民党还好一些。不过,让我跟着国民党读书,总归有些不合适吧?对方是欧洲人,哪怕是中国香港人呢,还可以考虑。你们说呢?"

"庭玉省长考虑得周详。"葛道宏说,"你说呢,应物兄?"

"其实在哪读都一样。读书,主要是选导师。"应物兄说,"中山大学跟北大当然是不能比,但因为陈寅恪在中大教书,人们还是希望成为陈寅恪的弟子。"

"银缺?够坦荡的,竟敢在名字里面说,自己缺银子花了。"栾庭玉说。

应物兄委婉地解释了一下:"是子丑寅卯的'寅'。陈先生属虎,名字里就带了个'寅'字。"

"应物兄是说,把我介绍给陈虎什么寅?"

"世上已无陈寅恪。"

"死了?"

葛道宏叹了一口气,说:"'文革'中死的。"

栾庭玉拍了一下桌子:"'文革'教训沉重啊。所以说,这些年一听谁说要给'文革'翻案,我就想抽他两耳刮子。"

应物兄突然想到,栾庭玉是不是想考程先生的博士?

话题果然转到了程先生身上。栾庭玉坦率地说,自己是从应物兄的书中知道程先生其人的,看到应物兄对程先生如此推崇,他就知道程先生非凡人也。于是他就让邓林把程先生的书全都买来,床头堆着,马桶边堆着,汽车后座上也堆着,有空就看一看,没空也要翻一翻,很受启发。相对来说,他最喜欢读程先生的散文,读得津津有味。

栾庭玉提到了一篇名叫《体味》的散文,其中有一个细节:程先生刚到美国的时候,街上的狗见到他都会叫起来,就是不叫,下巴颏也是一抖一抖的。这是因为中国人身上没有体味,见到了中国人就像见到了怪物。栾庭玉用筷子敲了敲桌子,"这就叫狗眼看人低。"

葛道宏说:"庭玉省长读得很细啊,细微处见精神。"

栾庭玉把筷子往桌子上一放,说:"美国狗,少见多怪啊。程先生其实是想说,我们已经是人了,你们还是猴子呢,还没褪毛呢,一身腥臊。程先生的民族气节,让人感叹。但是,"栾庭玉又把筷子拿了起来,"程先生又不护短。缺点就是缺点,绝不护短。这就是儒家所说的'三省吾身'吧?比如他提到,刚到美国时,看到外国女人就觉得跟中国女人不一样。中国女人大概是缺乏运动,经常坐着,纺线啊,织布啊,纳鞋底啊,屁股有些下坠,腰很低。"

葛道宏说:"批评与自我批评。好。"

栾庭玉听了,看着葛道宏,嘴角浮出一丝笑意,说:"还有一点是我非常佩服的。君子坦荡荡,不藏着,不掖着,望之弥高。"栾庭玉停顿了一下,手竖在耳边摆了摆,身后的两位侍者就退了出去,"程先生提到,有一次在旧金山,一个中国留学生跟他说,很想找个金发女郎上床。因为那哥们很想知道金色的体毛到底是什么样子的。甚至商量,要不要找只鸡。程先生接下来说了一句话,这句话让我很佩服。程先生说,出于求知欲,他本人其实也很想知道。说出这句话不容易啊,同志们。并且来说,更让我佩服的是下面一句话。程先生说,后来他想通了,嗨,有什么呀,无非就像凤凰岭上的一片红叶贴在了那里。好一片红叶!身在美国旧金山,心在济州凤凰岭。这就叫思接千里啊,同志们。"

这篇文章我们的应物兄当然也看过。那是程先生五十年前的旧文。程先生从来没有把它收到书中。邓林是从哪里看到的?因为栾庭玉的讲话涉及少儿不宜的话题,应物兄偷偷瞥了金彧一眼。金彧好像没有听到似的,脸上波澜不兴,眉头都没有皱一下。她正用小勺子掏螃蟹腿里的肉。那勺子比猫舌头还小,就像个挖耳勺。她的嘴角沾了一粒蟹黄,她伸出舌尖把那粒蟹黄卷了进去。

栾庭玉有个特点:谈论那些鸡头鱼刺狗下巴颏的时候,表情反而是严肃的,不苟言笑,就像扑克牌中的王,当然是大王;而谈到那些严肃话题的时候,表情却常常显得幽默和俏皮,就像相声演员,当然他是逗哏的。或许这就叫庄谐相济?比如,接下来栾庭玉谈到的问题,是关于政统、道统和学统的。好像没有比这更严肃的话题了吧?可栾庭玉却谈得幽默而轻松。

栾庭玉说,自己详细拜读了应物兄的一篇文章,是关于程先生的论文,做了一些笔记。他发现应物兄是从政统、道统、学统三个角度来讨论程先生对儒学的历史性贡献的①。栾庭玉说:"应物兄啊,政统、道统、学统,你一会儿分开谈,一会儿合着谈。正谈着政统呢,一眨眼工夫你又溜到道统那里去了,一不留神你又跑到学统那里去了。并且来说,这个统,那个统,统来统去的,把我的头都搞大了。幸亏我是男的,还有一点哲学背景,大就大吧。要是个女的,你这样捅来捅去的,人家受得了啊?受不了的!"说着,栾庭玉脸色一紧,"不过,我倒是完全同意应物兄对程先生的评价:为天地立心,为生民立命,为往圣继绝学,为万世开太平。帝师!这样的人,放在以前,必是帝师。"

应物兄说:"有些地方,我引用的也是别人的话。"

栾庭玉说:"我就想问一句,我理解得对,还是不对?"

"对对对!"

"对了就好。在你们面前,不说外行话就好。"

"论文里还有一句话,不知道庭玉兄注意到没有。我提到,程先生用最简单的一句话,就把儒家文化与基督教文化做了区分。基督教文化是'己所欲即施于人'。我做,你也得跟着我做。儒家文化是'己所不欲勿施于人'。我不做,我也不要求你做。这两者有很大的差别。"

"好!再接见美国佬的时候,我就这么讲。先吃菜。"

葛道宏端起酒杯,给栾庭玉敬酒。栾庭玉说:"今天我只喝这

---

① 栾庭玉提到的应物兄那篇论文,题目叫《程济世先生与儒学"三统"》。最初发表于《济州大学学报》。因篇幅很长,这里只能将论文摘要照录如下:"本文主要研究当代著名儒学家程济世先生在进入21世纪之后对儒学的最新思考。文章认为,程济世先生近年的思考可以从政统、道统、学统三个角度进行分析研究。程济世先生认为,在中国日渐进入现代化社会之后,儒学与政治的合作依然有效。随着全球化时代的来临,儒学与政治的合作已经不仅仅限于中国国内,它也会在国际政治层面表现出来,它表明儒学与政治的合作进入了一个新的时期。儒学虽然以传承夏商周三代文化为己任,所谓'郁郁乎文哉,吾从周',但儒学从来不排斥道教与佛教,在中国历史上回(按:指伊斯兰教)儒的对话和交流也从未中断。进入21世纪之后,作为道统的儒学当然更不会排斥人类精神文明建设的一切成果。而在儒学的学统方面,儒家以天下为己任的情怀,儒家推己及人的思维方式,儒家从《周易》中发展出来的'太和'思想,都有可能为当代哲学的发展提供可资利用的经验。"

一杯。并且来说,咱们是谈正事的,别误了正事。"然后栾庭玉给葛道宏和应物兄敬酒,也给费鸣敬了酒。给费鸣敬酒的时候,栾庭玉说:"听说你跟邓林关系不错?"费鸣说:"邓林是我的老师。"栾庭玉说:"你一晚上没说话。邓林在我面前也很少说话。其实,我们这些人,最想听年轻人的意见。"费鸣笑了笑,说:"谢谢省长。"栾庭玉说:"好好干。有机会接触到程先生,是你的福分,要珍惜。"然后栾庭玉又说,"同志们,我其实只有一句话。在程先生回国任教的问题上,省委省政府将提供尽可能多的帮助。如果问我有什么私心,我承认,有!我的私心就是跟着程先生多读几本书。"

费鸣后来说,当时他也担心,栾庭玉是不是要说,想跟着程先生读博士。不过,应物兄和费鸣的疑问很快就被栾庭玉打消了。栾庭玉说:"我有自知之明,知道程先生是大学问家,大思想家,我只是个做具体事情的。他不会要我这个学生的。所以,我不会麻烦你们,让你们去跟程先生说,让庭玉读你的博士吧。不,不要这么说,不能这么说。说句掏心窝子的话,程先生只要认我这个私淑弟子,我心足矣。"栾庭玉连干了三杯。宅子的主人还没有来。栾庭玉要侍者去问一下,那人到底还回来不回来。费鸣也跟着侍者出去了。费鸣看到那个孕妇在打电话。费鸣后来说,从口气上判断,孕妇应该是宅子主人的人。侍者回话说,暂时还回不来。

金彧说:"你们慢用,我得回学校上自习了。"

栾庭玉说:"好学生啊。好,你可以先走。"

金彧说:"我本来想等他签名呢。不等了。"

栾庭玉说:"签名?是想让他给你算命吧?"

金彧说:"我是请教。算命差不多也是巫术。医巫也是一家。"

栾庭玉要金彧再等一会儿:"这里的羊杂碎,天下一绝。色白,汤鲜,清爽,不腻,还味浓。并且来说,烧饼是自己烙的。我们每个人,来碗杂碎?我记得道宏兄喜欢杂碎。"

葛道宏说:"杂碎好啊。元培校长当年提出过的,兼容并包。"

但金彧却不愿吃,说:"我不吃,我劝你们也别吃。"

栾庭玉说:"好,我不吃杂碎,只喝半碗杂碎汤,行不行?"

接下来的一幕,使我们的应物兄对栾庭玉和金彧的关系有了新的认识。只见金彧啪地拍了一下栾庭玉的肩膀,说:"不瞒你说,那些杂碎,已经被我喂狗了。肺啊,肝啊,能吃吗?肺是负责处理垃圾的,肝更是重金属的聚集地。"金彧歪着头问栾庭玉,"你是愿意吃垃圾呢,还是愿意吞金银呢?"

栾庭玉说:"我就喜欢这一口嘛。"

金彧说:"那我不走了。我就在这看着你。我就是不允许你吃。"

这天,他们都喝了不少酒。后来,杂碎还是端上来了。金彧有意躲出去一会。栾庭玉三下五除二,就干掉了一碗杂碎。不过,当金彧回来的时候,放在栾庭玉面前的那碗杂碎,看上去却并没有动过筷子。那是费鸣把自己那份挪过去了。金彧接下来的动作让我们的应物兄吃了一惊。金彧先是问:"真没有吃?"栾庭玉说:"可不嘛,你看我多乖。"金彧摸了一下栾庭玉的头,突然下了一道命令:"张开嘴!啊——呼气!"随着栾庭玉的那一声"啊",金彧的鼻子凑了过去,要用鼻子检查他到底吃了没有,但因为鼻子和嘴巴是永恒的邻居,所以嘴巴也就跟了过去。两个人就像隔空接吻。又因为一个人张着嘴,另一个人噘着嘴,所以他们还给人造成这样一种印象:一个要吃掉另一个,另一个则甘心被吃。金彧把脸收回来,说:"果然听话。好,就得这么乖。"

几分钟之后,平时只喝红酒和黄酒的葛道宏,好像撑不住了,趴到了桌子上。栾庭玉让驻京办的车把金彧、葛道宏和费鸣一起送走了。应物兄本来要一起走的,但栾庭玉说,宅子的主人打来电话,说他看过应物兄的书,还是想见一面。

他送葛道宏出来的时候,葛道宏靠着他,低声说:"我没喝多。待会那个人来,如果提什么要求,你不要随便答应。"然后葛道宏抬高声音,说,"都别送。谁要送,谁是小狗。应物兄,你要陪庭玉省长多喝两杯杯杯——"

葛道宏前脚刚走,宅主,也就是栾庭玉所说的那位"先生"就回来了。

事后回忆起此人的模样,应物兄还是觉得,此人并没有什么不寻常之处。他觉得,那个人就像某个单位的中层干部。不管是哪个单位,在中层干部中,你总可以遇到无数相似的人,他们虽然长相不同,有肥胖的人,有清秀的人,有干瘦的人,但他们好像都有某种相似性。你感到了那种相似性,但你又说不出来。哦,不,至少就相貌而言,那个人还是有特点的:他的脸就像一柄石斧。石斧,原始人最常用也最高级的工具。他们用它砍伐木材、削劈兽骨,也用它来祭祀。到了商周时期,人们则用它来砍削敌人的脑袋。现在,这柄石斧就放在他们面前。当栾庭玉把应物兄介绍给石斧的时候,石斧眼睛一亮。石斧显然也喝了点酒,说话有酒气。尽管有酒气,但反应还是很快。反应快,不是表现在接话快、语速快,而是表现在字斟句酌,滴水不漏。前面几句照例还是寒暄。"应物兄教授光临寒舍,寒舍为之生辉。"石斧说。

"我不知道,你还看过应物兄的书。"栾庭玉说。

"所有热闹的书,都要翻一翻的。应物兄的书,我看得要仔细一些。那篇关于程先生的文章,我也看了几遍。应物兄的书,不能看得太快。我看了一天半。有些错误属于印刷错误,不怪应物兄,好在也不影响阅读。"

"热闹"这个词,虽然有点刺耳,但好像并没有什么恶意。事实上,应物兄还觉得这个词用得好。因为季宗慈大张旗鼓地宣传,当时搞得确实有点热闹了。事后想起来,他也觉得有点过了。他觉得,石斧应该是有水平的。在那些似乎没有失去个人特征的中层干部群体中,确有一些有水平的人。石斧当然不可能是一个普通的中层干部。一个普通的中层干部,从哪里弄这么大一个园子?

"喝好了吗？听说只喝了两瓶？"石斧问。

"好酒只能慢饮。"栾庭玉说。

"这酒是茅台酒厂专门为我勾兑灌制的。我与袁仁国很熟。袁仁国，名字里就有你们儒家的'仁'字。好。"

石斧按响了呼叫器，侍者拿来了两本书。一本是石斧的《〈易经〉与占筮破解》，还有一本是程先生的《朝闻道》。现在，应物兄知道石斧的名字了。不过，在后来的时间里，他还是常常想不起这个人的名字。它过于普通了：建中、建国、建华？建新、建文？反正是这些名字中的一个。应物兄还是愿意用石斧来指称他。

石斧把自己的书还给了侍者，说："这也是一本热闹的书，过了五十万册了。但应物兄不需要看。去把那本拿来。"侍者又回去拿书时，石斧让他在程先生那本书上签名。"这是程先生的书，我签，不合适吧？"他对石斧说。石斧说："签吧。"他只好签了，他签的是一串字：程济世先生的弟子应物。石斧拿过来看了，说："好。"这时候，侍者又拿来了一本书，叫《易经与饮食文化》。石斧说："说白了，我们都是饮食男女。看看这个，可能还有点用处。"

石斧没有签名，他也没让石斧签。

随后，石斧突然单刀直入，问栾庭玉："你想通了，想让我看一次？我是故意迟到的。如果你走了，那就说明你不相信。"

栾庭玉一开口，他终于明白栾庭玉为什么要苦苦等候石斧了。栾庭玉是这么说的："老母有令，一定要我找先生看一次，做儿子的不敢违背。"然后栾庭玉对他说，"应物兄啊，我们是老朋友了，我也不避你。老母一定要我找先生看看、掐掐。老人嘛，老观念嘛。并且来说，你们儒家也讲，不孝有三，无后为大。"

原来是找石斧算命啊？你们私聊就行了，为什么要把我留下？他想起了葛道宏的临别之言：如果对方提出什么要求，不要贸然答应。莫非石斧找我有事？看上去，不像是有事求我。葛道宏想多了，人家怎么可能求我们呢？在北京西山脚下拥有这样宅子的人，哪个不是神通广大，什么事办不成？还是先看看石斧怎么给栾庭玉掐算吧。

栾庭玉至今膝下无子。他们有一次在一起喝酒，偶然提起此事，栾庭玉说了三个字："有点烦。"他看得出来，那不是有点烦，而是真烦，烦透了。倒不仅仅是因为老母催促，栾庭玉其实是在人类进化史层面上对自己提出了要求。所以，栾庭玉的"烦透了"是用豪言壮语的形式表现出来的："人类从猿猴走到今天，爬雪山，过草地，不容易啊！到了我这里，突然不往前走了？不行！人类可持续发展问题，不抓不行。必须把这项事业推向前进！"

石斧这会对栾庭玉说："我知道你们这些领导干部是不相信算命这一套的。《周易》是中国文化的总纲啊，研究中国文化，不与《周易》挂钩，终究是游谈无根。"

栾庭玉说："不是我不相信你们。搞你们这一行的，也是鱼龙混杂。有人甚至说，乳房大，屁股大，就能生儿子。一点也不实事求是。我前妻就是大屁股。他们跟你不能比。所以上次来这里，看你给别人算，我就没有参与。你算过的那个朋友，如你所言，已经生儿子了。现在我知道了，先生的学问，深不可测。"

"不是我深不可测，而是我们的传统文化深不可测。命中有无子嗣，其实用现代科技手段也能推算出来。一会儿，我们可以试试两者结果是否相同。这样做的好处是，你没有心理障碍：我的命不是算卦算出来的，是高科技推导出来的。"

石斧递给栾庭玉一张纸条："写出生辰年月日时，八字，合上。"

栾庭玉很听话，老老实实写了，合上了。

一瞬间，栾庭玉似乎有点迷糊。

石斧说："给我。"接过来以后，石斧打开看了一眼，也把它合上了。

他忍不住问道："为何要写下来？还要合上？这里面有什么道道？"

石斧莞尔一笑:"对庭玉兄来说,这当然是多此一举。但你们知道的,很多领导干部,一开口,说出来的数字都是假的。你得让他写,写出来的才是真的。待会还要把它撕掉。要养成良好的工作习惯。不能给领导干部带来麻烦不是?"说完,石斧闭上眼睛,嘴唇翕动,算了起来。大概算了一分半钟,石斧把眼睛开。那目光并没有看眼前的人,看的好像是某个很远的地方。随即,眼又闭上了,大概是想再核对一遍。然后,石斧把算出来的答案写到了纸上。只见他龙飞凤舞,写得很长,似乎写的是一首诗。然后又说:"咱们用高科技再算一下。"他掏出了苹果手机,并解释说,上面设置了一个软件,就用它来测试一下。这次算得很快,只用了几秒钟,就得到了答案。宅主先让栾庭玉看了手机。手机上显示的是:

夫大妻小无刑克,儿女双全送坟上。

而那张纸上写的还真是一首诗:

昨夜春风浪悠悠,一池春水已吹皱。玉带退还君去也,绿水滩头驾扁舟。抱琴幸遇知音客,儿女双全送白头。子牙昔日把钩钓,钓竿砍尽南山竹。

栾庭玉把两个都看了,又拿起手机看了一遍。石斧似乎看透了栾庭玉的心思,就解释说,"刑克"是风水命理学的概念,简单地说,就是命相八字相克。"夫大妻小无刑克"自然说的是丈夫年长,夫妻八字相合。"儿女双全送坟上",是说百年之后,自有儿女送终。

关于那首诗,石斧说:"应物兄先生自当一目了然。您给庭玉兄讲讲?"

应物兄说:"我不懂命理,还是你讲。"

栾庭玉说:"先生,还是你讲好一点。"

石斧说:"昨夜春风,不一定特指昨天晚上。可能是昨天,也可能是未来的某一天。春风把你的心吹得激情荡漾。大致是这个意思吧,你们懂的。诗是前人传下来的,所以用词古正风雅。后面两句是说,日后你可能仿陶令辞官归田,或仿范公泛舟江湖。为何辞官?因为你遇到了知音。辞官之时,一双儿女自会千里相送。你的知音是谁?可能是姜子牙式的人物。我看,很可能就是应物兄。到时候,你们结伴垂钓,不亦乐乎?"

"先生,我本来还信你的,现在不敢信了。并且来说,儿女双全,这是要违反计划生育政策啊?除非生出双胞胎,而且还必须是龙凤胎。我在省里就是管这个的。岂能知法犯法?哦,你是不是想说,我还得离一次婚?"

石斧说:"我只算子嗣,不算婚配。离不离婚,不关我的事。我只能说,你命好。什么叫好?儿女双全就是个'好'字。"

栾庭玉问:"我问得再细一点,这段时间我能喝酒吗?"

石斧说:"《周易》有四处提到喝酒,其中三处说的都是喝酒的好处。"

栾庭玉说:"好啊,四分之三,占绝对多数。"

石斧说:"欲饮酒时须饮酒,得高歌处且高歌嘛。"

接下来,石斧问他们吃了杂碎没有?栾庭玉说:"吃了,为了吃到这碗杂碎,真是斗智斗勇。有人说,对身体不好,不让吃嘛。我吃过那么多杂碎,这里的杂碎是最好的。我觉得,主要是羊肠跟别处不同。"

石斧说:"庭玉兄识货。这里的羊肠,可不是一般的羊肠,而是接近肛门的那段羊肠。事先,你必须让那只羊脱肛。至于用了什么办法,让好好的一只羊说脱肛就脱肛,这是祖传秘方,就不详细讲了。我只能说,脱肛之后,那段羊肠就会随着肛门跑到外面,风里来,雨里去的。一句话,它是见过世面的。这样嚼起来,口感就不一样了,后味就足了。你嚼的不是羊肠,而是时代的雨雪风霜。若侧耳细听咀嚼之声,还能感受到羊肠琴弦的韵律。它也是最难做好的。洗不干净不能吃,洗得太净就成了塑料管子。分寸感是很难掌握的。"

那根肠子,那根因为脱肛而跑到体外的肠子,牵动了应物兄的柔肠。

他感到肚子一疼,很尖锐,好像肠子纠缠到了一起。

栾庭玉问:"羊肠琴弦?"

石斧说:"看来您不是很懂乐器。世界上最贵的小提琴,琴弦都是羊肠做的。脱肛的羊肠,做羊肠琴弦最好,有韧劲。我每次去意大利,都要去阿布鲁齐山的萨勒村,祭拜羊肠提琴守护神伊拉斯谟①。他原是马鞍师傅,无意中听到风吹干羊肠的声音,觉得好听,就开始用羊肠制作琴弦。伊拉斯谟制作的羊肠琴弦小提琴,可抵一套北大的学区房。不好意思,我的第一把羊肠琴弦,是偷别人的。年轻时不懂事嘛。当时,我不知道那是羊肠琴弦。后来听说了,我给人家送回去了。"

栾庭玉说:"怪不得,我经常梦见这里的杂碎。"

石斧说:"好啊。按《周公解梦》中的说法,梦见杂碎,意味着享父祖之浓荫,承长者之栽培,用人得当,得大成功。别说我们这些人了,就是和尚闻到杂碎,也都走不动的。"

栾庭玉说:"先生说笑了。并且来说,和尚也吃杂碎?"

宅主说:"怎么不能?《西游记》讲到,悟空保唐僧取经,特意带了个折叠锅煮杂碎吃,将那些肝啊、肠啊、肺啊,一起煮了,细细受用。"

这个石斧以前是做什么的?这些边边角角的知识,杂碎一般的知识,怎么记得这么牢?应物兄不由得有点好奇。这天,真正让他吃了一惊的,是他们从院子里出来时,石斧说的那句话。石斧说:"程先生这次回国,我本该请他来吃杂碎的,看来他不一定有时间。"听上去,此人与程先生好像挺熟。不是吹牛吧?

在回去的路上,他问栾庭玉,那位"先生"以前是做什么的?栾庭玉说,曾听济州中医院院长讲,这哥们的祖上在宫里干过,是敬

---

① 伊拉斯谟,生卒年不详,意大利小提琴制作大师,原是马鞍师傅,因首创以羊肠制作琴弦,被称为羊肠琴弦守护神。在 1750 年以前,所有的小提琴,用的都是羊肠琴弦。

事房的领导。应物兄不由得一乐:"敬事房管的是太监和宫女,管敬事房的也是太监。这哥们儿的祖上莫非是太监?"

栾庭玉说:"也可能是皇上嘛。"

应物兄一时没能转过弯来:"皇上是太监?"

栾庭玉说:"我是说,他的祖母或曾祖母是宫女的。宫女嘛,当然都是侍候皇上的。宫女怀的,十有八九是龙种。怎么,还没有迷瞪过来?当然了,我也觉得他有点神神道道的。你觉得他说得有谱吗?"

他不想扫栾庭玉的兴,就说:"他姑妄言之,你姑妄听之。"

"这种算命的,打卦的,看相的,我是不大相信的。不过,它也算是国学吧?要是它能起到鼓舞人的作用,我看也可以看成一种正能量。"

"我无须借助《周易》,也无须借助什么软件,就知道庭玉兄命中有子。"

"你也会看相?哄我高兴是吧?"

"巧言令色,我不为也。我不骗你,你查一下字典就知道了,'栾'是一种树的名字,它属于无患子科,就是不要担心子嗣问题。"

"照你这么说,历史上姓栾的都有子嗣?"

没有外人在场,他就跟栾庭玉开了个玩笑:"就我所知,只有一个人没有。"他想起石斧讲过《西游记》,就也举了小说中的例子,"《林海雪原》里的栾平就没有后人。不过,如果他不被杨子荣毙掉的话,也应该有后人的。"

"那我就借你们的吉言了。你是儒学大师,他是易学大师。两个大师加持,应该没问题了吧?"

"你以前就认识他?"

"他?说起杂碎,他以前倒是个杂碎,是个偷儿,曾栽在我手上,但我放了他一马。嗨,过去的事就不说了。我只是没想到,眼睛一眨,老母鸡变鸭,他竟然成了易学大师。"

应物兄当时没有追问下去。当然,即便追问下去,栾庭玉也不可能跟他说那么多。原来,这个被他称为石斧的人,就是当年和郏象愚一起偷渡香港的家伙,在那个装满活禽的绿皮火车上,石斧曾向郏象愚演示,如何用牙膏皮煎鸡蛋,吃完了,倒点水,摇一摇,又是一道蛋花汤。

35. 栾庭玉

栾庭玉要是突然遇到郏象愚,我该如何向栾庭玉解释呢?应物兄听见自己说。他确实担心,那个场面会非常尴尬。

如前所述,是栾庭玉把郏象愚从深圳领回来的。在深圳罗湖湾公安分局审讯室,栾庭玉刚问他姓甚名谁,对方就说:"栾大人,别他妈的演戏了。"接下来,郏象愚仍然一口一个栾大人,而且出言不逊,指桑骂槐。哦不,还不是指桑骂槐,而是指桑骂桑,指槐骂槐,都不拐弯的。栾庭玉后来说,如果把那些话全都记下来,判他一二十年都是轻的。

栾庭玉对深圳方面的人说,看见了吧?这个人死读书,读死书,都读傻了,眼珠子都黄了,都快瞎了,别把他的话当回事。郏象愚立即说,他的眼珠子是被手电给照黄的,手电给了他黄色的眼睛,他还要用它来寻找光明。然后又说,栾大人,看这身制服,你是六品还是七品?

一起出差的同事看不过去了:"捆他,割了他的舌头喂狗。"

栾庭玉对郏象愚说:"我以前不认识你,这次就算认识了。既然知道我从济州来,那就跟我到济州去。对不起,得先堵住你的臭嘴。"

接下来发生的事,应物兄就是亲眼所见了。秋天的一个雨夜,栾庭玉来到了乔木先生家里。直到此时,他还以为郏象愚与乔姗姗是一对恋人,觉得有必要亲自向乔木先生做个解释。乔木先生虽然没有教过他,但他听过乔木先生的讲座,所以也认乔木先生为师。把老师的女婿逮住了,于情于理都应该有个解释。

进门之后,栾庭玉来不及脱掉雨衣,就垂首说道:"先生,我是您的学生栾庭玉,我对不起您。"应物兄帮他脱雨衣的时候,栾庭玉夹着胳膊,不让他脱。显然,栾庭玉想把那个姿势保持得更久一点,以示诚恳。

乔木先生本来可以说,郏象愚与我无关,抓就抓了,但乔木先生没有说。乔木先生后来解释说,虽然那个夜猫子搞得他家破人亡,但人死不能复生,只能自认命中有此一劫。乔木先生当时已经改抽烟斗了。乔木先生拿起一根通条,银色的通条,就像古人绾发用的簪子,用它通着斗柄,又用它清洁了烟嘴,然后将烟丝捻成松软的烟球,用拇指肚按进烟斗。这个过程中,乔木先生一直没说话。抽了第一口烟之后,乔木先生开口了:"应物,就让你的老同学一直站着?去,拿件干净衣服换上,别着凉了。"

栾庭玉说:"先生身体还好吧?"

乔木先生说:"刚出了趟远门,差点死到外头。幸而药石有灵,才连滚带爬回到了济州。"

栾庭玉一下子放松了,问:"先生出远门了?以后再去哪里,买车票什么的,我可以给先生跑腿。"

乔木先生很淡然地说:"去了趟北京,说是开会,无非是见见老朋友。趁便又去了趟故宫。故宫还是要多看。启功先生是皇族,对故宫很熟吧?那本来就是他们家的院子。这次也陪着老朋友又去了。去故宫,路是天底下最宽的,广场是天底下最大的。但过了金水桥,越往里走,路越窄。去的时候赶上下雨。雨大得很,天都下黑了。后来雨停了,可台阶上,那些螭首还在吐水。噫吁哉,千龙吐水,蔚为壮观也。地上都是水洼,照着人影,人影是虚的。再往里走,路又窄了许多,通往金銮殿的台阶最窄,独木桥嘛,只能过去一个人。不是过去了两个人吗?是过去了两个,一个是主子,一个是太监。可太监能算全乎人吗?所以,过去的那个人,也是很孤的。可从金銮殿出来,路就宽了,越走越宽。出了故宫,过了金水桥,就是芸芸众生,就是人间。"

栾庭玉说:"我去过,以后一定再去。"

乔木先生说:"你先喝口热茶,暖暖身子。我听说,有人喊你栾大人,让你很不受用?"乔木先生此时才不点名地提到了郏象愚,"喊大人,是有些刺耳。但要看怎么听了。"说着,乔木先生走进书房,过了一会儿,拿出来一个信封。原来是一幅字:

大人者,言不必信,行不必果,惟义所在。①

落款是:录孟夫子语录赠庭玉兄。

栾庭玉双手接过的时候,弯着膝盖,而且弯得很低,几乎要跪下来了。乔木先生后来解释说,他是提醒栾庭玉,只要考虑到了朋友之信义,同学之情义,国家之道义,怎么做都是可以理解的。那幅字后来就挂在栾庭玉家的客厅。栾庭玉说,他后来仕途顺利,虽然首先是组织栽培,但也跟这幅字有关:它提醒自己,为人处世,"义"字当头。

正是从栾庭玉那里,他知道郏象愚关在桃都山区的二道沟。二道沟下面有一条河,政府想在那里修个大坝。劳改人员当时就在那里开山挖土。其实郏象愚进去的时候,那里已经缺水了,洗脸水都得省着用,每次洗脸都得排队,脸盆里的水只能淹住盆底,得把脸盆斜靠在墙上才能掬起水来。到后来,连吃水都得从山外拉来。那个工程自然也就取消了。当然,他们还要照样开山挖土:越是无意义的工作越能起到惩戒的作用。

栾庭玉曾派人给郏象愚送过书,送的是马恩列斯毛。郏象愚喜欢写读书笔记。栾庭玉说:"有一本笔记,前面几页只抄了几句

---

① 见《孟子·离娄上》。

诗,'不见前年秋月朗,订了三家条约。还有吃的,土豆烧熟了,再加牛肉。不须放屁,试看天地翻覆'。"

一个笔记本没有用完,郑象愚就被释放了。放他的那天,文德能曾开车带着他和费边赶到二道沟迎接。但他们却扑空了,因为郑象愚提前两天放了。当时把他领走的人,就是此时正在医院里奄奄一息的何为教授。老朋友们找到他,并请他吃饭,已经是一周之后的事了。参加的人不少,除了应物兄、费边、文德能,还有郑树森。应该是文德能掏的钱。地点应该是在黄河路上,他还记得包间里有一盆橘子树。郑象愚进来就说,昨天他去看了场电影《本命年》,是姜文主演的。因为那部电影讲的是姜文扮演的刑满释放人员的生活,所以朋友们还以为,郑象愚是在暗示他们应该好好帮他,别让他混到"姜文"那个地步。谁知道郑象愚要说的不是电影上的事情,而是电影院里的事情。郑象愚说:"老子在电影院挂了个小妞,比电影里的歌星还嫩,一掐就流水。"

郑树森说:"他妈的,别把服务员吓哭了。"

郑象愚立即问郑树森:"还在研究鲁迅?佩服!通常情况下,人在逆境中才会爱上鲁迅。你呢,身处顺境,却仍然爱鲁迅。"

这么一说,郑树森就不吭声了。接下来,郑象愚就旁若无人地继续说到他如何跟小妞做,如何做了五次。

文德能提醒郑象愚:"这是公共场所。"

费边也说:"别把那个挂在嘴上。在座的都是爷们,都有,不稀罕。"

郑象愚叉着腰,眼睛一瞪,问道:"那你们倒是说说,我该如何称呼它呢?手枪?魔杖?根?蛇?手电筒?命根子?第三条腿?火鸡的脖子?还是黑格尔所说的第二个自我?"黑格尔确实说过,爱情就是在爱慕的异性那里发现第二个自我,但那说的是爱情,不是生殖器。

应物兄记得,文德能让他负责点菜。可能是出于某种恶作剧心理,他特意要求加上两份牛鞭,一份上桌,一份直接打包交给郏象愚带走。这本来是拿郏象愚开玩笑的,郏象愚不但听不出来,反而对服务员说:"没有牛鞭,有牛鞭的老婆也行。"服务员吓得咬住了自己的手指。这个动作也被郏象愚捕捉到了,立即来了一句:"女人的嘴有时候比她的'第二个自我'还好用。"

文德能对郏象愚说:"理性一点。"

郏象愚把嘴巴闭上了。但那只不过是风暴来临前的寂静,只见郏象愚很快又站了起来,先做了个扩胸运动,然后右手背到了身后,顺着后背向下探,再往下探,然后他的手突然从大腿之间伸了出来,食指和中指呈剪刀状,一剪一剪的。朋友们不由得面面相觑:这是干什么?批评你两句,你就要把你的"第二个自我"剪掉了?有这么吓唬人的吗?这时候郏象愚开口了:"看好了,拽住老二,往上使劲拽,老二被睾丸一夹,是不是就有一条缝?你们说像什么?别光看下面,也看看上面啊,看我的胳膊啊。你们说,像不像断臂的维纳斯?"做这个动作的时候,郏象愚不时地瞥向门口,似乎期待着服务员进来。郏象愚说,这就叫"维纳斯之 pose",做得最好的是一个记者,能连做两个钟头。他说,这个动作看似简单,其实很有难度。两个钟头拽下来,就是松开了手,老二也弹不回去了。但对于观众来说,那却是难得的艺术享受。因为感受到了艺术的美,现场观众的境界都提高了,一个烟屁股也要礼让三先。

郑树森说:"难度是有的,美就谈不上了吧?"

郏象愚随即给朋友们上了一课,说:"黑格尔说了,美是理念的感性显现,艺术的高度取决于理念与形象的融合程度。当你的'第二个自我'隐匿于睾丸之下,当你变成了断臂维纳斯,艺术就诞生了。"说着,他把手伸向了橘子树,揪下了两个橘子。朋友们还以为他想吃水果呢,原来他是要以橘子为睾丸,以筷子为老二,再演示一遍。文德能终于忍不住了,再次提醒郏象愚"理性一点"。文德能说:"筷子收回去。黑格尔最强调理性,你既然把黑格尔挂在嘴上,干吗不能像他那样理性一点呢?"对于年长几岁的文德能,郑象愚向来是尊重的,此时却一反常态,出言不逊:"谈别的,我谈不过你。但是谈黑格尔,我至少跟你打个平手。"为了说明他对黑格尔的熟稔,他干脆称黑格尔为"老黑"。他说:"老黑强调理性,但他本人并不理性,不然也不会和房东老婆私通生下小黑。知道吗?小黑是房东老婆的第三个私生子。"文德能说:"黑格尔既有保守主义的一面,又有自由主义的一面。"郑象愚把橘子摔到地上,喊道:"你信的是老黑的保守主义,我信的是老黑的自由主义。"

这顿饭吃得不欢而散。来接郑象愚回家的郑象礼,也感到气氛不对。郑象礼肯定知道是弟弟的问题,专门向他们道歉。朋友们后来知道,就在那段时间,郑象愚把郑象礼的录像机都给捣鼓坏了。自称继承了黑格尔"自由主义"的郑象愚,从黑市上搞到了一盘 A 片,就那几张屁股几张脸,他竟然看得神魂颠倒。录像中有个男人,不管和谁做的时候都穿着一件小背心。郑象愚看录像的时候也要套上小背心。

郑象礼的妻子受不了这个小叔子了,就把他送到了一个中年女港商的怀里。女港商是当年逃港的红卫兵,名字叫彩虹,是做鞋子生意的。很多朋友都见过彩虹。彩虹非常优雅,但却喜欢以"屁"打比方。她说,她和郑象愚能够相遇,那是"放屁踩着药捻子,赶上点了"。她曾在济州大宴宾客,请郑象愚的朋友们吃饭。彩虹上了岁数,臀部很大,蹲下去很容易,站起来很困难。彩虹对朋友们说:"向上帝保证!我本来对爱情很失望,但自从见到郑先生,我终于又相信世上确有纯洁的爱情了。我要早点认识郑先生,郑先生就不会被遣送回来了。"她曾给香港的警局捐过鞋子的,警察们见到她,都是"矮子放屁,低声下气"。彩虹伸出肥嘟嘟的手指,对郑象愚说:"当然,要一分为二看问题。不经历风雨,也见不到彩虹啊。"

驾着彩虹,郑象愚再次去了香港。

时移势易,上次郏象愚是钻在货车车厢里去的,沾了一身鸡毛,虽然能吃到炒鸡蛋,但因为没有放盐,吃起来难免有一股鸡屎味,后来还被拉到了屠宰场,差点被扔进沸腾的大锅里烫毛。这次不一样了,他坐的是头等舱,穿的是鸭绒服,一个空姐恭敬地为他呈上咖喱鸡块,另一个空姐则端着盘子在旁边屈膝侍候,盘子里放着干红。他问空姐,有没有柏拉图葡萄酒或者黑格尔葡萄酒?空姐说,黑格尔没有,柏拉图是有的,是柏拉图庄园的波尔多干红。他给文德能写信说,柏拉图庄园的干红果然好喝,在舌面有如玉珠般滚动,又如丝绸般顺滑,有甜也有酸,有苦也有咸。咸?咸的是泪水吧?

　　文德能病重期间,应物兄去医院探望的时候,才知道郏象愚给文德能写过一封信,说和彩虹分了手,过段时间再请朋友去香港。彩虹后来再来大陆的时候,曾对熟人们说起过他们分手的事。彩虹说,幸亏自己吃斋念佛,善待众生,不然也会把那个"郏先生"遣送回来。她原以为郏先生是个文人,"萤火虫的屁股,没多大亮",后来才发现,不是"亮"不"亮"的问题,而是什么呢?"竹管里放屁,装棍"。她虽然没有学过修辞学,却准确地使用了暗喻,说的是郏象愚中看不中用。多年之后,当他从黄兴那里得知,郏象愚其实喜欢的是男人的时候,他才明白彩虹对郏象愚的不满。问题是,郏象愚当初为什么还会爱上乔姗姗呢?莫非那是因为谈情说爱是八十年代校园里最时髦、最浪漫的事?他后来多次想过这个问题。如果这个猜测可以成立,那么,是不是可以借用郏象愚本人的说法:他的"第一个自我"并不了解他的"第二个自我"?

　　可以想象,郏象愚其实是被彩虹踢出去的。

　　关于郏象愚有幸认识程先生的事情,应物兄是听香港城市大学的蒯子朋教授讲的——他们同是《儒学研究季刊》的编委,彼此很熟悉。据蒯子朋教授说,郏象愚是在一个讲座上认识程先生的,地点就在香港城市大学,蒯子朋教授就是讲座的主持人,而主讲人就是程先生,讲座的题目叫《谭嗣同的"仁学"思想与中国当代社会状况》。郏象愚当时已经被彩虹踢了出来,他是在街上游逛的时候,偶然看到讲座的海报的。以前在国内的时候,郏象愚曾听何为教授提到过程先生。何为教授认为,程先生身在海外,有着广阔的话语空间,但程先生却浪费了这个话语空间。何为教授曾要求弟子们写文章批评程先生。何门弟子中有人写了,郏象愚却没写。没写的原因是,他对儒学那套东西看不进去。根据他对何为教授的理解,何为教授向来懒得搭理那些小人物,凡是被何为教授批评的人都是大师。那么,何不去瞻仰一下这位大师的真容呢?

两个小时的讲座听下来,郏象愚对程先生非常佩服。讲座结束以后,他走上前去,问程先生能不能请教一个问题。程先生一听他的口音,再一看他的打扮,就知道他不是这里的学生。他就介绍说,自己原是济大的学生,刚来到香港。

"哦,原来是乡党啊。"程先生很热情。

热情归热情,程先生却不愿意回答问题。两个小时讲下来,程先生已经很累了。而且,程先生习惯于在课堂上回答问题,以便让所有人都听到。郏象愚跟程济世先生说话的时候,蒯子朋教授就在门口等着。同时在门口等着的,还有一个人,那个人就是黄兴。黄兴当时还是香港海运大王的马仔,既负责接送海运大王的女儿看戏、逛商场、打台球、跳舞,也负责接送海运大王的客人。海运大王虽然是吝啬鬼,但却热衷于赞助学术活动。蒯子朋教授主持的系列学术讲座,就是这个海运大王资助的。这一天,海运大王要亲自宴请程先生。

程先生收拾完讲义要走。但郏象愚却站在台下,一直仰脸看着程先生。郏象愚旁边还有一个人,也是要请教问题的。那个人年龄已经很大了,嘴巴张着,舌尖在残缺不全的牙齿上舔来舔去的。蒯子朋教授说,如果程先生回答了郏象愚,那么也就必须回答那个老人。而那个老人还没有开始提问,就已经开始流泪了。蒯子朋教授说,考虑到流泪的人提出的问题,回答起来都很麻烦,所以他在旁边催促程先生赶快离开。

但就在这时候,郏象愚跪下了。

郏象愚当时穿的衣服很宽大,盖住了他的身体,只有两个手掌露在外面。后来,得知郏象愚有个绰号叫猫头鹰,蒯子朋教授就觉得,郏象愚当时的样子,就像跪在自己爪子上的猫头鹰。猫头鹰的爪子上捏着一片纸。程先生说:"乡党,站起来。"郏象愚摇晃着站了起来,双手呈上一片纸,上写着四句话:

　　不成理论不成家,水性痴人似落花。若问君恩须得力,到头方见事如麻。

程先生一看,就知道那是卦签上的话,问他从哪里求来的签?郏象愚立即说:"先生,您看出来了?我终于找对了人。这是我从济州凤凰岭慈恩寺求来的。"

程先生说:"此签题为殷郊遇师。"

郏象愚问:"殷郊是谁?"

程先生说:"济大研究生不知道殷郊?别人是不懂装懂,你是懂装不懂吧?"

郏象愚承认自己真的不知道此人是谁。程先生不免有点失望,再次要走开了。但那个缺了牙的老人还在旁边等着。程先生先对那个老人说:"你的问题也写下来了吗?写下来我可以带走,我回答完了,回头再寄给你。"这时候黄兴从门口走了进去。黄兴往那个老人跟前一站,老人就乖乖地走了。这是因为黄兴当时也兼任海运大王千金的保镖,有一种不怒自威的表情。老人走后,黄兴又瞪着郏象愚看,但郏象愚却不吃他那一套。郏象愚对程先生说:"我以前学的是西方哲学。"

程先生问:"你的导师是何方神圣啊?"

郏象愚说:"她是何为教授,在内地,很有名的。"

程先生就说:"原来是何为先生啊。她很有名吗?那我应该感到荣幸,因为她曾经批评过我。能被名人批评,我应该感到荣幸。她说我在西方研究儒学,是穿露脐泳装拜祠堂。我让学生查了一下,原来她是研究古希腊哲学的。照她的逻辑,在中国研究古希腊哲学,是不是三寸金莲进神庙?"

郏象愚说:"所以,我要拜您为师。"

程济世先生说:"何为先生的桃子,程某怎么敢摘呢?"

听了这话,猫头鹰再次颓然跪下了。

按蒯子朋教授的说法,程先生当时住在浅水湾饭店,海运大王的饭局就设在那里。当黄兴开车带着程先生和蒯子朋教授前往浅水湾饭店的时候,程先生还提到了郏象愚,程先生对蒯子朋教授说:"那个年轻人,跟我谈的是殷郊遇师,却要我做他的老师,这不是胡闹吗?殷郊是商纣王的嫡长子,曾拜广成子为师,也曾在广成子面前发誓,绝不为父王做事。可他后来念及父子兄弟之情,还是助纣为虐了。没办法,广成子只好大义灭亲,将他困入山谷,然后除掉了他。这是个血腥的故事。他愿意当殷郊,我却不愿做广成子。"程济世先生对郏象愚动辄下跪也很不满。程济世先生说,古时候,臣子向天子跪拜,天子也要回礼的,因为礼是对等的,可郏象愚之跪拜,则让人无法回礼,一回礼就等于答应了他。那天,程济世先生的心情确实受到了影响,饭都没有吃好。

程济世先生喜欢散步,浅水湾依山傍海,海湾有如一弯新月,正是散步的好去处。第二天早上,程济世先生在海边散步的时候,再次碰到郏象愚。郏象愚不是一个人,身边还有一个小伙子。对,那个人就是当初和郏象愚一起偷渡香港的偷儿。他们再次混到了一起。程济世先生的讲座,是要收票的,而郏象愚的票,就是偷儿给他弄来的。

程先生当时并不知道,郏象愚和那个偷儿,昨晚就尾随而来了。

事实上,程先生并没有立即认出郏象愚。郏象愚变样了,戴着一顶礼帽,拄着一根手杖。礼帽和手杖是不是偷来的,就没有人知道了。虽然拄着手杖,郏象愚却走路飘忽。只见他往前猛蹿几步,突然又停了下来,随后,郏象愚把帽子揪下,扔到地上,把手杖也丢了,然后双手举起,举向天空。双手在颤抖,双膝也跪下了。刚跪下又站了起来,拾起手杖,又接着往前走。偷儿则捡起他的帽子在后面跟着。郏象愚走着走着,又奔跑起来,伸开双臂,越跑越快,似乎是要飞翔,但终究没有飞起来。随后,郏象愚好像是被一股奇怪的力量击中了,不停地前仰后合,肩膀、手臂、腰、屁股、小腿、脚,都在急速抽搐,仿佛遭了雷击。

这一下,程先生终于认出了郏象愚,并起了怜悯之心。

程先生曾见过类似的情景,那是在哈德逊河的一条游船上。那个人是基督徒,先是举手向天喃喃自语,后又如遭雷击抽搐不已,似乎要求得到上帝的眷顾。神的灵,圣灵,虽然住到了他心里,但他并没有得到引导,得到帮助,他也并未走向永生之路。他死了,跳水死了。程先生说,他想此时若不出手相救,郏象愚要么当场跳海而死,要么先去信基督,然后再跳海而死。哦,通过儒家所说的自力,通过内在超越达到自我提升,使眼前这个可怜的年轻人免于一死,方为上策。

程先生把郏象愚带回了浅水湾饭店,并请郏象愚和偷儿吃了早餐,又把他们带回了房间。事先,黄兴对偷儿搜了身,搜出来的东西吓人一跳,身份证、护照,竟然有七八个。钱包就不用说了,全是名牌。据说,那偷儿进趟警局,也能顺出来几副铐子。奇怪的是,偷儿身上竟然还有几只金牙。黄兴问偷儿,金牙从哪里来的。郏象愚替偷儿解释了,说那是接吻的时候,顺便从别人嘴里弄出来的。蒯子朋教授还记得,那个偷儿一点不像个偷儿,倒像个公子哥、嬉皮士,鬓角梳成了小辫,香水用的则是法国的 Tendre Poison①。

那天的谈话,就是从谈偷盗开始的。程先生说:"鲁国季康子

---

① 绿毒。一种女士香水。

患盗,问于孔子。孔子答曰,'苟子之不欲,虽赏之不窃。'这话是什么意思?"让人感到奇怪的是,郏象愚还在思考呢,偷儿就说出来了。偷儿说,他也是这么想的。如果有钱人不贪图财利,将财富搜刮一空,那么即使奖励偷窃,也不会有人偷盗。

偷儿不愧是清华大学出来的。

程先生接下来问郏象愚:"你说你研究西方哲学,那么古希腊哲学里面是怎么谈偷盗的?"郏象愚说,苏格拉底与欧提德谟斯有过一次讨论,谈的是善行,其中谈到了偷盗。苏格拉底问,盗窃、欺骗、买人当奴隶,是善行还是恶德?欧提德谟斯说,是恶德。苏格拉底说,欺骗敌人是恶德吗?把敌人卖作奴隶是恶德吗?欧提德谟斯只好说那是善行。苏格拉底说,照你这么说,盗窃朋友是恶德,但如果你的朋友准备自杀,你把他自杀的用具偷走了,这还是恶德吗?欧提德谟斯只好说,那也是善行。郏象愚正说着呢,那个偷儿插话了,声称他最早偷东西,偷的就是朋友自杀的用具。程先生问是什么用具?郏象愚立即对偷儿说,不要欺骗先生。但偷儿说,他说的是真的,有个朋友喜欢在长城上骑车,声称自己最大的愿望就是从长城上摔下来摔死,他就把那个朋友的车子偷跑了。

按蒯子朋教授的说法,郏象愚接下来训斥了一通偷儿,说偷儿不诚实,上次说偷的是攀岩工具,这会儿却变成自行车。偷儿说,是啊,他的车筐里放着攀岩工具。郏象愚又说,那就说明他不想自杀,就是掉了下去也可以攀爬上来。偷儿还想狡辩,郏象愚说,你再欺骗先生,我就不理你了。蒯子朋教授认为,正是这一幕,让程先生相信,郏象愚确有希腊哲学的功底,而且郏象愚是个诚实的人。

从慈恩寺求来的那个签,自然也属于谈话的内容之一。程先生说,殷郊遇师,说的是受困遇阻,突破不得,是为下签。具体说来,便是家宅不安,求财受困,寻人不遇,田蚕多瘟,公讼吃亏,失物难觅,山坟多不吉,病急乱求神。当然,程先生也告诉郏象愚:"儒家反对怪力乱神。这些话,听听就是,不可迷信。"

郏象愚讲了这几年的遭遇,讲着讲着,哭了起来。

程先生当时对郏象愚说:"你是学哲学的。学哲学的人,不应该哭,也不应该笑,应该求得深解。"

郏象愚捶胸顿足,说自己肚子里有气,难受。

程先生说:"不要怨天尤人。送你两个字:修己。修己者,修身也。修己以敬,不迁怒于人。修己还是为了安人,让别人,也让老婆孩子,过上好日子。修己也为了安百姓,让百姓都过上好日子。修己以安百姓,讲起来容易,做起来难,知易行难嘛。孔夫子说了,修己以安百姓,尧、舜其犹病诸。连尧舜手握重权的圣人,也不容易做到啊。"

郏象愚立马又跪下了,一定要拜程先生为师,表示自己一定"修己以敬"。

程先生说:"我可以收你为徒。先给你改个名字吧,就叫敬修己。"

偷儿有的是办法,很快就给敬修己弄到了香港身份证,上面的名字就是敬修己,家庭住址填的则是彩虹家的地址。偷儿之所以这样填,是因为偷儿正想办法把彩虹偷到手:这次偷的不是彩虹家的东西,而是彩虹这个人。偷儿认为,彩虹位于香港金钟大道88号的一幢公寓楼,不久就可以划到自己名下。他还真的做到了。偷儿虽然是个偷儿,却很讲义气,把自己与郏象愚的情谊看得很重。

应物兄后来想起来,他其实就是在郏象愚认识程先生之后不久,与乔姗姗结的婚。乔姗姗当时参加了托福考试,但没能通过。有一段时间,乔姗姗在家里摔摔打打的。再后来,姚鼐先生就来做媒了。他当然知道那其实是乔木先生的意思,是乔木先生做主,要把女儿嫁给他。其实,当时他暗恋的并不是乔姗姗,而是另一个女人。但他知道,对于那个女人,他永远只能是暗恋,因为那个女人已经结了婚。这是个永久的秘密,他从未告诉任何人,谁也没有看出来。甚至,连敏感的乔姗姗,都没有一丝察觉。

新婚之夜,我们的应物兄吓坏了,因为乔姗姗流了很多血,褥子都洇透了,吓得他差点去叫救护车。他把这个事情透露给了几个朋友。他想让朋友们知道,别看乔姗姗跟着郑象愚跑了一圈,其实她守身如玉,还是个处女呢。

他说的是事实,但他能从朋友们的表情上看出他们的怀疑。好像只有郑树森相信了他的话。但是郑树森的话听上去却最为怪异:"先生说过,英雄也吃饭,也睡觉,也战斗,也性交。由此看来,郑象愚并非英雄。"

栾庭玉的话也好不到哪里去:"同志啊,没生过孩子的女人,都是处女嘛。"

36. 勺园

勺园宾馆有规定,同一个身份证不能开两个房间,而栾庭玉又没带身份证——他没有亲自带证件的习惯,他们两个就只好在一个房间凑合了一晚。栾庭玉说:"你睡床,我打个地铺。"应物兄当然不能这么做。但栾庭玉无论如何都要睡在地上,虎着脸说:"怎么?反对我接地气?"

应物兄只好把床上的被子铺到地上,又从柜子里拿出一套被子也铺到地上。他们分躺于床的两侧。好在地毯很厚,暖气也还开着,跟睡在床上没什么区别。刚躺下,栾庭玉就说:"我在家里也是打地铺。我跟豆花说,这是下乡视察工作养成的习惯。她还真信了。打着打着,就打成了习惯。"

豆花是栾庭玉的妻子,原名伊华。伊华也是济大毕业的,学的是政治经济学,后来到省报工作,再后来下了海,成立了一个物业公司,叫伊人物业。伊人物业是济州最大的物业公司,济州各大事业单位的物业管理,几乎都被伊人给包了。伊人旗下还包括家政公司。栾庭玉家里的保姆用的就是伊人的员工。栾家的保姆可不是谁都能干得了的。得会收拾,得体面,口风还要紧。要会说话,但又不能话多。还要懂得华罗庚的统筹学原理,比如蒸饭的同时把地板拖干净了,放洗澡水的同时给马桶消消毒。喂大虎二虎的时候,要教它们说话,同时也要把鸟粪拾掇干净了。不要长得太好看了,弄个美人放在家里,总归不大好。但也不能太难看,否则影响心情。在连换了七八个保姆之后,伊华深感对不起栾庭玉,就自己上门做了几天保姆。栾庭玉的母亲栾温氏,第一次见她,问她叫什么名字。她说叫伊华,栾温氏听成了银花。栾温氏说,金花银花再好,也不能吃,也不能喝,比不上豆花。豆花最好了,有牙没牙都能吃,还养胃。她就这样成了豆花。与别的保姆相比,伊华当然更会收拾,更体面,华罗庚的统筹学原理运用得更好:在蒸饭的同时,不仅把地板拖干净了,还用淘米水把花给浇了;给栾温氏煎药的同时,把老太太的肩、脚也按舒服了,栾温氏外孙女的作业也辅导好了;栾温氏不是喜欢喝豆花吗,伊华自己在家做豆花,做豆花剩下的豆渣做成饼肥,上到栾温氏在院子里开辟的菜地里,辣椒、豆角、油菜,长得就是比别人家的好。伊华对统筹学原理的运用主要还表现在,当保姆的同时把栾庭玉也搞定了。

栾温氏常对栾庭玉说:"都说金花配银花,西葫芦配南瓜。叫我看,金花配豆花最好了。金花配豆花,结什么?结金豆。"

当栾庭玉的外甥们来的时候,栾温氏喜欢忆苦思甜,谈一些陈芝麻烂谷子。孩子们都已经听烦了,要么跑开,要么打瞌睡。豆花有办法降服他们:外婆说话时,谁坐的时间长,谁坐得直,谁的零花钱就多。所以,只要豆花往旁边一站,小家伙们就乖得要命。据栾庭玉前妻说,以前的保姆每次洗完衣服,栾温氏都要反复检查是否洗净了:拿着白背心,走到阳台上,对着阳光看了又看,如果发现洗得不够干净,她就"一不小心"让它落到地上,沾了土,让你不得不再洗一遍。当然这个时候,栾温氏还会埋怨自己真是老了,衣服都拿不稳了。但豆花来了之后,这种事就再也没有发生过。能洗净的,豆花都会洗得干干净净,洗不净的,豆花都会悄悄扔掉,再买一件同式样的衣服,让老太太看不出来。

季宗慈的女友艾伦,是豆花最好的朋友。这是因为豆花的公司也经营花卉绿植,而电视台常年需要花卉装点,她们一来二去就成了朋友。事实上,栾庭玉还是在艾伦的饭局上认识豆花的,艾伦私下里也一直以媒人自居。艾伦与豆花曾经多次讨论过栾庭玉的种种美德:孝顺、仁慈、义气,还有"特别能忍"。她们的谈话相当深入,甚至涉及一些隐秘的话题。比如,艾伦曾经半开玩笑地问过豆花,她跟栾庭玉是不是已经上床了——据季宗慈说,艾伦的用词比"上床"两个字还要直接:"他是不是已经把你给做了?"豆花只承认栾庭玉摸过她的乳房,但她也只是让他摸摸。豆花的理由是:咱不能破坏人家的婚姻啊。

"只是摸摸?他就那么能忍啊?"艾伦说。

"可不嘛。这一点很让人敬佩。"

"哎哟喂,人家那是尊重你。这样的好男人,打着灯笼都难找啊。"

后来,栾庭玉的妻子就主动提出离婚了。那个女人很懂事,一点也没闹。

栾庭玉与豆花结婚之后,有一天豆花来找艾伦聊天,说到侯门生活,豆花委婉地提到了婆婆栾温氏不好相处。她说,领过结婚证,拜了天地,老太太就把她从洞房里叫了出来,给她上了一课,谈的是如何做媳妇。栾温氏是从自己谈起的,说她刚来到栾家的时候,栾庭玉的奶奶就对她说,可以往娘家寄东西,寄吃的,寄喝的,都行,就是不能寄钱。寄了钱,婆家看轻了你还是小事,要紧的是娘家也很没面子。豆花说,老太太这是拐弯抹角敲打她呢。侄子来家玩的时候,她确实给过小家伙钱,让小家伙自己去买冰棍。

栾温氏还经常提起自己当初多么孝顺,是怎么侍候婆婆的:婆婆是小脚,走不远,却喜欢串门,喜欢赶集,她不仅给婆婆当拐棍,还给婆婆当轿子。栾温氏说着,还给她出了个谜语,猜对了,就啥也不说了,猜错了,就罚她把栾庭玉外甥女暑假出国玩耍的机票掏了。那个谜语是:又像柿子又像桃,又像驴蹄又没毛,只能走着看,不能拿起来瞧。打一个东西。

她死活猜不出来。

栾温氏说:"他奶奶的,老不死的,就是她那小脚嘛。"

豆花还说,老太太小拇指甲很长,向内弯着,很像鹦鹉的喙。有一次,听老太太讲话的时候,她就想趁机把那指甲剪掉,老太太不让,说是挖耳屎用的。老太太说,有一次与栾庭玉的前妻在一起拉拉扯扯的,一不小心,把人家的肉挖下来一绺,"老太太说,豆花啊,伤在儿身上,疼在娘心里。疼死我了。"豆花模仿着栾温氏的语调,吐了一下舌头,"老太太这么一说,吓得我例假都推迟两天。"

前不久,应物兄见到豆花,看到豆花又瘦了,他正要表扬豆花会保养,豆花说:"想减肥?来我家啊。你只要嘴一动,老太太就去掀锅盖,看少了东西没有。"

此时听栾庭玉提到豆花,他一时不知道该如何接话。

栾庭玉在床的那边感慨了一声,说:"女人啊,也是怪了。不该怀上的,你稍一碰她,她就怀了。该怀上的时候,却就是没有动静。"

应物兄想起,栾庭玉前段时间戒酒了,有外事活动不得不喝,也会让邓林悄悄地用矿泉水勾兑一下,只是在老外面前走个形式。今天看到栾庭玉又放开喝了,而且谈了不少生男生女的事,他就想,莫非豆花已经怀上了?他本来想问的,但话到嘴边又咽了回去。他只是觉得,栾庭玉今天晚上的谈吐和举止,有点让他琢磨不透。

他就"嗯"了一声,代表自己正听着呢。

栾庭玉又说:"女人要是性情急躁,孩子生出来,脾气是不是也会怪怪的?"

他终于可以接一句了,也算是委婉地探听一下豆花是不是怀孕了:"应该是吧。夫人伊华的性格那么好,你就不要担心了。"

"好?你说她的性格好?"

"我听你说过的,说她很乖。"

没想到,这句话竟捅了马蜂窝。栾庭玉突然坐了起来,问道:"乖?以前倒是挺乖,乖得都让你有点乏味了。"一语未了,栾庭玉又扑通一声躺下了,"可自从结了婚,她真是脾气大变。床上也是,只顾她自己了。整个变样了。并且来说,不是你干她,而是她干你。她变得力大无比,特别是最后那几下子,你再也控制不住她了。她能把你扯成两半,能把你活活撕吃了。并且来说,不撕你不抓你,她就不能进入高潮。用指甲在你身上乱抠。事先约法三章,说好了不喊的,她却喊得楼上楼下都听得见。不知道的,还以为老子杀人了。"

莫非栾庭玉是在向我暗示,他准备与豆花离掉?

离掉之后呢?把金彧娶了?他想起了金彧命令栾庭玉张嘴、哈气的动作。这个金彧!会谈判、懂医术,各方面都很能干,倒是符合很多男人对妻子的预想:秘书、管家兼门房,医生、护士带跑堂。

他很担心栾庭玉和他讨论此事,就故意打着哈欠,以示自己睡意上来了,不能参与讨论了。他的担心是多余的,栾庭玉没有再提此事,而是冷不丁问了他一个问题:"我见到程先生的时候,该如何表达我对程先生的仰慕之情呢?不要多,只要一句话。"

他说:"孔子弟子三千,贤者七十二人,你肯定知道。你就说,我愿成为先生第七十三位弟子。"

栾庭玉说:"好,就是它了。"

接下来,栾庭玉又问道:"一个叫什么小颜的,你熟悉吗?"

他不知道这个人,就说不知道。

但栾庭玉却说:"真的不知道?不可能吧?他应该也是济大的吧?是不是提前来了?"

他向栾庭玉保证,这次来北京的,只有三个人,并没有一个叫小颜的。

栾庭玉说:"知道就是知道,不知道就是不知道,你要跟我说实话。"

他当然再次表示,确实不知道这么个人。

接下来,栾庭玉突然问道:"明天,如果我见到了敬修己,我该如何表达对他的学问的认可呢?不要多,也只要一句话。"

他更是大吃一惊:"你知道他回来了?"

栾庭玉说:"他不是变成敬修己了吗?"

他说:"这么说,你已经知道了?实不相瞒,我也是刚知道他回来。"

栾庭玉说:"没想到啊,他竟然也成了儒学家。你看我这么说行不行,我就说,敬先生,听说你的学问都快赶得上应物兄了?把你的书给我一本,让我学习学习啊?"

听上去,栾庭玉对敬修己的底细好像了解得很清楚。栾庭玉的嘲讽溢于言表:你是做学问的,但市面上怎么看不到你的书呢?

他连忙说道:"使不得,使不得。他还是有学问的,他只是述而不作。"

栾庭玉问:"他主要研究孔子,还是主要研究孟子?"

"他其实主要研究崔述。"

"这个姓崔的,是孔子的弟子?"

"崔述是清代的史学家,把《左传》《论语》《孟子》《史记》等经典中有关孔子的记载,按年代进行了编排和考证,这是不得了的工作。郏象愚敢于研究崔述,敢啃这个螃蟹,说明他在学术上是下了一番功夫的。"

"他的学问跟你相比呢？"

"你想听真的,还是假的？"应物兄犹豫了一下,说。

"我操！我一天到晚听的都是假话,耳朵都听出茧子了。你是我最好的朋友,在你这要还听不到真话,我活得也太倒霉了。"

"好吧,说实话,他的学问不如我。"

"我要的就是这句话。你是谁？你是应物兄。应物兄是谁？应物兄是我哥们！我的哥们怎么能比别人差呢？"

"谢谢庭玉兄。你是怎么知道他回来的？"

"从何为教授的主治医生那里。前两天,我去看望何为教授,和医院的领导亲切交谈了一会,吩咐他们要用最好的医生,用最好的药,要调换出最好的病房。我也问医生,都有什么人来过？一般的人,不要让他们上来,免得影响病人休息。医生就告诉我,有个美国人经常打电话过来,而且常常是后半夜打电话。我问那人是谁？他们就告诉我,那个人一会说自己叫敬修己,一会说自己叫郏象愚。他还跟何为教授说,他马上就要随程先生回国了,到时候会来看望她。"

原来如此！

他说:"我还没有见到他呢。"

栾庭玉问:"爱国不分先后,他爱国吗？"

就像电视抢答一样,他赶紧说道:"爱爱爱。我只举一例,大年三十,他必看春晚,包饺子。八月十五,必吃月饼。"

栾庭玉说:"我最烦吃月饼。以后有好的月饼,都寄给他。你等一下。"

原来栾庭玉要听个微信留言。夜深人静时分,金彧的声音清晰得能听到气声:"您也早点睡。熬夜不好。熬夜时,机体的阳气不能正常回到体内,内脏容易被寒气损伤。熬夜多了,机体还会产生很多代谢废物,堆积在体内,变成毒素。可以补充体液,稀释并且加快毒素排出。补充体液以温开水为宜。但也不能多喝。记住了?别不当回事。第二天眼泡出现水肿,就说明喝多了,下次就要少喝。多喝还是少喝,要是掌握不好分寸,那就放下工作,动动手。两掌根对准耳朵,向中间挤压,再突然放松。至少做三次。这对大脑、眼睛、耳朵都有好处。彧儿的话,别当耳旁风,不然悔之晚矣。狗奶①。"

栾庭玉说:"这孩子倒很会关心人。不过,说我熬夜,她自己不也没睡嘛。"接着又问道,"你觉得这孩子怎么样?就是今天吃饭的那个孩子。"

他想到自己第一次见到金彧的时候,因为她拒绝透露哈登的主人是谁,怎么说都没用,他虽然很着急,但还是觉得她身上有一种难得的忠诚,那是一种稀有的美德。她身上有一种古典的美。此刻,他就告诉栾庭玉:"哦,你说那个孩子啊,她看上去有一种古典美人的气质。古典美人嘛,很忠诚的,好像也很会体恤人。她不是你亲戚的孩子吗?你的亲戚真是教子有方啊。"

这天,他们最后讨论的问题是关于特券的。话题是由邓林的电话引起的。快到十二点的时候,邓林给栾庭玉打来一个电话,谈的就是特券。他听见栾庭玉说:"找不到就算了,如果找到了,也应该收归国有,起码得送到博物馆。"放下电话,栾庭玉爬上了床,脸悬在他的侧上方,低声问道:"顺便向你打听一下,程先生跟你提到过特券吗?"

"特券?什么特券?"

"你真没有听说过?"

"没有,从未听程先生提起过。"

"据说,程先生的父亲当年从济州撤离的时候,有一批特券没有带走。那是一种特殊的货币,抗战期间在某些地区用过一阵,后来又废掉了。前些年,有些人觉得那是无价之宝,到处搜寻。现在听说程先生要回来了,有些人就又提起此事,还有人要拿着特券找

---

① 晚安。

程先生,说是要请他鉴定真假。真是胡闹。"

37. 谁是小颜

谁是小颜?这个问题似乎很快就有了答案。第二天,栾庭玉走得很早,那时候天还没有亮透呢。栾庭玉坚决不让他起来送,甚至不允许他爬起来。他就只好装作再睡。装着装着,他就真的又睡着了。再次醒来后,他打电话让费鸣过来说话。费鸣进来,看见大床两侧胡乱地铺着被子,一时有点迷糊。

"你可不要乱想。"他开玩笑地对费鸣说,"庭玉省长刚走。"

"别说,我还真的乱想了。"费鸣说,"因为敬先生和小颜,也是这么睡的。只不过,他们睡的是一张床。现在,男人睡一张床,好像成了时髦了?"

"臭小子,胡说什么呢。你见到小颜了?小颜是谁?"

"敬先生的一个朋友。那家伙是个儒学天才。"

费鸣讲了他与敬修己见面的经过。昨天晚上,也就在杂碎端上来的时候,他就跟敬修己约好了,今天早上在未名湖边见面。是那个叫小颜的人把敬修己带过来的。未名湖边有个临湖轩,是一个安静的三合庭院,曾是燕大校长司徒雷登的寓所。程先生来北大的时候,如果时间允许,将在那里与国内的儒学家见个面。敬修己来到临湖轩,也算是提前踩点。但临湖轩却关着门,里面正进行清扫,外人不能进去。门前有两株白皮松,老干新枝,婆娑弄影。敬先生和小颜就在树下合影留念。后来他们就去了湖心岛。敬修己和小颜也在湖心岛旁边的石舫合影留念。敬修己最早看到小颜的照片,就是小颜在石舫上的留影。小颜介绍说,那条石舫是清代巨贪和珅留下来的,造此石舫是寓意"水能载舟,亦能覆舟"。现在它只剩下了基座,沉在水里。看不清它是不是已经"覆"了,是底朝下还是底朝上。

"小颜是做什么的？从美国来的？"

"不清楚。应该有北大背景,因为他对北大的各种鸟都很熟悉。他喜欢观鸟。"

"小颜多大年纪？"

"二十五岁到四十五岁之间。"

"什么眼神！二十五和四十五,能一样吗？"

"他的脸像二十来岁,其沉稳,其视野,其谈吐,却像是四十五岁、五十岁。"

"怎么不说他一百岁了？有这等奇人？"

"但有时候,又像个几岁的孩子。我知道您不信。反正我是被惊住了。这么说吧,孔子的话,你说出任何一句,他都能在一秒钟之内告诉你出处。譬如《论语》,他甚至能告诉你,那句话在书的第几页,第几行。当然事先他得瞄一眼你的版本,观察一下行间距、字体的大小、版面的宽窄。然后,他就可以迅速推算出来,那句话在书的哪一页哪一行。如果他说得不对,那不是他错了,而是书印错了,掉了字。这是我看到的真正的天才。"

"有他的照片吗？"

费鸣喜欢拍照,这是他在校长办公室工作期间养成的习惯。出现在费鸣镜头中最多的自然是葛道宏。葛道宏对他的照相技术很满意。葛道宏已经发福了,但他照出来的葛道宏总是会比本人要瘦一点。费鸣说,这里面当然是有诀窍的:你要把葛校长放在照片的中心,或者离中心不远的位置,因为照片边缘的变形效果会让人显得更胖,更臃肿。你得提醒葛道宏抬头向前,这样可以避免出现双下巴;你可以让他把一只脚放在另一只脚的前侧,身体稍微偏向一侧,这样能使他的双腿变长。葛道宏对他的首肯,增加了他对摄影的兴趣。

"可惜,我去见他的时候,忘记带相机了。我是用他们的手机给他们照的。他们都认为我拍得很好。我跟敬先生合了个影,但没有跟小颜照。我在石舫上给他们拍的那两张照片,他们最满意。树木斜躺在水中,笔直的树干在水中折弯了,更多的树倒映在湖面,树梢朝下,向河底生长。因为我把水里的鱼都拍出来了,鱼在云朵中穿行,有如羊群。他们的身影和鱼在一起。小颜说,他们就像牧羊人。对了,小颜还提到了您。"

"哦?"他有点吃惊。

"照片上还有一只布谷鸟。我没认出那是布谷鸟。敬先生也没有认出。敬先生说,以前在一个名叫二道沟的地方,他倒是听到过布谷鸟叫,但他从来没有近距离看过它们。它们总是飞得很高,高过所有的树梢,而且从不停留。小颜说,这种鸟在《诗经》中叫鸤鸠,诗中说它是君子之鸟。小颜脱口而出:'鸤鸠在桑,其子七兮。淑人君子,其仪一兮。'然后他问我,你的导师乔木先生认为,诗中的'淑人'指的是'淑女',而应物兄却认为,'淑人'指的是'善人',你认为他们谁说得对?"

听费鸣这么一说,他真正地吃惊起来了。我都已经忘了自己曾把"淑人"解释为"善人"。这个人到底是谁?真的是个天才?他问费鸣:"你是怎么回答的?"

"回答?我只剩下吃惊的份了。"

"敬修己怎么会认识这么一个奇人?"

"小颜说,你曾师承一个姓朱的老师,叫朱三根?我说我不知道。他说,'应物'这个名字就是朱三根给起的。"

应物兄一时有些恍惚。他的思绪再次飞到了很多年前那个破败的校园,看到了佝偻而行的朱老师。小颜怎么会知道我与朱老师的关系呢?

"后来,小颜有事先走了,我就问敬先生,小颜也是程先生的弟子吗?敬先生这才告诉我,他们是在网上认识的,前天才见了第一面,就在三角地的师生缘咖啡馆。敬先生说,所谓白头如新,倾盖如故。

他们一见面,就成了忘年之交。那个男孩白白胖胖的,不怎么爱说话,只是微笑。敬先生说,他是如愚而不愚,神秘如颜回,于是就叫他小颜。小颜很快就把 QQ、微信上的名字给改了,改成了小颜。"

"哦,我还以为他们相识已久。你与敬先生谈得怎么样?"

"按照您的吩咐,我问了敬先生,程先生在北京都有哪些活动,什么时候可以接见我们。敬先生说,具体安排都得等程先生到了之后才知道。出于客气,我对敬先生说了,欢迎他到济州看看。我是代表您和葛校长向他发出邀请的。"

"他怎么说?"

"说了八个字:故国残月,映于深潭。"

"你怎么回答的?"

"我说,为何是残月?何不看成新月?凭阑独无言,新月似当年。"

"然后呢?"

"然后,他就说,他累了,要回去休息了。他昨晚一宿没睡好。他说起话来倒不避讳,说小颜睡觉不老实,乱踢被子,害得他差点着凉。"

"他们抵足而眠,或许是要谈什么事情。"

"我把敬先生的照片发到群里。我哥哥费边立即认出了敬先生。他问我在哪里遇到了这个人,我说在北大。哥哥问,你怎么会遇到他?又问他现在是干什么的?我说他是研究儒学的,是个儒学家。哥哥说,他无论如何都不敢相信,这个人会成为一个儒学家。哥哥还说,这么多年过去了,这个人几乎没变,是不是吃了防腐剂了?又说,这个人只是发际线后退了,前额更宽了,就像个小广场。我哥哥说,他的原名叫郏象愚。"

费鸣问:"我哥哥问,你有没有时间见面?"

他想起费鸣说过,费边是想和他商量如何纪念他们共同的朋友文德能。他对费鸣说:"你就告诉他,纪念文德能的事可以往后放一放。既然是纪念文德能,那么文德斯一定是要参加的。但是,文德斯现在根本抽不出身,你知道的,他的导师何为教授——"

费鸣说:"好的。那就等哥哥再回济州的时候,我安排你们见面。"

他对费鸣说:"你也告诉他,你在我身边,跟你在他身边,是一样的。"

等费鸣走了,他觉得应该去见一下敬修己。费鸣告诉他,敬修己就在他们楼下,只要一跺脚,敬修己就会听到。这也太巧了。原来,我与敬修己只隔着一层薄薄的天花板?幸亏房间的隔音效果比较好,不然他与栾庭玉关于敬修己的谈话,很可能会被他听见呢。

他第一次去,郏象愚开了个门缝,让他等一会。他听见有人在里面问:"谁啊?"过了一会再去,小颜已经走了。房间里乱糟糟的。他和栾庭玉躺着的地毯下面的地板就是敬修己仰脸看到的天花板。咫尺之隔,却如海天之遥,指的就是这个吧?

房间里挂着一套小颜的衣服。笔记本电脑开着,电脑桌面上的照片就是小颜,穿着西装,但里面没穿衬衣,露着胸,露着肚脐。发现他在观察那张照片,敬修己说,世上只有两种人光着膀子穿西装:一种是乞丐,一种是王子。

他很想打开窗户,透透气,但终究没有开。光膀子的小颜虽然只是照片,虽然只是待在电脑的桌面上,但万一敬修己分不清现实和幻觉,说凉风把小颜吹感冒了,我是笑呢,还是不笑?

"这话怎讲?"他问。

"他们亦古亦今,亦正亦邪。既英气逼人,又妩媚妖娆。既阳光灿烂,又忧郁颓废。"敬修己说,"或许这就是你们说的新新人类?"

"我中午请你吃饭吧。你叫上这个新新人类?"

"吃饭吃饭!中国不是已经解决吃饭问题了吗,见了面,怎么还是三句话不离吃饭?孔子虽然说过食色性也,可也没有整天把吃饭挂在嘴上啊。仁义礼智信,哪一条是关于吃饭的?"

38. 程先生

程先生讲课那天,应物兄很早就赶到了讲课地点:北京大学校长办公楼三楼。那是美国前总统克林顿来华访问时发表演讲的地方。室内雕梁画栋,古色古香。工作人员正在调试麦克风,麦克风不时发出叽叽的声音,有如鸟叫。室外则是杂花生树,银杏参天;树林中有鸟,最多的是灰喜鹊,奇怪的是它们却不叫。

就在那个办公楼外,他意外地遇到了一个熟人:南开大学的吴镇教授。吴镇向他抱怨,大老远赶来,就是为了一睹程先生的风采,哪知道还得持票入场。应物兄曾与吴镇教授一起在波士顿访学。吴镇横跨三个研究领域:两宋文学、《水浒传》以及鲁迅。前不久,吴镇在电话里说,他又新开了一门课,学生们欢迎得不得了,这次他研究的是鬼。子不语怪力乱神,程先生也从来不谈鬼的。一个研究鬼的人,也跑来听程先生的讲座了?应物兄手头没有多余的票,他答应替吴镇想想办法。不料吴镇说,他已经有票了,是从北大中文系一个老师那里搞到的,但这次来了三个人,所以还得再搞两张。

"那两个人是谁啊?"

"一个是陈董的儿子,一个是陈董的小姨子。所以你必须帮我这个忙。"

在波士顿的时候,有一天吴镇喊他和几个留学生一起去吃饭,买单的就是陈董。陈董是天津一家内衣企业的老板,戏称自己是裤衩大王。陈董瘦如竹竿,令人想到马三立,看上去弱不禁风,胸前却长着巴掌宽的护心毛。陈董的内衣在美国卖得很好,尤其是漆皮内衣,又光又亮,防水防潮,打理方便,还不易变形。据吴镇介绍,一百个美国女人,有二十五个穿的是陈董的漆皮。饭后,裤衩大王陈董一定要带他们去见识一下什么叫漆皮。原来是要去看脱衣舞。那些绕着钢管跳舞的美女们的紧身漆皮连衣裤,就是陈董的企业生产的。有人表示对此没有兴趣,陈董撩开衬衫,扇着护心毛,说:"对资本主义没有研究,你又怎么批判资本主义?"那人正在犹豫,陈董就把那人推了进去,同时嘴上说道:"进去,三克油外瑞玛驰!"

他们围绕着舞池坐着,舞池被灯光照成了粉红色。应物兄和吴镇本来坐在同一张沙发上,但吴镇却很少坐。吴镇宁愿蹲在陈董身边。舞女们越脱越少,最后只剩下了巴掌大的裤衩,那裤衩自然就是漆皮。当舞女们扭着大腿来到人群当中,大腿从他们头顶划过的时候,陈董指着漆皮,说:"怎么样?弹力好吧?"说着,右手向下一探,准确地把一沓美钞塞到了舞女的高跟鞋里。陈董每塞完一沓,吴镇立即递过去一沓。那些舞女们,乍看上去,长得一模一样,就像是克隆出来的:红色礼帽,红色高跟鞋,灯光下她们的皮肤也是红色的,只有大腿根的漆皮是黑色的,就像贴了一块黑胶布。陈董发完一遍之后,又让吴镇给他们每个人发了一沓。姑娘们很快就踢踢踏踏过来了,这次是直接骑到他们的腿上,在他们身上夸张地扭来扭去。吴镇还两只手卷成喇叭状,传达着陈董的指示:"别给中国人丢脸,大方一点。"

起初,应物兄像幼儿园小朋友那样规规矩矩地坐着,双手平放在膝上。姑娘呢,就坐在他的手背上。当他把手从姑娘的屁股下面抽出来的时候,趁势搂了一下姑娘的腰。她们的腰肢貌似纤细,实则粗壮。为了增强演出效果,还抹了橄榄油,滑得像肥皂,黏得像泥鳅。后来,朋友们就以"漆皮事件"来指称他们度过的这个荒唐的夜晚。

"漆皮事件"之后,陈董在留学生中的地位迅速提高了。

回国之后,应物兄与吴镇也有过接触。他去天津签名售书时,吴镇不仅请他喝酒,吃狗不理包子,还拉他在南开做了讲座,课后塞给他一个红包:税后一万元的讲课费。吴镇告诉他,这个学术讲座就是陈董赞助的。就在那一次,吴镇告诉他,自己也转向了儒学研究。吴镇曾写过一本《"呼保义"考》。呼保义者,及时雨宋江也。吴镇说自己是在写《"呼保义"考》的过程中对儒学产生兴趣的,"一下子就迷进去了"。吴镇本人和宋江确有几分相似,都是面黑身矮,都喜欢仗义疏财,也都是母亲早亡,下有兄弟。吴镇还喜欢写古体诗,模仿的就是《水浒传》里的"有诗为证"。

此时,应物兄让吴镇原地等着,然后他去找了敬修己。他与葛道宏、栾庭玉、费鸣的票,就是从敬修己那里取的。敬修己正在楼下吃早餐,对他说,倒是还有一张票,本来是留给小颜的,但小颜要去录制节目,一时过不来了。

"那正好。"他说,

"必须给小颜打个电话。万一他半道又来了呢?别惹他生气。"

"好啊,快打吧。"

"我不打,你打。他不会给我面子,但会给你面子的。"

他用敬修己的手机给小颜打了电话。敬修己用的还是美国的手机号,信号需要越过太平洋到美国转一圈,再越过太平洋来到北京,所以电话的声音显得非常遥远。电话接通的那一刻,他听见小颜嗲声嗲气地说:"两情若是久长时,又岂在朝朝暮暮。你说呢,敬先生?"

他一时不知如何接话,匆忙中说道:"我是应物,向你问好。"

小颜说:"是应先生啊。我正要录节目,改日我亲自登门,到府上拜访。"

这张票到手了,但还差一张票。敬修己说,珍妮名下还有一张票,但她用不上,你可以去跟她说说。

昨天他就来找过珍妮,但珍妮到了北京,就跑到天安门广场去了,看故宫,瞻仰毛主席遗容,在大栅栏坐有轨电车。瞻仰毛主席遗容是为了纪念毛主席与福特汽车的缘分:早在延安时期,著名爱国华侨陈嘉庚先生出于对中国共产党人的敬仰,专程将两辆福特牌轿车送到延安,毛主席的第一辆座驾就是福特轿车,这已经写入了福特的历史。

珍妮正拿着水烟枪吸大麻呢。

他迟疑了片刻,还是提醒珍妮,中国不允许吸食 Marijuana①。

珍妮说:"Lighten Cheng 也喜欢来两口。"

她说的是程刚笃的英文名字。这个英文名字是程先生起的,因为"刚笃"译成英文,发音近似于"gander"②,所以程先生给刚笃另起了个英文名字:Lighten Cheng。这个名字很有讲究:"lighten"除了有"照亮"的意思,还有"轻"的意思。刚笃幼年受了一些精神创伤,程先生希望他能甩掉包袱,轻装上阵。其中"ten"的发音,又近似于程刚笃母亲的姓"谭"的发音,这也是为了提醒程刚笃不要忘记母亲。关于程刚笃母亲的事,香港的蒯子朋教授曾给他提起过,但他从来没有听程先生谈过。

"你接着倒时差吧。"他说。

"一会我得去接先生。我是先生家里的,他是 my daddy 嘛。"

他顺便提醒珍妮,"家里的"和"家人"是两个意思。只能说"家人",不能说"家里的"。珍妮似懂非懂,表示自己会烤炉③一下。

拿到票,再找到吴镇的时候,吴镇却说自己不需要两张,一张就够了,因为陈董的儿子不来了。"他让我听完之后,讲给他听。"吴镇说。

那多出来的一张票,他送给了香港城市大学的一个教授。那个教授是蒯子朋的同事,本来已经到了首都机场了,突然听说有这

---

① 大麻。
② 呆头鹅,傻瓜。
③ 考虑。

么一个讲座,就改了机票,临时赶来了。在路上,这位教授给蒴子朋打了电话,蒴子朋让他来找应物兄。

吴镇带着陈董的小姨子过来打招呼。陈董的小姨子说:"我们吴教授天天夸你来着。"说完这话,她就拿着手机准备拍照,突然问道,"咦,海报呢?怎么能没有海报?"然后吩咐吴镇,"待会,你一定要让我和活着的程先生一起合个影。"

吴镇说:"这话,你得跟应物兄说去。程先生听他的。"

陈董的小姨子就说:"应物哥,那我就看你的了。"

这个女人,给应物兄留下的印象相当滑稽。他认为,她只是一个普通的、附庸风雅的追星族,完全没有把她当回事。多天之后,当吴镇告诉他,就是这个女人告诉陈董,一定要把程先生弄到天津,而陈董对这个女人言听计从的时候,他才知道自己小看她了。

小姨子曾亲自到济州找他谈判。看到他毫不让步,她就说:"吃不上肉,让我喝口汤也行了。"她说的喝汤,指的是让程先生在漆皮公司挂个名。

他说:"这真的不行,程先生不会同意的。"

她立即说:"不让喝汤,喝口刷锅水也行啊。"经吴镇提醒,他才知道她说的刷锅水,指的是让珍妮或程刚笃在漆皮公司挂职。

他还没有想好如何回答她,她已经恼了,说:"不让吃肉,不让喝汤,刷锅水我们也轮不上,是这个意思吧?惹急了,我敢把锅给你砸了,你信不?"但说过这话,她又把随身带来的礼盒打开了。她说,那是天津桂顺斋的萨其马,用的是狗奶子加蜂蜜,"您先尝尝?"

39. 七十二

七十二张票,一张也没有浪费。

没错,这次讲座,只印了七十二张票。这当然是程先生的要求。进场之前,应物兄已经听到了人们对这个数字的不同解释。一种解释是,程先生给在场的七十二人讲课,是要用这种方式说明,他就是当代孔子。另一种解释与此相反。有人数了一下,加上程先生,才是七十二人,也就是说,七十二人中也包括程先生自己,程先生其实是向孔子执弟子之礼。吴镇认为,程先生这样做,是以身作则,阐明中庸之要义。

葛道宏听到了这些议论,悄悄问道:"应物兄,你怎么看?"

应物兄回答说:"人们常说,微言大义。程先生无须微言,只用一个数字,就让听众置身于儒家文化的仪式当中了。"

葛道宏说:"我也是这么看的。"

栾庭玉说:"这就叫举重若轻。治大国若烹小鲜。"

他们提前十分钟进场,台上有人正调试麦克风。葛道宏和栾庭玉都认为,这个讲堂不怎么样,四处漏风,麦克风的保真效果也不好,还有杂音,嗤嗤啦啦的,丢人啊,总之与巴别不能比,总之对不起程先生。在中国所有高校的学生中,北大学生是最爱母校的,不能听见别人说它不好。栾庭玉虽然只读过北大法学院的在职硕士,但也继承了这个传统。现在听葛道宏这么一说,就笑着回应道:"北大嘛,北大嘛,谁也不尿。"说完,又补充了一句,"不过,可以不尿克林顿,但不能不尿程先生啊。细节问题确实应该抓一下。"又问,"道宏兄,要是把你弄到北大校长的位置上,你觉得——"

葛道宏说:"别的不敢吹,至少要让它一年一变样,三年大变样。"

正说着,程先生在校长陪同下,从前门进来了。校长让程先生在前面走。程先生伸手,示意校长先走。校长看见程先生伸手,立即握住了程先生的手,并且迅速把脸朝向了一丛镜头。在简短的寒暄中,程先生特意提到了林中那些灰喜鹊。不过,程先生把灰喜鹊看成了寒鸦。

程先生说:"富家之屋,乌所集也①。寒鸦翔集,让人顿生欢喜之心。"

校长说:"生态环境嘛,我们一直在抓的。"

程先生演讲的题目是《儒教与中国的"另一种现代性"》。这虽是他多次讲过的话题,儒学界对此已有很多共识,但人们听起来还是很新鲜。因为它们是从程先生嘴里说出来的,而且是在北大最重要的讲台上说出来的,所以还是引起了很大反响。程先生说,经过海内外儒学家的共同努力,中国在当代国际社会中的身份已经发生了改变。现在,无论是亨廷顿"文明冲突论"中七种文明的划分,还是贝克的"当代文化空间分布的构型假说",都认可儒家学说在国际社会上的影响。随着中国经济的一枝独秀,中国对其自身价值的抒发成为可能,也成为必须。

栾庭玉说:"我听得血脉偾张。"

栾庭玉又对他和葛道宏说:"我很自豪。我希望你们也是。"

血脉偾张的人,自豪的人,多了去了。他瞥见有几个上了年纪的人,一边听演讲一边往嘴里塞着药丸。应该是预防高血压或者冠心病的药丸。他们显然事先就预料到自己会激动不已,所以才做了防备。

程先生以包饺子为例,讲到中国的现代性与美国的现代性的不同。他说,哈佛的一个神学教授,特别喜欢吃中国饺子。吃过几次之后,就尝试着学习包饺子,面多少,水多少,问得清清楚楚。他就告诉神学教授,其实主要是凭经验,面硬了就加点水,软了就加点面。那个教授不乐意了,说,刚才说要加面,怎么又要加水了?因为经验不足,神学教授的面团越来越大,很生气。

程先生说:"别生气,吃不完了可以放进冰柜,下次再吃。"

神学教授说:"中国人做事,处理的都是变量,不是定量。没有

---

① 《诗经·小雅·正月》:"瞻乌爰止,于谁之屋?"《毛传》:"富家之屋,乌所集也。"乌,寒鸦。古人将乌之飞来,视为祥瑞。"爱屋及乌"即由此引申而来。

价值观。"

程先生说:"这就对了,我们处理的就是变量嘛。子曰:'齐一变,至于鲁;鲁一变,至于道。'道,就是价值观。大道之行也,天下为公。怎么能说没有价值观呢?"

接下来是关于饺子馅的,神学教授问什么可以做馅。

程先生说:"什么都可以。"

神学教授又生气了:"什么都可以?Ice cream① 可以吗?"

程先生说:"我只好说 No,No,No! 但那位朋友说,既然什么都可以,那么 Ice cream 当然也可以,钢镚儿也可以。如果狗肉也可以,那么人肉为什么不可以?"

他听见栾庭玉对葛道宏说:"这就叫鸡同鸭讲。"

葛道宏说:"先生脾气不错,很耐心。好。"

程先生接下来说,神学教授有一句话说得对,就是中国人处理的是变量,而西方人处理的是定量。他们的价值观念是不会变化的。如果有变化,那就是从原来的价值观上大幅度下滑,变成一个虚无主义者。

程先生又讲到,他的几个学生参加了阿富汗战争。那是在1998年。对美国人来说,那是伪善的一年,在东欧剧变之后,在恐怖主义来临之前,克林顿总统在白宫办公桌上搞了实习生莱温斯基,办公桌上就放着他宣誓就职时手按的《圣经》。虽然《圣经》中明白无误地讲了,看到一个妇人就想贪恋她的,就已经在心里奸淫了她,但克林顿总统却认为,"Fellatio"②不算性行为。

程先生说,这一年,他的几个学生到阿富汗作战的时候,身上都带着《圣经》。但是在阿富汗,美军当中却发生了大量无意义的破坏行为,那些行为并非出于战术的必要,而是因为他们失掉了价值的基准。他们变成了野蛮人。在他们身上,上边盘旋着虚无主

---

① 冰淇淋。
② 口交。

义的情绪,下边盘踞着野蛮人的本能。程先生说,他们攻击中国人都是二元论者,好与坏,敌与友,善与恶,连市场经济也分成社会主义和资本主义的。但他们,才是真正的二元论者。这种二元论思想,甚至影响了他们对中国典籍的认识。他的一个朋友,一个著名汉学家,翻译老子的《道德经》。第一句就弄错了,先不说翻译得好坏,断句就断错了。程先生说:"'道可道,非常道',硬是断成了'道可,道非,常道'。"

台下大笑。但程先生没笑。

"'名可名,非常名',硬是断成了'名可,名非,常名'。"

台下又是一阵大笑,但程先生没笑。

就在这次演讲中,程先生也提到,他力主将儒学研究学科化,制度化。他说,十九世纪以来,思想史研究的重要标志,就是知识的学科化和专业化。只有这样,才能把知识的生产,知识者的培养,纳入一个永久性的制度性的结构之中。所以他建议国内高校从现在开始,就尝试着招收以儒学为研究方向的本科生和研究生。然后,他强调了时间、时机、时代的重要性,从"学而时习之"谈到"节用而爱人,使民以时"①,从"好从事而亟失时,可谓知乎"②谈到"时危思报主,衰谢不能休"③。程先生感慨道:"时光飞逝,时不我待!如今,研究西学,在大陆高校中依然吃香得很,对儒学构成了挤压。但是,时穷节乃见,一一垂丹青。大陆的同仁们一定要抓住时机。时来天地皆同力,运去英雄不自由。"

掌声四起。连麦克风都来凑热闹,嗞嗞啦啦响了起来。

葛道宏激动得跺脚,大概又意识到他们并不是在巴别,脸上就呈现了笑意。费鸣递过来一个用餐巾纸包着的东西。他后来知道,那是费鸣临时借来的药丸。葛道宏打开看了,朝费鸣点点头,

---

① 见《论语·学而》。
② 见《论语·阳货》。
③ 见杜甫《江上》。

然后装到了自己兜里。

程先生又说:"时人不识凌云木,直待凌云始道高。如果我们的精英人士,也是如此,只是人云亦云,只看到眼前,那一定会让人笑话的。光大儒学,人人有责。一定要与时俱进。这是时代的使命,是国人的使命,是上天的命令。上天的命令怎么能违背呢?时惟天命,无违!"

这时候,他看到珍妮进来了,嘴里嚼着口香糖。

珍妮站到了讲台边。陪同的校长看见了珍妮,就和程先生说了几句,然后把麦克风的话筒按低了,讲了几句话。大意是说,听了程先生的课,受益匪浅,茅塞顿开,信心倍增。他顺便提到,"与时俱进"这个词,是北大老校长蔡元培先生提出来的,元培先生把古代典籍中的"与时偕行""与时俱化""与时俱新",概括了一下,提炼了一下,提出了"与时俱进"这个概念。不过,提出这个概念不久,元培先生就告老还乡了。元培先生走了,但这个精神留下了,成了北大精神,成了民族的精神。

栾庭玉说:"校长讲得还是不错的。"

葛道宏说:"这位仁兄的普通话有进步,至少这几句说得很标准。重要的是,发型和手势都弄得不错。"

演讲持续了四十五分钟,并预留了十五分钟来回答现场听众的提问。一个学生,也可能是教师,也可能是从外面赶来的研究人员,从后排站了起来。这个人看着很年轻,但声音却有些疲倦。他竟然是自己拿着话筒来的。负责递话筒的工作人员,看着这个人手中的话筒,似乎有点迷惑:是我投递的吗?这个人把毛衣搭在肩上,毛衣的两只袖子在胸前挽了个结,问话的时候,就不停地摸着那个结。他没有介绍自己的身份,但却提出了身份问题。

"我们是谁?"提问者说,"我们与孔子时代的中国人,还是同一个中国人吗?这是一个古老的问题,但这个问题又带有鲜明的当代性,它针对的是具体的情景、选择,乃至危机。因为它涉及 Identity① 与 Identification② 的概念。我知道——"

主持人提醒说:"请尽量简洁一些。"

但程先生说:"他问得很好,请让他说完。"

那个年轻人的声音却有点伤感了:"我常常被这个问题迷惑。有时候,我觉得好像想清楚了,但你早上清醒,并不能保证晚上不糊涂。您刚才提到,中国人处理的是变量,这个变量变到现在,我们的文化,文化中的人,是不是发生了根本性的变化?不要说拿今天的人与两千多年前的人相比较了。有时候,我觉得今天的自己与昨天的自己都是两个人。"

应物兄觉得,先生接下来的话,应该一字一句记下来。程先生对提问者说:"你先坐下。知者动,仁者静。别急,先静下来。我们今天所说的中国人,不是春秋战国时期的中国人,也不是儒家意义上的传统的中国人。孔子此时站在你面前,你也认不出他。传统一直在变化,每个变化都是一次断裂,都是一次暂时的终结。传统的变化、断裂,如同诗歌的换韵。任何一首长诗,都需要不断换韵,两句一换,四句一换,六句一换。换韵就是暂时断裂,然后重新开始。换韵之后,它还会再次转成原韵,回到它的连续性,然后再次换韵,并最终形成历史的韵律。正是因为不停地换韵、换韵、换韵,诗歌才有了错落有致的风韵。每个中国人,都处于这种断裂和连续的历史韵律之中。"

就在这时候,应物兄突然看到了坐在提问者身边的张明亮。张明亮怎么来了?事先,他竟然没有告诉我。他是怎么溜进来的?正这么想着,他听见程先生吟诵了四句诗:

---

① 身份。
② 认同。

人事有代谢,往来成古今。江山留胜迹,我辈复登临。①

这时候,那个提问者又问道:"先生,我知道您对朱熹——"主持人打断了他,说:"每人只能问一个问题,请你把话筒交给工作人员。"提问者确实把手中话筒交了出去。交给谁了呢?哦,竟然是交给了张明亮。张明亮把那个话筒收了起来。原来,那个话筒竟然是张明亮从济州带来的,里面装有录音笔。张明亮就是以送话筒的名义,大摇大摆地从门口进来的。这天下午,他与张明亮联系时,张明亮说,他已经坐上了返回济州的动车。张明亮解释说,他之所以这样做,是因为他觉得必须见到程先生,只有见到程先生本人,面对面听到程先生的声音,亲眼看到程先生的手势和表情的变化,他才能够真正地理解程先生在录音带里的每一句话,每个语气,才能更好地整理那些录音带。

演讲结束后,程先生被一辆红旗轿车接走了。

当他目送红旗轿车离开的时候,吴镇和陈董的小姨子过来,问他能不能安排他们拜见一下程先生,只需要五分钟,三分钟也行。他对他们说,都是程先生派人与他联系,他无法与程先生联系。他们说,既然这样,他们就请他吃个饭,感谢他替陈董的小姨子弄到了票。他对他们说,济大校长也来了,走不开。

吴镇说:"懂了,懂了,明天再约。"

随后,他就接到了珍妮的电话:"晚上十点,先生接见乡党。"他当然很快把这个意思转达给了葛道宏和栾庭玉。他们嘴上没说什么,脸上还是有一丝不悦。他赶紧把珍妮的下一句话告诉他们:"先生要接受高层的宴请。北大校长陪着过去了,清华校长也陪着过去了。先生会尽早退席的。"他还把珍妮的另一番话告诉了他们,先生本来住在钓鱼台国宾馆,就是为了见乡党,特意搬到了博雅国际酒店。栾庭玉和葛道宏都很感动,出气声都变粗了。

---

① 孟浩然《与诸子登岘山》:"人事有代谢,往来成古今。江山留胜迹,我辈复登临。水落鱼梁浅,天寒梦泽深。羊公碑尚在,读罢泪沾襟。"

40. 博雅

　　博雅国际酒店的菜价很贵,是镜湖宾馆的两倍都不止。葛道宏不由得发出疑问:"北大师生在此用餐,难道不违反规定吗?他们是如何走账,如何报销的?"葛道宏要求费鸣合适的时候,委婉打听一下。这天,他们在博雅吃了饭,然后在一楼的咖啡厅等候程先生。在等待的这段时间里,他们又重温了程先生的演讲,并根据演讲内容修改了他们的计划:响应程先生的建议,在筹备儒学研究院的同时,着手筹备儒学院。院长嘛,自然还是程先生。葛道宏说:"程先生这杆大旗,必须用好。"葛道宏对做记录的费鸣说:"哪些话该记,哪些话不该记,你知道的。"费鸣让葛道宏看了看记录稿,上面写的是:程先生这面大旗,我们要高高举起。

　　栾庭玉说:"你们提交个方案。省里拨点钱,你们凑点钱,作为启动资金,先动起来。此事不能等。"

　　葛道宏试探着问道:"我们就聘请庭玉省长担任名誉院长,如何?"

　　栾庭玉说:"羞煞我也!再说了,人家还没来呢,就先给人家安排了一个婆婆。成心让人家不痛快,是不是?儒学研究院开会的时候,我倒愿意带头旁听。门票事先准备好就行了,别让我在外面干等。"

　　这期间,栾庭玉接了一个电话,是邓林打来的,说有一份调查报告已经发到了栾庭玉的邮箱,是关于计划生育问题的调查报告。栾庭玉说了三个字:"知道了。"然后栾庭玉介绍说,美国的一位参议员,最近又在攻击中国的计划生育制度,反对堕胎。嗓门高得很啊。举例的时候还提到了济州。别人要是这样乱嚷嚷也就算了,但那是个资深参议员,多次来过中国,对中国很友好的,还收养过一个中国弃婴。"这就不能等闲视之了,得想出个应对的法子。"栾庭玉说,"应物兄,待会我就此征求一下程先生的意见,合适吗?"

他说:"怎么不合适。"

十点钟的时候,珍妮下来了。他把珍妮介绍给栾庭玉和葛道宏,说这是程先生的陪同人员。珍妮微笑着听完,说:"先生已经回来了。学校领导在与先生说话。"葛道宏说:"下午,校长不是见过程先生了吗?"珍妮说:"来者是人民大学的素鸡①。先生送②给他半个肿头③。"

她突然又问:"应先生,有烟吗?"

他问:"这里可以抽吗?"

珍妮没有说话,接过了烟。一个穿制服的人过来了。不过不是来阻止珍妮抽烟的,而是来给珍妮点火的。珍妮抽了两口,说:"到了中国,才知道什么叫管系④。你的咖啡呢?"她拿着他的咖啡杯就喝开了。服务员送来了一杯咖啡,但珍妮摆摆手,说:"来不及了,别狼费⑤了。"

话音没落,程先生就在两个穿制服的人陪同下,出现了。

珍妮往嘴里塞了个口香糖,带着他们迎上前去。

应物兄要介绍栾庭玉和葛道宏,先生摆摆手,不要他介绍。先生说:"乡党嘛。"程先生握了栾庭玉的手,又握了葛道宏的手,说:"怎敢劳乡党大驾?栾省长是治国平天下的人,我只是一个书生罢了。葛校长以天下学子为念,都是大忙人。这次回来,听了两个笑话。一个是北大校长说的,如今的大学校长,除了火葬,什么都要管。一个是人大书记说的,火葬也要管。跟你们比,我是闲人,随心所欲,走走看看罢了。"

---

① 书记。
② 留。
③ 钟头。
④ 关系。
⑤ 浪费。

"我们都是先生的学生。"葛道宏说,"栾省长,你说是吗?"

"我愿成为先生第七十三位弟子。"栾庭玉说。

"我们是乡党嘛。"程先生说,然后拉住了应物兄的手,"瘦了。"

应物兄抑制住感动,问:"先生,听说您昨天搬过来的?住得惯吗?"

程先生说:"多年没睡这么好了。倚窗小坐,看见外面新楼有如峻岭奇峰。盏盏灯火,又有如群星闪烁。仙境也。"

栾庭玉说:"吵不吵?就怕吵您睡不着。"

程先生说:"美国倒是安静。太安静了。夜长梦多,有如苦竹,竹细节密,顷刻便是天明。"

程先生住的是博雅国际酒店的顶楼。坐电梯上去的时候,程先生说:"出来走动,我就喜欢住高层。有九楼,首选九楼。孔子说了,君子有九种事情要考虑,所谓'九思'①,涉及生活的各个方面,马虎不得。住九楼就有这点好处,一层一思。上到九楼,刚好'九思'。"到了九楼,程先生指着楼道里的那个"9"字,说:"'九'这个数字好啊。《周易》以阳爻为九,《楚辞》中说,九者,阳之数,道之纲纪也。《管子》说,天道以九制。我希望能活到九十九岁。九九归一,多一岁我都不愿活。老而不死是为贼嘛。"

程先生住的是一个四室两厅的套间。客厅不大,每个房间也都不大。可能是因为家具太多,所以显得并不宽敞。坐下之后,葛道宏说:"今天我们都听了您的课,受益匪浅。就是那个礼堂,有点对不起您。"

程先生说:"本来安排在临湖轩的,改了地方。改地方,是不想欺负别人。那个临湖轩原来是司徒雷登的宅子。毛泽东说了,别了,司徒雷登。说的就是这个司徒雷登。他曾是燕京大学的校长。幼时,济世随家父到北平,去过那地方。还记得此处有一片竹林。

---

① 《论语·季氏》:"孔子曰:君子有九思。视思明,听思聪,色思温,貌思恭,言思忠,事思敬,疑思问,忿思难,见得思义。"

白露垂青竹,秋风动浮萍;一声寒雁叫,唤起迟醒人。① 还有一条用鹅卵石铺就的甬道,渐渐没入一片浅草。那其实是基督教会的地盘。如今走进临湖轩,似乎仍能闻到基督教会的气息。所以有人在网上说,被称为帝师的程某人,今日在北大临湖轩宣讲儒学,在基督教老地盘上讲解儒教教义,难免有些仗势欺人。还说,胡汉三又回来了。你们听说了吗?"

应物兄说:"那是无福听课的人在抱怨呢。"

程先生说:"胡汉三先生是谁?也是儒学大师?我孤陋寡闻喽。"

这话还真是不好解释。应物兄正想着如何回答,葛道宏开口了,说:"胡汉三的意思,就是还乡的意思。"

对葛道宏的解释,程先生似乎有些不信,但也没有追问。

程先生问栾庭玉:"我们的父母官,你在省里是——"

栾庭玉并拢双腿,身体向前一探,回答说,他负责的是文化、教育、科技、卫生,也包括计划生育。随后,栾庭玉犹豫了片刻,提到了美国的那位参议员,说此人近期不停地指责中国的计划生育制度,反对堕胎。此人多次来过中国,对中国很友好的,还收养过一个中国弃婴,到济州的时候,他还接见过他。他向程济世先生打听,这个参议员在美国属于什么党?是共和党还是民主党?

程先生说:"不要问他是什么党,而要问他们是什么派,是保守派还是自由派。此人我认得的,吃过饭。他是保守派。"

栾庭玉说:"谢谢!我知道了,我就吩咐手下,找篇自由派的文章,反驳他一下,让他们自己打自己的脸。"

程先生说:"自由派也反对堕胎啊。"

栾庭玉有点蒙了,说:"怪事,既然是两派,他们怎么可能……?"

---

① 语出《续灯存稿》,原文为:"玉露垂青草,金风动白蘋;一声寒雁叫,唤起未醒人。"意谓时序已移,催人觉醒。

程先生说:"保守派是从宗教的角度说话,认为堕胎是不尊重生命。自由派是从妇女个人权利的角度说话,认为是对个人权利的侵犯。他们用一个鼻子出气,但各用一个鼻孔。"

栾庭玉说:"那怎么办呢?"

程先生说:"你可以从儒教的角度反驳他们。他们有他们的宗教,我们有我们的宗教。他们有他们的现代性,我们有我们的现代性。"

栾庭玉说:"可是,我们的儒教就是强调多子多福的,孔子不是说,不孝有三,无后为大嘛。"

程先生说:"这不是孔子讲的,是孟子讲的。"①

栾庭玉说:"哦,我记错了。"

程先生说:"我们的儒教文化强调实用理性。孩子嘛,需要了就多生几个,不需要了就少生,甚至不生。韩国、日本、新加坡,也是如此。信佛的人不能杀生的,可江南一带,以前信佛的人也可以溺婴的。他们说的也有道理,婴儿啼哭以前溺死,就不算杀生,因为还没有投胎成功。"

栾庭玉说:"我懂了。"

程先生说:"不要和他们多啰嗦。只需说一件事,就让他们闭嘴了。孔夫子身强力壮,可只生了孔鲤,孔鲤也只生了孔伋。孔夫子是三代单传。世界上最早实施计划生育的,就是孔子。我也只生了一个。应物也只生了一个,是吗?这是我们的传统。"

葛道宏说:"我也只生了一个。"

程先生说:"你看看。这就是传统。"

葛道宏本来靠在沙发扶手上,这会坐直了,说道:"我们真心希望先生能出任我们的院长。今天听了先生的课,很受鼓舞,相信儒学院一定能办好。以前还是只想建个研究院,现在思路打开了,视

---

① 语出《孟子·离娄上》:"不孝有三,无后为大。舜不告而娶,为无后也,君子以为犹告也。"

野也打开了,还是要办成儒学院,并且尽快开始正式招生。教育部那边,我有关系。那关系我从来没用过,这次要用一用,争取他们最大的支持。"

程先生说:"先把研究院办好。一口吃不成个胖子。"

葛道宏愣了一下,说:"好,听先生的。我就是担心,济大的庙太小了,委屈了先生。"

程先生摇了摇头,抬高了声音:"济大庙小?不能这么讲!前些日子,我跟芝加哥大学的朋友讲,我要回济州了,要叶落归根了。朋友讲,与哈佛大学、芝大比起来,济大还算个小孩子。我就跟他讲,算法不同罢了。济大说起来,也是太学的继承者。济州原是古都,当年太学的遗址就离济大不远。太学始于汉武帝元朔五年,公元前124年,迄今已有两千一百多年了。"

葛道宏说:"是啊是啊。先生说得太好了。今天幸遇先生,实在信心倍增啊。"

程先生又说:"镜湖与未名湖比起来,哪个大?"

葛道宏又有些不好意思了,说:"未名湖大一些。"

程先生说:"湖,最好还是要像个湖,小一点,巧一点。一眼就能看出湖的形状,最好。"这话又把葛道宏的情绪给撩起来了。葛道宏正要说些什么,程先生拱手说道:"说来,遇到校长大人,也是老夫的命。"

这话把葛道宏吓了一跳,都不敢接话了。

程先生说:"你看这'葛'字。这葛字从艸,曷声。这'曷'有'曰'有'匃'。'匃'者何意?是举起手来,叫那些跑来跑去的人停下来:别跑了,别跑了。上面'曰'字加个舌头,是劝说的意思。济世在海外奔走多年,跑来跑去的,也累了。如今相逢,能一见如故,是不是缘分?见了面,就是老朋友了。新春来旧雨,小坐话中兴,是不是天命?天命难违也。研究院名字想好了吗?"

葛道宏说:"请先生赐教!"

程先生说:"想了个名字,你们议一下:太和。"

葛道宏说:"太——和?好啊。"

程先生说:"《易经》中云:乾道变化,各正性命,保和太和,乃利贞。应物是知道的,我对朱熹多有微词,总觉得这个人是'伪'字当头。虚伪一时者,小人也;虚伪一世者,君子也。就当他是个君子吧。这个君子,对'太和'二字有过一番解释,说,太和者,阴阳会合冲和之气也。① 这话说得好。天地,日月,昼夜,寒暑,男女,上下,都可分为阴与阳。所谓阴阳会合冲和,实乃天地万物融为一体是也。不过,相对而言,我还是更认同张载的意见。张载说,何为太和?太和就是宇宙万物相互关系的最高境界。② 应物不吱声,另有高见?"

他犹豫了一下,还是把想法说出来了:"先生,我只是担心,有人会说这名字有点大。儒学研究院是个教学和研究机构,却起了个金銮殿的名字。"

程先生笑了笑说:"应物多虑了。儒学本来就是天大的事。一个金銮殿,能跟我们的研究院相提并论吗?要理直气壮,当仁不让。"

栾庭玉说:"我认为很好,太和就太和!"

葛道宏也说:"那就太和了!有巴别,有太和,好。"

程先生说:"应物上次奉旨来见,我就说了,回去告诉葛大人,我会把这个研究院当成此生最后一件大事来办。我与济州的感情,你们是知道的。我是个重感情的人。一个儒家,一个儒学家,应该主张节欲、寡欲,甚至无欲,但绝不能寡情、绝情,更不能无情。不重感情的人,研究别的学问,或许还能有大成就,但研究儒学,定然一无所成。"

---

① 见朱熹《周易本义》。
② 张载《正蒙·太和》:"太和所谓道,中涵浮沉、升降、动静、相感之性,是生氤氲、相荡、胜负、屈伸之始。"

葛道宏感慨道："先生！"

栾庭玉说："先生讲得太好了。这次在国内多留两天？让庭玉好好陪着先生，到济州看看？"

程先生感叹道："近乡情更怯啊。要做好充分的思想准备才能回去。我已将想法悉数告诉了弟子黄兴。我的日常琐事，多由黄兴操持。黄兴会将我回济州一事安排好的。应物是知道的，我叫他子贡。他办事，我放心。"

应物兄说："先生与子贡，也就是黄兴，情同父子。"

程先生说："他也并非事事都听我的。我的话，他有时能听进去，有时听不进去。这次，我叫他陪我来，他就没来。他说他过段时间再来。"

应物兄说："他还是很听先生的。"

程济世先生说："我过段时间还要来。届时一定去济州拜访两位乡党。届时子贡会陪我前去的。实在一时去不了，我会让子贡去。子贡去，就是我去。"

栾庭玉说："我们翘首以盼先生和子贡。"

程先生说："父母官支持了，事情就好办了。"

栾庭玉立即表示："济大属于省部共建，省政府对成立研究院极为重视，将为此提供一切便利，将拨款以为启动资金。"

程先生笑了，笑得很开心，但笑了几声之后，说道："济世去济州，花不着济州的钱。建个研究院，又能花几个子儿？君子求诸己，小人求诸人。老夫是不求人的。老夫两袖清风，家徒四壁，自然掏不出这钱。谁掏钱？子贡掏钱！这点钱，对他来讲，就是几个碎银子。花他的钱，我不心疼。老夫平生所愿，就是能为国家，为儒学，做点实事。个人的事再大，都是小事，不足挂齿也；儒学的事再小，都是大事，当全力以赴。"

闻听此言，在场的人无不动容。程先生说，不需要济大花钱，应物兄虽然觉得有点意外，但考虑这话是从程先生口中说出，他很快就觉得这是自然而然的。最感动的是葛道宏。葛道宏都差点流泪了。葛道宏激动地说:"都说天下熙熙,皆为利来! 天下攘攘,皆为利往! 如今听了程先生的话,方知此言大谬!"

栾庭玉说:"我服先生啊。孔子再世,也不过如此啊。"

程先生摇摇手,说:"父母官,言重了。"

正在做记录的费鸣,此时都忘了写字,咬着笔杆,出神了。程先生当然也注意到了费鸣。程先生说:"这位年轻人,你们一直没向我介绍。这是费鸣吧?"听了这话,费鸣激动难抑。只见费鸣长长地吸气,又缓缓吐出,正要说话,程先生问道:"给你的小礼物,收到了吧?"

费鸣站起来,说:"先生,收到了。"

程先生说:"知道为何送你一把剪子吗?"

费鸣说:"先生,是不是'一剪梅'的意思?"

程先生说:"济世年幼时,家中确有一株梅树。梅花是剪的,不是摘的。所谓一剪梅花万样娇。以后的太和研究院,要植一株梅花,这梅花就由你来剪。"

费鸣说:"谢先生信任。"

程先生问:"听说你也是本草人? 你这个'费'不读 fèi。知道吗?"

费鸣说:"先生,我知道一点。孔夫子的高徒闵子骞,曾被派去做费邑的长官。济州的费姓就出自费邑。朱熹为'季氏使闵子骞为费宰'一语作注:'费,音秘。'"

程先生示意费鸣坐下,然后说:"当然了,现在都读成了 fèi,你也就只好姓 fèi 了。不过,知道自己的来历,是应该的。很多年轻人都不知道自己的来历,真是数典忘祖。费鸣年纪轻轻,能讲得这么清楚,不容易。葛校长,你带出了一个好学生。"

葛道宏很高兴,说:"费鸣自己很努力。费鸣其实是应物兄的弟子。"

应物兄连忙说:"我只是教过他几节课而已。"

程先生说:"一日之师,一字之师!教过一节课,也是老师。"

应物兄又补充了一句:"费鸣是乔木先生的博士。"

程先生说:"天下桃李,尽出于乔门。回去代问乔先生好。"

他以为程先生要接着谈别的了,不料程先生还要和费鸣说话。他想,这大概是因为费鸣是年轻人,一些具有训导意义的话,程先生不便于跟他们讲,只好通过与费鸣谈话,婉转地说给他们听。程先生问费鸣:"去过美国吗?"

费鸣看了一眼葛道宏,说:"去过,葛校长带我去的。"

程先生说:"都去了哪些地方?说说看。"

费鸣说:"济州大学波士顿校友会,派车把我们从波士顿拉到了纽约。"

"什么季节去的?落花时节?"

"是的,先生,是秋天去的。"

"看到红叶了吗?"

"看到了,先生。"

"好看吗?放开讲。"

"好看,先生。正是秋高气爽,红叶遍地,连绵不绝,煞是好看。"

"与北京香山的红叶相比呢?"

"先生,确实比香山的红叶更有阵势。"

程先生的嘴巴发出了一阵轻微的呼噜声,轻微的摩擦声。那是因为程先生刚换了一副牙套,还没有戴习惯。程先生的舌尖一会伸到牙套的外面,一会又缩到牙套的里面。他要将它挪个位置,再将它重新归位。费鸣不明所以,不由得有些紧张。葛道宏也有点紧张起来。

应物兄用眼神示意费鸣保持镇定。

程先生接下来的一些话,显然不仅是说给费鸣的,也是说给他们听的。程先生说:"那些红叶,虽说更有阵势,却没用。好看归好看,却撩不起你的情思,因为它们与'停车坐爱枫林晚,霜叶红于二月花'没有关系,与'小枫一夜偷天酒,却倩孤松掩醉容'①没有关系。你们讲,是不是? 没有经过唐诗宋词的处理,它就没有味道,是不是? 哪里都有红叶。加拿大的枫树还是国树呢。莫恨秋风花落尽,霜天红叶最相思。鸟栖红叶树,月照青苔地。费鸣,你说说,我最想见的,是哪一片红叶?"

因为担心费鸣答错,应物兄喉咙发紧,望着费鸣。

费鸣答对了,只是语气不太肯定:"先生,是济州凤凰岭的红叶?"

程先生立即向费鸣伸出手来:"知我者,费鸣也。"

程先生可不仅是与费鸣握手,还与他们每个人都握了手。葛道宏对费鸣的表现,非常欣慰,很关切地拍了拍费鸣,意思好像是说:"费鸣,你立功了。"

接下来,程先生提到,国内国外有几个地方,如今都在与他联系,想让他牵头,召开世界儒学大会。这是进入二十一世纪以来,也是中国成为世界第二大经济体以来,在中国召开的第一个全球性的儒学会议,意义很重大的。自晚清以降,儒家文明备受压抑,儒学也只是被看成一门学问。现在,谁还敢说儒学只是一门学问? 总之,这个会议具有划时代的意义。但是,他看了他们提交的报告,总是有些不满意。会还没开呢,会议公告就写好了,用词一个比一个大,大得吓人。

程先生问费鸣:"这公告若由你来写,你怎么写?"

葛道宏对费鸣说:"好好说,说实话。说错了,程先生也不会怪罪你的。"

费鸣吸了一口气,吐出,然后缓缓说道:"先生,依弟子之见,公

---

① 杨万里《秋山》:"乌臼平生老染工,错将铁皂做猩红。小枫一夜偷天酒,却倩孤松掩醉容。"

告就是公告,不是广告。虽然这个会议在儒学发展史上具有划时代意义,但以弟子之愚见,过头话还是最好别说。中庸一点好。表扬自己过多,有违谦逊之美德。自我反省是必要的,但反省得过于深刻,又会被小人利用。所以,还是中庸一点好。"

费鸣刚说完,程先生就握住了葛道宏的手:"道宏兄,你的手下不简单啊。你教子有方啊。费鸣说得对,要防备被小人利用。我有一个德国朋友,是研究神学的,虽然是个君子,却最喜欢Schaden-freude①。"

程先生也握了栾庭玉的手:"济州人才辈出,你这父母官,也有功劳。"

随后,程先生也和应物兄握了手:"你有了这个好助手,我就放心了。"

葛道宏表示,那个国际儒学会议,可以放到济州来开。栾庭玉说:"程先生放心,省里会全力支持的。我们有筹办国际会议的经验,与会者对我们的服务都是满意的。省里的四大班子,都会支持的。"

程先生说:"此事不急。等研究院成立之后,再开不迟。"

应物兄觉得,程先生接下来的几句话,最让人感动。"应物,是我最好的弟子,我最信任他,也最心疼他。应物有葛校长撑腰,有费鸣相助,我放心了许多。栾省长的支持,更是重要。"然后程先生又对费鸣说,"你跟应物老师在一起,好啊。近水楼台先得月,向阳花木易为春。你还会进步的。"

应物兄当然知道,程先生表扬的是费鸣,也是他。他有些受宠若惊,因为程先生从来没有这么表扬过他。一股热流首先在他的胸中奔腾。他知道,程先生这么说,自然为了在葛道宏和栾庭玉面前树立他的威信。

葛道宏说:"先生,我会把济大最好的地皮划给太和。就在镜

---

① 幸灾乐祸。

湖岸边,风景最好。"

程先生竟然没有同意。程先生说:"好地皮,给别人留着。"

葛道宏说:"先生,这个您就不要客气了。"

程先生说:"道宏兄美意,济世心领了。太和,还是放在仁德路较好。我小时候就住在那。这也算叶落归根吧。"

41. 仁德路

仁德路?这个路名,不仅应物兄第一次听到,连主政济州多年的栾庭玉都是第一次听到。所以栾庭玉小心地问了一下:"先生说的是——仁德路?"

程先生说:"程家原来就在仁德路。是一个院子。家父晚年常说,那是个大观园。说笑了,没那么大。大观园是元妃省亲时住的,程家又没出过娘娘,怎么能叫大观园?没那么排场。充其量也就怡红院那么大。不过,虽说不大,但建一个研究院还是够的,建一个儒学院,也是够的。从正门出去叫仁德路,东门出去叫帽儿胡同。帽儿胡同有一家做丸子的,老字号了,叫仁德丸子。我走遍天下,什么丸子没吃过?但最好吃的还是仁德丸子。什么四喜丸子,什么狮子头,都比不上仁德丸子。食不厌精,脍不厌细,精细莫过仁德丸子。就奔着仁德丸子,我也要回济州看看。昨天我还吃了仁德丸子。梦里吃的。醒过来,满嘴留香。"

葛道宏说:"年代久了,就怕那个宅子有人住了。先生,我们干脆再盖一个。"

程先生像赶蚊子似的挥了挥手,说:"不要紧,钱该花就花。不要济大花钱。子贡会掏钱的。又花不了几个银子。总不能把人赶到街上去吧?为富不仁,这种事,我们断不能做。"

栾庭玉说:"先生对那个地方,一定很有感情。先生还记得那条路、那个院子的样子吗?"

有那么一会儿,程先生没有说话,目光变得幽深,似乎深入了历史的迷雾。房间里静了下来,仿佛空气都在微微颤抖。坐在房间里一直没有吭声的珍妮,此时第一次开口了。珍妮说:"真逗!小时候住的地方,能忘吗?"珍妮又问先生,"Daddy,烤炉好了吗?"

他听程先生幽幽说道:"忘得了吗?忘不了的。什么都记得,院子里的歪脖子树、梅树、猫、屋里的摆设。济哥在叫。有一只猫,名字还记得,将军挂印!懒得很,喜欢坐在窗台上,耸着肩,模样很像丘吉尔。打个哈欠,都有老虎下山的派头,不是将军又是什么?记得有一只青铜美人觚。觚里插一枝梅花。济哥常爬到梅花上头。我曾疑心那只觚是母亲的陪嫁。对那只觚,她最是操心。虽有用人,她却要亲手为之拂尘。院子里有一片水塘,水里长着菡萏。"

程先生的声音低了下去。

他很少听到程先生如此深情地谈论旧事。程先生的声音越来越低,后来近乎呢喃,再后来是无声。随着程先生的讲述,觚里斜插的梅花,打哈欠的猫,手执拂尘的妇人,歪脖子树映上窗格,这些情景在应物兄眼前缓缓飘过。

"济哥是谁,先生的亲人?"葛道宏问。

"哈,不,不。济哥就是济州的蝈蝈。济哥在蝈蝈家族中是最好的。"

珍妮在看表,似乎在提醒他们该离去了。

栾庭玉关心的是那只青铜觚:"放到今天,一定很值钱,国宝级文物。"

程先生说:"国宝?那倒谈不上。传家宝吧。也值不了几文钱。前些年在香港,苏富比拍卖过一只青铜觚,战国时期的青铜觚。也不过三四万美金而已。"① 只是那是母亲的心爱之物,父亲也

---

① 2007年,香港苏富比拍卖行曾经拍卖过一只青铜觚,以三万六千美金落槌。

恬念了一辈子,不是宝物也成了宝物。它是母亲留存于世的唯一物件。母亲是在离开济州前几天去世的,就葬在凤凰岭。母亲的坟可能找不到了。找不到母亲的坟,能找到那只觚也行。见到那只觚,也就如同见到了母亲。觚是母,母是觚,觚哉!母哉!"

应物兄曾在书中将"觚不觚,觚哉!觚哉!"看成是孔子最沉痛的喟叹。现在,他从程先生这里又听到了这喟叹。

栾庭玉站了起来,说他代表省委省政府表个态,不惜一切代价,为先生找到那只觚。栾庭玉都有些语无伦次了。他说,如果它还在济州,很可能就收藏在济州博物馆。东西只要在,事情就好办。物归原主就是了嘛。济州博物馆的藏品是极为丰富的。当然,比不上故宫。故宫是老大,西安是老二,上海号称是第三,其实可能是第五。济州可排在第四。放在博物馆,也没有多少人看。束之高阁了嘛。没什么意思。要为民所用。回去他就给博物馆打招呼,让他们把青铜觚奉还给先生。有个青铜器陈列馆,里面有青铜鼎、青铜爵,怎么能没有青铜觚?

程先生说:"父母官此言极是。商周时,人们饮酒是要加温的。温酒则用觚,饮酒则用爵。青铜爵与青铜觚也常常是配对出土的。倘若有幸找到那只青铜觚,我愿重金赎回。"

栾庭玉说:"只要博物馆里有,事情就好办。就算是替先生保管了这么多年。我就跟馆长讲,什么东西都是好借好还。借了人家几十年了,也该还给人家了。把人家的东西当宝贝展览,赚了多少门票?人家不向你要钱,已经够意思了。怎么样,先生?您就放他一马,别向他要钱了。"

程先生说:"你这是善诱。但该给多少钱,还是要一文不少给人家。若是国家不允许,断不可强取。放在博物馆也是好的,想看了,就去看看。我只是想看到它。此时就想一意'觚'行,飞到济州去,看看它,摸摸它。"

程先生的声音又低了下去。

这时候是珍妮站了起来。珍妮凑到程先生耳边,说了一句什么。

程先生说:"不急,权当我在倒时差嘛。"

珍妮对他们说:"Daddy还要去日本,还要去台湾。"

应物兄问:"先生的日程安排得这么紧?还要去日本、台湾?"

程先生说:"怎么,修己没跟你说吗?"

他犹豫了一下,把责任替敬修己揽下了:"可能我没有听清楚。"

程先生真是明察秋毫:"别替他揽过。他一定忘记说了。自从回国,他就神魂颠倒。下了飞机,他就不对了。说怎么比纽约的肯尼迪机场还阔气?凭什么?看到北京的地铁,也要大呼小叫,说比曼哈顿的地铁还要好,凭什么?曼哈顿算什么?老鼠在地铁里跑来跑去,冬天也躺着流浪汉。有一天,他在街上走,后面跟着一个黑人,他还想着人家可能是抢他东西。再回头,那黑人又不见了。原来是掉到窨井里了。看到这边的电梯很大,很快,也觉得不可思议。你以为是纽约大学啊?纽约大学教学楼的电梯,比棺材都窄,一次要等十分钟。我就批评了他:洞中七日,世上百年,你Out了。"

栾庭玉说:"先生,济州机场比首都机场还要好。"

程先生说:"老夫梦见过。"

不知道从什么地方,隐隐飘来一阵琴声。珍妮大概担心会影响到程先生,就去关窗户,但程先生摇了摇手,示意她别关。程先生说,今天在钓鱼台国宾馆吃饭,主人或许知道他喜欢二胡,饭前饭后安排了一个姑娘演奏二胡。姑娘是中央音乐学院的,常给国宾演奏。拉得好,也唱得好。技术与二胡大师灯儿庶几相近,美中不足的是音色不好。这不怪演员,只能怪琴筒上的蟒皮不好。最好的蟒皮在印度。大陆台湾都叫蟒,但不是蟒,是蚺,叫蚺蛇。蟒是卵生,蚺是胎生。他有个弟子在印度,蚺皮做得好。程先生说:

"那个女孩,嗓音也像是蟒皮弹出来的。看上去是个女孩,唱出来却像个男孩。我对她说了,送她一张蚺皮。"

程先生又说:"人家知道我是济州人,所以安排的那个女孩也是济州人。这心意我领了。尽善矣,尽美也。济州出人才啊。女孩说她姓杨,叫杨播。我说姓杨好啊,中国历史上最有名的歌者就姓杨,原名叫杨播,艺名叫杨琼。她说,那她以后就叫杨琼了。"

应物兄揣摩着程先生到底是在夸奖那个女孩,还是在讽刺那个女孩。白居易曾写过这个杨琼①,她其实是江陵的歌妓。他揣摩了一会儿,觉得程先生好像主要是夸奖。接下来程先生又对珍妮说:"告诉修己,让修己联系那个印度人,就讲是我要的,寄一千张过来。要好的。何谓好皮?十五年的皮是最好的,靠近肛门的皮是最好的。"

珍妮说:"OK,寄到哪里呢?"

程先生说:"寄到哪?自然是寄到太和。"

一千张蚺皮都放在太和?不是的。程先生说,拿出一部分,免费送给中央音乐学院、中国音乐学院,送给国内数得着的二胡演奏家。他们常给贵宾演奏,须有最好的皮。有了最好的皮,方能奏出好的乐音。什么是好的乐音?铁马秋风塞北,杏花春雨江南。闭眼一想就能想得出,那声音有多好。儒家称为尽善尽美,道家称为天籁,佛家喻为音声海。只要是好的,世界各地的贵宾也是能领会的,对他们来说,那叫自由之境。

葛道宏说:"先生是音乐家啊。"

程先生说道:"孔子就是个音乐家,顶级音乐发烧友。太和成立之时,要有个仪式。请个二胡演奏家。那个姑娘就不错。我已点了《汉宫秋月》,叫她好生练习。届时,我亲手再送她两张蚺皮。要是灯儿在,我与她共奏一曲。"

———————

① 白居易《问杨琼》:"古人唱歌兼唱情,今人唱歌惟唱声。欲说向君君不会,试将此语问杨琼。"

葛道宏被程先生深深感动了,说:"先生,弟子今日深受教益。"

栾庭玉说:"灯儿大师年事已高,不好请?"

程先生说:"死了,早死了,不提她了。"

这是应物兄第二次听程先生提到灯儿。与上次不同,程先生这次好像并不伤感。他觉得,这场谈话真是意想不到的顺利。看得出来,葛道宏和栾庭玉都格外满意。葛道宏拿出了事先准备好的礼物,那是一根楷木拐杖。史料记载,这楷树原是南海之树,是子贡在经商时从南海带回来栽种的,就栽在孔子的墓前。后人把它与周公旦墓前的模树放在一起来说,称之为楷模。这根拐杖虽然不是来自那棵树,但也是校史馆礼品部的人费了工夫才搞到的。他突然想到了汪居常教授弄到的拨浪鼓。要是把拨浪鼓送给程先生该有多好!下次吧,等程先生去济州时,一定要将那个拨浪鼓还给程先生。

程先生拿着那拐杖,看了看,说:"楷木浑身是宝啊。昔日孔尚任曾对康熙帝说,楷木可为杖,亦可为棋,其叶可为茶,其瘿可为瓢,其子榨油可为膏烛。我记得,家中后院有一株树,枝疏而不屈。虽然不是楷树,但其树皮如鳞,树叶遇霜则红,晨如朝霞,暮如晚霞。我就当它是楷树。我常梦见那株树。这拐杖,我就当是从那棵树上取下来的。"

说者动情,听者亦动情。但是程先生又把拐杖还给了葛道宏:"道宏兄先收好了。我回济州时,正好用得着。"葛道宏手心朝上,双手接杖。在程先生手里转了一圈,它好像就变了,好像有了千钧之重,把葛道宏的腰都压弯了。

他站在旁边,忍不住去扶了扶葛道宏。

回勺园的路上,葛道宏说,与程先生谈过话之后,总算放心了。应物兄又何尝不是如此呢?多天来,他心里其实并不踏实。回到房间,一个人待的时候,他的心情更是好极了。门口的棉拖鞋是新换的,里面的绒毛很舒服。虽然他的脚是不会呼吸的,但他却觉得,它隔着袜子都可以闻到阳光的气息。

他很快收到了邓林的短信:"恩师,你能确定程先生所说的 ren de lu 是哪三个字吗?我受命查询,却没有找到与这三个字发音相同、相近的路。"

他并没有太把邓林的这条短信放在心上。他认为,只要稍微花点工夫,就能搞清楚这条路的情况的。有可能换了别的名字,他想。

42. 双林

双林院士竟然也听了程先生的讲座,这是应物兄没有料到的。他在现场也没有看到双林院士。他是第二天听敬修己讲了,才知道此事的。第二天,应物兄没有再见到程先生。敬修己说,双林院士等人在清华大学等着程先生,他们要在那里进行一场小范围的对话。"你知道,先生喜欢与自然科学家交朋友。"敬修己说,"他们的对话,有时竟至夤夜。"

"夤夜清寒,你们提醒先生注意身体。"他说。

"这次不可能持续很久。说是对话,其实就是在一起喝杯茶。先生认为,儒学的发生、发展也是一种物理现象。它与别的学科的联系,是一种化学联系。"

"这句话我得记下来。"

"他还认为,儒学在当代的发展,既来自儒学家的赋予,也来自它的自然生成。最终,它以物理的规则奏出时代的强音。我们以后或许可以看到他们对话的整理稿。我是想问你一件事。听说你去看了老太太?谢谢你。我下次回来,再去看她。"

珍妮说:"Daddy 让你们回济州,别在这里等了。下次在济州见面。"

按珍妮的说法,她也不陪着程先生去台湾了。她要去一趟贵州。从贵州回来后,将直接去日本和程先生会合。而敬修已将陪着程先生去台湾,然后从台湾直接回美国。

"你去贵州干什么?"他问珍妮。

"你忘了我最喜欢的中国人是谁了吗?"

"还能是谁?不就是刚笃吗?不就是 Lighten Cheng 嘛。"

"Lighten Cheng 现在可不是中国人。"珍妮说,"我最早是研究冷战史的。Daddy 曾建议我看一篇文章,叫《敌戒》。我从此就喜欢上了这个作者。"

"柳宗元!《黔之驴》就是他的作品。"

"Daddy 也很喜欢啊。"

程先生认为,作为唐宋八大家之一的柳宗元,是个不得了的人物:参与永贞革新,兴利除弊,政治上颇多建树;推崇"古文运动",深得骚学,文学上开一代文风;自幼好佛,求于道,但以儒家经典为取道之源,哲学上令人耳目一新。但在柳宗元的著作中,《敌戒》是一篇并不起眼的文章。

"不仅我喜欢柳宗元,颜先生也喜欢柳宗元。给我一支烟。"

"哪个颜先生?"

"就是小颜。昨天,珍妮说她喜欢柳宗元的《敌戒》。小颜就说,《敌戒》一文只有一百四十四个字,就指出了中美博弈的实质。"

从中美博弈的角度去理解那篇文章,好像有点道理。《敌戒》一文,说的是人人都知道敌人有危害自己的一面,却不一定知道敌人对自己还有益处。秦国有六国为敌,故能兢兢业业,使国家强盛。六国灭亡,秦朝骄傲自得,不久就灭亡了。有敌人在,自己因为时时警醒,所以能免除祸患。敌人没了,思想懈怠,反而会招致灾祸。一个人,如果能够懂得这个道理,就能够预防疾病。自恃强壮之人,反而容易暴卒。只有懂得了这些道理,你的德行才会光大。

珍妮说："我最近在研究《黔之驴》。"

黄兴说过,珍妮喜欢养驴,几乎是天生的,因为她的名字 Jenny,除了指雌性鸟兽,还指母驴。他想起,她曾跟他说过,驴子是最洁净的动物,从来不在污泥和水中打滚,喝水只喝最洁净的水;驴子吃东西很有节制,从不暴食暴饮;驴子的耳朵最好看了,但它喝水的时候,却不会把整个鼻子放进水中,因为这样一来,它就会从水中看到自己的耳朵,这说明它一点不自恋;驴子的嘴唇很性感的,厚厚的,现在的好莱坞就流行这种厚嘴唇,男女都是。驴子谦恭,耐心,安静。她还正儿八经地用一句话来形容她对驴子的认识:驴子简直就是动物中的儒家。

"从贵州回来,我准备写一篇文章给你看。"

"写什么呢?你也写一篇《黔之驴》?"

"我要写一篇论文,儒学论文。"

"通过实地考察黔之驴,写一篇跟驴有关的儒学论文?那就没有必要了。你可能有所不知,古时候的黔,不仅仅是现在的贵州。它包括现在的四川东南部、湖北西南部,还有湖南西部。如果你赴黔考察,起码得跑四个省。所经之地多是山区,很累人的,你一个姑娘家怎么吃得消呢?还有,那头驴子是别人运进去的,但是从哪里运进去的,柳宗元没有交代,反正不是黔地之驴。还有,如果真要考察,光考察驴子是不行的,还得考察老虎,因为《黔之驴》中的那头驴子是被老虎吃掉的。"

珍妮刚学了一个新词,叫"拔凉"。她说:"听你这么一说,我心里拔凉拔凉的。"那么,这是否意味着她要改弦更张了?不,她接下来又说,"但我已经安排好了。"

"程先生知道吗?"

"你开什么玩笑?Daddy 要不知道,我能去吗?Daddy 很支持的,说正好借此了解中国。他还希望 Lighten Cheng 能和我一起去呢。下次吧,下次我带他一起去。"

他悄悄地问珍妮:"与葛道宏和栾庭玉的谈话,先生还满意吧?"

"先生只是对你不满。"珍妮说。

他吃了一惊,问:"能否透露一点,我下次注意。"

敬修己说:"你自己说过的话,扭脸就忘了?"

珍妮说:"你是不是跟先生说过,见到先生,就让先生听到济哥叫?先生在飞机上还提到此事,还说让我也听到济哥叫呢。"

哦,这事他目前真的办不了。好在,他有的是借口。他让珍妮务必转告先生,这个季节的济哥还在冬眠呢,等先生到了济州,一定让先生听到济哥叫。"我派人陪你去贵州。"他对珍妮说。

事后,他向葛道宏汇报了与珍妮的谈话——他没有提到敬修己。其中,他也谈到了济哥。葛道宏说:"程先生是一个有童趣的人啊。想听蝈蝈叫,那还不容易?这事交给华学明,让华学明去抓几只蝈蝈过来。程先生对济州蝈蝈的感情,就是对济州的感情啊。程先生喜欢蝈蝈,是不是有什么特别的讲究?"

"蝈蝈,又叫螽斯。"他对葛道宏说,"程先生认为,'螽'字上头的那个'冬'字是'慎终追远'的本义。下面两个'虫'字在一起,则指的是人与人之间的关系,应像乾坤两卦维系日月之温暖,又指人与人,人与动物,应和谐相处。"

葛道宏说:"知道了。程先生来时,我们要让他听个够。"

葛道宏已经知道程先生与双林院士等人见面的事,问:"双林与程先生,以前认识吗?"

他说:"不知道。他们可能有些共同的朋友。"

这天,想起珍妮要去贵州的事,他突然觉得,应该派张明亮陪同前往。张明亮本人是贵州人,毕业于上海华东师范大学。读博士之前,张明亮是遵义师院的老师。在他的所有弟子当中,张明亮办事是比较可靠的。毕竟教过几年书了。从美国带回来的那些录音带,他曾交给女弟子易艺艺整理,但易艺艺整理得一塌糊涂,他不得不把这个工作转给张明亮。他想,张明亮很会照顾人,把珍妮交给他,他就可以放心了。

他没有料到,张明亮竟说自己走不开:"谢谢您的信任。我也想顺便回家看看。但是我走不开。"

"那些录音稿,可以先放一放。"

"我报了个班,正在学习速记。易艺艺的错误太多了。还不如我从头整理呢。如果我学会了速记,速度可以提高几倍。还有一件事,那就是小荷已经买好了车票,后天就到。后天是我们的结婚纪念日,我们每年都在一起过。您要实在找不到别人,那我就跑一趟。我得先给小荷打个电话,让她别来了。只是,小荷会以为,是我不想让她来济州的。女人嘛,心眼小。为何不让易艺艺去呢?都是女的,在一起也方便。"

"她?她愿意去吗?"

"当然愿意。只要不在房间里待着,她哪里都愿意去。"

他就给易艺艺打了电话,易艺艺回答得非常爽快:"明天坐早班飞机,来得及吗?我先去接她,然后再陪珍妮去云贵高原。我的机票,我自己负责。只要是老师吩咐的,我一定百分之一百二十完成。"

易艺艺第二天早上果然飞来了,穿着登山靴,拎着一个大拉杆箱。易艺艺上来就向他要珍妮的护照号码,说她可以给珍妮买商务舱机票。理由是,她刚好可以跟着珍妮学外语,就算是付学费了。

但珍妮却改主意了,又不去贵州了,要直接去西安看兵马俑。他想,很可能是他的一番劝说起了作用。相比去贵州,易艺艺更喜欢去西安。她说,她都想好了,看完兵马俑,她就带着珍妮去华清池泡个大澡。许多天之后他才会意识到,让易艺艺去陪珍妮的决定,是一个巨大的错误。不过,当时无论是易艺艺还是珍妮,对她们的结伴而行都是满意的。珍妮甚至冒出了这么一句话:"两人行即有我师,何待三人?"

43. 儒驴

《儒驴》是珍妮给自己的论文起的题目。

珍妮虽然没去贵州,但却完成了一篇与贵州、柳宗元、《黔之驴》有关的儒学论文。论文是珍妮自己翻译成中文的,但显然经过了易艺艺的修改,因为易艺艺以前文章中出现的笔误、用词错误,在这篇文章中再次出现了:世上大概只有易艺艺会把"善诱"写成"善友"。让他生气的是,易艺艺竟然还提醒他,她对那篇论文也有贡献。

论文是珍妮从日本回到美国之后寄来的。在电子邮件中,珍妮还简单提到了她和程先生的日本之行。她说,程先生带她去见了一个人:"她对我很满意。我们相谈甚欢。她还祝我早生鬼子。"

"她"?谁是"她"?还祝愿她"早生鬼子"?应物兄回了邮件,问她怎么回事。对前一个问题,珍妮避而不谈。对后一个问题,珍妮承认是自己写错了,应是"早生贵子"。不过,她还狡辩了一句:"中国人不是把老外称为鬼子吗?也不能算错。"

他应该能想到的,但却没有想到:珍妮所说的那个"她",就是程刚笃的母亲。他后来想起此事,觉得珍妮对这个问题避而不谈,很可能是因为她认为他已经知道了。是的,我当然知道"她"。但我对前辈的事情,总是不愿追究得太深。我虽然知道"她"的存在,知道"她"就在日本,但我从来没有打听过。

珍妮还在邮件中问他,论文写得怎么样?有没有可能在中国的刊物上发表:"在中国刊物上发篇文章,总没有美国那么难吧?"珍妮说。珍妮还表示,她希望看到同行们,尤其是年轻同行们的评价。

每个学期,应物兄总会选择一天,将自己的硕士生和博士生们带到郊外,既是上课,也是郊游。按惯例,他要选择某个弟子的论文进行研讨。事先,他会把那篇论文打印出来发下去,让他们提前阅读。这个周六的上午,他准备让弟子讨论的就是珍妮的《儒驴》。与往常不同,他没有透露作者是谁。

周五的下午,太和筹备处来了一个人。此人自称罗总:"你就叫我罗总吧,叫老罗也行。"罗总穿白色西装,打红领带。后来知道罗总就是易艺艺的父亲,就是那个养鸡大王,他觉得那领带的颜色可以称为鸡冠红,稍带一点紫色。罗总的司机扛上来一摞书。那摞书太高了,必须用下巴抵着,不然就会轰然倒塌。那是他的《孔子是条"丧家狗"》。罗总说,想请应物兄教授签名,然后发给优秀职工代表。

"罗总做哪一行的?"

"禽类养殖和深加工。"

"哪种禽类?"

"鸡嘛。"对于应物兄的刨根问底,罗总有点不高兴,"应教授呢,我要见他一下。你是他的手下吧。一看就像。"

应物兄知道了,此人就是易艺艺的父亲,易艺艺随的是母姓。他刚带易艺艺的时候,易艺艺的父亲一定要请他吃饭,请了两次他都拒绝了。后来易艺艺的父亲又摸到家里,但那天他刚好外出,又没遇到。罗总在门上留下了一张纸条:

三顾茅庐,都碰不到也。君要回电,我就四顾。

他当然没有回电。这实在有些失礼。此时见到罗总,他难免有些不好意思。但看到罗总将他认成了别人,他就想,干脆不要说破,免得还要解释半天。他就说:"是啊,我是他的助手。"

"那你是姓费,还是姓张?"

看来罗总对太和还是有一定了解的,竟然知道费鸣和张明亮。他对罗总说:"有什么事,尽管说,我可以转告应教授。"

"我是易艺艺的父亲。她随她母亲的姓。我这个人,是追求男女平等的。但你不要跟艺艺说我来过。免得她说我有几个臭钱,就摇得叮当响。"

在他所有的弟子当中,家里最有钱的就是易艺艺,名气最大的也是易艺艺。从易艺艺这个名字就可以看出,她从小就热爱艺术。她学过舞蹈,学过钢琴,学过唱歌,也学过绘画。她很在意自己的画家身份。他看过易艺艺的几幅画,"主人公"都是鸡。他听别人说过,易艺艺的父亲是养鸡场的老板。大概是因为"养鸡场老板"不大好听,易艺艺从来不提父亲。春节前,她去香港参加画展的时候,记者问起她的艺术道路,她这才提到了父亲,说自己深受父亲的影响。她说:"Daddy 是一家合资企业的 CEO,也是艺术收藏家。"当记者又问她,她的 Daddy 都收藏了哪些艺术作品的时候,她却虚晃一枪,说:"Daddy 收藏的作品多了,但他收藏的最好的作品就是我。"

此时,罗总从口袋里掏出烟盒,从里面摸出一支雪茄,递给他,说这是正宗的古巴雪茄,是古巴少女在大腿上一根根卷出来的。"那就尝尝罗总雪茄的味道。"他接过了雪茄。罗总立即纠正说:"错了,尝的是古巴少女的味道。"

罗总首先声称是替易艺艺来向应教授道歉的:易艺艺没有请假,就去了香港,旷了十几堂课,错过了考试。罗总说:"我也是读书人,知道学校的规矩。子不教,父之过,因此都是我的错。"然后又问,"听艺艺说,有个儒学大师要来了,这个人到底是哪路神仙?难道比应物兄还牛×?"

他忍住笑,说:"应物兄不能跟人家比。"

罗总像鸡那样来回侧着脸,问:"真的很牛×?那我愿意捐一笔钱,以他的名义设立一项奖学金。听说,铁梳子给你们的研究院捐了一百万,是吗?"

他说:"不是捐给研究院的,是捐给人文学院的。"

罗总说:"看来是真的喽。你跟应教授说一声,我也捐一百万,而且是税后一百万。"

"铁梳子好像也是税后。"

"我也税后。我捐一百零一万。"

"感谢罗总对太和的关心。我代表应教授感谢你。只是这么一笔巨款,应教授可能不知道怎么花。"

"不知道怎么花?那就瞎花呗。我再问你一下,如果那个儒学大师真的很牛×,我还可以加上一点,加到一百零八万,图个吉利。"转眼间又涨了七万。鸡得下多少只蛋才能挣出来啊。他正想着,罗总又问,"那老头姓程,对吧?"

"程先生是当代最有名的儒学家,德高望重。"

"德高望重?多高多重?身体怎么样?这方面我有教训的。"罗总说,"以前我捐过一次,用一个中学老师的名义设过一个奖,叫'中华少年作文奖'。可是只弄了一年,他就死翘翘了。校长私下对我说,'中华少年'这个名头太大了,把老师给压住了,活活压死了。另一个语文老师说得更直了,说这就叫一个跳蚤顶不起个床单。什么议论都有。很没意思。企业界的朋友都说,罗总啊罗总,你他妈的可真够晦气的。弄得很没意思。老头很注重养生吧?吃不吃鸡蛋?"

"可能吃吧,也可能不吃。"

"要吃,一定要吃。他肯定吃了。"罗总挥舞着手说,"报纸和电视整天瞎扯,说什么要少吃鸡蛋,不吃蛋黄,胆固醇高!扯鸡巴淡!我搞的就是这个研究,绝对有发言权。蛋黄里有卵磷脂。卵磷脂可是好东西,血管清道夫!我敢打赌,这老头百分之百吃鸡蛋。我替他总结一下吧:本人之养生经验,就是顿顿吃鸡蛋。"

关于程先生的养生经验,他突然想起一个不能为外人道的细节。过感恩节的那天,程先生多饮了两杯酒,就和那个东方学教授讨论起了养生问题。他们两个谈得相当坦率。东方学教授阳物很大,程先生甚至拿这个开了个玩笑,说:"他们都说,你把手背到身后,就可以打高尔夫球?"东方学教授没有正面回应,只是说:"我喜欢快节奏。"程先生说,五十五岁以后,他虽然又结过一次婚,但从来没有射过精,在这方面他已经达到了孟子所说的"引而不发,跃如也"①的境界。

这些话,他当然不能说给罗总听。

罗总说:"你跟应物兄教授说一下,让他给程老头捎个话,以后程老头吃的鸡蛋,我全包了。以程老头的名义设奖,奖金我也全包了。你也跟应物兄教授捎句话,有时间我请他吃饭。到时候你也要去。飞禽走兽,想吃什么,咱就做什么。要不,我给他上一份套五宝?我有个厨师,做的套五宝,那真是一绝。"

乔木先生有一次说,终于吃到了地道的套五宝,味道好极了。但究竟是什么菜,味道怎么好,乔木先生却没有明说。济州人把羊腰子叫羊宝,他想套五宝大概就是五种动物的腰子放到一起煮。他对烤羊宝感兴趣,对别的腰子却不感兴趣。他抑制着自己的不耐烦,对罗总说:"不知道罗总还有什么要吩咐的?"

罗总说:"没事,真的没什么事。就是艺艺跟我说,老师以前常批评她,好像不待见她,这段时间老师对她不错,还派她去西安参加了学术会议。我怎么也得请应物兄教授吃个饭啊。本来,艺艺从西安回来的时候,我就要请的。可我的厨师被人挖走了。到饭店吃饭没意思。要吃,就到家里吃。我原来的厨师,几代人都是御厨,名门正派。他专门给我做吃的。可这段时间,他被人挖走了。我刚把他的叔叔挖过来,这几天正等着他的体检结果。应该没什么事,但还是小心一点好。等他上岗了,我就请应物兄教授吃饭。到时候,你也去。"

"老师对学生都是一视同仁的。该表扬就表扬,该批评就批评。"

----

① 《孟子·尽心上》:"君子引而不发,跃如也。中道而立,能者从之。"

"今天,我把话撂到这儿了。我的话,落地都要砸个坑的。这个太和研究院,是叫太和吧?需要什么,我都会帮忙的。这话也请你转告应教授。不过,不要告诉艺艺。她看不起我,总说我从鸡屁眼扒拉出来几个钢镚,就摇得叮当响。"

临走的时候,罗总把那半盒雪茄留下了。罗总刚走,他的女儿易艺艺就打电话过来,对他汇报说,她已经把文章都发给了师兄,因为担心有些师兄明天忘记带电脑,她还特意打印了几份。她还告诉他,她准备了烤炉和肉串。肉串分两种,一种是羊肉串,一种是鸡肉串。此外,她还准备了啤酒、干红、烧饼和汉堡。

"要不要准备雨披?万一明天下雨呢?"易艺艺问。

"天气预报,明天没雨。"他说。

第二天,难得的好天气,甚至没有雾霾。

不远处,就是济河汇入黄河之处。那里有一片沙地。有两个孩子光着脚丫在沙地奔跑,大约十来岁。大一点的是女孩,她的手被小一点的那个男孩抓着。看上去,她想甩掉他,但是甩不掉。当那个男孩要朝水面跑去的时候,她一边拽着他,一边回头向大人告状。有两个大人,一男一女,在沙堆旁边坐着。孩子告状的时候,他们就会朝孩子喊两嗓子,让孩子离水面远一点。孩子的笑声、叫声,稚嫩、清脆而又柔滑,就像雏鸟的鸣叫。他们在沙丘上爬,但爬不了几下就会掉下来。倒是小一点的男孩爬得高些,因为他爬得慢,双脚在沙窝中踩得更深。远处的河面,波光荡漾。应物兄想起,他和乔姗姗也曾带着应波到这里玩过。

近处是一片草地。它原是湿地,因为干旱而变成了草地。

张明亮说:"今天的情形,令人想起《子路、曾皙、冉有、公西华侍坐》。"

他说:"好啊,孔子当年对子路他们说,不要因为我年纪比你们大一点,就不敢讲了。今天,我们也是随便讲。'莫春者,春服既成。冠者五六人,童子六七人,浴乎沂,风乎舞雩,咏而归。'这是孔子最向往的场景。现在还有点冷,下河洗澡是不可能的。但我们都可以随便一点。按课程表上的安排,这一周的课是讨论课,因为最近实在太忙,所以把课安排到今天了,算是补课,占用了大家的休息时间,请大家谅解。要讨论的内容,艺艺已经发到大家的邮箱了,大家看了吗?奇文共欣赏,疑义相与析啊。谁先谈?"

二年级博士生范郁夫,立即说自己的电脑坏了,无法上网,所以还没有看。这小子显然不想发表看法。范郁夫对所有公共活动都没有兴趣。他的兴趣是收集各种版本的古书,以及中国古典小说的最早译本。据张明亮说,范郁夫手中的《金瓶梅》版本就有三十个,不同的译本有十个。任何一本书,到了范郁夫手里,他都要拿着放大镜反复地看来看去。此时,范郁夫显然想逃过去。这是不可能的。易艺艺立即把打印好的文章发给了他。

眼看没有人愿意先讲,他就让易艺艺先说。他仍然没提作者的名字,只是说,那人是易艺艺的朋友,本来今天也要来的,但临时有事来不了。"艺艺,你把文章介绍一下,大家也可借此重温一下。"

易艺艺第一句话,差点透露珍妮的身份。她说,这篇论文,翻译过来,一共一万五千字,分三章,然后就有点结巴了。范郁夫立即问:"是卡尔文的文章吗?"易艺艺笑而不答。这时,易艺艺突然大呼小叫起来,原来她带来的烧烤师傅已经给烤炉生火了。她说:"靠!别烤!靠!别烤!"那个烧烤师傅被她弄得一脸懵懂。然后,她竟然放下稿子走了过去。应物兄摇摇头,就让张明亮替易艺艺介绍一下。易艺艺听到了这话,回头说道:"好,还是让亮子师兄讲比较好。那驴子本来就是亮子老家的嘛。"

张明亮就介绍说,第一章谈的是柳宗元其人:柳宗元的身世,柳宗元的文化身份,柳宗元的政治际遇,柳宗元与另一位文学家韩愈的关系,等等。第二章,主要谈的就是《黔之驴》了,兼及柳宗元另外两篇文章《临江之麋》和《永某氏之鼠》。第三章,谈了一些中国古代与驴子有关的文化事件。其中,第一件事,就是老子喜欢骑驴。虽然多种典籍记载老子是骑青牛出关,从此杳如黄鹤的,但老子在出关以前却是经常骑驴的,也就是说,老子的道家哲学与驴子是有关系的,而孔子曾问礼于老子,可见孔子的思想也受到了老子的影响,从而也就与驴子有了某种关联。除此之外,作者还写到魏文帝曹丕给建安七子之一王粲吊孝的时候曾当场模仿驴鸣,王安石晚年喜欢骑驴出游,等等。

"这样讲行吗?"张明亮问。

虽然这篇论文有些胡扯,但珍妮能够知道这些杂七杂八的知识,应物兄还是吃了一惊。他对张明亮说:"第一章和第三章就不要讲了,着重讲一下第二章。"

张明亮说,第二章主要是文本分析。柳宗元用"庞然大物""以为神""驴一鸣,虎大骇远遁"来形容"黔之驴",虽然写的是老虎眼中的驴子,但作者认为,从中可以看出驴子身形之伟岸,声音之洪亮,则是确定无疑的。作者说,值得关心的问题是,老虎这么怕驴子,但驴子却并没有去欺负老虎。相反,老虎却多次戏弄驴子。驴子被戏弄的时候,也只是用叫声吓唬吓唬老虎而已,直到被惹急了,驴子才去踢它,所谓"不胜怒,蹄之"。作者认为,驴子在此奉行的是"恕"道,所谓"夫子之道,忠恕而已",所谓"其恕乎!己所不欲,勿施于人"!而"恕"正是通向"仁"的重要途径。驴子只是在忍无可忍之时,才做出反应,而且是有节制的反应,这就是"仁"啊。关于驴子之"仁",作者提醒我们,柳宗元其实开篇就写到了,说那驴子是被人"放之山下",而不是"放之水边",道理很简单,驴子喜欢山!这正是孔子所说的"智者乐水,仁者乐山"。至于老虎最终"断其喉,尽其肉",这并非因为驴子无能,而是因为驴子天性良善,无防人之心,而老虎则是处心积虑,残忍无道!

说到这里,张明亮补充说道:"不过,师弟师妹们如果现在赴黔,老虎已经看不到了,但驴子还是随处可见。为什么呢?哈,孔夫子早就说过了嘛,攻乎异端,斯害也已。"

张明亮又问:"这样讲,行吗?"

他说:"好,就先讲到这,一会再讲。你先坐下来。"

张明亮并没有立即坐下来。他给每个人递了一瓶矿泉水。

本着女士优先的原则,范郁夫一定要让女生先讲。易艺艺说,她还得再想想。于是另一个女生站起来说,她有一些不成熟的意见,提供给大家讨论。应物兄也让她坐下来讲。她说,论文中说,驴子被"放之山下",是因为驴子喜欢山,这说明了驴子之"仁"。但是,有山就有水,山下一定是有水的,所以也可以说那驴子是被"放之水边"。为什么要放之水边呢?按照论文的逻辑,那是因为驴子喜欢水。智者乐水,仁者乐山,那么,我们是不是可以说,那驴子首先是个"智者"?还有,谁都知道,人家骑马我骑驴,比上不足比下有余,有些中庸之道的意思,但仔细一推敲,这是说骑驴的人,而不是驴子。如果驴子是儒驴,那么孔子当时是坐着马车周游列国的,那么马也可以称为儒马喽?

应物兄问了一句:"你怎么知道孔子当年是骑马?"

那个女生一句话就把所有人的嘴巴堵上了:"不是我说的,是乔木先生说的。有一天我去看乔木先生,乔木先生突然考我,孔子当年周游列国,是骑马还是骑牛,还是骑驴?把我给问住了。乔木先生就说,春秋战国时代,车马一体。'御'是孔子所说的'六艺'之一。什么叫'御'?《说文》中说,御,使马也。乔木先生说,这个'御'字可以拆成人、午、正、卩。午,就是马,地支的第七位,属马。正,是个象形,说的是人赶车的样子。卩,说的是马走路时一步一叩头。所以这个'御'字,要么说的是人骑马,要么说的是赶马车。"

他说:"知道了,往下讲。"

她就接着说道:"如果说驴子是中国特有的物种,或者说,原来没有驴子,是孔子之后中国才有了驴子,那么我们或许可以说驴子是儒驴,但实际上驴子遍及世界各地,从好望角到斯堪的纳维亚半岛,从阿拉伯半岛到我们济州,哪里有人,哪里就有驴子。甚至没有人的地方,也有驴子,野驴嘛。如果说驴子是儒驴,别的国家可能会提出抗议呢,凭什么说它是儒?驴子是不是也可以被称为佛驴呢?别的驴子能不能被称为'佛驴'或可讨论,柳宗元笔下的那头驴被称为佛驴,却是能够说得过去的。它被老虎吃了嘛。'舍身饲虎,割肉喂鹰'正是我佛之大智、大忍、大善之行也。"

同样的一头驴子,一会儿是儒驴,一会儿是回驴,一会儿又成了佛驴。再讨论下去,它很可能还会变成一头耶驴呢。耶稣当年进入耶路撒冷,骑的就是一头驴驹子,旁边还跟着一头母驴。那驴驹子以前还从来没有被人骑过,母驴似乎有点不放心,一路上还要传道授业。

这时候,突然有人学起了驴叫。

学驴叫的是谁呢?就是费鸣。

费鸣这天也跟着来玩,此时正和烧烤师傅在那边忙活。费鸣显然也听到了这边的讨论。他跟费鸣开了个玩笑:"费鸣什么时候成了驴鸣?"所有人都被他逗笑了。笑得最厉害的是张明亮,嘎嘎嘎的,就像一只鸭子。这时候,一直不说话的范郁夫终于开口了。范郁夫虽然没看过论文,但这并不影响他发言。他说,论文应该装订成一个小册子,应该有封面,有签名页,有目录,有插图,有参考书目,还应该有骑马订,总之应该给人以书的感觉。现在,这样随便打印出来,是对读者的不尊重,一看就是草稿嘛。不过,论文的写作格式,倒是比较标准的论文格式。格式虽然对了,但内容却是一派胡言,刚才粗略翻了一下,发现知识性错误随处可见。这些错误,就像绊脚石,绊得人跌跌撞撞的,膝盖都磕肿了。然后,范郁夫指出了其中的一个错误。

"夫子之道,忠恕而已矣",这句话不是孔子说出来的,所以不一定是孔子的思想。这只是曾参的话。孔子说,曾参啊,我的思想是一以贯之的。孔子说这句话,本来是要等着曾参来问,您说的那个一以贯之的"道"到底是什么?可是曾参却没有问。曾参说,是的。意思是说,他知道了。"其实他知道个屁啊。"范郁夫说,"在孔子的弟子当中,曾参其实是个笨蛋。即便不是笨蛋,悟性也很差。他的名言不是'吾日三省吾身'吗?为什么要'三省'呢?笨呗。他不如他爹,他爹曾点非常聪明,所以孔子说,'我与点也',我跟曾点是一样的啊!也真是怪了,曾点那么聪明的一个人,生出来的儿子却那么笨。或许是曾点'浴乎沂,风乎舞雩,咏而归'的时候喝了酒,回到家就开始造人,生出了曾参。反正这会曾参是不懂装懂,孔子本来给你一个机会,要把'一以贯之'的'道'告诉你的,你却错过了这个机会。孔子最看不得不懂装懂。《论语》中讲到这里的时候,用了一个词:子出。话还没说完呢,为什么'出',为什么走了?一句话,孔子就是被曾参的不懂装懂给气走的。气走之后,别人问曾参,哥们,哥们,老师所说的'道'到底是什么东西啊。曾参自作聪明地说,'夫子之道,忠恕而已矣。'充其量,我们只能说,曾参从孔子那里继承的,就是忠恕思想。我们想一想,这样的一个人总结出来的话,能信吗?反正我是不信。"

"那驴子呢?让你谈驴子,你却谈起了曾参。"他对范郁夫说。

"驴子比曾参还蠢。"范郁夫懒得多说。

"范师兄,孔子对子贡说过的,一个人可以终生奉行的信条,就是'恕'啊。"易艺艺说,"你不能抓住一点,不及其余。这不公正。"

易艺艺这话说得还比较靠谱。他就说:"原来艺艺也是读书的啊。"

易艺艺小腰一扭,跺着脚,说:"应老师,应老师!人家每天都看书的!"

应物兄说:"那就好。书还是要读的。打狗也得有一根打狗棍啊。"

易艺艺说:"那我就用打狗棍跟范师兄玩一玩。我认为,'夫子之道,忠恕而已'用到驴子身上,用得太对了。"易艺艺跺着脚对范郁夫说,"我就是要气气你。气死你,气死你!"

他对范郁夫说:"艺艺说得对,《论语》中提到'恕'字的地方有两处,另一处在《论语·卫灵公》第二十四章。子贡问孔子,有一句话可以用一生来遵循的吗?孔子的回答说,大概就是'恕'吧,自己不想要的,就不要强加给别人了。这里可是明白无误地写到,这是孔子的话。你怎么解释呢?"

易艺艺说:"范师兄,说你呢?怎么不说了?哑巴了?"

范郁夫说:"这就涉及《论语》的版本问题了。根据我的研究,这句话是曾参的弟子加进去的。"

他说:"说出个道理来嘛。你怎么知道是曾参的弟子加进去的?"

范郁夫说:"凭直觉。看版本,首先凭直觉。"

他决定敲打一下范郁夫:"考试的时候,如果你动不动就说直觉,你是通不过的。我来告诉你,为什么说曾参的弟子参与了《论语》的编辑。因为书中提到曾参的时候,多次用到'曾子',把曾参的地位抬得很高,而且把曾参的父亲曾点的地位也抬得很高,多有颂扬,把曾点的境界写得近于颜回,显得又神秘又高尚。所以曾子的弟子参与了《论语》的编辑和整理,应该是确定无疑的。但曾参的弟子又怎么可能把曾子写成笨蛋呢?不可能的嘛。曾子可不是笨蛋。曾子总结出来的孔子的话,可能真的符合孔子的原意,所以,'忠恕而已'还真的就是夫子之道啊。"

易艺艺说:"听见了吧,姓范的?"

范郁夫脸红了,说:"老师,你说得对,我错了。"

这时候费鸣走了过来。费鸣并不知道这是珍妮的论文。他说,他会给作者提建议的:应该补上一笔,写写驴子与马的关系。驴子与马通婚,生下了骡子,骡子身上,体现了种族的融合。

他当然听出了费鸣的讥讽。

他对费鸣说:"'儒驴'只是一种修辞手法罢了,本来说的就不是驴,而是人。孔子自称是丧家犬,难道孔子就是犬了?我是想听听大家怎么看待《黔之驴》,《黔之驴》这篇文章与儒家文化有什么关系,你们怎么看待这种关系,没想到费鸣兄都扯到生物工程上去了,扯到种族大融合上去了。剧作家的想象力,确实比较丰富。"

费鸣说:"您批评得对。民以食为天,我得去烤肉了。"

他们谈话的时候,他的另一个弟子孟昭华躺在一块油毡布上,看着手机。孟昭华年前刚离婚。孟昭华原来微微驼背,离婚后,有一段时间竟然不驼了。这段时间又开始驼了,而且驼得更厉害,双肩也开始下垂,就像鸟儿收拢了翅膀。他们谈话的时候,孟昭华就侧躺着,佝偻着背,玩着手机,不时地发笑。这会,他就对孟昭华说:"昭华,事不关己,高高挂起?你也说说。"

昭华翻身坐起,垂着肩,说:"研究生会下周要举行拔河比赛,还要组队参加全国高校研究生的比赛,冠军奖一辆汽车。研究生会发来一个视频,要求每个人对照着看看,熟悉一下规则,看是否报名。"昭华拿着手机,让别人看那个视频。

哦,那个拔河比赛,实在有些别出心裁,是用牙齿拔河。视频是去年的冠亚军决赛,拖着一辆宝马。昭华说:"虽然我能用牙齿咬碎核桃,开啤酒瓶从来不用起子,但我拒绝报名。我认为,赛事组织者没有认识到,赞助商这样做,是对知识分子的讽刺:知识分子用牙齿吃饭,填饱肚子,现在又用牙齿拔河。"

他对孟昭华说:"手机关了。文章你是不是没看啊?"

孟昭华说:"看了,真的看了,看了通宵呢。"

孟昭华认为,《黔之驴》写的是文人的悲剧。文人嘛,自恃掌控着整个价值系统,未免有些驴脾气,也就是所谓的驴性。用柳宗元的话说,就是"出技以怒强",喜欢逞能,喜欢翘尾巴,喜欢用牙齿拔河。文章中提到的王粲的例子,说魏文帝曹丕曾亲率部属和旧友去给王粲吊丧,并学驴鸣以追念王粲,这个故事倒有点意思。这段话出自《世说新语·伤逝》。这位王粲,年轻时在荆州刘表手下混饭吃,因为有些驴脾气,所以难以得到刘表的重用,不得已投靠了曹操。到了曹营,他乖得很,察言观色很有一套,很能讨主子的欢心。曹操封魏公时,你就看他表演吧,领表劝进,大搞签名活动。曹丕后来去吊丧,学两声驴叫,其实是给别人听的:小蹄子们,你们都看到了吧,王粲以前多有驴脾气啊,可后来还不是变得乖乖的?只有乖乖的,才能善终。不然,你们就等着瞧吧,看我怎么收拾你们。所以,曹丕此刻发出的虽然是驴鸣,但却有如虎啸。昭华说,昨晚看完这篇论文,又重读了《黔之驴》,重读了《论语》,也重读了《世说新语·伤逝》,夜不能寐,披衣下床,写了一首打油诗,现在请应老师和同学们批评指正:

  朕学两声驴鸣,须当虎啸来听。避祸于世何难?只要收敛驴性。王粲喜欢炮蹄,该与嵇康同命。年寿有时而尽①,全赖乖乖听令。莫等断喉尽肉,伤了君臣感情。众卿若不相信,请听黔之驴鸣。

  孟昭华吟完,众人都说好。应物兄也礼节性地说了一声好。弟子们当中,张明亮是喜欢写古体诗的,他对张明亮说:"唱和唱和,他唱完,该你和了。"张明亮说,自己写诗,需要字斟句酌,改天再拿出来,向老师和师兄弟们请教。

  应物兄说:"不是说拔河比赛吗?昭华一个人,怎么拔呢?要摔个屁股蹲的。我就先凑上一首,和昭华的韵。请各位指正。"随即吟道:

  昭华夜不能寐,披衣下床读经。驴鸣读成虎啸,实乃一大发明。儒驴放过不谈,却来妄议苛政②。最后得出结论,更是

---

① 语出曹丕《典论·论文》:"年寿有时而尽,荣乐止乎其身,二者必至之常期,未若文章之无穷。"这里指的是"善终"的意思。
② 柳宗元《捕蛇者说》中的名句:"苛政猛于虎。"

让人一愣。做人最好乡愿①?遇事一声不吭?祖宗要是听见,定不准你姓孟。

随后他又做了些解释,说:"昭华,你模仿的是魏文帝曹丕的语气,可是曹丕死时,嵇康只有三岁,还穿着开裆裤呢,他又怎么能以嵇康之死为例,训示群臣?嵇康是被司马昭弄死的。至于《黔之驴》的故事,则是出于唐朝,曹丕当然更不知道了。只有在一种情况下,你这首诗才能成立:他们眼下是在黄泉开会,先死的人,后死的人,都聚在一起,回忆人世间的悠悠万事。黄泉会议,没有时空概念,这么写了,似乎也说得过去。穿越嘛,穿越小说很时髦的,你是不是看多了。应波以前也看穿越小说,我翻了翻,全是垃圾,思想上陈旧得不得了,不像是年轻人写的。你最后得出的结论,跟那些穿越小说有一比,竟然是做人最好乡愿!这个话,亏你说得出口。'乡愿,德之贼也。'孔子很少用如此严厉的口气说话的。你的老祖宗孟子,对乡愿也是深恶痛绝啊,'非之无举也,刺之无刺也。同乎流俗,合乎污世,不可与入尧舜之道'。昭华,小心孟夫子听见你的歪理邪说,日后不准你入孟氏祖坟。"

孟昭华被吓住了,说:"老师,你赢了。"

应物兄说:"不过,你说《黔之驴》是写文人的悲剧,倒是能说得过去的。"

张明亮说:"昭华,能不能把你大作抄给我?"

昭华说:"听了应老师的话,我当即就把它从脑子里删了。"

范郁夫说:"别删啊,这是最早的版本,有价值的。"

这时候,易艺艺和费鸣招呼大家过去吃烤串。如前所述,应物兄最喜欢吃腰子。一闻到那微微的臊味,他就能听到自己的肚子在叫。不过,这会儿他却把费鸣递过来的腰子给了孟昭华。孟昭华能够听取不同意见,可谓大肚能容,奖励个腰子。

---

① 《论语·阳货》:"子曰:乡原,德之贼也。"〔汉〕徐幹《中论·考伪》:"乡愿亦无杀人之罪,而仲尼恶之,何也?以其乱德也。"

易艺艺非常关心下次在哪里郊游。她说,下次,最好能去桃都山郊游,那里有温泉嘛。去的时候,她可以从农民手上买几只土鸡,到了桃都山,再当场宰了。桃都山温泉的水温很高的,用水一泼,毛一拔,鸡头一拧,屁股一剜,边上课边等,下了课,野蒜一放,地道的泉水鸡。

孟昭华说:"今天,受益最多的是我。明天,我请大家吃饭。校园东门往左,向北走三百米,新开了个驴肉火烧店。天上龙肉,地上驴肉。吃了驴肉,保管你三月不知肉味矣。"

这天下午,他们收拾东西准备回城的时候,应物兄把易艺艺拉到一边,问今天吃的喝的,都花了多少钱?按照惯例,这些钱都是他来掏。教学相长,他也常常能从学生们那里学到东西,所以就算是他的学费。这个时候,张明亮把那些铺在地上的报纸收了起来,点着了。灰烬飘到空中,有如黑蝴蝶。

易艺艺说:"我挣了一笔钱,是我请大家的。"

"你从哪挣的钱?"他想,你的钱还不都是罗总从鸡屁股那里挣的。

"稿费。以后吃饭,我都包了。"易艺艺说。

"稿费?花的要是你的稿费,我倒高兴了。"

"我已经自食其力了。"易艺艺说,"我就问一句,这些录音要不要给珍妮发去?珍妮可是等着呢。"

"七嘴八舌的,珍妮会生气的。"

"怕什么。一千个读者,就有一千个哈利·波特嘛。"

说到哈利·波特,易艺艺还引用了珍妮的一句话,说的是珍妮为何会选择程刚笃为男友。她说:"我问过她怎么看上程刚笃的,她说,忘了谁是哈利·波特的第一个女友,谁是他第一个亲吻的人了?是秋·张①,霍格沃茨的中国留学生。"他想起来,应波也曾吵

---

① 秋·张(Cho Chang),英国作家J. K. 罗琳魔幻小说《哈利·波特》中的人物,生于1979年,是一个女巫,于1990年至1997年在霍格沃茨魔法学校读书。

着闹着要去霍格沃茨读书,后来他才知道那是一个虚构的学校,而且是魔法学校。

他知道易艺艺跟珍妮一直有联系,就问起珍妮的近况。易艺艺说,珍妮近期又去了一趟日本。

"她怎么一直往日本跑啊?"

"您怎么能不知道呢?她的婆婆,Lighten Cheng 他妈,就在日本。"

他当然知道。看到珍妮在邮件中说,那个女人对她很满意,相谈甚欢,还祝她"早生鬼子",他就猜到她说的就是程刚笃的母亲。他提醒易艺艺:"此事不宜外传。跟珍妮在一起,说话要谨慎。"

"嗨,我们是闺蜜。她还问我,什么叫闺蜜?我逗她,说能尿到一个壶里的人就是闺蜜。总之,我们无话不谈。我们还要刺上对方的名字呢。她的脚踝上刺了一条龙,胳膊上刺着 Lighten,她经常跟我提起 Lighten。我告诉她,这个名字听上去怪怪的,就像'邋遢',就像'愣头'。她才告诉我,那是她的男朋友。"

张明亮走过来,说,他会把今天的讨论整理出来,然后发给每个人修改,再交给易艺艺,让易艺艺发给作者。张明亮还说:"别看他们刚才怪话连篇,等他们修改补充好了,就是一篇好的记录稿了。"

易艺艺说:"好啊,整理完了交给我。明天就交。"

张明亮说:"我没问题,就怕他们来不及。"

易艺艺笑着说:"你替他们写不就得了。要不,你一边口述,一边速记,过后你再整理一下?"

张明亮说:"别人我不担心,我就担心你耽误时间。"

应物兄走开了,但他还能听得见他们斗嘴。张明亮似乎让了一步,还转换了话题,夸易艺艺越来越漂亮了。哦不,张明亮并没有让步,因为张明亮似乎话中带刺,说易艺艺漂亮得都有点像张柏芝了。

易艺艺说:"师妹我长得确实不如柏芝,但师兄你长得更不如冠希。"

张明亮说:"我是说,你的身材越来越好了。"

易艺艺说:"亮子这句话,我倒是认的。我告诉你,每次洗完澡,看见自己的好身材,我都想把自己给上了。"

过后他才知道,易艺艺和张明亮,此时已经陷入明争暗斗。他们比他还先知道,太和研究院的编制马上就要下来了,他们都想留到太和。还有一点,也是应物兄没有想到的,易艺艺所说的"我都想把自己给上了",还真的不是说说而已。后来,她还真的"把自己给上了",以艺术的名义。

44. 子贡

子贡,也就是黄兴要来的消息,他是看望麦荞先生的路上知道的。陆空谷给他发了条短信,提醒他收看邮件。他还从来没有用手机进入过邮箱,现在他决定试试看。他以前总觉得自己的手掌不够厚重,有点小巧了。此时,在输入邮箱代码的时候,他才觉得自己的手指有点粗了,不够灵巧。仅仅是输入代码,就搞得他满头大汗。果然有两封邮件在等着他,是前天发来的。显然,她是因为一直没有等到回复,才发来短信提醒他的:

> 子贡近日要去济州,与贵校商谈修建太和一事。本人作为随行人员将一同前往。也可能不得不提前去安排相关事宜。详情另告。

另一封邮件,并不是要告知详情的,而是问他:

> 到了济州,望能见到芸娘。但听说她身体不好,不愿待客,是吗?

前一封邮件,完全是公事公办的口气。其中有一个符号,它出现在"子贡"的名字后面,:-P。他大致能猜到,它的意思应该是说"子贡"这个名字有点"好玩"。这天,是邓林亲自来接他的。他就问邓林,这个符号是什么意思。邓林先吐了一下舌头,然后说,它代表着"吐舌头"。这个唯一带有私人色彩的符号,使他心中荡起一片涟漪。后一封邮件,则让他有些迷糊。他以前就听陆空谷提起过芸娘,她们认识吗?在哪认识的?如果她来,他当然可以陪她去见芸娘。

他先回了条短信,解释说自己这些天太忙,没有进邮箱。然后说,他在开会,随后回复。当然,他也问到了那个最关键的问题:"黄兴先生什么时候到?"

她的回复很快来了:"约一周后。"

他又回了条短信:"愿早日见到六六。"

她的回复是:"也愿早点见到应物兄。"

邓林将车开上了学院桥的桥顶。此时并非交通高峰时段,但学院桥上已经堵得水泄不通。邓林说:"别着急,天上的雪比您还着急呢。"邓林随后解释说,天气预报下午有雪,而且是大雪,所以小学生们很早就放学了,很多人也都提前下班,匆匆往家赶,但是这雪到现在还没有下。下还是不下,大一点还是小一点,这是个问题。下小了,气象局不满意,好像失信于民了,因为预报的是暴雪。下大了,公安部门不满意,因为交警人手不够。不下吧,教育局不满意,我们都放假了,你却不下了。邓林说:"看到了?雪徘徊在济州上空,为难死了。"天色提前黑了,桥两边的路灯顿时亮了。等下了桥,天空又突然变亮了,可以看到路边花圃里的迎春花和连翘,个别枝条上似有黄花绽放。

他问邓林:"今天去的人都有谁?"

邓林说:"就您和我们老板。"私下里,邓林对栾庭玉的称呼就是老板。他曾提醒,这个称呼不好听,但邓林说,省委省政府的人都是这么称呼自己的上司的,甚至栾庭玉也称省长和常务副省长为老板。"那怎么称呼省委书记呢?"他问。邓林的回答是:"老一。"

"有出版方面的人吗?"

"没有吧。好像没有。反正没让我另外叫人。"

栾庭玉事先给他打了招呼,说是想和麦老谈谈出文集的事。"麦老很信任你,想听听你的意见。"栾庭玉说。

他想,麦老大概是想问问他,能不能请乔木先生和姚鼐先生担任编委会主任。

邓林突然问:"最近,老板跟你提到过我吗?"

"你们老板对你很满意的,前段时间还夸你呢。"

"那还不是看着恩师的面子。"邓林说。

"别这么说,是你自己争气。你干得不错。"他说。

"同样的工作,谁干上五六年,再笨也会干好的。"

"你已经干了五六年了?"

"可不是吗?我都快四十了。哪天,方便的时候,恩师提醒一下我们老板?"

"提醒他什么呢?"

"也没什么。他可能忘记我都快四十了。我就是想,有机会下去锻炼锻炼,接接地气。不接地气,人就会浮躁。我担心给您丢人啊。您说呢,恩师?"

邓林其实并不是他的学生,而是邬学勤教授的弟子。邬学勤不仅是邓林的本科班主任,还是邓林的研究生导师。邬学勤与伯庸是同行,都是屈原专家,而且他在屈原研究界的资历比伯庸还深,大学时代就喜欢上了屈原,发表了相关论文。邬学勤与外界没有交往,所以他的学生毕业后的去向都不是太好。邓林甚至连重点中学都没能进去,而是被分配到了新华书店。

六年前的一个雪天,应物兄在书店购书的时候碰见了邓林。

碰巧,他那天接到了栾庭玉的电话。栾庭玉当时正失意呢。外面早就传说,栾庭玉要当上副省长了,但最后上去的却是农业厅的厅长。庭玉那天请他来一趟,说是大雪纷飞,正好围炉夜话。是邓林开车把他送过去的,那是一辆运货的中巴。在他们谈话的时候,栾庭玉当时的妻子从外面回来了。她是陪着栾温氏从外面回来的,身上都是雪。她随后向应物兄解释说,婆婆至今还保留着一个习惯,必须蹲着解手。她提议把家里的坐式马桶改成蹲式马桶,婆婆就是不同意,说那总是个物件,就这么扔了,罪过啊。这会,她就对婆婆说:"放心,不扔的,还可以卖掉的。"

"只顾一时,啥都想换钱用,起的都是下流的念头。"栾温氏生气了,直拍自己的屁股。

邓林就是在这个时候显示出了他的诚实、善良和博学。他先对栾庭玉说,"奶奶"倒不一定是怕花钱。"奶奶"肯定是觉得在屋里解手不干净。他说,他母亲就是这么想的,他接母亲来济州住的时候,母亲每次都要跑到公共厕所里解手。然后他说,他可以帮助"奶奶"完成从野外解手到室内解手的过渡,虽然不能够保证一定成功,但为了"奶奶"的身体健康,他愿意一试身手。

"哦,小邓,说说你的改革方案?"栾庭玉说。

"我就试试?"

"好,小邓同志,你就大胆地摸着石头过河吧。我支持你。但你的方案能不能先说一下?"

邓林就说,抽水马桶使用之前,当时的达官贵人们为了解决室内解手产生出来的不良气息,曾经使用过一个办法,那就是在便桶里铺上焦枣。大便落下的时候,枣儿滚动,大便也就迅速落到了枣儿的底部。枣儿在滚动和摩擦的过程中,还会发出一种香味,一种甜味,一种来自田野的清新之气。一句话,只闻枣儿香,不闻屎尿臭。他讲完之后,栾庭玉说:"这不行。老母一辈子勤俭持家。"

邓林说:"我知道你不会同意的,奶奶也不会同意的。不过,还有一种办法。如果说,前面的办法来自宫廷,那么后面这种办法就来自民间。"

邓林说,这个办法是元代画家倪云林发明的:收集大量的蛾翅,将之铺陈于便桶底座。由于蛾翅本身格外轻盈,所以落下的粪便就会立即隐没于其中。还没等栾庭玉说话,邓林就说,当然,这个方案也有缺陷。第一个缺陷是,蛾翅容易乱飞。如果奶奶是个艺术家就好了,奶奶可以由此欣赏蛾翅翻飞的美景。如果是个哲学家也行,由于飞蛾形似蝴蝶,所以她可以由此去思考庄子曾经提出的那个哲学问题,是我梦见了蝴蝶,还是蝴蝶梦见了我?但奶奶一看就是纯朴的劳动人民,不会去想这些不着边的问题。第二个缺陷是,去哪找那么多蛾翅呢?

应物兄想阻止邓林,但邓林已经管不住自己的嘴了。栾庭玉脸色平静,但他知道,栾庭玉已经有点不耐烦了。栾庭玉拿着一支圆珠笔,从笔头摸到笔尾,然后掉转个方向,又从笔尾摸到笔头,动作缓慢而机械。

邓林说:"所以这个方案好像也行不通。那就只剩下第三种方案了。"

栾庭玉说:"小邓同志,改革方案很多嘛。"

邓林说:"第三种方案,就是把马桶砌起来,地面抬高,这样奶奶可以踩在地上,也就是让它变成蹲式的。这样当然也有缺陷,就是卫生间里平白无故多了个台子,占据了空间。为了解决占空间的问题,可以变通一下,就是在地板上挖个洞,把马桶放进去。当然,这得跟楼下住户打个招呼。你要不方便去说,我去说。他们家有老人吗?只要有老人就好办。因为这个方案,对他们家也有用。"

栾庭玉把圆珠笔往桌子上一放,说:"这个方案,不妨试试。"

楼下的住户刚好是栾庭玉的下属。邓林后来告诉他,刚一开口,对方就说:"是给奶奶用的吧?当然可以。我的卫生间正要重新装修。太高了,准备吊个顶。"

事情就这样办成了。栾温氏第一天就多拉了几泡,脾气也好多了。邓林从此就成了栾庭玉母亲最欢迎的人。栾温氏夸邓林本事大,给邓林起了个绰号:哪吒。栾温氏说:"娘胎里待够三年六个月,才能出来一个哪吒啊。"

邓林后来经常给栾庭玉寄书。每次寄书,都会同时寄出一份读书报告,说明此书在不同的读者群那里有怎样的反响,作者的观点是什么,书中有哪些警句。不仅如此,邓林还会巧妙地把那些警句与政治、经济联系起来,甚至和济州发生的某件事情联系起来。邓林的功课做得很足,比如,在他寄给栾庭玉的书中,有一本就是栾庭玉的博士导师的书,是关于城镇化与现代化关系的研究。他同时送去了两本书,另一本书是栾庭玉导师的论敌写的,那个人任教于同济大学。邓林的报告只有短短几句话:

> 奇文共欣赏!这本垃圾书,竟然出自同济大学教授之手,而且还被媒体推荐为年度必读书,不能不说是人民的耻辱。但是,为了剥掉其画皮,对这些奇谈怪论,我们也不妨了解一下。只是可惜了那些纸张。好在现在的图书都是激光照排,擦屁股不用担心铅中毒。

有一天,他在栾庭玉那里看到这些读书报告。栾庭玉对他说:"你那个弟子真是神了,什么都能说出个门道。任何事情,都是历史上有什么例子,官方怎么说,民间怎么说,美国人怎么说,都能说出来。神了。"他开了个玩笑,说:"夸父追日,弃其杖,化为邓林。邓林本来就是神话中的植物。"

不久,邓林就被借调到了栾庭玉身边,再后来,就成了栾庭玉的正式秘书,栾庭玉对他什么都满意,但就是有一点不满意,邓林话多。"太能讲了,也太善讲了。有时候我都插不上嘴。"栾庭玉说。

他约邓林见了一次面。他本来想把乔木先生对他"话不要太多"的教诲讲给邓林的,但最后还是没讲。实际上,他只对邓林强调了四个字:木讷近仁。他说:"这样吧,你要真是木讷,栾庭玉也看不上你。你牢记两点:一、在栾庭玉面前,你一定要比栾庭玉话少;二、有外人在场,你要尽量不说话。"

再次见到栾庭玉的时候,栾庭玉就说:"小邓进步很大。"没过多久,邓林就告诉他,自己已经是副处了。两年之后,邓林就成了正处。

华学明曾跟他开玩笑,说他看邓林的目光非常有意思,很像是老子看待有出息的儿子的目光,有点羞怯,又有点自豪,还有点担忧。

此时,他听见邓林话里有话,就问邓林是不是发生了什么事,受了什么委屈?他没想到,邓林竟然一下子抽泣起来。

"怎么回事?"他问邓林,"男儿有泪不轻弹嘛。"

邓林一边开车,一边抽出纸巾擤了鼻涕,说:"算了,不给恩师添堵了。不说了。我受得了。"

邓林越是不说,他越觉得问题严重。他问:"你刚才不是说,老板对你挺好吗?我也觉得他对你不错。前些日子在北京,他还在我面前夸你呢。"

"老板对我确实不错,就是老板娘不好侍候。"

"你是说,豆花对你不好?"

"真的不想给老师添堵。这种事情,也无法跟老板说。我比豆花还大几岁呢,但豆花训起人来,就跟训龟儿子似的。对老板,她不敢发火。对老太太,她也不敢发火。她就对我发火。她还阴阳怪气地叫我潘驴邓小闲①,后来干脆叫我潘驴。连大虎和二虎那两只鹦鹉也来欺负我,也叫我潘驴。幸亏老板不熟悉《金瓶梅》,不然

---

① 《金瓶梅》第三回《定挨光虔婆受贿 设圈套浪子挑私》:"王婆道:大官人,你听我说。但凡'挨光'的两个字最难。怎的是'挨光'?似如今俗呼'偷情'就是了。要五件事俱全,方才行的。第一要潘安的貌;第二要驴大行货;第三要邓通般有钱;第四要青春小少,就要绵里针一般软款忍耐;第五要闲工夫。此五件唤作'潘驴邓小闲'。"

还以为我怎么着了。"

他问:"豆花喜欢《金瓶梅》?"

邓林说:"她给一个老领导配送花卉的时候,老领导给她开了单子,上面的花卉都是《金瓶梅》里提到的,什么辛夷啊、雪柳啊,让她按照那个单子配送。她从此就喜欢上了《金瓶梅》,喜欢用里面的人物给人起外号。她就用这种方式骂人,谁都骂。我跟恩师说句话,恩师听了可别生气。她连恩师都骂。"

他问:"我跟她井水不犯河水,她骂我干吗?"

邓林说:"我要说了,您可别生气。您也犯不着跟她生气。她说,什么应物兄,分明是应伯爵嘛。"

他就笑了,说:"你不要在意。她这是胡扯。我姓应,就成了应伯爵①,你姓邓就成了邓小闲。她婆婆姓温,那该叫什么?温必古,温秀才?"

邓林说:"她还真是叫她温秀才。华学明,就叫花子虚。葛道宏就是葛员外。我跟她说,别叫我邓小闲,哪怕叫我玳安呢。"

他劝邓林:"别跟豆花一般见识,能躲就躲。"

邓林说:"我也是快四十岁的人了,人到中年了。老板一直叫我小邓。我估计他把我的年龄都给忘了。我这个年龄,老在机关坐着,舒服是舒服,可真的没什么意思。我就想到下面走走。不瞒您说,我的痔疮都犯了几次了。到下面走走,过几年,老板升了,我再回来为他跑腿嘛。"

他有点同情栾庭玉了,也理解栾庭玉见到善解人意的金彧,为什么会有些失态了。栾庭玉与金彧的事情,邓林肯定是知道的。但邓林不说,他也不方便问。他只是劝邓林,尽量不要介入栾庭玉的家庭生活。

邓林说:"要不,您跟老板说一声。子贡来了,需要接待,您先

---

① 应伯爵及下面提到的温必古(温秀才)、花子虚、玳安、葛员外,皆是《金瓶梅》中的人物。玳安是西门庆的亲随小厮。

把我调过去帮帮忙？我能躲一阵是一阵。"

听上去，邓林一天也不愿待了。

他没有答应。他说："你千万沉住气。"

邓林说："今天在麦老那里，千万别提此事。有些事，我回头向您报告。"

45. 麦老

麦老即麦荞先生，是省报的前主编。众人皆知，栾庭玉对麦老一直执弟子礼，他们的关系在济州被广为传颂。就在这天晚上，应物兄突然想起来，栾庭玉当初之所以能够和麦老建立起直接联系，还真的与郏象愚有关呢。

郏象愚的处女作，就是麦荞先生发表的。那是一篇谈论文明冲突的文章。文章带有那个年代的浮夸风气，是由何为教授推荐给麦荞先生的。麦荞先生给何为教授写了一封信，信中说道："我看得激情满怀，我读得热泪盈眶。"他也当然想起来，乔姗姗当时能把这篇文章背下来。

文章发表的当天，后半夜的时候，麦荞先生把电话打到了报社。他倒不是专门为此事打的电话。麦荞先生有个习惯，就是后半夜不睡觉，看稿或者写稿。看完稿子，他一定会往报社打个电话，就某个标题、某句话、某个用词、某个标点，提出修改意见。以前，电话响上半天才会有人来接。最近几天，他发现，电话一响，立即就接通了。接电话的人还很清醒，一点也没有睡意蒙眬的意思。这天，因为发了一篇好稿子，麦荞先生很兴奋，问接电话而不蒙眬的人收到了多少读者来信。接电话的人说，读者来信要过两天才到，电话倒是来过上百个，都是夸那篇文章写得好的。

"你认为呢？"

"我都会背了。"

接电话的这个人,就是刚分到报社的栾庭玉。后来,麦荞先生就专门找他谈了一次话。"年轻人睡劲大,你晚上不睡觉,还那么清醒,真是不简单。"栾庭玉回答说,妹妹小时候常生病,他晚上要陪她,就养成了这个习惯。也不是不睡,只是睡得很浅,风吹草动就可以醒来。麦荞先生听了,夸他是"孝悌之人"。麦荞先生顺便也透露说,自己也是夜不安眠。之所以有这个习惯,是因为他原来的领导就是这个习惯,他必须保证随叫随到,冬天睡觉穿着袜子,夏天睡觉穿着凉鞋。

麦荞先生与栾庭玉谈话不久,就荣任省委宣传部副部长了,同时兼任省报总编和社长,麦荞先生就破格提拔栾庭玉做了秘书。没多久,报纸有报道失误。省里的主要领导找麦荞谈话,暗示他应该休病假。大约有半年时间,麦荞先生不得不赋闲在家。很多人以为麦荞先生从此靠边站了,对麦荞先生态度大变。而那些尊重并对麦荞先生表示同情的人,也改了口,称他为麦老。

赋闲期间,麦老回了老家项城,修修院子,钓钓鱼。栾庭玉坐长途汽车去项城看望麦老的时候,发现麦老村边的那条河早已干涸,别说活鱼了,连鱼的尸首都找不到了。他以为麦老眼花了,就说:"您老读书太多,写字太多,眼睛受累了,我们陪您去医院看看眼科吧?"麦老说,你是说这里没水吧?正因为没水,没鱼,钓着才有意思。栾庭玉就拿着鱼竿,陪着麦老坐在那里垂钓,一坐就是半天。麦老感动得不得了,说了八个字:钓尽江波,金鳞始遇。这是唐代一位高僧的话。那和尚晚年摆渡垂钓,随缘度世,人称船子和尚。一日,船子和尚与夹山禅师相遇,相谈投机,船子和尚说:"钓尽江波,金鳞始遇。"遂向夹山禅师传授佛理心得。夹山禅师辞别后,船子和尚覆舟入水,自溺而亡。麦老显然将栾庭玉当成了自己的得意门生。

应物兄听栾庭玉讲述这个故事,已经是多年之后的事了。有句话,他没有对栾庭玉说:麦荞先生也是个行为艺术家啊。《诗经》上说:"其钓维何?维鲂及鱮。"可见最早的垂钓,无非是为了改善生活。"钓"发展成一种行为艺术,始自姜太公。姜太公"立钩钓渭水之鱼,不用香饵之食,离水面三尺",而且声称"负命者上钩来"。姜太公其志不在钓鱼,而在钓取功名,要钓的是周文王。据栾庭玉说,麦老当时对他说:"我只钓一条,多的不要。多了,就放臭了。鱼馁而肉败,不能吃也。"

不久,麦老就再度出山了,又从麦老变成了麦荞先生。麦荞先生这次担任的是省里的"社会主义精神文明建设指导委员会"主任,主要的工作是"扫黄",由省委宣传部、省教委、省新闻出版局以及公检法部门联合组成。此时,在报社受冷落的栾庭玉,重新回到了麦荞先生身边,担任了办公室的副主任,享受副处级待遇。"扫黄"工作告一段落之后,麦老主动要求退休,退休之前把栾庭玉安排到了市公安局,虽然还是个副处,但处长不久就死了,相当于独当一面。再后来,栾庭玉就步步高升了。而栾庭玉显然是个知恩图报的人,许多年过去了,始终对麦老保持着尊重。

麦荞先生年近九旬了,想出一套文集。栾庭玉早就跟他谈过此事,说是要成立一个编委会,把他列入编委会里面。他还以为栾庭玉只是说说而已,没想到栾庭玉还真的把此事放在心上了。

麦老住的还是报社的家属院。报社大院和家属院连在一起,院子里最多的是桐树,是所谓的"焦桐",当年为纪念焦裕禄而栽下的,树龄都已经有几十年了。每年清明前后,桐花盛开,空气中弥漫着一股子淡淡的甜味。桐树都是空心的,容易被风折断。因为出现过树断砸死人的现象,有人曾提出将它们伐掉,换成别的树种。关键时刻,麦老站出来了。麦老只说了两句话,别人就不吭声了。一句是,焦裕禄精神,还要不要继承?另一句是,桐花形似喇叭,媒体的根本属性是什么?喇叭!这个属性,你们是不是也要改掉?那些桐树由此得以保留。麦老晚年研究佛学,曾经写过一篇文章,专门谈桐树与佛教的关系问题。麦老说,桐树的"空心",最能说明佛教"空"的概念:那个"空",既不是有,也不是无,但它统摄实体和虚无,包容有与无;那个"空",不生不灭,不常不断,不一不异,不来不去,简称"八个不"。

邓林从后备厢取出一盆兰花,让他捧着。幸亏邓林考虑得周到。他本来以为,是直接到饭店吃饭的,没想到会来到家里,所以是空着手来的。进了门,保姆接过那盆兰花,高声地说:"爷爷,看,谁来了,还给你送花来了。"麦老说:"知道我喜欢兰花的人,不多啊。"

这房子,应物兄以前来过,现在总觉得哪里不对劲。哦,是客厅变大了。原来从玄关那里看不到客厅的,有一道墙挡着,现在墙没了。麦老说,这房子又简单装修了一下。为什么呢?多年来门前冷落鞍马稀,可最近怪了,客人又多了,客厅就得改一下。还有,原来只有阿姨,没有助手,现在增加了一个助手,就得将原来的大卧室改成两间。

"尊老的风气又回来了,社会变了。"邓林说。

"小邓同志这句话,说到了点子上。"麦老说。

房间里那两副对联还在。外面那副对联,是书法家协会主席写的。上联出自张炎的《高阳台》和辛稼轩的《摸鱼儿》,下联则出自刘过的《水龙吟》和姜白石的《八归》:

春已堪怜,更能消几番风雨。

树犹如此,最可惜一片江山。

有一天,麦老邀请乔木先生和胡珺教授来家里做客。乔木先生看着这副对联,对麦荞先生说:"牢骚归牢骚,悲天悯人之处还是有的。"胡珺教授说:"发牢骚?为什么发牢骚?退休多好啊。我早就想退了,却退不下来。发牢骚的应该是我。"乔木先生对胡珺教授说:"所长任期又延续了两年,你就好好干吧。别人想延续,还延续不了呢。"胡珺教授说:"这你就不懂了,人最痛苦的不是挤不上车,而是到站了,却挤不下来,坐过了站。"麦老说:"坐过了站怕什么?再坐回来就是了。我们在车站等你。"麦老边说边研墨。他对乔木先生说:"你说那是发牢骚,那你就留一副不发牢骚的。"乔木先生说:"你要挂在哪里?"麦老说:"我知道你瞧不上主席的字。就不跟他挂在一起了,就挂在床头,可以慢慢欣赏。"乔木先生就写了一副对子,取自《古诗十九首》:

立身苦不早;为乐当及时。

乔木先生说:"你现在不是研究佛学吗?外面那个是大乘,里面这个是小乘。外面是修菩萨行,里面是求罗汉果。这个和那个,也算是对上了。"

此时,麦老领他们在房间里转了一圈。卧室里那副对联,那枚罗汉果,还挂在床头,只是新加了个镜框。

栾庭玉提醒麦老,该去饭店了。

麦老说:"这顿饭,得我请大家吃饭。你们同意了,我再上车。"

栾庭玉说:"我敢不同意吗?只是,今天是出版社请你吃饭。我们都是跟着你蹭饭的。"

原来是季宗慈请客。出了门,他看到了季宗慈的司机,车边站的是艾伦。艾伦把麦老搀上车,然后自己坐到了麦老身边。他和栾庭玉还有麦荞先生的助理坐上了邓林开的车。他和栾庭玉坐在后排,麦荞先生的助手坐在副驾驶位置。助手姓陈,回过身,说:"应老师,我是您的——"话到嘴边,陈老师把"粉丝"二字改了,"我是您的读者。"这一改,他对陈老师的好感就增加了几分。他后来又见过这个陈老师。陈老师什么都好,就是有些不修边幅,邋遢。你从他穿的夹克上就能看出他上顿饭吃了什么。这会,应物兄连忙说道:"陈老师,不敢,不敢。"陈老师又说:"我原来是中学语文教师,退休了,过来帮忙。编书,也是学习。麦老的知识量真是吓人。我都觉得自己是半个文盲了。进度很慢,我都担心两三年之内完不成。"

栾庭玉说:"半年之内,必须完成。"

陈老师说:"我一个人,笨手笨脚的,肯定不行。"

栾庭玉说:"人手不够,你可再找两个人。工资由季宗慈支付就是。"

陈老师说:"省长,古人编文集,也要反复雠定的。"

栾庭玉说:"那是雕版印刷,能简则简。现在是激光照排,能全则全。只要能找到的,尽量往里面塞就是了。"

陈老师说:"说句实话。麦老的文章,玉石并出,真赝杂糅,真得好好挑拣。"

栾庭玉说:"不是不让你挑拣。买个萝卜还要挑拣呢。你尽管挑拣,以备将来出个精选集。只是这次,我们要出的是全集。"

陈老师说:"知道了。我会努力的。只是,比如——"

栾庭玉说:"有话尽管说。从小处说,我们是为了让麦老高兴;从大处说,是为了给中国文化保存下来一点东西。"

陈老师说:"比如,我看到里面有麦老'文革'时写的《新三字经》。当然,就是这看上去不合时宜的《新三字经》,也能看出麦老年轻时才气纵横。"

栾庭玉说:"知道汪老吗?对,就是写样板戏的那个。麦老和汪老是朋友。'文革'时,他们同时得到指令,写一本《新三字经》,配合'批林批孔'。其中有几句话,他们竟然写得一字不差,是说孔子的。'孔复礼,林复辟;两千年,一出戏'。他们都认为,对方是自己肚子里的蛔虫。"

说完这个,栾庭玉突然问道:"程先生那边,怎么不见动静了?"

他立即汇报道:"子贡,就是程先生说的那个人,那个可以捐资修建太和研究院的人,马上就要来了。"

栾庭玉似乎有点不高兴:"我不问你,你还不愿说,是吧?"

他赶紧解释了一句:"我也是刚刚知道,在来的路上才知道。"

说话间,饭店到了。它就在省政府大院南门的附近,饭店名叫节节高,似乎是为了名副其实,这里的菜价也是节节高。一道简单的蚂蚁上树就标价一百八十八元。尽管菜价高得离谱,但如果不提前预订你还订不到座位。今天的座位是艾伦订的。艾伦这天在这里安排了两桌,她和电视台的同事们坐在另一桌。

这天的谈话,内容极为丰富。关于文集编辑的事,麦老似乎并不太当回事,陈老师几次挑起话头,麦老都没有接。麦老似乎对拿乔木先生开涮更感兴趣。麦老说,前几天,小陈老师拿着他早年填的一首词让他看。他看了,觉得还行啊,收到书里也不丢人。但是,自己毕竟不是搞这一行的,他就想让乔木先生看看。那首词步的是毛泽东《蝶恋花·游仙》的韵。他把那首词抄下来,去找了乔木先生。同时,他也把自己写的几幅字拿给乔木先生看看。乔木先生说话,你得仔细听。乔木先生先夸了书法,说他这书法大有长进,不临帖不临碑,不摹柳不摹颜,随心所欲,龙飞凤舞,自成一体,已经可以名之为"麦体"了。这话听上去是夸奖,再一想就不是了。"我都九十了,你说我有长进。这不就是说,我的书法半生不熟嘛。"麦老笑着说。

麦老以为,乔木先生谈完了书法,就该谈诗词了。不料,乔木先生不谈他的诗词,直接谈起了毛泽东的诗词。乔木先生说,毛泽东是有名篇传世的,写得最好的是《沁园春·长沙》。但是毛主席的那首《游仙》,最好不要步它的韵。"问讯吴刚何所有,吴刚捧出桂花酒。寂寞嫦娥舒广袖,万里长空,且为忠魂舞。忽报人间曾伏虎,泪飞顿作倾盆雨",先不说别的,只说这里的"舞""虎""雨",怎么能跟"有"字韵相押呢?湖南韵也无如此通韵法啊?这就是出韵了。毛主席写这首诗,是因为他是个大诗人,敢于出韵,敢于出律。毛泽东诗词中出韵出律之处,都是因为意不可更改,写的都是历史的节点,或者他个人历史的节点。他敢于出韵,是因为他知道为韵改史,乃诗家大忌。但是,别人要再步他的韵写诗,不仅要闹笑话,而且你就是想步也步不成啊。

"说完这个,乔木说,所以呢,你步这个韵填的那首词,就不需要拿出来了。"麦老大笑起来,"他连看都不看。"

"乔木先生,那是跟你开玩笑的。"栾庭玉说。

"不,不,不。"麦老说,"我就喜欢他这一点。见性情。"

"乔木先生确实是性情之人。"应物兄对麦老说。

"我和你的老岳父,是几十年的老朋友了。我还不知道他?"

麦老突然问道:"听说,程先生要回来了?"

他对麦老说:"麦老,消息很灵通啊。"

麦老说:"我欢迎他回来。他回来之后,我准备负荆请罪。"

闻听此言,所有人吓了一跳。不过,他看见麦老说这话的时候,表情并不沉重,相反还有点轻松。他想,麦老很可能在"文革"时批判过程会贤将军。这很正常。麦荞先生对词语的选择还是很讲究的。什么叫负荆请罪?负荆请罪其实就是无罪啊。无罪可请,还要负荆,也是一种行为艺术。

栾庭玉说:"麦老,您言重了吧?"

麦老说:"这你就不知道了。乔木先生当年那篇批判文章,就是我约的。乔木先生当然不会认错。他一辈子不认错。但是,我是有错就认。"

他还真不知道,乔木先生与程先生有过一场笔墨官司。

麦老指着陈老师说:"这也得感谢小陈老师。本来,我把这事都给忘了。我相信,乔木先生也忘了。是小陈把这篇文章翻出来的。那个'编者按'是我写的。乔木先生在文章中说,孔子是个伪君子。说实话,从乔木先生罗列的事实来看,倒也不算乱扣帽子。乔木先生引用的也是孔子自己的话。孔子说了,君子之道有四条,可他自己呢?连一条也没有做到:做儿子要孝顺,他要求儿子孝顺,自己却不孝顺;做臣子要忠心,他要求别人忠心,自己却不忠心;做弟弟的要侍候兄长,他要求弟弟侍候他,他却不侍候兄长;做朋友要讲诚信,他要求别人诚信,自己却不诚信。[①] 乔木先生说,说

[①] 典出《礼记·中庸》:"子曰:'君子之道四,丘未能一焉:所求乎子以事父,未能也;所求乎臣以事君,未能也;所求乎弟以事兄,未能也;所求乎朋友先施之,未能也。'"

轻了,这叫知行不一,是伪君子。说重了,这是知法犯法,罪加一等。"

原来是这个啊?我还以为,乔木先生批判过程先生本人呢。

应物兄放松了。趁这个机会,他赶紧看了看短信。刚才手机已经提醒几次了。幸亏麦老耳背,没有听见,不然还真是不够礼貌。一条是费鸣发来的,说收到了敬修己先生的邮件,敬先生通知他,黄兴先生近期将来济州。另一条则是葛道宏发来的,说的也是这个事:

> 那个叫什么子贡的要来了。要把接待工作做好。吃住行的安排,都要考虑到。有必要成立一个接待小组。我考虑,给他弄个荣誉博士证书。

他正要回复,葛道宏又发来了一条:

> 我已跟学明说过,弄些济哥。让子贡先听听。

葛道宏一定是想到了,这个季节蝈蝈还没有出来呢,于是就又来了一条:

> 你再跟学明说一下,不惜代价,弄到蝈蝈。江南的蝈蝈应该拱出来了吧?

他回复说,他也是刚看到邮件,正想着汇报此事呢。收发短信的时候,他把手机放在桌下,同时随着麦老的讲述,轻轻地点头或者微笑,以示自己一直在听。他也确实在听,一句话都没有落下。他听见麦老说:"我的'编者按',其实连乔木先生一起批了。怎么批的,我就不详细说了。大致是说,乔木先生对孔子的批判,是避重就轻,隔靴搔痒。"

他对麦老说:"麦老,这些事,你千万不要往心里去。"

栾庭玉也说:"并且来说,我相信他们会团结一致向前看。"

麦老笑了笑,说:"但是,后来,又发生了一件事。那已经是八十年代了。有一次,我与乔木先生应邀去北京,做人民大学的毕业论文评审委员。他评中文的,我评新闻的,但吃住都在一起。有一篇博士论文,引用了程先生的一个观点:孔子的'乘桴浮于海',说明孔子思想当中有道家思想。我的主张行不通了,就坐着木排到海上漂流去。小舟从此逝,江海寄余生。这个观点有什么新奇之处吗?没有。新奇的只是程济世这个名字。当时,这个名字还很陌生,没有几个人知道。一个委员认为,博士生引用的这个观点不能成为论据,因为它不是出于著名学者之口。而那个学生呢,虽然引用程先生的观点,但对程先生的情况,也是一问三不知。你们吃菜,别剩下了。这时候,乔木先生说了一句话。说,这个程济世呢,还真是个著名学者。任教于哈佛,是所谓的新儒家,在西方比较吃得开。"

麦老这么说着,给陈老师夹了一只虾,然后又说:"后来吃饭的时候,那个学生的导师就过来向乔木先生敬酒,说,要不是乔木先生站出来,说了那么一句,学生就通不过答辩了。别的委员就向乔木先生打听程先生其人其事。乔木先生谦虚地说,他知道程先生,没有别的原因,只是因为这个程济世呢,刚好是济州人,而且程济世的父亲曾经兼任过济大的校长。其中有一个人就问,这个姓程的,学问到底做得怎么样?乔木先生就说,在西方呢,确实很有影响,因为他在哈佛嘛,站在高枝上嘛。有一点,你们是知道的,应物兄的体会可能会更深一些,那就是乔木先生这个人啊,总是教育弟子要少说话,他自己呢?一句都不能少。少说一句话,就觉得吃亏了呀。而且呢,他说话俏皮,那些损人不利己的话,你就是想忘都忘不了。乔木先生当时打了个比方,说狗是不会飞的,可是航天飞机上的狗,不仅会飞,而且还能飞到太空,变成天狗,能把月亮给吞了。有人就说,不就是个假洋鬼子嘛。乔木先生俏皮话又来了,说,西方人不认可假洋鬼子的西学,但认可假洋鬼子的儒学。假洋鬼子在西方学术界是很吃得开的。有人又问,姓程的如果就在济大,能不能吃得开?乔木先生说,吃得开?不饿死就不错了。"

应物兄觉得,他必须解释一下,但一时又不知道该如何解释。反倒是栾庭玉替他解释了,说:"乔木先生,他是平时开玩笑开惯了。"

"谁说不是呢?酒桌上的话,本来就不能当真。可是后来,随着程先生的名声越来越大,国学领域甚至言必称程,有好事者就把这酒桌上的话写出来了。前些年,我要写一篇回忆文章,回忆到自己担任博士评审委员期间发生的一些事,包括一些趣事,我就引用了这篇文章。没想到,这话很快就传到了程先生耳朵里。程先生当然也不是吃素的。'刚毅木讷,近仁',排在前面的可是'刚毅'。有一次,一个香港记者问程先生,如何看待国内的儒学研究。程先生趁这个机会,对乔木先生的话做了回应。那个回应,就比较难听了,我就不说了。"麦老讲到这里,招呼大家吃菜。刚才说到"程先生不是吃素的",但这顿饭却主要是吃素的,因为麦老研究佛学,很少吃荤菜。

需要说明一点,麦荞先生避而不谈的那段话,应物兄后来还是找到了。这段话,他以前也看到过,就收录在《朝闻道》一书中。他只是不知道这段话竟跟乔木先生有关系。有一点,麦老记错了。程先生那段话,当时不是对香港记者说的,回答的是新加坡记者:

> 闲翻书,翻到过一些文章。治文学史的,写的儒学文章,文采总归是有的。要用孔子的话来讲,即是"文胜质"。这也是专业属性使然。"文胜质则史"嘛。但是,要是细细追究起来,又不仅仅是专业属性使然。原因何在呢?四个字:"诚或不足。"有些人,"文革"时还在猛批孔子呢。先要补上"诚"。要让他们做到"文质彬彬",尚须假以时日。不过,我相信,他们还有他们的弟子,有人迟早会成为"文质彬彬"的君子。我对此抱有极大的希望。①

---

① 见《朝闻道》,曾发表于《儒学研究季刊》1994 年第 3 期。其中提到的"文胜质""文质彬彬",皆典出《论语·雍也》:"质胜文则野,文胜质则史。文质彬彬,然后君子。"程先生提到的"诚或不足",典出朱熹对孔子这句话的注释:"野,野人,言鄙略也。史,掌文书,多闻习事,而诚或不足也。彬彬,犹班班,物相杂而适均之貌。言学者当损有余,补不足。"

季宗慈这天几乎不说话,这时候说话了:"不瞒你们说,我们的编辑已经找到了这些文章,已经装订好了。幸亏今天见到了你们。不然,我就要准备付印了。"

栾庭玉和应物兄几乎同时说道:"不,别出版。"

季宗慈说:"不出版就不出版。你们放心,对太和研究院有益的事,我要多做。对太和研究院无益的事,我一件都不会做。但我还是想知道,乔木先生听到程先生的回应之后,又有什么反应。"

麦老说:"当然也传到了乔木先生耳朵里。在外人看来,这两个人就算是顶上牛了,有好戏看了。我为什么说,乔木先生了不起呢?因为乔木先生硬是把这口气给咽了,什么也没说。对乔木先生来说,这可是大姑娘坐轿,头一遭。那些好事者,都不免有点失望。不瞒你们说,我也有点失望。我还问过他:乔木啊乔木,别人都说你们顶上牛了,我看也没怎么顶嘛。乔木先生说:顶牛?为什么要和他顶牛?原来,乔木先生有乔木先生的自尊。他认为,程先生不够格。乔木先生退休前已是二级教授,国务院学部委员会委员。"

季宗慈说:"乔木先生,也确实有这个底气。"

麦老说:"底气足得很。乔木先生说,程先生如果不是待在哈佛,而是待在济大,能够混上二级教授吗?能跟老虎打架的,起码得是一头狮子吧?乔木认为程先生不算狮子,最多算一条狗,丧家之狗;也不是马,最多算一只羊,告朔之饩羊①。"

栾庭玉问:"并且来说,您认为他们两个现在见了面,还会不会顶牛?"

麦老说:"这就是我要说的。程先生这次来,我得安排个饭局,请他们两个一起坐坐。他们都是文质彬彬的君子。君子和而不

---

① 《论语·八佾》:"子贡欲去告朔之饩羊。子曰:'赐也,尔爱其羊,我爱其礼。'"所谓"告朔之饩羊",是指周代诸侯在每月的初一,要杀一只活羊来告祭祖庙,那只活羊就是告朔之饩羊。饩,生牲也,暂时还没有宰掉的用来告祭的牲畜。

同,小人同而不和。我相信,他们会相逢一笑的。这里有一道菜,我相信程先生会喜欢的。也是我以前最喜欢的。乔木先生的嘴巴,虽说让小巫给惯坏了,越来越刁,可我知道,他也会喜欢的。只是我不吃肉,今天没有点。他们来了,我请他们吃饭的时候,我要开个戒,陪他们两个好好吃一次。"

应物兄没有想到,麦老说的那道菜,其实就是程先生念念不忘的仁德丸子。

陈老师又提起了文集的事:"他们来了,请他们吃饭的时候,您得把书送给他们啊。时间很紧了,究竟怎么编,您得给个指示了。"

麦老好像这时候才想起这么一回事。他对陈老师说:"小陈,我那篇文章也要从书中去掉。记住,凡是不利于实际工作的,不利于眼前工作的,不利于团结的,都要统统拿掉,一个字不留。"

陈老师说:"我的工作量倒是减了,只是这套书的意义——"

麦老给自己倒了一杯酒,说:"我原想,这个文集,要突出一个'忧'字。和所有知识分子一样,我这辈子忧国忧民。回看神州百年,历史数度转轨,天地一变再变。欧风美雨挟雷霆以俱来,内忧外患如水火之深炽,能不忧乎?我的前半生,确实就是一个'忧'字。忧者,愁也。'愁'字渡江,秋心分两半,秋心如水复如潮啊。但我的后半生,尤其是最近三十年,这个'忧'字就变成了'喜'字,喜出望外啊。如今,老夫行年九十,百岁在迩,花枝春满,天心月圆,昆仑头白,沧海潮生,高兴还高兴不过来呢,还谈什么'忧'啊?"

陈老师说:"我还是觉得,应该全都收进去。我不怕费工夫。"

麦老说:"小陈老师,我知道你是想给历史留下点资料。你不要为难。一本书,写得好,写得不好,跟写书的人有关,跟编书的人关系不大。除非你是孔子,能把那些乡野情话编成《诗经》。小陈老师,你把资料都收集齐了,就立了第一功了。我百年之后,如果你们觉得有用,到时候再出版不迟。现在,你们都听好了,我不要出什么文集,要出的是选集,一个喜气洋洋的选集,一个面向未来的选集。应物,你是大教授,编书的时候,小陈老师如果问到你,你要帮他。"

应物兄当然拱手说道:"您放心,我会与陈老师保持联系的。"

麦老颤巍巍地站了起来,端着酒,一仰脖子干了,还把杯底亮了一下。然后,麦老扶着桌子走了过来,应物兄以为麦老还有什么话要交代,连忙凑过去。但麦老说,他是要去另一桌,给年轻人敬个酒。他们当然都过去了。那一桌坐了六七个人。艾伦介绍说,除了邓林,就是她的同事了,都是栾首长的兵。不用她介绍,应物兄也能看出来,那些人都是电视台的。不说他们的穿着打扮比较另类,仅仅是他们的眉眼,就与别人不一样:他们虽然不是戏子,却有戏子般灵活的眼神。艾伦说:"早就想过去敬酒了,但怕打扰你们谈正事,谁也不敢过去。这不,我们正抓阄呢。谁抓着了,就代表大家过去敬酒。"

栾庭玉夸艾伦越来越漂亮了。艾伦说:"再漂亮也没有豆花姐漂亮啊。"

栾庭玉说:"好,我回去就告诉你豆花姐。"

就在这时候,应物兄的手机又响了,是陆空谷的电话。陆空谷提醒他,子贡一行可能有七八个人。然后又说:"你知道的,他去哪里,都要带着他那个宝贝。"

依他对黄兴的了解,他知道黄兴要带的是驴子。他问陆空谷:"是驴子吗?"

他听到的是一阵忙音,遥远的忙音。陆空谷这是在美国还是欧洲?如果在美国,天应该还没有亮呢。应物兄正想着,一个人从门外进来了,头发上有雪花。他带进来一股凛冽之气。应物兄差点没有认出这个人,因为这个人的目光似乎也躲着他。艾伦问道:"导演大人送走了?"

这个人有点答非所问:"外面下雪了。"说着用酒杯挡住了脸,而且一直挡着,好像那杯酒永远喝不完。人的声音是不会变的,最多显得苍老一点。

这个人就是小尼采。

46．黄兴

"'黄兴先生接待工作小组'今天就算成立了。这个人,是企业家,是慈善家,也是儒学家。以前赞助过我们的那些企业家,都是国内的企业家。这个企业家则来自国外,而且是美国。这是个好事。它说明一个问题:济大的国际影响力慢慢上来了,上来了。

"我们相信,黄兴先生的到来,必将带动更多的朋友关注我们学校,捐助我们学校,也必将带动更多的校友捐款。我们都知道,校友捐赠是目前国内外主流大学排行榜、国家双一流建设高校和地方高水平大学建设的主要评价指标,是彰显学校综合实力、办学水平、校园文化、社会影响和国际影响力的标志。黄兴先生虽然不是我们的校友,但黄兴先生的老师程济世先生是我们的校友,这次黄兴实际上是代表他的老师给我们捐助的,所以也可以看成校友捐款。

"'鱼,我所欲也;熊掌,亦我所欲也。二者不可得兼,舍鱼而取熊掌者也'。套用这句话,我可以说,'钱,我所欲也;人才,亦我所欲也。二者不可得兼,舍钱而取人才者也'。什么意思?黄兴这次捐助,是为了帮助我们引进人才。只要能把人才吸引过来,哪怕不要钱呢,我也没有太大意见。而实际情况是,我们现在可以说,我们是鱼与熊掌,二者得兼。怎么,此处没有掌声?

"谢谢!谢谢大家的掌声。

"应物兄教授这次做了很多工作。有些情况,大家都已经知道了。但有些情况,不要说你们,连我也不是很清楚。下面,我们用热烈的掌声,欢迎应物兄教授上台,给大家介绍一下这个人的情况。大家鼓掌欢迎。"

说是欢迎应物兄上台讲话,其实这里并没有讲台。这是行政楼的小会议室,接待小组的人都围着一张长方形的桌子坐着。应物兄抱着电脑,坐到了葛道宏的旁边,就算是上台了。费鸣帮他把PPT调试好了,投影仪上出现了黄兴的脸。但他还没有开口,葛道宏就说:"对,就是这个人。"

立即有人议论:"这是中国人嘛。"

听上去,好像有点失望。

葛道宏说:"准确地说,是中国血统。大家可能看出来了,黄兴先生的鼻子比一般汉人的鼻子要高一点,鼻孔好像也要大上一圈,这可能是因为在国外生活久了,西餐吃多了。我提醒大家看他的眼睛:隆鼻深目是西方人的特征,但黄兴先生的眼睛却没有陷进去。这可能是因为他是个肿眼泡,想陷进去并不容易。对一般人来说,肿眼泡可能是个缺点,但长到了黄兴先生脸上,就成了优点。正像我刚才介绍的,在黄兴先生的多种身份中,有一个身份是慈善家。肿眼泡长到脸上,黄兴先生就更加慈眉善目,与慈善家的身份更加相符。大家要记住黄兴先生的样子,而且必须记牢了。这是必要的:黄兴先生如果在校园里散步,向你打听点事情,你爱理不理的,那可不行。"

然后,葛道宏说:"应物兄,先说一下,他为什么叫子贡?"

应物兄就侧着身子,看着黄兴那张脸,说:"这是程济世先生给他起的绰号。黄兴先生跟孔子当年的徒弟子贡一样,都研习儒学,都是大富豪,都是慈善家。这一点,葛校长刚才已经讲到了。黄兴先生是世界著名的黄金海岸集团的董事长,在美国也是巨富。'黄金海岸'的英文是 Gold Coast,所以黄金海岸集团就简称'GC 集团'。GC 集团历来关注人文研究,著名儒学家程先生就担任着 GC 集团的人文委员会主席。关于黄兴先生与程济世先生的关系,与儒学的关系,我们先看一段录像片段,是他在香港中文大学获得荣誉教授仪式上的讲话。"

因为是在香港讲的,所以黄兴先生有时候用的是粤语:

先生多次教导我,企业的经营理念就是企业的基因。没有明确的经营理念,就要荡失路①。我是做企业的,自然是要赚钱的。但是先生送了我四个字:见利思义。(掌声四起)这四个字好犀利②的。点解③？天下攘攘,皆为利往,但没有"义","利"又有何用？利者,益也,对商人而言就是钱啊。有人知道,我的老师程济世先生戏称我为子贡。先生用孔夫子教育子贡的话对我说:"见小利,则大事不成。"④义者,宜也,指的就是合宜的道德、行为或道理。君子喻于义,小人喻于利。先生是要让我成为君子。我跟先生说:利,我所欲也;义,亦我所欲也。二者不可得兼,舍利而取义者也。多年前,先生曾以韩国三星集团为例,教导弟子要以儒家思想经营现代企业集团。现如今,GC集团的产值已远远超过了三星。(掌声)我当继续努力。There's nothing to boast about. 这没什么可夸耀的。小意思了。毛毛雨了。我将与贵校,no, no, no! 是我校,全面合作,为香港中文大学成为二十一世纪世界名校略尽绵薄之力。不是车大炮⑤,不是自夸。这教授我是不能白当的。有钱出钱,有力出力,有智出智。系咪？⑥ 多谢！Thank you!

应物兄随后解释说:"黄兴先生之所以提到了韩国三星集团,是因为三星集团长期资助韩国著名的成均馆大学⑦。成均馆大学最早的办学目的,就是为了促进儒家思想的研究。韩国政界、军

---

① 迷路。
② 厉害。
③ 为什么？
④ 黄兴此处引用有误。这话是孔子对子夏说的,不是对子贡说的。原文是:"子夏为莒父宰,问政。子曰:'无欲速,无见小利。欲速,则不达。见小利,则大事不成。'"
⑤ 吹牛。
⑥ 是不是？
⑦ Sungkyunkwan University.

界、商界、学界的领袖,有很多人都出自成均馆大学。"

有人问:"黄兴到底做什么生意?"

应物兄说:"主要是两种生意:电脑生意和安全套生意。电脑生意,包括软件开发,在全球排前四位。还有一个就是安全套生意,在全球排前五位。"

有些话他不便展开来谈。根据他了解到的情况,鉴于电脑生意的利润越来越薄,软件开发的成本也越来越高,近年黄兴先生的精力其实越来越向安全套方面倾斜,科研、生产、广告、销售一条龙。在全球金融危机爆发之前,GC集团的安全套就已经在国际市场上占据了重要位置。有意思的是,当席卷全球的金融危机给各国的金融系统、跨国公司带来灭顶之灾的时候,GC集团的安全套生产反而进入了黄金时代,利润不降反升,而且是直线上升。这是因为危机当前,很多人只好卷铺盖回家。他们无事可做,只好做爱。但因为对未来没有把握,不愿意生儿育女,又因为对艾滋病和各种性病的恐惧,不愿意与对方同病相怜,所以一个个只好乖乖地戴上安全套。黄兴曾跟他和程先生说过,自从美国出现次贷危机,世界经济出现下滑以来,安全套在全球销量是以百分之三十的速度在增长。但是与此同时,世界最著名的安全套品牌杜蕾丝的销量却是不升反降,比较权威的数字是下降了百分之二十一。为什么呢?因为人们越来越习惯于精打细算,更多地选用了低价安全套,这其中很大一部分都是由GC集团生产的。这些安全套,在不同的地区有不同的名字,这些名字都取自中国词牌名,比如念奴娇、后庭花、摸鱼儿、点绛唇、醉花阴、鹊桥仙、蝶恋花、虞美人、一斛珠等等。不管怎么说吧,黄兴先生由此成了世界上最重要的安全套大鳄。

你不能不佩服基建处处长的脑子,此时,这位处长竟说出了他脑子里刚想到的那番话:"我不妨以小人之心,度一下黄兴先生之腹。他可能是少有的希望金融危机来得更猛烈一些的人士之一。

因为金融危机来得越是猛烈,他的生意也就越好。"接下来,这位处长又说道,"但是金融危机总会过去的。我的问题是,如果他的生意不好了,他对我们的赞助还会持续吗?他的钱,能不能一步到位?别拖拖拉拉的,今天来一点,明天来一点,后天突然没了。"

这位处长姓沈,是胡珄教授的儿子倒台之后新上来的。沈处长的绰号叫小马哥。拥有这个绰号,是因为他长得有些像马云。虽然世界上最痛苦的事情,就是你长得像马云却不是马云,但沈处长却对这个绰号泰然受之。小马哥说过,如果不是因为自己是个有身份的人,他早就去参加模仿秀节目了。当然是模仿马云。他相信,就是马云的母亲来了,也不一定能分出真假。当他的儿子,小小马哥对他的说法表示怀疑的时候,他说,这很正常,菩萨也有分不出真假美猴王的时候嘛。据费鸣说,小马哥的电脑上下载了马云大量的谈话或演讲视频,他不仅自己看,还逼迫着上小学的小小马哥看,并且推荐给同事看。马云的那些车轱辘话,在他听来句句都是醒世恒言。小马哥最喜欢引用马云的一句话:"如果早起的那只鸟没有吃到虫子,那就会被别的鸟吃掉。"这话也能算醒世恒言?他觉得,这只能说明,马云身在二十一世纪,心在原始丛林。但小马哥却认为,看了这些视频,你就可以找到成功的捷径。小马哥大概不知道,马云的那些废话,之所以成为名言,是因为马云成了大佬。如果马云还是原来那个屌丝,即便真的有什么警句,人们也会觉得那是无病呻吟。这会,应物兄觉得,沈处长问话的神态还真的有点像马云。小马哥问过之后,还扭头跟身后的保卫处处长说了句什么。他的头扭了过去,但胸部以下却纹丝不动,乍一看就像高位截瘫了。

他对小马哥的回应是:"我还真跟黄兴先生聊过这个话题。黄兴先生说,不不不,过犹不及,还是适可而止吧。如果经济彻底崩溃了,没饭吃了,人们连做爱的力气都将没有了。到时候,安全套就只好当气球吹了。吹也吹不起来。至于他的捐助款项是否一步到位,这次他来的时候,葛校长会与他谈。我相信没问题。"

应物兄觉得,气氛有点不严肃了。

不过,葛道宏似乎并不在意。

小马哥又问:"那他怎么又是个慈善家呢?"

其实,这才是我们的应物兄准备着重讲一讲的话题。他介绍说,GC集团专门设立了一个机构,叫"生命之源慈善援助部","生命之源"的英文是"source of life",所以这个机构就简称"SL"。"SL"主要援助什么呢?主要是援助尿毒症患者。哪个尿毒症患者需要换肾,"SL"都可以提供援助。不过援助对象主要是大学生。此项计划刚刚实行一年零三个月,已经在全球资助了一千名大学生换肾。他介绍说,起初,黄兴先生也是来者不拒,只要你手头有医院的诊断书,证明你需要换肾,并且证明自己确实无力支付高额的手术费用,那么你就极有可能得到捐助。但是,后来黄兴先生发现,需要捐助的人实在太多了。仅是大陆,每年需要换肾的人就有几百万。先不说资金问题,仅仅是调查和鉴定这些材料的真伪,就需要投入巨大的人力。于是,他们就划定了一个捐助范围,确定了一个标准:只对那些在校大学生提供捐助。理由是,他们没有固定收入,而且他们还代表着一家人的希望,所谓救人一命,就等于救了全家。他也介绍说,他曾跟黄兴开玩笑,这个范围的划定、标准的确定,倒是非常符合你的企业家身份啊。古今中外,企业家在任何时候都要追求利益的最大化。捐助一个大学生和捐助一个乞丐,显然是不一样的。在锦上添花和雪中送炭之间,你选择的是锦上添花。黄兴当时说:"你等着,哪天我把微软兼并了,我就双管齐下,既锦上添花,又雪中送炭。"

"给大家讲一讲,黄兴为什么只捐助换肾。"葛道宏说。

此事没有别人知道。他只告诉了葛道宏。这属于个人隐私啊,不能公开讲的。他看着葛道宏,摇了摇头。但葛道宏又说:"给大家讲一讲,让大家知道老黄这个人,不是一般人。一个敢拿自己开刀的人,能是一般人吗?"

应物兄就选了一个角度对大家说,黄兴先生之所以捐助别人换肾,是因为他本人曾经换过肾,深知换肾的痛苦。这叫什么?这就叫"推己及人",这就是实践"仁道"。本该到此为止的,但是接下来,一不小心,有一句话从他的嘴里秃噜了出来。他说,黄兴先生现在有七颗肾。说着,他在自己的腰上比画了一圈。他说,私下里,他就称黄兴先生为七星上将。

"什么?七颗肾?七星上将?"科研处处长说。

他完全理解他们的诧异。刚听到这个消息时,他也吃惊不小,一些画面迅速闪入他的脑际:那并不是黄兴的肾,而是街上烤羊肉串摊子上吱吱冒油的羊腰子。那些腰子,大如婴儿的拳头,撒上盐巴、孜然和辣椒面之后非常可口,只是稍微有一点臊。另一个画面,则是腰上别着一捆手榴弹的士兵,正冒着硝烟冲锋陷阵,必要时还会引爆其中的一颗,杀身成仁。

"装得下吗?"葛道宏也问了一句。

问的并不是他,而是附属医院的院长。院长也说不出个所以然,因为他原本是儿科医生。应物兄只好解释道,之所以有七颗肾,是因为换肾的时候,原来的肾是不需要取出来的。它们会逐渐萎缩,从鹅蛋变成鸭蛋,从鸭蛋变成鸡蛋,从鸡蛋变成鸽子蛋,从鸽子蛋变成鹌鹑蛋,然后变成蚕豆,变成豌豆,变成绿豆。

说完之后,他问坐在桌子另一头的华学明:"是这样吗?"

华学明说:"理论上是这样的。"

至于黄兴频频换肾的原因,应物兄当然是不能讲的。有一段时间,黄兴发现自己硬不起来了。黄兴当时与一个中英混血女孩交往,那个女孩漂亮极了,身材也好极了,全身三百六十度无死角,但黄兴依然硬不起来。后来的医生就建议,干脆换个硬件,也就是换肾。从此,黄兴就迷上了换肾。

就在众人啧啧称奇的时候,科研处处长说:"历史系一位患了尿毒症的博士研究生,已经通过了审核,接受了黄兴先生的资助。"

这是黄兴先生与济大达成的第一个协议。代表GC集团出面谈这个协议的,是黄兴的私人医生。没错,仅仅是通过邮件,他们就达成了协议。此时,他迎着人们的目光,说:"这个学生是第一千零一名受助者。"

葛道宏说:"我也不怕你们说闲话,那个学生是我的博士,家里穷得叮当响。是我向应物兄推荐了此人。我也不知道周围还有谁患了尿毒症嘛。就算是先拿他做个试验吧。"

应物兄接下来说,平时遇到这种事情,黄兴先生一般是不愿出头露面的。他只愿意低调行善。不就是花钱吗?把钱直接划拨过去就是了。不就是开刀吗?拉上一刀就是了。不就是换肾吗?把别人的肾摘下来,安进去就是了。但这次情况有些特殊,因为这个学生刚好是黄兴先生捐助的第一千零一名换肾者。这是一个神话般的数字,很有纪念意义的。所以,黄兴先生接受了下属的建议,届时将亲临医院探望那个学生。

附属医院的院长走上前来倒茶,端起茶杯的时候,发现茶杯还是满的,就先把凉茶倒入了旁边的花盆,然后再续上热水。谁都知道,除了葛道宏,这个院长谁也不放在眼里,此时做出如此举动,不由得引起一阵窃窃私语。他们并不知道,黄兴先生此次前来济州,也将与医学部和附属医院签订一个合作协议,这个协议就跟前面提到的安全套生意有着密切关系:黄兴先生将在济州建立一个全球最顶尖的实验室。具体来说,这个实验室的主要任务,是测量济州市进入青春期之后男子阴茎的变化数据。有些话,应物兄无法在这个场合多讲。比如,GC集团以前向内地出售的安全套,其数据主要采自港台和珠江三角洲。现在他们之所以决定在济州进行数据采集,并将之作为最重要的参考标准,是因为在历史上济州人的身高和胖瘦,差不多就是中国人的平均值。这些年来,因为牛奶和肉食已经进入更多中国人的食谱,同时也由于食品添加剂的广泛使用,那些"80后""90后"男生的生殖器尺寸一直在变化。安全套的生产也必须与时俱进,以适应这个变化。GC集团将委托济大医学部和附属医院来进行定期检测。当然,首先是建立一个顶尖的体检室和数据库,并配置相关设施。这个项目,其实花费不菲。仅仅是那个体检室,就对温度、湿度有相当严格的要求。比如,它的温度必须保持在25℃左右,只有这样才能排除热胀冷缩因素,获得的数据才是准确可靠的。作为受惠方的附属医院的院长,此时上来倒杯热茶,当然是可以理解的。

院长大人有所不知,我是故意不喝水的,我尿频。

虽然我早已口干舌燥。

他喝了半口,对院长说:"谢谢。"

47. 接下来

接下来,葛道宏谈了接待工作中需要注意的具体事项。

这方面的内容,主要由葛道宏来谈。葛道宏说,要做好接待工作,就必须弄清楚对象的脾气、爱好、知识背景等等。还得了解他有什么怪癖。通常说来,那些富人总是会有些怪癖的。他举例说,比如,他有一个朋友,给济大捐过款的,此人是做房地产的,却总是愿意扮成登山运动员。有一次他去那人家里的时候,人家正准备出发,这次要去西藏,目的地是珠穆朗玛峰。不久,人们就在电视上看到了他,背着氧气瓶,戴着头盔,一手挂着雪杖,一手抓着冰镐,深一脚浅一脚地在雪山上爬行。如果哪一天,人家摇身一变,成了航海家,我们也不要感到意外。那人的书桌前,就挂着乔木先生题写的一幅字:登山则情满于山,观海则意溢于海。葛道宏说,如果说登山还能让人联想到勇气、理想、健康的话,那么另外一个富人的举止就难以理解了。

"但是，不理解，你也得理解。"葛道宏强调道。

葛道宏所说的这个人，是国内一家著名的上市公司的董事长，济大校庆的时候曾捐助了五百万。虽然捐了五百万，但葛道宏每次提起他，仍然没有好话。这是因为，事先说好捐一千万的，后来到账的却只有五百万，而且还是税前。

葛道宏此时就又拿这个人开涮了，说这个朋友喜欢养猪，还不是在那种干干净净的、装有空调和抽风机的养猪场里养猪，而是直接在臭烘烘的猪圈里养猪。有一张照片显示，他穿着高筒胶鞋，正在猪圈里垫土，光膀子上落满了苍蝇。是那种绿头苍蝇，翅膀很亮，带着强烈的反光。通常情况下，见到这种苍蝇，我们要么赶紧躲开，要么就是拿着蝇拍子抢过去。可这个朋友呢，却在苍蝇的包围中神态自若，还微笑着与戴着口罩的摄影记者聊天。

"他的名字，我就不说了，大家都看过他的视频。"葛道宏说。

葛道宏提醒各位留意一个细节，就是那个人挠痒痒的方式跟别人不一样：在猪圈里，如果他上半身痒，比如肩膀痒了，他就用肩膀去猪圈上蹭。下半身痒，比如腿肚子痒了，他就会把一只脚绕到另一条腿后面，用脚指头去挠。葛道宏还自问自答道："他是因为喜欢吃猪肉而养猪的吗？不，人家是不吃猪肉的，是素食主义者。他对记者说得很明白，上次吃猪肉还是在十年前，啃的是猪蹄。"

讲完这个故事，葛道宏说："就是这样一个人，如果你不小心在他面前说一声'蠢猪'什么的，那事情可就糟了。当他挠痒痒的时候，如果你笑了出来，他可能就要把填好的支票给撕了。大家说是不是？"

待众人笑过，葛校长又说，还有一点比较奇怪，这些富豪们每次去歌厅唱歌，都不约而同要唱同一首歌，就是1986年的《一无所有》。"我曾经跟校艺术团谈过，要把这首歌排练出来，好好排一下，必要的时候可以陪他们吼上几嗓子。这话我说过几次了，至今好像都没有落实。"葛道宏说，"这些人，也是需要心疼的。他们不容易。心疼他们的方式,就是理解他们,然后做好接待工作。"葛道宏说得很动情,尤其是说到"心疼"这个词的时候,嗓音都有点发颤。其实,"心疼"这个词是葛道宏的口头禅,葛道宏不仅把它用到别人身上,也用到自己身上。前几天,他还听见葛道宏以第三人称的口吻说道:"作为历史学家的葛道宏,非常心疼作为教育家的葛道宏。他太累了。"

此时,葛道宏又问:"黄兴是不是也有某种特殊爱好?也喜欢唱歌吗?"

"爱好倒是有的,他喜欢养驴。"

"养驴?"大家都吃了一惊。

"他的宠物是一头驴子。这次大概也要来。估计得专门派人照料。"

这事,应物兄其实已经对葛道宏讲过了。葛道宏之所以把华学明也拉入接待小组,有两个原因:一是让华学明负责驴子,二是让华学明负责蝈蝈。此时,除了葛道宏和华学明,所有人都面面相觑。有养狗的,有养猫的,有养仓鼠的,有养猴子的,但拿驴子当宠物的,他们还都是第一次听说。这也难怪,在人们的印象中,宠物都应该是比较娇小的,如果太大了,关系就有些颠倒了,好像你是它的宠物。关于照顾驴子的事,在葛道宏告诉华学明之前,应物兄已经跟华学明沟通过了。华学明说,驴子可以牵到生命科学院的实验基地,由他派人照料。

"驴子能上飞机吗?"附属医院院长问。

"他去台湾就带着驴子。用船运去的,还是用飞机运去的,我没有问过他。"

"草驴还是叫驴?"华学明问。

"叫驴。"他说。

据黄兴私人医生说,养驴最早是一个中医的建议,说驴肉可以补血、补气、补虚,而且滋阴壮阳。一个朋友就送来了几头驴子,随时可以杀了吃肉。可养着养着,黄兴就养出了感情,就刀下留驴了,剩下的那头驴子就成了他的宠物。这件事说明,黄兴是个很容易动感情的人。当然了,黄兴也在无意中重复了早期人类对野生动物的驯化过程:吃不完的野生动物,比如牛啊、猪啊、羊啊、狼啊,就先圈养着,但是时间一长,它们就融入了人类社会。

黄兴曾多次带着驴子到北加州硅谷的 GC 集团总部上班。现在,我们的应物兄脑子里出现的就是那道奇景:在 Google、英特尔、苹果、朗讯、雅虎、赛斯科这些知名企业的门口,有一头驴子悠然走过,长长的驴耳朵上闪烁着各种电子广告牌的光芒,驴蹄子在石板路上嘚嘚嘚的直响,而且它还不时地引吭高歌。

关于黄兴的驴子,应物兄此前倒与费鸣有过交流。他坦率地对费鸣说,按照他的分析,黄兴先生这么做,就是为了标新立异。当别的富豪乘私人飞机或者豪华轿车上班的时候,他骑驴上班就显得卓尔不群。如果别人也骑驴子上班,那么他可能要改骑骆驼了,别人越是觉得他的举动莫名其妙,他就越是觉得奇妙。他正是要通过这种方式,显得自己与众不同,独树一帜。

费鸣问:"也是一种广告吧?"

他说,当然可以这么理解。这种独树一帜的消费风格,在这个日益规范化的社会里,其实象征着特权,从金钱到文化的特权。别看那只是一头驴子,可谁能养得起呢?就是养得起,也没有地方养啊。就是有地方养,也没有人能够带着它在全球旅行啊。

当然,这话,他没有在这个会议上讲。他提到的是黄兴与程先生的一次对话。程先生也对黄兴喜欢养驴感到有些不可思议。黄兴解释说:"中国不是有句俗话吗?人家骑马我骑驴,比上不足,比下有余。这就是中国的 doctrine of the mean[①]。在全球性的金融海啸中,GC 集团之所以能像岛屿般巍然屹立,就是这套中庸哲学帮了大忙啊。"程先生当时的回答是:"真有你的。"

---

① 中庸之道。

科研处处长说:"那驴子叫什么名字?"

这他就不知道了。

应物兄同时感谢华学明教授承担了养驴的重任:"谢谢学明兄!届时,GC集团可能会派养驴的姑娘一起过来,你们可以配合着工作。养驴的姑娘毕业于哈佛大学东亚系,以前是研究冷战史的。她和驴子相处多日,对它的脾性非常了解。"

"这个信息很重要,"葛道宏说,"在黄兴先生面前,'犟驴'这个词,显然是不能乱提。我们要做的,就是帮助人家照顾好驴子,让人家没有后顾之忧。华学明教授,有信心把驴子照顾好吗?"

"校长放心,我一定全力以赴,喂好驴子。"

"哦,真没想到学明兄还会喂驴。"科研处处长说。

"实事求是,不会喂!驴子的进化史、驴子的种类,家驴与野驴的关系,我可以讲上一整天。但你要让我亲自喂驴,我可能就抓瞎了。刚才我想了一下,准备把老家的两个饲养员带过来。在人民公社时期,他们就是专门给生产队喂牲口的。他们还会钉马掌呢。黄兴先生的驴子应该没有钉掌吧?届时给它钉个掌?日后回到加州硅谷,那才叫驴子未到,蹄声先到。还有一个人是我的朋友,一个动物学家,主要是研究大牲口的。此人还是个兼职兽医,平时也常给流浪狗、流浪猫做绝育手术。他爹当年就是饲养员,他本人就是在牲口棚里出生的。所以,他算是门里出身,自会三分。他的强项是生骡子。当然不是他亲自生,是他既当红娘,又当接生婆,让马和驴子生出骡子。"

"你们看,华学明教授多用心。好!"葛道宏说。

"其实,我在应物兄家里看到过黄兴先生和驴子在一起的照片,也看到过养驴人的照片。那张照片,你应该在PPT上放一下的。"华学明说,"那个养驴人的行头就非常专业,黑皮裙、蓝护袖、白帽子、高筒靴。照片上有什么,我就准备什么,让驴子感到宾至如归。只是有一点,我没看明白,养驴人的白帽子上还有一个红绣球,那个红绣球有什么讲究吗?"

那个人不是珍妮,那是珍妮的父亲,福特公司的高管。对于女儿养驴,他不但不反对,还觉得有趣。他要主动体验一下养驴的乐趣。他只养了半天。

应物兄说:"那天是过圣诞节,养驴人同时还要假扮圣诞老人。"

PPT投影仪上又出现了两张照片。第一张是半身照。从照片上看,慈善家黄兴与革命家黄兴,在相貌上还真的有几分相似:都是胖子,都留着短髭,都戴着眼镜,而且镜架上都垂挂着黄灿灿的金属链子,雄伟中都带着几分儒雅。不过,黄兴的另一照片就与"儒雅"二字不沾边了:胡子已经多天未刮了,是像鬃毛那样的络腮胡子,而且披头散发的,看上去就像戴着毛皮面具。

他提醒大家,黄兴先生在做出重大决策之前,常闭门谢客,脸不刮,澡不洗,顿顿都由别人送餐。他说,届时我们见到的黄兴先生,也有可能是这般模样。

后来的事实证明,他这句提醒绝非多余。

在这个会议上,葛道宏还宣布了一个决定,由他本人亲自担任接待小组组长,应物兄担任副组长。然后,葛道宏站了起来,说:"该开的玩笑,今天都开完了。黄兴先生来了,这些玩笑就不要开了。有些玩笑,关着门讲可以,到外面就不要讲了。这是纪律,勿谓言之不预。"葛道宏极为严肃,表情冰冷,就像扑克牌中的王。

散场之后,葛道宏对应物兄说:"关于那头驴子,费鸣把你的分析告诉我了。你今天当场没有那么讲是对的。我要说的是,既然他喜欢特权,我们就要让他享受到特权。人人都是顺毛驴,我想黄兴也不会例外。不过,我还是有点疑问,他真的会把驴子带来吗?"

应物兄说:"但愿他不带。"

葛道宏开了个玩笑,说:"幸亏黄兴先生只是有钱人之一。如果全世界的钱都跑到了他一个人手上,说不定他就敢颁布法令,在中国的十二生肖和西方的十二星座当中加入驴子属相和驴子星座。"说着,葛道宏自己就大笑起来。

然后葛道宏又问道:"看来他在驴子身上花的钱,不是个小数目。够我们建一个研究院了。你觉得,他会捐给我们多少钱呢?"

他问:"建一个研究院花不了多少钱吧?一千万应该差不多了吧。"

葛道宏笑了,说:"一千万?一个养猪的还捐了一千万呢。一个亿吧,还得是美元。就当他多养几头驴子。还有,我刚才想了一下,全世界每天做爱的,大约有两亿人次,其中有一亿人次是戴套的。按照你的说法,这当中至少有两千万人次用的是他的产品。每个套子赚五块钱,那就是一个亿了。权当他们都为太和研究院云雨了一番。反正我们的太和,不仅属于自己,也属于他们,属于全世界。我的想法,你先不要向他透露。我会当面跟他说。我只是让你有个心理准备,免得到时候我一开口,你一惊一乍的。表情不要那么丰富。"

葛道宏接下来还要到经管学院给老院长庆生。接过小乔递过来的领带,葛道宏一边打着扣一边说:"提醒你一点,文化人之间谈事,是人和人谈;商人之间谈事,是钱和钱谈。我们现在既是文化人,又是商人。黄兴也是。我们和他谈文化的时候,是人和人谈。一旦进入谈判程序,人还是那些人,就变成了钱和钱谈。这不是我说的,是经管学院聂许院长说的。有道理。总之,跟富人打交道,要以豪夺之意,行巧取之功。"

华学明在旁边站着,等着他做一个选择题:想听好消息,还是坏消息?

好消息是,从河北易县和湖北荆门弄来的两批蝈蝈,明天即可到达济州。

坏消息确实不能再坏了:济哥确已灭绝。

华学明随后还说出了第三条消息,那其实是一个美好的希望:

鉴于济哥向北变成了燕哥,向南变成了江哥,那么用燕哥与江哥杂交,从理论上讲就可以孵化出最接近济哥的蝈蝈。虽然时间是不可逆的,不可能出现与以前完全相同的济哥,但生产出无限接近原来的济哥,应该是可以的。有个数据可以支持他这个理论:燕哥的发声频率最高可以达到8000赫兹左右,江哥最高可以达到12000赫兹左右,平均下来就是10000赫兹左右,这刚好是济哥的发声频率。华学明说,他已经开始了此项研究。黄兴这次来,可能赶不上了,但程先生来时,应该可以听到。

有一点是他无论如何也没有料到的,过不了多久,华学明不仅孵化出了燕哥和江哥的杂种,而且孵化出了真正的济哥。在生物学意义上,尤其是在蝈蝈的生物进化史上,这当然值得大书特书。但是,哦,上帝啊,谁又能想到,华学明会突然疯掉了呢?

48. 她

她穿着黑色套裙,戴黑色礼帽,长筒靴也是黑色的。一条暗红色的腰带,使她显得腰身纤细,同时又使她显得丰满。当应物兄和费鸣走进她房间的时候,有一束光线刚好照临到地板上,那地板就像贴了金箔。

桌子上放着一部旧版《论语》,还有几只杧果。

她住的是国际饭店副楼B座的顶层。坐电梯上去的时候,他想过要不要暗示费鸣就在下面待着。费鸣显然也有此意,问他:"我也上去吗?"如果费鸣不说这句话,他还可能让他在下面待着。说了,他反而觉得不方便让他待在下面了。他说:"怎么,你不想上去?可是她让你来的。"

她住的是一个套间。开门的时候,她的目光更多地停留在费鸣身上,问道:"应物兄,这就是程先生提到的费鸣博士吧?"她的笔记本电脑开着。进来之后,她顺手拿着小刀,割开一只杧果。她的手指甲涂成了栗色。是赭色,还是栗色?应该是栗色。她曾把头发染成栗色,他夸过她那头栗色的秀发。此刻,黑色的套裙、黑色的礼帽,以及涂成栗色的指甲,给他一种拒人千里的感受。她整装待发的样子,似乎又说明不相信他们会来,不相信他会来。她周游各地的时候,就是这个装扮吗?这也是必要的:冷艳,拒绝诱惑。

诱惑?当这个词闪入他的脑际,空气似乎都带了电。

她把削好的杧果递给了费鸣。费鸣让了一下,她才递给他。他接住了。然后,他听见她说:"稍等,让我把这段视频看完。你们和我一起看?"

奇怪得很,她看的竟然是张艺谋。视频中的张艺谋,正深情地讲述奥运会开幕式排练时的点点滴滴。现场有些乱,有些嘈杂。虽然张艺谋嗓音低沉,但还是压过了众人的声音。张艺谋说,遗憾有没有?有!但更多的还是感激、喜悦、自豪。张艺谋说这话的时候,差不多要笑出来了,可最终还是没有笑。当然,如果仔细分辨,其实还是笑了,只是那种笑似乎不牵动脸颊,而且刚浮现就退了回去。

她还有闲心看这个?

主持人杨澜问到了技术问题,但张艺谋却没有谈。张艺谋谈的是那些志愿者付出的艰辛劳动。张艺谋侧着脸,拇指和食指卡着下巴,突然不说话了。随着镜头推近,张艺谋的眼睛骤然被放大了,隐藏在摄像机后面的那个人,或许在等待着张艺谋的泪水,但张艺谋让他失望了。只是有一层浓雾似的东西,尘埃似的东西,掠过了张艺谋的瞳仁。

因为她是代表 GC 集团来安排黄兴济州之行事宜的,所以他突然有点担心:她是不是在暗示我们,应该请张艺谋来导演这个欢迎仪式?

她终于关掉了视频。

随后她才解释说:"GC 在欧洲有个项目要开张了,要举行一个仪式,有人建议请张艺谋过去导演这个仪式。他们发来了几个视频让我看一下。不管它了,我们说我们的。"

她先对费鸣说:"程先生叫我小陆,也叫我六六。黄兴也叫我六六。应物兄有时叫陆小姐,有时叫空谷,个别时候也叫六六。你就叫我六六好了。"

"六六老师好!"费鸣说。

"不准叫老师,也不准叫三十六。"她开了个玩笑。

费鸣本来拘谨,听她这么一说,有点放松了,都有点像愣头小伙子刚见到大姑娘的样子了。他对陆空谷介绍说,费鸣博士,是太和研究院的第一个正式员工。

"还有,"她突然想起来什么事似的,说,"也不准叫我六六六。别以为我不知道,六六六是农药。也算毒药吧?我可不是毒药。"

她是乘早班飞机从深圳飞过来的。她的行李箱太大了,令人想到集装箱。有一件鼠灰色的貂皮大衣被她取了出来,平铺在床上。她是不是觉得济州还是冰天雪地?她从随身携带的小包里,取出了两本书,一本是改版后的《孔子是条"丧家狗"》,另一本是程先生的对话录《朝闻道》。她恭请他签上大名。她的话听起来非常实在:《"丧家狗"》还没有顾得上拜读,先看的是《朝闻道》。为什么先看《朝闻道》呢?因为她随手一翻,刚好看到先生在批评子贡,她想知道子贡是怎么惹先生不高兴的,就这样看进去了。

"先生可是经常表扬子贡的。"他说。

"表扬他?不会吧。先生说他是瑚琏①。"

"瑚琏是贵重的器皿嘛。饰以玉,器之贵重而华美者也。"

"再贵重,再华美,也只是器皿。君子不器。不是也有一种说

---

① 见《论语·公冶长》:"子贡问曰:'赐也何如?'子曰:'女器也。'曰:'何器?'曰:'瑚琏也。'"瑚和琏都是祭祀用的玉饰的盛器,因为贵重,常用来比喻一个人有才能,堪当大任。

法吗,说瑚琏就是胡辇①,就是大车。你别给他戴高帽了。他就是给你们干活的。"

"那我就是给子贡这个胡辇拉套的。"

"拉套的是我们。应物兄是挥鞭的。你说呢,费鸣博士?"

费鸣愣了一下,说:"陆女士的普通话比我们还标准。听说陆女士以前在台湾读书。陆女士是哪位大师的高足?"

她笑了:"大师?高足?现在哪有大师?大师不是大师,都是扮演大师。高足也不是高足,只是充当高足罢了。"她连自己都一块挖苦了。只见她环抱着双肘走到了窗边,眺望起了窗外的景色。窗外没有树,只有流动的风,更远的地方有几片乌云,它们在风中被分解成一小块一小块的,然后又迅速融入了灰色的天幕。要是她昨天到就好了,应物兄想。昨天,虽然天气好不到哪里去,但天空中却悬浮着雄奇的云朵,阳光也不时刺破灰色,给云朵镶上金边。

她说:"香港朋友问我,应物兄先生回国了?我说是啊。朋友问,怎么回去了,不是听说程先生要把他留在哈佛吗?在国外待着,说不定哪一天就成了海外新一代帝师。我说,我也不知道,见到了应物兄先生,替你们问一下。"

"六六,你也拿我开玩笑。你叫我先生,怎么这么别扭。"

"对了,听说在济大,'先生'是个专用名词?不过,叫不叫是我的事,答不答应是你的事。"

"我回国工作是应该的。我的工作关系一直放在济大。"

"我告诉朋友,应夫人在国内。在新一代海外帝师和家庭之间,应先生选择家庭。这是儒家的选择。没有女人,哪有家?没有家,哪有国?没有国,哪有帝师?我也不知道,这样回答,行不行?"

"六六,我回国的时候,本来要和你告别的,但你出差了。"

---

① 见清人段玉裁《说文解字注·六卷·木部》:"夏后氏谓辇曰余车,殷曰胡奴车,周曰辎辇。疑胡辇皆取车为名。"

"程先生对你回国是充分理解的。这本书说得很明白。"她拿起《朝闻道》,翻了一下,又合上了,说道,"正像程先生所言,在历史上任何一个时代,儒学研究从来都跟日常化的中国密切联系在一起,跟中国发生的变革密切联系在一起。儒学从来不是象牙塔里的学问。儒学研究有如庄子所说的'卮言',就像杯子里的水,从来都是随物赋形。程先生认为,现在回国,正是研究儒学的大好时机,正好大干一场。"

"程先生说得对。"

"应先生原来不是做诗学研究的吗?《诗经》啊,屈原啊,玄学啊,东西方诗学的比较啊,怎么突然转向了儒学研究?这个转向到底是如何发生的?香港的朋友也这么问我。"

他没有想到,她会正儿八经地问到这种问题。或许是因为费鸣在旁边。或许她真的关心这个问题。他的舌头把腮帮子挑了起来,吸着气。他的这个动作不代表牙疼,而代表沉思。就在他沉思的当儿,陆空谷突然说,她认识一个人,那个人在上个世纪八十年代是个活跃人物,提起传统文化就只有两个字,糟粕!可是后来,他竟然来了个一百八十度大转弯,而且也开始从事儒学研究了。怎么回事呢?原来,那个人有一年在德国,刚好遇到夏时制和冬时制交接的那一天。那一天突然多出来了一个小时。这时间怎么打发呢?就在这一个小时内,他第一次开始思考如何度过余生。他一边在广场上拿面包喂鸽子,一边思考着这个严肃问题。路过一个书店的时候,进去转了转,偶然看到一本书,就是中英文对照的《论语》。他当即决定,将余生献给孔子,献给儒学。

他不知道她说的是谁。

陆空谷接下来问道:"莫非这就是禅宗所说的顿悟?应先生也是这样吗?"

既然陆空谷这么严肃地提问,那么应物兄也就觉得自己也必须严肃地回答。他说:"每一个对时代做出思考的人,都会与孔子相遇。孔子不同于那些识时务的小人,但他理解那些小人,并试图影响他们。所以孔子是一个温和的人。我也是个温和的人。孔子把自我身心的修行,看成是一个不会终结的过程。它敞开着。孔子反对怪力乱神,他不相信奇迹,不依赖神灵。这说明他是一个有尊严的人,同时他又很谦卑。他的道德理想是在一个日常的、变动的社会中徐徐展开的,所以孔子是一个做实事的人,办学,教书。他谁都教,有教无类。他不是一个凌虚蹈空的人。所以,我首先是对孔子感兴趣。我没有办法不感兴趣。你对他不也挺感兴趣的吗?"

陆空谷说:"但是孔子却无家可归。应先生也有这种感觉吗?"

听起来就像嘲讽。但她的眼神、她的身体语言都告诉她,那好像又不是嘲讽。这当然是他的理解。他说:"六六,每一个对时代做出严肃思考的人,都不得不与那种无家可归之感抗衡。"

一只鸽子突然飞到了窗口,落到了窗台上。鸽子怎么飞得这么高呢?那是一只杂毛鸽子,眼珠子是红的,有如枸杞子。它的喙也是红的。它旁若无人,挺着胸脯在窗台上散步,像少妇一样骄傲。看到那只鸽子,陆空谷把食指竖在唇前,示意谁也别说话,然后她悄悄站起,小心翼翼地走了过去。但它突然飞走了。

"济州鸽子多吗?"

"你喜欢鸽子?"

"谁不喜欢鸽子呢?很难想象一个看不到鸽子展翅的城市是什么样。但我得提醒你们,子贡来的时候,千万不要放飞鸽子。"陆空谷看着费鸣说,"黄兴先生有一次去东莞考察投资环境,东莞方面为了表示欢迎,竟然放飞了上万羽鸽子,惹得随行医生很不高兴。我建议你们别放鸽子。"

"我们会考虑到的。"应物兄说。

"如果一定要放,那么每只鸽子都要检查。听上去很麻烦是不是?其实很简单,就是检查鸽子的肛门。只要有一只鸽子肛门周围的羽毛沾着粪便,这群鸽子就必须全部宰杀。很麻烦、很血腥是不是?所以建议你们不要放飞鸽子。"

看来,陆空谷是真诚地建议他们不要这么做。

"也别搞阅兵式。在埃及,他们竟然给黄兴搞了个分列式阅兵,乱哄哄的。据说,济大每年也搞阅兵?"

"每年新生军训结束,我们都要搞个阅兵式的。如果你们需要我们搞,我们可以搞一次。我们很有经验。每一步都是七十五厘米,脚离地面都是二十五厘米,军姿绝对标准,步幅绝对准确,步速绝对均匀,走向绝对笔直。上千人走起来,就跟一个人一样,绝对不会闹哄哄的。"

"上千人走,跟一个人走,一个样?"

"绝对可以做到。"

"既然完全一样,那就拉出来一个人,让他走几步算了。"

这个陆空谷!她其实是反对我们搞阅兵式。他就对费鸣说:"就听陆女士的。你回去跟葛校长说,我们不搞这些。"

"也不要接机。为安全起见,GC 高层从来不坐同一航班。航班信息,更是不能向任何人透露。这是 GC 制度。"

接下来的谈话,似乎才是陆空谷真正要谈的。黄兴先生这次来,除了与济大商谈捐建太和事宜,还有两件事:一是到慈恩寺上香,二是到医院看望那个换肾的学生。出乎他们的意料,陆空谷竟然已经到过济大附属医院,看望过那个学生了。她对医院的准备工作有些不满。她说:"我跟医院说了,只准备两个供体是不够的,必须准备三个供体。"

"供体是指——"费鸣问。

"供体就是肾源。起码准备三个,以防万一。"

"临时再准备,我担心来不及。"费鸣说。

"找找卖肾的?"

"陆女士,还有什么吩咐?"应物兄问道。

"住宿不需要济大安排,我已安排好了。"

应物兄赶紧告诉陆空谷,济州大学镜湖宾馆已将最好的房间预留出来了,就等着黄兴一行入住。为了向她证明镜湖宾馆有条件接待子贡一行,他还举例说,耶鲁大学校长曾在此下榻,校长认为这是自己住过的最舒适的房间。国际上的著名学者,包括两位获得诺贝尔奖的经济学家,一位获得菲尔兹奖的数学家,也都曾下榻于此,而且都把最美好的评价和祝福留给了镜湖宾馆。一位来自法国巴黎高师的世界顶尖考古学家,因为喜欢镜湖宾馆,甚至声称要在这里住到死。他倒没有说谎,那位考古学家确实是这么说的。当然,他没有告诉陆空谷,那个考古学家如此喜欢镜湖宾馆,主要是喜欢上了宾馆的一位女服务员。此事后来闹得满城风雨,捂都捂不住。不是通奸不通奸的问题,而是因为那个女服务员长得实在太丑了。塌鼻梁、厚嘴唇、大板牙,打麻将的时候如果缺一张白板,门牙一撬就可以充数。有一段时间,人们甚至掀起了一场讨论:西方男人为什么总是把中国人眼中的丑女人看成绝世美女。

他说:"你听我说,镜湖宾馆的服务,也是最好的。"

陆空谷说:"还有驴子呢。镜湖宾馆不就在校园里吗?正上课呢,外面响起了驴鸣,那怎么行?"她突然顽皮起来。当她顽皮的时候,她会皱起鼻翼。

"好吧。黄兴在哪里下榻呢?国际饭店?"

"你很快就会知道的。"

难道是希尔顿?黄兴每次来波士顿,都会住在波士顿洛根机场附近的希尔顿酒店。黄兴说,这是因为他与希尔顿家族是朋友,有钱要给朋友赚。他曾经告诉黄兴,内地有一个词说的就是这个:肥水不流外人田。

"还有什么吩咐?"

"差点忘了。二胡用的蚺皮已从印度发货。程先生说了,货到后要拆包晾起,放到恒温、恒湿处备用,以免受潮发霉,影响音色。"

随后她就站起身来,说自己要告辞了。她说她不能久留。她指了指床上那件貂皮大衣,说她还得飞往北京,随后还得飞往乌兰巴托。有车子在楼下等她呢,那是七座的商务车。她的箱子太大了,一般的出租车放不下。司机与宾馆门卫一起往车上装箱子的时候,陆空谷突然又问:"我是不是说过了,到济州第二天,晨起沐浴之后,黄兴不吃早餐,直接赶到慈恩寺敬香?"

　　"黄兴信佛了?"

　　"不,他是替先生敬的。"

　　"那我当然得陪着去。你也会去吧?"

　　"我不信佛。"她说,"既然敬,就敬头香。敬头香,方能表达先生对佛祖的虔诚之心、感恩之心。听说那里有一口大钟,堪称镇寺之宝,非常灵验? 到了慈恩寺,除了敬头香,还要去看看那口大钟。"

　　"那口大钟确实有年头了,是明代万历年间所铸。据说那口大钟堪称'治乱之兆',遇到大乱之年,钟身就会遍生绿锈,撞之则声音喑哑,都不像钟了,像朽木了。而遇到大治之年,则绿锈尽褪,遍身黝黑,撞之则声音洪亮,又成了一口洪钟。"

　　"就是这口钟。先生说过,那钟声常年在他耳边回响。时而喑哑,让他免不了为天下忧;时而洪亮,让他禁不住为天下乐。"

49．白马

　　白马? 不,他完全没有看出来,那是一匹马,一匹白马。

　　他看到的是一团雾气,打着旋,形成了奔腾的气流。当那股气流接近于液体或者固体的时候,我们的应物兄仍然没有看出那是一匹马。镜头似乎深入了它的内部,将它内部的颗粒放大了,星辰一般,疾驰于浩渺的天际。然后镜头拉开了,茫茫雪原之上,云蒸霞蔚。然后又是那股气流,它虽然扑面而来,但距离却好像更远了。他这才看到它不是气流,不是液体,而是一个动物。哦,是一匹马,一匹白马,雪域中的一匹白马。镜头一转,他看到了陆空谷。陆空谷全副武装:头盔、马裤、马靴、手套、马鞭。那匹马没有停下来,而是从她面前飞奔而过。接下来,是一群马。

她急急忙忙跑到乌兰巴托,原来是骑马去了?

哦,她跟白马倒是有缘,缘自《诗经》:皎皎白驹,在彼空谷。

他悄悄地问费鸣:"她为什么发来这么一段视频?"

费鸣说:"不知道啊。也可能是发错了。"

他们刚从校长办公室出来。刚才,他们是讨论仁德路的问题。葛道宏说,他想组织一个班子,由不同背景的专家组成,来寻找仁德路。葛道宏想听听他的看法。他说:"葛校长肯定考虑得很周全了。"见他没有意见,葛道宏就说:"好吧,这种事情,繁琐得很,就不麻烦你了。"

现在,他们要到慈恩寺,落实陆空谷所说的敬香、撞钟一事。费鸣开着车,他坐在后排,拿着手机,等着她发来新的视频。这期间,费鸣的手机也响了一下。他不知道,费鸣也收到了相同的视频。

千年古刹慈恩寺,位于济州市区以北三十五公里处的凤凰岭。凤凰岭属于桃都山,桃都山属于茫山,茫山属于太行山。慈恩寺香火之盛,在太行山一带所有寺庙当中都是有名的。在慈恩寺,善男信女们的活动大致相同:烧高香、拜菩萨、听钟声、泡温泉。当然不是在寺里泡温泉。慈恩寺东北方向二里地,有一个火凤凰洗浴城。你只要拿着慈恩寺门票的副券,就可以在那里免费泡大池。然后呢,然后就像易艺艺所说,你可以找个地方野餐,吃到地道的温泉鸡。

他想起来,程先生确实提到过与慈恩寺的缘分:在解放军炮火声中,程先生逃离济州城之后,最先去的就是慈恩寺。慈恩寺当时的住持是素净大和尚。素净大和尚亲自为他诵经祈福,保佑他日后逢凶化吉,福慧增长,事事如意,遇难成祥。随后,程先生就被剃光了脑袋,在几个和尚护送下,逃离了济州,过了黄河之后,与父亲程会贤将军会合,然后一路南逃,越长江,渡海峡,去了台湾。程先生曾感慨,当初若不是素净大和尚,他很可能早就变成了一堆白骨。所以,程先生要派黄兴到慈恩寺敬香礼佛,也就可以理解了。

他与慈恩寺大住持释延长的师弟释延安比较熟。事先,他给释延安打了电话,但没说具体要商量什么事。释延安是慈恩寺的知客僧,负责接待宾客,敬香权就是归释延安负责的。他们到的时候,释延安已经在等着他们了。每次见到释延安,应物兄就想笑。释延安是个大胡子,有点像电视剧《水浒传》中的鲁智深。究竟是有意识地通过留胡子、通过穿衣打扮,也通过吃肉喝酒,向电视剧中的鲁智深靠拢,还是他本来长得就像那个演员,没有人能说得清楚。释延安喜欢书画,想在宗教界成立一个书画协会,邀请乔木先生担任顾问,为此多次来到乔木先生家中,应物兄就是这样与他熟悉的。乔木先生一直没有松口。乔木先生说,自己是俗世中人,恐怕不能服众,不过当不当顾问,都不影响切磋交流。此刻,应物兄很担心释延安重提此事,好在人家没提。

事情虽然紧急,但见了面,寒暄还是少不了的。应物兄问释延安,最近在忙什么。释延安说:"传戒。每年正月一过,就开始传戒了,从二月初二开始,为期三十天,忙得焚香沐浴的时间都没有了。"

释延安要他们进寺说话,应物兄说:"就几句话,说完就走。"

他没有料到,释延安上来就说:"敬头香?排满了呀。"

"不能挤出来吗?"

"别的事情都可以挤。有个施主告诉我,有些女施主没有胸,但挤一挤,也就挤出来了。这话真不该在我面前说。但道理是这个道理。你可以挤出胸,但你挤不出敬香权。头香嘛,挤出来的就不是头香了。"

"这事不是你管吗?"

"没听明白是不是?敬头香须有敬香权。敬香权是香客们通过公开竞拍才弄到手的,与慈恩寺签订了合同,有法律保护的,不是谁想拿就能拿到的。"

"延安啊,出家人不打诳语。你可给我吹过,只要用得着你,尽管开口。"

"母亲也信佛,但直到最后,她也没能敬到头香。"

"阿弥陀佛,愿她老人家安息。"

"她已经去了极乐世界了。"

"那就好。那么撞钟呢?这个没有问题吧?"

"大钟已是国家重点文物,只可近观,不可触碰,更不可撞击。如今人们听到的钟声,或是录音,或是新铸的大钟撞出来的。"

"延安,你是不是不当家啊?我要托人找你师兄呢?"

"他?那你找去啊。他顶多给你个面子,让你撞几下大钟。敬香权的事,他也不会松口的,因为他说了也不灵啊。"

"谁说了灵?"

"菩萨说了也不灵。"

"好啊你,延安,这话你也敢说。小心菩萨责罚!"

"我说的是实话,菩萨会高兴的。敬香权在谁手上,你就找谁去。"

"在谁手上?"

"每天都不一样,你说的是哪一天?"

费鸣也问了一句:"是啊,哪一天?能确定下来了吗?"

应物兄被他问住了。虽然禅房里只有他们三个人,释延安还是小心翼翼地东张西望了一番,并且撩起袈裟,形成一个小的帘子,示意他躲到那帘子后面去听。费鸣当然很识相地躲到了一边。接下来,应物兄听见释延安说:"拿到敬香权的施主,差不多都会找电视台录像的,懂了吧?"然后又问他,"你说的那个施主是谁啊?是你的哥们?"

"说实话,我也不知道。"

"好吧,我懂了,你是不便透露。佛家有云,不可说,非法,非非法。"

"我只知道,他从美国来的。"

"是你在美国访学时的哥们吧?那你就告诉他,他起程那天,我会为他诵经祈福,祝他长命百岁。怎么样,够意思了吧?"

就在他与释延安谈话期间,费鸣看了陆空谷发来的视频。哦,他不能不佩服费鸣!上车之后,费鸣竟然告诉他,那段视频中有黄兴和卡尔文的声音。这种极强的声音分辨能力,显然是在校长办公室锻炼出来的。能够听出卡尔文,或许还可以理解,在一阵阵大呼小叫声中,竟然能听出黄兴,应物兄就不能不啧啧称奇了,因为费鸣并没有见过黄兴,只看过黄兴的影像片段。

"你是说,黄兴也在乌兰巴托?"

"他是不是在乌兰巴托我不知道,我只是听出来他在视频里。"

"卡尔文也在里面?"

"对,除非那也是个黑人,而且也在济大待过。"

应物兄又看了一遍视频。当白马迎面跑来的时候,确实有人发出了尖叫。但他还是没有听出黄兴和卡尔文在里面。他看得很仔细,连马蹄激起的雪粒都看到了。那些雪粒先是被马蹄带起,然后被风吹散,在阳光下有如冰晶。

50. 艾伦

艾伦说:"敬头香?录像?我告诉您,那就是我们的实习生负责录的。"

应物兄说:"太好了,我心中一块石头终于落地了。"

艾伦说:"我告诉您,我正有事找您呢。"

对于艾伦亲自驾车来接,我们的应物兄一时有些受宠若惊。艾伦早已不是当初那个艾伦了。你一听她的口头禅"我告诉您"就知道了,随着知名度的上升,随着她主持的节目越来越热闹,她认为自己真的装了一肚子的信息,一肚子的知识,需要向你宣讲,虽然她说出来的话大都可以忽略不计。

凡是到过济州的人,一定都看见过喷刷在济州市公交车上的艾伦照片。那是她为洗发用品做的广告。一张照片上,艾伦穿着露背的晚礼服,背对着行人,屁股撅得很高,但脸却扭了过来,整个身体扭成了S形。而在另一张照片上,艾伦则是用傲慢的乳房朝人们的视觉发起冲击。她模仿的是新古典主义大师安格尔的名画《泉》,区别只在于安格尔画中的少女赤身裸体,手托水罐,而艾伦身上却裹了一层轻纱,手中玩弄着秀发。她的双膝紧紧夹在一起,以示羞怯。她的嘴巴很大。那个跟艾伦相处过一段时间的哲学教授,直到今天还认为,艾伦身上最耐看的地方就是她的嘴巴。哲学教授的夫人后来与丈夫提到此事时,也持基本相同的观点,只是每次都要补充一句:如果你认为鲶鱼或青蛙的嘴巴是美的,那你就不得不承认她的嘴巴也是美的。

对于艾伦目前取得的成就,应物兄打心眼里感到高兴。

艾伦起初在一所民办高校读书,读的是新闻专业,后来又考上了济州大学哲学专业的硕士。至于她为什么要读哲学,她的解释是,反正哲学没有人能够说得清楚,能够说清楚的是一种存在,说不清楚的就更是一种存在了。嘴是圆的,舌头是扁的,就看你怎么说了。她没有想到的是,她最后竟然得了最高分。据她说,其中一道试题是这样的:

色诺芬在《回忆苏格拉底》中,引用了苏格拉底的一句话:"一个好人在一个时候是好的,而在另外一个时候却是坏的。"

请你用最简单的一句话,说出你对这句话的理解。

因为哥哥是个球迷,艾伦知道苏格拉底,是巴西国家队里一个球员,长得像金丝猴。她没想到硕士试题当中竟然会出现一个足球明星的名字。让她感到陌生的是色诺芬。女的吧?如果不出意外,她应该是球星苏格拉底的情人,每次都会到现场看球,记者们的长枪短炮总是耐心地捕捉着她的每一个表情。对足球略有了解的艾伦,本来想以苏格拉底踢球的例子来解释这句话的,比如说苏拉格底在踢前锋的时候是好的,进球有如探囊取物,但踢后卫的时候却是坏的,偶尔还会弄进一粒乌龙球,但她不知道苏格拉底擅长的位置到底是不是前锋。为了稳妥起见,她没有这么说。她只是把那道题又重复了一下,将个别词语的顺序做了调整。哦,这确实是最简洁的解释,苏格拉底和色诺芬若是主考官,也会毫不犹豫给她打高分的:

一个坏人在一个时候是坏的,而在另外一个时候却是好的。

此时,当艾伦拉上他奔赴季宗慈的别墅的时候,他又想到了这句话。他把它放在舌尖上咂摸着,并且让它在舌尖和舌根之间来回走动。当然,与此同时他也想到了季宗慈的那句话:"婚姻的意义就在于合法占有和利用对方的性官能。但是当你合法利用对方性官能的时候,你获得的只能是体制性阳痿。"

这会儿,当他试图与艾伦谈论敬香权的时候,她说:"我告诉您,别把这当回事。"

"对你来说,可能是小事。但对我来说——"

"你还真把它当回事啊?我告诉您,放松。"

"好吧,"他说,"那就拜托了。"

"瞧您说的!我能不放在心上吗?这辈子,我最感谢的人就是您了。"

"快别这么说。电视台能够挖到你,也是他们的幸运。"

"我是说,如果没有你的建议,就不会有这个栏目,也就不会有我。因为,是你鼓励我,一定要成为中国的奥普拉的。"

没错,艾伦最早就是从他这里知道奥普拉的。他第一次去美国开会的时候,偶然看到了 Oprah Winfrey 的脱口秀节目。它嬉笑怒骂,荤素不忌,机锋闪烁,实在是练习口语的活教材,他就购买了《奥普拉秀》DVD。有一次,季宗慈带着艾伦到他家里玩,看到了这个光盘,然后艾伦就被这个节目深深地吸引住了。

奥普拉膀大腰圆,因为头发太厚、鼻子太宽、下巴太大,整容师望而却步。奥普拉每次邀请的嘉宾并不是专家和学者,而是普通大众,讨论的主题大都有关个人生活。为了诱使嘉宾们尽量说实话,奥普拉甚至不惜透露一些个人隐私作为药引子,比如她曾透露九岁的时候就被表哥强奸了,后来又多次受到性侵犯,那帮人当中甚至不乏母亲的一些男友,而且他们更为粗暴。她还透露青春期有过一段性放纵的经历:"不停地干,没完没了。有次在马槽里干。那家伙说他就生在马槽里,所以是耶稣转世。他说他信教,其实他信的是拜物教,拜的是自己的阳物。"

艾伦现在主持的节目叫《你我他》,其制作方式明显借鉴了《奥普拉秀》:主持人全面掌控整个制作流程,从采编、录制到广告投放,都由主持人说了算。在艾伦的节目中,每次都会出现一男一女两个嘉宾,以及一个评审员。两个嘉宾都戴着面具,好像担心家人、同事和朋友认出他们。他们在那里拌嘴、吵架甚至扭打成一团。女人眼中的男人,有才华的长得丑,长得帅的挣钱少,挣钱多的不顾家,顾家的没出息,有出息的不浪漫,浪漫的靠不住,靠得住的又很窝囊,等等,反正没有一个称心的。而男人眼中的女人,漂亮的不下厨房,下厨房的不温柔,温柔的没主见,有主见的没有女人味,有女人味的乱花钱,不花钱的又不时尚,时尚的不让人放心,让人放心的又不能看,等等。这个节目已经做了两年了,一直保持着很高的收视率。

"我最近的节目您看了吗?观众反映说,我的主持风格有变,变得越来越犀利了。这正是我追求的新的风格。"

那不是犀利,只是伶俐。当然,他没有这么说。他说的是:"有风格,总是好的。风格是自我的标志。"

"您觉得,我们的评审员表现得怎么样?有没有拉节目的后腿?"

他认识那个评审员,那是个老油子,某传媒大学的教授。有一天,他睡觉之前,刚好看了一期节目,讨论的是孩子上贵族学校的事。孩子上的是中班,每年学费八十八万元。校长是女方的朋友,所以学校给他们打了八折。但女方并没有把打折的事告诉男方。三年来,男方每年都交给女方四十四万,三年下来等于多交了二十六万四千,这多交的钱自然都落到了女方的腰包。男方后来知道了此事,郑重提出,未来高中三年的学费事先必须算清楚。男方进而提出,要给孩子转学。听到要把孩子转到普通中学,女方立即说道:"老娘丢不起那个人。"男方说,如果不转学,他就不交钱了。女方随即举起话筒,要朝男嘉宾砸去。镜头迅速推向那个举起来的话筒,同时打出字幕:"哇!手榴弹!"特邀评审员就是这时候出面的。只见那个教授摇晃着一支铅笔,说道:"你们这样吵下去,对儿子有好处吗?"女方说:"让他在风雨中成长嘛。"特邀评审员又问:"你们认为,上了贵族学校,就一定能培养出贵族吗?"女方的回答有些牛头不对马嘴,说:"一分价钱一分货。"特约评审员问:"你们的孩子一定很聪明吧?"男女嘉宾终于有了一个共同答案,争先恐后回答说:"非常聪明。"女方还补充说,他们想方设法不让孩子知道自己比别的孩子聪明得太多,以免他自高自大,目中无人。评审员接下来就表扬他们说:"你们这样做是对的。不过,如果你们真愿意把他培养成贵族,那就应该送到国外,最好是英国。那里的贵族学校,除了学习文化课,还要学习骑马、射箭、辩论。而且,离父母远一点,也有利于孩子成长。最重要的是,那里的学费是不打折的,那才是一分价钱一分货;人家才不跟你讲什么交情呢,不讲交情有不讲交情的好处。你们的感情,不就是因为打折打坏的吗?"

评审员没有说到点子上。我敢肯定,这个把笔杆子摇来摇去的家伙,事先根本没有备课。说不定是从另一个演播室出来,坐飞机到了济州,就直奔这个演播室了。这个老油子,他的镜头感倒是不错。应物兄这么想着,就把电视关了。入睡之前,他还设身处地想了一会,如果自己是那个评审员,应该怎么说。鉴于"贵族"这个词歧义丛生,我会直接向校长建议,把"贵族"二字改成"精英"。精英强调的是责任和义务,贵族则暗示着权力和享受。精英是精神世界的贵族,贵族是物质世界的财主。贵族成不了精英,但精英却随时可以成为贵族,因为精英并不排斥权力和财富。想到这里的时候,他已经脱衣上床了。但他还是忍不住坐起来,如临其境地问道:"嘉宾朋友,你们到底想让儿子成为精神世界的贵族呢,还是物质世界的财主?"

此时,面对艾伦的提问,他说:"人家说得挺好的。有知识,镜头感也好。"

艾伦说:"您真的这么看?我想过换人。他是传媒大学的老师,从中央到地方,学生很多,难免有些傲慢。跟我们台长说话,也带着口头禅,动不动就是:得了吧您哪!丫你懂什么?台长说,一定要换了他。换谁呢?有人认为,您最合适。除了您,他们认为中天扬和刘心武也很合适。可是,中天扬这个人不好侍候。央视一个姐们告诉我,上次中天扬在央视做节目,一直埋怨五星级宾馆不够档次,说枕头太高了。枕头高不高,跟央视有什么关系。"

"我觉得,中天扬来了,也不一定比现在这个好。"

"您真的这么认为?"艾伦又问。

我当然不是这么认为的。但我又能怎么说呢?我总不能说,人家做得不好。如果我这么说了,你肯定会说,你来替他怎么样?

我可不愿被你套住。"

艾伦接下来说,电视台将开设一档新节目,就叫《半部〈论语〉看中国》,想郑重地邀请他来担任嘉宾。"我们好好合作一把,怎么样?"

"你知道的,我最近忙得不可开交。再说了,我一上台,就会显得过于郑重。我倒是努力想改,以符合你们的娱乐化倾向,只是江山易改,本性难移啊。"

"关键得有人带你玩。"她说,"我给你准备了一个搭档,是从北京请来的相声演员,在后海附近的胡同里长大的。北京人把这种人叫胡同串子。特别能侃,特别能搞笑。你们两个往那里一坐,一庄一谐,说精英说大众,说庙堂说市井,说高校说胡同,说宗教说私情,一定非常好看,收视率一定可观。"

"艾伦,你知道的,我在筹备太和研究院。到慈恩寺敬香,就跟这事有关。"

"敬香跟儒学研究有什么关系?"

"这就说来话长了。你知道敬香权在谁手上吗?"

"待会我让人查一下。应物兄,我说的不是最近几天。筹备一个栏目,也是需要很长时间的。我巴不得你的研究院赶快成立,然后我们就可以和你的研究院合作了。"

"你可以请费鸣做啊。他做节目,肯定比我好。"

"费鸣?我看过他的戏。去年还是前年的事。一个废弃的厂房,除了粗糙的水泥地面、墙面、屋顶,什么都没有。窗户上的玻璃都碎了,外面的声音不断传进来,吵架的、打麻将的。没有舞台,就是随便扔了十几块塑胶垫子。你咳嗽一声,蜘蛛就会跑到网中央。你一跺脚,就会腾起一片灰尘。倒是有音箱,有灯光。电线在地上铺着,接头处缠着黑胶布。也不怕把人电死。几十张椅子围着那片垫子,最前面是贵宾席。贵宾席前面放着一排箱子,箱子上铺着绿布,用大头针别着。一群演员在垫子上翻滚、快走、跺脚,虽然张着嘴,但却不说话。他们身上缠着绳子,草绳还是尼龙绳我忘了。一个人走了出来,小平头,穿着长衫,抽着烟。有人说那是鲁迅,有人说那是李大钊,还有人说那是葛任,也有人说那是山本五十六、龟田少佐什么的。不瞒你说,还有人认为那是乔木先生或姚鼐先生。都不说话。只有观众在说话。听说孔子是大个子,跟姚明一样。那个穿长衫的人,要是再高一点的话,你认为他是孔子,也是可以的。"

"剧名叫什么?"

"《无题》还是《无语》,我忘了。"

"你是说,从头到尾,都只是翻滚?没人说话?"

"翻滚,打摆子,有个女演员赤脚在垫子上跳了一段舞。一个女孩子家,一点不讲究,脚底黑得呀,像熊掌。一个穿草鞋的人端着一个盘子走向观众。哦,原来是你们的郑树森,盘子里放着生肉,五花肉,他用下巴示意观众,尝一口,尝一口。这大概就是鲁迅说的人肉筵席了。塑胶垫子上的人,突然开口了,声嘶力竭、捶胸顿足。我旁边坐的一个人说,这就叫非人的诅咒。"

"后来呢?"

"这时候,垫子上的人开始搬砖砌墙。垫子就是砖。垫子很轻,但他们搬起来却显得很重。他们把自己砌到里面了。那些垫子围成了棺材的形状。更多的人拥了进来,把观众席围了起来,他们手里也拿着垫子。原来是要把所有人都围进去。我才不进去呢,就走了出来。费鸣在外面抽烟。我跟他打招呼,他竟然听不见。我模仿着乔木先生的语调,叫了他一声鸣儿,他才迷瞪过来。他气呼呼的,原来他和编剧之一的郑树森闹别扭了。他的想法是,棺材围起来的时候,棺材上面应该有个装置,把人从棺材里救出来。郑树森呢,则认为应该全都憋死到里面去,只是在棺材顶上露出一个小孔,好苟延残喘。"

他想起来了,郑树森找他,让他起个笔名攻击费鸣,应该就是这台戏上演之后的事。接下来他听见艾伦说道:"您说,不开口是不开口,一开口就是死啊活啊的,这样的人怎么能上电视呢?"

"他搞的那叫先锋派戏剧。真上了电视,他就不会这样了。"

"您看这样行不?您先做两期,然后再让他顶上来。"

因为有事相求,他不好意思断然拒绝,就说:"容我想想?"

艾伦和季宗慈的别墅,位于济州市西开发区。三年前那里还是一片沙地,主要种的是土豆、红薯和花生。还有一条河,它大概是黄河最小的支流,一只狗可以从这边跳到那边,最窄的地方一丛蒲公英就可以从此岸蔓延到彼岸。河水永远是臭的,因为它的上游和城市的排污口连在一起。河边有些野芦苇,东一撮,西一撮,就像一个邋遢鬼没把胡子剃干净。只有最能胡扯的人,才能把它和"蒹葭苍苍,白露为霜"这样的诗句联系起来。这个时代最能胡扯的,岂能少了房地产商人?在房地产商人发布的广告中,一个香港武打明星站在蒹葭深处,手搭凉棚,正向"在水一方"的"伊人"深情眺望。从画面上看,时间是深秋,露水正浓,但"伊人"的身体却是光的,至少后背是光的。应物兄还记得,这个广告曾引起众人吐槽:不过是一条臭水沟而已,不过是蚊虫的乐园而已,只有傻瓜才会在河边买房置地。

但季宗慈却率先在那里买了别墅,而且一买就是五套。

季宗慈说,潜意识告诉他,不仅要买,而且要多买。"潜意识"是哲学博士季宗慈经常挂在嘴上的一个词。他认为,我们人类之所以能够生存下来,靠的就是潜意识。季宗慈有个说法,说有两个山顶洞人,一个善于理性分析,一个则靠潜意识做事。善于理性分析的山顶洞人,一听见虎啸就要分析,老虎离我们还有多远?老虎是不是还饿着肚子?老虎今天想吃一个人呢还是想吃两个人?还没算清楚呢,他已经进了老虎肚子了,只能在老虎肚子里继续分析了。而另一个山顶洞人呢,一听见虎啸,潜意识就告诉他,上树,上树,赶紧上树。上了树,找个树杈坐稳了,顺手摘个果子啃着,然后冷静地观察老虎的饮食习惯。它是要大快朵颐吃屁股呢，还是要箪食瓢饮吃脑子？季宗慈说，到了这个时候，你才可以从潜意识走向理性。季宗慈认为，我们这些人，其实都是爬上树的那个山顶洞人的后裔。

这个说法是否能够成立，或许还需要进一步论证，但是你得承认，潜意识确实帮了季宗慈的大忙。仅仅过了两年，那里的房价就噌噌地往上翻了一番，季宗慈将其他四幢卖掉，在市中心买了一幢六层的写字楼，然后又将写字楼租了出去，按月收取高额租金。总之，仅仅两年时间，季宗慈就赚了个盆满钵满。季宗慈也是在这个过程中成了个胖子。胖人汗多，所以季宗慈最喜欢泡澡、搓澡。别人搓澡只需搓正反两面，他却需要搓四面。

艾伦说过："我告诉您，季胖子的体重比国内GDP的增速还要快。"

把他接到别墅之后，艾伦说："您等着，我到单位帮您查一下。您先和季胖子聊着。我说的事情，您也要考虑一下啊。"

助手把他领到了二楼会客厅的时候，季宗慈正打电话安排晚上的饭局。沙发上卧着一只黑猫，一个女孩子坐在猫的旁边，用一支野芦苇逗弄着那只黑猫，但黑猫却只顾睡觉，对她爱理不理的。放下电话，季宗慈先骂了一通。"什么东西！蹬鼻子上脸了！狗杂种！"原来与他通电话的人是个退休的局级干部，特别喜欢举报。举报本来是个好事，那么多人违法乱纪，你尽管举报去啊，可人家不，人家是个爱书的人，只关心图书，只举报图书。季宗慈说，这个人啊，眼光毒得很，鸡蛋里面都能挑出骨头。就在这个时候，他的电话又响了，是那个人又把电话打过来了。季宗慈赶紧站了起来，问对方还有什么吩咐，然后说："一定，一定！当然，当然！五点钟一定到府上接您。"放下电话，季宗慈好像还心有余悸，又盯着电话看了一会，好像那是一颗定时炸弹，随时都可能引爆。从电话上收回目光之后，季宗慈对那个女孩说："你可以先下去了。把猫给我照顾好。它想吃什么,就给它买什么。"

女孩不是抱着猫,而是捧着猫下去了。

应物兄觉得,那只猫真是太乖了。他当然没有想到,那只猫,其实就是何为教授的柏拉图。

季宗慈扔给他一支烟,然后递过来一份复印件:

  记者从资深出版人季宗慈先生处获悉,何为教授的"精选集"正在紧张有序地整理当中,不日将和读者见面。

  何为教授是当代杰出的哲学家。这套"精选集"将收录何为教授的主要学术著作、讲稿、读书笔记、学术访谈录以及何为教授的部分日记。

  何为教授的著述提醒我们思考一系列古老的问题:人是什么?什么是善?什么是人类的主观普遍性?如何认识我们这个时代?什么是这个时代的本质特征?有什么经验可以支撑起我们的信念?

  毫无疑问,何为教授的著述是理解中国当代知识分子、中国当代精神状况的重要文献。

何为教授首先是古希腊哲学研究专家,这里面却没有提到嘛。前几天应物兄曾接到季宗慈的电话,季宗慈神秘地说,自己在忙一个"大活"。莫非这就是他说的"大活"?同时,应物兄心中一惊:这些天,我没去看何为教授,何为教授是不是已经……?季宗慈显然知道了他的意思,迎着他的目光,说:"还那样,还活着呢。"

一瞬间,应物兄甚至有点感动。

通常情况下,对年龄大一点的学者,季宗慈是不感兴趣的。麦荞先生只是个例外,因为麦荞先生是栾庭玉的老师。季宗慈认为,对学者而言,如果他安安稳稳地活到了晚年,那么他的死就不可能引起人们的兴趣。这是因为,一个人逐渐衰老的过程,不仅会让他自己,而且也会让别人做好充分准备,从而失去了新闻效应,对相关图书的销售起不到促进作用。除非那个人是个大师。但是,仅仅一个景德镇,就有上百位大师呢。必须挑拣挑拣。谁来挑拣?同代人挑的不算,得由后人来挑。季宗慈说:"那就跟我没关系了,是我儿子、我孙子的事了。"

但那些英年早逝者就另当别论了。季宗慈认为,人们对死者的怜悯之情,构成了热销的平台。人们对他们的死有多少惊讶就会有多少怜悯。死者为大,在人们的追忆和怀念当中,死者的成就被放大,死者生前的每一个细节都显得楚楚动人。季宗慈经常举例来说明这个问题:海子不死的话,恐怕连海子的父母也不知道儿子是个诗人,诗集能不能出版都是个问题;王小波要是不死的话,哎哟喂,天下谁人能识君?季宗慈还喜欢举徐志摩的例子:那架飞机要是没有撞上山头,现在又有多少人知道徐志摩呢?"轻轻的我走了,正如我轻轻的来",这也算诗?季宗慈认为这样的诗句他用左脚的脚指头都能写出来,如果徐志摩不是英年早逝,那么徐志摩在文学史上的地位起码要打四点五折。至于这个折扣为什么有零有整,那是因为季宗慈的书都是以四点五折批发给京东、当当和亚马逊的。

"你这就算是行善了。"

"可不是嘛。于公于私,我都得这么做。我跟老太太还是有感情的,虽然她以前没少批评我。"

"估计会赔点钱的。"

"这个问题,不在我考虑范围之内。再说了,想赞助的人多着呢。而且,老太太本人的科研经费也花不完。你可能不知道,你的老朋友敬修己,也表示愿意掏钱,好尽快出版这本书。"

"你认识敬修己?"

"麦荞先生的书里,有几处提到了郏象愚,陈老师要求全都改成敬修己,并注明他是哈佛大学教授。"

"他不是教授,他只是程济世先生的助手。"

"你较这个真干什么?麦老说他是教授,他就是教授,或者说达到了教授的水平。我们的编辑,很快就与他取得了联系,因为其中收录了他的文章,需要得到他的授权。我这才知道,他还是何为教授的开山弟子。说起来,他也是我的师兄啊。他也看到了这条新闻。对何为教授出书一事,他说可以全款赞助。可是我没有想到,文德斯却反对出书。"

"那你还是要多听文德斯的意见。"

"他的理由是,老太太不同意。这不是胡扯嘛。老太太早就糊涂了,怎么可能发表反对意见?是他本人不高兴了吧。这个人脑子有问题。"

"怎么能这么说呢?"

季宗慈接着就提到,有一次,他去看老太太,文德斯刚好不在。他看到,在医生用的一张处方单上,文德斯写了一段话。他一看,就觉得文德斯有毛病。季宗慈说,他用手机拍了照,回来再读,还是没有明白文德斯要说什么。然后,季宗慈调出手机里的照片,念道:

笔筒里插满了笔,一共九支。颜色不一,型号不一,功能不一。它们是怎么来到我身边的,它们在我这里待了多久了?它们看着我,我看着它们。上一次我用它们是在何时?那时候月亮升起还是沉坠?我用的是哪一支笔,用的是它的哪个功能?我为何使用它的那个功能?我写出的是哪几个字?现在,我将它们一一抽出,将它们整齐地摆放在一张纸上。纸看到这个阵势,好像有点怕了。我再将它们随意摆开。我发现,笔有点手足无措,纸也有点手足无措。当笔回到笔筒,笔顿时轻松起来,纸也自在起来,微微地打起了卷。而我,却紧张起来了。

"应物兄,说说看,写的这都是什么呀?一张纸无缘无故卷了起来,那是纸张质量问题嘛。他紧张个什么?"

哦,我倒是被这段话吸引了,被它感动了。在很多个夜晚,我似乎也有这样的感受,但我的感觉远远没有这么精微。文德斯借用纸和笔,说的是词与物的关系,哦不,说的是词、物、人三者之间的关系。所有对文字有责任感的人,都会纠缠于这个关系,一生一世,永不停息。

我倒很想和文德斯讨论一下这个问题。

后来,他与文德斯见面的时候,曾经想把这问题拿出来讨论一番,但终究没有。他觉得,这个问题,应该拿到芸娘的客厅里讨论。他倒是问过文德斯,为何要反对季宗慈出版何为教授的书。文德斯说,他之所以反对,是因为对于季宗慈编辑出版的书,从版式到纸张,他都觉得俗不可耐。

"也包括我的书吗?"

"你的书如果不是他出版的,该多好。"

还好,听上去他并不是反对我的书,而是反对我的书交给季宗慈出版。应物兄心里踏实了许多。应物兄又问了一句,是不是因为柏拉图对商业存有巨大的成见,而老太太刚好是研究柏拉图的,所以文德斯也就更加反感作为书商的季宗慈?文德斯犹豫了一下,说:"你对柏拉图好像不是太了解。"接下来,文德斯委婉地给他上了一课:东西方先哲大都瞧不起商业贸易,柏拉图尤其如此,但柏拉图也充分肯定过商业贸易的合理性,认为城邦里离不开那些店老板、小商人和大商人。文德斯说,柏拉图只是对一个国家过于看重钱财,把商人的地位抬得很高而忧虑重重。当你过于尊重钱财,善德与善人便相应地不受重视了。一个社会,如果只是歌颂富人,鄙视穷人,那么这个社会的道德基础也就危如累卵。道德堕落必然导致寡头政治,这是因为那些富人会通过立法,来确立并保持自己的寡头地位。寡头政治所认为的善也就成了恶,最大的善就是最大的恶。

"不过,我反对把老太太的书交给季宗慈,并不是因为他是书商,也不是因为他对老太太的不尊重碰巧被我撞见了,而是因为我知道,季宗慈只不过是要用这样一本书,来证明自己的善。"

这会,他以为季宗慈会让他去说服文德斯,正想着如何推托,季宗慈说:"那个小兔崽子,他说不让出我就不出了?他不是刚出了一本什么《辩证》吗?把我惹急了,我组织一帮人挑错,再组织一帮人告他,说他反对辩证唯物主义。你看我不灭了他。"

也真是巧了,这边正谈着文德斯,文德斯把电话打来了。打的是季宗慈的座机。季宗慈说:"哎哟,是何为先生的高足啊。何为先生病情稳定吧?我时刻挂念着呢。"过了一会,他又听见季宗慈说道,"这你无须担心了。不是有句话吗,猫有九条命。我会派专人照顾的,我专门为它配备了医护人员。"

这时候,艾伦来电了,说敬香权的事已经查清楚了。

她说一会就回来,见面详谈。

51. Reading Room

"Reading Room 去过吗?一定要去。"季宗慈说,"如果你没去过,我可以陪你去。必须的。"

真是荒唐。Reading Room 不就是图书馆阅览室吗?我怎么可能没去过呢?但是接下来,应物兄听明白了,季宗慈所说的 Reading Room 是有具体所指的,它几乎已经是个专用名词了,指的是大英博物馆的阅览室,准确地说,指的是马克思写作《资本论》时待过的那个阅览室。

季宗慈刚从英国回来。他的姐姐,另一个胖子,嫁给了一个英国胖子。他去伦敦就是参加两个胖子在伦敦海德公园举行的婚礼。这位第二任姐夫是纯种盎格鲁-撒克逊人,隆鼻蓝目,色浅唇薄,但最喜欢喝的却是中国的红星二锅头。婚礼之后,他由新郎官陪同,怀着朝圣般的心情去参观了大不列颠图书馆。这是因为有人告诉他,如果他出版的书能被译成英文并被大不列颠图书馆珍藏,那么他作为一个出版家才算是成功的。

参观马克思写作《资本论》时用过的那个 Reading Room,是季宗慈此行的重点。阅览室的牌子上写着:这里为众多的政治流亡者和学生,提供了避难所和精神的源泉。就是它了,马克思当初就是个流亡者。他最感兴趣的当然是马克思在地板上磨出来的脚印。但是,当他问到此事,图书馆管理员笑了。图书管理员起初还以为他是日本人呢,现在知道他是中国人了,因为只有中国人、俄国人才会问到那个脚印。管理员说,戈尔巴乔夫下台之前也曾跑来瞻仰那个脚印,但却什么也没有看到。

应物兄这时候发现,他们现在坐的书房的门上,挂着一个牌子,上面写的就是"Reading Room"。

反正是闲聊,我们的应物兄就耐心地听季宗慈讲了下去。不时能够听到几声狗叫。因为季宗慈接下来又讲到了狗,所以应物兄后来每当回忆起这天的谈话,就会有一种错觉,觉得那些狗好像已经成精了,它们似乎在提醒季宗慈:胖主子,我们已经排了半天队了,你什么时候讲到我们啊?

季宗慈说,他当时觉得图书馆管理员很不负责任。众多公开出版的书上都写到过此事,而且都提到马克思是坐在 7 号位置上写作的,怎么会有假呢?他就请求管理人员帮他找一找 7 号座位。现在,那个座位上坐的是一个年轻人,留着莫希干发型,胳膊上有一块刺青,图案是一朵祥云。他"一不小心"把衣服掉到了地上,趁机弯下腰看了看,还真是没有看到脚印。莫非后来装修过?他的疑问很快被管理员打消了。管理员说,它一直保持着原样,因为这里的一桌一椅,都是知识和历史的见证,不能随便更换的。后来,他想通了,地板上怎么会磨出脚印呢?那又不是中国的豆腐渣工程。再说了,马克思为什么一定要磨脚呢?

"但是,这个脚印的故事编得好啊!"季宗慈说。

"是啊,精彩的小说细节。"他说。

"我对费鸣说过,你作为一个写过剧本的人,一个大学校长的捉刀人,看到这样的细节,是不是有点惭愧?这样的细节,是不是伟大的细节?费鸣承认,他自愧弗如,甘拜下风。后来,我又去看了他们新进的图书。我现在要告诉你的是,我在那里看到了老兄的《孔子是条'丧家狗'》。但遗憾的是,那只是中文版,还不是英文版。不管怎么说,这已经是我的一大成就了。当然,这首先是你的成就。在另一个书架上,我看到了程济世先生的著作,一共有三本,都是英文著作。我本想拍下来的,遗憾的是,管理员不准拍照,塞钱也不行。"

"图书馆总是要进书的嘛。"

"我现在要说的是,那个新郎官告诉我,能够进到大不列颠图书馆的作者,几乎每个人都有传记出版。这句话提醒了我。"

应物兄有点明白了,季宗慈是想出版程先生的传记。

"你的意思是——"

"其实参观 Reading Room 的时候,看到里面有很多传记,我的潜意识已经告诉我,这件事得做,得马上做。"

"但是程先生说过,在他死之前,他不愿看到关于自己的传记。他认为,传记就是盖棺论定。"

季宗慈换了个坐姿,把一条腿压到了另一条腿上:"不,我没打他的主意。"

"你说的是《孔子传》?这个必须等到太和研究院成立之后再做。"

季宗慈说:"好,那就不急着做了。应物兄,不知道你还记得那条狗吗?"

"狗?木瓜?当然记得,前些时间,嗨,不提了。"

外面的狗叫声突然热烈起来了。季宗慈喜欢养狗,养了一条藏獒,一条黑背。如前所述,他们谈话的时候,狗叫声就不时传来。

那是藏獒叫的还是黑背叫的,应物兄分辨不出,他只是觉得那声音很浑厚,像牛犊,但比牛犊的叫声傲慢。季宗慈喜欢和它们做游戏,一种藏猫猫的游戏:他先躲到一个地方去,然后让它们楼上楼下地找。教学相长,季宗慈时不时流露出来的那股傲慢劲儿,除了资本力量在作怪,或许还受到了黑背和藏獒的影响。季宗慈还养过一条爱斯基摩犬,狗脸很像狐狸,毛色浅灰,但眼圈是黑的,耳朵像个等边三角形。它整天卧着,肚皮贴着地,把脖子尽量伸长,下巴也贴着地,甚至连它的舌头也要拖到地上,以尽量增加与大地的接触面积。是因为它热爱这片土地吗?才不是呢。它是要散热。它后来还是热死了。

"看来,你真的忘了。我说的是那条草狗,那个土八路。"

"你说的是——"

"你怎么忘了?它虽然是个土八路,却拥有最文雅的名字,草偃。"

草偃?想起来了。它还活着?他忍不住站了起来,往窗边走去,想看到它。季宗慈看出了他的急切,告诉他说,它单独养在后院,相当于独门独院。

于是,他走出这个房间,穿过走廊,进到另一个房间,隔着窗户看到了后院。第一时间,他并没有看到那只狗。他首先看到的是后院那株柿子树。他对那株柿子树,倒是有着深刻的记忆。他第一次来这里的时候,正遇到艾伦对着保姆发火。原来保姆把树上的红柿子都给摘了。艾伦说:"没有柿子,我还要往上面绑柿子呢。你倒好,一个不落,全都摘了。"保姆说:"不摘就掉下来了,摔烂了。"艾伦说:"犟嘴!"立即有另一个矮个子保姆跑了过来。矮个子保姆蹦了起来,要去撕那个保姆的嘴,被艾伦拦住了。他还记得,矮个子保姆问:"前几天那几个柿子,是不是你摘的?偷吃了吗?你连青柿子都偷吃啊?看我不撕烂你的嘴。"高个子保姆藏在梯子后面,说:"我拿它泡醋了,就泡在厨房里。"

他对艾伦说:"柿子醋最好了。"

艾伦这才放过了那个保姆。保姆把梯子放到门廊下的时候,两眼噙泪。

哦,他现在看见了,那只狗就卧在后院门廊下。

与前院的黑背比起来,它显得那么瘦小,那么卑微,令人怀疑它们曾拥有共同的祖先。对不起,我几乎把你给忘了。不是几乎,而是忘得一干二净。真的对不起了。应物兄听见自己说。

那条狗是他从棍棒下面救出来的。哦不,不是棍棒,是屠刀。那是木瓜诞生之前的事了。算下来,它应该比木瓜大半岁。当时他还没去美国访学呢。他所住的北辰小区的东边,原来有个农贸市场,出售水果、蔬菜、冒牌服装、全自动麻将桌,当然还有各种肉类。肉食区又分为四类:牛羊肉区、猪肉区、水产区和禽类区。他很少光顾牛羊肉区,想吃牛羊肉他就去吃火锅,或者到某个街角去吃烤串。他经常光顾的是禽类区,有人专门在那里宰杀活禽:鸡、鸭、鸽子和鹌鹑。他喜欢吃鸭子,麻鸭。这个习惯还是因为乔姗姗。据说麻鸭有助于下奶,乔姗姗生下应波,奶水不足,他就天天给她炖麻鸭。她吃鸭子,他喝汤。丢进去几块酸萝卜,那汤荤不荤,素不素的,而且酸不酸,咸不咸,甜不甜,淡不淡,正合中庸之道,喝起来别有滋味在心头。

那天他来买鸭子,看到卖鸭子的摊位前卧着一条狗。是条草狗,它已经做了母亲。一只小狗在身边来回兜着圈子:它很快乐,傻呵呵地快乐,因为它还不知道众生并不平等。它用前爪掏耳朵的动作看上去还很笨拙,好像掏的是别人的耳朵。卖肉者此时正在宰杀鹌鹑,一只只鹌鹑从麻袋里掏出来,脑袋和身体朝相反的方向一拧,再猛地一拽,鹌鹑就身首分离了。有几只脑袋被扔到了大狗的旁边,大狗伸出舌尖轻轻一卷,鹌鹑的脑袋就不见了。它一边细嚼慢咽,一边将鹌鹑毛徐徐吐出。那个动作让应物兄想起了小尼采。小尼采吃瓜子的时候,嘴巴就像一台微型的脱粒机,通过舌头和牙齿的巧妙配合,瓜子仁粒粒进肚,瓜子皮却片片飞出。他没有想到,小尼采可以做到的事,一只狗也可以做到,而且做得更好,所以忍不住多看了两眼。

这时候来了一个慈眉善目的老头,胸前挂着友谊宾馆的牌子,是负责食堂采购的。老头上来就问:"东西呢?"

"下雪了,吃的人多了,卖光了。"

"一只没留?"

"明儿给你留两只。"

"有条腿也行啊。没有后腿,有个狗头也行啊。"

"狗头也抢光了。"

"蒙谁呢?这不有现成的吗?"那老头看着那条大狗。

"儿子养的。"

"宰了。"

"儿子要闹人的。"

"宰了。"

"小家伙真的要闹人的。"

"宰了。"老头说,"钱嘛,可以涨点。"

"您老就看着多给一点吧,小家伙不好哄的,得给他个玩具。"

"就按前腿的价格算。"

"后腿吧。"

"前腿!"

"前腿就前腿。"

卖肉者眯缝着眼,看着那条大狗,还用手摸了摸狗头,揪了揪狗耳朵。狗伸出舌头,愉快地舔着主人的手。狗这时候是跪在卖肉者面前的,一边舔着主人,一边眺望着棚外纷飞的大雪。它不知道恐惧,不知道主人马上就会要了它的狗命。卖肉者当时好像还犹豫了片刻,但在接过老头递过来的一支烟之后,立即从砧板下面抽出一把刀,蹲到了狗的面前。卖肉者继续抚摸着狗头,狗伸出舌头再去舔主人的时候,那把刀突然变短了,然后又变长了,刀刃上已经开始滴血。那只狗挨了一刀,嘴巴咧了一下,好像在笑。笑完之后,迅速躲到装鹌鹑的麻袋后面,但它的脑袋已经抬不起来了,只能歪着头朝这边看。它甚至都没有叫唤一声,只是呼呼地喘气。狗主人朝它招了招手,吹了声口哨,那只狗就又艰难地爬了过来,靠着主人的高筒胶鞋,好像是要休息。卖肉者的刀再次刺入了它的脖子。这一次,狗脖子就像折断的树枝,狗头一下子耷拉到了地上。直到这个时候,它才明白主人要的就是它的狗命。它似乎有些委屈,想躲一会儿,尽量躲得远一点。但奇怪的是,主人只是又吹了声口哨,它就慢慢地掉转身体,又爬了回来。它的脑袋已经不听指挥了。它的身体向前移动,脑袋却拖在后面,拖到了它的腰部。

那只小狗非常兴奋,围着母亲又蹦又跳,欢呼雀跃,尾巴也高高地卷着。慢慢地,它感到了迷惑:母亲怎么转眼间就变成了一堆肉?变成一张可以折叠起来的狗皮?它终于狂叫起来了,娇嫩的嗓子又尖又细。它一跳一跳地,想抓住那张已经吊到了肉钩上的狗皮。卖肉者这时候正跟老头讨价还价呢。老头看见那只小狗,才知道杀的是母狗。当然,老头也可能是装作刚知道,为的是砍价。

老头说:"母狗?母狗的肉太老了。对不起了,你得降价。"

卖肉者说:"加上西红柿酱,做成酸汤狗肉,也吃不出来公母啊。"

但老头就是不松口。刀在颤抖,刀还在滴血。卖肉者的表情变得狰狞起来。应物兄突然有点紧张。但接着,那张狰狞的脸上却挤出了笑:"再搭上这只小狗怎么样?它可是一条公狗。"

说来这就是缘分了。当卖肉者去抓那只小狗的时候,小狗一下子躲到了应物兄的两脚之间,不停地在他的腿上蹭来蹭去。

就在那一瞬间,他决定买下那只小狗。

他想,再过两个月就是春节了,到时候他就把它带回本草老家,让它陪伴母亲。乔姗姗说:"让它替你尽孝?"这话当然很难听,但意思大致不差。小狗长得很快,一个多月之后,它已长大了一倍。它一直没有名字。后来,他就给它起了名字叫草偃,小名叫偃儿。为什么叫这么个名字呢?因为那天他在备课的时候,正好看到孔子与季康子的一段对话。孔子对季康子说:

君子之德风,小人之德草。草上之风,必偃。①

既然它是一条草狗,那就叫草偃算了。于是它就有了这么一个带着儒学背景的名字。可是春节还没到,打狗季节先到了,凡是体重超过十公斤、身高超过四十厘米的中大型犬只,都要一网打尽。物业人员陪同城管在小区检查时,发现了草偃,勒令他必须处理掉,虽然那时候它的身高还不够四十厘米。也真是巧了,当中隔了一天还是两天,季宗慈到他家里做客,他就请求季宗慈把它带走,因为季宗慈的别墅区是可以养大狗的。季宗慈说:"养狗人很讲究血统的。弄这么一条草狗,我丢不起那个人啊。"

"你就代养几天,给它一口吃的就行,过几天我就去接它。"

那年春节,乔木先生要去海南过年,并要求他和乔姗姗同去,好过一个团圆年。他也就没能回到本草。后来,他倒是问过季宗慈,那条草狗呢?季宗慈说,它就在院子里跑来跑去的,有时候在这一家,有时候在那一家。季宗慈还让他放心,说饿不着的,因为它可以自食其力。莫非它已经变成一条流浪狗了。但季宗慈说,它每天晚上都回来,就安心待在后院。

他现在想起来,他虽然来过这里几次,却再没有见过它。

他确实把它给忘了。

"你还记得吗?上次在医院,我跟你说,我差点把命给丢了,是

---

① 《论语·颜渊》。季康子问政于孔子曰:"如杀无道,以就有道,何如?"孔子对曰:"子为政,焉用杀?子欲善,而民善矣。君子之德风,小人之德草。草上之风,必偃。"

你救了我一条命。你肯定认为,我是夸张。还真不是夸张。我说的事,就跟草偃有关。"

"什么事啊,竟然差点要了你的命?"

"你这朋友是怎么当的? 我差点命丧黄泉,你却一点都不关心。"

按季宗慈的说法,不久前这个别墅区发生了几起盗窃案。其中有一户最为倒霉,不光被盗了,而且一家三口连厨娘带保姆全都给宰了。顺便说一句,应物兄后来知道,季宗慈所言有误:厨娘和保姆其实是同一个人,也不是一家三口,而是一个男人和他的姘头。说到那个"宰"字,季宗慈的声音变成了重音,眼睛瞪圆了。出事的那几家都是开煤矿的,有一家还开了金矿。但还有一家开煤矿的,却躲过了一劫,平安无事。"知道为什么吗?"季宗慈问。

"盗贼是不是知道他的煤矿倒闭了,没钱可偷了?"

"提醒你一下,那些人家也都养了黑背、藏獒。但只有免遭毒手的那一家养了一条草狗。"

"他们是不是觉得那家没钱? 你不是说过,有钱人谁养草狗啊。"

"还有最后一次机会。"

"知道了,知道了,那家人其实就是凶手。"

季宗慈哈哈大笑,说他的智商跟那几个警察差不多,因为警察也是这么认为的。警察第二天就把那家人全都抓起来了。按季宗慈的说法,好一阵威逼利诱,好一阵严刑拷打,就差上老虎凳、灌辣椒水了。屁股都打肿了,肿得都没有缝了。那家人最后只好招了。但就在这个时候,济州市东开发区的一个别墅区,又发生了一起类似案件。种种迹象表明,那是同一伙人干的。警察这才知道抓错人了。

"这么大的新闻,怎么没见诸报端?"

"当然不能! 会影响济州市招商引资的,影响济州市的 GDP

的。套用康德的话,GDP就是我们这个时代的道德律令。"

"可这事跟狗有什么关系呢?"

季宗慈终于说出了事情的真相。他说,主犯以前是搞投资的,由于投资失败,血本无归,就开始仇恨社会。主犯后来供认,他们作案的时候,最担心的其实不是人,而是狗。狗会叫嘛。不过他们最担心的不是黑背,也不是藏獒。黑背和藏獒虽然忠诚,但它们的忠诚却存在着变数。它们本来忠诚于张三,可如果李四掏钱买了它们,那它们就会忠诚于李四。如果王麻子又从李四手里把它们买了过来,那么它们同样会忠诚于王麻子。它们太聪明了。它们已经有了自己的哲学,有了一种深刻的自我意识,知道自己一生下来,就已经不是传统意义上的狗了,而是一种名叫狗的商品,注定要被人买来卖去的。主犯说,你只要想办法让它们知道,你已经买下了它们,成了它们的新主子,接下来它不但不会咬你,还会帮你。他们的办法是用竹竿去敲拴狗的链子。第一次敲它们会叫,第二次还会叫,第三次就不叫了,因为它们意识到,主人已经把它们卖了,敲链子的这个人就是它的新主子。当你破门而入的时候,它们不仅一声不吭,还会马上分工合作,一个负责站岗放哨,另一个则把前爪搭在窗台上,下巴抵着窗台,津津有味地看戏,相当于为你暗中助兴。当它们闻到那股子血腥味,它们还会兴奋得直打喷嚏。

但是草狗就不同了。

草狗,也就是我们说的中华田园犬,秉承祖宗的传统美德,忠犬护主,只要你没有捅死它,只要它还有一口气,它就要一直叫下去,汪汪汪。那家养了草狗的人就是这样躲过一劫的。听到草狗的叫声,他们就知道外人进来,立即打开了探照灯,并拿出了私藏的枪支。季宗慈说:"看上去盗贼是被枪吓跑的,其实不然。逻辑起点很清楚,那就是狗叫。"

"哦——"

"那天晚上,我也听到了狗叫,是草偃在叫,叫声瘆人,好像有人要宰它似的,嗓子都叫哑了。我也把院子里的探照灯打开了。不瞒你说,我也拿出一杆步枪。不过,那是空枪,子弹并未上膛。要是上了膛,依我的脾气,我肯定会持枪跃出,撂翻他几个。"

"是吗?"

"第二天早上,这里到处都是警察、警犬。我才知道出大事了。现在每当想起此事,我就浑身哆嗦。要不是草偃发出了警报,他们很可能就进来了,因为警察在我的院墙外面也提取到了那些人的脚印。"

"宗慈兄受惊了。我确实一点都不知道。"

"祝贺我吧,祝贺我捡了一条命。"季宗慈脸上的每个麻坑都闪烁着奇异的光彩。那些麻坑,不是来自天花,而是青春痘的遗产。"从某种意义上说,我这条命是草偃救下来的,但归根结蒂是应物兄救下来的。"季宗慈拍着自己的胸脯。因为太胖,好像长着一对乳房,胸脯在他的拍打下起伏不定。但是看得出来,他是诚恳的。"为感谢草偃,我给它买了一堆玩具。考虑到它的健康,我买的可不是塑料玩具,是用牛皮压缩而成的,真正的绿色玩具。"

季宗慈的话归结到一件事情上:"应物兄,您想啊,对草偃我都感恩戴德,对于送我草偃的那个人,我能不感激涕零吗?所以,我就在想,自己还能为应物兄做点什么呢?应物兄不是致力于儒学的复兴吗?那何不策划一套书,为应物兄的儒学复兴大业略尽绵薄之力?"

"宗慈兄,你听我说,草偃能活到今天——"

"别打断我的思路,先听我说完。"这话有点生硬了,所以季宗慈抱歉地笑了笑,又说,"听了我的汇报,您再发表高见。我计划策划一套当代儒学家的评传,第一辑先出五部,每部写两个人:一个是导师,一个是弟子,以示传承关系。你知道的,做导师的大都已经走了,但弟子还健在。也有师父还健在,但徒弟却走了的。这种情况说起来比较特殊,但现在也比较常见了。这种情况下,弟子往往比导师的名气还大。这样也好,师徒当中,总得有个名人吧。"

"说的谁啊?谁的师父还活着,他却死了?"

季宗慈咕哝出了一个名字,那个人名气确实很大,前段时间还在网上掀起了一场骂战。不过,那人好像没死啊。应物兄说:"他也能算名人?他没死吧?"

"得了脑血栓了,成了植物人了,将死未死。"

"他也能算儒学家?他只是在风景区盖了个房子,号称阳明精舍,弄一批人开了几次会,吵了几次嘴而已。他的名气大,只是因为他每次开会,都要进行网络直播,引起围观。他是名人不假,但只是个网红。"

"我听您的,这就拿掉他。"

"别人算不算我不管,我不算。我有自知之明。我只是凭兴趣,也凭责任,做了一点力所能及的事。"当然,这么说的时候,他的舌面上其实还跳跃着一句话:如果那个人都算是儒学家,那么我当然就更是了,因为我比他强一百倍。

"坦率地说,我连作者都找好了。你的表情告诉我,你已经猜出他是谁了。我确实找费鸣谈过一次话。费鸣说,你不会同意的。我对费鸣说,他不同意是他的事,出不出是我的事。"

"宗慈兄,此事断不可行。程先生弟子众多,你写了我,却没写别人,这不是让我挨骂吗?还有,你知道的,我本是乔木先生的弟子。你这样做,乔木先生该怎么看?"

"乔木先生毕竟不是以儒学研究著名的嘛。你要有意见,我就分开出?你一本,程先生一本?"

"宗慈兄,万万使不得。这书出了,也没人看的。"

"有没有人看,那是读者的事。如果费鸣不写,我会另找他人来写的。这总比写剧本容易吧?写剧本还得生编乱造。这个呢,一切都是现成的。"

"恰恰相反,我认为难度很大。"他说,"比写小说、写剧本难度更大。"

"怎么会呢?"

"宗慈兄,你还真得听我一句劝。没有比给画家、作家、学者写传更困难的事了。这些人,他们的意义和价值,就在于他画了一幅画,写了一部书,或者研究了一个问题。他们不是凭借具体的行动来展示自己的意义和价值的。"这说法也有问题,写东西的时候,几个小时下来,我虽然坐着没动,却常常搞得腿肚子抽筋、脸颊生疼,胡子楂也拱出来了,头发也像被风吹乱。那一头乱发有如离离原上草,好像经过了几番枯荣。这不是行动又是什么?他是这么想的,但他却做出了另外的描述:"总的来说,他们的意义不在于他们在世界上扮演了什么角色。如果剧院老板想把他们的生平事迹搬上舞台,事先必须做好从剧院楼顶跳下来的准备。因为他不仅赚不了钱,还可能赔个倾家荡产。相比较而言,画家和作家的传记还好写一点,因为你可以写出他和作品中人物的关系。最困难的就是给学者立传了。想想看,该如何描述一个人研究'有朋自远方来'的情形?"

"这些问题,不是您考虑的事情,而是作者考虑的事情。我前面不是说了,马克思的脚印,就是个活生生的教材。您得找到这样的细节。"

"如果你一定要做,不如把那些已经出版的传记,比如历史上的那些儒学大师的传记进行重新校对,重新注释,然后再版。他们大多生于乱世,他们的知与行之间有各种复杂的关系。"

"您说到我心坎上了。这个我也考虑过了。我不是说了嘛,潜意识告诉我,儒学家的传记,将会是图书出版界一个新的热点。最重要的是,在和您接触的过程中,我,一个研究西方哲学的人,也对儒学充满了热爱。我确实很想为儒学做点实事啊。"

"你怎么知道它会成为一个新的热点?"

季宗慈站起身来,圆柱子般的身体向一排植物移去。这个房间里摆着的植物有一个共同特征,就是叶片巨大:龟背竹,橡皮树,发财树,等等。一株龟背竹后面是个博古架,上面摆放着季宗慈与众多名人的合影。与他的合影也摆在那里,在一只陶罐和一只木碗之间。木碗是艾伦从日本带回来的,由一块完整的木头挖成,上面雕着一个穿和服的女人:和服被风吹开了,她摆放双腿的姿势刚好有利于她暴露出自己的下体,而且简直要把阴户撑开了。对,文雅的说法叫春光乍泄。那个阴户不是人工挖出来的,本来就是树上的疤痕,它可能来自风刀霜剑,也可能先被虫子所蛀,而后又被啄木鸟的尖喙所掏空。哦,说起来,这其实也是天人合一。

  圆柱子在房间里移来移去的。季宗慈把那个木碗拿起来,碗口、碗底、穿和服的女人依次看,同时说道:"应物兄,有一个矛盾是我非常感兴趣的,当然它也是市场上的卖点。从孔子开始,历代思想家几乎都在从事同一个工作,那就是试图挽救中国人的道德颓势。但是奇怪了,越是要挽救,我们在下坡路上就出溜得越快。出溜得越快我们就越是想挽救。怎么挽救?还不是一次次地回到孔子?你说,放着这样的书不出,放着这样的钱不赚,放着这样有意义的事业不干,我不是傻×吗?"

  除了最后一句,应物兄觉得,季宗慈的话其实还是非常有道理的。这些问题其实也是我思考的问题。咦?这些话怎么这么耳熟啊?哦,想起来了,这些话的版权属于蒯子朋。在香港书展上,作为新闻发布会的主持人,蒯子朋教授当着众多媒体的面就是这么说的。季宗慈的记忆力太好了。

  季宗慈说:"不是吹的,我对出版问题的思考,已经是一览众山小。"

  哦,季胖子,我看你是一懒众衫小。

  "你要知道,我手中掌握的媒体资源,在出版人当中虽然不是最多的,但也能排上前几名。到时候,我也会发动书评人多写些书评。我跟各大网站已经签订或正要签订战略合作协议,从新浪、搜狐到豆瓣,都联系过了。"

"豆瓣也会听你的?"

"不听我的,听谁的?惹我不高兴了,我糊它一脸豆瓣酱。"

"宗慈兄啊,你出谁的书我不管。你要还把我当朋友,就别出我的。那是把我放在火上烤啊。"

"您要真不愿意,那就只好先出别人的了。"季宗慈腮帮子上的肉全都耷拉下来了。

"如果你一定要出,也要等我死了。我衷心祝愿你死在我之后。"

这时候,艾伦回来了。他听见艾伦在楼下问保姆:"应物兄走了吗?"保姆的回答他没有听清楚,但他听见艾伦的惊呼:"怎么有一只猫?哪来的野猫?"

当艾伦上楼之后,季宗慈说:"那可不是野猫。"

艾伦问:"你又不是不知道,我最烦猫了。"

季宗慈这才告诉他和艾伦,那只猫就是老太太的柏拉图。早上,他去见了老太太的侄女。从老太太的侄女那里得知,柏拉图生病了,不吃不喝的。他就把柏拉图抱了回来,喂它吃了金枪鱼罐头,它竟然都吐了。派人送到医院做了体检,还真是病了,红血球500,正常值应该是1000的。明天得接着打吊针。

艾伦还是通情达理的。打狗要看主人面,撵猫要看主妇面嘛。艾伦说:"是老太太的猫啊,你怎么不早说?"

季宗慈说:"应物兄,你大概不知道,艾伦平时最怕猫了。看出我和艾伦对老太太的感情了吧?"

艾伦说:"我告诉您!养两天,病好了,赶紧送回去,别让老太太挂念。"

应物兄后来知道,柏拉图其实已经病了几天了。它好像知道主人要离去了,不吃不喝,大有同归于尽的意思。或许是入戏太深,它差点比主人还先走。这天,文德斯为它新买了猫粮,更换了猫砂,还给它买了两个新玩具,看能不能让它出离戏剧情境,却听梅姨说一个胖子把它接走了。应物兄后来看到了那两个玩具:一个磨爪子的鱼形抓板,一个系着彩色鸡毛和小铃铛的棍。那个鱼形抓板是柏拉图最喜欢的玩具,已经玩丢了好几个了。最初,它并不喜欢那个抓板,它更喜欢在沙发靠背上磨它的爪子。为了让猫喜欢它,文德斯曾在老太太的花盆里种上了猫薄荷,也就是小荆芥,它的花是淡紫色的。柏拉图经常迈着柔软的步子绕着花盆散步,也常常用胡子轻轻地撩着花瓣,以焕发它的芳香。按文德斯的说法,猫喜欢猫薄荷,就像屈原喜欢香草,理查德·罗蒂喜欢野兰花。文德斯曾避着柏拉图,将猫薄荷的叶子揉碎,涂到鱼形抓板上。这一招还真管用,柏拉图从此对那个抓板产生了深深的迷恋,睡觉都要抱着它。之所以弄丢了几个,是因为柏拉图一旦把它带到楼道,别的猫就会闻香而来,合伙把它抢走。

他问艾伦:"查清楚了吗?敬香权在谁手上?"

艾伦说:"我告诉您,每天都不一样。我不知道您哪天要。今天的敬香权,归一个煤老板。这就不说了。明天的敬香权归市京剧团,后天的归一个金矿老板,大后天则归桃都山的一个花卉公司老板。除了京剧团是自己录像,别的都归我们录。我们签了三方协议:慈恩寺、用户和电视台。问题是,您哪天用?"

他当然表示,但有消息,马上告知。

季宗慈还在关心他的传记丛书。他听见季宗慈说:"这样吧,我先出一套儒商的传记。这个,您可得帮忙。"

他对季宗慈说:"我知道你说的是谁。不过黄兴已经有两本传记了。"

季宗慈说:"听说这个外号叫子贡的人马上要来了?您得给我引荐一下。听说他的宠物是一头驴子?您要信得过我,就交给我养两天。您都看到了,养猫逗狗,都是我的强项。养一头驴子,更是不在话下。能够和传主一起共事,对我来说也是一种荣耀。"

"华学明教授已经承担了养驴子的重任。"

"我找他去。虽说他是搞这个专业的,但说到养驴,他不一定比我强。"

52. 谁能想到

谁能想到,子贡会带一匹白马过来呢?

虽然陆空谷发来的视频中有白马,但我们的应物兄怎么也不可能想到,白马会从视频中走到济州。

子贡的车队是直接从蒙古高原开过来的。应物兄是早上六点零五分从陆空谷处得到消息的。幸亏事先他们有所准备,不然真的要打他们一个措手不及。应物兄、邓林和葛道宏,于七点半就赶到京港澳高速公路济州出口处迎接子贡大驾。陆空谷提醒得对,子贡没有在出口处停留。车队开过来之后,两辆警车一前一后,护送车队前往希尔顿饭店。应物兄乘坐邓林驾驶的白色别克,弯道超车率先赶回饭店。而葛道宏乘坐的那辆灰色别克,则是跟随车队缓缓前行。

车队中最引人注目的是一辆巨型大巴:比一般的长途大巴还要长,还要高,有三个车门,两侧各一个门,还有一个门是在屁股后面。车身上的"GC"标志,似乎说明它是从美国总部开过来的。费鸣认为,驴子就应该待在大巴上面,而黄兴则应该坐在第二辆奥迪车内。那是一辆新款的奥迪 A8LW12 quattro 防弹轿车,最新资料显示,其防弹性能甚至优于坦克。

车队在希尔顿饭店门口停下以后,应物兄立即向那辆奥迪 A8 靠拢。车门开了,但出来的人却并不是子贡,而是子贡的私人医生李新。他向李医生伸出了手,李医生却没有和他握手,而是去系西装扣子了。李医生的第一句话,又是典型的新加坡英语,将宾语用作了主语,还使用了被动语态:"That person there cannot be trusted."①因为李医生在系扣子,两只手都停留在肚子上,这不能不让我们的应物兄产生一个错觉:李医生说的好像是他自己。当然了,随着李医生把目光投向车队,应物兄知道他说的是车队中的某一个人。那个人及时出现了,但只是露了一下头,看到还没有人下车,就又缩了回去,悄悄关上了车门。就在那一瞬间,应物兄认出他是济州畜牧局局长侯为贵,他们以前在华学明的生命科学院基地吃过烤全羊,那不是一般的羊,是山绵羊,山羊与绵羊的杂种。奇怪!侯为贵是怎么混到车队里的?

应物兄的手还在两人之间悬着呢。尴尬是难免的,不过,他反应很快,并没有把手收回去,而是继续往前伸,绕过李医生的腰部,把车门关上了。这时候,陆空谷从车的另一侧下来了,朝他微笑了一下,算是打了招呼,然后她和李医生并排站到了一起。她好像刚刚骑马归来,穿着中筒马靴。

哐当一声,随着大巴侧门开启,一个踏板伸了出来,就像吐出了一条巨舌。随后应物兄就看到那匹白马。他最先看到的是一个马头。仲春时节,在刺目的阳光下,那个马头给人的感觉几乎是抽象的,梦幻一般,甚至显得灵异。有一个人从里面走了出来,是子贡的保镖。保镖剃光头,戴着耳麦,穿黑色西装,戴白色手套,穿黑色尖头皮鞋。然后又走出来一个保镖,就像前者的双胞胎兄弟。出来之后,他们背着手,面对着踏板站着,脸上同样毫无表情。因为都剃着光头,穿尖头皮鞋,乍看之下,应物兄觉得他们就像扑克牌中的黑桃 Q。他这个感觉是被一个响亮的声音打断的:那匹马突然打了一个响鼻,喷出来的星子有如碎玉迸溅。李医生看着天空,手指在空中捻了一下,说:"打响鼻是为了除尘,济州空气够脏的。"李医生,该说新加坡英语的时候,你却不说了。

直到这个时候,应物兄才醒悟过来,陆空谷给他发那个视频,

---

① 那边那个人不能被信过。

其实就是要告诉他,子贡鸟枪换炮了,带到济州的不是驴子,而是白马。

子贡终于露面了。不过,应物兄并没有立即认出那是子贡,还以为是随从,比如专职马夫。子贡虽然牵着白马,却落后白马一个脖子,好像不是他牵马,而是马牵着他。现在,子贡一手牵马,一手拿着帽子。他脑门贼亮,长着浓密的络腮胡子,确实就像戴着毛皮面具。紧随子贡出来的一个人也是保镖。跟前两个保镖一样,剃着光头,黑色西装,白色手套,戴着耳麦。

费鸣嘀咕了一句:"眼睛一眨,驴子变马。"好像有奚落意味,但更多的是惊奇,因为接下来费鸣长喘了一口气,像是给自己压惊。

黄兴丢开缰绳,往前走了两步,张开双臂和他拥抱。葛道宏已经下了车,正往这边走。应物兄迎着葛道宏走了几步,然后跟他并排走回来。走的时候,他的身体是侧着的,同时一只手伸在前面,是给葛道宏引路的意思。平时他从不这样的,但这是小乔的提醒。小乔说,在外宾面前需要这样,不然他们认为咱们不懂礼貌。到了子贡跟前,还没等他介绍,子贡就说:"栾长官,幸会幸会。"

应物兄赶紧说:"这是葛道宏校长。"

子贡就改口说:"校长大人好啊。程先生让我问候校长大人。"

葛道宏说:"黄先生一路辛苦了。栾省长中午要接见法国贵宾,是事先安排好的,下午栾省长将接见黄先生。"

子贡说:"黄某在哈佛的时候,就拜读过校长大人的文章。校长大人是一代鸿儒啊。"

葛道宏说:"不敢当,不敢当。"

子贡又说:"校长大人一脸佛相,贵人啊。"

葛道宏笑了:"佛相?不敢当。不过,虽然说我们共产党人是不信佛的,但听到您这么说,我还是很高兴,谢谢!"

子贡说:"贵人信佛,佛在。贵人不信佛,佛自在。有何当不得?有贵人相助,黄某当不虚此行。"然后,黄兴拥抱了葛道宏,两个互相拍着后背。

子贡也看到了侯为贵,正要跟侯为贵拥抱,侯为贵向后一躲,指着邓林说:"这是栾庭玉省长的秘书邓林同志。"

子贡说:"好啊,邓大人。"

邓林倒也面色平静:"栾省长要我第一时间向您问安。"

然后子贡指着侯为贵说:"山高路远,苦了这位仁兄了。"

侯为贵说:"栾省长的客人,我做什么都是应该的。"

邓林说:"是栾省长让我通知侯先生,恭听黄先生吩咐。"

怎么回事?这事我没听邓林说过啊?应物兄觉得有点奇怪,但并没有多想。侯为贵是畜牧局局长,可能正好到蒙古谈什么项目,遇上了黄兴先生,然后就有了后来的一路相伴。

子贡问:"卡尔文呢?"

侯为贵说:"他?他到了济州,人就不见了。"

原来,侯为贵是与卡尔文同车返回的。此时,应物兄的感慨,首先是针对费鸣的。费鸣的听辨力实在惊人。起初,当费鸣告诉他,陆空谷发来的视频中有卡尔文的时候,他还有点不相信呢。他后来知道,是在京港澳高速路的济州出口处,铁梳子派来的车直接将卡尔文接走了,接到了桃都山别墅。用卡尔文后来的说法,铁梳子当天亲自为他沐浴洗尘,浴缸里泡着野桃花。

子贡说:"他腿长,跑得快。"

奇怪得很,济州师范学院的宗仁府教授也来了。宗仁府教授是研究《圣经》的。应物兄早年写过一篇对《诗经》的雅歌与《圣经》中的雅歌进行比较分析的文章,为此请教过宗仁府。那已经是十几年前的事了。宗仁府是蹚巧路过还是专程赶来欢迎子贡的?宗仁府跟子贡也认识吗?好像不大可能。哦,上次见到宗仁府,还是在乔木先生家里。宗仁府将自己的论著送给乔木先生指正。很奇怪,木瓜看到宗仁府就吓得往沙发底下钻。宗仁府指着木瓜说:"这狗叫什么名字?"

乔木先生说："木瓜。"

宗仁府问："中文名字我不管，英文名字呢？"

巫桃说："叫Moon，月亮的意思。"

宗仁府说："好是好，但文化意义不大。狗是谁？狗是诺亚方舟的成员，是人化自然的代表。世上多亏有了狗，不然一个男人一个女人是建立不了一个世界的。你们可以叫它舟舟，Boat，听上去就是'抱它'。"

乔木先生皱起了眉头，说，已经定了的事，就不要改了。

几年不见，宗仁府已经老了许多。头顶是光的，但为了掩饰那种光，就把左边的头发梳到右边，将右边的头发梳到左边，就像过桥米线。

宗仁府做了个自我介绍，说："我是研究基督的，欢迎使者来到济州。"

白马此时在离他们十几步远的地方来回转着圈。是不是因为晕车了，才原地转圈的？好一匹骏马！除了眼窝和蹄子是黑的，全身都是白的，没有一根杂毛。连屁眼周围的毛都洁白如雪，就像长寿老人的眉毛。但吊在肚子下面的生殖器，则是红色的，就像一根削了皮的胡萝卜。

关于这匹白马的身世背景，应物兄是后来知道的。这匹来自蒙古草原的白马，出身极为贵重。当年成吉思汗横扫欧亚大陆的时候，曾经从百万马匹中挑选白色骏马作为自己的坐骑，并宣称它是天神的化身，人们也就称它为成吉思汗白马。在此后漫长的岁月里，白马以代代世袭的方式被人们供奉。成吉思汗当年曾经下诏，任何人不许骑乘、役使、鞭打。此诏已传承七百多年，至今有效。而眼前这匹白马，就是成吉思汗白马的转世[1]。

---

[1] 华学明教授考证后认为，黄兴先生带来的这匹白马，严格说来并不能称为转世白马，它只是某任转世白马的后裔，或者说是现任转世白马的堂兄弟或表兄弟。不过，出于对黄兴的尊重，人们还是称之为成吉思汗转世白马。

接待小组的人早就到齐了,葛道宏把他们挨个介绍给了子贡。
介绍到华学明的时候,华学明说:"我是应物兄的朋友。"
子贡说:"知道,知道,华先生是养驴子的。"
华学明说:"黄先生的驴子还好吧?"
子贡说:"驴子?放到蒙古了。"
华学明说:"黄先生放心,马比驴子还好养,我有信心把它养好。"
这句话多余了。子贡听了,也是一愣,但没有说什么。
介绍到费鸣的时候,葛道宏说:"这位是费鸣博士。"
子贡说:"知道,知道。"
费鸣说:"我也是应物兄教授的弟子,很高兴为黄先生服务。"
子贡说:"贤侄啊!程先生送你那把剪子,好用吗?"
费鸣说:"我舍不得用,一直珍藏着。"
子贡说:"庙堂之器,要用。器之为用,存乎一心。"
哦,错了,子贡!你是想说,那把剪子因为是程先生送的,所以贵重得很,但"庙堂之器"却是比喻一个人有治国才能。当然,也可能没用错,是在提醒葛道宏,费鸣有大才,应该重用。费鸣大概就是这么理解的,拱手谦虚地说道:"谢黄先生夸奖!我当努力,不负黄先生之望。"
当葛道宏将科研处处长、基建处处长等人都介绍完了之后,应物兄想,子贡大概会向葛道宏介绍自己的随行人员,葛道宏显然也是这么认为的,已经转过身子,要引领子贡朝那边去。但子贡却没有这样的意思。子贡跟葛道宏又拥抱了一下,然后跟应物兄又拥抱了一下。对应物兄的拥抱,子贡这次还要贴面,那毛茸茸的胡子具有狗皮褥子的质感。哦不,应该说像儿童牙刷。子贡身上有一股子香味,很浓郁,很奇异,好像不是来自人类。它确实不是来自人类,因为它来自那匹转世白马。当然严格说起来,它还是来自人类,因为马身上的香水毕竟是人类酿造的。后来有一天,应物兄从李医生那里得知,给那匹马使用的香水,得有专人调制,配料非常复杂:有法国的黑醋栗,有突尼斯的橙花油,有美国的含羞草,还有拉丁美洲的番石榴,此外还有威士忌和杏仁。是中国杏仁还是美国杏仁?他后来看到了那个香水瓶子。上面的字,用的都是拉丁文。只要一用拉丁文,学问就大了。应物兄只能感慨学无止境。到了这个年纪,即便书山有路,学海有舟,也没用了。这不是颓唐,而是知天命。

这会他问子贡:"先生身体好吗?"

子贡说:"好得很。前些天,黄某刚陪先生登山游泳。"

那天,在门口迎接子贡的,还有应物兄几个弟子。其中就包括易艺艺。她脖子上挂着相机。子贡把她当成了记者。发现她把镜头对准自己的时候,子贡就问她:"小姐从何处来?蒙古、北京,还是香港、台湾?"还没等易艺艺回答,一个保镖就闪到了易艺艺的身后。也没见那个保镖做什么动作,相机的某个按钮就打开了,里面的数码储存卡就弹了出来,刚好落到保镖另一个手心。那个动作如此之快,连易艺艺都没有感觉到。

易艺艺说:"我也是应物兄教授的弟子。我是Jenny的朋友。"

子贡说:"Jenny?Jenny Thompson?她很快就来了。"

这个时候白马飘然而去了。有两个人,一左一右,照顾着白马。他们是养马人吗?不像。他们一个是白人,头发金黄;一个是黑人,比卡尔文还要黑。这两个人的年龄都在四十岁左右,穿戴整齐,脸刮得十分干净,各自背着行囊。在后来的一段日子里,这两个人并没有露面,甚至都没有和他们一起吃过饭。

多天之后,他才知道,这两个人是负责市场调研和开发的。

唯一能够透露他们身份的,是他们的运动鞋的鞋舌上,都绣着狗项圈图案。但谁会注意到他们的鞋舌呢?

现在,华学明陪着他们向一片林子走去。林子旁边那片绿地上,事先已摆好了一筐筐的豌豆苗。那本是给驴子准备的。按照原来的计划,驴子到了之后,稍事休息,华学明将把它接到生命科学院基地。应物兄接下来吃惊地看到,抱着豌豆苗等着白马的,是他的弟子张明亮。张明亮是自告奋勇前来帮忙的。

其余诸人则陪着子贡向酒店大堂走去。是陆空谷带着他们往前走。到了大堂门口,应物兄感到有人拉了他一下。回头一看,是邓林。邓林低声说道:"恩师,我有事先走一步,待会再向您汇报。"他正想再问,邓林又说,"别担心,小事一桩,您等我消息。"

子贡对葛道宏说:"劳您大驾了。"

葛道宏环视着大堂,说:"希尔顿果然比我们的镜湖宾馆好啊。好!黄先生住在这里,我就放心了。"

子贡顺便解释了一下:"黄某很想住在贵校。只是黄某与希尔顿家族交情非浅,住到别处,他们会不高兴的。在蒙古,黄某也住希尔顿。"

在电梯口,陆空谷给脑袋最亮的那个保镖——应物兄现在看出来了,此人不是剃光了才亮,而是原来就亮——使了个眼色,那个保镖只是轻轻地"嗯"了一声,另外两个保镖就立即行动起来,把黄兴、应物兄和葛道宏与别的人隔开了。他们没有动手,没有说话,只是不动声色地移步、转身,反剪双手,眼睛平视前方,就准确地传达出了陆空谷的旨意:散了,给我散了,全都给我散了。

他没有看到费鸣。

他不知道,费鸣此时正和邓林急赴慈恩寺。

随后,他们来到了子贡住的八楼套间。套间很大,好像不是套间,而是室内四合院。院子里有座假山,用巨大的太湖石堆成,重峦叠嶂,草木葳蕤。山脚下有丛竹子,还有株松树,有一只蝴蝶正在山巅振翅欲飞。子贡香港的住处与此相似,所以子贡大概产生了错觉,与葛道宏说话时,突然冒出了一句粤语:"葛先生是个摔锅啊。"

"摔锅?还摔碗呢。"他笑着对葛道宏说,"黄先生说您是个帅哥。"

"二十年前还勉强算是帅哥。"葛道宏说。

"应物兄总是取笑我,你要批评他。"子贡说。

"他的名气比我大多了。我可不敢批评他。"葛道宏说。

"以前,你可是天天取笑我,取笑我的英语发音。"应物兄说。

"应物兄英语很好,可就是分不清'word'和'world'①。狡辩道,'word'即'world',一回事。能是一回事吗?"子贡说。

其实子贡的英语也好不到哪里去,虽然他在美国生活多年,但很多单词都不会写。子贡的英语程度大约相当于纽约街头流浪汉的水平。这一点跟应物兄相反。应物兄是会写不会说。黄兴会把"word"写成"world",应物兄则会把"world"说成"word"。子贡打电话用的是英语,写信写条子却用汉语。他曾看过子贡写给珍妮的一张条子:"驴子打滚,只打了六滚,为何不打八滚?"对于自己用汉语写条子,子贡的说法是:"母语之美,岂能忘也。"

此时,站在门口的陆空谷问了一句:"要不要先休息一会?"

子贡看着李医生,李医生轻轻点了点头。

从门缝望去,床单非常平整,过于平整了,好像不是人类的手能够铺出来的,几乎像是镜面。这里的窗帘,每条皱褶之间的距离,也完全是相等的,好像用卡尺量过。

这时候,一件小事发生了。子贡的目光突然变虚了,好像看得很远。其实他是在看山巅那只蝴蝶。有一片荫翳从子贡眼中飘过。李医生感觉到了子贡目光的变化,似乎不经意地侧了侧脸,看向了蝴蝶,然后手指一捻,蝴蝶就不动了。原来,一枚大头针已经飞了过去,刺入了蝴蝶的颈部。它的翅膀还在微微颤动,翅膀上的图案变得越来越清晰。它依然很美,甚至更美了。它的颈部别着大头针,显得很酷。它向死而生,寓动于静,有一种刚柔并济的美感。

---

① word,词语。world,世界。

53．不

"不,艾伦,你听我说,我不能参加这个节目。"

"我告诉您,您上次可是答应过我的。"

"艾伦,你听我说,我是答应了你——"

"就是嘛!我告诉您,答应了,就不能反悔。言而有信,言而有信,这四个字我可听您说过多次。"

"我是答应了你,我答应的是,我会好好想想。我现在想好了,我不能参加这个节目。"

"应物兄先生,应物兄,物兄!我告诉您,您是不是身份变了,不愿再搭理我们这种小人物了。跟我们这种人打交道,掉价?"

"知道吗?每次上电视,在后台化妆的时候,我都不敢看自己。我不敢看那个化过妆的我。化妆师问我满意不满意,我从来都说好,很好。其实我并没有照镜子。我不敢看一个化过妆的我。你们送给我的光盘,我只看过一次。那个人好像不是我。笑容不是我的,谈吐不是我的,观点不是我的,腔调都不是我的,连皱纹都不是我的。每句话,我都要嚼上三遍才吐出来。连药渣都不剩。"

"我告诉您,台工、总编,对您的节目都很满意。我的朋友们,都很满意。他们都说,您应该改行。还有人说,幸亏您没改行,不然我们都得下岗。真不是我恭维您。可惜的是电视上不能抽烟。他们说,要是把您的头发弄得卷一点,穿上中式大褂,再弄个烟斗在手上,穿上黑色圆口布鞋,您就更牛了。滚滚红尘中,哪里能挑出这么个人呢?您先喝口水,我听见您嗓子好像有点不舒服。我告诉您,您必须答应我。"

"艾伦,你听我解释——"

"我才不听您解释呢。我告诉您,我已经把您的名字报上去了。这次,我为您请的对谈嘉宾,您肯定满意。"

"你听我说一句——"

"您是想知道谁跟您搭档吧?一个美国人,黑人,汉语溜得不得了。猜不到吧,他的汉语名卡尔文。此时他在国外,正在往济州赶。"

"不——"

这是应物兄与艾伦最近的一次谈话。算下来,打电话的时候,卡尔文确实不在济州,而在从蒙古返回济州的路上。看来,和铁梳子一样,他们需要卡尔文的,也是他那张脸、那副腔调,他的某种功能。那么我呢?他们需要我什么呢?这张脸,这个身份?

艾伦并没有听见他喊出的那个"不"字。喊出那个字的时候,艾伦已经把电话挂了。无奈之下,他只好再给她发短信,发微信,把刚说过的话再重复一遍,把吐到垃圾筒的甘蔗捡起来再嚼一遍。

她回复了几个字:"那就不敢勉强大师了。"

回忆起这个谈话,我们的应物兄就认为,事情已经很明白了,是艾伦从中作梗,把敬香权给搅黄了的。自从在季宗慈的别墅里与艾伦谈过话之后,应物兄就把此事交给了费鸣。因为不知道黄兴到来的准确时间,所以费鸣干脆把未来三天的敬香权都谈好了,以保证子贡随时敬香。按费鸣的说法,只有一个人不大好说话,但邓林打了一个电话之后,事情也就摆平了。总之,一切顺利,单等子贡代表程先生前往慈恩寺敬香拜佛。可是,就在子贡到来之后,第二天的敬香权出问题了。事实上,一开始他并没有想到是艾伦从中作梗。但是,费鸣的那句话,显然是话中有话,使他听出来,这事跟艾伦有关。

这天,当他把电话打给费鸣的时候,费鸣说:"我们刚从慈恩寺回来,现在来到了交通厅。邓秘书正和交通厅执法大队交涉。"

他问:"跟交通厅执法大队有什么关系呢?"

费鸣说:"对方是一家运输公司。"

他能够想象出来,邓林肯定是软中带硬,在向执法大队施加压力,让他们去给那家运输公司打招呼。

他正要合上手机,费鸣说:"既然是三方协议,您是不是再跟艾伦说一下?"

他说:"艾伦不是知道此事吗?"

费鸣说:"您还是说一下为好。"

他说:"你忘了吧,我早就跟她说过了。"

费鸣说:"还是再说一下吧。邓秘书给她打过电话,她说了一声好好好,就没有下文了。"

他说:"邓林的话,她也不听吗?"

费鸣的回答是:"这我就不知道了。您知道的,她跟庭玉省长很熟。"费鸣的声音压低了,而且改用气声说话了,"您肯定知道的,邓林还指望她在庭玉省长面前替他美言几句呢,所以说话不能太硬。"

艾伦,当初不是我说服了哲学教授夫人,现在你还在她手心攥着呢。别的不说,她保留的那些床上照片,只要抽出一张,你就会身败名裂。你大概还不知道,是我说服教授夫人把那些照片销毁掉的。

过了一会,邓林自己把电话打了过来。

他没有接,因为他正在向葛道宏解释,子贡为什么把驴子换成了白马。不仅葛道宏有这个疑问,接待小组的所有人都想知道这是怎么回事。他只能从最美好的意义上解释此事。孔子在《论语》中说:"赤之适齐也,乘肥马,衣轻裘。吾闻之也,君子周急不继富。"说的是当初公西赤出使齐国的时候,便是肥马轻裘。孔子那段话主要是说明一个问题:君子只是补不足而不续有余。也就是说,要雪中送炭,不要锦上添花。他对葛道宏说,子贡之所以肥马轻裘来到济州,大概就是要强调自己是雪中送炭。

"我觉得他这是锦上添花。当然,出于谦虚,我们可以说他是雪中送炭。"

"您说得对,我也是这么想的。"

"还有别的解释吗?"

"有倒是有。在中西文化传统中,马都代表着积极向上。尤其是在中国,更有一马当先、马到成功等寓意。"

"思路还是应该更开阔一些,"葛道宏说,"小乔提醒我说,马是古丝绸之路上最重要的交通工具,和骆驼的重要性相近。不管怎么说吧,总比带一头秃驴过来为好。"

"您说得对。"

葛道宏此时不在身边。为便于休息,小乔在这里给葛道宏开了个房间。

说完这个,他才去接邓林的电话。邓林重复了费鸣跟他说过的一些话:慈恩寺事先答应得好好的,声称已经协调好了,但是今天,在去接黄兴先生的路上,他接到了慈恩寺的电话,说对方态度有变,问能否改到后天来。"我气坏了,让他们的大住持释延长来给我解释。但他们说,释延长在北京开会。我去见了释延安一面,晓之以利,动之以情,让他给运输公司打电话。眼看还说不通,我就来到了交通厅,由他们出面交涉。事情总算摆平了。不过,艾伦那边也得更改协议,艾伦说,录像的人明天在济,后天就出差了。这可能是个借口。傻瓜都能录像,找个人代替又怎么了?我倒是可以找人代替,但艾伦立即嘲笑我没有协议精神、盟约意识。"

我要给艾伦打电话吗?她要是不接呢?让季宗慈找她?哦不,这好像有些挑拨人家"夫妻"关系的嫌疑。让栾庭玉跟她打招呼?这当然万无一失。只是,这种小事去麻烦栾庭玉,犯得着吗?

一个恶毒的念头油然而生:给她寄去一张照片。

这当然是不可能的。因为那些照片全都销毁了,是当着他的面销毁的。地点是在哲学教授家厨房的水池里。夫人很爱干净,烧几张照片也要系上厨房用的围裙。教授夫人晃动着照片,说:"瞧,这么一晃,静态就变成了动态。"他闭着眼睛,抑制着自己的偷窥之心。教授夫人往照片上浇了汽油,浇得有点多了,差点引起火灾。

虽然无照片可寄,但这个念头毕竟产生了。它一旦产生,好像就成了事实,一个证明自己恶念未除的事实。他为此感到了羞愧。他听见自己说:"对不起,艾伦。但你也太过分了。"

不过,他很快就原谅了艾伦。

这是因为他接到了艾伦主动打来的电话。就是这个电话,使他第一次知道敬香权还真不是个小事。艾伦仍以"我告诉您"开头,给他透露一个事实:那个运输公司的老总,是花了三十七万元拍到敬香权的;明天就是他们公司成立的日子,每年这个时候,老总都要带着全家老小和中层以上干部,到慈恩寺烧香磕头,求佛祖保佑自己生意兴隆,岁岁平安;明天的敬香权,费用是本季度最贵的;电视台与慈恩寺和用户签订的协议,规定电视台是以百分之二十五取酬。这笔钱是用来给这个频道的合同工发工资的。少了这笔钱,有几个临时工就惨了,拿不到工资,得喝西北风了。

他几乎是脱口而出:"我把他们的工资拿出来。"

"那三十七万元呢?这可不是个小数。"

"仅仅是烧个香、磕个头,就得掏三十七万元?那香是金子做的?"

"市场经济呀。周瑜打黄盖呀。"

看来,栾庭玉不出面,还真是不行。

这时候,他另一部手机响了。因为黄兴的到来,"联合国维和部队前线指挥部"现在是二十四小时值班。哦,是陆空谷打来的。他正要问陆空谷接下来的安排,陆空谷说:"你等我电话就是。"

"吃饭呢?"

"你大概不知道,厨师昨天就到了。这一点,你无须担心。"

陆空谷打电话,是要询问一件事:"有人在院子里放飞虫子。那是什么虫子?是萤火虫吗?芸娘写过萤火虫,说它们的光是'灯的语言',它们通过灯语交流。奇怪了,他们在箱子旁边燃起了灯盏。萤火虫不是自己发亮吗,还需要借助灯?"

那不是萤火虫,那是从《诗经》中走出来的蝈蝈,那是让程先生忧思难忘的济哥。哦不,它们虽然不是济哥,但我不是有意要骗你们。它们姑妄唱之,你们就先姑妄听之吧。而他们之所以要放些电动灯盏,是为了给它们取暖。

他没有告诉她这些,因为他想给她一个惊喜。

他问她现在何处?她说,她已经离开了希尔顿,住到了国际饭店的 B 楼。他眼前立即出现了那个房间的窗户,窗台上的鸽子、照临到地板上的金箔般的光,旧版的《论语》、几只杧果。他当然也想起来了,她以前曾说过,为了各大股东的利益,GC 高管从来不坐同一辆车,不乘同一个航班,不住同一个宾馆。

陆空谷接下来突然问道:"小颜的衣食住行,是你们负责解决的吗?"

说的是北大勺园宾馆的事吧?这事她也知道?

应物兄并不知道,小颜此时已入住希尔顿。小颜是一个人从北京来的。因为没有提前预订,小颜无法办理入住手续,敬修已就给陆空谷打了电话。办完入住手续,小颜走出了大堂。此时,生命科学院的工作人员正在侍弄那些蝈蝈。蝈蝈装在玉米秸秆编织的笼子里,笼子放在镂空的木箱里,箱子放在高大的院墙边,院墙边放着取暖用的灯盏。

54. 千里始足下

千里始足下,高山起微尘。吾道亦如此,行之贵日新。

白居易的这几句诗,现在以草书的形式挂在墙上。书写者把诗的题目写错了。这不是《座右铭》,而是《续座右铭》,续的是崔子玉的《座右铭》。白居易在《续座右铭》的序言中讲得很明白:"崔子玉《座右铭》,余窃慕之。虽未能尽行,常书屋壁。然其间似有未尽者,因续为《座右铭》云。"崔子玉是东汉人,这篇座右铭是人类历史上的第一篇,被萧统作为铭文典范中的两篇之一,收入《文选》。出现这样的知识性错误,实在不应该啊。

应物兄是根据 GPS 导航找到这里的。这里是 107 国道的路口,是长途货车返回济州的必经之地。旁边有一个茶馆和几个小饭店,来来往往的司机常在这里停留。应物兄觉得,不来一次,有点不放心啊。现在,他和邓林、费鸣一起坐在茶馆里等候。按邓林的说法,艾伦已经给他打过电话了,说只要运输公司愿意配合,电视台方面没有意见。现在,他们就在这里等候运输公司的车队。邓林同时把交通厅运输管理局下属的执法大队也带过来了。

就在茶馆的包间里,应物兄看到前面提到的草书。对应物兄来说,知识的正确是第一位的。正因为发现了其中的知识性错误,他的目光就拒绝下移,拒绝下移半公分,去看那个落款。当费鸣提醒他,那是释延安的书法作品的时候,他才有兴趣再看一遍。

去年有一次,释延安向乔木先生展示了自己的草书,乔木先生看了,问道:"学的是杨凝式①吧?"奇怪的是,释延安却不知道杨凝式是谁。这让乔木先生一时不知道该从哪说起。后来,乔木先生就说:"那你就是无师自通了。你的字,还真有点像杨凝式。"说完这个,乔木先生就去逗狗了。

释延安问:"此人在北京,还是上海?"

乔木先生抬腕看看手表,半皱眉半微笑,说:"这表,不靠谱,得送去修了。"

释延安听懂了乔木先生的弦外之音。场面一时有些尴尬。乔木先生与别人谈话的时候,应物兄有时会充当润滑油,有时会充当消防栓,有时候会充当垃圾筒或者痰盂,还有的时候会充当发电机。现在,眼看他就充当了润滑油。他对释延安说:"他住在东汉时候的北京,唐代时候的上海,也就是洛阳。"因为担心释延安再说出不靠谱的话来,惹乔木先生不高兴,他紧接着又说道:"杨凝式是

---

① 杨凝式(873—954),唐末及五代时期著名书法家,在书法史上被视为承唐启宋的代表人物。代表作品有《韭花帖》《神仙起居法》。《五代史》称"凝式虽历仕五代,以心疾闲居,故时人目以风子"。

唐末及五代时期的书法家,书法史上承唐启宋。此人与佛寺有缘,居洛阳期间,二百多个寺院的墙壁都让他题写遍了。各寺的僧人,都以得到他的题壁墨书为荣。写字的时候,他是信笔挥洒,且吟且书,不把一面墙写满,绝不肯罢休。他还做过太子太保,既爱热闹又喜闲居,绰号叫作风子。"

释延安说:"这个人我喜欢。我要活在那个时候,一定跟这样的疯子拜个把子。"

乔木先生此时倒被这个和尚逗乐了,有耐心说话了。乔木先生说:"他是装疯。杨风子最好的作品叫《神仙起居法》,你可借来看看。我原来有他的帖子,不知道塞到哪去了。喜欢的东西,你是丢不了的,不喜欢的东西转眼就丢了。风子的书法,我无所谓喜欢,也无所谓不喜欢,也就不知道丢了还是没丢。"

延安说:"神仙起居?他最后成仙了吗?"

乔木先生说:"《神仙起居法》,写的是古代的按摩术。行住坐卧处,手摩胁与肚。心腹通快时,两手肠下踞。踞之彻膀腰,背拳摩肾部。才觉力倦来,即使家人助。行之不厌频,昼夜无穷数。岁久积功成,渐入神仙路。"

延安说:"好诗。"

乔木先生说:"算是打油诗之一种吧。"

不久之后,他在华学明的生命科学院基地,又见到了释延安。基地的东北角曾有一片坟地,工人们说,那里经常闹鬼,后半夜常常听到鬼的啼哭。作为一个生物学家,华学明当然是不信鬼的,但为了稳定工人的情绪,他还是请慈恩寺的和尚到基地做了法事,超度那些莫须有的亡灵。那些和尚就是释延安带来的。那天,释延安还带来了慈恩寺的僧厨。僧厨就地取材,以这院子里的野菜做了半桌菜。华学明喜欢吃豆腐,释延安立即掏出手机,让人送来了慈恩寺的泉水豆腐。释延安用的是三星手机,因为他很喜欢碧昂丝①,而碧昂丝就是

---

① Beyoncé Giselle Knowles,美国黑人歌星。

三星手机的广告代言人。碧昂丝绰号"巧克力美人",释延安私下又给她起了绰号:木鱼美人。就在那一天,释延安告诉他,自己正在临摹杨凝式的《神仙起居法》,而且言谈之中偶尔自称神仙。

邓林说:"释延安已经知道,敬香的是黄兴先生,骑的是白马。"

"一个和尚,不好好念经——"

"有人拍了照。发了朋友圈。他对那匹白马很感兴趣。白马驮经嘛。汉朝时佛教第一次传入中国,就是白马驮来的。慈恩寺原来的大和尚素净,当年还是个小沙弥的时候,是从洛阳白马寺投奔到慈恩寺的。所以,他想给白马画像。"

考虑到明天敬香的时候,免不了要麻烦释延安,他就给释延安打了个电话。他是这么说的:"我是应物。神仙在哪里起居呢?"

释延安说:"神仙正为大师忙着呢。"

他问:"哪个大师?"

释延安说:"应大师。释神仙正为应大师忙着呢。"

他笑了,对释延安说道:"那就有劳释神仙了。"

释延安说:"我已经知道,敬香的是省里的贵宾。我还知道,栾副省长也会陪着贵宾前来敬香。邓秘书已经来小寺两次了。我要办不好,他敢把我生吃了。"接下来,释延安不用第一人称了,改用第三人称了:"白马明天来吗?白马就交给性空,他保证把白马侍奉好。"

没错,性空指的就是释延安自己。那是释延安写字画画时用的笔名。墙上那幅草书,署名就是性空。《华严经》中说,"性空即是佛,不可得思量"。传说他的有些山水画是把画笔绑在"那话儿"上画出来的,既是书法艺术,也是行为艺术。他的经纪人曾把他作画的过程拍成视频,发布到了网上。打开视频,首先推出八个字:开方便门,示真实相。然后是石砌的山门,巍峨的庙宇,淙淙的溪流,长满树瘤的古树。接下来就可以看到,释延安袒着右肩,背对着镜头作画,每画一笔就要挪动一下位置,但右肩却一动不动。也有近景和特写,不过镜头只是对准了毛笔。虽然视频中没有直接露出"那话儿"来,但看过视频的人都一口咬定,毛笔确实是绑在"那话儿"上的。这个工作难度可不小。你得保证在一定时段内不会断"气"。"气"可不能断,断了气,"气韵"就没了。还得保证运"笔"自如。这里面的学问太大了。难怪释延安的润格那么高。

眼前这幅字,这篇座右铭,这首励志诗,是茶馆老板亲自出题让释延安写的吗?掏了多少润格?看来老板其志不在小,仅仅开个茶馆是不够的。这幅字也是把毛笔绑在"那话儿"上写的吗?有点像。"千"字的一竖,足足占用了三个字的空间,但那个"里"字却缩成了一个拳头,而且泅成了一团。是不是"那话儿"没有拿捏得当?

外面有人在看电视,声音有点大。邓林按了一下呼叫器。

服务员后面老板也进来了。老板把服务员拨到一边,说:"邓大人,有何吩咐?"看来,邓林在江湖的绰号就是邓大人了。老板脚上缠着绷带,拄着单拐。缠绷带的那只脚悬空着,偶尔在地面上轻点一下。虽然绷带上有血泅出,但他却不像是刚瘸的,因为他走过来的时候,动作非常协调,已经别具一格了。尤其是那只悬空的脚非常出彩,当它点向地面又迅速弹起的时候,给人的感觉又轻巧又优雅,令人想到蜻蜓点水。老板看见他们都在看那幅字,就问:"邓大人看出了这字的妙处了吧?"

邓林说了八个字:"疏可跑马,密不透风。"

这话太笼统了,差不多也等于是废话,但却引来了老板的激赏。老板单拐捣地,说:"邓大人太高了,实在是高,我会转告性空的。"

邓林眼帘一垂,轻声说道:"退下。"

什么叫不怒自威?这就是一个现成的例子。老板听了这话,脸上的笑就凝固了,悬空的那只脚点了一下地,转动身子,拄着单拐走了。但随即又拐了回来。应物兄觉得,他在盯着自己看,好像认出了自己。我的朋友中有拄单拐的吗？好像没有。后来，他才知道此人是主持人清风的前任男友。

邓林不愿跟那人废话，是因为此时外面刚好有了动静。透过半卷的珠帘，他们看见一辆运煤车被拦到了路边，紧随其后的另一辆运煤车想倒回去，想扭头跑掉，但终究还是乖乖地开到了路边。

邓林笑了笑，把目光收了回来，打了一个哈欠。

这时候，一辆林肯牌轿车直接开到了执法大队的白色巡洋舰旁边。林肯开得很猛，好像要朝巡洋舰撞去，很有些同归于尽的架势。站在巡洋舰旁边的人吓得连连后退。不过，只过了半分钟，从林肯走出来的两个人，却立即变得点头哈腰。还真的是运输公司的人赶到了。应物兄想出去看看，但邓林说："恩师只管喝茶。"随后，他就看到执法人员背着手，一边踱步一边训话。

茶泡二遍正在妙处的时候，两个执法人员走了过来，一个年轻，一个年纪大些。年轻的反倒像个管事的。只见他双腿一碰，抬手向邓林敬了个礼。

"拣要紧的说。"邓林说。

那个小伙子站得笔直，眼睛望着正前方，说，来人是老总的助理，他已经通知那个暴发户的助理，明天的敬香权需要让出来，因为要敬香的是省里的贵宾，希望他们能够顾全大局。

"然后呢？"

"他们说别的都可以让，就是这个不能让。"

"然后呢？"

"然后我们就现场办公，出示了他们的违章记录，其中有三辆车已经超分了，驾照必须吊销，司机必须去车管所背交规，办新驾照。我们也向他们出示了运输安全检查条例。告知他们，现已查明他们公司名下有二十五辆运煤车都改装过了，装载量是原来的两倍到五倍不等，不仅是重大的交通隐患，而且对路面造成了破坏性影响。总之，必须马上停业，马上整顿，马上！职责所系，我们必须根据对道路的毁坏情况进行补偿,进行高额罚款,以示警诫。"

"你们平时就是这么执法的?"邓林问。

"报告!我们历来严格执法。"

"城门洞里扛竹竿,直来直去。你们平时就是这么干的?"

"跟他们还费什么话。"

邓林盯着他们看着,半天没有说话。他们显然被邓林看得心里发毛,脚都站不稳了。邓林喝了口茶,徐徐吐出了四个字:干群关系。邓林说:"干群关系,要注意哩。说话要委婉。重要的是,凡事要主动替群众着想。你现在就去告诉他们,赶明儿,他们可以派个人跟我们一起去敬香。这香还算他们敬的,佛祖保佑的还是他们。领导同志、外宾陪同他们前去敬香敬佛,还是为了他们。虽然说,领导同志心中装的是百姓,是芸芸众生,不可能只装他们几个人,但他们也属于芸芸众生嘛。有领导陪着,有外宾陪着,敬了香,得到了佛祖保佑,他们应该高兴,应该领情。"

"那三十七万怎么办?"小伙子问。

邓林这才急了,急得拍了桌子:"没听明白?领导和外宾陪他们敬了香,他们本该给我们酬金的。他们等于省了一大笔钱,对此应该心里有数。你再告诉他们,知道烧香拜佛,说明他们有敬畏之心。有敬畏之心是好事,但要落到实处。如果不注意安全,你就是在家里建个庙,佛祖也保护不了你。安全条例要贴在墙上,更要贴在心里。不然,那就是欺骗佛祖,不得好报。"

应物兄用茶杯挡住了脸。我既感动,又羞愧。主要是羞愧,为邓林羞愧。但是羞愧与感动又是紧密联系在一起的。

那两个人出去了。只过了几分钟,那个小伙子回来了,说事情办好了。

接下来应物兄就只剩下感动了。为什么?因为他听见邓林说:"恩师,刚才说那番话,我很羞愧。"

他为邓林的羞愧而感动。

更多的感动,应物兄是在返回希尔顿的路上,从胸中涌出的。

回去的路上,他与邓林坐同一辆车。邓林告诉他,后天的敬香权也拿到手了。邓林是这么说的:"大人物做事,都是随心所欲。万一子贡先生明天不来敬香,改到了后天,临时安排又如何来得及?"

邓林考虑得如此周全,他又怎么能不感动呢。

"邓林,辛苦你了。"

"快别这么说。我跟释延安也说了,后天的敬香权也得留着。"

"延安很听你的。"

"你来之前,我就跟延安打过电话。说的就是那幅字。关于那幅字,我其实不懂,是费鸣给我讲了一下延安写字的事情。费鸣是听您讲的吧,说他的字模仿的是杨凝式?我就跟他说,看见他的字了,有点唐人书法的意思,也有点宋人书法的意思,再一看原来是性空大师的字,但确实有点杨凝式的味道。他就在那边大叫起来,说,秘书郎啊,你是慧眼识英雄啊。他说,他最喜欢的就是杨凝式的《神仙起居法》,也写了一幅,想送给我。我跟他说,别送我,要送就送给国际友人吧。他就说,阿弥陀佛,秘书郎诚乃自己人也。我就说,后面敬香权的事,要办好。他说,如果办不好,就把他打入十八层地狱。这话是他自己说的,我可什么也没说。"

"不会出什么差池吧?"

"怎么会呢?您大概以为,今天执法大队很卖力,其实他们是将功补过。从前天开始,已经遍发帖子、短信、微信和微博,举报未来几天享有敬香权的人,平时如何违法乱纪。今天这家运输公司,就是举报对象之一。有人举报这家公司私自改装车辆,并批评运输管理局下属的执法大队视而不见,有法不依。我跟他们说了,民意不可违啊,要及时改正,下不为例,及时给群众一个说法。这个运输公司也是的,电话不接,短信不回,传真不收,真是吃了豹子胆了。我跑一次,是应该的,麻烦您也跑来一次。不过,不管怎么说,都是我的工作没有做好,给恩师添麻烦了。"

"邓林,你考虑得比我还周到。"

"这不是应该的嘛。后天的敬香权,也是在一个公司老总手里。那个人是贵族学校的校长,他说,他是为教职员工烧香的。去年,有个语文老师被孩子打了一个耳光,那个老师竟然翻过走廊的栏杆跳了下来。幸亏是从二层摔下来的,没有摔死,只摔断了一条腿。他来烧香,一是祝愿那个老师早日恢复健康,二是求佛祖保佑,老师们再也不要挨打了,就是挨了打,也要忍着,不要跳楼。就是跳了楼,最好不要摔死。我对他说,你是做善事的,我也是做善事的,都是做善事的。你为的是员工,我为的是济州百姓。大善小善要分清楚。"

"善事不分大小,"他对邓林说,"你可以对他说,积小善而成大德。"

"谢谢恩师提醒。毕竟是做教育的,这个人还是很善良的。当然,人家也提出,希望我们老板有机会能去视察一下。我答应替他安排。"

"据说敬香权,每天的钱还不一样。后天是多少钱?"

"人家很慷慨。人家说了,不谈钱了,就当多收了一个插班生。"

邓林又打了一个哈欠,泪水都流了下来。看来邓林严重缺觉。此时是邓林开车,应物兄要求换过来,让邓林休息一会,但邓林说,怎么能让恩师为自己开车呢?邓林说:"我先送您回希尔顿,我还得到邬老师那里去一趟,免得他再干傻事。"

"邬老师他怎么了?"

"唉,太能折腾了。恩师,我昨晚一夜没睡,就是为了他。邬师母说他,学勤啊学勤,勤学早练是对的,可是屈原身上那么多优点你不学习,偏要学他寻短见。"

"寻短见?你是说邬老师他——"

"您的学勤兄,昨天晚上,嗨,劲儿上来了,跳河了。"

55. 学勤兄

学勤兄跳河了?

如前所述,邓林其实并不是应物兄的学生,而是邬学勤教授的弟子。邬学勤不仅是邓林的本科班主任,还是邓林的研究生导师。对于邬学勤,邓林向来尊重有加,邬学勤当然也把邓林看成自己最得意的弟子。

邓林父亲早逝,生活困苦也就在所难免,读书时学费都是借来的。邬学勤教授看邓林聪明伶俐,认定他是人才,对他多有照顾。有传言说,邬学勤当年甚至不惜改动考卷分数,好让邓林拿到奖学金。这件事可能是别人编的,但另外一件事,应物兄因为参与了事件的处理,得以知道邬学勤对邓林有多么好。

邓林读本科时,因为经常参加勤工俭学,误了不少课,其中误得最多的,就是小乔的导师汪居常教授在人文学院开设的公共课《国际共运史》。他倒不是故意逃课的,实在是因为那天下午刚好要给一个富人家的孩子补课。恰逢期末考试前,汪居常教授照例要划重点,邓林没来。邓林自认为国际共运史是自己的强项,怎么考都能过关的,所以也并不在意。可是真上了考场,他发现每道题都成了拦路虎。比如,前面两道填空题是这样的:

1)巴士底狱占地面积大约＿＿＿＿平方米,它的八座塔楼由高24米宽3米的城墙连接,城墙上配备有＿＿＿＿门重炮。

2)卡尔·李卜克内西深受父亲影响,他的父亲是德国社会民主党的创始人,名叫＿＿＿＿,曾被诬告犯了＿＿＿＿罪,被判处两年徒刑。

邓林以上洗手间的名义走出了考场,出来之后又神色自如地去了隔壁考场,手背在身后,踱着步子,以监考的名义看了看别人的答卷。监考老师以为是学校组织巡考的,还向他点头致意。因为入戏太深,邓林还特意向监考老师强调,要注意考场纪律。有一个考生认出了他,笑了起来,事情就露馅了。

应物兄当时是人文学院中文系的副主任,参与此事的处理。就是那一次,他对邬学勤老师的护犊子精神留下了深刻印象。邬学勤的解释是,邓林并不是不会,并不是要去抄袭,而是因为他作为年级学生干部,担心别的班级的学生考不好,所以才忍不住去看了看。邬学勤的解释甚至使邓林都睁大了眼睛。想起来,那次给他留下最深印象的,还不是邬学勤护犊子,而是邓林知识面之广。当汪居常教授宽宏大量地表示,只要邓林能够说清楚与巴士底狱有关的任何一件事,他就可以放邓林一马的时候,邓林提到了一个词:巴士底病毒。

在场的没有人知道巴士底病毒。

邓林说:"老师们肯定知道葛任先生。葛任先生的女儿,准确地说是养女,名叫蚕豆。葛任先生写过一首诗《蚕豆花》,就是献给女儿的。葛任先生的岳父名叫胡安,他在法国的时候,曾在巴士底狱门口捡了一条狗,后来把它带回了中国。这条狗就叫巴士底。它的后代也叫巴士底。巴士底身上带有一种病毒,就叫巴士底病毒,染上这种病毒,人会发烧,脸颊绯红。蚕豆就传染过这种病毒,差点死掉。传染了蚕豆的那条巴士底,后来被人煮了吃了,它的腿骨成了蚕豆的玩具,腿骨细小,光溜,就像一杆烟枪。如果蚕豆当时死了,葛任可能就不会写《蚕豆花》了。正因为写了《蚕豆花》,他后来在逃亡途中才暴露了自己的身份,被日本人杀害了。而葛任之死,实在是国际共运史上的一个重要事件。"

"你是说,巴士底病毒是从巴士底狱传出来的?"

"世界卫生组织倾向于这么认为。他们认为,这种病毒应该是从犯人身上传给狗的。它的英文名字叫 Bastille Virus,比较奇怪的是,这种病毒直到上个世纪七十年代末才在巴黎出现。但据《世界卫生年度报告》显示,近年在非洲、俄罗斯以及海湾的部分阿拉伯国家,Bastille Virus 存在蔓延趋势。"

邬学勤教授立即指着邓林,对他们说道:"瞧瞧,他什么都会。"

这件事的处理结果是,邓林给以口头警告处分。本来要记大过的,但邬学勤教授说,只要给邓林记大过,他就携邓林前往汨罗江。

邓林读研究生时,因为热衷于社会活动,硕士毕业论文一拖再拖,而且质量堪忧。因为担心邓林通不过答辩,学勤教授还向他面授机宜:你要么第一个上场,要么最后一个上场。前者的好处是,评审委员们人到了心还没到呢,你说什么,他们都听不清楚,糊里糊涂就让你过了;后者呢,几个小时下来,他们急着出恭,急着吃饭,你说什么他们都不会在意。后来,邓林的硕士论文得的是"优"。有人议论,要不是邬学勤自己的女儿不听话,刚过十八岁就被人弄大了肚子,邬学勤肯定会把女儿许配给邓林。

前面也说到过,学勤教授与伯庸是同行中的同行,因为他们都研究屈原。但奇怪的是,他们都没有从屈原那里汲取教训,都勇于"参政",都曾参与竞选人文学院院长,并将对方视为最大的对手。当然了,他们谁也没能当上。竞选失败以后,学勤教授就像变了一个人。最明显的变化,就是他竟然莫名其妙地戴上了假发套,而他分明是有头发的,而且还是重发,以前留得很长的,在脑后都形成了波浪。这么说吧,如果不是因为他很瘦,几乎没有屁股,别人就会把他当女人了。他自己解释说,戴着假发套,暖和!冬天还说得过去,夏天呢?夏天也照戴不误又是怎么回事?屈原说,世人皆醉我独醒,他呢,莫非是世人皆热我独冷?一个研究俄罗斯文学的人,借用契诃夫小说的名字称之为"套中人"。但严格说来,"套中人"的说法是不够准确的,因为学勤教授不戴手套,不戴护耳,春秋两季甚至光脚穿鞋。总之是个谜。他的假发套质量不是很好,起码与他的脑袋不大配套,有点松。他不爱洗澡,总是痒,痒了就要挠。当他隔着发套去挠头皮的时候,整个发套就会产生位移,鬓角会突然跑到鼻子上方,后脑勺的头发又会盖住耳朵。伯庸对此的评价是,这就相当于北半球和南半球突然错开了,都称得上惊天动地了。前段时间,学校评职称的时候,他和伯庸都申报了三级教授的职称。这次伯庸评上了,他却没评上。他受不了啊。他的说法是,阿狗阿猫谁评上都行,就是某某人不行——他都不屑于提伯庸的名字了。他平时就喜欢与伯庸抬杠。但抬杠的时候,他的眼睛却不看伯庸,而是看着别处。就拿程先生曾经提到过的那句诗来打比方吧:假如伯庸说"竹外桃花三两枝,春江水暖鸭先知"是一句好诗,那么他肯定会说,鹅也先知,怎么只说鸭子?听上去好像在为鹅打抱不平。这次他没能评上三级教授,他认为又是伯庸在背后捣鬼了。他将伯庸比作曹丕,将自己比作怀才不遇的曹植。他说,如果曹丕是个蠢蛋还好,偏偏曹丕不是蠢蛋。而正因为曹丕略有才学,才会有那么多歪点子,在背后使坏。他的结论是,无才的庸人或可容忍有才者,而略有才学的人,反倒要嫉恨有大才的人。

此时,听邓林提到学勤教授要寻短见,应物兄就问:"还真跳河了?这会他在哪里?"

邓林说:"没死,没淹死。可这事闹的!"

邓林从口袋里摸出一张纸,是学勤教授绝命诗的复印件:

草木之零落兮美人迟暮,五十又三年兮义无再辱。狗屁英格丽兮惟恍惟惚,值此之事变兮死它去尿。

哦,死到临头,学勤兄还来了一段屈原骚体!因为化用了王国维的绝命诗,在原创性方面要打一点折扣,但他将English中的"sh"翻译成"兮",使之与骚体格式相符,倒也称得上独出机杼。老子说,"道之为物,惟恍惟惚"。而从诗中看,让学勤兄"惟恍惟惚"的那个"道",却是英语,这是外人很难想到的。莫非他是因为职称外语考试没有过关,才没能晋升三级的吗?果真如此,这就跟人家伯庸无关了,只能怪罪葛道宏!因为是葛道宏修改了规定,要求教授职称升级也必须考外语。想起来了,葛道宏也曾将"英语"称为"道":不仅是教学之道,不仅是学问之道,而且是国际化之道。"道不同不相为谋,亦各从其志也。"①莫非学勤兄志在跳河,志在"死了去尿"?

"这次还真不是职称的事。"邓林说。

"那又是为了什么?"

"当然,跟英语还是有那么一点关系。前天,他在路上遇到了葛校长,给葛校长提了个意见。据说葛校长规定,教师的授课大纲都必须翻译成英文,提交给学术委员会,由学术委员会聘请国际上的著名学者进行学术评估,看是否融进了学术研究的最新成果。这还只是一个过渡,以后的教案都必须用英文书写,再过几年,就必须用英文授课了。学勤教授对此有意见了,说他讲的是屈赋,屈赋中的那些形形色色的草木花卉,有些连植物学家都搞不清楚,又怎么能翻译成英文呢?他还举了个例子。说屈原最喜欢以兰若自居,可直到今天也没人能说得清楚,兰若到底指的是兰花呢,还是兰花和杜若的合称?兰花和杜若又怎么能翻译成英文呢?一种带有香气的草?"

"葛校长怎么说的?"

"葛校长说,难道兰若只生在中国?有地理学和植物学的依据吗?"

"后来呢?"

"葛校长说完就要走,但他拦住不让走。最后葛校长告诉他,别说屈原了,就是《论语》,以后也得用英语讲。不用英语也可以,联合国另外四个常任理事国的语言,请任选一种。日语、德语、西班牙语也可以备选。做不到,就别上讲台了。他就问,难道应物兄的太和研究院,以后也用英语教学吗?葛道宏说,当然!必须的。"

---

① 出自《史记·伯夷列传》。从《论语·卫灵公》中"子曰:道不同不相为谋"引申而来。

太和研究院要成为国际一流的学术中心,必须如此。"

"葛校长只是在描述愿景。他就因为这个跳河了?"

"他对葛校长说,全世界范围内,他的屈原研究都是第一的。不让他上课,那对全世界的屈原研究都是个打击,全世界人民不答应!葛校长就问,你是第一,谁是第二?他答不上来了。葛校长就说,第二是谁你都不知道,你怎么知道你是第一?夜郎自大,是要让人笑掉大牙的。就是这句话,把邬老师给惹恼了。他说,他会把这情况反映上去的。葛道宏说,你的后台是谁我知道,我的后台是谁你不知道,你去反映吧,我等着。"

"邬老师还有后台?"

"哪有什么后台啊!有后台,还会活得这么窝囊吗?要说后台,我就是他的后台。可我这个后台,在葛道宏眼里,算个屁啊。"

"你别听他牢骚,什么窝囊不窝囊的,他在学校还是挺受尊重的。"

"尊重?连学生都欺负他。他的屈原研究,虽然不可能像他本人所说的,在全世界排第一,但总是能挂个号的吧。可他的选修课,就是没人选。好说歹说,最后只有几个人来选,勉强可以开课。为了讨好学生,学生让他干什么他就干什么。有一次学生给他打电话,让他帮助查资料,他气得半死啊,哪有学生把老师当老妈子使唤的?但是为了保住这门课,他还是不能得罪那个学生。他慌慌张张去了图书馆,才想起家里有这本书。他给那个学生打电话,让学生来取。学生是怎么说的?学生说,快递寄来即可。又把他气得半死。我劝他,这门课就别开了。他说,时穷节乃见,越是这样越是不能忘掉屈子,不能丢下屈子不管。"

按邓林的说法,学勤教授吃软不吃硬,可以受学生的气,但不能受校长的气。那天,学勤教授回到家里,越想越生气,新伤旧恨一起跑到脑子里来了,于是决定仿屈子跳江。到了河边,他给家人打了个电话,说他这就权把黄河当汨罗,要跳江了,中午饭就不吃了,米饭不要蒸多了。家人又好气又好笑,没太当回事,只是让他赶紧回来吃饭。后来就看到了书桌上的绝命诗。他曾跟家里人说过,有事可以找邓林,家里人就赶忙给邓林打电话。邓林当时正在为栾庭玉准备与子贡会谈的资料呢,实在走不开,只好派人去找。后来终于在黄河岸边找到了。

邓林说:"那个地方,我陪他去过。春天的时候,河边确实是好景致。那天他过生日,我雇了一条船,陪他在河上吃鱼。他说,鱼太新鲜了,显得嘴巴不干净。没想到这次他又去了那个地方,这次不是吃鱼,而是寻死。找到他的时候,他正在晒鞋子、晒他的发套呢。到底跳了没有,没人知道,应该是下过水。他一边晒鞋子一边睡觉。找他的人看到他那副样子,又气又恼,问他到底跳了没有?他说了一句话:水太凉了。他还问,是不是小邓同志派你们来的?小邓同志怎么没来?人命关天,知恩图报,小邓同志难道不懂吗?说着,他就抓起发套又向河边走去,边走还边吟诗呢:沧浪之水清兮,可以濯吾缨;沧浪之水浊兮,可以濯吾足。他们赶快把他抱住了。见他挣扎着还要跑,只好将他摁倒了,弄了个狗啃泥。对不起!我可能不该这么说,但确实是狗啃泥嘛。我呢,晚上十点多,才把资料准备好。饭都顾不上吃,连忙赶去看望他。他倒好,一句感谢的话都没有,只是盯着你冷笑。"

"神经受刺激了。"

"知道他说什么吗?他说,我没跳成,你是不是有点失望?"

"他上了年纪了,你别跟他计较。"

"上年纪了?他只有五十三岁。这日子以后还长着呢。"

"你现在要去看他吗?"

"他当时说,等天暖和一点,水温高一点,再去跳江。刚才师母打电话,说他拿着温度计,问师母,这温度计坏没坏,准不准。吓得家人不敢离开寸步。"

"哪天我见了他,开导开导他。"

"您能不能跟葛校长说一下,让葛校长给他打个电话,表示一下慰问?"

"好的,这事我来办。"

"那我就不去了。"

就这么巧,这边话音没落,葛道宏那边就打来了电话,说接到附属医院的报告了,那个学生的换肾手术已经做完了,很成功,没有出现排异现象。电话是小乔打来的,小乔说,葛校长正在慰问医生。

随后,附属医院的院长打来了电话,说的也是这事,但语气有点冲。院长讲了一件事:供体,也就是肾源,不是来自那个学生的父亲,而是来自那个学生的哥哥。之所以是哥哥,而不是父亲,是因为父亲不便领取奖励,哥哥却领得理直气壮,因为他们已经分家了,虽有血缘关系,但严格说来不是一家人了。院长说,其实这是父子二人商量的结果。院长随后还提到了一个细节:哥哥在全身麻醉之前,又提出了一个要求,看在他献爱心的分上,能否免费将他的包皮割了?

院长说:"给你打这个电话,是想给你提个醒。子贡先生来医院慰问的时候,就不要见家长了,只见病人和医生即可,免得他们又提出什么额外的要求。"

应物兄突然想起来了,这位院长的专长是割痔疮。

"谢谢您的提醒。后来给他割了吗?"

"我不得不说了他几句。我提醒他,要有点专业知识。理发店只管理发,美容请到美容店。"

56. 第一次会见

第一次会见,这里说的是栾庭玉与子贡的会见,发生在当天下午。地点就在希尔顿。陆空谷也在会谈现场,就坐在子贡的旁边。栾庭玉特意穿上了唐装。好像还不能完全适应那套衣服,觉得它有点勒脖子,栾庭玉把领口解开了。他们首先谈的是白马。栾庭玉对白马的解释,是邓林提供的。在应物兄的印象中,邓林从看到白马到现在,一直在忙,没见他准备材料啊。或许只需要几分钟时间,邓林就把材料准备好了。应物兄不能不感慨邓林工作效率之高。

栾庭玉提到,人们经常说的"龙马",并不是"龙"和"马",而是"仁马",它代表了华夏人民的主体精神和最高道德规范,刚健、热烈、高昂、明亮。《易经》中说"乾为马",这个马就代表着君王、父亲、大人、君子、祖考、威严。所以,龙马精神就是中华民族自古以来崇尚的奋斗精神。

栾庭玉突然问道:"黄先生听过《东方红》吗?"

子贡说:"《东方红》?好熟悉呀。哦,听过听过。"

栾庭玉说:"中国人,人人会唱。知道《东方红》从哪来的吗?从陕北民歌改编来的。哪天,您要方便,我请人给你唱上一曲。那首民歌就叫《骑白马》。"说着,栾庭玉竟然唱了起来:

> 骑白马,挎洋枪。三哥哥吃的是八路军的粮。有心回家看妹妹,呼儿嘿哟,打日本就顾不上。

子贡说:"栾长官还是歌唱家啊。"

栾庭玉说:"歌唱家倒谈不上。"说完这个,栾庭玉回头对邓林说,"啊,给那个谁啊,就那个谁,你联系一下,准备几首歌。"然后栾庭玉说,"黄先生,你骑着白马来到济州,意义很大啊。我祝你马到成功。我也祝我们太和研究院,发扬龙马精神,把儒学研究事业推向前进。"

子贡说:"白马听了栾长官的话,也会高兴的。"

栾庭玉对子贡资助大学生换肾的行为表示赞赏。栾庭玉就是从子贡这个名字说起的。这方面的材料,显然是邓林准备的:"孔子的徒弟子贡,跟黄先生一样,也是个慈善家。子贡到外地做生意,看到在异国他乡沦为奴仆的鲁国人,就自己掏腰包把他赎了回来。善哉,善哉,这是什么精神?这就是慈善精神。'慈善'二字就出自《论语》,'孝慈则忠,举善而教……'"

"得栾省长夸赞,黄某不胜荣幸。"

接下来,栾庭玉却话锋一转:"奇怪得很,孔子知道此事后,并不觉得他做得好。有一种说法是,孔子当时很生气,要将子贡逐出师门。当然了,主要是吓唬吓唬子贡。打是疼,骂是爱,不打不骂就见外了。"

宾主大笑,其乐融融,只有端茶递水的服务小姐不笑。服务小姐一律穿的是旗袍。栾庭玉接着又讲:"孔子为什么不赞成呢?因为当时的鲁国有一项政策,凡是做了慈善的人,都可以领取国家的奖励,但子贡却没有领。孔子就是为了这个批评子贡的。孔子认为,你的做法看似'仁',其实是'不仁',因为你把仁政给领进了死胡同。都像你这样,做了善事不留名,做了慈善不领奖,那么以后做慈善的人也就不好意思再留名了,不好意思再去领奖了。也就是说,如果做了慈善领不到奖励,得不到称赞,那么做慈善的人就会越来越少。人嘛,人性嘛。物质奖励还是需要的。马克思说得好,物质基础决定上层建筑。所以孔子认为,子贡的做法,实际上是把别人做慈善的路给堵死了。悠悠万事,'义利'二字,所谓精神文明和物质文明两手都要硬,上层建筑和经济基础相互作用,供给侧和需求侧双向互动。没有'利',只讲'义',那个'义'迟早行不通。"

"长官此言极是。"

"美国在这方面就做得很好,做了慈善的,可以少交税。这就是义利并举。我们老祖宗的仁政,让美国人偷了去。"

"美国人从孔子那里偷的东西,多着呢。"

"您的老师,我说的是程济世先生,对孔夫子在美国的传播是起了作用的。"栾庭玉又开始转变话题了。

"黄某深受先生之教诲。"

"请您转告程济世先生,我想他了。我盼他早日回济州看看。我先在这里表个态,到时候,我们四大班子的人,一定都去机场迎接他老人家。"

"黄某会陪同他前来。"

"我有很多问题,要向程济世先生请教。我自认为是他的私淑弟子。"

"先生听了这话,定然很高兴。"

"我们现在重新认识到了孔子的意义。比如孔子的看法对于慈善制度的建立就极有现实意义。中国现在还没有建立起一套真正切实有效的慈善捐赠制度。2005年的时候,我们的民政部倒是启动了《慈善法》的起草工作。第二年,我们出台了《慈善事业促进法》草案,说是要提交全国人大审议。但总的来说,动静不大。我的想法是,地方政府可以先行动起来,先摸着石头过河。黄先生可能有所不知,说是要摸着石头过河,可是很多人啊,我就不具体说是哪些人了,他们是只摸石头不过河。摸的目的是为了过河嘛。只摸不过,不行!不是不让你摸,让你摸嘛。可是不能摸上瘾了,别的都忘了。摸要摸,过要过。"

说到这里,栾庭玉探出身来,看了看坐在他这一侧的应物兄,说:"我读应物兄的书,看到一个词,叫'知行本体'。这个词好。应物兄,你的原话是怎么说的?"

"我用的是王阳明的观点。大意是说,'知'的心,与'行'的心,是同一个心。不能'知'是一个心,'行'是一个心。这就是二心了,就是私欲作祟了。"应物兄说。

栾庭玉点了点头,说:"具体到做慈善这件事,怎么过河呢?怎么行动呢?需要尽快研究,并且来说,还要尽快拿出个方案。现在看来,像当初的鲁国那样,对于做了慈善的人给以很大的物质奖励,暂时好像还行不通。因为有些人会说,他们做慈善是因为他腰包很鼓,钱多得没地方花,为什么再给他们送钱?竟然还有一些半吊子的经济学家也持这个看法。当然了,他们用词很讲究,说这是原罪感的问题。说这些慈善家大都有原罪感,捐钱捐物是在抵消自己的罪。不能这样看,不能这样说。并且来说,真的不能这样说。"栾庭玉略略欠身,"黄先生,我本人完全不能同意这种说法。我是听到一次,反对一次。我倒是相信应物兄那个说法。应物兄有一句名言:真正有罪的人是没有原罪感的,有原罪感的人反倒是没有罪的。讲得好。"

"应物兄,此乃至理名言啊。"子贡说。

"我有个想法,《慈善法》正式公布实施之前,有两点可以先做起来。一是加大宣传力度,让慈善家美名远扬;二是在经贸合作方面,政策可以适当倾斜。并且来说,黄先生,这次你又是做慈善,又是捐助太和,功德无量啊。如果黄先生在济州投资,我们也得给你让利啊。"

"香港的朋友说,在大陆做生意,一靠警察,二靠妓女。栾长官就是警察和妓女啊。"子贡突然改成了粤语。

栾庭玉先是一愣,继之咳嗽了两声。领导的咳嗽从来不仅仅是生理现象。电视台做录像的一个女记者也把脸偏离镜头,朝这边看了过来。而一个文字记者则干脆站了起来,似乎要发火。当然没有发火,只是提了提腰带又坐了下去。

只有两个人在笑:一个是子贡,另一个就是应物兄。

应物兄赶紧解释:"黄先生说的是,一靠政策,二靠机遇。"

子贡也用普通话又说了一遍:"一靠政策,二靠机遇嘛。我还是懂国情的。"

栾庭玉模仿着子贡的话,说:"'警察'和'妓女'都让黄先生赶上了。"

电视台那个做记录的小伙子,带头鼓起了掌,随后当然是掌声一片。这是一个小花絮。这个花絮,当然是子贡有意为之。一个俗气的花絮。子贡后来问应物兄:"这个玩笑开得好吧?气氛太严肃了,需要调节一下。"

子贡又问邓林:"邓大人,开这样的玩笑,栾长官没有反感吧?"

邓林回答说:"毛主席和外国元首会谈的时候,也是非常幽默的。"

应物兄想起来,他刚认识子贡的时候,也觉得子贡有点俗气。但程先生说,俗气,就是烟火气。做生意的俗气,做研究的文气。俗气似乎落后于文气,但也没有落后太多。一个人啊,有时候俗气一点,也就舒服一点。舒服一点,对活着就更有信心一点。程先生当时还举了个例子。在中国听音乐,看上去就很俗气。拿个二胡,在街上一坐,舞台就有了。拿根粉笔在地上画个线,剧院就有了。嗑瓜子,喝茶,下棋,样样都不耽误。好像没听,可什么都听到了。想鼓掌就鼓掌,想拍腿叫好你尽管拍。腿拍肿了,说明你听懂了,说明你入乎其内出乎其外了。还可以吃涮锅呢,白菜豆腐尽管上。狗头煮熟,饮酒烂醉,都随你。有人流泪有人笑,大人叹息小孩闹,都随你。这就是人间。看着很俗气,却很有趣。可在西方呢,你得规规矩矩坐好。只能竖着耳朵听,别的什么都不行。别说放屁了,连咳嗽一声都是犯罪。身体已经被钉住了,而座位就是十字架。一场音乐会听下来,腰酸屁股疼,两眼冒金星。哪里是享受啊,受刑嘛。

关于那个站起来又坐下去的记者,邓林后来告诉应物兄,那个人正四处活动,想调到省政府,在栾庭玉手下谋个一官半职。邓林对此人极为不屑。邓林说:"他逢人就拍马屁。为稻粱谋而折腰,是可以理解的,问题是他拍马屁的技术让人不敢恭维。他污辱的不仅是他自己,还有拍马屁这个职业。你都看到了,他把皮带都抽出来了,要抡人家了。有这个必要吗?"应物兄想了想,当时好像只看到那家伙往上提裤腰,并没看见往外抽皮带。

邓林提醒他回忆一个细节:那个人正做记录呢,中间竟然把本子丢到了地上,还闹出了一点声响。

"这又怎么了?"他问邓林。

邓林说:"难道你没有注意吗?老板本来坐得好好的,突然跷起了二郎腿,身子还微微地斜到了一边,嘴角也咧了一下。老板那是在放屁。他把本子丢到地上,是要替老板遮掩一下,也暂时转移别人的注意力。"

有一点是应物兄没有想到的,栾庭玉在随后的谈话中,突然提到了投资问题。这个好像不属于原定的话题范畴。栾庭玉说:"黄兴先生若在济州投资,或在省里任何一个城市投资,政府一定在税收方面,在土地征用方面,在银行服务方面,给予大力支持,还可以授予黄兴先生'荣誉市民'的称号。省里有规定的,凡是获得这个称号的海外投资人,政府还可以在原来优惠的基础上再给予较大程度的优惠。"

子贡说:"能为济州乡亲效犬马之劳,黄某三生有幸。"

应物兄看了一眼陆空谷。但陆空谷的表情没什么变化。直到这个时候,应物兄才突然想起来,陆空谷曾经告诉他,栾庭玉曾让邓林与GC联系,商讨GC集团在济州投资的可能性。也只有到这个时候,他才明白,子贡为何要以慈善家的形象出现,为什么急着安排一个换肾手术。

关于他们背后的联系,邓林竟然从未向我透露半个字!不过,我不生气。我不但不生气,还有点高兴:该守纪律的时候,邓林还是很守纪律的。

子贡站了起来,向着栾庭玉鞠了一躬,身体都快弯成 n 形了。栾庭玉也站了起来,向子贡伸出了手。两个人不光握手,还来了个熊抱。众人鼓掌。

应物兄以为,接下来要谈到太和了,不料,他们谈的却是济州硅谷的问题。在八个副省长当中,栾庭玉排名第五,负责教育、卫生、科技、环保、城市管理和交通。拟议中的济州硅谷,也就是济州的高科技园区,就由栾庭玉负责,他手下有一个济州硅谷筹建委员会,负责协调政府各部门之间的关系,并与海外重要的IT公司建立联系。因为GC公司总部就设在美国加州硅谷,所以栾庭玉此时表示,很想听听黄兴先生对建设济州硅谷的高见。

子贡脸上一直是笑吟吟的,此刻却突然皱起了眉头。

"栾省长,硅谷建成什么样子,任何人说了都不作数的。"

"黄先生不要谦虚,您尽管说,我洗耳恭听。"

"大陆的科学家们怎么说?"

"科学家们的话,也不能全信。五八年的时候,有个科学家叫高士其,这个人很有名,是我小时候学习的榜样。并且来说,他在《学习》杂志上发表过一篇文章,说的是麻雀,说一只麻雀每天要吃二钱半谷子,一年至少八斤。全家的麻雀加起来,吃得比人都多。那就打吧。结果怎么样?生态系统都破坏了。教训啊。所以,科学家的话要听,企业家的话也要听。"

"栾省长,硅谷是自己形成的,就像河道,就像山谷。"

邓林也皱起了眉头。显然,子贡的回答超出了邓林的预想。邓林显然没有给栾庭玉提供这方面的材料。

栾庭玉先是点头,然后是摇头,然后又点头。

这个动作让子贡有点迷惑。鉴于这是栾庭玉的习惯动作,应物兄日后曾向子贡解释,说这是栾省长的习惯,没有多少实际意义,不要在意。邓林觉得,还是应该解释清楚,免得产生误会。邓林的观察和分析确实胜人一筹,已经上升到学术研究的层次了。邓林说,稍加留意,就可能发现,除了摇头、点头,老板的眼睛也是一会儿睁着,一会儿闭着。他听你讲话时,如果他的表情非常专注,紧盯着你,眼珠子半天才动那么一下,那其实表明他并没有听进去,其实是走神了,只有听的形式,没有听的内容。这种情况很常见,因为他平时处理的事情太多了,难免分神。如果他既摇头,又点头,那反倒说明他听进去了。但是先后次序很重要。先摇头后点头,说明他不喜欢你的观点,但喜欢你提出的问题,他会认真考虑你的问题。如果他先点头后摇头,说明他认同你的观点,但对你在这个场合提出这个问题,他有些意外。邓林说:"每个人都有自己的身体语言学,这就是栾省长的身体语言学。"

子贡问邓林:"那他先点头,后摇头,又点头,有何深意?"

邓林说:"黄先生,那说明他认同你的观点,却对你在这个场合提出这个问题感到意外。但由于你是外宾,是客人,出于礼貌他还是要对你的直言表示感谢。"

子贡看着邓林,又摇头,又点头。

关于硅谷、济州硅谷,这次谈话只略有涉及。栾庭玉接下来只是简略地提到了一个优惠问题,那就是最先进入济州硅谷的高科技产业公司,政府将免收四十年的土地使用费,并返还百分之四十的税金。栾庭玉说:"这么一来,你就是想赔钱,也赔不了啊。"

子贡说:"我明白了,程先生为何一直鼓励我回大陆投资。商机多多啊。"

这天谈话的一个热点问题,是关于安全套生产的,其中甚至包含着堪称"骇人听闻"的信息,几乎超出了人类的想象力。子贡首先指着葛道宏,向栾庭玉报告了一个事实:"GC将向济大捐助一个实验室,用于安全套方面的研究,主要是数据采集。"葛道宏对此的回应是:"黄先生请放心,我们将办成世界一流的实验室。"然后,葛道宏又对栾庭玉说:"省长肯定会支持我们的,是不是?"

栾庭玉说:"于国于民于教有利,谁敢不支持?"

葛道宏对栾庭玉说:"我会另向您汇报。"

栾庭玉问子贡:"并且来说,听说黄先生的安全套,叫念奴娇?"

子贡说:"有些女士不喜欢,说它歧视女性!我们从善如流,正准备改个名字。长官有何建议?"

栾庭玉说:"这应该问应物兄。应物兄是起名高手。"

应物兄说:"给事物命名,得慎之又慎,得动用你的全部经验,容我想想。"

栾庭玉说:"你这个念奴娇啊,也可放在济州生产。应物兄,如果不放在济州生产,咱就不给它起名字。"

应物兄的润滑油属性发作了,模仿着子贡的口音,说:"我听栾长官的。"

子贡说:"董事会已经决定,名字一旦采用,将付一百万 dollar。我是想把这一百万 dollar 留在济州的。"

栾庭玉说:"我建议,这个名字最好有儒学背景,是从《论语》中长出来的。"

子贡说:"长官为我们指明了方向。"

栾庭玉拍了拍双膝,然后又按着双膝,似乎要站起来。

应物兄知道,栾庭玉是在暗示,这天的谈话该结束了。你不能不佩服子贡,因为他竟然看懂了栾庭玉这个身体语言,比栾庭玉还先站起来。子贡先向栾庭玉屈身行礼,然后又向葛道宏屈身行礼。黄兴的动作并不潇洒,甚至有点拘谨,令人想到《论语》中那句话:"入公门,鞠躬如也,如不容。"①

栾庭玉站起来和子贡握手,说:"具体问题,还可以再进一步磋商。总之,可以考虑进行一揽子的合作。"说这话的时候,栾庭玉的手在空中画了一个圈,然后指向了镜头的方向。摄影师把那个手势定格了。在后来的电视新闻中,栾庭玉的那只手就停在了空中,有一种挥斥方遒之感。

站起来之后,栾庭玉并没有立即离开,而是和子贡又聊了一会。栾庭玉说,省委书记出国了,本来也要亲自接见黄先生的;中午专门打电话来,向黄先生表示感谢;常务副省长梁招尘同志,正在重新安排日程,调整时间,看能否与黄兴先生见上一面。

人们都出来送行。

---

① 见《论语·乡党》。

子贡突然凑到应物兄耳边："有人说，梁氏出事了。看来没出事喽？"

他有特殊的消息渠道？应物兄确实没有听说过，所以只能说："谣诼罢了。"

走出房间，连那些平时没有表情的侍者，也在向栾庭玉微微颔首并且微笑。在希尔顿，你总能看到无数的廊柱，无数的似乎没有尽头的过道，无数的挂在墙上的雕饰——它们既精致又冷漠，而墙边似乎永远垂手站立着没有表情的侍者。地毯很厚，如果光脚踩上去，似乎可以淹没脚面。所有这些，都给人以销声匿迹般的感受。这是一个自足的世界。人们在走廊里的任何谈话都像是窃窃私语，都像是禁闭情景中的耳语，都像是不为外人所知的游戏规则。走廊的拐角处，放着细腰花盆。应物兄的眼睛接触到那个细腰花盆的一瞬间，突然想起了陆空谷。

陆空谷已经不见了。

那精致的花盆里，不合时宜地盛开着一种山野之花，杜鹃花。

57．温而厉

"温而厉。"当邓林说出这三个字的时候，我们的应物兄几乎惊掉了下巴。

送走栾庭玉之后，应物兄和邓林又回到了子贡的"四合院"。这是李新医生吩咐过的。葛道宏暂时回到他自己的房间了。费鸣则去了慈恩寺，落实第二天的敬香事宜。李医生打开"四合院"的一个门。那里有一个阳台。李医生也是抽烟的，那里摆放了几把椅子，一个烟缸。李医生只抽了一口，就把烟掐了，又回到了院子里，和子贡商量着什么事。应物兄和邓林就在小阳台上抽烟。这也应该是李医生的意思：你们就在那里候着，随叫随到。

应物兄发现,邓林脸色有点不大好,发青。他对邓林说:"今天你要好好补个觉。"邓林笑了,笑容有点苦,就像牙疼病人搂着手机在看喜剧视频。然后就说:"美人啊,我的美人啊,又跳了。"

应物兄连忙问:"美人?哪个美人?跳楼?"

邓林说:"资深美人。屈原不是以美人自居嘛,所以他有时候也以美人自比。年龄大了,只好称他资深美人了。这次跳的是镜湖。学生们看到他在湖边不停地撩水,试着水温,然后慢悠悠地下去了。两只手拨拉着水,就像做扩胸运动。恩师,别担心,已经捞上来了,换了身干净衣服,骂骂咧咧,走着回家了。"

哦,又是邬学勤教授!

邓林说:"有本事,你一个猛子扎下去啊。"

他拍了拍邓林的手背:"救上来了,就没事了。"

邓林说:"怎么没事了?有人发了微信,说他一路上骂骂咧咧的,骂得很难听。您的老朋友郑树森,竟然还夸他,说他骂得好,还把他比喻成《红楼梦》中的英雄人物。"

我们的应物兄不由得感到奇怪:邬学勤还是个英雄?《红楼梦》中的英雄?《红楼梦》里谁是英雄?

邓林说:"焦大嘛,被塞了一嘴马粪的焦大嘛。郑树森说,鲁迅先生说了,贾府言论不自由,唯有焦大是英雄,焦大是贾府里的屈原。"

树森,你这是唯恐天下不乱啊。

小阳台下面,隔着一条小径,有一片林子。他看见了两个熟悉的身影。他认出那是华学明科学院基地的工人。他们围着一张石凳下棋呢。突然,他看到了华学明。华学明背着手,在小路上来回溜达。他知道了,华学明是来视察蝈蝈的。看来学明兄对此事很用心。他想起来,华学明曾说过,为了防止它们感冒,他给它们喂了阿司匹林。按华学明的说法,蝈蝈也会生病的。因为和人类接触,蝈蝈也会患上人类常见的疾病,比如流感、肺结核、肉毒杆菌感染和沙门氏菌感染。

邓林也看见了华学明,说,酒店其实不允许他们进来,是他给酒店打了电话。他们跟华学明招手,但华学明没有看到他们。

再进到院子里的时候,服务员已经把咖啡磨好了。子贡说,那是世界上最好的猫屎咖啡,自己很想喝,但李医生只允许他喝半杯。

李医生说:"半杯已经超量了。"

子贡笑了笑,对邓林说:"投资硅谷一事,很复杂的,须由董事会决定。邓大人能否转告栾长官?"

邓林说:"此事,还是你直接和他说为好。他会理解的。"

子贡说:"安全套的事,也得再与蒙古方面商量。GC 已在蒙古考察了生产基地,已签了协议,就在中蒙边境。黄某愿意在济州生产,但也需要董事会研究。"子贡开了个玩笑,"你们若能给安全套起个好名字,生产基地就放在这里。"

话音没落,邓林就说,关于那个安全套,他倒想起来了一个名字。

子贡对邓林说:"说说看。"

邓林说:"温而厉。"

此话一出,应物兄差点惊掉了下巴。

邓林说:"说起来,也不是我想出来的,是看应老师的书得到的灵感。"

温而厉?邓林啊,亏你想得出来。没错,在新版的《孔子是条"丧家狗"》中,季宗慈自作主张,将他在一个研讨会上的发言加了进去。那段话确实提到了"温而厉"这个词,并且顺势做了一点发挥:

> 我看到对孔夫子一个大不敬的说法,来自一则广告,是推销性用品的广告,以强调某类性用品的功效——这里我就不提它的名字了,免得有替他们做广告之嫌。广告竟然用孔子的"温而厉,威而不猛,恭而安"来描述性爱过程。这句话本来是要说明孔子的"中庸"精神的,本来是要说明实践理性(Practical Reason)之不易的,现在却被用到了脐下三寸。这个广告的策划者,

是上海某位哲学教授,据说拿了一大笔钱。我曾与这位教授交谈过一次。我认为"温而厉"之说所表现出来的实践理性,是在强调一种伦理行为,而将它拿来做性用品的广告,则是对伦理的违背,一点也不严肃,是对孔子的不敬。他却不以为然。他认为这恰恰是在宣传孔子的思想,是对儒学思想的活学活用,而且是用到了正地方!呜呼!斯文扫地如此,夫复何言?

他所说的那个产品,是一种女性自慰工具,像个微型狼牙棒。

"邓林,这种玩笑开不得。"他说。

"恩师,我真的觉得挺合适的。"邓林说。

关键是子贡来了兴致。子贡说:"Great name!① 温而厉!"

邓林解释说:"这三个字原来说的是温和而严肃,但用到安全套上面,就可以做出另外的解释了,就是既温柔又厉害。然后是威而不猛,所谓有威势但却不凶猛,不是那种蛮干。然后是恭而安,也就是男女双方互相恭敬,心满意足,安然入睡。"

子贡说:"应物兄,邓大人真是你的高足啊。温而厉?What a good idea!② 若能在董事会上通过,我付给邓大人一百万。"

邓林接下来的一句话,使应物兄、子贡、李医生不由得面面相觑。邓林说:"这一百万,我一分钱都不能要。得给应物兄和栾省长。因为那本书,我是在栾省长办公室看的。栾省长把那一页折了起来,在孔子那句话下面画了红杠,这才引起了我的注意。也就是说,没有恩师送给栾省长那本书,我不可能想到这么合适的名字。"

子贡说:"我再说一遍。只要董事会通过,这一百万立即打给你们。你们怎么分,是你们的事。我先投一票。"

后来,就在研究确定哪条路才是真正的仁德路的时候,应物兄从费鸣那里得知,市场上真的出现了一个新的安全套品牌,只是它的名字不叫"温而厉",而叫"威而厉"。经过一番调查,费鸣还真的

---

① 好名字!
② 好主意!

查了出来,它就是子贡在蒙古的生产基地生产出来的。究竟是子贡当时听错了,还是GC决策层对此做了些修改,那就没有人知道了。

它的英文名字叫"Impressive manner",直译过来就是"威仪",其简写形式为"IM"。这个简写形式,又可以给人无尽的性联想,因为它可以看成"向……内"、"在……上",又可译为"使处于……境界"。

根据费鸣提供的资料,"威而厉"在大陆上市之前,网上曾就这个名字展开讨论。它显然是由GC集团在大陆的代理人发起的。由于"威而厉"首先无偿提供给了在校大学生,所以整个讨论具备很高的文化含量。有人认为,这是最合适的名字:因为"威"字由"戍"和"女"字构成,是拿着兵器保护女人的意思。而"厉"字的本义是磨刀石,《广雅》中说,"厉,磨也。"《礼记·儒行》中说"砥厉廉隅"①。《荀子·性恶》中说"钝金必将待砻厉然后利",而"做爱时来回抽送的动作,不就是在磨刀吗"?同时它还有"励"字之意,指的是振奋。《韩非子·五蠹》中说"坚甲厉兵以备难"。

当然也有人认为,这个名字很坏:拿着枪对着女人("威"),差不多就等于是强暴了;而"厉"字呢,有"虐害""损害"之意,《孟子·滕文公上》说"今也滕有仓廪府库,则是厉民而以自养也"。这是典型的损人不利己,说是采阴补阳,可是因为隔着套子,采也是白采,补也是白补。而且"厉"字还有"瘟疫"和"传染病"之意,《诗经·大雅·瞻卬》中所说的"降此大厉",即为瘟疫、传染病。现在最要命的传染病是什么?当然是艾滋病。

因为它涉及很多深奥的国学知识,所以这场讨论又被网民们称为"屎(史)上最牛×的性文化讨论"。

此时,正当邓林的奇思妙想引发了子贡极大兴趣的时候,李医生突然提醒子贡,该出去遛马了。

---

① 磨炼节操之意。

子贡不愿出去。李医生指了指自己的肛门。李医生是提醒子贡,必须走动走动,使得肛门周围的肌肉得到某种程度的拉扯,免得痔疮再犯。

子贡指着医生说:"普天之下,我最讨厌的人就是他。没有自由,完全没有自由。几点几分做什么,几点几分不能做什么,都给你规定死了。"

李医生脸上毫无表情,好像是个聋子,压根没有听见。

有些事,应物兄是后来知道的。原来,李医生认为,邓林其实是在向子贡暗示,应该给栾庭玉送个纪念品。李医生要借遛马向子贡建议,此事宜早不宜晚。据当时离他们最近的一个保镖说,李医生的原话是:"这个纪念品,要既好看又好吃。"栾庭玉出事之后,纪检部门在栾庭玉家中搜到一部金版《毛泽东诗词手迹》,里面收入了毛泽东《沁园春·雪》等十七首诗词,以纯度百分之九十九点九的黄金纸印制而成,封面镶嵌着一枚纯度同样为百分之九十九点九的毛泽东像章。中国自有文字记载以来,文字载体经历了甲骨、钟鼎、石头绢帛、竹简木牍到纸张的演变,而用当代高科技成果制作的金书,是发明了印刷术的中国对世界的新贡献。根据书的编号,纪检部门顺藤摸瓜,找到它最早的购买者:深圳罗湖湾一位姓苏的退休警察,苏警察竟然还保留着购书的发票,价格为一万八千六百元。[1]

---

[1] 见《南方日报》(2003 年 9 月 27 日),全文如下:"本报讯 为纪念毛泽东同志诞辰 110 周年,由中国毛泽东诗词研究会、中华炎黄文化研究会策划、中央文献出版社出版的国内第一部纯金版的《毛泽东诗词手迹》,今日起在广州、深圳新华书店同时发行。毛泽东同志在领导中国革命和建设的过程中,创作了许多脍炙人口的旧体诗词,堪称革命现实主义和革命浪漫主义相结合的艺术精品。毛泽东同志的书法苍劲挺拔、独具风格,在中国书法艺术(史)上占有重要的地位。毛泽东诗词手迹,诗书合璧,堪称艺术瑰宝。纯金版《毛泽东诗词手迹》为古籍 16 开本,36 页金纸,收录了《沁园春·雪》等 17 幅(首)诗词手迹和 4 幅珍贵照片。该书制作和印刷采用了当代最新科研成果和纳米技术,以纯度高达 99.9% 的黄金纸为材质,精心印制而成。该书以其精美的制作,深厚的文化艺术内涵和典藏价值,被外交部选定为国礼,并已被联合国教科文组织、国家图书馆永久珍藏。"

如何计算这部书现在的价格,是件让人挠头的事。

这部书是那位退休警察送给李医生的父亲的。李医生的父亲曾任深圳某区的区长,经常向人们提起毛泽东时代的种种好处,如为官清廉,社会风气很好。所以,在位、在世期间很多人送给他的礼品都与此有关。仅《毛泽东诗词手迹》家里就有五本。李医生当然不可能向栾庭玉说明,这部书价值百万。但李医生确实从GC集团那里领取的美元数额,大约相当于百万人民币。

顺便说一下,从栾庭玉家里,还搜出了一把羊肠琴弦的小提琴。

此时,李医生以"温而厉"的态度,要求子贡下去走走。

哦,错了,其实不是下去,而是上去。因为白马并不在楼下,而在楼顶。希尔顿的顶层连成了一片,高低起伏,并且种上了草,蓄上了水,形成了一个小型的高尔夫练习场,白马现在就在那练习场上。

那个地方其实相当不错。上面有个用原木搭成的房子。曾有一个非洲国家的领导人,走到哪都喜欢带着一只黑猩猩,来济州访问的时候,就带着它。那只黑猩猩虽然还喜欢睡婴儿床,用奶瓶喝奶,穿尿不湿,像孩子一样喜欢过生日,其实它已经进入了发情期,总是到处抓搔。省政府就临时从济州动物园弄来一只母黑猩猩作陪——《济州晚报》称之为"浪漫的中非之恋"。那个原木房子就曾是那两只黑猩猩的洞房,现在刚好用它来做白马的马棚。

有一部电梯,轿厢很大,可以开进去两辆汽车,直达楼顶。

这虽然与邓林的精心安排分不开,但邓林还是悄悄地问了一个问题:"这里绿地很多,为何要让马住到上面呢?"

应物兄想了一会,终于想出了个理由:"相对而言,楼顶的空气要好一些,可以减少呼吸道感染的几率。楼顶的草场可以让白马产生置身草原的幻觉,慰其绵绵乡愁。"

邓林说:"恩师,马也会思乡?"

应物兄说:"当然。马思乡的时候,鬃毛就会抖动。古人云:马思边草拳毛动。① 也算是一种仁道吧!"

就在这天晚上,应物兄已经睡下了,陆空谷打来了一个电话,问他明天去慈恩寺的活动安排好了吗?都有谁去?她顺便告诉他,在回到国际饭店之前,她到楼顶看了看。她说本来以为可以看到月亮的,却没有看到。

"你还有心思看月亮?"他说。

"我哪有心思一个人看月亮,我去看看白马。白马看惯了月亮。这会它看不到月亮,我担心它会急。它果然急了。有个老头在那里陪它。"

他告诉她,那个老头是济大生命科学院派来的,专门喂马的。"明天你也去慈恩寺吗?"他问。

"不,我只做礼拜,不烧香。"她说。

"你信教?"他从来没听说过她信教。

"我也不信教。我只是习惯到教堂里坐一坐。我有一点宗教感,但不是信徒。我打电话是想告诉你一件事。李医生反对子贡去医院。这是流行病暴发的季节。医院感冒病人太多了,走廊上都坐满了输液的人。子贡本人倒不怕这个。只是他以前就不去医院,都是医生到家里来。英语中的'看医生',到子贡这里改了,改成了'医生看'。"陆空谷说,"明天我去医院。"

58. 蝈蝈

蝈蝈全都死了。

费鸣告诉应物兄这个消息的时候,应物兄正在冲澡。昨晚,费鸣就和他住在希尔顿,这是葛道宏特批的。和往常一样,他边冲

---

① 〔唐〕刘禹锡《始闻秋风》:"马思边草拳毛动,雕眄青云睡眼开。"

澡,边洗衣服。当浴液的泡沫从头顶流下的时候,他虽然闭着眼睛,也能够熟练完成洗衣服的过程。那些冲到一边的衣服,都被他用脚钩了过来,踩到了脚下。然后,他又用两只脚配合,把埋在下边的衣服翻上来。事实上,他不仅洗了自己的衣服,还顺便把费鸣的袜子、裤子和夹克一起洗了。在水声中,他并没有感觉到费鸣出去了,也没有觉察到费鸣又回来了。他赤身裸体在浴池里原地跑步的样子,把费鸣吓了一跳。费鸣退了出去,关上门,在门外喊道:"蝈蝈死了,全都死了。"

睡觉之前,他们好像还曾隐约听到蝈蝈的鸣叫。那些蝈蝈,有上百只之多,主要放在黄兴先生的楼下。费鸣有早起的习惯。这天早上,费鸣下楼散步的时候,就去看那些蝈蝈。幸亏他去看了,不然,那遍地尸体要是让黄兴看见,实在有伤大雅。费鸣说:"黑压压一地。全都抱在一起,同归于尽了。"

"为什么?"

"我已打电话给华学明了。"

"他怎么说?"

"我让他赶来,他一开始说马上就到,但转眼间又说不来了,理由是来不来都一样。来了,那些蝈蝈也不可能活过来。过了一会,他又打电话来,说已经从罐家那里搞清楚了蝈蝈的死因。首先排除一点,并不是冻死的。因为放蝈蝈的地方,地下刚好是热水管道,而且还在箱子旁边点上了灯盏。在一个很小的范围内,地面温度接近于夏天。它们应该是互相咬死的。那些蝈蝈,来自不同的山区,口音不同,言语不通,习性有别,放到一起,难免会互相撕咬,直到气绝身亡。"

"他事先就不知道吗?"

"他说,他以为会来个多声部的大合唱呢。"

"它们不是装在蝈蝈笼子里吗,怎么会跑出来,抱到一起?"

"华学明也感到奇怪。他怀疑有人捣乱。"

华学明还是很快赶来了。原来,接待小组的人,昨天晚上就住在离希尔顿不远的一个四星级饭店。这当然也是葛道宏的要求,以便随时听候差遣。华学明来的时候,还带来了一个资深罐家。那个老头一看,就笑了,说:"活该!这笼子太差了,你们怎么不用我的笼子呢?"

那些蝈蝈一夜之间全都变黑了。怎么会变黑了呢?蝈蝈也会流血吗?是它们的唾沫,它们的咒骂,把对方染黑的吗?有两个咬在一起的,还有三四个咬在一起的。地上到处是折断的腿、翅膀、须子。有的剩下了半个头,有的则干脆没有了头。应物兄捡起了一只半蝈蝈:一只和半只搂在一起的蝈蝈。它们的眼睛依然像晶体那样闪亮,似乎还在对视。它们谁先死去?还是同时死去?

当他踮着脚走过,那种咔嚓咔嚓的声音仍然从脚尖处传来。他心惊肉跳。他觉得,自己好像随时会被那些发出声音的尸体绊倒。他看到费鸣已经拿来了扫帚,要把它们全都扫到林子里。林子里其实有更多的尸体。但是,草丛淹没了它们。疼痛从应物兄心中涌起。他觉得,是自己害了它们。

"别急,我这里有的是。你还要吗?"华学明说。

"我得再想想。"

"告诉你一个消息,真正的济哥马上就要诞生了。"

"你是说——"

"所以,这些蝈蝈已经完成了自己的历史使命,该退出历史舞台了。真正的济哥马上就要诞生了。"

"你不是说,它们灭绝了吗?它们不会是你说的杂种蝈蝈吧?"

"不,它们是真正的济哥。你就等着恭维我吧。"

那个罐家一把揪掉了自己带护耳的帽子,捂在胸口,弯着腰凑近华学明,又绕着华学明转了一圈,说:"我的爷哎,慢慢说,低声说,别让人听见。真的?真真的?真真真真真的?爹娘都是咱的济哥?一点不掺假?它还真的从石头缝里蹦出来了。我的爷哎,我的心脏受不了了。快快快,谁让我搭把手。"

华学明说:"如果有假,你们把我脑袋砍了。"

华学明让他看了一张照片。不过,不是济哥的照片,而是一个人拿着高倍放大镜观察济哥的照片,准确地说,是观察济哥孵化过程的照片。华学明说,这是他的大学同学,是一个科学网站的主持人,已经闻讯赶来了。

应物兄当然想不到,那个人就是小颜。华学明现在就要上楼去找小颜,然后陪小颜去吃早餐。他问华学明:"你的哥们也住在这?"华学明说,他也感到奇怪呢,那哥们怎么住到这儿了。华学明接下来的一句话,一下子把我们的应物兄送回了北京西山脚下,送回了石斧先生的院子。华学明说:"他说,他要带我去吃杂碎。"

"他带你去吃杂碎?"

"这哥们人在北京,却知道济州什么地方的杂碎好吃。他说,那是天底下最好吃的杂碎。"

59. 敬头香

敬头香的这天早上,他们先在希尔顿门口集合。费鸣和易艺艺已经先走一步。栾庭玉还没有到,因为他要会见德国客商。邓林强调说,这是两个月前就定好的,不能更改。

"你可以不去。"子贡对李医生说。

"他是基督徒。"子贡对应物兄解释说。

李医生摇着头,微笑着,意思是自己一定要去。李医生脸上没有一道皱纹,几近透明,就像是肥皂或者蜂蜡刻出来的。笑意浮现在这样的一张脸上,奇怪地有些不容置疑的权威感。同去的还有两名保镖。不是来了三名保镖吗?这三名保镖是轮替值班,现在的这两名保镖也有等级之分:从来不笑的那位,得听从偶尔会笑的那位。监控录像显示,这两个保镖曾在走廊上练习飞镖:"从来不笑"如果抓住了突然射来的飞镖,"偶尔会笑"就会扇他一个耳光;但如果没有抓住,那就不是一个耳光,而是两个耳光,正手反手各一个。监控室的人对此感到迷惑不解。上前询问之后,才知道其中的奥秘:他们其实是在练习防弹技术。飞镖运行的速度比子弹要慢,如果你抓住了飞镖,那就说明你的动作比子弹慢;如果你没有抓住,那就更加说明了你反应的迟钝。正确的方式是,你得提前出手,静候飞镖刺入你的指缝。但看得出来,他们宁愿彼此扇耳光,也不愿意提前出手。

子贡坐的是奥迪 A8,葛道宏坐的是自己的专车。同去的当然还有成吉思汗白马,它坐那辆改装的大巴。一开始,白马无论如何不愿上车。正常情况下,屁股上来一鞭,它就乖乖地上去了。但它是成吉思汗白马,是不能打的。所有人只好临时退回大堂,等待成吉思汗白马回心转意。

最后说服白马上车的是谁?就是张明亮。

张明亮捧着一束紫花苜蓿,在那个巨舌似的踏板上徐徐后退。乍看上去,就像在给白马献花。后来,张明亮就和白马待在车厢里。张明亮后来告诉应物兄,车厢实在太大了,就像个客厅,里面有电冰箱、酒柜、沙发,还有一张与车身焊接到一起的双人床,床头焊接着一个花瓶。张明亮顺手插了一枝花。

一路都很顺利,但是过了彩虹桥,在济州最著名的济水桥的桥顶,一个意外出现了。堵车了,竟然堵车了,堵得还很不是时候,上不着天,下不着地的。而且就那么巧,子贡的那辆奥迪 A8,刚好堵在了立交桥的弧顶,其正下方就是中国古老的被称为"清济"——有君子之风的那条河:济水。若非邓林悄悄提醒,应物兄根本不可能知道,这其实是栾庭玉的有意安排,为的是让子贡领略济州城的现代风貌。邓林也顺便说道,央视天气预报节目中济州市的镜头,就是在这里拍摄的。

在中国辽阔的公鸡形状的版图上,济州大致处于鸡心位置。也就是说,济水其实就是公鸡的心血管。此时,"心血管"两侧是绿化带,足有三百米宽,什么树都有,雪松、棕榈、桃树、银杏,等等。最多的是柳树,和镜湖岸边的柳树一样,它们也是从桃都山深处移植过来的,大都已经是百岁高龄了,上面带着巨大的树瘤,那是岁月留给它们的沧桑印记。绿化带外面,是济州最宽广的马路,足可以当飞机跑道了。路边的那排高楼,也是济州最漂亮的建筑,要么从上到下贴着石片,像是从上海外滩搬来的,属于殖民地时代的石头建筑;要么是蓝色的玻璃幕墙,阳光跳跃其上有如火焰。而当太阳隐藏到了云朵背后,那巨大的玻璃幕墙又变成了镜子,映照着道路、树木、河流,还有那些飞舞的柳絮,那些在古诗中被反复书写的杨花。

一阵警笛声由远而近。警笛声惊动了子贡的宝驹,它突然嘶鸣起来。

是栾庭玉赶来了。

但是栾庭玉到了之后,并没有下车。栾庭玉一直在打电话。

事实上,除了要让子贡领略济州城的现代风貌——它是投资环境的重要组成部分,栾庭玉还要借此向子贡展示一下自己的特权:在济州,我是最能玩得转的。瞧,我一个电话就可以把警车叫来,让警车护送着你和马儿到达凤凰岭。

而子贡确实被眼前的景象吸引住了。在应物兄和葛道宏的陪同下,子贡站在立交桥护栏旁边指指点点。在立交桥的另一边,在西南方向,有一个巨大的摩天轮正在艳阳下旋转,孩子们兴奋的尖叫声隔着很远都可以传来。

"献丑了,"葛道宏说,"济州的交通就是这样。避开吧,绕路;不避开吧,堵车。两难啊。当然了,前进中遇到的问题还是要在前进中解决。济州正准备申办城市运动会,上次申办,不幸以两票落选。据说,考察报告说,济州市区的道路拉了后腿。现在,道路重修了,立交桥新建了上百座,但还是拥堵。这就是前进中的问题了。"

"城市运动会?城市之间你斗我,我斗你?"

"黄先生,这边早就不搞运动了。体育运动会,运动员都是十八岁以下。"

"十八岁以下的青年,都到济州来?"

"那还要看他水平够不够。我们济大的学生,也要参加选拔的。"

"太和的学生也要参加。"子贡说,"济州发展太快了。先生回来肯定认不出了。济州现有多少人口?"

"我记的还是两年前的数字,七百多万人吧。"

"八百一十五万。"偶尔会笑的那个保镖说道。

"你怎么知道?"子贡的口气相当严厉。保镖不说话了。但他的不说话又引起了子贡的不满,"说!你怎么知道的?"

保镖回答说是从济州市的政府网站上看到的。还说,这个数字很好记,倒过来念刚好是"五一八",是"我要发"的意思。

邓林说:"那是一个月前的数字,现在是八百一十六万。不需要倒着念,就是一个很好的数字。发一路嘛。"

葛道宏说:"黄先生,您跟济州有缘啊。您一来,就'发一路'了。"

邓林说:"这个数字是刚刚公布的,那时葛校长还在欧洲考察。"

葛道宏就顺势对子贡说:"对,我刚从欧洲回来。考察还没有结束,就提前赶回了。晚几天,就跟您错过了。"

子贡跟葛道宏拥抱了一下以示感谢,说:"济州已经相当于欧洲一个中等国家了。这么大的城市,发展得这么快,真是不可思议。"

葛道宏说:"栾省长功劳最大。前些年,他任济州市常务副市长的时候,主抓城建。不过,我也跟他开玩笑,什么都快了,人们换老婆的速度也快了,可就是车速快不起来了。"葛道宏本人是换过老婆的,栾庭玉也是换过老婆的。葛道宏说完,自己笑了起来。他的笑很复杂,有自豪,有自嘲,好像也有那么一点歉疚。葛道宏有这个本事,能够在一句话、一声笑当中,同时容纳几种意义。

葛道宏接了个电话,然后对子贡说:"知道是谁打来的吗?是那个换肾的学生。他已经可以打电话了。他说您是他的救命恩人。"

子贡说:"我好开心啊。我的腊肠①就是,学生开心,我就开心。"

道宏说:"栾省长,我本人,以及全校一万五千多名师生员工,都对您的善举钦佩之至。"葛道宏特意把语速放慢了,嗓音发颤,很像是京戏中的念白。

子贡双手抱肘,向后一仰,说:"程先生曾对我讲,你呀,不为无益之事,何以遣有涯之生。时异景迁,结习不改。"②这话是程先生针对子贡本人频繁换肾说的,包含着委婉的批评。好在子贡顺嘴秃噜得很快,别人听不清楚,不然还真会引起误解。

邓林走过来,对子贡和葛道宏报告说,栾省长还在打电话,通过电话与德国客人谈判。然后他又对子贡解释说,本来可以用警车开道的。但栾省长不愿扰民。可是堵成这样,现在只好动用警车了。

栾庭玉的电话中,确实出现过"德国"二字。豆花正在德国旅行,打电话问栾庭玉,想给婆婆买一个电子血压仪,给栾庭玉买一个博朗七系的刮胡刀。豆花一定对栾庭玉的耐心感到吃惊,对栾庭玉电话中的温存感到吃惊。但后来,栾庭玉还是不耐烦了。具体原因,应物兄是听邓林说的:这天,豆花打电话的最重要的事情,

---

① 立场。
② 语出项廷纪《忆云词甲乙丙丁稿·丙稿序》。

是要告诉栾庭玉,她的弟弟,在德国特里尔大学留学的弟弟,一个小名叫猴头的家伙,不想在学校待了,本想在德国做点生意,但德国的生意很难做,所以想回国做生意。这时候子贡和葛道宏都围到了栾庭玉的车前,他们都听见栾庭玉的最后一句话:"中国跟德国虽然国情有别,但办事的规矩是一样的,我们就不要再谈下去了。"

栾庭玉合上电话,迷惑不解地看着邓林,问:"为何停下了?走啊!并且来说,一件事不能影响另一件事嘛。走啊!"

因为有警车开道,所以他们道路畅通,很快就进入了茫山。接近凤凰岭的时候,警车掉头回去了。又是一阵警笛长鸣,那是在向他们告别。随后,窗外出现了一片桃花。人间四月芳菲尽,山寺桃花始盛开。这说的是阴历,现在只是刚进阳历四月,山寺的桃花就盛开了?它们似乎一夜之间就开放了。此时,天上乱云飞渡,有一片乌云把阳光给遮住了,使得车队刚好处在阴影之中。不过,桃花盛开之处,光线却非常充足,使那片桃花显得更加耀眼。车辆都停了下来。子贡也下了车。子贡下车就问:"茫山这么好的地方,地图上为何找不到呢?"

葛道宏解释说:"桃都山属于茫山,茫山属于太行山。太行山北起燕京,莽莽苍苍,一路南下,自古被称为中国的脊梁。"

子贡说:"修己兄跟我谈过茫山。黄某还以为茫山是他胡编的地名。有段日子,修己兄确实好迷茫,差点抹脖子。是胃肠出血和十二指肠溃疡救了他。他得忍受那种痛苦,没有精力来迷茫了。没想到还真有茫山。"

越往里走,桃树越多,或单株植于篱后,或成片灿烂于山野。在篱后的一株桃树下面,六七个和尚手持木棍,在桃花上面指指点点。他们油亮的脑袋上落着花瓣,花瓣盖住了戒疤。他们是桃花的爱情使者,在给桃花人工授粉。因为农药的广泛使用,本来应该交由蜜蜂和蝴蝶干的工作,现在只好交给和尚们干了。不知道是不是受到了花粉的刺激,子贡打了一个喷嚏之后,突然捂住了肚子。

子贡突然要解手了。

那辆运送白马的大巴车上就有洗手间,但有感于桃花盛开的美景,子贡现在拒绝了李医生让他登上大巴的建议,愿意到桃园里解手。走进桃园的还有医生和保镖。过了几分钟,子贡笑着走了回来。桃园里有个厕所,但子贡没有进去。李医生不允许他去。李医生说,厕所氨气浓度很高,凉凉的刺激眼睛,虽然少量吸入不会有事,但引起神经紊乱的可能性却不能完全排除。那厕所原来就在路边,是为香客们提供方便的,也为了积肥。后来因为路改了,就被围到了桃园当中。

子贡回来的时候,一直在笑,笑得都合不拢嘴了。一定是看到厕所那副对联发笑的。那对联原来就有,写在木牌子上,但后来被人偷了。现在的对联是释延安重新抄写,挂到厕所门口的:

但愿你来我往
最恨屎少屁多

横批是两个字:随缘。

子贡捂着肚子说:"人家肯定恨我。我也只放了几个屁。"

或许应该提醒释延安,将这副对子改一下。"最恨"二字,似与出家人身份不符啊,不妨改成"唯恐"。"唯恐"似乎也不适用。"恐"是七情之一,因无知而恐惧未知的东西是痴愚,因欲望而恐惧失去身外之物是贪执。应物兄到底也没有想出来该怎么改。即便知道怎么改,也是不能改的。因为这副对子是素净大和尚当年留下的。素净还是个小沙弥的时候,从洛阳白马寺过来投奔慈恩寺。因为知道慈恩寺有几亩薄田,需要肥料,所以来的路上就忍着不解手,要把肥水留到这里。哪知道到了地里,却只是放了几个屁,没有拉出屎来。素净哭了,拍着屁股说:"早知道你是个屁,就不憋这几里地了。"这句话被当时的大住持知道了,觉得这素净慧根不浅,就着力加以培养,后来果然成了一代高僧,并成了慈恩寺的住持。他突然想到,素净大和尚这副对子,有着"道在屎溺"①的寓意在里面,别人是不能随意改的。

应物兄现在就把这个故事告诉了子贡。子贡说:"素净果然是一代高僧啊。"

他们一边说笑,一边往里面走。走了几步,看到前面站了一排人。是大住持释延长走出山门前来迎接了。释延长身披明黄色袈裟,戴着拖到肚脐位置的念珠,亲率众和尚缓慢地行走在道路中央。释延长是省政协副主席,体态微胖,下巴是双层的,也可能是三层的。与经常出现在电视上的释延长相比,眼前的大和尚要年轻很多。他似乎永远不会老,有人说这是因为他清心寡欲,吃斋念佛;也有人说他曾多次飞往瑞士,注射羊胎素。对于后一种说法,慈恩寺网站曾用打坐练功的照片郑重辟谣。现在,离得愈近,释延长的步态也就愈迟缓,并因为迟缓而显得愈发庄重。

在众和尚前面款款而行的是一个女人,她就是易艺艺。她穿着旗袍,旗袍外面裹着厚厚的披肩。她会紧走几步,突然扭身,蹲下来,对着和尚猛拍一通。

释延长认识栾庭玉的车,径直向那辆车走了过去。

栾庭玉刚才一直没有下车。邓林将那车门拉开的时候,释延长对着车门说:"阿弥陀佛!"栾庭玉出来,双手合十回了礼,说:"大住持好!今天前来敬香、撞钟和用膳的,是省里的贵宾,一位慈善家。慈善家是从美国绕道香港过来的。"

释延长的目光在栾庭玉的专车上停留了片刻,不经意地笑了一下。

应物兄想,大和尚或许在脑子里把自己的专车与栾庭玉的专车比较了一番。释延长的专车在省政协委员当中是最高级的。最新款的德国大众途锐。释延安有一次来看乔木先生,把那辆车开

---

① 语出《庄子·知北游》。

过来了,应物兄坐过一次。哦,其内饰之豪华,之讲究,让人叹为观止。真皮,桃木,方向盘可加热也可降温。四区域空调,分区空调可以同时在车内营造出四季气候。导航系统,指南针,海拔仪,电视接收器。因为车内供奉着佛像,所以你可以把它看成是流动的寺庙。

释延长对子贡说:"回了香港,代问 Chief Executive① 好。"

子贡正要开口,释延长把脸扭向了邓林:"下次,一定提前几天打电话。"

他觉得,释延长一定是对临时调整敬香权的事有些不满。不过,你从他脸上是看不出这种不满的。释延长的表情永远是波澜不兴。甚至在看到那匹白马的时候,其表情也没有变化,只说了四个字:"牵到别院。"然后又对子贡说:"听邓秘书说施主是程先生的弟子?多年前我曾在 Boston② 与他晤面。"

"黄某代他老人家向你问好。"子贡说。

"程先生说,慈恩寺对他有救命之恩。当年他在慈恩寺避祸,藏身于寺后的长庆洞。程先生说了,日后要来还愿的。"释延长说。

这时候李医生递给子贡一个用黄绸包裹的东西。子贡说:"黄某来的时候,先生送了我一个宝物,说到了慈恩寺再打开。"

"是何宝物?"释延长问。

子贡笑而不答,默默地把黄绸揭了,露出一只盒子。盒子打开,露出一只葫芦,形状类似于鸡心,但比鸡心大,比鸭心也大,都有点像鹅心了。葫芦的盖子是用象牙做成的,颜色已经发黄,葫芦上烙着山水图案,那山自然是茫山,水自然是济水,山水之间的古寺自然就是慈恩寺。被人把玩已久的葫芦,会由黄变红,由红转紫,光亮润泽。但这只葫芦还是黄色的,在向红色转变,看来程先生并没有怎么把玩过。

---

① 特别行政区行政长官。简称特首。
② 波士顿。

释延长双手合十，念念有词，接过了那只葫芦，放在手心看了看，说："此乃小寺旧物。素净大师喜欢养蝈蝈。这便是他的蝈蝈笼子。"

子贡说："大住持慧眼识珠。程先生当年避祸慈恩寺，素净大师给了他这只葫芦，里面装着蝈蝈。"

释延长看着上面图案，说："上面应该有个对子的。眼花了，看不清楚。"

释延安凑到跟前，歪着头看了看，说："果然有。庙小乾坤大，山高日月长。"

释延长又把葫芦还给了子贡，说："还是先生拿着好。程先生来，再还不迟。届时还要举行个仪式。栾省长可要出席哟。"

栾庭玉说："这是文化盛事，当然要来的。"

子贡说："素净大师的墓也在凤凰岭吧？我想替程先生祭拜素净大师。"

释延长说："素净大师肉身葬于寺后的佛塔。那佛塔年代久了，东歪西斜，正在修葺。程先生来时，延长当亲率众僧，与程先生一起前去祭拜。"又对释延安说，"延安可与客人一起，去长庆洞看看。"

释延安说："大住持，放心就是。"

释延长侧身做了个"请"的手势，示意众人随他走向山门。

应物兄发现，本来释延长站在栾庭玉和子贡当中，但释延长借着向释延安交代事情的机会故意停了一下，然后就很自然地站到了栾庭玉的另一边，使栾庭玉站到了正中间。进了山门，释延长对栾庭玉说："该去诵经了，为黄先生诵经。延安知客会陪着你们。"

释延长说完就走了。

这当然有些失礼。不是对子贡失礼，而是对栾庭玉失礼。不管怎么说，省宗教管理局还是归栾庭玉管的。慈恩寺虽然不属于宗教管理局，但宗教管理局对慈恩寺是有管辖权的。说起来，释延长对栾庭玉如此失礼,还跟他们刚经过的那片桃园有关,跟铁梳子有关,跟一条狗有关。

去年,桃子成熟时,桃园里闹出过一起命案。死者是帮铁梳子照看别墅的一个园丁。那园丁晚上闲着没事,就来到了桃园。当时看桃园的是释延长的侄子和一条三岁的狼狗。看到有人溜进来,狼狗就扑了过去。根据法医的鉴定,狼狗其实也没怎么咬,只是从背后扑了上去,把两只前爪搭到了肩上,顺嘴咬了两口罢了,法医认为,主要是吓死的。虽说耳朵被咬出了一个豁口,但不至于丧命。众所周知,耳朵距离心脏还是比较远的,跟呼吸系统也没直接关系。但死者家属却认定是咬死的。接下来就是闹事,上访,聚众堵塞香客进出山门。此事后来惊动了栾庭玉。宗教这一块本来就归栾庭玉管嘛。栾庭玉就劝释延长,赔点钱吧,花钱消灾嘛。释延长表示,一定从普度众生的角度,认真地思考一下这个问题。后来却拖着没有处理。栾庭玉是什么人?事情只能说一遍,说两遍就丢面子了。邓林前来催问结果时,释延长一句话就把邓林打发了。释延长说,他还真的过问了一下,发现死者生前曾伤害过一条狗,骑三轮车把一条小狗的腿给轧断了。而且,下车后不是赶紧救狗,而是埋怨小狗为什么把腿伸到车轮下边。

"现世报啊。"释延长说。

"可总得有个说法啊。"邓林说。

"众生平等。狗和人都是生灵。他也踢了狗几脚嘛,还是朝后猛踹,踹的还是狗的要害。狗肚子疼了几天呢。阿弥陀佛。"

"人命关天啊,而且是活活咬死的。"

"窃盗者,贫穷苦楚报。"

"几个桃子而已。"

"当年蒋介石从峨嵋山跑下来摘桃子,僧俗两界可都是要反抗的。"

邓林那么聪明的人,都被释延长搞得哑口无言。邓林说,你跟他讲法律,他跟你讲政治;你跟他讲政治,他跟你讲佛学;你跟他讲佛学,他跟你耍无赖;你跟他耍无赖,他跟你讲法律。从讲法律开始,到讲法律结束,一个轮回下来,什么问题也没有解决。当然也不能说什么都没有解决,有一天,那条狼狗突然死掉了,怎么死的,没人知道。但从此之后,铁梳子和释延长就结下了梁子,栾庭玉和释延长两个人,也就话不投机半句多了。

这也就可以理解,看着释延长的背影,栾庭玉怎么会嘀咕出那么一句话:"小和尚念经,有口无心。大和尚念经呢?有心无口。"

栾庭玉其实是怀疑,释延长所谓的诵经,只是放录音带罢了。

然后,他们就随着知客僧释延安,穿过山门,朝大雄宝殿走去。

佛经有云:五十三参,参参见佛。通往大雄宝殿的台阶,即是五十三级。善男信女们每登一级,即是一拜,即是一参。当释延安带着他们走向那台阶的时候,台阶两边已经站满了香客。他们被和尚们组成的人墙隔离到了两边。按照寺规,他们必须等头香敬完之后才能敬香。茫山的青石是最好的,但这里的台阶却没用青石,用的都是花岗岩。如此舍近求远,是不是因为远方的和尚会念经,远方的石头也更适合念经人踩踏?花岗岩踩上去并没有什么不同,但给人带来一种异乡情调倒是有的。

拾级而上,应物兄自觉地落到后面。因为电视台的摄像组正对着他们拍照。他不想抛头露面。这个拍摄费用,该由谁交,因为有费鸣和邓林在管,他也就不再操心。人群走得很慢,在每一级台阶上都要停顿一下,亮一下脚板。易艺艺也在旁边拍照和录像。应物兄后来看到这些镜头,他觉得有些像电影中的慢镜头。而随着他们缓缓上升,他们离地面越来越远,离人间越来越远。到了第二十七级台阶,台阶加宽了,放着一只香炉。站在这里,越过香炉里袅袅的青烟,刚好可以看到大雄宝殿里的佛像。

一个戴着耳机的小贩不知道从哪里钻了出来,让他们买香。一个保镖正要掏钱,被邓林拦住了,邓林低声说道,已经买过香了。

小贩嘴一撇:"穷得连炷香都买不起。"

邓林压低声音,对小贩说:"退下!"

小贩摘下一只耳机,摸着另一只耳机,脖子一梗说:"凭什么?老子给寺里交过份钱的。"

应物兄走过来,说:"不是买香,是请香。我们请过香了。"

大雄宝殿前面,放着一个更大的香炉。炉中的香火,又分禅香和禅烛,眼看它烧成灰,也眼看它销成泪。那香火熏得人脸皮发烫,眼皮上更有热浪滚过。香炉左边坐着一个和尚,头皮黑红有如陶罐,眼珠子却是黄色的,手背上筋筋络络的,像丝瓜的瓤。看到他们过来,那和尚就要他们请香。说的也不是请香,而是直接问道:"粗的?细的?黄的?红的?那就来炷黄的?"

黄香最粗,最长,当然也最贵。放在以前,别人想请也没有资格,那是专门预备着给皇亲国戚们请的。每炷十万元人民币。为了充分照顾到国外友人,黄香上面还标明了美元价格,标的是一万美金。偶尔会笑的保镖首先发现了这一点,说如果用美元来买,能省不少钱呢。这个保镖是个有心人,说按照希尔顿餐厅公布的汇率来算,用美元来买,相当于赚了三万多人民币。此人应该是数学天才,不仅说到了个位数,还说了小数点之后两位数。

有这样的好脑子,却来当保镖?

应物兄又听那保镖说:"慈恩寺搞的是价格双轨制啊。"

卖香的和尚立即说道:"不可妄言。"

"一天能卖几炷黄香啊?"栾庭玉问那个和尚。

"多则百炷,少则三炷。三炷为自己祈福,六炷为两辈人祈福,九炷为三代人祈福。最好来上十三炷。十三炷就是功德圆满了。"和尚说。

"这生意不错。"子贡说。

"施主,三炷不够吧?怎么也得来上九炷啊。"

和尚说着就要从架子上取香,嘴上又说道:"凡请了黄香的,大住持都会亲自为他诵经,为他消灾祈福。"等那和尚说完了,释延安才对那和尚说:"大住持的客人,敬头香的。"释延安径直取了一炷黄香交给了栾庭玉,"敬头香者,可以免费领取一炷黄香。"然后,又取了一炷黄香,交给子贡,说:"这是延长师兄为贵客请的。"说完,又取了一炷,交给了应物兄:"这是小僧为应大师请的。"

栾庭玉说:"延长、延安的心意,我领了。"

释延安低声说道:"别听他胡扯。素净大师定的规矩,慈恩寺敬香须是单数,一炷或三炷。一炷表示一心向佛,三炷表示礼敬佛、法、僧,或表示过去、现在、未来三世恭敬礼佛,也表示断一切恶、行一切善、度一切众生。而且诸佛一炉,敬一次就够了,没必要见炉就烧。"

栾庭玉把那三炷香都交给了子贡。

子贡说:"黄某从来不烧香的,今天破个例。这炷香,是替我家先生敬的。阿弥陀佛,求佛祖保佑先生。这香怎么点啊?"释延安接过了香,对着香炉中的禅烛将之点燃了,插入了香炉。然后释延安带头跪了下去,跪在蒲团后面,同时用手一指,提醒子贡跪到炉前,跪到那个黄色的蒲团上去。

子贡跪下了。李医生犹豫了一下,后退两步,蹲到了子贡身后。那两个保镖,则是迅速蹲到子贡的左右两边,一个脸朝前,一个脸朝后。但就在这个时候,奇怪的一幕发生了:屁股对着香炉的那位保镖,也就是偶尔会笑的那位,突然鼻孔出血,而且流淌不止。

"罪过!罪过!"卖香的和尚说。

应物兄只当是流鼻血,没往别处去想,李医生却想到了中毒。

李医生没有立即去察看保镖的鼻子,而是先问子贡有何不适。子贡本来还有些笑吟吟的,闻听此言,脸色骤变,手在肚子上摸来摸去,似乎在揣摩肚子里有什么动静。就在众人不知道如何应对之际,释延安从香炉里抓了一把香灰,糊到了那个保镖脸上。香灰当然有点烫,把保镖烫得跳了起来,但就是这么一跳,鼻血止住了。

香灰把他的鼻血吸成了黑黑的一团,但是当它自动脱落下来的时候,保镖鼻子下面已经干干净净了。

子贡把手从肚子上拿开了。

这时候,诵经声悠然响起。

按释延安的说法,那是大住持释延长在诵经。紧随而来的是众和尚的诵经声。他们就在诵经声中,绕过香炉走向大雄宝殿。但释延安好像想起了什么事,又拦住了众人,让他们走向台阶右边的一条小道,那小道通向一个亭子,亭子外面围了一圈铁栅栏,栅栏上有门,门上有锁链,那锁链已经打开,所以从那条小道可以走到亭子里去,走近那口明代大钟,它被吊在亭子的木梁上,木梁上箍着铁皮。一截黝黑的铁棍,呈水平状吊在那里,只要轻轻一晃,它就荡悠悠地撞向了大钟。哦,那让程先生魂绕梦萦的钟声,就响起来了。

那么,应该怎么形容那钟声呢?应物兄问自己。他没有听出暗哑,也没有听出洪亮。倒是同时从喇叭里传来的钟声,更为响亮,简直是响彻云霄。在诵经声的烘托下,它似乎可以穿透云层,直达天庭。而在钟声响起之时,香客们黑压压的从台阶上跑了上来。

在钟声中,应物兄听到李医生问:"应先生,内地常用香灰止血?"

他回答说:"我也是第一次见到。"

钟声慢慢散去之后,诵经声又持续了一会。李医生又问了释延安同样的问题。释延安解释说,他也流过鼻血,每次都是打来井水,脑袋伸到里面,冷水一激,刹那工夫就止住了;用香灰止血,他是在佛画上看的,这是他第一次照葫芦画瓢。对于为什么会流鼻血的问题,释延安顺便向李医生解释了一下,说那是因为保镖磕头时屁股对着大殿,这是大不敬,所以受了惩戒。当然,那个卖香的和尚对此另有看法。那个和尚认为,流鼻血与屁股朝哪无关,与议论黄香有关。那人接过一位香客递来的甘蔗,用袈裟拭着上面的白霜,郑重说道:"议论黄香,必受报应,自古皆然。"

一行人再向大雄宝殿走去时,应物兄被费鸣拽了一下。

费鸣把手机递给了他。接下来,他听到了敬修己的声音:"听到了,听到了,钟声可真够洪亮的。我很高兴。"

他捂着电话,问费鸣:"修己先生此时在哪?"

费鸣说:"在美国加州。"

敬修己此时打电话,还为了向他说明一件事情,就是小颜此次到济州观鸟,代他看望了何为教授。此时,小颜正在黄河边观鸟,接下来要去慈恩寺。敬修己发来了小颜刚刚拍摄的照片。照片上显示了拍摄的时间。从时间上判断,就在他和费鸣为蝈蝈的死亡而哀叹的时候,小颜已经到了黄河边。应物兄当然也由此判断,这天早上华学明并没有在希尔顿看到小颜,他们并没有一起吃到杂碎。那些照片拍得很漂亮。费鸣自认为,比他拍得好多了。有近景,也有远景,有特写,也有全景:豆雁、鸿雁、灰雁、斑头雁、红胸黑雁、白额雁、雪雁和白颊黑雁。应物兄喜欢的是全景。在迷蒙的湿地里,它们远看有如音符。

都是雁,都是候鸟。

他问敬修己:"你是说,小颜正往慈恩寺赶?"

敬修己说:"小颜说了,春天的鸟叫最好听。尤其是春雨中的鸟叫,尤其是第二场春雨后的鸟叫。他说,下雨的时候,他才会去慈恩寺。"

他觉得奇怪,问道:"为什么是第二场春雨后的鸟叫?"

敬修己说:"第一场春雨中的鸟,叫起来还是怯怯的。你分辨不出它们谁是谁,因为羞怯总是相似的。第二场春雨过后呢,它们的啼叫,自为、自觉、自由,不逾规矩,随心所欲。谁是谁,上去就听出来了。小颜说,那就是一只鸟的主体性。他爱鸟,什么东西他都要用鸟儿打比方。他说,我回大陆,就是归化鸟类。"

应物兄这是第一次听到这个词：归化鸟类。他不懂他的准确含义，但大致能知道它的意思。因为接这个电话，他甚至有些失礼地没有陪着子贡进入大雄宝殿。敬修己还在那边说着。可真是替小颜操心啊，真是操不尽的心啊。敬修己甚至怀疑小颜对鸟的喜爱，已经走火入魔了。

栾庭玉从大雄宝殿出来了，所有人都出来了。

释延安带着他们溜着墙根走。一个保镖的眼睛望着天上。大雄宝殿的檐头，有鸟在鸣叫。保镖似乎担心鸟突然落下来。现在，释延安要带他们去长庆洞。

60. 长庆洞

长庆洞被人所知，实际上是近些年的事。它原来的洞口很小，下面是一个乱石堆，乱石堆上长着荆棘和紫藤，紫藤直达那个洞口，将它很好地掩盖了起来。2003年夏天，一场大雨过后，山洪冲散了那个乱石堆。山洪就像一条奔腾的巨龙，顺便用它的爪子将那些紫藤扯了下来，然后那个洞口就突然显现了。到了晚上，从洞里飞出成群的蝙蝠，似乎总也飞不完，而到黎明时分，和尚们看到，飞出来的还有那么多水鸟。怪了，难道那些水鸟是蝙蝠变的？

有一个和尚，有些拳脚功夫，也会攀缘，大着胆子爬了上去，钻进了洞中。奇怪的是，他进洞之后，就不出来了，无论众和尚怎么喊他，都没用。到了午后时分，他终于露面了。他已经疯了，站在洞口高喊，说自己见到真佛了。随着一声喊，那和尚从洞口掉了下来。这个和尚与延长和延安同辈，叫释延庆。摔下来的时候，释延庆还会说话。他的最后一句话是对大住持释延长说的："师兄，那洞就叫延庆洞吧。"

释延长把他的眼睛合上了。

延长、延安、延庆的大师兄是释延源。释延源当时是堂主僧，寺里第五把手，负责管理藏经阁。因为寺里的首座僧年迈多病，所以释延源也代他为全寺僧徒和外来学者讲经说法。据释延源考证，当年观音菩萨携善财童子云游茫山，到了桃都山，到了凤凰岭，看到这里群山环抱，有山泉潺流，有凤凰展翅，又有桃花盛开，实为人间仙境，便降下云头观赏。此事传开之后，唐人便在此修建了慈恩寺。释延源还考证出，慈恩寺虽在唐初修建，但扩建却是在唐穆宗年间，而唐穆宗的年号是长庆。洞内的壁画与释延源的说法倒也是相符的。经考古专家考证，洞内的壁画始作于元和（唐宪宗）年间，完成于长庆（唐穆宗）年间。释延安建议，这个洞就叫长庆洞。

释延长说："'长庆'二字，说的是'源长安庆'。"

这个事实也说明，程先生当年藏身于长庆洞的时候，它还没有名字。当然也有另一种可能，那就是它原来是有名字的，但被后来的和尚们给忘了。

现在，沿着用钢筋焊接而成的梯子，他们盘旋而上，进入了长庆洞。洞内最大的壁画是释迦牟尼像，身高三米以上，使人顿觉自己矮小到了尘埃里。大佛两侧侍立着两位眉清目秀的菩萨，头戴花鬘冠，身披羊肠裙，手持莲花，赤足恭立于莲花台上。莲座上画有三排小兽，最上面一排是六只狮子，中间一排是八只鹿，下面一排是九只象。当然，这都是考证出来的。当人们发现这些壁画的时候，壁画大都已经起皱脱落，或盖着厚厚的鸟粪，已经很难分辨出来了。新世纪的前五年，省市每年都拨巨款修补，使它渐渐能看出些眉目。但要完全恢复原样，在现有技术条件下，可能需要一百年甚至更长时间。最近两年，只有拿到敬香权的人才有资格进入洞内，而且每次只能进去五个人。

有三位专家正在工作，还有两位民工。专家们称释延安为艺术顾问。据释延安介绍，这三位专家都曾在敦煌莫高窟工作过，慈恩寺为了请到他们,可是费了大工夫了。正在脚手架上工作的是一男一女两个专家。男的剃着光头,女的盘着发髻。他们的衣着都像摄影师,衣服上有很多口袋。他们都戴着橡皮手套,正修复大佛右边的菩萨像。光头男将一个大号针管扎入了菩萨的臀部。针管是国内生产的,但里面的黄色药液则是从美国进口的。

释延安说:"一针下去,一万美金。"

李医生问:"这是什么药剂?起什么作用?"

释延安说:"不止一种药剂,都购自美国盖蒂文物保护研究所。这壁画得了病,名叫酥碱,这是壁画的癌症。现在要做的,相当于做放化疗。"

子贡说:"盖蒂?Getty Center?我去过,在洛杉矶。"

释延安说:"那是小寺的合作单位。对他们,我是有些不满的。他们唯利是图。大住持对我们说过,合作是合作,但我们有必要用马克思主义的佛教观,对他们进行批评。"

栾庭玉说:"哦,马克思对佛教也是有论述的。一般人可能不知道。"

释延安说:"多了去了,大住持多次提起的,让我们好好领悟。"

栾庭玉问邓林:"这方面的内容,你需要整理一下。"

邓林说:"我已经整理好了。马克思、恩格斯对宗教的论述很多,但主要是谈天主教和基督教,涉及佛教的,只有两处。一处是恩格斯在《自然辩证法》里提到的,表扬和尚们有辩证思维,说他们是相对高级发展阶段上的人。[①] 还有一处是马克思的一部书评。[②]"

栾庭玉说:"你说的这个书评,我好像看过。"

邓林说:"您肯定看过。"

---

① 恩格斯《自然辩证法》:"辩证的思维——正因为它是以概念自身性质的研究为前提——只有对于人才是可能的,并且只对于相对高级发展阶段上的人(佛教徒和希腊人)才是可能的。"

② 《马克思恩格斯全集》:"在柏林还访问了弗里德里希·科本,发现他丝毫没有改变,只是发胖了,而且有点'难看'了。我跟他单独在一起喝了两次酒,对我来说真是一大乐事。他赠送给我两卷他所著的《佛陀》——一部很重要的著作。"

易艺艺要照相,但被女专家制止了,一个民工干脆上前捂住了镜头。

释延安对专家说:"大师,行个方便?"

专家说:"须有大住持的手谕。"

释延安笑了,说:"看到了吧?我只是个顾问,顾问有好几个呢。我说话不管用的。顾问就是参谋。参谋不带长,放屁都不响。不过,我其实很欣赏他们这一点。这就是科学精神。"

释延安又继续介绍说:"香客们的善款,大都用到了此处。为了吸湿,我们曾从盖蒂进了一些吸湿的工具,后来才知道那其实就是尿不湿。去年我们终于搞清楚了,这针剂说是美国的,其实是日本公司生产的,日本公司用的是英国配方,而英国人是从以色列人手中买来的,随后又将这个专利卖给了美国人,所以知识产权属于美国。绕了这么一个大弯子,当然价格不菲。菩萨一只手就需要修复半年,需要打上十针。幸亏不是千手观音。不过,钱花到哪里,哪里好。你看,修复过的佛像,就跟原来的一样。我跟你们讲,上次专家们要给佛像的耳朵打针,需要把耳根先清扫一番。清扫的时候,佛像突然笑了起来,声音洪亮,有如钟声。他们还以为出现了幻觉,就停了下来。手一停,笑声就没了。再一动,笑声又来了。延长师兄说,佛也是怕痒的。"

李医生问:"真的吗?"

延安说:"出家人不打诳语。"

李医生说:"我能看看针剂吗?"

子贡说:"医生看了,十天半月就能研制出来。"

释延安立即说道:"阿弥陀佛。使不得,万万使不得。因为美国人要来检测的。如果检测出来用的不是他们的药剂,美国人就要停止合作。他们都是狗脸,说翻脸就翻脸。他们说,这叫契约精神。"

葛道宏对壁画上的三尊罗汉像很感兴趣。释延安介绍说,那是降龙罗汉、伏虎罗汉和长眉罗汉。长龙在云端飘着,老虎在闭目养神。葛道宏说,他知道这三尊罗汉,因为昆曲《思凡》中有一段"数罗汉",说的就是这三尊罗汉。延安竟然也知道"数罗汉",立即吟道:"降龙的,恼着我。伏虎的,恨着我。那长眉大仙愁着我,说我老来时有什么结果!"然后问葛道宏,"葛校长是戏曲专家,是不是这一段?"葛道宏说:"延安真是无所不知啊。"

女专家拿着一个棉球,在菩萨的臀部轻轻按着,一遍遍地按,另一只手也拿着一个棉球在旁边吸附。延安说,那棉球是我们自己生产的,知识产权属于慈恩寺。"知道是什么棉球吗?"延安说,"其实就是卫生棉。"

从他们进洞开始,就看到男专家在那里打针,直到现在那一针还没有打完。延安说:"一针要打上一周。慈恩寺,就是被这个长庆洞给搞穷的。但这也是没办法的事。我们正在申请世界非物质文化遗产。如果能够申请下来,也算是慈恩寺为济州的文化建设做了贡献。"

栾庭玉说:"改天,我陪书记来看看。"

释延安说:"延长师兄给书记打过报告的。报告递上去,有如泥牛入海。延长师兄本来要在慈恩寺网站上发动募捐的,网页都设计好了,却没有发上去。因为他担心,这会让省市领导没有面子。"

直到这个时候,应物兄才明白,释延长为什么要让释延安带他们来看长庆洞。哦,与其说是让子贡瞻仰的,不如说是给栾庭玉看的。释延安接下来一句话,说明他还没有修行到家。释延安说:"太好了,如果你带着你们老板过来,届时我就在这里摆上香炉。最好把书记的母亲也带上。书记不信佛,但书记的母亲肯定是信佛的。不烧香磕头,儿子能当上书记?我让老太太在洞内烧第一炷香。"

此言一出,栾庭玉就有些不高兴了。

栾庭玉对延安说:"知客僧,知客僧!对客人要尊重,不要胡言乱语。"

释延安这才意识到自己话多了,说:"罪过,罪过,栾省长恕罪。"

子贡问:"你们说程先生当年避祸于此?我怎么没听说过?"

释延安说:"此事千真万确,历朝历代,在此躲避战乱者甚多。反正有佛祖保佑,所以有些事我说了你们也不会害怕。释延庆发现这个洞时,之所以吓得神经失常,是因为这里面死尸甚多,是不同年代的死尸。素净大和尚说过,此处是避祸之所,极乐之地。"

子贡说:"既如此,此洞也可叫济世洞。"

谁都没有料到,释延安会说:"善哉,善哉!济世者,救世也。"

子贡说:"若叫济世洞,你们用的那个药水,GC 替你们买了。"

释延安说:"他们好像只卖给合作单位。"

子贡说:"盖蒂嘛,我给他们捐过钱的。"

应物兄想,这事程先生不一定会同意。他就提醒子贡:"程先生自己来还愿时,再议此事,岂不更好。"

但子贡说:"当着先生面说起此事,先生会难为情的。"子贡又对释延安说,"你告诉大和尚,我明日就把钱打来,一百万 Dollar,你们先用。"

需要说明的是,这笔钱确实很快打给了慈恩寺。慈恩寺没收。慈恩寺的大住持释延长说,虽然只是几炷香的钱,但钱不在多少,所以首先还是要感谢 GC 集团。释延长更在意的是,程先生前来还愿时,在慈恩寺住上几日,给众和尚讲讲素净大师的恩惠。

61. 其鸣自诐

其鸣自诐,是说鸟叫的声音就像在呼唤自己的名字,所谓自呼其名。这是《山海经》上对精卫鸟的描述。应物兄最早给木瓜起名叫汪汪,就是基于这个原则。奇怪的是,小颜博客就叫"其鸣自诿"。在题记中,小颜对此倒是有个解释,说他能从鸟叫声中听到自己的名字。小颜是这么说的:"我听到自己的名字被鸟提起,被鸟叫出。我突然不愿做一个人,而愿做一只鸟。"

敬修己担心小颜走火入魔,大概就是这个道理。

如前所述,这天,小颜一大早就去了黄河湿地,就是应物兄与弟子们讨论《儒驴》的那个地方。应物兄是后来在小颜的博客上看到他们讨论的实录的。小颜是敬修己给他起的名字。现在小颜又给自己起了个新名字:朱颜。多么暧昧的名字!《楚辞》里有"容则秀雅,稚朱颜只",指的是女孩子的朝气蓬勃;李煜的"雕栏玉砌应犹在,只是朱颜改",指的是美色的凋零;司马光的"闲来高韵浑如鹤,醉里朱颜却变童",指的是对酒当歌,醉眼蒙眬;顾炎武的"与子穷年长作客,子非朱颜我头白",指的却是风华正茂。

小颜从鸟叫声中听到的朱颜,是哪个朱颜?

小颜的博客在回答观鸟爱好者的提问时,出乎应物兄的意料,小颜首先提到了《孔子是条"丧家狗"》中的一段话。在那本书的第170页,提到"子钓而不纲,弋不射宿"①时,应物兄写道:

> 孔子喜欢钓鱼,但他是用鱼钩来钓,而不是用网来捕鱼;孔子也喜欢射鸟,他是用系有长绳的箭射鸟,这样可以把鸟找到,但他不去射杀鸟巢里的鸟。因为用网来捕鱼,可以将鱼儿一网打尽,不利于鱼儿生息繁衍;射杀鸟巢里的鸟,就可能伤及雏鸟,不利于鸟儿传宗接代。由此可见,动物保护意识在孔子生活的那个时代已经产生了。在中国的古代,什么时候打猎,打什么样的猎物,老的还是小的,公的还是母的,都是很有讲究的。那些认为动物以及生态保护意识是来自西方的观点

---

① 见《论语·述而》。

是错误的,是对我们的历史和文化缺乏认识的结果。

这个小颜说:"应物兄教授试图证明,人类的生态意识起源于东方。"接着小颜又提道:"但应物兄没有说明,为什么它会起源于东方,而不是西方。"

在应物兄看来,小颜的分析,确实不无道理:生态保护意识的发生,西方之所以落后于东方,是因为他们认为,人是模仿上帝的形体造的,是上帝派来管辖万物的,所以很高贵。基督教学说中的人类中心主义思想,不是为了保护动物,而是给人类杀戮动物提供了意识形态上的支持。在"二战"之前,西方对环境资源的疯狂掠夺,对异族和异教徒的疯狂侵略,就源于这种意识形态。人类及时地发现了这种错误,并开始对基督教义中的人类中心思想产生怀疑。1967年,历史学家怀特发表了一篇题为《我们的生态危机的历史根源》的文章,掀起了一场关于基督教与生态伦理是否冲突的讨论。怀特认为,基督教学说中把人和自然割裂开来的二元论传统,是现代西方生态危机的根源。

小颜这么说,是在向儒学致敬吗?

小颜还提到了孔子另一段话。"子曰:小子,何莫学夫《诗》?《诗》,可以兴,可以观,可以群,可以怨。迩之事父,远之事君。多识于鸟兽草木之名。"①他认为,孔子将"多识于鸟兽草木之名"与"兴观群怨""事父事君"并列,看成学习《诗经》三大好处,深刻影响到了后世儒家的生态哲学,比如孟子就说:"斧斤以时入山林。"②

关于小颜与网友的互动,应物兄也忍不住多看了几眼。也真是巧了,有个叫"他乡遇新交"的网友首先问到了:什么叫归化鸟类?

小颜说,某些鸟类,人类有意无意地把它引入到某一区域,它

---

① 见《论语·阳货》。
② 见《孟子·梁惠王上》。意为:砍伐林木有定时,那木材便用不尽。

们在那里建立起了自给自足的族群,这种鸟类就叫 naturalised①。它们与归化植物的意义相同。比如,牧草和饲料中的苜蓿就属于归化植物。归化植物和归化鸟类的出现原因很多。比如,紫翅椋鸟,原来主要生活在欧洲,但是美国人认为,凡是莎士比亚作品中出现过的鸟,美国都要有,以显示自己特别尊重文化。他们就把椋鸟带到了美国。现在从阿拉斯加到加利福尼亚,到处都能看到紫翅椋鸟。

小颜的知识实在太广博了。考虑到这是现场问答,你就更有理由认为他是个天才了。小颜说,紫翅椋鸟这个名字大概很多人不知道,但只要一提它的另外一个名字,你就知道它是谁了。它就是西方世界的八哥,不仅会学别的鸟叫,还会学人话,而且还能用它的鸟嘴奏出钢琴曲。1784年5月,音乐大师莫扎特在咖啡馆里哼着《G大调第17钢琴协奏曲》中的一段旋律,突然听到紫翅椋鸟完整地将它重现了。莫扎特就把它买了下来。三年后,这只鸟死了,莫扎特为它举行了隆重的葬礼。关于紫翅椋鸟,其实只在莎士比亚作品中出现一次,那是在《亨利四世》中,一个人想激怒国王,就说他要养一只椋鸟,教会它说出国王的敌人的名字,再送给国王,恶心恶心他。没想到,当美国人把它带到北美的时候,当初的六十只椋鸟,其子子孙孙竟达到了目前的两亿只。它们所到之处,毁庄稼、毁果园、撞飞机,大显身手。

看来敬修己说错了。当小颜称敬修己为归化鸟类的时候,指的并不是他自美返回,而是说他身在异国他乡传播儒学。从这个意义上说,程先生也是归化鸟类。

问这个问题的人,那个"他乡遇新交",莫非就是敬修己?

一个名叫"君欲乘风归去"的网友问道:"成群飞行时,鸟儿会相撞吗?"

---

① 归化鸟类。

小颜说:"鸟群在飞行的时候,会遵循一个原则,那就是每只鸟都会有自己的个人空间,除非它们在空中交配,但事实上它们从不在飞行中交配,为的就是在飞行中保持自己的个人空间,自己的独立性。它们都知道,在高速飞行中,必须与别的鸟,哪怕是自己的孩子,保持必要的距离。所以,尽管它们是作为一个整体在活动,但实际上它们仍是单一的个体。如果哪只鸟偏离了航线,它会赶上来,像林中的响箭,在鸟群中穿行,但绝不会因为加速而与别的鸟相撞。对鸟来说,无数单一的负责任的个体,组成了鸟群这样一个命运共同体。人类与它们相比,应该感到惭愧。"

大概是因为小颜提到了莎士比亚,一位名叫"莎士比殿"(真是个奇怪的名字)的人上来问道:"朱颜大师,我那位老哥,也就是叫莎士比亚的,他的作品中出现了多少鸟类?"

乖乖!这个问题竟然也没有难住小颜:"有人统计是五十二种。但最近,我发现其实是五十三种。我们都知道,哈姆雷特有一句著名的台词,I know a hawk from a handsaw,意思是说,我不会把一只老鹰当成一只苍蝇。实际上,这是莎士比亚的笔误,他误把hernshaw(小鹭)写成了handsaw(手锯)。中国人为了押韵,翻译成苍蝇,因为老鹰和苍蝇的韵脚相同。"

一个叫"方舟子"的网友问:"《圣经》中提到的第一只鸟是什么鸟?"

小颜说:"渡鸦。《创世记》第 8 章写到,洪水退去,放出去一只渡鸦,那渡鸦飞来飞去,直到地上的水都干了。渡鸦是西方文明史上最重要的鸟。这不仅是说,它在《圣经》中第一次出现,而且,最后叼开耶稣裹尸布的鸟,就是渡鸦。西方人认为,渡鸦代表着自由。如果渡鸦失去了伴侣,它会模仿伴侣的声音来呼唤对方,因为每只鸟最熟悉的声音,总是自己的声音。渡鸦通过这种方式,来唤醒对方对自我的记忆。这个现象非常值得研究。"

一个叫"吃完饭到处窜"的网友问:"朱大师,你又窜到哪去了?

快说说,你现在主要研究大雁呢,还是研究渡鸦?"

小颜颇得"有教无类"的要诀,面对这么一个荒唐的网友,竟然也回答得非常认真,其中也不乏幽默,因为他称对方为"窜兄"。他是这么说的:"窜兄,我是渡鸦也研究,寒鸦也研究。作为鸦科鸟类,它们是东西方文化史上最有意思的鸟。你要知道,乌鸦是最聪明的鸟,它们甚至会驾驶汽车。这不是说它们亲自开车,而是说它们会巧妙地使用汽车。乌鸦们喜欢吃核桃,它们穿着黑礼服,耐心地站在路边,等着汽车轮子将核桃轧碎。要是核桃没被轧到,它们会勇敢地走向迎面驶来的汽车,把核桃准确地滚到车轮底下。窜兄,你窜的地方多了,难道没有注意到吗?"

有趣的是,华学明也来凑热闹了:"哥们,我等着吃杂碎呢。你告诉我,你为什么迷上了观鸟?"

小颜说:"学明兄,当你仰望那些飞鸟,你会觉得它们来自另一个世界。它在我们之上,在我们这些凡夫俗子之上,高过所有的树梢。如果它们停留,那也只是为了给我们以启示。"

那个被小颜称为"窜兄"的网友又来问了:"听说你还研究杜鹃?"

小颜说:"我和同伴们一直在研究东亚地区的杜鹃在哪里过冬。去年,在北京戴上定位器的三只杜鹃,飞到了非洲的莫桑比克,穿越了二十个国家的领空,飞行了一万两千五百公里,包括《纽约时报》也进行了报道。"

那个疑似敬修己的"他乡遇新交"又来问了:"你们给鸟戴的定位器,不会影响鸟儿的飞行吧?"

小颜说:"放心,定位器越来越轻,不会超过鸟儿体重的百分之一,相当于人类拿了个烟斗,垫了个鞋垫,装了一把钥匙。它们将在五月回到北京。"

现在,随着"他乡遇新交"的再次发言,应物兄可以肯定,那就是敬修己了。敬修己问道:"你研究杜鹃,与你最近对儒学的研究有关系吗？"

对小颜的回答,应物兄不能不感到吃惊,他觉得那就像一篇科普和儒学交融的论文："谢谢'新交'先生。杜鹃最被人诟病的,是它生育方面的一些习性。鸟类繁殖的季节,杜鹃却一不筑巢,二不孵化,三不育雏。它忙着给子女们寻找义亲,用中国人传统的说法是干妈或奶妈,你们西方传统的说法是教母。它要趁义亲不在时,将卵产到义亲的巢穴里,让义亲帮它孵化。这是狸猫换太子的杜鹃版。也有人把杜鹃说成是鸟类中的黑手党。义亲对此浑然不觉,每天起早贪黑捉虫,养育小杜鹃。杜鹃最喜欢的义亲是芦苇莺。小杜鹃孵化出来之后,体重很快达到芦苇莺的十倍,要很多虫子才能喂饱它。这有点像动物园里用母猪喂养失怙的小象。小象是母猪的几倍大,但母猪仍然将小象视如己出。

"杜鹃的这种寄生习性,最早是被谁观察并被记录下来的？是亚里士多德。因为亚里士多德,杜鹃一直在道德层面被指责。但这其实不属于科学研究范畴。生物学家们关心的是另一个问题,就是杜鹃和芦苇莺是如何协调进化的。

"监控录像显示,雌杜鹃先是监视芦苇莺筑巢,以确定巢的位置。这个过程中,它耐心地栖身于附近,继续捉虫,以保证肚子里的鸟蛋有足够的营养,它会从早上等到下午,直到芦苇莺产完了卵,飞出去觅食的时候,它才会立即飞到那个巢里,迅速产下自己的卵,然后衔着一枚芦苇莺的蛋飞走。杜鹃从产卵到飞走,时间不会超过十秒钟。

"那么,杜鹃是否因为适应芦苇莺而改变了自己的习性？我个人认为,这是个重点。前面提到的产卵速度,显然就是一种适应性的选择。不到十秒钟,这是什么概念？母鸡天天下蛋,下一只蛋也不会这么快。杜鹃鸟的蛋与它的体重的关系,也是饶有趣味。它的蛋实在太小了。正常情况下,它的蛋应该是现在的三倍大。这是它为了鱼目混珠而做出的适应性选择。

"至于你说到跟儒学研究的关系,那就是另一个问题了。很多儒学家都写过杜鹃。我的老祖宗朱熹就写过杜鹃。他的诗中,将杜鹃称为'不如归'。儒学家会将一种自然现象看成某种社会文化现象,在道德层面进行审视。在中国的文学作品中出现的'禽言诗',就属于此种情况。禽言诗之所以在宋代为最盛,这是因为宋代儒学进入了一个兴盛时期。儒学家象声取义,寓意抒情,虽有游戏笔墨,但却有鲜明的批判性。几乎所有的禽言诗,都是从鸟名起兴的。说是其鸣自诙,但这种以鸟鸣声为鸟取名的方法,用的还是人类自己的语言。鸟名由此不再是一个简单的声音符号,而成为一个音义结合体。'音'是鸟所固有的,'义'则是人类赋予的。鸟语,也就是禽言,由此被当成了人类的语言。在不同的人、不同地域的人那里,相同的鸟语被当成了不同的禽言。

"比如,同是杜鹃,有的叫'布谷',有的叫'割谷',有的叫'脱却破裤',有的叫'不如归去',有的叫'一百八个',有的叫'催王做活',有的叫'行不得也哥哥'。"

哦,小颜最后一个说错了。"行不得也哥哥"说的不是杜鹃,不是布谷鸟,而是鹧鸪。杜鹃的叫声与鹧鸪的叫声还是有区别的:"不如归去"说的是回家,"行不得也哥哥"说的是离别。

似乎也意识到了自己的错误,对这个话题,小颜没有再讲下去。

需要说明的是,最后一个问题竟然是费鸣问的:"你在观鸟中,有何不可思议的发现?"

小颜的问答是:"我曾在鸟儿问答中,听到它们叫出我的名字。"

小颜显然知道费鸣此时就在慈恩寺,所以特意请费鸣观察一下,长庆洞中都有哪些鸟儿遗骸。

62. 本来

本来,释延长说过要来陪他们吃饭的,最后却没有来。释延安解释说,延长师兄明天要去法国,为黄兴先生诵经之后已经启程赴京了。还说,为了更好地弘扬佛法,延长师兄每去一个国家,事先都要学上几句那个国家的语言。释延安知道葛道宏是济州大学的校长,所以还特意向葛校长表示了感谢,因为延长师兄聘请的就是济大的法语老师。这当然是谎话。需要提前说明一点的是,后来当栾庭玉被双规之后,这天拒绝陪栾庭玉吃饭,就被当成了释延长的先见之明。

葛道宏说:"我们一直鼓励中外文化交流的。"

栾庭玉的脸色却有些不好看,说道:"天下不可一日无主。延长走了,寺里谁负责?有副住持吗?"

"报告省长,没有副住持。"

"那大住持要出什么意外,不就乱套了?"

释延安没有听出栾庭玉的不满,说道:"魔教里倒是有副教主,通常都是儿子或女婿做的。令狐冲就是任我行的女婿。"这话听起来怎么那么怪异?释延安大概也觉得这话有些不靠谱了,所以讲着讲着就犹豫了起来,但他还是坚持讲完了,而且那最后几句话,似乎是对自己的安慰。延安说:"其实做副教主,也没什么意思。名义上你什么都会有,实际上你什么都没有。就跟参谋一样。还是那句话,参谋不带长,放屁都不响。名头再大,旁人不听你号令,顶什么用?所以做不做,都无所谓的。"

栾庭玉说:"延安想得开,好。"

吃饭的地方就在寺内。他们走上一座小桥,桥下是放生池,放生池是方形的,合的是天圆地方的说法。池子的四周铺着沙子,为的是方便龟鳖产卵。池中有莲花台,莲花台上装有电子喷水系统,既可美化环境,又可给池中注氧,防止池子发臭。释迦世尊说过,一切众生,皆有佛性。他们的本性都是一样的,因为存心不同,行为有异,障蔽了原有的光明智慧,故有众生,有人、天、鱼、鸟、畜生的分别。但各类众生,最后又都可以成佛。有些龟体大如钵,显然已经在此修行多年了。有几只龟爬上了莲花台,并且撅了起来,悠然地晒着盖子。它们身边落满了硬币,这是因为那个莲花台同时又是个许愿台,善男信女们通过向许愿台抛掷硬币,祈求观音菩萨保佑。

子贡说:"先生以前也养过乌龟。太和院子里也可养只乌龟。黄某不喜欢猫,可先生喜欢。"

葛道宏说:"我们给先生多养几只。乌龟和猫,一个不落,统统养上。"

过了桥,又走了几步,就到了吃饭的地方。凉菜已经摆上来了,先上来的都是些野菜:灰灰菜、荠荠菜、花椒芽、枸杞芽、香椿芽。释延安介绍说,平时慈恩寺是不办素席的,只在佛欢喜日才办。今天慈善家黄兴先生来了,政治家栾省长来了,教育家葛校长也来了,儒学家应先生来了,对慈恩寺来说,不是欢喜日胜似欢喜日,特意准备了这套素席。又说,僧厨曾到北京法源寺、杭州灵隐寺、上海玉佛寺、重庆宝光寺取经,博采众长,将佛家的膳食理论与凤凰岭的具体食材相结合,形成了一套具有济州特色的慈恩寺素席。厨师又端上了一盘莲菜,释延安说:"对了,不能没有莲菜。有了莲菜,就可以说,此乃菩提喜宴,莲海真味。"厨师又端上来一盘萝卜丝,释延安说:"这萝卜是寺里用豆浆喂出来的。这萝卜啊,头辣腚臊,要吃就吃萝卜腰。这萝卜丝用的便是萝卜腰。"

正说着,热菜也上来了,首先端上来的是一只公鸡。

释延安又补充道:"吃萝卜喝茶,气得郎中到处爬。哦,对了,吃鸡!"

那只率先出场的公鸡,鸡嘴微张,鸡冠高耸,好像正在引吭高歌,完全不知道自己已经被煮熟了。鸡脸两侧的鸡眼依然炯炯有神,显得顾盼自雄。

子贡问:"说好吃素的,怎么来了一只鸡?"接下来又上了鱼和鸭子。那鸭子还长着一身的毛,挑开那层毛,还可以看到鸭绒。它卧在盘中,神态安详,好像正在孵蛋。

栾庭玉说:"黄先生尝尝便知。"

首先动筷子的并不是子贡,而是李医生。李医生的筷子伸向鸡翅,轻轻一夹,鸡翅便掉了下来。医生并没有把鸡翅塞进自己的嘴巴,而是递给了黄兴身后那个从来不笑的保镖。那保镖伸出舌头一卷,嚼了几下,咽了。保镖脸上没有一点表情,好像没有嗅觉,也没有味觉,完全吃不出好坏。李医生又从鸡脯的位置上夹了一块,递给了偶尔会笑的保镖。这一位,舌头更长,舌尖更尖,鸡脯放上去之后,并没有立即卷进去,而是故意停顿了一会,好像在等待它在空气中氧化。然后,子贡终于夹了一筷子,夹的是鸡脯。

栾庭玉问:"这鸡做得如何?"

子贡嚼着鸡块,点点头。

栾庭玉指着一桌菜说:"鸡非鸡,鸭非鸭,鱼非鱼。它们是素鸡、素鸭、素鱼,还有这一盘,这是素火腿。"子贡眉头皱了起来,嘴张着,看看众人,又看看桌上的鸡、鸭、鱼。他的目光最后落在那盘鱼上面。那是一条做成鲤鱼模样的鱼,上面的鱼鳞都纤毫毕现,而且吃起来跟红烧鲤鱼没有什么两样,偶尔还会吃到一根鱼刺,用狗尾巴草的草茎做的鱼刺。事实上,如果把一条真鱼和这样的一条素鱼摆在一起,估计它们自己也分不出谁真谁假。

子贡终于表态了,说:"Tasty! Very tasty!"

应物兄替子贡翻译了,说:"子贡说了,好吃,非常好吃。"

栾庭玉说:"跟真的一样吧?"

子贡说:"一样,完全一样。"

栾庭玉说:"吃的就是这个。虽说是假的,但吃起来却是真的。"

有一句话,已经从应物兄的喉咙冒了出来,被他用一块鸭肉堵了回去:吃素的人,说是吃素,其实满脑子还都是荤腥。就在他这句话被咽回去的过程中,释延安开口了:"佛教反对素菜荤名,认为犯了意杀戒。这条素鱼不叫素鱼,叫如意。这个素香肠不叫素香肠,叫玛瑙卷。"

无酒不成席,所以酒水也是少不了的。不过,既然是慈恩寺开的饭店,所以酒水也与别的地方不同。这里的酒,都是自己酿造的,原料各不相同,有山楂,有桃子,也有野葡萄。慈恩寺酿酒的历史,可以追溯到素净大和尚。寺内酿酒的好处是,可以提醒寺内众僧,须用自身的劳动换取赖以生存的食物,既保证了僧人们清苦修行的决心,也向香客们展示了慈恩寺的好客。据说,最早也是慈恩寺的知客僧偷偷酿造的,后来被素净和尚知道了。素净和尚一开始也是不允许的,但后来默认了。这是因为当时两军交战,战死的、投井的、投河的,死的人太多了,闹了瘟疫,水都不能喝了。慈恩寺的果酒却是无毒而且富含营养,救活了很多人。从此,素净对于寺内酿酒就睁只眼闭只眼了,遇到佛欢喜日,自己还会喝上一钵。

子贡表示,这是他第一次吃到这么可口的素餐。

子贡用筷子挑起一片莲菜,正要吃,又放下了,说:"我家先生曾给过我一包莲子。多年前,先生离开济州时,素净大师送了他两包莲子,一包莲子已串成念珠,一包莲子还是莲子。素净大师说,那是慈恩寺首任住持采摘的莲子,已有几百年了。到台湾后,先生试着将莲子种入院中的小湖,竟然开了一湖的莲花。程会贤将军称之为慈莲。这次来,先生将几颗莲子给我,嘱我送与大和尚。从希尔顿出来,只记得拿葫芦,忘记拿莲子了。"

释延安说:"慈恩寺的莲花,就是素净大和尚种下的。济州的莲藕都是七孔,开红花,唯有慈恩寺的莲藕是六孔,开白花。"

子贡说:"我家先生也说了,六孔即六艺。"

释延安说:"素净大和尚有言,六孔即六道,六道轮回。"

葛道宏接了一句:"何不将那六孔莲子种于镜湖?"

子贡说:"好,明日就将莲子送与校长大人。"

那包莲子一共九粒,取的也是"九思"的意思,后来真的种到镜湖中去了。它哪天能够发芽开花呢?没有人知道。反正至今没有开花。这不怨莲子。要怨只能怨葛道宏过于心急。因为那莲子早已干透,硬得像子弹,需要先用水泡开,然后撬出一条小缝,才能发芽。当然,如果哪天鱼儿不经意间将它咬开了,长出莲花,也是可能的。只是不知道,那泥中的莲藕是七孔,还是六孔?

葛道宏此时说道:"我代表全校师生敬子贡先生一杯酒,感谢子贡先生赠送莲子。程先生来时,就可以看到一湖莲花了。以我之愚见,这莲花可叫程荷。"

子贡说:"那就为程荷干一杯?"

释延安试探着问:"要不要来杯白酒?"随后又解释说,寺里藏了一点白酒,只有重要客人来了,才能品尝。北京奥运会之前,一个摔跤选手的家长请延长师兄为孩子祈福,孩子果然在奥运会上拿到奖牌。这个家长是做白酒生意的。奥运会之后,家长送来了一卡车"水立方"。说是"水立方",其实里面灌的是茅台。延长师兄说,茅台好是好,就是密封不好,容易蒸发。就把它们全都打开,倒入酒坛子,用野蜂的蜂蜡封了口,平时就放在长庆洞。

葛道宏说:"还是延安说了实话。上次我说是茅台,延长非说不是。"

释延安说:"延长师兄说得也对。上次茅台酒厂的人来,尝了,说,酒体有变。"

这天,易艺艺也在这一桌上。她除了拍照,偶尔还充当服务员。此刻,她为每个人都倒上了白酒,并对着那黄汤式的白酒拍了几张。李医生不喝,子贡劝他喝一杯也无妨,李医生就喝了一杯。那两个保镖,则是滴酒不沾。不是每道菜都要替子贡试毒吗? 但是轮到酒,这个程序也省了。栾庭玉以为,这是因为主人不发话,他们不敢喝。但子贡说,这跟他无关,GC 有规定的,他们不归他管。

子贡指了指李医生:"他们只听他的。"

医生说:"喝酒伤肝伤肾。"

栾庭玉不由得大笑,"伤肝伤肾? 他们壮得跟牛犊似的。不瞒您说,政府开会,有人要敢这么公然说谎,那是要挨批的,要停职检查的。"说着,栾庭玉脸一紧,对李医生说,"你带个头,先端起来。别太正经了,要有点魏晋风度。"

看到李医生坚持不喝,子贡就出来替李医生解围了。不过,子贡说的不是李医生,而是他自己:"医生说,我的肾就是被这魏晋风度给搞坏的。"

栾庭玉问:"黄先生龙体欠安? 看不出来嘛。挺好的嘛。"

子贡说:"刚做过手术。"

栾庭玉说:"想起来了,听应物兄说,黄先生不久前也换过肾? 大手术啊。"

子贡摇了摇头,说:"小手术,如同水蛭放血。你要想换,也很容易。他就是做这个的。"子贡又指了指医生。

栾庭玉说:"想换就换? 今天想换就能换吗?"

子贡接下来的话,让我们的应物兄,也让在场的人,都吃了一惊:"想换就换了,供体就在嘛。"

谁能想到呢? 原来那两个保镖,竟然就是时刻为子贡预备的供体。李医生把酒杯挪开了,解释说,他们的肾不属于他们自己,是 GC 的资产,所以他们有义务时刻保护好这个资产,所以他们不能喝酒,不能抽烟。说到这里,李医生罕见地开起了玩笑:"性交当然是允许的。它有助于保持肾功能的活力,但性交次数却是有规定的。"

释延安突然问道:"一周可以做几次?"

这个问题谁都可以问,只有释延安不能问。他是和尚嘛。所有人都被释延安逗乐了,连易艺艺都笑出声来了。李医生看了易艺艺一眼,说:"这个,不便透露。"这么一说,易艺艺就站了起来,顺手又拍了一张照片,然后走了出去。李医生把酒杯挪了挪,说:"可以透露一二。"子贡瞥了李医生一眼,说:"那就讲讲嘛,我也想知道。"这个李医生,不愧是做临床的,一出口就是一串数字:"若是放任他们,他们一天可做十次,一次半小时,一个月下来就相当于在女人体内走了上万里。"

应物兄觉得,李医生这么说,只是为了凑成一个数字。接着,又听李医生说道:"如何了得?所以不能由着他们的性子来。"

栾庭玉把鸭掌都喷了出来。那鸭掌是用笋片做的,中间有蹼。那鸭蹼是面筋做的。栾庭玉之所以喜欢吃鸭掌,就是因为那鸭蹼。意识到鸭蹼被喷了出来,再也吃不到嘴里了,栾庭玉脸上的笑突然消失了。